« PAVILLONS »
Collection dirigée par Claire Do Sêrro

ROMAN COLLECTIF

ÉCRIT PAR

Charlie Jane Anders

Margaret Atwood

Jennine Capó Crucet

Joseph Cassara

Angie Cruz

Pat Cummings

Sylvia Day

Emma Donoghue

Dave Eggers

Diana Gabaldon

Tess Gerritsen

John Grisham

Maria Hinojosa

Mira Jacob

Erica Jong

CJ Lyons

Celeste Ng

Tommy Orange

Mary Pope Osborne

Doug Preston

Alice Randall

Ishmael Reed

Roxana Robinson

Nelly Rosario

James Shapiro

Hampton Sides

R. L. Stine

Nafissa Thompson-Spires

Monique Truong

Scott Turow

Luis Alberto Urrea

Rachel Vail

Weike Wang

Caroline Randall Williams

De'Shawn Charles Winslow

Meg Wolitzer

PROJET LITTÉRAIRE DE L'AUTHORS GUILD OF AMERICA

14 JOURS

ROMAN ÉDITÉ PAR MARGARET ATWOOD
ET DOUGLAS PRESTON

TRADUIT DE L'ANGLAIS
PAR ISABELLE D. PHILIPPE
ET SARAH TARDY

Robert Laffont

Ceci est une œuvre de fiction. Noms, personnages, lieux et incidents sont le produit de l'imagination des auteurs ou sont utilisés de manière fictive et ne doivent aucunement être considérés comme réels. Toute ressemblance avec des événements, des lieux, des organisations ou des personnes existantes, vivantes ou mortes, est entièrement fortuite.

Titre original : FOURTEEN DAYS

Illustrations Elina Cohen

ISBN 978-2-221-25965-8
(édition originale : 978-0-35-861638-2, HarperCollins Publishers, New York)
Dépôt légal : avril 2025
Éditions Robert Laffont – 92, avenue de France, 75013 Paris
info@lisez.com

Note de l'Authors Guild Foundation

Vous tenez dans vos mains un roman tout à la fois singulier et extraordinaire. L'équivalent anglais de « roman », *novel*, vient du mot latin *novellus*, via l'italien *novella*, et désigne une histoire qui n'est pas la réécriture d'un mythe, d'un conte familial ou d'une parabole biblique, mais quelque chose de neuf, de frais, d'étrange, d'amusant et de surprenant.

14 jours répond à cette définition. C'est un roman collaboratif saisissant et original – on peut même parler d'événement littéraire. Il a été écrit par trente-six autrices et auteurs américains et canadiens, venant de tous les genres littéraires, dont les âges s'échelonnent de trente à quatre-vingts ans bien tassés, et issus d'une remarquable variété de milieux culturels, politiques, sociaux et religieux. Ce n'est pas un roman-feuilleton, pas plus qu'un cadre narratif classique sur le modèle du *Décaméron* ou des *Contes de Canterbury*. C'est un *novellus* épique, au sens ancien et le plus authentique du mot.

Les auteurs et autrices des récits de ce livre n'ont pas signé leur texte. On ne saura pas qui a écrit quoi avant de consulter la liste en fin d'ouvrage. La plupart d'entre eux sont des écrivains accomplis dans leurs différents genres, du roman d'amour au thriller, des textes littéraires à la littérature pour la jeunesse, de la poésie à la non-fiction. *14 jours* est ainsi une célébration de la diversité des auteurs nord-américains et un pied de nez à la balkanisation littéraire de notre culture.

Les narrateurs de *14 jours* forment un groupe de New-Yorkais laissés pour compte pendant la pandémie de Covid-19, dans l'incapacité de se réfugier à la campagne comme l'ont fait la plupart des citadins aisés au début de cette pandémie, et comme le font toujours les privilégiés depuis des siècles face aux catastrophes. Chaque soir, les voisins se réunissent sur le toit de leur immeuble miteux du Lower East Side pour taper sur des casseroles, applaudir les soignants du Covid, discuter entre eux – et raconter des histoires. Comme dans tout bon roman, il y a des conflits, des rédemptions et beaucoup de surprises à la clé.

Avant tout, *14 jours* célèbre le pouvoir de la fiction. Bien avant l'invention de l'écriture, les êtres humains ont relevé leurs plus grands défis en racontant des histoires. Lorsqu'on est confronté à la guerre, à la violence, à la terreur – ou à une pandémie –, on raconte une histoire pour arranger les choses et résister à un monde aussi effrayant qu'incompréhensible. Les histoires nous disent d'où l'on vient et où l'on va. Elles donnent du sens à ce qui n'en a pas et mettent de l'ordre dans le désordre. Elles transmettent nos valeurs d'une génération à l'autre et affirment nos idéaux. Elles épinglent les puissants, dénoncent les tricheurs et donnent la parole aux défavorisés. Dans de nombreuses cultures, l'acte de narrer une histoire invoque des pouvoirs magiques pour guérir des maux physiques ou spirituels et sacraliser le profane. Certains biologistes évolutionnistes croient que la soif de narration est inscrite dans nos gènes : ce qui nous rend humains, ce sont les histoires.

Nous, les membres de l'Authors Guild Foundation, avons le plaisir de vous présenter ce roman intitulé *14 jours*.

Sa structure et ses thèmes reflètent la mission de l'Authors Guild Foundation, branche éducative et caritative de l'Authors Guild. Or *14 jours* est bien un projet caritatif, dont les bénéfices serviront à soutenir le travail de la Fondation. Celle-ci repose sur la conviction qu'un corpus riche et éclectique d'expressions littéraires est essentiel à notre démocratie. Nous parrainons et soutenons des écrivains de tous horizons et à tout stade de leur carrière en les formant à l'écriture, en fournissant ressources, programmes et outils aux auteurs américains et en promouvant une meilleure compréhension de la valeur des écrivains et de leur métier. Seul organisme de cette nature dédié au soutien de tous les auteurs, la Fondation s'est donné pour mission de garantir qu'un corpus littéraire riche et divers puisse s'épanouir aux États-Unis, reflétant ainsi le vénérable esprit des écrivains qui ont fondé l'Authors Guild Foundation – Toni Morrison, James

A. Michener, Saul Bellow, Madeleine L'Engle et Barbara Tuchman, entre autres –, tous issus eux-mêmes d'une riche palette de genres.

L'Authors Guild Foundation est extrêmement reconnaissante à Margaret Atwood d'avoir pris les commandes et d'avoir convaincu tant d'écrivains talentueux de s'engager dans ce projet. Tous nos remerciements à Doug Preston, ancien président de l'Authors Guild, pour avoir proposé le concept et en avoir écrit la trame. Nous exprimons notre immense gratitude à Suzanne Collins, dont la généreuse donation à la Guilde a permis de rétribuer tous les contributeurs.

Toute notre reconnaissance va également à Daniel Conaway, à l'agence littéraire Writers House et à son directeur Simon Lipskar, qui ont fait don de 100 % de leur commission à l'Authors Guild Foundation. Dan nous a fait profiter jusqu'au bout de son aide aussi avisée qu'exceptionnelle. Nous souhaitons aussi remercier Liz Van Hoose, qui a fait office de chef de projet en compilant les textes, ainsi que Millicent Bennett, notre merveilleuse éditrice chez HarperCollins, qui a su voir combien *14 jours* était captivant et s'est montrée une inestimable coordinatrice du livre, contribuant inlassablement à le façonner et à le défendre jusqu'à sa publication. Merci aussi à Angela Ledgerwood de Sugar23 Books et à l'équipe de HarperCollins pour leur soutien enthousiaste, sans oublier Jonathan Burnham, Katie O'Callaghan, Maya Baran, Lydia Weaver, Diana Meunier, Elina Cohen, Robin Bilardello et Liz Velez. Nous tenons également à remercier l'équipe de l'Authors Guild qui œuvre sans relâche pour protéger les droits d'auteur.

Et surtout, nous tenons à remercier les trente-six auteurs qui ont collaboré à ce livre : Charlie Jane Anders, Margaret Atwood, Jennine Capó Crucet, Joseph Cassara, Angie Cruz, Pat Cummings, Sylvia Day, Emma Donoghue, Dave Eggers, Diana Gabaldon, Tess Gerritsen, John Grisham, Maria Hinojosa, Mira Jacob, Erica Jong, CJ Lyons, Celeste Ng, Tommy Orange, Mary Pope Osborne, Douglas Preston, Alice Randall, Ishmael Reed, Roxana Robinson, Nelly Rosario, James Shapiro, Hampton Sides, R. L. Stine, Nafissa Thompson-Spires, Monique Truong, Scott Turow, Luis Alberto Urrea, Rachel Vail, Weike Wang, Caroline Randall Williams, De'Shawn Charles Winslow et Meg Wolitzer.

Tous les bénéfices de cette création littéraire iront à l'Authors Guild Foundation. Une partie de l'avance des droits de ce livre a soutenu les efforts conjugués de la Guilde et de la Fondation pour aider les écrivains au pire de la pandémie, quand les dates de publication étaient repoussées, les librairies et les bibliothèques fermées, et que les auteurs se démenaient pour lancer leurs nouveaux ouvrages. Selon une étude menée par la Guilde, pas moins de 71 % de ses membres ont vu au cours de cette période leurs revenus baisser jusqu'à 49 % à la suite des reports de publication, de l'annulation des tournées littéraires, lectures et conférences, et de la perte de contrats d'auteur ou d'autres travaux. La Guilde a fait pression sur le Congrès pour inclure des règlements et des lois intégrant les écrivains indépendants dans le programme d'aide lié au Covid, après leur inexplicable exclusion de la législation initiale.

La Fondation a également investi une partie supplémentaire de l'avance des droits pour combattre les interdictions de certains livres dans les établissements scolaires et les bibliothèques ainsi que les appels à la fermeture de ces dernières. Elle s'est engagée à signer et à déposer des requêtes d'*amicus curiae* dans plusieurs litiges contestant le retrait ou l'interdiction d'ouvrages ainsi que les lois récentes prônant ou requérant de telles interdictions.

Les projets soutenus par la Fondation comprennent la boîte à outils Stop Book Bans [Arrêtez les interdictions de livres] ainsi qu'un Banned Books Club [Club des livres interdits] comptant plus de sept mille membres sur la plate-forme Fable qui garantit aux jeunes, entre autres, de pouvoir dans tout le pays lire et débattre de livres faisant l'objet de récentes interdictions. En accord avec l'Authors Guild, la Fondation est un membre actif de Unite Against Book Bans [S'unir contre les interdictions de livres] et participe à des campagnes en collaboration avec la National Coalition Against Censorship [Coalition nationale contre la censure].

L'Authors Guild Foundation soutient l'Authors Guild en représentant énergiquement les intérêts des auteurs à Washington, sensibilisant et conseillant le Congrès sur des lois susceptibles d'aider les auteurs – ou de leur nuire –, rédigeant des versions préliminaires. Conjointement avec l'Authors Guild, la Fondation plaide et dépose des requêtes d'*amicus curiae* dans des affaires judiciaires clés non seulement pour protéger les droits d'auteur et veiller à la santé de l'écosystème éditorial et du métier d'écrivain, mais aussi pour défendre la liberté d'expression.

Les membres de l'Authors Guild incluent des romanciers de tous genres et horizons, des écrivains de non-fiction, des journalistes, des historiens, des poètes et des traducteurs. Traditionnellement, la Guilde accueille aussi bien des auteurs publiés que des auteurs autopubliés ou indépendants. Figurer parmi les membres de la Guilde permet de bénéficier d'une assistance juridique allant de la lecture d'un contrat au conseil sur les questions de droits d'auteur et de droit des médias, et à l'intervention dans des litiges juridiques ; d'un programme d'assistance marketing dans le cadre de la publication d'un nouveau livre ; de prestigieuses références de presse pour les journalistes indépendants ; d'un forum en ligne dynamique pour partager des informations avec ses consœurs et confrères auteurs ; de produits d'assurances et de programmes d'offres préférentielles ; de l'hébergement de sites web ; d'accords-types ; de sections et programmes locaux ; d'occasions de rencontre avec des auteurs ; de webinaires et séminaires sur le milieu de l'édition, le marketing, l'autoédition, les impôts, les fonds littéraires, entre autres.

[LE RÉCIT SUIVANT EST TRANSCRIT À PARTIR D'UN MANUSCRIT ANONYME CONSERVÉ À LA DIVISION DU SERVICE DES BIENS DU DÉPARTEMENT DE POLICE DE LA VILLE DE NEW YORK, 11 FRONT STREET, BROOKLYN, N. Y. 11201. ARCHIVÉ LE 14 AVRIL 2020, RETROUVÉ ET PUBLIÉ LE 6 FÉVRIER 2024.]

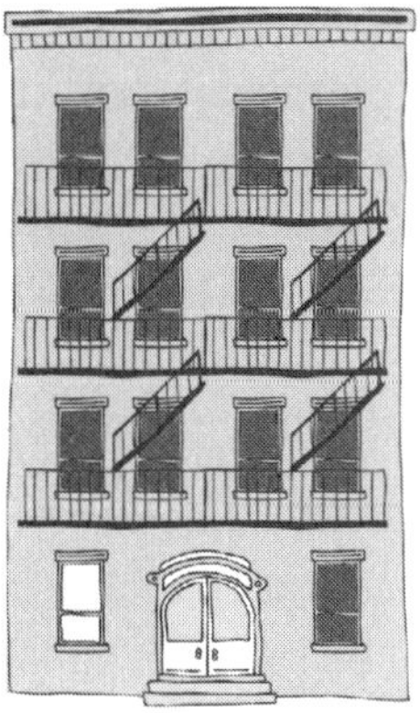

Jour Un

31 MARS 2020

Appelez-moi 1A. Je suis la gardienne d'un immeuble locatif de Rivington Street, dans le Lower East Side de New York. Un bâtiment de quatre étages sans ascenseur, affublé d'un nom grotesque, Fernsby Arms [Les Armes de Fernsby], une cage à lapins délabrée qui aurait dû être rasée il y a belle lurette. C'est sûr qu'il détonne dans la spectaculaire gentrification du quartier. Autant que je sache, aucune célébrité n'a jamais habité ici. Pas de tueurs en série, de graffeurs contestataires, de poètes ivrognes notoires, de féministes radicales ou de promoteurs de chansons de Broadway faisant la navette avec Tin Pan Alley. Il y a bien eu peut-être un meurtre ou deux – l'immeuble donne cette impression – mais rien qui ait fait la une du *New York Times*. Je connais à peine les locataires. Je suis nouvelle ici, j'ai décroché ce boulot il y a quelques semaines, au moment où la ville a été confinée par le Covid. Le logement allait avec l'emploi. Son numéro, 1A, laissait penser qu'il se trouvait au rez-de-chaussée. Mais quand j'ai débarqué là-bas – il était trop tard pour reculer – j'ai découvert qu'en fait il était au sous-sol, aussi sombre que le placard à balais de Hadès et sans aucun réseau pour mon téléphone portable. Dans cet immeuble, le sous-sol est le rez-de-chaussée, le premier étage est le vrai rez-de-chaussée et ainsi de suite jusqu'au quatrième. Une arnaque.

Le salaire du Fernsby Arms est pourri, mais j'étais aux abois, et ça m'a évité de me retrouver à la rue. Mon père est arrivé ici de Roumanie à l'adolescence, il s'est marié et a travaillé comme une bête en tant que gardien d'un immeuble du Queens. Et puis je suis née. Quand j'ai eu huit ans, ma mère est partie. Je suivais papa pendant qu'il réparait les robinets qui fuyaient, changeait des ampoules et dispensait sa sagesse. Enfant, j'étais plutôt mignonne et il m'emmenait avec lui pour toucher plus de pourboires. (Je suis toujours mignonne, merci beaucoup.) Il était de ces gardiens auxquels les gens aiment se confier. Tandis qu'il débouchait des W-C pleins de merde ou posait des pièges à cafards, les locataires aimaient s'épancher sur leurs problèmes. Il compatissait, offrant sa bénédiction et son réconfort. Il avait toujours en réserve un vieil adage roumain pour les consoler, ou des bribes d'une ancienne sagesse des Carpates, ça et son accent roumain lui donnaient l'air plus sage qu'il ne l'était en réalité. Ils l'adoraient. Du moins, certains d'entre eux l'adoraient. Moi aussi je l'adorais parce que ce n'était pas du cinéma, il était vraiment comme ça, une sorte de papa chaleureux, sage, aimant, faussement sévère. Il avait pour seul défaut d'être de l'ancienne école, ce qui l'empêchait de comprendre à quel point il se faisait tondre le cul quotidiennement par la vie en Amérique. Il va sans dire que je n'ai pas hérité de sa gentillesse ni de son indulgence.

Papa rêvait d'une autre vie pour moi, loin de la corvée du nettoyage de la merde des autres. Il économisait comme un malade pour que je puisse aller à la fac ; j'ai obtenu une bourse de basket-ball pour SUNY, l'université d'État de New York, et projetais de devenir journaliste sportive. On s'est engueulés à ce sujet, papa voulait que je sois ingénieure depuis que j'avais remporté le prix du tournoi de robotique de la First Lego League en CM2. L'université n'a pas fonctionné. J'ai été exclue de l'équipe de basket après avoir été testée positive à l'herbe. Et puis j'ai décroché, laissant 30 000 dollars de dettes à mon père. Au début, ce n'était pas 30 000 dollars, ça a commencé sous forme d'un petit emprunt pour compléter ma bourse, mais les intérêts ont grossi, telle une tumeur. Après avoir quitté la fac, j'ai émigré dans le Vermont pendant quelque temps et vécu de la générosité d'un amoureux, mais ça a mal tourné. Je suis repartie vivre chez mon père et suis devenue serveuse au Red Lobster du centre commercial de Queens Place. Quand papa a commencé à descendre la pente à cause de son Alzheimer, je l'ai couvert de mon mieux dans l'immeuble, réparant des trucs le matin avant d'aller au travail. Mais un misérable crapaud de l'immeuble a fini par nous dénoncer au bailleur et il a été forcé de prendre sa retraite. (En utilisant mon passe, j'ai jeté mon sac de Lego dans ses toilettes en guise de remerciement.) J'ai dû mettre papa dans une maison de retraite. On n'avait pas d'argent, alors l'État l'a placé dans un centre de soins pour la mémoire de New Rochelle. À l'Evergreen Manor. Quel nom ! *Evergreen*, « toujours vert ». Le Manoir Toujours Vert. Le seul truc vert là-bas, ce sont les murs d'un vert vomi-pus-asile, vous voyez la couleur. *Come for the lifestyle, stay for a lifetime*, « On vient pour le style de vie, on reste pour la vie ». Le jour où je l'y ai fait entrer, il m'a jeté une assiette de fettuccine Alfredo à la figure. Jusqu'au début du confinement, je lui rendais visite dès que je pouvais, c'est-à-dire pas très souvent à cause de mon asthme et de la « cacastrophe » en cours qui s'appelle Ma Vie.

Toutes ces factures ont commencé à affluer, pour les soins et le traitement de papa, alors que je croyais que Medicare était censé payer. Mais non, Medicare ne paie pas. On attend juste d'être vieux et malade. Vous auriez vu la pile de cinq centimètres que j'ai brûlée dans une corbeille à papier – ce qui a déclenché les détecteurs de fumée. Ça, c'était en janvier. L'immeuble a recruté un nouveau gardien – ils ne voulaient pas de moi parce que je suis une femme, même si je connais les lieux mieux que personne – et on m'a donné quinze jours pour déménager. Je me suis fait virer aussi du Red Lobster parce que j'avais manqué trop de jours pour m'occuper de mon père. Le stress d'être sans boulot et la perspective de devenir une sans-abri a provoqué une nouvelle crise d'asthme, et on m'a emmenée aux urgences du Presbytarian Hospital pour me brancher à plein de tuyaux. À ma sortie de l'hôpital, l'appartement avait été vidé de toutes mes merdes… Absolument toutes, y compris les affaires de papa. J'avais toujours mon téléphone, et dans ma messagerie il y avait cette offre d'emploi au Fernsby Arms avec un logement apparemment meublé, alors j'ai sauté dessus.

Tout s'est passé si vite ! Un jour le coronavirus était un truc localisé à Wu-Dieu-sait-où-Han, et puis sans crier gare on se retrouve en pleine pandémie mondiale ici même, aux États-Unis d'Amérique. J'avais l'intention d'aller voir papa au Manoir Vert Vomi dès que j'aurais emménagé ailleurs, mais en attendant je l'avais appelé sur l'appli FaceTime presque tous les jours, grâce à une aide-soignante. Puis, tout d'un coup, la Garde nationale a été mobilisée pour encercler New Rochelle, et papa était au rez-de-chaussée, isolé du reste du monde. Pire, soudain je n'ai plus pu avoir personne au téléphone, ni le bureau d'accueil, ni le portable de l'aide-soignante, ni le téléphone personnel de papa. J'ai appelé, encore appelé. D'abord, ça sonnait, sans fin, ou on décrochait et c'était toujours occupé, ou encore j'avais droit à une voix synthétique me demandant de laisser un message. En mars, la ville a été confinée à cause du Covid, et je me suis retrouvée dans le susdit logement rempli de bric-à-brac et situé au sous-sol d'un immeuble vétuste avec une bande de locataires aléatoires et qui m'étaient inconnus.

J'étais un brin nerveuse parce que les trois quarts des gens ne s'attendent pas à ce que le gardien soit une gardienne, mais je mesure 1,80 mètre, je suis sacrément robuste et prête à tout. Mon père disait toujours que j'étais *strălucitor*, ce qui signifie « resplendissante » en roumain, le compliment paternel typique, sauf qu'il se trouve que c'est vrai. J'attire beaucoup l'attention des hommes – sans le vouloir, évidemment, étant donné que je ne suis pas de ce bord – mais ils ne me dérangent pas. Disons juste que j'ai eu ma part de connards dans le passé, et ils ne sont pas près de l'oublier, alors faites-moi confiance, je suis à même de gérer tout ce que me réserve ce boulot de gardienne. Je veux dire, Dracula était mon arrière-grand-père au treizième degré, c'est du moins ce que prétend papa. Pas Dracula le crétin de vampire de Hollywood, mais Vlad Dracula III, roi de Valachie, également connu sous le nom de Vlad l'Empaleur – de Saxons et d'Ottomans. Je peux comprendre comment fonctionne n'importe quoi et le réparer. En calcul mental, je sais diviser un nombre à cinq chiffres par un autre à deux chiffres, et dans le temps j'ai mémorisé les quarante premiers chiffres du nombre pi et suis toujours capable de les réciter. (Que puis-je dire ? J'adore les nombres !) Je ne compte pas m'éterniser au Fernsby Arms mais, pour le moment, je peux tenir le coup. Ce n'est pas comme si papa était encore en mesure d'être déçu par ma situation.

Quand j'ai pris ce boulot, le gardien retraité n'était déjà plus là. J'imagine que tous les immeubles ne débarrassent pas les affaires du gardien après son départ, parce que la loge était pleine à craquer de son bazar et, mon vieux, le gars était un collectionneur. J'avais à peine la place de me retourner, alors le premier truc que j'ai fait, c'est de m'y attaquer et de constituer deux tas, un pour eBay et l'autre pour la poubelle. La plupart des trucs étaient de la bouse, mais certains valaient beaucoup de sous et il y avait même quelques objets dont j'avais bon espoir qu'ils aient de la valeur. Ai-je mentionné que j'ai besoin d'argent ?

Pour vous donner une idée de ce que j'ai récupéré, voici une liste aléatoire : six quarante-cinq tours d'Elvis attachés par un ruban crasseux, des mains jointes en verre, un bocal de vieux jetons de métro, une croûte représentant le Vésuve, un masque contre la peste à gros bec incurvé, un dossier à soufflets rempli de paperasse, un papillon bleu épinglé dans une boîte, une lorgnette ornée de strass, une liasse de vieux billets de banque grecs. Le plus magnifique de tout, une urne en étain remplie de cendres, sur laquelle étaient gravés les mots Wilbur P. Worthington III, RIP. Wilbur était un chien, je suppose, mais il aurait pu être un python ou un wombat de compagnie pour autant que je sache. J'ai eu beau chercher, je n'ai rien pu trouver de personnel sur l'ancien gardien, même pas son nom. J'en suis donc venue à l'appeler aussi Wilbur. Je me représente un vieil homme qui se racle la gorge, genre « mais-c'est-quoi-ça », pas rasé, jaugeant un store cassé avec ses lèvres humides pensivement retroussées en émettant de petits grognements. *Wilbur P. Worthington III, gardien, Le Fernsby Arms.*

Finalement, dans le placard j'ai déniché quelque chose bien plus à mon goût : un assortiment arc-en-ciel de bouteilles de liqueur à moitié vides, d'alcools forts et de mixeurs encombrant toutes les étagères de haut en bas.

Le dossier à soufflets m'intriguait. À l'intérieur, il y avait un tas de papiers divers. Ce n'étaient pas les gribouillages du gardien, à coup sûr, c'étaient des documents qu'il avait glanés quelque part. Certains étaient anciens, tapés sur une vieille machine à écrire, d'autres tirés sur ordinateur, quelques-uns étaient même écrits à la main. Les trois quarts d'entre eux semblaient être des récits à la première personne, des histoires décousues et incompréhensibles, sans queue ni tête, sans intrigue ni signature. Des éclats et des bribes de vie aléatoires. Beaucoup de pages manquaient, les récits commençaient ou finissaient au beau milieu d'une phrase. Y étaient joints aussi quelques longues lettres, ainsi que des documents officiels inintelligibles. Je me suis dit que cette paperasse me revenait. L'idée que ce fatras étranger était tout ce que j'avais au monde, remplaçant tout ce que je possédais autrefois et que le syndic de mon père avait jeté, me rendait malade.

Mais parmi ce bric-à-brac se trouvait un gros classeur, qui trônait tout seul sur un bureau en bois au vernis écaillé, un stylo Bic mâchonné posé dessus. Quand je dis « mâchonné », j'entends à moitié mangé, mon mystérieux prédécesseur l'ayant rongé sur cinq centimètres au moins. Le plateau du bureau était à peu près le seul espace en ordre du logement. Immédiatement, ce livre artisanal m'a titillée. Son titre, écrit en lettres gothiques, barrait la couverture : *La Bible du Fernsby.*

À la première page, l'ancien gardien avait agrafé un mot à l'intention du nouveau – c'est-à-dire moi – expliquant qu'il était psychologue amateur et observateur incisif de la nature humaine, et que c'étaient là les notes de ses recherches, collectées auprès des locataires. Elles étaient considérables. Je les ai feuilletées, épatée par la rigueur et la densité de l'ouvrage. Et puis, à la fin du classeur, il avait ajouté une rame de pages vierges sous le titre « Notes et observations ». Enfin, il avait rajouté une annotation en bas de page : « À remplir par le prochain gardien ».

Je contemplais ces pages blanches en me disant que l'ancien gardien était fou de penser que son successeur – ou n'importe qui, d'ailleurs – aurait envie de les remplir. Je ne me doutais pas de l'attrait magique qu'un stylo à moitié rongé et des feuilles blanches auraient pour moi.

Je suis retournée aux écrits du gardien. Il était prolifique, noircissant des pages et des pages de comptes rendus sur les résidents de l'immeuble, rédigées d'une écriture religieusement soignée – avec des commentaires acerbes sur leurs antécédents, manies et travers, sur ce dont il fallait se méfier et, détail crucial, leurs habitudes en matière de pourboires. C'était blindé d'histoires et d'anecdotes, de digressions et de devinettes, de racontars, de prouts et de blagues. Il avait attribué des surnoms à tout le monde. Des surnoms à la fois drôles et énigmatiques. « Elle, c'est la Dame aux Anneaux », avait-il écrit sur la locataire du 2D. « Elle aura des anneaux, des bijoux et une riche parure[1]. » Ou, sur la locataire du 6C : « C'est la Cocinera, seconde de cuisine des anges déchus. » Sur le 5C : « Lui, c'est Eurovision, un homme qui refuse d'être ce qu'il n'est pas. » Ou le 3A : « Lui, c'est Wurly, dont les larmes se transforment en notes de musique. » Beaucoup de ses surnoms et notices étaient à l'avenant, des devinettes. Wilbur devait être un champion de la procrastination, lui qui préférait écrire dans son livre plutôt que de réparer les robinets qui fuyaient et les fenêtres cassées de ce trou à rats d'immeuble.

À la lecture de ces pages reliées, j'étais pétrifiée. Mis à part l'étrangeté de l'entreprise, c'étaient de véritables pépites pour la

---

1. En anglais « *Rings and things and fine array* », citation extraite de *La Mégère apprivoisée*, Shakespeare, acte II, scène 1. (*Toutes les notes sont des deux traductrices.*)

gardienne débutante que j'étais. Je me suis mise à mémoriser tous les locataires, surnoms et numéros d'appartement. C'est mon livre de chevet. Aussi ridicule que ce soit, je serais perdue sans *La Bible du Fernsby*. L'immeuble est un capharnaüm, et il s'en excusait, expliquant que le propriétaire, absent, ne répondait pas à ses requêtes, refusait de payer quoi que ce soit, ne répondait même pas à ce maudit téléphone – le salaud s'était vraiment volatilisé. « On sera frustré et misérable, écrivait-il, jusqu'à ce qu'on s'y fasse : on est tout seul. »

Au dos de la bible, il avait scotché une clé avec une note : « À vérifier ».

J'ai pensé que c'était un passe-partout pour les appartements, mais je l'ai testée et me suis rendu compte que ce n'était pas le cas. C'était une clé d'une drôle de forme qui ne rentrait dans aucune des nombreuses serrures que j'ai essayées. J'étais de plus en plus intriguée. Dès que j'ai pu, je me suis mise à parcourir l'immeuble méthodiquement, testant la clé sans relâche, en vain. J'allais abandonner quand, au bout du couloir du troisième étage, j'ai repéré un escalier étroit menant au toit. Tout en haut, il y avait une porte fermée au moyen d'un cadenas – et, tenez-vous bien, la clé y est entrée sans résistance ! J'ai ouvert la porte, je suis sortie et j'ai regardé autour de moi.

J'étais sidérée. Le toit était sacrément près du paradis, tant pis pour les araignées, les fientes de pigeon et la toile bitumée claquant au vent. Il était immense, et le panorama prodigieux. Les constructions de chaque côté du Fernsby Arms avaient été récemment rasées par les promoteurs. Seul l'immeuble se dressait au milieu des gravats – avec des vues à couper le souffle sur Bowery Street jusqu'au pont de Brooklyn, celui de Williamsburg et les gratte-ciel de Manhattan et du centre-ville. C'était le soir, et la ville entière était teintée d'une lumière rosâtre, une unique traînée de condensation d'avion striait d'orange vif le ciel au-dessus de ma tête. J'ai tiré mon portable de ma poche – cinq barres. En regardant autour de moi, j'ai pensé : « Et puis merde ! » Je pourrais toujours appeler de là-haut, et avec un peu de chance l'avoir enfin au téléphone, si c'était juste un problème de réception qui m'empêchait de joindre le Manoir de la Gerbe. Il était certainement illégal de monter ici, mais le propriétaire n'allait sûrement pas s'aventurer dans une ville infestée par le Covid pour inspecter ses biens. Avec le confinement qui durait désormais depuis près de deux semaines, ce toit était le seul endroit où l'organisme pouvait prendre l'air et le soleil, lesquels, par les temps qui couraient, semblaient à moitié sans danger. Un jour, les promoteurs bâtiraient des tours de verre branchouilles, plongeant le Fernsby Arms dans une ombre permanente. Mais jusque-là pourquoi ne serait-il pas à moi ? Manifestement, ce bon vieux Wilbur P. Worthington III avait eu la même vision, et il n'était même plus là pour le confinement.

En inspectant les lieux, j'ai immédiatement remarqué un gros objet bosselé, posé à l'air libre et couvert d'une bâche de plastique. Arrachant celle-ci d'un coup sec, j'ai mis au jour un vieux canapé de velours rouge souillé, déglingué et grignoté par les souris. Le refuge de l'ancien gardien, à coup sûr. Comme je m'affalais dessus pour apprécier son confort, j'ai songé : « Dieu bénisse Wilbur P. Worthington le troisième ! »

Je montais sur le toit tous les soirs, à l'heure du couchant, avec un thermos de margarita ou d'un autre cocktail exotique que j'avais gratté dans mon cabinet de liqueurs arc-en-ciel. Puis je m'étendais sur mon canapé pour regarder le soleil descendre sur Lower Manhattan en composant encore et encore le numéro de papa. Je ne pouvais toujours pas le joindre mais, au moins, j'avais bonne conscience en le faisant.

Mon paradis solitaire, en tant que tel, n'a pas duré longtemps. Il y a deux ou trois jours, pendant cette dernière semaine de mars, tandis que le Covid mettait le feu à la ville, un des locataires a brisé le cadenas de la porte et installé là-haut un fauteuil de jardin en plastique, avec une table basse et un géranium en pot. J'étais vraiment bluffée. Le bon vieux Wilbur avait conservé une kyrielle de cadenas au milieu de ses autres bidules, j'en ai donc choisi un monstrueux en acier trempé et chromé, assez lourd pour fendre le crâne d'un élan, et l'ai posé sur la porte. Il était garanti incassable ou on vous remboursait trois fois son montant. Mais j'imagine que l'intrus aimait sa liberté autant que moi, parce qu'on avait attaqué le cadenas et le crochet au pied-de-biche et on les avait arrachés, fendant la porte au passage. Impossible de la fermer après ça. Essayez d'acheter une porte neuve pendant le Covid !

J'étais presque sûre de savoir qui c'était. Quand je suis sortie sur le toit après avoir trouvé la porte cassée, la coupable était encore là, pelotonnée dans un « fauteuil œuf » – un siège de forme ovoïde recouvert de fausse fourrure dans lequel il faut ramper – en train de bouquiner en vapotant. Ça avait dû être l'enfer de trimbaler ce fauteuil jusque sur le toit. J'ai reconnu la jeune locataire du 5B, celle que Wilbur appelait Hello Kitty dans sa bible parce qu'elle portait des sweats et des hoodies imprimés de ce personnage de dessin animé. Elle m'a jeté un regard froid comme pour me défier de l'accuser d'avoir cassé la porte. Je me suis tue. Qu'aurais-je pu dire ? En plus, j'étais plutôt impressionnée. Elle me ressemblait. Et ce n'est pas comme s'il fallait qu'on se parle, elle avait l'air aussi pressée de m'ignorer que je l'étais moi-même. J'ai donc gardé mes distances.

Mais, là-dessus, d'autres locataires ont à leur tour découvert le toit, par petits groupes. Ils traînaient leurs sièges les plus moches dans l'étroit escalier et prenaient place au coucher du soleil, tout le monde restant « physiquement distancié », nouvelle expression du jour. J'ai bien tenté de les arrêter. J'ai mis une pancarte disant que c'était défendu (ce qui était techniquement vrai !), que personne n'était censé être là-haut, qu'on pouvait trébucher et tomber du parapet qui était trop bas. Mais, à ce stade, nous étions confinés depuis ce qui nous semblait être une éternité, et les gens refusaient d'être privés d'air frais ou de la vue. Je ne peux pas leur en vouloir. L'immeuble est sombre, froid et plein de courants d'air ; les couloirs dégagent de drôles d'odeurs et il y a des vitres fêlées et cassées partout. Par ailleurs, le toit est quand même suffisamment vaste, tout le monde fait attention à ne rien toucher, à ne pas parler fort et même à ne pas se moucher, et on se tient tous à deux mètres de distance. Dommage qu'on ne puisse pas trouver de gel hydroalcoolique dans cette maudite ville, sinon j'en mettrais un jéroboam à l'entrée. Du coup, je passe les poignées de porte à l'eau de Javel une fois par jour. Et je ne m'inquiète pas pour moi, j'ai à peine trente ans, je suis assez jeune pour que, dit-on, le virus m'épargne, si on fait abstraction de mon asthme.

Pourtant, mon intimité me manquait.

Pendant ce temps, le Covid frappait durement New York. Le 9 mars le maire annonçait que 16 cas étaient recensés en ville ; dès le 13 mars, comme je l'ai mentionné, la Garde nationale entourait New Rochelle et le 20 mars New York était confiné, juste à temps pour que tout le monde puisse se gaver d'épisodes d'*Au royaume des fauves* sur Netflix. Une semaine plus tard, on comptait plus de 27 000 contaminations, avec des centaines de morts par jour et un nombre de cas qui grimpait en flèche. Je me suis penchée sur les statistiques et puis, fatalement, j'imagine, j'ai commencé à les noter sur les pages blanches à la fin du carnet de Wilbur, sa prétendue *Bible du Fernsby*.

Naturellement, tous ceux qui le pouvaient avaient déjà quitté New York. Les classes professionnelles aisées avaient fui la ville comme les rats un navire qui coule, trottinant en couinant vers les Hamptons, le Connecticut, les Berkshires, le Maine, Cape Cod… N'importe où sauf New Covid City. Nous étions les laissés-pour-compte. En tant que gardienne, c'était mon travail – me semblait-il – de m'assurer que le Covid ne pénètre pas dans le Fernsby Arms et ne tue pas ses locataires. (Sauf ceux à loyer modéré… Ha ha, pas besoin de nettoyer leurs poignées de porte, je suis sûre que c'est ce que m'aurait dit le ou la propriétaire !) J'ai distribué une note de service établissant les règles : aucune personne extérieure n'était autorisée dans l'immeuble, tout le monde devait se tenir à deux mètres de distance dans les parties communes, aucun attroupement dans les escaliers. Et ainsi de suite. Exactement comme papa l'aurait fait. Toujours aucune consigne sur les masques de la part des pouvoirs publics, étant donné qu'il n'y en avait pas assez pour les personnels soignants, de toute façon. Nous étions durablement coincés dans l'immeuble. Confinés.

Alors tous les soirs, les locataires qui avaient découvert le toit montaient y traîner. Au début, on était six. Je les ai tous cochés dans *La Bible du Fernsby*. Il y avait Vinaigre du 2B, Eurovision du 5C, la Dame aux Anneaux du 2D, la Thérapeute du 6D, Florida du 3C et Hello Kitty du 5B. Deux jours plus tôt, les New-Yorkais inauguraient le rituel consistant à applaudir les médecins et les autres travailleurs essentiels à dix-neuf heures, au coucher du soleil. Ça faisait du bien de faire quelque chose et de casser le train-train. Les gens ont donc pris l'habitude de se réunir juste avant dix-neuf heures. Le moment venu, du haut de notre toit, avec toute la ville, on criait et on applaudissait, on tapait sur des casseroles, on sifflait. C'était le début de la soirée. J'ai monté une lanterne fêlée dans laquelle j'avais mis une bougie, que j'avais trouvée dans le bric-à-brac de Wilbur. D'autres ont eux aussi apporté des lanternes et des bougeoirs à bouclier anti-ouragan, en nombre suffisant pour éclairer un petit espace. Eurovision avait une antique lampe à pétrole en cuivre avec un abat-jour en verre décoré.

Au début, personne ne parlait, et ça me convenait parfaitement. Après avoir vu la manière dont mon père s'était fait traiter par ceux avec qui il cohabitait et qu'il aidait depuis des années, je n'avais absolument aucune envie de faire leur connaissance. J'aurais pu ne même pas être avec eux, sauf que cet espace avait d'abord été le mien. Une gardienne qui pense se faire des amis dans son immeuble cherche les ennuis. Même dans un taudis de merde comme celui-ci, tout le monde se considère au-dessus de la gardienne. Telle est donc ma devise : Garder ses distances. Et, clairement, eux non plus n'avaient aucune envie de me fréquenter. Bien.

Comme j'étais nouvelle, je ne connaissais aucun des habitués du toit. Ils passaient leur temps à scroller sur leurs téléphones, descendre des bières ou des verres de vin, bouquiner, fumer de l'herbe ou tripoter leurs ordinateurs. Hello Kitty s'installait dans son fauteuil sous le vent et vapotait presque non-stop. Une fois, j'ai capté une bouffée de sa cigarette électronique, une odeur suave et écœurante de pastèque. Elle tirait sur ce truc quasiment sans arrêt, comme pour respirer. Un miracle qu'elle ne soit pas morte ! Vu les histoires sur ce qui se passait en Italie, les gens branchés sur des respirateurs, même s'il s'agissait principalement de personnes âgées, j'aurais voulu lui arracher cette saloperie des mains. Mais on a tous le droit d'avoir nos vices, j'imagine. Et d'ailleurs, qui écouterait la gardienne ? Eurovision a monté une de ces mini-enceintes Bluetooth Bose qui, posée à côté de son siège, diffuse en sourdine de la pop européenne. Autant que je sache, personne de l'immeuble ne sortait jamais, même pour aller chercher des provisions ou du papier-toilette. On était en mode confinement complet.

Pendant ce temps, les sirènes des ambulances hurlaient tout le long de Bowery Street, de plus en plus fort à mesure qu'elles se rapprochaient, avant de s'éteindre peu à peu après leur passage – nous nous trouvions à proximité du Presbytarian Dowtown Hospital. Puis tous ces camions frigorifiques banalisés ont commencé à apparaître. On n'a pas tardé à apprendre qu'ils transportaient les corps des victimes du Covid. Ils dévalaient les rues dans un grondement comme les charrettes des pestiférés d'autrefois, jour et nuit, s'arrêtant trop souvent pour collecter leur cargaison de linceuls.

Le mardi 31 mars – aujourd'hui – est à marquer d'une pierre blanche pour moi, parce que c'est le jour où j'ai commencé à consigner des trucs dans ce livre. À l'origine, mon intention était seulement de noter des chiffres et des statistiques, mais tout ça m'a en quelque sorte échappé pour se transformer en un projet plus important. Les chiffres d'aujourd'hui sont une sorte de jalon : le *New York Times* annonce que la ville a dépassé les 1 000 morts du Covid. Il y a 43 159 cas confirmés à New York même, et 75 795 dans l'État. Sur les cinq arrondissements, le Queens et Brooklyn sont les plus frappés par le virus, avec respectivement 13 869 et 11 160 cas ; le Bronx, lui, n'en compte que 7 814, Manhattan 6 539 et Staten Island 2 354. Noter les chiffres donne l'impression de les apprivoiser, les rend moins effrayants.

Il a plu dans l'après-midi. J'ai grimpé sur le toit comme d'habitude, un quart d'heure environ avant le coucher du soleil. La lumière du soir projetait de longues ombres sur la chaussée mouillée de Bowery Street. Entre deux sirènes, la ville était déserte et silencieuse. C'était étrange et drôlement paisible. Plus de voitures, ni de bruits de klaxon, ni de piétons rentrant chez eux sur les trottoirs, ni de bourdonnements d'avion au-dessus de nos têtes. L'air était propre et limpide, empreint d'une beauté sombre et de présage magique. Sans les gaz d'échappement des automobiles, il régnait une sensation de fraîcheur me rappelant mon court et heureux séjour dans le Vermont avant… bref, peu importe. Les résidents habituels se sont réunis sur le toit, tandis que les rues glissaient dans l'obscurité. À dix-neuf heures, quand on a entendu les premiers cris et bruits de casseroles des immeubles voisins, nous nous sommes levés de nos sièges pour nous livrer à notre habituel concert de sifflements, applaudissements et clameurs, tous sauf la locataire du 2B. Toujours assise, elle tentait de faire fonctionner son portable. Wilbur m'avait prévenue à son sujet ; même si elle était du genre à appeler royalement pour qu'on lui change une simple ampoule, au moins, elle laissait un pourboire royal. « C'est un pur vinaigre new-yorkais », avait-il écrit, avant d'ajouter une de ses devinettes : « Le meilleur vin donne le vinaigre le plus fort. » Quoi que ça puisse signifier. Je lui donnais la cinquantaine – habillée tout en noir, tee-shirt noir et jean skinny noir délavé. Les éclaboussures et les filets de peinture sur ses Doc Martens éculées étaient les seules touches de couleur visibles sur sa personne. Elle était artiste, supposais-je.

La femme du 3C, nommée Florida dans le carnet de Wilbur, a interpellé Vinaigre.

— Tu ne viens pas nous rejoindre ?

À son ton, j'ai immédiatement compris qu'il y avait une vieille histoire entre elles. Florida – l'ancien gardien n'avait pas expliqué l'origine de son nom, peut-être était-ce juste le sien – était une grande femme à la poitrine plantureuse qui parvenait à dégager une énergie infatigable, la cinquantaine également, avec un brushing impeccable et une blouse pailletée sous un châle doré scintillant. La bible de

Wilbur la décrivait comme une commère, avec ce bon mot : « Le commérage est un papotage sur l'espèce humaine par des amoureux de celle-ci. »

Vinaigre a lancé à Florida un regard glacial.

— Non.

— Comment ça, « non » ?

— J'en ai marre de hurler à la lune pour rien, merci.

— On applaudit les travailleurs essentiels, ceux qui risquent leur vie dehors.

— Enfin, tu n'es pas une sainte ! Comment tes cris vont-ils les aider ?

Florida a regardé fixement Vinaigre.

— Il n'y a aucune logique là-dedans. *Esto es una mierda*, ça craint, mais on essaie de leur montrer notre soutien.

— Alors tu penses que taper sur une casserole va changer quelque chose ?

Florida a remonté son châle doré sur ses épaules, pincé les lèvres en signe de réprobation et s'est rencognée dans son fauteuil.

— Quand tout ça sera fini, a déclaré la Dame aux Anneaux au bout d'un moment, ce sera comme pour le 11 Septembre, plus personne n'en parlera. C'est comme pour un suicide, on n'en parle jamais.

— Si les gens ne parlent plus du 11 Septembre, est intervenue la Thérapeute, c'est parce que New York a eu sa dose de troubles de stress post-traumatique. J'ai encore des patients du 11 Septembre qui travaillent sur leurs TSPT. Vingt ans après…

— Qu'est-ce vous voulez dire par « les gens ne parlent plus du 11 Septembre » ? a rétorqué Hello Kitty. Ils n'arrêtent pas d'en parler ! À croire que la moitié de New York a fui pour sauver sa peau, asphyxiée par la fumée et les cendres. Ce sera la même chose avec le Covid. « Laissez-moi vous raconter comment j'ai survécu à la grande pandémie de 2020. » Les gens ne la boucleront jamais…

— Oh là là, a dit Vinaigre. Étais-tu seulement née au moment du 11 Septembre ?

Hello Kitty a tiré sur sa cigarette électronique et l'a ignorée.

— Pense à tous les TSPT que cette pandémie va provoquer, a lancé Eurovision. Oh, mon Dieu, nous allons être en analyse pour toujours ! (Il a lâché un petit rire, puis s'est tourné vers la Thérapeute.) Quelle aubaine pour vous !

Elle lui a retourné un regard impassible.

— Tout le monde souffre de TSPT de nos jours, a poursuivi Eurovision. Moi j'ai bien des troubles à cause de l'annulation de l'Eurovision 2020. C'est la seule édition que j'ai manquée depuis 2005.

Il a posé une main sur sa poitrine en faisant la grimace.

— Qu'est-ce que c'est, l'Eurovision ? a demandé Florida.

— Le concours Eurovision de la chanson, ma chère. Des artistes venus du monde entier sont sélectionnés et concourent avec une chanson originale, à raison d'un chanteur, d'une chanteuse ou d'un groupe par pays. Le lauréat est désigné par vote. Six cents millions de téléspectateurs suivent ça à la télé. C'est un peu la Coupe du monde de la musique. Le concours était censé se dérouler à Rotterdam cette année, mais la semaine dernière il a été annulé. J'avais mes billets d'avion, l'hôtel, tout. Alors maintenant (il s'est éventé avec une mimique exagérée) aidez-moi, docteur, j'ai un TSPT...

— Le stress post-traumatique n'est pas une blague, a rétorqué la Thérapeute. Pas plus que le 11 Septembre...

— Le 11 Septembre est encore en nous, a approuvé une trentenaire. (Grâce au carnet, j'ai reconnu la Fille du Merenguero, du 3B.) C'est récent, ça nous a tous touchés, y compris ma famille. Même jusqu'à Saint-Domingue...

— Vous avez perdu quelqu'un le 11 Septembre ? s'est enquise la Dame aux Anneaux, sur un ton de défi.

— Bizarrement, oui.

— Comment ça ?

Elle a pris une profonde inspiration.

— *Mi papá* était ce grand *merenguero*, ce qui, si vous ne le savez pas, veut dire qu'il jouait du merengue pour gagner sa vie. Il passait une bonne partie de son temps sur le plateau d'*El Show del Mediodía*. S'il y a, en République dominicaine, une émission que tout le monde suit, c'est bien celle-là. En fait, elle passe encore aujourd'hui.

Au moment où elle prenait la parole, je me suis doutée qu'elle allait se lancer dans une histoire, et j'ai eu une idée. Depuis l'âge de vingt ans, j'ai pris l'habitude d'enregistrer les trucs que les gens racontent autour de moi, surtout les conneries des gars qui m'abordent dans les bars. Je laisse négligemment mon téléphone sur le comptoir ou sur la table, ou encore dans ma poche. Ou d'autres fois, dans le métro, je fais semblant de tripoter mon portable tout en enregistrant ce que déblatère un abruti. Vous ne croiriez pas tout ce que j'ai collecté au fil des ans, de magnifiques et nombreuses heures d'inepties et d'ignominies sauvegardées pour la postérité. Je regrette de ne pas pouvoir les rentabiliser sur YouTube ou un truc du genre. Et il n'y a pas que du négatif, en fait. J'ai aussi capté d'autres choses. Des histoires tristes, des histoires drôles, des actes de bonté, des confessions, des rêves, des cauchemars, des réminiscences, voire des crimes. Les trucs que des inconnus vous racontent tard le soir dans le métro sur la ligne E... « Un jour j'étais si désespéré que j'ai fumé de la merde de chien pour me défoncer » ... « J'ai espionné mes grands-parents en train de baiser, et vous ne croiriez pas ce qu'ils faisaient » ... « J'ai gagné un pari de 100 dollars en dépiautant, cuisant et mangeant le hamster de mon frère » ...

Mon père collectionnait les gens par son charme, moi je les collectionnais par ruse.

Bref, j'ai commencé à enregistrer. Mais mon canapé était situé trop loin de la Fille du Merenguero, alors je me suis levée et, montrant mon envie d'écouter, j'ai tiré ce maudit canapé rouge dans l'espace de deux mètres séparant deux sièges, gratifiant tous leurs occupants d'un grand sourire niais et marmonnant quelque chose comme quoi je ne voulais pas manquer un seul mot. Après m'être mise à l'aise, j'ai sorti en douce le téléphone de ma poche, fait mine de vérifier quelque chose dessus, l'ai orienté et j'ai appuyé sur le bouton d'enregistrement. Puis je l'ai posé sur le canapé, dirigé vers la Fille du Merenguero, et me suis réinstallée, les pieds en l'air, une margarita dans une main.

Que ferai-je de ces enregistrements ? Au moment où j'ai pressé le bouton, je ne le savais pas, mais plus tard, de retour dans mon logement, j'ai vu le gros livre de Wilbur trônant sur le bureau avec toutes ces pages blanches qu'il m'avait laissées. « OK, me suis-je dit, il n'y a qu'à les remplir. Ça me donnera quelque chose à faire pendant les quelques semaines où je serai coincée avec cette putain de pandémie. »

Mais chut ! La Fille du Merenguero parlait.

— À l'époque, cette émission recevait les orchestres de merengue montants les plus chauds. À propos, certains morceaux avaient alors des titres et des paroles assez dingues. C'est mon « traumavertissement », ma mise en garde parce que les conneries racistes ne manquent pas ici !

Marquant une pause, elle a passé le toit en revue d'un air anxieux, comme si elle ne savait pas ce qu'elle allait dire, mais aussi pour évaluer qui écoutait.

— Il y avait une chanson qui posait vraiment la question : *Qué será lo que quiere el negro ?* « Qu'est-ce que veut l'homme noir ? » Cette chanson a été un énorme succès populaire dans les années 1980, et elle passait souvent à *El Show del Mediodía* que je regardais quand j'étais toute petite. Je n'avais pas le droit de l'accompagner au studio parce que mon père ne voulait pas de moi, il bossait et ne pouvait donc pas me surveiller. N'oubliez pas, il était père célibataire. Il fallait qu'il affirme son autorité sur moi, et il ne voulait pas que j'aille dans ce genre d'endroit.

« Papa était sympa avec certains des danseurs de l'émission, il a même connu une femme là-bas. J'ignore ce qui s'est passé entre eux. On disait juste qu'ils étaient *muy amigos y muy queridos*. Je ne sais pas, je n'ai pas posé de questions. Mais ils sont restés amis pendant des années. Elle était toujours gentille avec moi. Pas comme une figure maternelle perdue depuis longtemps, rien de tel, mais elle m'a vraiment appris quoi faire quand j'ai eu mes règles l'été de mes onze ans. Je n'imagine même pas comment mon père aurait réagi ! Elle a disparu de nos vies quand j'étais encore une enfant, mais j'ai gardé un bon souvenir d'elle.

« Je suis tombée sur elle par hasard il n'y a pas si longtemps, quelques semaines avant le confinement. C'était un truc de dingue. J'étais dans mon salon préféré, pour me faire défriser les cheveux, vous savez, comme font les coiffeurs. La blague que tout le monde nous raconte, c'est que, même au paradis, les coiffeurs dominicains enroulent toujours la boucle sur la brosse d'une main, tandis que, de l'autre, ils te collent on ne sait combien de degrés direct sur les cheveux pour les raidir le plus possible.

« Ouais, je m'infligeais ça toutes les semaines, puis je me suis aperçue que cette merde abîmait mes cheveux et mon cuir chevelu, alors j'ai arrêté !

« Quoi qu'il en soit, je la vois chez le coiffeur et lui demande comment elle va. Au début, elle n'a pas l'air trop contente de me voir, de voir quelqu'un qu'elle connaît. Mais ensuite elle se lance dans une histoire de ouf, qui paraît incroyable, sauf qu'elle est vraie. L'histoire de cette femme a débuté le 11 Septembre. Tout le monde disait : « Mince, faut-il qu'on remonte au 11 Septembre ? » Ça fait beaucoup, non ? Mais peut-être qu'il y a quelque chose là-dedans qui peut nous éclairer sur le moment que nous vivons, réunis ici sur le toit. J'appelle cette histoire « La double tragédie ».

« Laissez-moi vous dire que, quand une histoire retient l'attention chez le coiffeur, tous les sèche-cheveux s'arrêtent. Les clientes ont toujours leur mise en plis, elles ont toujours leur teinture, elles ont toujours leur coupe. Mais si quelqu'un a la parole et raconte une histoire qui captive tout le monde, il n'y a plus aucun sèche-cheveux qui marche, ça vous pouvez en être sûrs.

« À propos, une précision. Eva avait soixante-dix ans et en paraissait vingt de moins. Elle se faisait coiffer avec ses cheveux gris au naturel, mais il y transparaissait encore assez de noir pour qu'on voie qu'à un moment donné ses cheveux avaient été superlativement noirs. Bon, tout ce gris lui donnait un air distingué. Elle s'était aussi, disons, un peu augmentée dans plusieurs domaines. Et le portait bien. Elle se débrouillait pour que ces *tetas* et ces *pa'trás*, ces nichons et ce derrière, aillent bien à une septuagénaire. Peut-être que Jennifer Lopez lui ressemblera, on peut seulement se l'imaginer. Le truc, c'est qu'elle était sexy malgré ses soixante-dix ans.

« Quand elle a eu cinquante ans, après qu'elle avait cessé de traîner à *El Show del Mediodía* et qu'on s'était perdues de vue, elle expliqua qu'elle était tombée amoureuse d'un homme plus jeune. Elle a fait ce truc de ouf, quitter son mari, avec qui elle n'avait jamais pu avoir d'enfant. Et elle est tombée amoureuse de ce Dominicain qui, assez curieusement, jouait dans des groupes de merengue. Il était percussionniste, il jouait donc un peu de tout, claviers, bongos, maracas, triángulo, cascabel et, oui, un instrument de percussion du Pérou confectionné à partir d'ongles de chèvre séchés. Mais son jeu était jazzy, du merengue *woke* comme Juan Luis Guerra période vieille école, avant qu'il se convertisse, Victor Victor, Maridalia Hernandez et Chichi Peralta.

« Eva m'a dit qu'elle avait été prise de la folle, très folle impulsion de commencer enfin à écouter son cœur et de se foutre du reste. Elle se moquait désormais du truc qui empêche beaucoup de gens en Amérique latine et sur la *isla* de faire ce que bon leur semble, et qui se résume en gros au *El qué dirán ?* « Que diront les voisins ? » Eva était du genre : « Et puis merde, je m'en fous ! J'ai le béguin pour ce type, il joue dans un groupe de musique et je quitte mon mari. »

« Sans doute parce qu'ils étaient si profondément, si follement, si passionnément amoureux, elle est tombée enceinte. Ça paraît incroyable. Mais, comme Eva l'a claironné dans tout le salon sans le moindre complexe, leur sexualité était incroyable. Ils faisaient l'amour tout le temps. Avec son mari, ils ne baisaient pas, c'est tout ce que je peux dire. Non, ils ne baisaient plus, ils avaient arrêté. Mais ce garçon avait, je crois, la trentaine et était au sommet de sa forme. Oh, mon Dieu ! Comment elle parlait du sexe ! Enfin, c'était si bon qu'elle a fini par tomber enceinte. C'est tout ce que je peux dire !

— Plus le sexe est chaud, plus la grossesse arrive vite, l'a interrompue Florida du 3C.

Bon, la bible m'avait prévenue que c'était une commère.

— C'est scientifiquement faux, a répliqué vertement Vinaigre avec un geste dédaigneux. Un conte de bonnes femmes, démenti il y a des années.

— Et où as-tu fait tes études de médecine ?

Après un silence poli, la Fille du Merenguero les a ignorés et a poursuivi :

— Tantôt il s'agit uniquement de sexe, tantôt de sexe et de passion. Et la combinaison de ces deux ingrédients a conduit à un miracle. À cinquante ans, elle portait l'enfant de son amant de trente ans, désormais son mari. Bien sûr, ça a fait scandale. Mais, à cette époque, elle en avait déjà fini avec *El qué dirán*, complètement.

« Pareil pour lui. Son nouvel époux venait d'un milieu très modeste de Saint-Domingue, un quartier appelé Villa Mella. Le fait qu'il ait réussi en tant que musicien et puisse vivre de son métier était énorme. Il était heureux. Et amoureux de cette femme incroyable. Même si leur couple était totalement non conventionnel, ça fonctionnait. Dès le début, ils avaient décidé de ne jamais laisser entrer la guerre et les mots du monde extérieur dans leur mariage.

« Dans le salon de coiffure, nous étions toutes suspendues aux lèvres d'Eva. Yo ! Certaines ont demandé à leur coiffeur ou coiffeuse d'aller leur chercher des *cafés con leche* parce que l'histoire ne faisait que commencer et que c'était déjà passionnant.

« Enfin, Eva est revenue au 11 Septembre. Ce jour-là, Eva se trouvait par hasard sur Wall Street pour un rendez-vous, et elle a tout vu. Elle a vu l'avion passer juste au-dessus de sa tête et percuter la première tour. Elle avait rendez-vous dans cette tour. Et elle était par hasard une de ces malheureuses mille ou deux mille personnes, une des personnes les plus malheureuses – ou peut-être une des plus veinardes, tout dépend du point de vue où on se place – qui se trouvaient être là quand c'est arrivé. Sous le choc, elle a vacillé et trébuché, se tordant la cheville, mais la montée d'adrénaline a fait qu'elle s'est mise à courir malgré sa cheville amochée. Elle n'avait qu'une idée, rentrer chez elle retrouver son mari et leur fils de deux ans.

« Une seule chose comptait, ficher le camp de là, sauter dans un métro et rentrer à Washington Heights pour être avec sa petite famille. Oui, à l'âge de la plupart des grands-mères. Mais elle était une femme mûre qui voulait à tout prix revoir son petit garçon pour le prendre dans ses bras. Respirer son odeur. Eva a pu avoir un métro, de justesse. En l'espace de moins d'une heure, l'ensemble du métro new-yorkais était fermé. Elle rentra à la maison, franchit la porte, et il était là, son beau mari avec ses yeux noisette et ses boucles serrées évoquant des vagues sur un océan démonté. Il avait les cheveux châtain foncé, mais les extrémités étaient plus claires, assorties à la couleur cannelle de sa peau.

« Il s'appelait Aleximas, nom composé à partir d'Alexis et de Tomas, très dominicain, mais ne jugez pas, yo ! Aleximas se mit à pleurer en la voyant. Les larmes roulaient sur ses joues, comme celles d'un bébé. Pour ce couple non conventionnel qui s'aimait tant, ça n'avait aucune importance qu'un homme adulte verse des larmes. Voilà à quel point Aleximas se sentait en sécurité avec sa femme, de vingt ans son aînée. Elle le rassurait. La vie avait vraiment été dure pour lui qui avait grandi dans le quartier de Villa Mella. Ouais, c'était la vérité. La maison de son enfance en République dominicaine avait un sol en terre battue. Je veux dire, je crois que c'est assez clair, non ?

« Maintenant tout le monde buvait son *cafecito* à petites gorgées. Poursuivant son récit, Eva raconta combien elle avait été profondément bouleversée par ce dont elle avait été témoin le 11 Septembre. Au point d'en perdre le sommeil.

« Le médecin lui apprit qu'elle s'était foulé la cheville et déchiré un muscle, tant et si bien qu'elle a dû rester à la maison la jambe en l'air pendant plusieurs semaines. Elle devenait folle. Pour tout, elle dépendait entièrement de son mari. Il sortait acheter de quoi manger, il faisait tout pour elle et leur petite famille. Il ne voyait aucun inconvénient à se charger des courses, ni même à lui acheter ses tampons. Elle disait que ça tenait juste à leur amour non conventionnel. C'était un Dominicain fort et équilibré qui avait eu la chance de tomber sur une femme qui répétait : « Je me fous de ce que les autres disent sur moi et ce que je fais ! » *Soy una de muchas mujeres así !* « Je suis une des nombreuses femmes comme ça. »

« Eva ne savait pas trop comment gérer ses nouvelles émotions. Souvenez-vous, jusqu'en 2001 on n'avait jamais vraiment entendu parler des TSPT. La guerre d'Irak n'avait pas commencé. Les TSPT, c'était quoi ce truc ? Sans le savoir, elle en souffrait. Elle disait ne pas pouvoir sortir de sa dépression. Elle restait à la maison à regarder la télévision, à se dire qu'elle ne pouvait pas bouger parce qu'elle s'était tordu la cheville en fuyant, épouvantée, l'événement le plus terrible qu'elle ait jamais vu. Chaque fois qu'elle tombait sur des images de ce jour fatidique à la télé – c'était le seul sujet des informations désormais, et il passait et repassait en boucle –, c'était comme si elle se retrouvait là-bas, plantée dans la rue, et elle se mettait à trembler et à pleurer.

« Aleximas se faisait aussi du souci parce que ses cauchemars tenaient toute la famille éveillée. Le bébé, sentant l'anxiété de sa mère, ne dormait plus non plus. Exactement comme il s'était crashé dans cette tour, l'avion se crashait dans leur foyer, chamboulant leur vie.

« Ils étaient incapables de s'arracher à ce cycle traumatique. Finalement, ils prirent ensemble la difficile décision – dont ils savaient que c'était la meilleure sur le long terme – de quitter New York et de retourner à Saint-Domingue, en République dominicaine. Même s'ils avaient essentiellement réussi en Amérique, assez pour pouvoir vivre leur vie de rêve à New York dans un appartement avec trois chambres en enfilade, avec de grandes fenêtres, un salon et une salle à manger séparée.

— Impossible, a marmonné Florida, suscitant des murmures de surprise dans notre petit cercle d'auditeurs. (Je ne saurais dire si c'était causé par le choc de la description de l'appartement ou par son interruption. Mais Florida était juste en train de s'échauffer.) Comment ont-ils eu les moyens de se payer un appartement comme celui-là ? De nos jours, ça revient à plus de 3 000, 4 000 dollars par mois. Même à l'époque… non. Et si c'était un loyer modéré, ils auraient été fous de le lâcher !

— Sérieusement, a ironisé Eurovision. C'est incroyable. Aujourd'hui, je peux à peine me payer ce trou à rats.

— Laissez-la raconter son histoire, a dit sèchement Vinaigre.

— Oui. (La Fille du Merenguero inclinait la tête.) Une salle à manger séparée dans la 172e Rue, donnant sur Fort Washington Avenue. Ouais. Ils allaient laisser tout ça parce que la terreur était entrée dans leur foyer et que la pauvrette n'arrêtait pas d'avoir des cauchemars…

« Le plan qu'ils avaient établi ensemble voulait que son mari et son fils reviennent d'abord à Saint-Domingue, tandis qu'elle restait à New York pour régler les derniers détails du bureau. Elle avait aussi besoin d'espace pour pleurer et se remettre toute seule, pour travailler sur ses émotions sans effrayer son bébé. Elle ferait son chemin pendant un ou deux mois, maxi. Et voilà, ils allaient se réinstaller à Saint-Domingue et repartir de zéro. Ils connaissaient assez de monde là-bas, les choses s'arrangeraient.

« Elle a consulté les horaires d'avion, et la prochaine date à laquelle ils pouvaient réserver un vol pour Aleximas et leur fils s'est avérée être le 11 novembre. Elle a dit : « Oh, impossible que je laisse ma famille voyager encore le 11 de n'importe quel mois ! Le 11 *está quema'o*, il est maudit ! » Aucun vol ne devait plus être réservé à cette date-là. Plus jamais. Alors elle a pris des billets pour le 12 novembre, puis elle a accompagné son mari et leur petit garçon à l'aéroport et leur a dit au revoir à JFK.

« Même si elle était une boule de nerfs, Eva était sûre de pouvoir vaincre sa terreur maintenant qu'ils étaient partis. Peut-être qu'elle hurlerait dans son oreiller trois ou quatre fois par jour – une chose qu'elle ne pouvait pas faire en présence de son tout-petit de deux ans. Et vous imaginez, si son mari l'avait vue ? Il aurait vraiment pensé qu'elle avait pété les plombs. Mais oui, elle avait pété les plombs, elle était traumatisée. Le seul truc qui l'empêchait de devenir folle c'était l'amour et le sentiment de responsabilité qu'elle éprouvait envers son mari et son fils.

« Alors Eva a dit qu'elle les avait déposés en voiture à JFK et était rentrée à Washington Heights. En roulant elle avait passé un CD de la musique de son mari, parce que c'est ce que les gens faisaient d'habitude à l'époque, ce qui allégea instantanément son humeur. La tristesse de leurs adieux de l'aéroport céda la place au soulagement de commencer une nouvelle vie loin de la tragédie. Elle sourit puis éclata de rire en se trémoussant sur son siège, se sentit même mouiller d'excitation rien qu'en pensant à son mari et combien il lui manquait déjà. Vous vous imaginez ? Une femme adulte aussi chaude qu'une adolescente. Oui.

« Elle était si parfaitement inconsciente, perdue dans le premier moment de bonheur qu'elle ressentait depuis des mois, qu'elle n'a pas entendu les nouvelles. Une fois arrivée à Washington Heights, elle est rentrée chez elle en boitillant et a vu que le voyant de son répondeur clignotait, n'oubliez pas qu'on était en 2001. Elle a appuyé sur Play et a reconnu la voix de sa belle-sœur : « Où est-il ? Mais où est-il ? Comment ça a pu arriver ? Pourquoi les as-tu mis sur ce vol ? » Eva a couru allumer la télévision, et c'est là qu'elle a appris que le vol 587 s'était écrasé sur Far Rockaway, dans le Queens, quatre-vingt-dix secondes après le décollage.

« Le vol 587 était si célèbre en République dominicaine qu'il y avait même un merengue qui s'appelait comme ça. Et oui, son mari l'avait joué. Avant, on passait le merengue *El Vuelo Cinco Ochenta y Siete* dans l'avion, tant le morceau était populaire. Le vol décollait toujours tôt le matin pour que, à l'arrivée à Saint-Domingue, votre première bière frappée vous attende au frais dans la glace. Quand on sert la bière comme ça, on dit qu'elle est « en robe de mariée » parce que la bouteille est couverte de givre. On dirait une robe blanche.

« Son mari aurait dû boire sa bière *vestida de novia*, mais à la place, lui et leur petit garçon étaient morts. Ils étaient morts sur le coup, sur le vol 587, le 12 novembre 2001. Ils avaient simplement voulu éviter de voler un 11 novembre. Désormais, le salon entier était complètement silencieux, à l'exception d'une femme qui sanglotait.

La fille du Merenguero nous a tous fixés les uns après les autres. Nous étions également abasourdis. Même Vinaigre. J'ai tendu la main vers mon téléphone, pensant qu'elle en avait fini avec son histoire. Sur le moment, j'aurais aimé plus que tout pouvoir appeler mon père.

— Eva a juste dit : « Ouais, c'est la vie. J'ai survécu à une double tragédie. » (La Fille du Merenguero secouait la tête en parlant.) J'ai essuyé mon nez sur ma manche de chemise avant de lui poser la question :

« — Comment vous avez géré ça ?

« — Je n'ai rien géré, m'a répondu Eva. En fait, vous êtes les premières personnes à qui je me confie. Ça s'est passé il y a vingt ans, et je n'en parle jamais. J'ai enterré tout ce que je pouvais de mon mari et de mon fils. J'ai fermé mon appartement new-yorkais et je suis partie en République dominicaine. Là-bas, nul ne sait qui je suis ou ce que j'ai traversé. Je ne vous en dirai pas plus sur moi parce que je ne veux pas que vous me retrouviez.

« En prononçant ces mots, Eva a regardé dans ma direction et je lui ai fait un signe de la tête pour lui assurer que je ne révélerais pas qui elle était.

« Comme par défi, elle a dévisagé les femmes rassemblées autour de nous dans le salon de coiffure et dit :

« — Je me fiche de ce que vous pensez, *a mí no me importa el qué dirán*. Je me fiche de ce qu'on pense de ma vie ou de mes choix ou de ce que je fais pour gérer ma double tragédie. *Y así fue, y así es la vida*, a ajouté Eva, avant de se tourner vers sa coiffeuse. *Termina mi peinado, por favor*. Terminez mon brushing.

« Quand la coiffeuse eut terminé, cette vieille dame de soixante-dix ans lui laissa un pourboire de 25 dollars, puis quitta le salon.

« Je ne sais pas. Quelle leçon faut-il en tirer ?

Sur le toit, tout le monde restait silencieux. La Fille du Merenguero a marqué une pause, comme si elle attendait une réponse, avant de lever de nouveau les épaules.

— La stratégie du déni. Au fond, le déni a bien marché pour elle. Elle a compartimenté sa vie au point de se dire : je ne vais même plus y penser. Par la suite, j'ai appris qu'Eva avait vraiment commencé une nouvelle vie en République dominicaine. Elle ne s'est pas remariée, mais elle a de nombreux prétendants qui lui rendent visite et la traitent comme une reine. Ce qui signifie en fait qu'elle s'en offre certains, aussi souvent qu'elle le désire.

« Alors qu'est-ce qu'on fait ? Certains d'entre nous, vous savez, traversent de multiples tragédies : on perd des membres de sa famille, son travail, sa maison, sa carrière et, dans certains cas, toute sa famille. Beaucoup sont dans le déni. Mais ce sont eux qui ne cessent de nous rendre malades, et j'en ai assez d'eux. Voilà ce que je crois : un peu de déni fait avancer, mais beaucoup de déni, ça va trop loin. *Y colorín colorado, este cuento se ha acabado*. Et ainsi se termine mon histoire.

La Fille du Merenguero s'est tournée vers Eurovision.

— Mec, si tu passais un peu de merengue maintenant… Je vais zapper cette double tragédie en dansant. Tu peux mettre *Ojalà que llueva café*, « J'espère qu'il va pleuvoir du café » ?

— Qui, moi ? a demandé Eurovision, pris par surprise.

— C'est toi qui as des enceintes.

— Bien sûr, bien sûr. (Eurovision s'est redressé aussitôt pour mieux tripoter son portable.) Comment, euh, épelez-vous ce titre de chanson ? Je ne connais pas l'espagnol.

Elle le lui a épelé. Il a tapoté à toute vitesse, puis s'est levé de son siège.

— Mesdames et messieurs, laissez-moi vous présenter Juan Luis Guerra en live dans *Ojalà que llueva café* !

C'était la première fois que j'entendais ça. La musique était douce et pleine de nostalgie, pas du tout le beat syncopé auquel je m'étais attendue. Quand elle s'est achevée, le silence est retombé.

— Pour moi, ce n'était pas du merengue, a déclaré Vinaigre.

— Parce que ce n'en était pas, a dit Florida. C'est de la *bachata.*

— Mais la bachata est une forme de merengue, a riposté la Fille du Merenguero, s'échauffant.

— C'est juste pour dire.

— Vous ne pouvez pas traduire pour nous ? s'est enquis Eurovision.

— *Ay, hombre*, a répondu la Fille du Merenguero, c'est un chant de moisson dominicain, une prière. Ça parle de l'espoir que la récolte sera bonne et que les paysans ne souffriront pas. Mais il y a plus que ça. Ça parle d'une vie simple, de rêves et d'amour de la terre... En réalité, ça parle de qui nous sommes.

Fermant les yeux, elle a fredonné l'air, puis s'est mise à chanter, traduisant en anglais en se balançant légèrement.

> « J'espère qu'il va pleuvoir du café dans la campagne
> Qu'il tombe une averse de manioc et de thé... »

À la fin de la chanson, la Fille du Merenguero a rouvert les yeux.

Au bout d'un moment, Hello Kitty a lancé :

— C'est dingue, de mourir le 12 parce qu'on n'a pas voulu prendre l'avion le 11. Un peu comme si on était maudit...

— Maudits ? s'est écriée la Dame aux Anneaux. Ils n'ont rien fait de mal, une tragédie pareille est aléatoire et aveugle !

— Être maudit, tout est dans la tête, a expliqué la Thérapeute. Prétendre qu'on est maudit, ou malchanceux, ou victime, c'est pour certains un moyen de gérer la tragédie, comme cette pandémie. Je le vois dans mon activité de thérapeute. Les gens se maudissent eux-mêmes… Par honte ou sentiment de culpabilité.

— Et votre boulot consiste à lever la malédiction ? a demandé Eurovision.

— On peut le dire ainsi.

— J'ai besoin de votre aide, a-t-il avoué.

— Ma *pópo* – ma grand-mère maternelle – était experte en malédictions, a repris la Thérapeute. Elle savait tout sur la question. Elle avait une méthode unique pour y faire face.

— Laquelle ?

— Eh bien, ma mère sait lire et écrire, moi aussi, mais Ah Po était née dans un minuscule village du Guangdong. Je n'y suis jamais allée, mais un jour elle m'a montré une photo… Une petite maison de pierres grises au milieu de nulle part, uniquement entourée de rizières. Pour le dîner, mon *gung gung* attrapait des poissons dans la rivière. Mes grands-parents ont immigré à San Francisco juste avant la guerre et se sont installés dans Sunset District sans jamais penser au retour. Je ne sais même pas si leur petite maison est toujours debout ou si elle a été détruite pendant la Révolution ou quoi… Beaucoup de choses l'ont été.

« De toute façon, mon *gung gung* est mort juste après ma naissance et ma *pópo* est venue habiter chez nous, elle nous a élevées moi et mes sœurs pendant que nos parents travaillaient. Elle nous laissait jouer avec le bracelet de jade qu'elle avait au poignet depuis l'enfance, son poignet avait grandi, même s'il était resté très fin, et elle ne pouvait plus le retirer. Ma mère en avait un semblable, il était recouvert de savon quand elle faisait la vaisselle et de terreau quand elle travaillait au jardin. Ah Poh a fait cadeau d'un bracelet à chacune de nous quand nous étions petites et a tenté aussi de nous les faire porter, mais je ne pouvais pas supporter cette sensation autour de mon poignet. Comme des menottes. Mina et Courtney ont toujours le leur, je crois. Moi, je ne sais pas où est passé le mien.

« Ah Poh était menue, genre 1,50 mètre au mieux, et tous les ans elle se tassait un peu plus. Elle portait des vestes matelassées imprimées de fleurs, et elle avait cette intuition qu'ont les vieilles dames chinoises – vous en avez vu, si vous avez mis les pieds à Chinatown. Quasimodo, c'est ainsi qu'on l'appelait mes sœurs et moi, jusqu'au jour où maman nous a entendues et nous a fichu une raclée. C'est de l'ostéoporose, c'est ce que j'ai appris plus tard, due à une carence en calcium durant l'enfance. Des mini-fractures de la colonne vertébrale qui se brise et guérit encore et encore, comme une tasse trop souvent réparée avec de la colle. Du moins, c'est ce qu'on nous racontait en prépa médecine.

« Mais ne vous y trompez pas… Ah Poh avait l'air d'une adorable petite vieille dame, mais elle était indomptable. Une fois, sur Grant Avenue, un type a tenté de lui voler son sac. Elle n'a pas lâché, elle a tiré si fort qu'il a perdu l'équilibre. Puis elle l'a si royalement enguirlandé qu'il est resté allongé là, comme s'il avait été arrosé à la lance à incendie. Quand elle a eu fini, tous les commerçants étaient figés sur leur pas-de-porte, à bader. Le gars s'est relevé tant bien que mal et a décampé. Je me souviens, j'étais plantée là, tenant à la main un sac de plastique rose avec le poisson et le bouquet de *pakchoï* qu'on avait acheté pour dîner, et Ah Poh s'est retournée vers moi en disant : « OK, viens, *neui neui*, rentrons à la maison. » Comme s'il ne s'était rien passé.

« Bref, une fois mes sœurs et moi parties à l'université, on était grandes, on était occupées, on sortait et on travaillait, et on ne passait plus aussi souvent à la maison. Ah Poh s'est mise à faire ce truc typique des grands-mères : nous harceler parce qu'on n'était pas mariées, et qu'on avait intérêt à se dépêcher de trouver quelqu'un. « Ne te sens-tu pas seule ? nous disait-elle au téléphone. Sans famille comment avoir un but dans la vie ? » J'insinuais que c'était une projection de sa part… Nous toutes parties, elle avait beaucoup de temps libre. « *Nuh-uh*, protestait-elle, n'essaie pas ta psycho-ologie sur moi, *neui neui*. Ça ne marche pas avec les Chinois, c'est pour les *gwaï-lo*, les Blancs. »

« À l'époque, j'étais passée de la prépa médecine à la fac de psycho, et elle a été la seule à ne pas m'en avoir fait voir de toutes les couleurs pour ça. Mes parents, bien sûr, ne considéraient pas la psychologie comme une science, ils voulaient que je sois un vrai docteur en médecine. En fait, ils n'ont toujours pas perdu espoir, je pense. C'est un stéréotype, ils avaient leurs raisons, vous savez ? Ce qu'il y a, c'est qu'ils ont traversé tant d'épreuves pour arriver ici. Ils pensent à Ah Poh qui a grandi au milieu de cette rizière, à toutes ces années d'économies de bouts de chandelle pour payer les frais de scolarité, et on allait jeter tout ça, seulement pour suivre nos rêves et devenir poétesse ou danseuse interprète postmoderne ou Dieu sait quoi ? Nous sommes leur investissement sur leur acompte de souffrance, et ils veulent leur retour sur investissement, c'est sûr.

« De toute façon, Ah Poh m'en a fait voir de toutes les couleurs parce que je n'avais personnc.

« — Qu'est devenu ton Alcx ? m'a-t-elle demandé. Je croyais que tout allait bien.

« Récemment, Alex m'avait quittée pour mon ami, mon ex-ami aujourd'hui. En plus de ça, il me devait toujours 900 dollars que je lui avais prêtés et que j'étais sûre de ne jamais récupérer. Quand je me suis confiée à Ah Poh, elle a émis un claquement avec ses dents.

« — OK, elle a dit, tu sais quoi, *neui neui* ? Je vais le maudire.

« Ah Poh avait plein de superstitions, nous sommes un peuple superstitieux, même si tout le monde l'est plus ou moins. Ne retourne pas le poisson sur le plat sinon ton bateau chavirera. Ne pose pas ton sac par terre sinon tu deviendras pauvre. N'offre jamais de ciseaux ou de couteaux ou tu couperas l'amitié en deux. Ne dis jamais quatre. Enfants, on ne pouvait pas faire un pas sans se cogner les orteils sur quelque chose qui portait malheur. Mais, à ma connaissance, jeter un sort n'est pas une ancienne pratique chinoise.

« — Qu'est-ce que tu entends par « maudire » ? j'ai demandé.

« Apparemment, elle tenait ça de son amie Marcie, qu'elle retrouvait le mardi matin à l'église de la paroisse pour jouer au bingo.

« — Je croyais que tu trouvais le bingo ennuyeux, j'ai dit.

« — Oui, m'a-t-elle répondu, et j'ai découvert que Marcie aussi. Alors je lui ai appris le mahjong, et maintenant on y joue chaque semaine à la place du bingo. Et on va au casino le jeudi, jour de promo pour les seniors.

« — Attends, à quoi tu joues au casino ? j'ai demandé.

« — Aux machines à sous, elle a rétorqué, légèrement surprise, comme si ça allait de soi. De temps en temps, on joue aussi au black jack.

« Marcie avait un rituel : chaque fois que quelqu'un lui faisait du mal, elle inscrivait ses nom et prénom sur un bout de papier, qu'elle roulait et congelait dans un glaçon, puis laissait pour toujours au congélateur.

« — Ça marche, insistait ma *pópo*. Un entrepreneur a surfacturé Marcie pour la réparation de son toit, alors elle a écrit son nom et l'a congelé. Quinze jours plus tard, il était poursuivi par la municipalité parce qu'il n'avait pas renouvelé sa licence. Tu me dis le nom complet de cet Alex, j'ai un bout de papier sous la main.

« Je ne croyais pas avoir grand-chose à perdre et, de toute façon, discuter avec Ah Poh était en général un combat perdu d'avance, je lui ai donc donné le nom complet d'Alex : prénom, second prénom, nom de famille, jusqu'à la troisième génération... Et elle l'a écrit sur son bout de papier en me promettant de le fourrer dans le bac à glaçons dès que j'aurais raccroché.

« Et devinez quoi ? Un mois plus tard j'ai appris par la rumeur que mon ex-ami avait trompé Alex avec sa sœur... Et maintenant c'était devenu sérieux et, une ou deux semaines après, j'ai vu des photos de sa bague de fiançailles à trois carats sur Facebook.

« Après ça, mes sœurs et moi on a pris l'habitude d'appeler Ah Poh chaque fois qu'on avait des doléances qu'on ne pouvait pas régler par des moyens naturels ou normaux. Quand Mina s'est fait remplacer dans son spectacle, Ah Poh a congelé l'actrice qui avait le premier rôle et, à peine quelques jours plus tard, celle-ci se cassait la cheville et Mina reprenait sa place. Quand le chef du cabinet de Courtney lui a fait des avances, Ah Poh a inscrit son nom, et dans l'année il se faisait prendre en train de falsifier des preuves et était radié du barreau. Et quand le voisin d'en face de mes parents a accroché sa pancarte « Donald Trump » avec le slogan *Send Them Back* [Renvoyez-les chez eux] gribouillé à la main par-dessus, elle a aussi consigné son nom. Ma mère a dit qu'aux dernières nouvelles il avait attrapé un zona et avait dû rester des mois à la maison. On appelait Ah Poh pour une mise à jour chaque fois qu'on entendait parler d'un nouveau malheur avéré. « Devine un peu », on disait, avant d'injecter la prochaine petite dose de *Schadenfreude*[1].

« Elle a pris l'affaire au sérieux. Elle conservait ces glaçons maudits sur place, dans un sac Ziploc de quatre litres au fond du congélateur, derrière les crèmes glacées et les restes de dinde. Une fois, quand j'habitais encore dans le secteur de la baie de San Francisco, elle m'a téléphoné.

« — Il y a une coupure d'électricité, a-t-elle annoncé.

« — Ah Poh, tout va bien ? j'ai demandé. Tu as besoin d'aide ?

« Elle a émis encore ce gloussement.

---

1. En allemand, réjouissance du malheur d'autrui.

« — Ça va, a-t-elle dit, je n'ai pas peur du noir. Mais écoute, *neui neui*, ta mère n'est pas là, et j'ai besoin que tu me rendes service.

« Ce qu'elle voulait, c'était que je passe avec une glacière pleine de glace.

« — Ah Poh, je viens juste de rentrer, j'ai dit.

« J'habitais Oakland alors, et je n'avais aucune envie de retraverser le pont pour la troisième et la quatrième fois de la journée.

« — *Aya*, elle a gémi. Toutes ces choses que j'ai faites pour vous pendant toutes ces années, et tu ne veux pas me rendre ce petit service ?

« À mon arrivée trois quarts d'heure plus tard en tirant la grosse glacière Coleman rouge et blanc que j'emportais pour le camping, elle m'attendait sur les marches avec son sac plein de malédictions.

« — Tu es gentille, elle a dit, ouvrant la glacière pour nicher son sac Ziploc dans la glace puis la refermant, son bracelet de jade tintant contre le couvercle. Là, ça devrait tenir jusqu'à la fin de la panne.

« Ça a tenu et, le lendemain matin, quand je l'ai appelée pour prendre de ses nouvelles, le premier truc qu'elle m'a dit c'est que les glaçons avaient réintégré le congélateur. Aucun n'avait fondu.

« Elle est morte à l'automne dernier, au bel âge de quatre-vingt-seize ans, plus tassée et plus indomptable que jamais, elle est allée au casino jusqu'à la fin avec Marcie, toujours coiffée de sa bonne vieille casquette à visière. Je suis contente, à bien des égards, qu'elle soit partie avant le début de toute cette histoire. Croyez-moi, elle aurait eu beaucoup à dire sur le Covid et tout ça. Dommage pour le malheureux qui aurait parlé de ces âneries de « virus chinois » à portée de ses oreilles !

« Quoi qu'il en soit, je suis revenue à la maison en février, juste avant que tout ferme, pour aider ma mère à trier les affaires d'Ah Poh. Le dernier soir où j'étais là-bas, quand tout le monde dormait, je suis allée au congélateur. Les mauvais sorts étaient toujours là, des petits cubes couverts de givre avec leurs bouts de papier d'un blanc laiteux à l'intérieur. Je voulais connaître toute l'ampleur de notre colère. Les voir tous disposés devant moi, tous les gens qui nous avaient fait du mal au fil des années. Qui ma *pópo* avait-elle condamné pour se défendre ? Qui étaient ceux qui lui avaient fait du mal ?

« J'ai répandu les glaçons sur la table et les ai regardés fondre, petit à petit. La cuisine était glacée, le processus a pris du temps. Mais, finalement, les voilà : de petits rouleaux de papier, enfin libérés, détrempés dans la flaque grandissante. J'ai commencé à les dérouler.

« Et le croirez-vous ? Ils étaient vierges, jusqu'au dernier. Rien que des bouts de papier vierges roulés et pris dans la glace. Je ne sais toujours pas quoi en faire. « Ta psycho-ologie », aurait dit Ah Poh.

La Thérapeute s'est enfermée dans le silence. Sans une autre sirène qui déchirait les airs, on aurait entendu une aiguille tomber sur le toit du Fersby Arms.

— Waouh, a murmuré Hello Kitty.

— Peut-être était-ce une forme de thérapie, a dit Vinaigre. Elle n'était pas là pour maudire les autres, mais pour se faire plaisir.

— Ou c'était parce que ses mauvais sorts étaient trop terribles à écrire avec des mots, a suggéré la Dame aux Anneaux. Elle les insufflait dans le papier.

La Thérapeute, pour sa part, n'a pas donné d'explication. Le groupe est devenu silencieux. Il était déjà tard, la nuit était tombée. Les gratte-ciel du centre-ville, avec leurs lumières curieusement éteintes, évoquaient de grands cétacés obscurs plantés à la verticale dans la mer. Des cloches se sont mises à tinter au loin, se répercutant dans les rues désertes. Vingt heures. Personne ne semblait trop savoir quoi faire ensuite. À la fin, encore habités par ces histoires, les gens ont commencé à rassembler leurs affaires pour redescendre dans leurs appartements. Nonchalamment, j'ai ramassé mon portable et pressé le bouton d'arrêt en le glissant dans ma poche. Les récits m'avaient rappelé mon père, enfermé tout seul dans sa maison de retraite, isolé du monde et privé de contact humain, j'en ai eu la nausée.

De retour dans ma chambre, je suis longtemps restée assise au bureau écaillé de la loge, perdue dans mes pensées, face à l'énorme grimoire du gardien. Je n'étais pas fatiguée le moins du monde. Les récits que j'avais entendus ce soir-là résonnaient encore dans ma tête. J'ai saisi le Bic mâchonné et ouvert le livre, ou plutôt la bible, aux pages vierges « Notes et observations ». Puis, sortant mon téléphone, j'ai commencé à repasser les histoires qui avaient été racontées, avec tous les bavardages et discussions qui s'intercalaient entre elles. Je m'arrêtais, repartais, transcrivant tout laborieusement, à la main, ajoutant mes propres commentaires et annexes.

Cette tâche m'a pris quelques heures. Après avoir fini, je me suis renversée dans mon fauteuil qui grinçait pour fixer le plafond en polystyrène taché. J'avais la sensation de faire partie de ceux dont parlait la Thérapeute et qui se maudissaient eux-mêmes. Mon existence semblait être un long chapelet d'automalédictions. Mais mettre la soirée par écrit m'avait laissé la sensation d'une sorte de purge. On se sent toujours beaucoup mieux après une belle gerbe.

À cet instant, j'ai entendu de légers bruits de pas dans l'appartement vide au-dessus de moi, le 2A. Je savais qu'il était vide parce que la bible du gardien dévoilait ce qui était arrivé au précédent locataire. Il était devenu fou entre ses quatre murs, et quand on avait enfin défoncé la porte pour l'emmener à l'hôpital, on avait retrouvé des milliers de dollars en coupures de 20, pliées, fourrées dans tous les coins et recoins. Lorsque les flics ont interrogé le dingue à ce sujet, il a déclaré que ça servait à chasser les cafards et les mauvais esprits.

Demain, je ferais mieux d'inspecter l'appartement pour voir s'il n'y a pas de squatteurs.

Jour Deux

1ER AVRIL

Quand je suis allée sur le toit ce soir, on aurait dit qu'on s'était donné le mot dans l'immeuble. Pas mal d'autres locataires étaient déjà là-haut – pour applaudir, taper sur des casseroles ou profiter du coucher du soleil. Un des voisins prenait littéralement l'air, poussant un de ces canapés de piscine gonflables équipés de porte-gobelets pour lui trouver une place sur la terrasse. J'avais encore en mémoire les numéros d'appartement, noms et détails de tout ce petit monde. Normalement, je ne me soucie guère des autres, mais après la soirée de la veille, j'avais commencé à éprouver pour chacun une pointe de curiosité. J'avais la bible de Wilbur sur moi et la feuilletais pour tenter d'identifier mon entourage, tout en restant aussi furtive que possible. Mais personne ne me prêtait attention, la plupart des gens là-haut ayant apporté des revues ou des ordinateurs portables. Quand je ne parcourais pas la bible, je la posais à côté de moi sur le canapé, sous une couverture. Aujourd'hui, personne n'avait oublié les rafraîchissements : une bouteille de vin, un pack de bières, un thermos, ainsi que des cookies, des crackers, du fromage. Cette petite rébellion leur montait presque à la tête, comme si en baisant le règlement de copropriété, on pouvait du même coup baiser la pandémie.

Les chiffres du jour étaient moches, avec 83 712 cas de Covid et 1 941 décès. Le *Times* annonçait que New York était actuellement l'épicentre de la crise du Covid-19 aux États-Unis. En attendant, le reste du pays vaquait à ses affaires comme si de rien n'était. On murmurait que c'était une maladie des États bleus, les démocrates, voire un mal new-yorkais – pas de quoi s'inquiéter. J'ignore pourquoi les autres États croyaient être à l'abri du virus. Andrew Cuomo passait tous les soirs à la télévision, prenant sans arrêt la parole, à la différence du vieux Cheeto en chef à la Maison-Blanche, qui ne cessait de répéter que ça s'en irait, *pschitt*, comme par magie.

Eurovision a débarqué, tout pimpant avec nœud papillon, veston écossais, pantalon skinny et richelieus à deux boucles. La soirée était fraîche, mais je me réchauffais grâce à un discret thermos, rempli cette fois d'un cocktail appelé Alabazam, que je m'étais concocté en fouillant dans la réserve de Wilbur : cognac, triple sec, bitter et sirop de citron vert Rose's. Dieu sait que j'avais besoin d'un remontant ! Ce jour-là, j'avais déjà passé des heures sur le toit pour tenter de joindre le Manoir Vert Vomi, puis encore des heures à appeler diverses agences et autres services de santé. Je n'ai réussi à avoir personne capable de répondre à mes questions. Je n'arrête pas d'entendre des rumeurs sur des flambées de cas dans les maisons de retraite, mais Cuomo ne divulgue aucun chiffre. Encore faut-il qu'il en ait. Je cherchais désespérément à anesthésier ma panique, malgré le fait que mon père détesterait cette beuverie. Même s'il ne sera jamais au courant !

À dix-neuf heures pile, on a tapé sur nos casseroles, on a crié, on a sifflé. Tous sauf Vinaigre, qui a continué à lire tranquillement son recueil de poésie. Tandis que le son allait crescendo, j'ai eu soudain une vision des frères Wickersham – j'entends encore leur nom prononcé par la voix de papa, qui me faisait la lecture du Dr Seuss quand j'étais enfant – j'ai vu les Wickersham là-haut dans le ciel, leurs tronches simiesques poilues qui nous lorgnaient pendant que nous cherchions à faire suffisamment de bruit pour prouver notre existence. Pour éviter d'être brûlés vifs dans de l'huile de noix de beezel.

Une fois notre vacarme terminé, on s'est remis à s'ignorer les uns les autres. Eurovision écoutait sa musique, Hello Kitty tapotait sur son téléphone, Vinaigre lisait, je picolais.

— Excusez-moi, a lancé la locataire du 4D, refermant le livre relié dans lequel elle était plongée pour se tourner vers Eurovision. Serait-il possible à ceux d'entre nous qui montent sur le toit en quête de paix et de silence d'obtenir satisfaction ? Vous n'avez pas d'écouteurs ?

Selon la bible du Fernsby, elle était libraire au Whitney Museum. Mariée à un médecin. J'avais déjà eu une interaction sociale avec elle. La bible disait que c'était la plus grosse pourvoyeuse de pourboires de l'immeuble, jamais moins de 20 dollars la visite. J'avais tellement besoin d'argent que j'ai fait quelque chose d'horrible. Elle m'avait demandé de passer dans son appartement pour réparer un lavabo bouché, et j'avais gagné 20 dollars. Puis j'étais revenue en son absence retirer un joint en caoutchouc du robinet de la cuisine, ce qui m'avait rapporté 20 dollars de plus. Je savais que mon père serait consterné mais, sans ces 40 dollars, je n'aurais pas pu acheter de quoi manger ou dégoter le dernier paquet de papier-toilette sur l'appli de livraison Instacart.

— Désolé, a répondu Eurovision, je mettais de la musique pour le plaisir de tous.

— Merci, mais pour être franche, ça ne me fait pas plaisir !

— D'accord, très bien.

Il a plongé la main dans sa poche à la recherche de ses écouteurs.

— Ce qui ne me fait vraiment pas plaisir à moi, est brusquement intervenue Vinaigre, c'est que nous nous cachons tous dans notre bulle, sur ce toit. On est tous tapis sur nos petites îles, à nous tourner mutuellement le dos. Ce n'est pas comme dans le métro, d'où on peut tous descendre pour retourner à notre vie. On est piégés ici ensemble pour Dieu sait combien de temps ! On devrait peut-être apprendre à mieux se connaître.

— Je préfère vraiment le silence, a protesté Whitney, laissant transparaître une légère exaspération dans sa voix.

— Si vous aimez le silence, vous avez ce qu'il faut dans votre appartement, a riposté Vinaigre. Ou en bas. (D'un geste elle a désigné les rues désertes.) Le silence y règne.

Après cet échange, Whitney a rouvert son livre et a fait semblant de lire, le visage en feu. Mais elle n'a pas bougé.

Un nouveau visiteur du soir a pris la parole, le locataire que je pensais être celui identifié dans la bible sous le nom de « Monsieur Ramboz », du 6A. Mais je n'en étais pas certaine, parce que je ne voyais pas à quoi se référait ce nom, étant donné que le nouveau n'était pas français et ne ressemblait pas non plus à Rambo ; c'était un vieil homme aux cheveux blancs, décati, maigre et menu, un communiste encarté d'après la bible.

— Je suis d'accord avec vous, je pense aussi qu'on devrait parler les uns avec les autres, a-t-il déclaré d'une voix fluette. Le monde a changé, il ne redeviendra pas comme avant d'ici au moins quelques mois. Et ici on joue avec nos téléphones comme Néron pendant l'incendie de Rome.

— Je ne savais pas que Néron avait un portable, a remarqué Florida.

— Tu n'es même pas drôle ! a persiflé Vinaigre.

— Pourrais-je dire quelque chose ? s'est écriée la Dame aux Anneaux, faisant tinter sa main. En tant que galeriste, j'ai passé les trois quarts de ma vie à écouter les gens parler. Vous n'imaginez pas les sornettes qu'on entend dans une galerie d'art, j'en ai soupé ! Moi aussi j'apprécierais d'avoir droit à la paix et au silence sur ce toit…

— Une galerie d'art ? a relevé Vinaigre.

— Oui. (La Dame aux Anneaux redressa les épaules.) J'ai exposé le travail de certains des artistes conceptuels noirs les plus éminents du pays, notamment Alex Chimère.

Elle avait prononcé ce nom comme si on devait tous être terriblement impressionnés, mais je l'entendais pour la première fois et, à voir les visages inexpressifs autour de moi, les autres aussi.

— Je suis désolée que vous deviez vous rabaisser en vous mêlant à nous autres, gens du commun, sur ce toit, a dit Vinaigre.

La Dame aux Anneaux a réajusté son carré de soie Hermès entortillé autour de son cou, agitant les doigts avec irritation, faisant cliqueter ses bracelets.

— Vous méritez bien votre surnom, c'est tout ce que j'ai à dire.

Vinaigre s'est raidie, je me suis demandé ce qui allait se passer. Elle n'était pas, me semblait-il, du genre à laisser glisser pareil commentaire. Elle s'est éclairci la voix, balayant lentement le toit du regard et nous fixant chacun tour à tour dans les yeux.

— Je sais que tout le monde m'appelle « Vinaigre » dans mon dos. C'est Miss Chose du 4C qui a commencé, avec certaines rumeurs sur ma famille auxquelles je répondrai sous peu. Mais je voudrais dire d'entrée de jeu que ce n'est pas le nom qu'on vous donne qui compte, mais celui auquel on répond. J'ai reçu le mien dès que j'ai atterri sur cette planète, dans une chambre d'hôpital. Ma mère raconte que, nouveau-née, je ressemblais à un rat musqué, « ratatiné, tout ridé et un tantinet espiègle, comme si tu avais déjà été là avant ». Ma tante, elle, lève les bras au ciel et dit, feignant de s'excuser : « Tu ressemblais davantage à un bouledogue, mais ton visage a changé, tu es jolie maintenant. Tu es jolie depuis tes dix ans, une fois qu'on t'a posé des bagues dentaires. »

« Là, j'ai fréquenté une école d'art dramatique où, après que j'ai lu et joué *Huckleberry Finn*[1], des élèves m'ont surnommée Nigger Jen sur le modèle de Nigger Jim. Jennifer est mon vrai prénom, ça sonne un peu comme Jim, un peu comme « vinaigre » ou « vie-nègre », alors 4C se croit maligne, comme les gosses de mon école. Mais écoutez, écoutez-moi, le même procédé qui sert à faire du vin sert aussi à faire du vinaigre. La beauté, la classe, l'audace, l'art, tout est subjectif. Si on me trouve « dessalée », c'est parce que je sais jusqu'où les gens peuvent aller. Exactement comme le vinaigre est la même chose que du vin, on peut voir dans le sel quelque chose d'irritant et de piquant, ou on peut y voir un assaisonnement, utilisé par la plupart d'entre nous. De toute façon, la femme Saphir noir, dessalée et culottée est un cliché usé et archi-rebattu, 4C devrait le savoir. Tout le monde devrait le savoir, surtout aujourd'hui, avec la vague des manifestations, avec le mouvement prônant que *Black lives not only matter*, que les vies noires non seulement comptent, mais sont aussi riches, belles et bien remplies.

« Mon fils, Robert, ou Robbie, qui porte le nom de mon grand-père, lequel était juge, le premier juge noir du comté de Rockland, n'a jamais cessé de défiler avec les manifestants, même après que le gouverneur a interdit les rassemblements. Je me fais du souci pour lui tous les jours, c'est peut-être pour ça que mon visage a l'air chiffonné, le souci fait vieillir, même si les Noirs résistent bien au temps. Je suis fière de lui, malgré mes craintes qu'il attrape le virus, ou pire. Les violences policières ont touché ma famille beaucoup plus que ce Covid qui angoisse tout le monde. Oui, j'ai de la compassion pour tous ceux qui perdent des proches ou leur travail, même pour 3C, dont l'idiot de fils frappe toujours à sa porte pour empocher d'abord ses dernières miettes, puis l'argent de sa pension alimentaire. Et je méprise cet idiot de président pour son inaction, son narcissisme suprémaciste et malveillant de sociopathe. Mais je m'inquiète pour mon garçon, pour sa vie, ainsi que pour la manière dont les autres le voient. C'est comme si j'attendais toujours l'appel, ou les coups frappés à ma porte, ou la vidéo virale me prévenant de la mort de mon fils, étranglé par les mains de l'État. Je me demande si 3C – alors qu'elle me doit 57 dollars et 17 cents avec trois mois de retard, même si je sais qu'elle a encaissé son argent il y a une éternité – se sent encore latinx ! Est-ce qu'elle s'inquiète de la raison pour laquelle son fils a cessé de frapper à sa porte ?

---

1. Le compagnon adulte de Huck Finn, Nigger Jim, est un esclave fugitif.

« Ma fille, Carlotta, est enceinte, voilà pourquoi elle ne se joint jamais à nous sur le toit. Nous nous sommes montrées particulièrement prudentes, ce qui est dans sa nature. Allergique aux microbes depuis le collège, à l'époque où tous ces petits porte-clés de gel antibactérien à l'odeur écœurante Bath & Body Works sont devenus populaires, elle souffre de légers troubles obsessionnels compulsifs. Elle ne mange qu'en utilisant des ustensiles en plastique et des assiettes en carton, jamais dans notre argenterie, se sert de son chemisier ou d'une serviette en papier pour toucher les poignées de porte, faisant de son mieux pour polluer l'environnement avec son gaspillage pathologique. Quand j'étais encore mariée, nous l'avons envoyée quelque temps chez une thérapeute, mais Carlotta a demandé à arrêter au bout d'un mois ou deux, « parce qu'elle ne veut parler que de toi, maman, et qu'elle veut aussi que je fasse des devoirs à la maison, par exemple lécher la lunette des W-C pour m'apercevoir que je peux y survivre ». Je ne lui ai pas reproché d'avoir abandonné son traitement, et maintenant aucun thérapeute ne conseillerait non plus à ses patients cette forme de thérapie d'exposition qui risquerait de répandre le Covid et qui sait quoi d'autre encore. Elle est enceinte de six mois aujourd'hui, ça se voit à peine sur son corps menu. Dans la famille, c'est comme ça que nous portons toutes nos bébés, nous sommes maigres avec juste un petit ballon de foot, comme ces fausses grossesses à la télé, jusqu'au huitième mois, où nous éclatons. J'ai le sentiment que Carlotta est particulièrement heureuse, pas seulement à cause de la venue du bébé – même si le lieu et la façon dont elle va accoucher de Baby Girl dans ces conditions est pour moi un autre facteur de stress permanent – mais parce qu'elle a une excuse pour porter un masque et des gants, y compris dans la maison, et s'enduire tout le corps de gel antibactérien. Cette fille, gentille mais écervelée, boirait probablement de l'iode ou de l'alcool à 90° si c'était possible.

« Ce qui me ramène à Miss Chose du 4C, qui, je le sais, a lancé la rumeur selon laquelle Carlotta aurait été engrossée dans les toilettes d'un McDonald's par un voyou, un certain Benjamin, que j'ai vu traîner dans les parages sans lui avoir jamais parlé. Avec ses boucles soyeuses naturelles il a ce que les idiots appellent de « beaux cheveux ». Il prétend être dominicain, mais, pour moi, il a juste l'air d'un Noir et revend sans doute de la drogue – je dis ça non pas parce qu'il est dominicain et a l'air d'un Noir, soyons très clairs là-dessus, mais parce qu'il traîne toujours dehors, sur un perron ou dans une allée. Mais revenons à 4C. Carlotta n'utiliserait jamais des toilettes publiques, surtout pas dans un McDo, à la rigueur un Starbucks en désespoir de cause, et elle n'aurait sûrement pas de relations sexuelles sans se protéger. On dit qu'on ne peut jamais vraiment savoir ce que fabriquent ses enfants, mais je connais ma fille, et le futur père est son petit ami depuis six ans, un jeune homme également gentil et déterminé qui s'appelle – prenez ça ! – Carl.

« Carl et Carlotta, une coïncidence qu'ils trouvent si mignonne, si propice, sont ensemble depuis qu'elle a eu dix-huit ans. Ils voulaient se marier, mais je leur ai dit d'attendre qu'elle ait fini ses études à l'université de Columbia. Je n'avais aucune envie qu'elle finisse jeune divorcée comme moi, avec un ou même deux mioches. Elle a décroché pendant sa seconde année pour tenter de marcher sur mes pas dans les beaux-arts, en peignant des toiles absurdes et surréalistes. Mais soyons honnêtes : même si certaines de ces pièces sont bonnes, elle ne pourra jamais subvenir aux besoins d'une famille, comme j'ai pu le faire avec les miennes et les chèques de ma pension alimentaire. Mon travail est la forme d'art qu'on doit regarder juste sous le bon angle, un peu comme moi. Malheureusement, Carlotta aurait besoin d'une formation professionnelle et, peut-être, d'un peu plus de mes gènes et d'un peu moins de ceux de son père. Je ne peux pas lui apprendre grand-chose.

« Pour voir les choses positivement, Carl a un bon emploi : il est travailleur essentiel, technicien médical dans les services d'urgences. On ne le voit plus, et quand il parle avec Carlotta au téléphone, il lui raconte des histoires très graves, des histoires que je n'ai pas envie de répéter parce que, à la différence de Miss Chose, je ne m'occupe pas des affaires des autres.

« 4C ferait bien d'avoir la même éthique. Avant le confinement, j'ai vu toutes sortes de gens entrer chez elle et en sortir à toute heure du jour, malgré l'interdiction des visites. Elle prétend que ce sont des travailleurs essentiels qui effectuent dans son appartement des travaux dont la gardienne refuse de se charger…

J'ai senti les regards se poser sur moi. Je n'avais jamais reçu le moindre appel de sa part. J'ai ouvert la bouche pour protester quand j'ai compris où elle voulait en venir.

— … et j'imagine que c'est une bonne explication. Ces prétendus plombiers et peintres débarquent sans outils ni fournitures, et ils repartent aussi les mains vides bien après les heures ouvrables. Si vous voyez ce que je veux dire, sans la moindre marque ou tache sur eux, à moins de compter les suçons.

« S'il y a quelqu'un de dessalé, alors c'est bien elle, parce que le facteur ne sonne jamais deux fois pour elle, aucun de ces hommes n'est jamais réapparu à son appartement. Je sais, d'une source sûre de l'immeuble, qu'elle m'envie ma carrière artistique et mes enfants modèles. Peut-être est-elle stérile. Je ne sais pas ce qu'elle fait dans la vie, à moins que ce soit une travailleuse du sexe, et il n'y a pas de sot métier, mais 4C répand des rumeurs comme des maladies sociales, des MST. Elle-même a une maladie de la bouche qui fait bouger ses grosses lèvres trop maquillées. Je la plaindrais si elle n'était pas aussi désordonnée.

Vinaigre a marqué un silence, puis a haussé la voix comme si la 4C absente pouvait l'entendre à travers le toit bitumé.

— Peut-être que je vous plains, 4C, malgré tout. Vous pourriez être belle, même avec votre verrue géante – que vous devriez envisager d'épiler à l'occasion –, s'il n'y avait votre personnalité, exactement comme moi je sais que je suis un bon cru malgré un bouchon récalcitrant. N'importe qui ou n'importe quoi peut l'être, un bon cru, sauf le président. Même cette période laide et imprévisible qui nous a réunis, si on voit les choses du bon côté. Alors, bonsoir à toutes et à tous. Je m'appelle Jennifer, c'est le seul nom auquel je réponds.

À la fin de ce stupéfiant monologue, Vinaigre – je ne pouvais tout simplement pas penser à elle sous le nom de Jennifer, pas encore, même si je savais que je devrais m'y habituer – a balayé une nouvelle fois le toit du regard comme par défi. Guère surprenant que son grand-père ait été juge ! Je me l'imaginais faisant tonner la loi au tribunal, brandissant son maillet. Quelqu'un à qui on ne la faisait pas.

Florida, à ma vive surprise, ne l'avait pas interrompue, même quand Vinaigre avait mentionné son fils ou affirmé qu'elle lui devait de l'argent. Elle restait assise là, les mains jointes, son châle bien serré, le visage encore plus contracté par le dédain. J'ai remarqué que les yeux de Vinaigre regardaient par-dessus mon épaule. Je me suis retournée et ai découvert une fresque, fraîchement peinte sur le mur goudronné de la cabine où l'escalier débouchait sur le toit. Tellement accrocheuse, je ne pouvais pas croire que je ne l'avais pas vue avant de passer mes appels téléphoniques. Vinaigre avait dû la peindre plus tôt dans la journée. L'œuvre consistait en portraits de trois enfants noirs hilares, avec beaucoup de couleur et de vigueur dans la patte de l'artiste. Sans être critique d'art, je sais apprécier ce qui est bon. Vraiment bon. D'autres personnes l'avaient également remarquée à présent, certains se sont levés pour aller voir de plus près. Même la Dame aux Anneaux. J'ai repéré la « signature » de Vinaigre – ses initiales sur une bouteille de vinaigre Heinz. Visiblement, son surnom ne la dérangeait pas tant que ça !

— Ce sont mes enfants quand ils étaient petits, a repris Vinaigre. Il y a encore de la place sur le mur pour les autres, j'imagine, si ça vous dit. Je peux laisser les peintures, les pinceaux et les bombes aérosols dans une caisse juste à l'intérieur de la porte, tant qu'on ne les abîme pas. N'importe qui peut écrire un message ou peindre quelque chose ou tout ce qu'on veut. (Elle promena son regard à la ronde.) Cet immeuble est un cas désespéré mais, au moins, tant qu'on y est coincé, on peut se l'approprier.

Whitney, qui nous avait soigneusement ignorés jusque-là, a posé son livre, s'est levée et est allée regarder la fresque de plus près. Son soudain intérêt m'a surprise.

Whitney s'est tournée vers Vinaigre.

— Tu sais, je crois que j'ai déjà vu ton travail. Tu n'as pas exposé dans une galerie de l'avenue C, l'an dernier ? J'ai oublié son nom…

— Si, si, a répondu Vinaigre avec une immense satisfaction, croisant les mains sur ses genoux. À la Galería Loisaida, « Portraits fantômes ». J'y ai vendu cinq pièces. (Elle eut une hésitation.) Comment ça se fait que tu aies vu l'expo ?

— Je travaille au Whitney Museum, a répondu Whitney. À la bibliothèque du musée. Je m'intéresse beaucoup à l'art contemporain. J'ai bossé aux évaluations muséales.

— Oh, j'adore le Whitney ! s'est exclamée Vinaigre.

— Il me semble, a renchéri la Dame aux Anneaux, que le propriétaire devrait vous faire un rabais sur votre loyer… pour embellissement du bâtiment.

— Ou la mettre à l'amende pour vandalisme, a suggéré Florida avec raideur.

— Merci, Jennifer, de mettre un peu de couleur dans nos vies, a dit vivement Eurovision, nous épargnant une altercation imminente. Je n'arrive pas à comprendre comment le propriétaire s'en sort avec une ruine pareille !

Il m'a jeté un coup d'œil en disant ces mots, ce qui m'a donné envie de le frapper. Je commençais à avoir l'impression de ne pas être très populaire parmi les locataires. Enfin, comme mon père pestait quand il était vraiment fâché contre un de ses résidents : *Îmi voi agăta lenjeria sa se usuce pe curcea mamei lui.* « Je ferai sécher mes sous-vêtements sur la croix de sa mère… »

— Pourquoi ce titre ? « Portraits fantômes » ? s'est enquise Whitney.

— Ce sont des personnes que je connaissais, qui sont mortes. J'ai imaginé à quoi pouvaient ressembler leurs fantômes et j'ai peint leurs portraits. Je pense que les phénomènes d'apparitions ne sont que les souvenirs, souhaits, désirs et chagrins d'un défunt, noués et emmêlés les uns avec les autres, que l'âme purifiée laisse derrière après son départ. C'est ce que j'ai cherché à saisir.

— Comme le vieil Abe, celui qui est mort au 4C ? a demandé la Dame aux Anneaux. Vous devriez peindre son fantôme. Je ne serais pas surprise qu'il rôde encore dans les parages.

La Fille du Merenguero a frissonné.

— Ces histoires de fantômes me glacent.

Elle a resserré sa veste.

— J'ai vu un fantôme un jour, a dit Whitney.

— En vrai ? s'est écrié Eurovision.

— Absolument, en vrai. C'était en mai 1990. J'étais à San Antonio pour une conférence sur les bibliothèques, j'étais descendue au Menger Hotel, un vieil établissement plein de cachet construit à la fin du XIXe siècle. Il est situé en face de la mission Alamo, qui se trouve aujourd'hui dans un petit parc botanique, rempli d'arbres et d'arbustes, chacun doté d'une petite étiquette métallique portant son nom.

« Un ami était venu en voiture de Houston pour me voir. Il m'a proposé une promenade dans la mission Alamo, lui-même étant botaniste et passionné de plantes. Il pensait aussi que l'édifice pourrait m'intéresser. Il disait qu'enfant, il y était allé plusieurs fois et qu'il l'avait trouvé « évocateur ». Aussi avons-nous flâné dans les jardins, attentifs aux plantes, puis nous sommes entrés dans la mission.

« L'actuel mémorial se trouve dans le bâtiment principal de l'église, qui se réduit pour l'essentiel à une coquille de maçonnerie vide. Il n'y a absolument rien dans l'église proprement dite. Un sol de pierre, des murs également en pierre portant les impacts de milliers de balles, on dirait que la roche a été mâchée. Deux ou trois petites chapelles semi-ouvertes à l'entrée de l'église, jadis occupées par les fonts baptismaux et un petit autel, à l'origine séparées de la nef par des colonnes et des pans de murs.

« Tout autour de la salle principale sont alignées quelques vitrines du musée, renfermant des artefacts ayant appartenu aux défenseurs texans de la mission que les Daughters of Texas sont parvenues à réunir. Une collection plutôt maigre, comprenant des cuillères, des boutons – trouvés en raclant les fonds de tiroir, à mon avis – et le diplôme de droit d'un des combattants. Ce document, à l'instar de nombre d'autres objets, n'était pas à Alamo au moment du siège, mais fut remis plus tard par la famille de l'homme à qui il appartenait.

« Les murs de la chapelle sont tapissés de peintures à l'huile parfaitement hideuses, représentant divers défenseurs selon tout un éventail de postures « héroïques ». Je subodore qu'elles ont toutes été réalisées par les Daughters of Texas dans le cadre d'un cours d'art et d'artisanat organisé à cette fin, mais il est possible que cette conjecture soit une pure calomnie de ma part. En tout cas, ce musée ne fonctionne pas comme les autres.

« Grâce à une femme qui agite sa pancarte « Silence, vous êtes dans une église ! » au milieu de la salle, les lieux sont tranquilles, mais sinon l'atmosphère n'a rien de sinistre ni de recueilli. Juste une grande salle vide. Mon ami et moi en faisions lentement le tour, en échangeant des remarques à mi-voix sur les tableaux et en contemplant les objets exposés.

« Et puis je me suis heurtée à un fantôme. Il se tenait près de l'entrée de la grande salle, à trois mètres environ du mur, non loin de la petite salle à gauche en entrant dans l'église. Cette rencontre m'a vraiment surprise, étant donné que je ne m'attendais pas à en croiser un, et si ça avait été le cas, il n'aurait pas correspondu à mes attentes.

« Je n'ai rien vu, je n'ai éprouvé aucun frisson ni oppression ou malaise. Il faisait légèrement plus chaud là où j'étais, mais pas assez pour que ce soit évident. La seule sensation vraiment notable était celle d'une… communication. Une communication très particulière. Je savais qu'il était là… et lui aussi savait certainement que j'étais là.

« Avez-vous déjà croisé les yeux d'un inconnu et senti tout de suite que c'est quelqu'un qui vous plairait ? J'avais une folle envie de rester là, de continuer à communiquer – si on peut dire, puisque aucun mot n'était échangé – avec cet homme. Parce que c'était, clairement, puissamment, un homme.

« Naturellement, j'ai pensé que c'était mon imagination et je me suis tournée vers mon ami pour retrouver le sens des réalités. Ce dernier était à deux mètres de moi. En l'espace de deux ou trois pas dans sa direction, j'ai perdu contact avec le fantôme, je ne le sentais plus. C'était comme de quitter quelqu'un à un arrêt d'autobus.

« Sans rien dire à mon compagnon, je suis retournée à l'endroit exact où j'avais rencontré le fantôme. Il était toujours là. De nouveau, lui aussi était tout à fait conscient de ma présence. « Ah, tu es là ! » Sauf que nous n'avions pas encore échangé ces mots, ni aucun autre mot.

« Je répétai l'expérience à deux ou trois reprises – je m'écartais, puis je revenais – avec des résultats similaires. Si je m'éloignais, je ne pouvais plus le capter, et quand je me rapprochais, je le pouvais de nouveau. À ce moment-là, la curiosité de mon ami s'est éveillée. Il m'a rejointe et, croyant être drôle, a chuchoté : « C'est là le rôle d'une bibliothécaire ? » Comme, visiblement, il ne sentait pas le fantôme – il se tenait approximativement là où je me tenais avant – je suis restée silencieuse. Je me suis contentée de sourire et je suis ressortie avec lui dans les jardins, où nous avons repris nos investigations botaniques.

« L'événement entier me paraissait si étrange, tout en me donnant en même temps une impression de parfaite normalité, que je suis retournée seule à la mission Alamo les deux jours suivants. Même chose : il était là, au même endroit, et il me reconnaissait. Chaque fois, je me contentais de rester plantée là, engagée dans ce que je ne peux qu'appeler une communication mentale. Dès que je quittais cet endroit précis – un carré de peut-être soixante à quatre-vingt-dix centimètres de côté – je ne sentais plus sa présence.

« Je me demandais qui c'était, bien sûr. Des plaques de cuivre étaient posées à intervalles réguliers sur les murs de la chapelle, donnant l'état civil de tous les défenseurs d'Alamo. Je déambulai dans la salle pour les lire, essayant de voir si l'une d'elles me rappelait quelque chose, si l'on peut dire. Aucune.

« Bon, j'ai signalé cet événement à quelques-uns des bibliothécaires présents à la conférence, qui ont tous été très intéressés. Je ne pense pas qu'aucun d'entre eux soit allé à la mission Alamo – s'ils y sont allés, ils ne me l'ont pas dit – mais plusieurs ont suggéré que le fantôme voulait peut-être me raconter son histoire, en raison de ma qualité d'archiviste, etc. Dubitative, j'ai répondu que je ne croyais pas que c'est ce qu'il voulait, mais la fois suivante – la dernière ! – quand je suis passée à la Mission, je lui ai posé clairement la question.

« Arrêtée au bon endroit, j'ai pensé consciemment, avec ces mots : « Qu'est-ce que tu veux ? Je ne peux vraiment rien faire pour toi. Tout ce que je peux te donner, c'est une certitude, je sais que tu es là. Il m'importe que tu aies vécu et il m'importe aussi que tu sois mort ici. »

« Et il a répondu – pas très fort, mais j'ai entendu les mots distinctement dans mon crâne. Il a dit : « Cela suffit. »

« Cela suffisait, c'était tout ce qu'il voulait. Ce fut la seule fois où il me parla. Ma visite de la mission Alamo était terminée. Je suis sortie par un chemin différent, afin de contourner un groupe de touristes qui me barrait le passage. Au lieu de me diriger tout droit vers la porte, j'ai fait le tour de la colonne séparant la salle principale d'une des chapelles. Une discrète plaque en cuivre était apposée dans l'angle du mur, invisible depuis le sanctuaire principal.

« La plaque disait que la petite salle avait servi de réserve de poudre pendant la défense du fort. Lors des dernières heures du siège, quand il devint évident que le fort allait tomber, un des défenseurs avait tenté de faire sauter la réserve, afin de détruire le fort et d'emporter avec lui autant d'assaillants que possible. Mais l'homme avait été tué d'une balle juste à l'entrée de la chapelle, avant qu'il puisse remplir sa mission. Plus ou moins à l'endroit où j'avais rencontré le fantôme.

« Alors, je n'ai aucune certitude. Il ne m'a pas dit son nom, et je n'ai aucune idée précise de son aspect, juste une impression générale ; il était plutôt grand, puisqu'il me parlait de haut, en quelque sorte. Mais, pour ce que ça vaut, celui qui a été tué en essayant de faire sauter la réserve s'appelait Robert Evans. On le décrit comme un homme « aux cheveux noirs, aux yeux bleus, de près de 1,80 mètre, et toujours joyeux ». D'accord, cette dernière épithète ressemble à l'homme avec qui j'ai communiqué, mais on ne peut pas savoir.

Cette description apparaît dans un ouvrage intitulé *Les Défenseurs d'Alamo*, que j'ai acheté à la librairie du musée en guise de geste d'adieu. Je n'avais jamais entendu parler de Robert Evans ni de la réserve de poudre jusque-là. (Whitney marqua une pause.) Et l'histoire s'arrête là.

— Euh, c'est une histoire vraie ? a demandé Eurovision avec suspicion. Je veux dire, tous ceux qui racontent une histoire de fantômes commencent par assurer qu'elle est vraie. Mais je veux savoir si elle est vraiment vraie.

— Vraie de vraie, a affirmé Whitney.

— Il savait qu'il était mort, tu crois ? a insisté Vinaigre. Peut-être est-il devenu un fantôme parce qu'il ne le savait pas…

— Exactement ce que j'ai pensé, a acquiescé Whitney. Il s'est fait tirer dessus, descendre si expéditivement qu'il n'a pas eu le temps de se sentir mourir. Puis son corps a disparu dans l'explosion, si bien qu'il n'y a pas eu d'inhumation, peut-être pas même d'obsèques. Il est resté coincé là, à cet endroit, hébété, se demandant ce qui se passait, coupé de la vie mais incapable de trouver son chemin vers l'au-delà. On dit que les fantômes rôdent parce qu'ils ont encore des affaires à régler ici-bas, mais je crois que beaucoup d'entre eux sont peut-être comme lui, incertains quant à leur statut, si j'ose dire.

— Je crois que ça va encore plus loin que ça, a déclaré la Dame aux Anneaux. Les gens ont tellement peur de la mort ou sont si attachés à la vie que, parfois, quand ça leur arrive, ils ne peuvent pas accepter d'être morts. Ils sont dans le déni. Surtout si c'est soudain, et qu'il n'y a pas eu d'obsèques…

— Alors tu penses que les fantômes assistent à leurs propres obsèques ? a lancé Eurovision avec un rire forcé.

— Moi, j'assisterai certainement aux miennes, a répondu Vinaigre. Juste pour voir quels seront les absents.

— C'est peut-être important de voir son corps descendre dans la fosse, a dit la Dame aux Anneaux, sinon on n'y croirait pas…

Florida a froncé les sourcils et a déclaré :

— Je me demande combien de fantômes mexicains traînent là aussi. Ils cherchaient juste à récupérer leur terre volée ! Pourquoi perdre de l'énergie à pleurer des hommes comme Robert Evans ?

— Tu as raison, je sais, a répondu Whitney. Mais avec quelle sévérité doit-on juger les morts ?

— Oui, avec sévérité ! s'est écriée Hello Kitty. On doit les aligner contre un mur et les exécuter.

Vinaigre a froncé à son tour les sourcils.

— On a le droit de juger les morts, a-t-elle dit.

— Ne pensez-vous pas que le seul fait d'avoir vécu vaut le coup ? s'est exclamée la Dame aux Anneaux. Nous allons tous être jugés à la fin, mais nous aurons au moins la dignité d'avoir existé.

Je ne supportais plus ce type de verbiage. Je m'étais tellement efforcée de cesser de m'inquiéter pour mon père, dont la dignité et même l'existence avaient été niées par le silence du Manoir Vert Morve ! C'est ce que j'ai ressenti, en tout cas.

Un concert de sirènes leur a coupé la parole un bon moment. Une demi-douzaine d'ambulances avaient dû dévaler Bowery Street. Je me demandais quelle contagion de masse s'était encore produite, peut-être étaient-elles chargées de mourants en provenance d'une autre maison de retraite.

Une fois le vacarme des sirènes retombé, l'évocation des morts a semblé avoir baissé le rideau sur la soirée. Des cloches ont troublé le silence, et je me suis dit que ce devait être celles de l'ancienne cathédrale Saint-Patrick, dans Mulberry Street. On a tous eu le sentiment que la conversation et notre réunion étaient closes. Comme répondant à un signal inconscient, nous nous sommes tous mis à ramasser nos affaires pour redescendre dans les étages.

Mais j'étais contente des histoires de la soirée, inutile de prétendre le contraire. Ça faisait du bien d'oublier momentanément sa peur. En saisissant mon téléphone pour arrêter l'enregistrement, j'ai frissonné à la pensée des nombreux nouveaux fantômes qui hantaient depuis peu cette ville frappée par la pandémie… et des nombreux autres à venir. J'espère que tout ce cauchemar se terminera bientôt.

De retour dans mon petit placard à balais, je me suis lancée immédiatement dans la transcription des récits de la soirée en y ajoutant mes propres commentaires. Ça m'a pris la moitié de la nuit, mais même alors j'étais encore bien éveillée. Pour une raison ou une autre, ces derniers temps, j'avais presque complètement perdu le sommeil. Finalement, je me suis allongée sur mon lit et j'ai gardé longtemps les yeux ouverts. Bien sûr, les bruits de pas ont repris, aussi lents et mesurés que le tintement des cloches. Puis j'ai entendu la musique lointaine d'un piano Wurlitzer résonner quelque part dans l'immeuble, une lente et onirique interprétation d'un vieil air de jazz. Je me suis sentie plus seule que jamais.

Jour Trois

2 AVRIL

Une fois de plus, après avoir passé la serpillière dans les couloirs et rebouché deux fenêtres de la cage d'escalier au moyen de carton et de ruban adhésif, j'ai occupé le reste de la journée à essayer de joindre mon père au Manoir Vert Puce. J'ai bien pensé à tenter une expédition en train pour monter le voir, mais avec la Garde nationale déployée autour de la zone, j'ai compris que je n'y parviendrais jamais. Quant à prendre le Metro-North Railroad, ça aurait équivalu à faire du stop pour monter à bord de l'express de l'épidémie. Une consolation, mon père ne comprenait très probablement pas ce qui se passait. Les trois quarts du temps, il ne me reconnaissait pas, du coup je ne lui manquais pas. J'espérais seulement que le virus n'avait pas pénétré dans sa maison de retraite. Tout ce que je voulais, c'était le voir pour savoir s'il allait bien. Ça me tue qu'Instagram et Twitter soient blindés de publications d'adorables petits enfants en train de dessiner devant des maisons de retraite, de chiens et d'adultes aux yeux larmoyants qui se pressent contre des mains tavelées de l'autre côté de la barrière de la vitre. C'est peut-être comme ça, si on a les moyens de se payer une maison de retraite privée aux tarifs prohibitifs, mais certainement pas au Manoir Vert Caca.

J'ai vérifié les chiffres afin de pouvoir consigner les statistiques du jour. J'ignore pourquoi je trouve cette tâche apaisante alors que les chiffres en eux-mêmes sont quelque chose, mais… ils circonscrivent la catastrophe dans mon esprit, j'imagine. Aujourd'hui 2 avril, l'État de New York comptabilise 92 381 cas. C'est plus que le nombre total des contaminations déclarées dans la Chine entière. 1 562 décès à New York pour mardi soir. Le journal de CBS annonçait qu'il y avait autant d'appels au 911 aujourd'hui que le 11 septembre 2001.

Réfléchissez un instant. Toutes ces ambulances, une ville pleine de 11 Septembre.

Le toit de l'immeuble avait commencé à devenir un refuge pour les habitants de l'immeuble, je le savais. Mais à mon arrivée, ce soir-là, j'ai vu qu'il allait y avoir du sport. La locataire du 4C, que Vinaigre avait cassée la veille au soir, était déjà là, tirée à quatre épingles, stylée et prête à en découdre. Mince et habituée des salles de sport, des bras musclés, de longs cheveux blonds souples et épais, un discret grain de beauté au menton, bref une déesse. Pas mon genre, mais mon intérêt était piqué au vif, vraiment, d'autant que je ne me mêlerais jamais aux locataires. Perchée sur des escarpins Louboutin vertigineux en cuir verni sang de pigeon. Où diable avait-elle trouvé l'argent alors qu'elle vivait dans ce dépotoir ?

Vinaigre l'avait surnommée Miss Chose, mais je n'ai pas mis pas longtemps à la retrouver dans la bible de l'ancien gardien. Louboutin, bien sûr. Apparemment, elle était influenceuse sur Instagram, spécialisée dans les photos de ses pédicures. Deux cent mille suiveurs.

Louboutin était restée debout, face à la porte, toute en flexions à l'instar d'un boxeur professionnel attendant la cloche, tandis que nous autres étions éparpillés sur le toit dans notre désordre habituel, posés sur nos sièges socialement distants avec nos verres et nos casse-croûte. Dès que Vinaigre a fait son apparition, Louboutin s'en est prise à elle.

— Tu as raconté des conneries sur moi, a dit Louboutin, son accent soprano de banlieusarde du Jersey déchirant les airs, aux antipodes de son apparence merveilleusement soignée.

Imperturbable, Vinaigre se dirigeait tranquillement vers son siège, suivie de Louboutin. Vinaigre portait un manchon à vin d'une main, ainsi qu'une petite table pliante sous le bras. Avec Louboutin penchée au-dessus d'elle, le regard fixe, Vinaigre a déplié un guéridon rond, sorti un verre et un tire-bouchon de son sac à dos, a découpé la collerette d'aluminium, débouché la bouteille, humé le bouchon, s'est versé un peu de vin, qu'elle a fait tourner dans son verre après l'avoir goûté, y a goûté une nouvelle fois, tandis que les autres suivaient du coin de l'œil le drame qui se déroulait. Vinaigre a fini par hocher la tête avec satisfaction et s'est servie normalement.

À cet instant seulement, elle a levé les yeux vers son adversaire, qui la dominait de sa hauteur, poings sur les hanches. Après s'être renversée sur son siège pour mettre encore plus de distance sociale entre elles deux, Vinaigre a articulé calmement :

— Tu baves sur moi depuis aussi loin que je me souvienne. Je t'ai juste retourné la politesse.

De son sac à dos, elle a retiré une peau de chamois imbibée d'alcool – son odeur chimique a exacerbé la tension perceptible dans l'air – et un second verre à vin, puis elle a entrepris de nettoyer celui-ci avec la précision d'un peintre qui prépare sa toile. Ensuite, elle a rempli le second verre de vin et l'a tendu à Louboutin, qui, effarée, a reculé d'un pas.

— Maintenant tu te délocalises avec ton coronavirus, a repris Vinaigre, et tu me laisses profiter de la soirée pour faire la conversation avec des potes ! (Elle s'est tournée vers Eurovision.) C'est pas vrai ?

— Euh, a-t-il acquiescé nerveusement. (Ce soir, il arborait un nœud papillon neuf à impression cachemire, un veston à carreaux, une chemise rayée et un pantalon skinny vert imprimé de canards jaunes. Manifestement, notre toit-terrasse allait remplacer l'Eurovision 2020.) Bon, miss, ah, je suis désolé, je ne connais pas votre nom, mais vous êtes invitée à prendre part à notre conversation.

— Je préférerais passer la soirée dans le cul de Satan au milieu des scorpions, que d'écouter votre conversation de connards !

Louboutin a pivoté sur ses talons et est partie, laissant la porte du toit claquer bruyamment derrière elle.

— Ouf ! s'est exclamée Florida en s'éventant, même si la soirée était fraîche. Ma mère répétait sans cesse : « Ceux qui aboient traînent avec les chiens », tu vois ce que je veux dire ? Cette meuf est un problème.

— Elle se paie ces maudites pompes en faisant la pute sur Instagram, c'est ce qu'on m'a laissé entendre…

— Le monde a changé, c'est sûr, a commenté Florida, si une débile comme elle avec un anneau lumineux à led et de jolis petons se fait 2 000 dollars par semaine en postant des photos de ses orteils. Je me rappelle le temps où un *café con leche* coûtait

1 dollar et où le restaurant-traiteur s'appelait encore une *bodega*. J'ai vu beaucoup de trucs, mais ai-je jamais rien dit ? Tu peux croire que non.

« Ce n'est pas comme ces *blanquitos* qui n'arrêtent pas d'appeler le 311 pour se plaindre du bruit. Tu aimes une chanson qui passe à la radio, tu montes un peu le volume et, dans l'instant qui suit, tu entends la sirène sous tes fenêtres et un keuf sonne à ta porte en te priant de baisser le son. Comme si une bonne chanson avait jamais embêté le monde ! Pour eux, c'est du bruit, parce qu'ils n'écoutent pas. La musique nous permet de nous évader, donne des couleurs à une vie de merde et, laisse-moi te dire, on a besoin de cette putain de musique, parce que la vie n'a pas toujours été très bonne pour nous. Surtout maintenant ! Tu vois ce que je veux dire ?

Florida avait l'air d'avoir quelque chose à raconter. Je commençais vraiment à m'amuser. Je me suis servie le cocktail de la soirée – un Rusty Nail – et me suis allongée sur mon canapé, le téléphone chargé prêt à enregistrer.

— J'ai toujours été réglo, j'ai travaillé dur et payé mes factures, pensant que, quand je serais vieille, je pourrais prendre ma retraite chez moi ou juste prendre ma retraite et récupérer mes chèques, mais, comme on dit, l'homme propose et Dieu dispose. Et, oh mon Dieu ! on a tous perdu nos emplois et les seuls à avoir été épargnés c'étaient les riches, j'avais cinquante-cinq ans quand l'usine a déménagé. Les patrons prétendaient qu'ils ne pouvaient plus nous payer.

« Vous savez combien je touchais après avoir bossé dix-neuf ans dans cette fabrique de poupées ? 11 dollars de l'heure. Si je n'avais pas fait toutes ces heures supplémentaires, je travaillais le samedi et les jours fériés, je n'aurais pas pu payer mon loyer, et la lumière, et l'essence, et le câble, et le téléphone, et la nourriture. Mais les patrons se plaignaient de trop nous payer. Et j'étais mieux payée que les nouveaux, alors vous imaginez ! Tout le personnel, au chômage, sans personne vers qui se tourner. Même mon fils, qui est sorti d'une université chic et a travaillé dans une grande banque, a perdu son emploi. Il était encore plus dans la mouise que moi, parce qu'il n'a pas économisé un centime. Il achetait tout avec sa carte de crédit, croyant qu'il gagnerait éternellement beaucoup d'argent. Ha ha ! Pour les pauvres, il n'y a ni éternité ni sécurité. Seulement un dur labeur, et on a toujours besoin de chance. Je le lui ai dit, mais m'a-t-il écouté ?

« Quoi qu'il en soit, ça m'a brisé le cœur de le voir sans emploi et désespéré, parce que moi je suis habituée à vivre de peu, mais mon fils, lui, il aime les chaussures de marque et a ses deux gamins dans une école privée, plus une femme qui trouve normal d'aller chez le coiffeur et la manucure toutes les semaines. Alors, bien sûr, il est venu me demander de l'aider, croyant que j'avais des économies. Je possédais 1 300 dollars à l'époque, plus qu'il n'en avait sur son compte, ce qui est dingue parce qu'il travaillait pour une banque. Mais ça ne payait même pas la moitié de son loyer. Je les lui ai donnés, mais pas tout, car même si l'allocation-chômage couvrait presque toutes mes charges, je gardais 200 dollars pour les cas d'urgence.

« À l'époque, même si le monde était en train de s'effondrer, je restais optimiste. Vous vous souvenez quand Obama s'est fait élire, avec sa rengaine *Sí se puede* ? Oh, mon Dieu, j'étais ivre d'espoir et du rêve qu'il nous vendait. Et allez ! il est tellement beau ! Tellement beau ! Genre, les premières semaines où il est devenu président, je me sentais bien en me réveillant le matin après les visites qu'il me rendait pendant mon sommeil. Dans mon rêve, nous étions dans une pièce d'une belle maison, nos yeux se croisaient et il me lançait ce regard, genre… « Je te vois, Florida Camacho. » Et s'il n'avait pas été marié avec Michelle, je sais qu'il m'aurait invitée à danser. Parce que… oh, j'adore danser ! Et à sa manière de bouger, c'est clair qu'il sait danser. *Yes we can*, papy ! *Yes we can*, dans ma cuisine, dans mon salon, dans ma chambre.

« Oh, ça ne vous manque pas à tous ? La danse, la proximité avec l'autre, la musique si forte que tu ne t'entends pas penser, que les vibrations des enceintes résonnent à l'intérieur de ton cœur et que tes pieds s'enfoncent dans le sol, creusent à la racine des choses. Et avec la bonne personne, quelqu'un qui te tient comme il faut quand on danse, la main posée au creux de tes reins, à ce moment précis, on a l'impression que tout va bien se passer.

« Mais on est coincés maintenant, Dieu ne joue à aucun jeu. On ne peut même plus se serrer la main. Distance de sécurité de deux mètres. Si triste ! Et si tu tousses parce que tu as quelque chose de coincé dans la gorge, tout le monde est prêt à te jeter la pierre. Même mon propre fils pour qui j'ai toujours été là, quels que soient les ennuis dans lesquels il se fourre, ne me rendra pas visite. Pas même pour me dire bonjour de la main, de l'autre côté de la vitre. Il sait que je ne vois personne d'autre, pas un chat, parce que je suis asthmatique et que, la dernière fois que j'ai eu une bronchopneumonie, j'ai failli en mourir. Il sait que je suis prudente et qu'il ne risque rien en passant me voir. Mais non, il répète qu'il essaie de m'éviter de tomber malade, comme s'il s'était toujours soucié de ma santé. Mais il ment. Et vous savez, une chose dont toute cette solitude m'a fait prendre conscience, c'est que je me suis menti à moi-même. Quand c'est la merde, on est toujours seul. Et les gens sont même capables de s'entretuer pour le dernier rouleau de papier-toilette…

« Vous vous rappelez l'année où on a eu tempête de neige sur tempête de neige et où les trottoirs s'étaient transformés en patinoires ? La plupart des gardiens répandaient du sel la veille, afin qu'on puisse circuler sans se tuer en tentant d'atteindre l'arrêt de bus. Mais le gardien flemmard du carrefour de Clinton Street laissait la glace s'épaissir. Un vrai danger ! Un jour, je courais – sans imaginer qu'une catastrophe puisse m'arriver – j'ai posé le pied sur une plaque de verglas et glissé sur ce maudit trottoir, je me suis écrasée contre l'immeuble et mon pied s'est pris dans la grille métallique, je me suis fracturé le genou et fêlé la hanche.

« Vous pouvez me croire, j'ai appelé cet avocat qui fait de la publicité sur les bus. Pas d'affaire trop grosse ou trop petite, qu'ils disaient. Et tout comme l'avocat le promettait dans son annonce, l'argent est bien rentré. À ce moment-là, croyez-moi mon fils est venu me rendre visite à l'hôpital un tas de fois, voulant toujours parler directement à l'avocat, soi-disant dans mon intérêt, mais j'ai expliqué à mon avocat qu'on ne pouvait pas lui faire confiance. Parce que c'est vrai. L'avantage de la vieillesse, c'est qu'on arrête de se mentir. Ou peut-être que moi j'ai arrêté de me mentir. Quand mon fils a perdu son emploi, il a picolé et s'est mis à jouer parce qu'il a toujours cru qu'il avait de la chance. Mais il n'a pas de chance. Je m'évertue à lui répéter que tout ce qu'il a obtenu jusqu'à présent, c'était en travaillant dur, à l'école comme au bureau. Mais il cherchait toujours un raccourci pour devenir riche. Alors quand l'argent est tombé, bien sûr qu'il venait me voir ! Et je lui en ai donné une bonne partie. Mais, ensuite, je lui ai annoncé que c'était fini, pour voir s'il s'arrêterait ne serait-ce que pour me dire bonjour. Dans l'espoir que, puisqu'il aime sa mère et sait à quel point ça me rendrait heureuse, il m'amènerait peut-être ma petite-fille. Mais il ne l'a jamais fait.

« Mon fils croit que je n'ai plus rien à lui donner. Il croit que je n'ai plus d'argent à lui prêter et, honnêtement, même mes repas, je sais qu'ils ne sont plus aussi bons parce que je n'ai plus d'odorat. Avant que vous commenciez à me regarder comme si j'avais quelque chose, oui, moi aussi j'ai lu cet article du *Times* de la semaine dernière, mais faites-moi confiance, je n'ai rien. Je suis incapable de sentir depuis une éternité, avant que ce nouveau coronavirus ait pointé son nez. Et à cause de ça, je ne peux pas savoir quel goût ont les plats que je prépare.

« Alors je me dis que ce fléau, cette peste qui s'est abattue sur toute la population de la terre… Oui, les gens meurent, et on doit faire attention… mais vous ne trouvez pas que c'est plutôt pratique aussi, l'usage que les jeunes font de la peste ? Ils circulent comme s'ils s'en moquaient. Peut-être qu'ils veulent juste que nous, les vieux, on meure afin de pouvoir hériter de ce qu'on aura laissé… Peut-être qu'ils sont soulagés de ne pas avoir à nous rendre visite ? Genre, vous croyez qu'il peut y avoir de l'amour quand règnent la nécessité et la cupidité ? Genre, j'étais juste quelqu'un dont mon fils avait besoin ? Tout ça me rend très triste. Genre, je vais finir comme le vieil homme du premier étage ?

« L'un de vous était-il dans le coin, à l'époque ? Je ne me rappelle pas. Le rouquin qui habitait au-dessus de moi, qui puait comme un putois et ne se rasait jamais. Il tapait toujours sur quelque chose, si fort que mes luminaires tremblaient… Il me rendait dingue avec tout son vacarme. Parfois, on aurait dit qu'il sciait la colonne de chauffage en deux. Quelle torture ! Moi, je tapais au plafond avec mon balai pour qu'il arrête. Je me suis plainte au gardien, à l'ancien gardien. J'ai même écrit au voisin pour le supplier de se calmer. Et puis ça s'est arrêté. Comme c'était agréable ! J'avais oublié la beauté du silence. J'aimais tellement le calme que je n'avais même pas envie d'allumer la radio. Ni la télé. Ni d'ouvrir une fenêtre. Pendant une brève période, c'était comme si j'avais les oreilles pleines d'eau et que tout ce que j'entendais se réduisait au bourdonnement léger de mes pensées. Même mon esprit bavard s'était tu. J'étais si heureuse d'être dans le silence. Et quand les sirènes beuglaient dans le lointain ou que des gens criaient à tue-tête dehors, je sursautais comme si j'étais tirée d'un rêve.

« Mais alors on l'a tous sentie, cette odeur de pourriture. Et oh ! ce pauvre vieil homme qui faisait du tintamarre, qui disait à peine « merci » quand on lui tenait la porte d'entrée, avait passé l'arme à gauche. Il était mort depuis des jours et des jours. D'abord, je me suis sentie très mal parce que j'avais été si heureuse pendant ces jours silencieux, or depuis le début il était mort. Et vous savez quoi ? Avec lui est parti mon sens de l'odorat. Disparu pour toujours. Comme ça…

« Mais, à ce moment-là, le bruit est revenu. Parce que le propriétaire voulait refaire complètement l'appartement pour tripler le loyer, et quel cauchemar ! Cette fille, avec ses escarpins et son Instagram, elle doit avoir de l'argent parce qu'elle paie seule ce triple loyer. Mais ne dites pas que vous tenez ça de moi. Comme j'ai dit, je ne me mêle que de mes affaires. Tout ce que je sais, c'est qu'il se passe quelque chose entre elle et le dératiseur.

« Donc, vous savez que le dératiseur passe le troisième samedi du mois ? Tous ceux et celles qui ont des yeux savent qu'il est beau. Mais il est si respectueux, *Sí señora, permiso señora* ! Je lui propose toujours de l'eau, du café, parce que qui sait combien ses journées sont longues ? Mais il répond toujours non et se dépêche de vaporiser la salle de bains, puis la cuisine. Et puis il passe dans tous les appartements, toujours dans le même ordre, étage après étage. Je l'entends à mon étage aller au 3A, puis au 3B, puis chez moi, au 3C, et ainsi de suite dans le couloir. Puis il monte à l'étage supérieur ! Et quand il est en haut, j'entends distinctement ses bruits de pas à cause de ses gros croquenots de travail en caoutchouc dur. C'est une grande pointure, un atout pour un homme. Et il tape du pied en marchant. Et les planchers, comme vous le savez, sont fins comme du papier. Ainsi, je sais quand il vaporise la salle de bains, puis la cuisine, ce qui lui demande de suivre notre long couloir. Mais, à ce moment-là, les bruits de pas s'arrêtent. Je n'avais pas remarqué au début, mais ensuite j'ai fait attention. Et chaque troisième samedi du mois quand il venait, c'était la même chose. J'ai chronométré le temps qu'il passait chez moi, compté les appartements de l'immeuble et ajouté le temps que ça lui prendrait pour finir tous les appartements, à quelques-uns près, étant donné que certains sont absents de chez eux. Et vous savez quoi ? Il reste toujours un mystérieux temps non comptabilisé. Et vous savez où il le passe ? Avec la dame qui habite au-dessus de chez moi.

« Alors, bien sûr, la fois d'après, quand il passe dans mon appartement, j'essaie d'en savoir plus à son sujet. Est-il marié ? A-t-il des enfants ? Et il se dépêche, avec ses gros muscles saillant sous son tee-shirt. Ses longs cheveux rebelles en queue-de-cheval, bruns, épais et brillants comme les gars en couverture des romans de gare. Il fait comme si je ne lui avais rien demandé et se précipite pour monter à l'étage. Et toujours, quand il arrive au quatrième, j'entends la porte se refermer derrière lui. À travers le plafond, j'entends ses bruits de pas arpenter tout le couloir et puis plus rien.

« Vous voyez, ma colonne de chauffage traverse le plafond et donne dans l'appartement de la dame. Et vous devez savoir que si on parle à proximité, j'entends ce qu'on dit comme si on était dans ma propre cuisine. Alors faites attention à ce que vous dites. Bien sûr, ce n'est pas comme si c'étaient mes oignons, mais le fait de ne pas savoir me tenait éveillée la nuit, alors je pressais mon oreille contre la colonne pour voir si je pouvais les entendre. Tantôt le volume de la musique monte, puis baisse, tantôt j'entends la dame rire. Et puis, une demi-heure plus tard, il s'en va, ébranlant mon plafond avec ses pas lourds dans le couloir.

« Honnêtement, qui pourrait l'en blâmer ? Qui n'a pas besoin d'affection ? Je veux dire, le dernier câlin que j'ai eu était celui de mon fils. Peut-être qu'il ne me rendait visite que pour me demander quelque chose, mais quand il venait, du miel coulait de sa bouche… Et pour les câlins, il s'y connaît. Et je m'habillais pour lui, juste pour qu'il me dise que j'étais belle. Dieu qu'il me manque !

« Tout ce que j'aurais à faire, c'est lui dire que j'ai de l'argent à la banque, et en un rien de temps, il oublierait tout ce qu'il a pu raconter sur la nécessité de me garder en sécurité pendant ce fléau, il passerait chez moi, s'assiérait dans ma cuisine, mangerait mes petits plats et me ferait tous les câlins que je voudrais. Je sais que c'est vrai.

La pensée que le fils de Florida lui manquait à ce point m'a vraiment serré le cœur. Ça alors ! Quand avais-je pris mon père dans mes bras pour la dernière fois ? En fait, pas depuis ma dernière crise d'asthme, le mois précédent. Bon Dieu, pourquoi personne ne répond au téléphone au vieux Manoir Vert Vomi ? Et si tout simplement je m'y présentais et demandais à entrer ? Ils devraient m'y autoriser. Ou je pourrais peut-être me faufiler par la cour d'un voisin. Dès que je pourrai sortir de cet endroit.

La voix fêlée de Ramboz m'a ramenée aux causeries du toit-terrasse.

— C'est le concierge précédent qui a découvert le corps de l'ancien locataire en décomposition, nous a-t-il tous informés avec délectation. À ce que j'ai entendu. Il était là depuis plusieurs jours. D'une horrible couleur violette, avec tous les fluides qui s'écoulaient.

C'était vrai, j'avais lu les notes dans le livre de Wilbur. Je me demandais ce que les locataires pourraient me révéler d'autre sur mon prédécesseur. Je me suis intéressée de plus près à l'action, tout en tâchant de garder un air indifférent.

Hello Kitty s'est extirpée de son fauteuil œuf, serrant dans ses doigts sa cigarette électronique étincelante.

— Il avait un nom, vous savez.

Elle a jeté un regard à Florida, qui l'a soutenu, pas du tout intimidée.

La Dame aux Anneaux a pris part à la conversation, d'une voix apaisante.

— C'était un homme charmant, si on n'habitait pas au-dessous de chez lui, j'en suis sûre.

Hello Kitty l'a ignorée.

— Il s'appelait Bernstein. Il me disait toujours : « Pas *stin* comme destin, mais *stein* comme Einstein. » Aucun de vous tous ne le connaissait vraiment. (Elle a détaché la main de son collier, écartant brusquement les doigts comme si on était des moucherons.) Vous êtes tous si ignorants ! M. Bernstein serait furieux contre vous, s'il vous entendait parler de lui comme d'un vieil homme bruyant et puant. Vous savez pourquoi il était si bruyant ? Parce qu'il était sourd comme un pot. Et s'il était encore parmi nous, il vous raconterait l'histoire de la pire manière de mourir, bien pire que ce qui lui est arrivé à la fin. Vous voulez l'entendre ?

On avait le sentiment qu'elle nous mettait au défi de dire non.

Comme personne n'osait, Hello Kitty s'est réinstallée sur son siège.

— Il y a eu d'autres pandémies, des maladies pires que le Covid. M. Bernstein le savait, puisque l'une d'elles a failli le tuer.

— C'est un mensonge que le coronavirus serait comme une grosse grippe, vous savez ça ? (Eurovision semblait gêné de devoir céder la direction de la conversation à cette jeune femme imprévisible.) N'avez-vous pas entendu toutes ces histoires, les hôpitaux qui disent qu'ils manquent de respirateurs ? Les gens qui s'étouffent ? C'est une horrible manière de mourir.

— C'est sûr, a acquiescé Hello Kitty, mais il y a quelque chose de bien pire. (Elle a reculé son fauteuil de façon à mettre plus d'espace entre elle et les autres, visiblement ravie d'être au centre de l'attention. Levant sa vapoteuse, elle a tiré une rapide bouffée.) Un destin pire que la mort.

— Abe n'avait que huit ans. C'était l'été 1952, et lui et son frère jumeau Jacob séjournaient chez leur tante à Canton, dans l'Ohio. Ils s'amusaient bien, visite du Hall of Fame, pêche et natation dans le lac au bord duquel se trouvait la maison de la tante, sorties en bateau avec l'oncle. Tout était génial. Jusqu'au matin où Jacob s'est levé de son lit au grenier, où dormaient les deux frères, et est tombé dans l'escalier.

« Il ne s'était rien cassé, mais ne pouvait plus bouger les jambes, de sorte qu'on l'a transporté à l'hôpital des enfants malades d'Akron et qu'on a appelé les parents d'Abe et de Jacob pour qu'ils écourtent leur semaine à Atlantic City. Tout ce dont Abe se souvenait, c'était des messes basses. Des chuchotements permanents qui s'éteignaient chaque fois que les grands remarquaient sa présence. La manière dont ils se serraient mutuellement dans les bras, mais jamais lui. Et il savait, il le savait, c'est tout : ils avaient peur de lui. Peur qu'il ait la peste, comme Jacob. La polio.

« Puis Jacob est mort. Abe ne fut pas autorisé à assister aux obsèques, pas autorisé non plus à descendre de sa chambre pendant que des parents affluaient de Pittsburgh, de Cincinnati, d'Érié, de Buffalo ou de lieux dont il entendait le nom pour la première fois, comme Altoona.

« Pendant tout ce temps-là, il était resté en haut dans le grenier à se demander s'il serait le prochain à mourir. Tout seul, enfermé à clé avec le lit vide de son jumeau et rien d'autre à faire que lire, s'angoisser et ajouter sa voix à celles des personnes endeuillées en bas, qui récitaient le kaddish, la prière pour les morts, avec l'espoir que Dieu l'entendrait.

« Mais Dieu ne l'a pas entendu. Deux jours après le décès de Jacob, Abe n'a pas pu se lever de son lit. On n'a pas laissé sa mère l'accompagner dans l'ambulance, les portes métalliques se sont refermées en claquant sur ses cris et ses larmes. Puis on l'a piqué avec une aiguille et il s'est endormi en se demandant s'il se réveillerait un jour.

« Mais il s'est réveillé. Pour se retrouver piégé. Enfermé dans un cauchemar.

« Il ne pouvait plus bouger. Son corps entier avait été avalé par une énorme machine qui cliquetait et sifflait, lui coupant le souffle quand il essayait d'inspirer et forçant ses poumons à se remplir d'air au moment précis où il voulait expirer. Il s'est affolé et, en tentant de crier, il s'est aperçu qu'il n'avait plus de voix.

— Oh, c'est très Harlan Ellison ! l'a interrompue Eurovision.

Mes yeux étaient rivés sur le visage de Hello Kitty, aussi même moi j'ai été surprise par ce commentaire.

— Pardon ? s'est écriée Vinaigre avec brusquerie.

— Vous savez, a expliqué Eurovision, s'enflammant pour le sujet. La nouvelle « Je n'ai pas de bouche et il faut que je crie[1] ». Histoire classique… L'espèce humaine est détruite par une intelligence artificielle, sauf que l'ordinateur garde quelques humains en vie pour les torturer et s'amuser avec eux comme si c'étaient des rats de laboratoire.

— Mais c'est abominable ! a dit Vinaigre. Laissez la jeune femme poursuivre !

Hello Kitty a croisé mon regard, m'observant en train de les observer. On ne la lui faisait pas.

— Pauvre Abe ! Si petit, seul et terrifié, et il ne peut dire à personne ce qu'il ressent. Une simple déglutition le fait étouffer, alors on lui enfonce un tuyau dans le nez. Le poumon de fer continue de tirer par saccades sur son corps, c'est plus terrible que n'importe quel instrument de torture médiéval. Mais le pire, c'est sa totale solitude. Il ne peut s'empêcher de se demander si c'est comme ça que Jacob est mort, seul, incapable de crier, incapable de rien faire à part regarder fixement le monstre métallique qui le tient prisonnier, en faisant des bruits bizarres comme s'il le dévorait vivant.

---

1. Nouvelle de science-fiction de Harlan Ellison, parue dans la revue *Galaxie* (2e série), n° 45, éd. OPTA, janvier 1968. (Traduction de Michel Deutsch.)

Les ambulanciers l'ont peut-être kidnappé, peut-être que ce n'était pas du tout l'hôpital mais le laboratoire d'un savant fou maléfique comme dans les illustrés ?

« Peut-être ne reverrait-il jamais sa maman et son papa. Peut-être allait-il mourir là, tout comme Jacob.

« Mais il n'est pas mort. À la place il s'est battu. Il a appris à se relâcher et à coopérer avec la machine. À ignorer les démangeaisons dont il désespérait d'être soulagé, la douleur causée par le frottement du tuyau d'alimentation au fond de sa gorge, la brûlure de ses yeux trop secs parce que les paupières étaient les seules parties du corps qu'il pouvait bouger, et cela lui demandait tant d'efforts que souvent, elles s'ouvraient quand il s'endormait.

« Il était dans l'incapacité de parler, de communiquer, à part cligner furieusement des yeux, dans l'espoir que quelqu'un, une infirmière, ses parents, durant les courts moments où ils étaient autorisés à lui rendre visite, le technicien opérateur de la machine, toute personne qui s'approchait remarquerait quelque chose. Il s'efforçait de leur faire comprendre qu'il n'était pas parti, qu'il était toujours vivant, retenu en otage à l'intérieur de son propre corps.

« Puis il a entendu les médecins presser ses parents de lâcher prise, disant que son cas était allé trop loin, qu'ils conservaient son corps en vie, mais qu'Abraham, l'enfant qu'ils avaient connu, que son esprit était sans doute déjà irréparablement lésé. Intérieurement, il hurlait, mais la seule chose que ses parents avaient remarquée était une larme après que le médecin l'eut ébloui avec sa lampe. Sa mère l'essuya sans même le regarder. Il avait peur qu'ils ne renoncent à lui, il avait peur de mourir là, peut-être même d'être enterré vivant, son pire cauchemar.

« Mais après avoir déjà perdu son jumeau, comment pouvaient-ils ne pas se battre pour leur dernier enfant ? Les parents d'Abe ont donc insisté pour que les médecins continuent à faire tout leur possible. Leur amour fut ce qui le sauva finalement… Ça et un miroir.

« Plus précisément, un miroir de travers.

« Imaginez-vous un petit garçon qui se bat pour vivre, piégé dans la prison de son propre corps, incapable de dire aux autres qu'il est encore vivant. Imaginez les heures, les minutes… les secondes. La moindre démangeaison le mettait au supplice, le moindre courant d'air brûlait sa peau à vif. Il comptait tous les souffles que la machine lui arrachait, il comptait les rivets, vis et boulons visibles sur la machine, comptait ses propres battements de cœur qui résonnaient dans son cerveau. Il jouait à des jeux imaginaires avec son frère mort, essayait de se souvenir des scores de tous les matches de base-ball qu'il avait vus ou écoutés à la radio. Il priait même, ce petit garçon solitaire et terrifié, qui se morfondait et perdait peu à peu la raison.

« Mais enfin, un jour – il ne savait plus depuis combien de jours il était retenu prisonnier de la machine et de son corps –, un jour donc, alors que le gardien était reparti en hâte parce qu'il avait des places pour les Indians qui recevaient les Pirates à domicile, une voix appela Abe dans le désert. Une voix de petite fille. « Coucou, bonjour ! Je ne pouvais pas très bien te voir jusqu'à aujourd'hui. Mais M. Alvarez a heurté mon miroir en le nettoyant, et maintenant au lieu de voir ce qui est derrière moi, je peux te voir, c'est pas sympa ? Tu es Abe, c'est ça ? J'ai entendu ta mère t'appeler comme ça. J'aimerais bien que mes parents viennent me voir mais il faut qu'ils travaillent et s'occupent de mes frères et sœurs. »

« Abe avait entendu les infirmières et la jeune fille parler, bien sûr. Et il sentait qu'elle n'était pas très loin – après tout, ils partageaient un poumon d'acier, où pouvait-elle bien être ? Mais son propre miroir ne reflétait que le mur nu derrière lui, et comme il ne pouvait pas tourner la tête, impossible de la voir. Jusque-là, sa présence avait été un agacement supplémentaire, moins gênant que le prurit sur son nez qu'il ne pouvait demander à personne de gratter à sa place, plus gênant que la mouche bourdonnante autour du plafonnier. À son âge, les filles étaient… enfin, des filles. Il ne les comprenait pas, elles avaient l'air de parler sans arrêt mais de rien d'important ou d'intéressant. Et elles ne savaient pas jouer au ballon, ou ne voulaient pas jouer au ballon, alors à quoi servaient-elles de toute façon ? Du moins, c'était la conclusion à laquelle étaient parvenus Jacob, lui et tous leurs copains à l'âge très avancé de huit ans.

« Mais maintenant, une fille, cette fille précise, le voyait. Elle babillait à tort et à travers, quelque chose sur ses frères et sœurs et le fait que ses copines d'école lui manquaient, et s'y entrelaçait l'histoire d'un écureuil à qui elle avait laissé de la nourriture sur son rebord de fenêtre un matin et comment soudain elle s'était retrouvée responsable d'une famille entière d'écureuils et qu'elle espérait que quelqu'un à la maison penserait à leur donner à manger à tous. Abe avait eu l'impression qu'on lui avait lancé une bouée.

« Ensuite, elle avait déclaré : « Je sais que tu m'entends, cligne des yeux une fois pour oui et deux pour non. Comme ça, on peut plus ou moins parler, je m'ennuie tellement ! Et puis ça fait un peu peur d'être ici toute seule. Tu peux faire ça ? Me parler ? » Abe était surexcité. Il avait tenté de cligner des yeux pour sa mère, pour son père, pour les infirmières et même pour M. Alvarez, mais ça lui demandait beaucoup d'efforts, et puis personne n'avait rien remarqué – encore moins après que les médecins leur eurent assuré que ce n'était qu'une sorte de réflexe. Mais la jeune fille, elle, avait remarqué. Elle pouvait être sa voix, la voix d'Abe. Peut-être. Si elle n'était pas idiote comme les trois quarts des autres filles qu'il connaissait. Alors, lentement et avec détermination, il a concentré toute sa force sur ses paupières et les a refermées précautionneusement. Assez longtemps pour que la machine expire et inspire. Puis il les a rouvertes.

« La jeune fille l'a encouragé. « Oui, c'était un oui ! » Elle s'est mise à le bombarder de questions : La sonde par laquelle il était nourri lui faisait-elle mal ? *Oui*. Pouvait-il encore sentir le goût de la nourriture, parce qu'elle était jaune comme de la pâte à gâteau mais avait une drôle d'odeur, avait-elle un goût de gâteau ? *Non*. Depuis combien de temps était-il là, puisqu'il était déjà là quand elle-même était entrée dans le service deux jours plus tôt ? Abe ne savait pas, il regarda donc droit devant lui, en gardant les yeux aussi grands ouverts que possible, jusqu'à ce qu'ils s'emplissent de larmes. « Oh, tu ne sais pas ? » traduisit-elle. Et brusquement leur vocabulaire s'était enrichi.

« C'est ainsi que ça s'est passé. Lorsque les infirmières ont effectué leur ronde ce soir-là, la jeune fille parlait couramment le langage par clignements d'yeux. Et malgré son épuisement, Abe accomplissait des miracles. Le lendemain, ils ont fait une démonstration au médecin et à d'autres infirmières, puis aux parents d'Abe, qui ont poussé un cri de joie avant d'incliner aussitôt la tête pour prier. Lentement mais sûrement, Abe a fait des progrès, reprenant le contrôle de ses muscles jusqu'au moment où on a pu lui retirer la sonde. Sa voix, d'abord un murmure, est devenue plus forte. Il ne pouvait pas encore tourner la tête, mais a demandé à une infirmière de la tourner à sa place. Enfin, quelques jours plus tard, il a pu jeter un premier regard à la jeune fille.

« Il n'y avait pas grand-chose à voir, son corps comme celui d'Abe était tout entier avalé par le poumon d'acier. Elle avait des cheveux bouclés que les infirmières brossaient et tiraient en arrière au moyen d'un ruban rouge. Ses yeux étaient bruns comme les siens, elle avait plein de taches de rousseur, et ses deux dents de devant se chevauchaient légèrement. Mais, pour Abe, c'était la plus belle créature au monde. Il regrettait seulement que Jacob ne soit pas là pour voir que les filles n'étaient peut-être pas si bêtes après tout. Elle s'appelait Clarissa, et il décida séance tenante qu'il se marierait avec elle un jour. Elle lui confia qu'elle allait mieux. On la transférait dans un autre hôpital où elle pourrait travailler ses muscles.

Hello Kitty s'est renversée dans son fauteuil comme pour attendre des applaudissements. Nous, on attendait qu'elle poursuive, mais elle s'est bornée à gratifier l'assistance de ce petit sourire indéchiffrable qui m'irritait suprêmement.

La Thérapeute a pris la parole.

— Et alors ? Se sont-ils revus ? Abe l'a-t-il retrouvée ? Est-ce qu'il s'est marié avec Clarissa ?

— Je crois qu'Abe a eu une femme qui est morte jeune.

— Elle s'appelait Clarissa ? a demandé quelqu'un.

— J'ai oublié son nom.

— Ce que nous voulons tous savoir à mon avis, a dit Eurovision en se tournant vers Hello Kitty, c'est ce qui s'est passé après.

— Qu'est-ce que tu crois ?

La main de Hello Kitty caressait distraitement sa vapoteuse. Si on avait joué au poker, j'en aurais déduit que c'était son langage corporel. Mais qu'est-ce que ça voulait dire ? Un full ou du bluff ?

— … Peut-être que je ne sais pas ce qui s'est passé après.

— Visiblement, tu le sais, a protesté la Dame aux Anneaux. Si Abe t'a raconté l'histoire jusque-là, il l'aura achevée. Ou Clarissa est décédée, ou il n'a jamais su ce qu'elle était devenue. Ou encore il l'a retrouvée plus tard et s'est peut-être marié avec elle. L'une de ces possibilités doit être la vérité.

Nouveau petit sourire. Hello Kitty appréciait d'être au centre de l'attention.

— Qu'est-ce que la vérité, a-t-elle lancé, et qu'est-ce que la fiction ?

— Mon Dieu, tu en fais du cinéma ! s'est exclamé Eurovision. S'est-il marié avec Clarissa ?

— Très bien. Clarissa a sauvé la vie d'Abe – ou, en tout cas, sa santé mentale – et il ne l'a jamais oubliée. Après avoir fait suffisamment de progrès pour rentrer à la maison, il a demandé à sa mère de l'aider à écrire des cartes de remerciement aux infirmières qui s'étaient occupées de lui. À l'intérieur, il a glissé un mot qu'il avait rédigé lui-même pour demander le nom de famille et l'adresse de Clarissa afin de pouvoir lui écrire. Longtemps, très longtemps, son mot est resté sans réponse, mais enfin, un beau jour, une lettre est arrivée. Adressée à Abe. Bien sûr, les infirmières n'avaient pas le droit de communiquer des informations privées sur Clarissa, la plupart n'avait même pas réfléchi à deux fois au gribouillis d'Abe, mais l'une d'elles avait contacté les parents de Clarissa et leur avait transmis la requête d'Abe.

« Ça avait pris un certain temps. Ce n'était pas comme aujourd'hui où les gens écrivent des propositions de mariage en cent quarante-quatre caractères et en moins de temps qu'il n'en faut pour regarder une vidéo TikTok. Mais il avait eu une réponse de Clarissa. Puis Abe avait répondu. Peu à peu, au fil des ans, ils avaient continué à correspondre d'une manière ou d'une autre. Elle était plus jeune de deux ans, aussi il avait dû l'attendre… et passer ses deux premières années de fac, inquiet à l'idée qu'elle obtienne son baccalauréat, épouse le gars qui l'avait emmenée au bal des terminales, et que lui, Abe, n'entende plus jamais parler d'elle.

« Et il n'en entendit plus parler, en effet. Pas de tout l'été après son bac, pas même une carte de remerciement ou un appel téléphonique malgré le cadeau qu'il lui avait envoyé pour son succès, un ravissant poudrier ancien qu'il avait trouvé dans un dépôt-vente. Il crut l'avoir perdue pour toujours.

« Mais, soudain, alors qu'il emménage dans son appartement au début de son année de licence, un éclair de lumière l'éblouit, si brillant qu'il manque lâcher la lampe qu'il porte. Abe cligne des yeux et se retourne, Clarissa est plantée de l'autre côté de la rue, là où le soleil frappe le miroir de son poudrier, juste avec le bon angle pour qu'elle puisse renvoyer les rayons vers lui. En clignotant, comme dans leur ancien code.

« Ils sont demeurés ensemble plus de quarante ans, jusqu'à la mort de Clarissa. Abe n'a pas pu supporter de vivre dans leur maison sans elle, sans la fille qui l'avait sauvé d'un état pire que la mort. Alors il a emménagé ici.

— Voilà ce qui s'est passé, a-t-elle dit en lançant un regard froid à Eurovision.

J'ai balayé le groupe du regard, me demandant s'ils pensaient tous la même chose que moi. Mais j'ai été surprise de voir Vinaigre essuyer furtivement une larme. Même Eurovision avait l'air perdu.

— Pas étonnant qu'il ait semblé tellement en colère tout le temps, a fait observer la Thérapeute. Pauvre homme !

Elle paraissait prête à poursuivre, mais juste à ce moment-là les cloches de la cathédrale Saint-Patrick se sont mises à sonner. Vingt heures. Pour la première fois, j'ai remarqué à quel point elles étaient irrégulières et désaccordées. L'une d'elles devait être fêlée, parce qu'elle émettait un son éteint sur le dernier coup. Ces cloches, apparemment, étaient devenues le signal tacite de la fin de la soirée sur le toit ; tout le monde a commencé à se lever de son siège et à faire la tournée des bonsoirs en respectant la distance de sécurité de deux mètres.

J'allais laisser tomber. En quoi ça me regardait si la gamine voulait mentir ? Mais ses petits sourires m'avaient interpellée. Elle savait que je savais. Sauf que je ne lui parlerais pas devant les autres. Je me suis dirigée vers Hello Kitty, rôdant autour d'elle d'un air dégagé tandis qu'elle rangeait ses AirPods. Elle a levé la tête vers moi, du défi dans les yeux.

— Vous n'avez jamais mis les pieds au 4C, n'est-ce pas ? lui ai-je demandé à voix basse.

— Qui vous l'a dit ?

— Je sais des choses sur le vieil homme qui est mort dans cet appartement.

J'espérais ne pas avoir à lui expliquer comment, tant j'étais sûre que tout ce petit monde ne serait pas ravi d'apprendre l'existence de la bible de Wilbur.

Hello Kitty a soutenu mon regard, le visage rigoureusement impassible. J'aurais dû me taire, mais j'ai continué.

— Sa femme s'appelait Roxane, pas Clarissa. Il l'avait rencontrée quand il était dans la marine. Rien de ce que vous venez de raconter sur sa vie ne correspond à ce que je sais de lui, à part qu'il était vieux et sourd.

Son visage s'est éclairé d'un petit sourire cynique, sans même me faire l'honneur d'une ombre de culpabilité.

— Vous avez inventé toute cette histoire, ai-je achevé.

Après un silence, toujours avec la même dureté dans les yeux, Hello Kitty a rétorqué :

— Et alors ?

Sur le coup, je n'ai pas su quoi répondre. Mais Eurovision, qui avait glissé son enceinte dans son sac à dos, nous avait entendues et il s'est approché, toujours prêt à se mettre au centre de l'action.

— Ma chérie, ce n'est vraiment pas casher de raconter des salades sur un ancien résident de l'immeuble. L'as-tu seulement connu ?

— C'est bon. Je ne l'ai jamais rencontré, OK ? (La voix de Hello Kitty s'est élevée au-dessus des autres bavardages en cours sur le toit.) Mais est-ce que l'un de vous s'est seulement donné la peine de le connaître ? Excepté Miss Je-Sais-Tout, aucun de vous n'en aurait eu l'idée. Qui êtes-vous pour juger ce qui est vrai et ce qui ne l'est pas, de toute façon ? Personne ne voudrait mourir seul, abandonné et oublié de tous. Et maintenant tout le monde se souviendra de lui. Abe Bernstein.

Hello Kitty s'est extirpée de son siège, a pivoté sur ses talons et a disparu à grands pas dans l'escalier, laissant son fauteuil œuf et le reste d'entre nous dans le silence surnaturel de la ville qui était censée ne jamais dormir. Tous les regards dirigés vers la porte se sont portés sur Eurovision et moi, figés sur place. Je me suis demandé si j'avais bien fait. Tout le monde avait voulu croire à sa fable. Malgré la peste, la menace qui nous cernait, on avait tous préféré croire au mensonge, croire que nos existences pouvaient un jour bien se terminer… Même si la vérité est que nous finirons tous comme le vieil homme du 4C, violet et suintant de liquides.

Je suis redescendue à contrecœur chez Hadès, me suis assise au vieux bureau, à moitié ivre, et ai commencé à me repasser la soirée sur mon téléphone pour tout noter dans *La Bible du Fernsby*. À l'approche de minuit, les bruits de pas se sont de nouveau fait entendre. Ce soir-là, ils étaient très légers, comme quand on marche en chaussettes sur la pointe des pieds. Curieusement, ils semblaient aller dans une seule direction. Les pas légers, à peine audibles, retombaient l'un après l'autre avec une insoutenable lenteur, comme des enfants préparant un mauvais coup. Ça leur prendrait une bonne minute ou deux pour traverser la pièce de droite à gauche. J'ai tendu l'oreille pour les entendre traverser dans l'autre sens, mais rien. Peut-être était-ce le fruit de mon imagination. Mais, brusquement, les bruits de pas sont revenus, de droite à gauche. Une ou deux fois, j'ai aussi perçu un léger bruit d'eau.

« Seigneur, me suis-je dit, il y a une fuite là-haut. Demain j'irai voir ça. »

Jour Quatre

3 AVRIL

Aujourd'hui le maire de New York a donné une conférence de presse pour recommander le port généralisé du masque. Résultat, les informations sont pleines de débats sur les masques. S'ils sont d'un quelconque secours, s'ils doivent être exigés et, surtout, s'il y en a assez pour tout le monde, et sinon, ne devrait-on pas réserver les masques aux médecins et aux infirmières ? Au moment de notre rassemblement dans la soirée, j'ai vu que certains résidents avaient suivi la consigne et s'étaient confectionné divers masques de fortune. Écharpes, cache-cou de ski, bandanas…

Ce soir-là, j'ai débarqué très tôt. Mon plan était d'être la première sur le toit afin de pouvoir faire la liste de tous les résidents et de trouver les correspondances avec les noms, numéros d'appartement et portraits de la bible de Wilbur. Au fur et à mesure qu'ils arrivaient, je pouvais les cocher. Un peu comme si je faisais l'appel. Je voulais enfin les avoir tous présents à l'esprit, surtout ceux qui n'avaient encore rien dit et se contentaient de rester dans leur coin, en marge des réunions. J'avais aussi tracé un plan de l'immeuble avec tous les appartements, que j'avais collé sur l'une des pages vierges de la bible.

Le premier à arriver, en dehors de moi, a été Eurovision. Et c'est parti de là.

Voici la liste :

Eurovision, 5C

Monsieur Ramboz, 6A

Vinaigre, 2B

Hello Kitty, 5B

Fille du Merenguero, 3B

Tango, 6B. Cette femme mystérieuse s'installe dans un fauteuil en rotin tout au bout du toit-terrasse. Une blonde bien carrossée, la quarantaine, soignée et posée, portant des lunettes et un masque de soie noire. Elle a beau rester totalement silencieuse, je vois bien qu'elle nous observe tous attentivement. « C'est Tango, qui danse dans la vie des autres », selon la bible de Wilbur.

Whitney, 4D

Amnesia, 5E. « C'est Amnesia, porteuse du désir universel d'oubli. » Les notes de Wilbur précisent que son hobby est les fringues d'occasion affligeantes, mais qu'elle est autrice de BD et une contributrice du célèbre jeu vidéo Amnesia. J'étais vraiment curieuse de la connaître, mais elle non plus ne montre aucun intérêt pour nos réunions et elle hante les recoins sombres du toit.

La Thérapeute, 6D

La Dame aux Anneaux, 2D

Barbe noire, 3E. « Barbe noire, venu ouvrir le testament pourpre d'une guerre sanglante[1] », voilà ce que dit la bible sur cet ours barbu qui s'assied tout seul dans un coin sombre pour lire un livre de poche dépenaillé et boire du bourbon au goulot.

La Reina, 4E. Elle m'intriguait plus que la plupart des locataires silencieux. Elle est aussi grande que moi, peut-être même plus grande. Ses gestes sont posés et réfléchis, comme si tout son corps était conscient de sa position dans l'espace au moindre mouvement, ses boucles brunes lâchées sur les épaules. La bible lui attribue cet aphorisme : « On peut déposer son trône, elle est toujours la reine de ses chagrins. »

---

1. « *The purple testament of a bleeding war* », Shakespeare, *Richard II*, acte III, scène 3, vers 98.

Lala, 4A. Cette locataire est immédiatement reconnaissable. « Lala aux yeux comme des infinis noirs. » Lala est une jolie femme de petite taille, quarante-cinq ans environ, des dents blanches étincelantes, de longs cheveux ondulés et des yeux semblables à d'immenses gouttes tremblantes d'encre noire. Ses mains et ses doigts sont en mouvement quasi perpétuel, deux oiseaux voletant autour de son buste quand elle parle.

Prospero, 2E. Professeur à l'université de New York, « plongé dans des recherches secrètes ». Il n'a pas vraiment l'air d'un intellectuel, avec sa veste de survêtement et son pantalon de jogging rayé, comme s'il sortait d'une salle de sport. Il porte une barbe d'un demi-centimètre soigneusement taillée, combinée avec un nez aquilin et des pommettes saillantes. Il écoute le groupe, mais n'a pas prononcé un mot jusqu'ici.

Wurly, 3A. Il s'installe sur une banquette de piano qu'il monte et redescend tous les soirs. J'imagine que ce doit être lui qui joue du piano Wurlitzer en sourdine. Crâne rasé luisant, grande barbe, des yeux d'un brun profond, une élocution calme. Donne l'impression d'être le genre d'homme en qui on peut avoir confiance. « Wurly, dont les larmes se transforment en notes de musique. »

Le Poète, 4B. « Le Poète, qui écrit des graffitis sur l'âme », c'est ce que dit la bible. Un homme grand et maigre, la quarantaine environ, un visage inquiet avec un air effronté, une sorte de demi-sourire narquois à l'adresse du monde entier.

La Cocinera, 6C. « Sous-chef de cuisine des anges déchus. » Je ne saurais pas vraiment dire ce que signifie cette définition, mais c'est encore une lionne d'une taille incroyable, aux longs cheveux bruns, qui passe son temps sur le toit, penchée sur son téléphone, à tapoter dessus.

Pardi et Pardner, 6E. La mère et la fille. Commentaire de la bible : « *The Midnight Special shines its light on them*[1] » [Le train *Midnight Special* braque sa lumière sur elles]. J'ai vu la mère, mais pas trace

1. Paraphrase de « *Let the Midnight Special shine a light on me* », vers de *Midnight Special*, chanson du groupe Creedence Clearwater Revival, 1969.

de sa fille. Peut-être se cache-t-elle pour se protéger du Covid, comme la fille enceinte de Vinaigre.

Darrow, 3D. Super grand, 2 mètres peut-être, costume et chemise blanche amidonnée, boutons de manchettes, cravate de soie au nœud bien serré. J'imagine qu'avec cette tenue, il doit passer toute la journée en réunions Zoom, ou peut-être est-il juste le genre de personne qui aime bien s'habiller. « Ses secrets deviennent des cicatrices », selon la bible de Wilbur.

Voilà donc qui était présent sur le toit ce soir. C'était un groupe assez important, même si moins de la moitié avait pris la parole. Je faisais partie des observateurs silencieux, j'imagine.

Nous commencions à trouver notre rythme. Les gens se réunissaient environ un quart d'heure avant dix-neuf heures ; nous étions pour la plupart à nos places à dix-neuf heures pile pour nous joindre aux applaudissements du soir. Puis, une heure plus tard, les cloches de Saint-Patrick mettaient un terme à la soirée.

Un ciel plombé avait pesé sur la ville ce jour-là, emplissant les rues d'une lumière crépusculaire. Le matin, j'ai passé la serpillière dans le hall et les couloirs, comme je suis censée le faire quotidiennement. Ça m'énervait que des gens qui ont l'air si connectés sur le toit-terrasse passent devant moi avec un simple signe de tête. Certains d'entre eux ne m'aiment pas, ou sont peut-être un peu méfiants, j'en suis sûre. L'immeuble est sans espoir – fenêtres cassées, cafards, une fichue chaleur à te brûler les poumons à des heures aléatoires de la journée. Sauf qu'avec ce coronavirus, je n'arrive pas à faire venir qui que ce soit pour réparer quoi que ce soit, ni même à commander des fournitures. Mon stock d'ampoules électriques tire à sa fin, et j'en suis à mon dernier rouleau de ruban adhésif. N'ayant rien d'autre d'utile à faire, et toujours dans l'incapacité de joindre mon père, j'ai passé l'après-midi à éplucher le dossier à soufflets des manuscrits improbables de l'ancien gardien. C'était un catalogue de documents étranges et futiles mais assez fascinants, néanmoins. Je le soupçonne d'avoir fouillé dans le bac de recyclage et les poubelles et d'en avoir sorti des trucs. Je dois l'avouer, quand je travaillais pour mon père, je faisais parfois la même chose. Une fois, j'ai même trouvé des espèces dans le bac de recyclage. Pas encore d'argent oublié ici, au Fernsby Arms. La première fois que je suis montée inspecter un des appartements abandonnés dans les étages – le résident, je crois, était parti aux Hamptons – j'ai trouvé une lettre désopilante roulée en boule par terre. Je l'ai lissée et ajoutée au dossier à soufflets – me sentant un peu coupable de l'avoir ramassée. Mais, franchement, qui le saura jamais ?

Ce soir, nos bougies vacillantes avaient du mal à lutter contre l'obscurité. Et le vent ! Une bourrasque soudaine a emporté des feuilles mouillées à travers le toit, les faisant danser et virevolter sans fin, soufflant au passage quelques bougies. Les sirènes semblaient quasi permanentes. Pendant que certains rallumaient leurs lumignons, je notais les brutales statistiques du jour. Aujourd'hui encore, les appels au 911 dépassaient ceux du 11 septembre 2001. Le système était saturé. Le nombre de cas dans le monde dépassait le million. Les nouvelles d'Italie sont terrifiantes, avec leurs soignants obligés de trier des patients qui suffoquent. Apparemment, les Italiens ont décidé de laisser mourir les gens de plus de quatre-vingts ans parce qu'ils manquent de respirateurs. Nous sommes à trois semaines de nous retrouver dans la même situation, dit-on. Andrew Cuomo a ordonné à la Garde nationale de saisir des respirateurs et des EPI dans les hôpitaux et les cliniques des zones à faible Covid du nord de l'État pour les répartir entre les établissements new-yorkais. J'ai lu d'horribles prévisions du Centre pour le contrôle et la prévention des maladies selon lesquelles, uniquement aux États-Unis, jusqu'à 50 000 personnes pourraient décéder avant la fin de la pandémie. Vous imaginez, 50 000 morts ? L'État de New York a déjà enregistré un total de 102 863 cas, avec près de 3 000 décès. On est vendredi, mais, à ce stade les jours de la semaine se ressemblent tous. J'ai appelé mon père sans arrêt, en vain. Je suis épuisée et malade de colère.

Ce soir aussi, les locataires étaient plus nombreux sur le toit. Tout le monde se donnait du mal pour maintenir une distance de deux mètres ou plus dans un assemblage aléatoire de chaises de cuisine, tabourets, fauteuils de plage pliants, et même un pouf. Sans oublier la banquette de piano de Wurly. Beaucoup de sièges restaient là-haut, exposés à la pluie, je pense. En revanche, prenant le parti inverse, Eurovision avait remplacé sa chaise de jardin par un fauteuil ancien en acajou sculpté avec des reflets dorés et un siège en velours moelleux, recouvert de plastique transparent, comme dans un salon de grand-mère du Queens. Il a placé son pseudo-trône au centre du toit, nous obligeant tous à nous installer à la périphérie du fameux périmètre de sécurité.

Vinaigre a garé son fauteuil de metteuse en scène le plus près possible de lui, mais pas trop. En guise de masque, elle portait un grossier bout de tissu noué avec des lacets de chaussures, qui assourdissait sa voix. Ses yeux avaient une expression inquiète, et je me suis demandé comment ça se passait avec Carlotta, sa fille.

Une fois tout le monde là et bien assis, Vinaigre nous a toisés.

— Nous avons tous eu le temps d'apprécier la nouvelle œuvre d'art, je suppose ?

Tous les regards se sont dirigés vers la fresque collective. Quelqu'un avait tracé à la bombe un émoji de crotte sur la bouteille de vinaigre Heinz.

— On peut tous deviner qui est le Vinci anonyme, je crois, a repris Vinaigre, le sourcil levé.

— C'est dégoûtant, a commenté Eurovision. Ce ne devrait pas être trop difficile à recouvrir.

Il s'est levé et a fait un pas vers la caisse de fournitures d'art.

— Enfin, tu n'y touches pas ! l'a arrêté la Dame aux Anneaux. Tout le monde doit être libre de s'exprimer ici, sinon à quoi ça rime ? Oui, même Miss Chose, a-t-elle ajouté en lançant un regard acéré à Vinaigre. Ce qu'on devrait faire, c'est enrichir la fresque, pas la censurer.

À cet instant, la lointaine cacophonie des applaudissements de dix-neuf heures a fusé de partout en ville, puis s'est amplifiée rapidement comme un train à l'approche. Nous avons participé au concert.

Une fois le vacarme éteint, Eurovision est resté debout. Après s'être éclairci la voix, il a regardé autour de lui, puis a joint les mains, comme quelqu'un qui viendrait de monter sur scène. Au léger retroussement de ses lèvres, je savais qu'il mijotait quelque chose.

— Allongé dans mon lit la nuit dernière, a-t-il commencé d'un ton docte, je songeais aux récits que nous avons entendus au cours de ces derniers soirs. Et puis je me suis dit qu'on devrait peut-être tous raconter une histoire.

Hésitant, il a regardé de nouveau autour de lui, y compris ceux assis au fond, dans l'obscurité. Un silence gêné est tombé. Personne n'a fait de commentaire. Impossible que cette idée fasse mouche, me suis-je dit.

— Selon moi, a-t-il poursuivi, le prix d'entrée dans notre refuge du toit-terrasse doit être de raconter une histoire. Cha-cun-de-nous.

Il a scruté le groupe avec les attentes d'un professeur.

— Qui vous a nommé mère supérieure ? a ironisé la Dame aux Anneaux.

Cette insolence a été suivie d'une explosion de bruits désapprobateurs, signes de tête négatifs et insertion ostentatoire d'écouteurs.

— C'est juste une idée, pour l'amour du ciel ! s'est-il défendu. On a tous des histoires à raconter. Amour, vie, mort, une réminiscence, une histoire de fantômes… n'importe quoi.

— La mise en récit est une belle idée à mon avis, a déclaré avec fermeté la Thérapeute, une très belle idée.

Monsieur Ramboz s'est exclamé :

— Je trouve moi aussi ! Une excellente idée !

— Merci beaucoup, a dit Eurovision, comme si leur avis emportait la décision. Et pour vous prouver que je suis beau joueur, je commencerai par ma propre histoire. Une histoire vraie ! C'est une histoire drôle, en fait… Ou peut-être pas si drôle. Une histoire d'adoption…

Il a marqué un silence théâtral pour s'assurer que nous étions suffisamment nombreux à lui prêter attention, a pris une profonde inspiration et s'est lancé.

— Alors, un couple de ma connaissance, Nate et Jeremy, cherchait à adopter un bébé. Je dis « cherchait » parce que cette démarche n'avait rien de facile. Ils avaient déjà été échaudés, deux ou trois années plus tôt, un tout-petit avait été placé chez eux durant six mois, dans le cadre du processus d'accueil en vue d'une adoption, vous connaissez ? Dès la fin de la première semaine, tous les deux étaient complètement gagas du bambin. Ainsi que la mère de Jeremy, qui habitait seulement à trois stations de métro de là et avait toujours rêvé d'être grand-mère. Malgré toutes les mises en garde contre l'emballement affectif, elle était à fond dès le premier jour.

« Ce en quoi les travailleurs sociaux du Service des adoptions avaient manqué de clarté, c'était que les chances pour ce couple de pouvoir garder le petit garçon étaient minimes. La situation familiale de ce dernier était compliquée : la mère de la maman avait déposé un recours, et le papa n'était pas entièrement hors jeu, en plus il n'y avait pas « concordance culturelle » … Et, par la suite, ce qui avait énervé mes amis, ce n'était pas tant qu'ils aient dû le rendre – ce qui leur avait brisé le cœur, mais peu importe, ils s'y étaient engagés –, c'était qu'ils avaient eu le sentiment que les travailleurs sociaux les avaient induits en erreur dans le seul but de les amener à accepter un placement à court terme.

« Quoi qu'il en soit, une fois qu'il se fut écoulé assez de temps pour que la déception soit surmontée, Jeremy persuada Nate de postuler une nouvelle fois. La mère de Jeremy les soutenait tellement, elle les encourageait à fond, en fait à la limite du harcèlement, mais vous voyez, avec les meilleures intentions du monde.

« Il apparut qu'ils n'avaient pas totalement surmonté la déception, car la seule consultation du site web du Bureau of Permanency Services déclencha chez eux des flash-back. Pourquoi avoir donné un nom aussi orwellien au service des adoptions ? Bureau des services de permanence…

« Mes amis décidèrent donc de tenter leur chance dans le privé. Ils s'inscrivirent dans un organisme agréé, remplirent un formulaire ultradétaillé et attendirent qu'une mère biologique choisisse leur dossier dans le tas. Une année entière passa, pas une touche. Ils comprirent qu'ils avaient sans doute surestimé la convivialité gay de la New-Yorkaise moyenne enceinte d'un bébé non désiré. Nate essayait de tout oublier, d'avancer en se concentrant sur ses projets pour sa société, sur des voyages à l'étranger, ce genre de truc. Mais, en réalité, une fois qu'on a rempli ce type de formulaire pour quémander un enfant, c'est une bombe à retardement : qui pourrait se sortir ça de la tête ?

« Et puis, un jour, ils reçurent un appel. Une ado avait choisi leur dossier et l'avait placé en haut de la pile parce que, disait-elle, elle avait un faible pour les gays.

« Tout se passa très bien jusqu'à la fin de la grossesse. Nous étions tous excités pour eux et ultra-solidaires. Nate et Jeremy nous racontèrent de belles histoires sur la relation qu'ils avaient liée avec la jeune fille, les repas rigolos qu'ils faisaient avec elle, et comment elle se sentait chez elle dans leur appartement. Ils couvraient toutes ses dépenses – vêtements de maternité, taxis pour se rendre aux rendez-vous –, lui assuraient un suivi psychologique et le conseil d'un avocat. Bien sûr, ils voulaient rester en contact après l'accouchement et lui permettre de faire partie de leur petite famille, autant ou aussi peu qu'elle le voulait. Honnêtement, ils lui étaient si reconnaissants de leur confier son bébé !

« Bon, ils savaient d'expérience que tout pouvait toujours tomber à l'eau à la dernière minute, alors quand elle ne les appela pas, ni eux ni l'agence, autour de la date du terme, ils s'efforcèrent de rester calmes. Même après quinze jours, ils s'interdisaient toujours de perdre la boule.

« Finalement, ils reçurent le fameux appel. Le travailleur ou la travailleuse sociale leur dit que maman – bizarre qu'ils l'appellent ainsi, non ? comme s'ils parlaient de leur propre maman ! – que maman avait accouché un après-midi après la classe, ultrarapidement dans la salle de bains de ses parents avant l'arrivée de l'ambulance, et que la petite fille et elle se portaient bien toutes les deux.

« Jeremy éclata en sanglots en apprenant que c'était une fille, même s'il aurait été tout aussi enthousiaste si ç'avait été un garçon. Les choses n'en devenaient que plus réelles.

« L'instant d'après, l'assistante sociale les avait surpris en disant que la naissance avait eu lieu en réalité la semaine précédente, et que maman n'avait prévenu personne, ni l'agence ni son avocat, parce qu'elle s'était dit qu'elle aimerait essayer d'élever elle-même l'enfant, après tout.

« Mes amis furent pétrifiés en apprenant la nouvelle. Mais, bien sûr, ils comprenaient et compatissaient. Comment pourrait-on savoir à l'avance, et surtout une adolescente, ce qu'on ressent après un accouchement ?

« Mais l'assistante sociale était heureuse de leur apprendre – enfin, heureuse pour eux, Nate et Jeremy ! – que maman avait changé d'avis après ce qu'elle disait avoir été la semaine la plus merdique de sa vie. L'agence lui avait proposé son soutien au quotidien, bien sûr, mais non, elle affirmait être sûre d'elle à ce stade, elle voulait bien que Nate et Jeremy prennent le bébé, sans tarder. Elle avait déjà signé son abandon, c'est ainsi qu'on appelle l'accord de renonciation à ses droits parentaux.

« À cette nouvelle, apparemment, la mère de Jeremy avait crié de joie.

« Bon, je ferai l'impasse sur les quarante-cinq jours suivants. Dans l'État de New York, c'est le délai nécessaire pour que le consentement de la mère biologique devienne irrévocable ; à moins que la mère ne signe les papiers devant un juge et en présence de son avocat, elle a un mois et demi pour changer d'avis. Ce qui n'est que justice, étant donné que les suites des couches ont l'air d'être une période vraiment dingue pour prendre des décisions difficiles !

« À cette date, Nate et Jeremy étaient donc aux anges, mais aussi totalement défoncés – pas par la drogue ! Je veux dire, juste épuisés de se réveiller toutes les deux heures. Parce que, même s'ils étaient censés se relayer, quand bébé arrive dans un appart, ce n'est pas comme si l'un des deux pouvait continuer à dormir. À six semaines, la petite Sophie – ils lui avaient donné le nom de la grand-mère de Jeremy – avait pris deux kilos, était capable de vous suivre des yeux et de lever la tête de la table à langer quand on la mettait sur le ventre. Et elle faisait de ces sourires qui étaient sans doute dus aux gaz, d'après le livre pour futurs parents, mais non, pour moi c'étaient de vrais sourires – nous avions déjà tous fait sa connaissance à divers brunchs.

« La semaine d'après, la maman de Jeremy m'écrivit sur Facebook qu'elle organisait une fête à minuit, le soir du quarante-cinquième jour – genre, pour marquer le moment précis où Sophie allait devenir légalement, absolument, définitivement leur fille pour toujours. J'ai été un peu surprise que Jeremy la laisse gérer ça, étant donné qu'il était connu pour ses plans fêtes, mais j'ai compris qu'il avait juste trop de pain sur la planche.

« Alors ce mardi-là à minuit, nous étions une quarantaine, plantés dans la rue devant leur immeuble, chargés de ballons, serpentins, fleurs, champagne, la totale. La maman de Jeremy sonna à leur appartement, qui est au troisième étage.

« Pas de réponse.

« — Ils sont peut-être en train de préparer bébé, a lancé quelqu'un. Une couche, une adorable grenouillère, etc.

« Du coup, on est tous restés là, à bavarder et à blaguer un peu.

« Mais je voyais bien que la maman de Jeremy devenait nerveuse. Elle n'arrêtait pas d'appuyer sur l'interphone.

« — Ils sont peut-être sortis ? ai-je suggéré.

« — Qui sort avec un nouveau-né à minuit, surtout quand on reçoit ?

« C'était une femme que je connaissais à peine, qui parlait sur un ton qui me semblait plus dédaigneux que nécessaire.

« — Une amie de Nate, de la salle de sport, m'a dit qu'il promenait souvent sa fille en poussette dans le quartier, quand elle ne pouvait pas se calmer. C'est facile de perdre la notion du temps !

« Nous avons scruté le pâté d'immeubles de haut en bas.

« J'avais sorti mon portable, mais la maman de Jeremy m'a repéré.

« — Non, je vais l'appeler, a-t-elle dit.

« — Jeremy ? a-t-elle crié au téléphone. Merde, je tombe sur la messagerie. Jeremy, c'est maman, décroche !

« Rien.

« Ensuite, quelqu'un a essayé le numéro de Nate, tandis qu'un autre sonnait à l'interphone encore deux ou trois fois.

« Pas de réponse.

« C'était comme si tous les trois avaient été enlevés par un psychopathe. Peut-être même massacrés !

« Je tentais de réfréner mon imagination.

« — Ce n'est pas un bébé qui pleurait, sur un balcon au-dessus ? Vers le troisième étage ?

« J'ai renversé la tête.

« — Nate, j'ai crié. Jeremy ? Hou ! hou !

« Un long silence.

« Soudain, leurs têtes surgirent par-dessus la rambarde. Jeremy tenait l'enfant contre sa poitrine dans un porte-bébé. D'en haut, les deux garçons nous regardaient avec… Enfin, sur le moment j'ai cru que c'était de l'horreur, mais maintenant je dirais peut-être avec rage.

« La maman de Jeremy agita les mains dans les airs et cria :

« — Surprise !

« C'est seulement à ce moment-là que nous nous sommes rendu compte de ce qu'elle avait… de ce que nous tous avions fait.

« Nate et Jeremy, c'est tout à leur honneur, nous ont laissés monter chez eux. Et une fois qu'ils eurent raconté l'histoire telle qu'ils l'avaient vécue… leur panique aveugle quand ils avaient entendu l'interphone sur le coup de minuit, comment ils étaient persuadés que c'était la maman biologique qui venait reprendre Sophie, comment ils savaient qu'ils ne pouvaient pas l'en empêcher légalement ni même éthiquement, mais qu'ils ne pouvaient pas supporter d'ouvrir, comment leurs portables n'avaient cessé de passer compulsivement en boucle *Staying Alive* et les sonneries des Minions, comment Sophie avait pleuré mais pas aussi fort que Nate, comment ils avaient couru sur le balcon pour ne plus entendre la sonnerie de l'interphone et leurs téléphones, comment il était même venu à l'esprit de Jeremy (il était gêné de l'avouer) que ça pourrait s'arrêter si tous les trois, en mode Thelma et Louise, sautaient par-dessus la rambarde… Enfin, après tout ça, après les excuses interminables de la maman de Jeremy pour son inconscience, ils ouvrirent le champagne. Sophie régurgita sur la table basse en verre. Ce fut, dirons-nous, une soirée inoubliable.

Eurovision s'est tu, puis a regardé autour de lui avec un grand sourire. On a compris qu'il attendait nos applaudissements. On a donc tapé dans nos mains, c'était une très bonne histoire après tout. Tout son visage rayonnait de plaisir.

— Merci, a-t-il dit. Merci.

Je m'attendais presque à une révérence. C'est clair, avoir un public était sa raison de vivre, un mode de vie auquel le Covid avait mis fin. Seigneur, tant de choses ont été emportées par le Covid !

— Bon, a-t-il ajouté. À qui le tour ?

— Je ne sais pas trop raconter les histoires, a dit un homme de haute taille assis presque à la limite du cercle. Mais j'ai une histoire de bébé, moi aussi.

C'était l'appartement 3D, l'avocat stylé Darrow, en l'honneur de Clarence Darrow[1], j'imagine.

— Magnifique !

Enchanté par cette idée, Eurovision a applaudi.

J'ai vérifié que mon téléphone était prêt à enregistrer. Darrow s'est lancé, son doux accent du Sud flottant sur le toit.

— J'ai grandi dans une plantation de coton de l'Arkansas, commença-t-il. Nous étions pauvres mais le genre de pauvres qui ne savent pas qu'ils sont pauvres parce que les autres sont tout aussi fauchés qu'eux.

« La semaine avant la naissance de mon frère, une importante chute de neige a recouvert les terres de l'Arkansas oriental, nous offrant un Noël blanc, notre tout premier.

« Les champs et les routes enneigés promettaient de rendre la saison encore plus magique. Point négatif, ma mère attendait son quatrième bébé. En tant qu'enfant de six ans, j'ignorais tout de la reproduction humaine et ce genre de sujet n'était jamais abordé à la maison. Mais je me souviens avoir pensé qu'un quatrième enfant

1. Avocat américain, membre de l'Union américaine pour les droits civiques (1857-1938).

n'était absolument pas nécessaire. Pour commencer, il n'y en avait déjà pas assez pour tout le monde.

« En ce temps-là, les femmes enceintes se donnaient beaucoup de mal pour cacher ce qui devenait chaque jour plus visible, mais je n'ai pas tardé à comprendre que les choses étaient sérieuses. Ma sœur était une petite fouineuse et, étant une fille, en savait plus que moi et mon innocent petit frère. Comme on comptait les jours avant Noël, elle nous informa avec gravité que notre mère pouvait accoucher à peu près au moment où on attendait le Père Noël. Ça posait des problèmes. Je n'avais en tête que le catalogue de Noël de Sears & Roebuck et ne m'intéressais aucunement à la gestion des attentes.

« Effectivement, après être sortis de l'église le soir de Noël, nous avons eu la surprise d'entendre maman gémir douloureusement sur le siège avant en s'accrochant au bras de papa. Puis elle l'a lâché, elle avait l'air bien. Puis elle a émis une nouvelle plainte, tout en faisant de son mieux pour cacher son inconfort.

« — Elle a des contractions, m'a chuchoté ma sœur sur la banquette arrière.

« — Qu'est-ce que c'est que ça ? j'ai demandé, cherchant un renne dans les nuages.

« — Que tu es bête ! a-t-elle soufflé, en roulant des yeux.

« La récolte de coton de l'automne avait été très décevante, et même si on n'était pas au courant, nos parents projetaient de laisser l'exploitation pour commencer une autre vie. Les temps étaient durs, beaucoup de factures restaient en souffrance. On n'avait pas un rond, mais, mystérieusement, ils s'étaient toujours débrouillés pour nous préparer un beau Noël.

« Sitôt revenus à la maison, papa nous a habilement informés qu'un voisin un peu plus bas sur la route venait de repérer le Père Noël. Tout était dit. Nous avons couru à nos chambres, enfilé nos pyjamas et éteint la lumière. Il était seulement vingt heures.

« À peine quelques minutes plus tard, nous sembla-t-il, papa était de retour, rallumait la lumière et nous annonçait que le Père Noël venait de partir.

« Qui se souciait que nous n'ayons même pas eu le temps de nous endormir ? On a couru au salon où le sapin brillait de tous ses feux, entouré des jouets de nos rêves.

« À peine avait-on ouvert les cadeaux que le Père Noël avait laissés à son passage, papa annonçait que maman était prête à aller à l'hôpital pour mettre le bébé au monde. Allongée sur le canapé, elle essayait vaillamment de profiter de ce moment avec nous. Bien qu'elle soit visiblement angoissée, je n'étais pas si inquiet. En cadeau, j'avais reçu une carabine à plomb Daisy flambant neuve, un jeu de construction Lincoln Logs et un train électrique, j'étais occupé. Comme je ne bougeais pas assez vite, mon père m'a donné une tape assez ferme sur le derrière en disant qu'on n'avait pas le temps de s'habiller… « Montez dans la voiture avec vos pyjamas et tout. »

« Papa a démarré, et la voiture a commencé à déraper. Maman lui a crié dessus, il lui a répondu. Par la lunette arrière, je voyais la petite ferme blanche avec sa fenêtre de devant décorée de guirlandes de Noël scintillantes que papa avait oublié d'éteindre. Le Père Noël venait de partir. Nos jouets étaient à l'intérieur, ça semblait si injuste.

« Mon père était un conducteur téméraire dans les bons jours. Mais l'idée que ma mère accouche sur le siège avant sous les yeux de ses trois enfants assis à l'arrière était au-dessus de ses forces. Il conduisait trop vite sur une route verglacée, et après trois ou quatre dérapages, ma mère a protesté :

« — Je ne vais quand même pas avoir mon bébé dans un fossé !

« L'hôpital était à une demi-heure de route de chez nous, et mes grands-parents habitaient une autre ferme, à mi-chemin. À l'époque, les gens avaient le téléphone, mais ils essayaient de ne pas trop s'en servir, surtout pour les communications longue distance. Les visites à des parents ou à des amis n'étaient jamais soumises à un appel téléphonique préalable. Non, monsieur. On se pointait quand on voulait. La surprise faisait partie du rituel.

« Mes grands-parents furent sûrement surpris quand on a remonté leur allée à vingt et une heures, en klaxonnant frénétiquement. Lorsqu'ils s'avancèrent en pyjama, d'un pas chancelant, sur la galerie, mon père nous avait déjà fait sortir de l'auto et on se précipitait à leur rencontre. La passation prit seulement quelques secondes.

« Mes grands-parents, Mark et Mabel, étaient des gens bien, des agriculteurs qui vivaient de leurs terres et, chose beaucoup plus importante, qui vivaient selon les Écritures saintes. Au pied de la lettre et seulement dans la version biblique du roi Jacques Ier d'Angleterre. Ma grand-mère prépara du chocolat chaud pendant que mon grand-père allumait une belle flambée, seule source de chaleur de leur vieille bâtisse. Blottis sous un édredon et réchauffés par le feu, nous l'avons écouté lire l'histoire du petit Jésus dans sa bible usée bien-aimée.

« À notre réveil le lendemain matin, on nous a dit que notre mère avait mis au monde un petit garçon peu après minuit. Ainsi, c'était un vrai bébé de Noël. On s'en fichait complètement. On était juste soulagés qu'elle aille bien, et on voulait rentrer à la maison pour découvrir le reste de nos jouets.

« Le matin suivant, au cours du petit-déjeuner, on entendit des coups de klaxon. Ma grand-mère jeta un regard par la fenêtre de la cuisine et s'exclama : « Les voilà ! » On a couru à la porte d'entrée, traversé la galerie et dévalé les marches vers la voiture où notre mère, souriante, tenait fièrement son dernier-né dans ses bras. Elle l'avait appelé Mark.

« On est montés dans l'auto pour se dépêcher de rentrer à la maison, où les guirlandes de Noël étaient toujours allumées, et les cadeaux du Père Noël encore éparpillés d'un bout à l'autre du salon. Nous avons tout de suite repris là où nous nous étions arrêtés avant d'être si dramatiquement interrompus.

« Avec la neige, notre père n'avait rien d'autre à faire que de rester à la maison et jouer avec nous. Il savait qu'il ne planterait plus de coton, je me suis souvent demandé si c'était pour lui un soulagement ou une angoisse. Mais, bien sûr, on était tenus à l'écart de ce type de conversations. Six semaines plus tard, on quittait brusquement la ferme pour, par bonheur, ne jamais y revenir. Notre père avait trouvé un bon poste dans une entreprise de construction, qui nous obligeait à déménager tous les étés dans une nouvelle petite ville du Sud.

« La saison suivante, on a attendu avec beaucoup d'impatience l'arrivée du catalogue de Noël Sears & Roebuck. En quelques heures, on avait fait nos listes de souhaits, listes qui étaient invariablement beaucoup trop longues et que nos parents raccourcissaient petit à petit. Quand le Père Noël fit une visite surprise dans ma classe de CE1, je lui dis avec le plus grand sérieux que je voulais ci et que je voulais ça, mais que je ne voulais absolument pas d'un autre petit frère pour Noël.

Alors que Darrow achevait son récit, Eurovision a bondi sur ses pieds et a dirigé en chef les acclamations, applaudissements, signes de tête et grands sourires.

— Qui a dit que tu ne savais pas raconter une histoire ? Bon, bon !

Il a promené ses regards à la ronde, je voyais bien qu'il cherchait une autre victime parmi les timides à l'arrière du public qui, tous, affectaient soudain d'être absorbés par leurs téléphones.

— Allez, les gars ! À qui le tour ? (Ses yeux ont erré sur le groupe nerveux avant de venir se poser sur moi.) Notre gardienne doit bien avoir quelques anecdotes croustillantes à raconter sur cet immeuble, je parie.

Stupéfaite et momentanément pétrifiée de panique, j'ai secoué la tête pour refuser.

— Je ne suis là que depuis quelques semaines…

Il m'a regardée de travers.

— Mais dans votre précédent immeuble ?

— Je travaillais au Red Lobster, il ne se passe jamais rien au Red Lobster.

Encore ce regard désapprobateur.

— Bien, on va revenir vers vous, alors. Nous sommes tous un peu curieux à votre sujet, je crois.

— Curieux ? Pourquoi ?

Son regard pénétrant me rendait nerveuse, presque comme s'il me soupçonnait de quelque chose. Je lisais une dose de méfiance ou du moins de prudence sur le visage des autres. J'avais travaillé si dur pour être invisible, c'était un choc de découvrir qu'ils avaient leur petite opinion sur moi.

— Enfin, a déclaré Eurovision. Vous devez reconnaître que vous n'êtes pas exactement ce à quoi nous sommes tous… euh… habitués chez un gardien.

— Ah, d'accord ! Parce que je ne suis pas un homme ?

— Non, non, non. C'est juste… Enfin si, un petit peu.

Sa tête m'a fait rire. J'étais tentée de le laisser s'empêtrer. Finalement, pour détourner l'attention, j'ai concédé :

— Je vous raconterai une histoire, c'est promis. Laissez-moi juste du temps.

Je me demandais s'il n'y en avait pas une dans le stock d'histoires de Wilbur que je puisse m'approprier. La dernière chose à faire avec ces inconnus, c'était de leur raconter mes petits secrets.

— D'accord !

— Pas de resquilleurs ! a dit Vinaigre. Que celui ou celle qui écoute raconte à son tour.

— Moi j'ai une histoire, a lancé Amnesia.

Elle portait un assortiment de fringues délavées, constellées de taches d'acide ou de peinture et tailladées au couteau, comme si on venait de la sortir des décombres d'un immeuble effondré. Dans le Vermont, ma copine et moi avions joué au jeu vidéo Amnesia. Ça parle de quelqu'un qui se réveille dans le désert, sans aucun souvenir de son existence antérieure, et est poursuivi par des vampires, des démons et des mauvais sorts. C'était plutôt cool, du moins tant que le thème ne nous touchait pas de trop près.

— Merci, a conclu résolument Vinaigre, en se rasseyant pour écouter.

— Toute ma vie, a commencé Amnesia, j'ai rêvé d'une femme. Ce n'est pas un cauchemar, pas vraiment, mais ce rêve est dérangeant parce que c'est toujours exactement le même. Je me trouve dans un jardin, on est en été. Devant moi se dresse une énorme bâtisse obscure aux volets blancs et aux rideaux tirés devant toutes les fenêtres sauf une. C'est là qu'elle se tient, la femme en question, debout à contre-jour dans le cadre blanc, elle me regarde. Elle a une cicatrice sur la joue et une petite croix d'or au cou. Je sais que ça n'a pas l'air effrayant, mais le fait est qu'elle ne sourit jamais. Genre, la majorité des gens, ils te voient, ils sourient, non ? Mais elle se borne à me regarder fixement avec ce visage creux. D'habitude, c'est à ce moment-là que je me réveille.

« J'en ai parlé à ma mère une fois quand j'étais petite, et elle s'est emballée sur le sujet. *Quel âge avait cette femme ? Sa cicatrice était grande comment ? Comment était-elle habillée ? Quel genre de maison ? Dans quel État était-ce ?* ... Comme si on voulait retrouver quelqu'un qui aurait été enlevé. Je m'en souviens parce qu'elle me plantait ses ongles dans le bras, même si nous étions à la Gaufrerie, et que c'était après la messe et que tout le monde pouvait nous voir. Et papa disait : « Lâche-la, Kath ! » Fermement, comme s'il allait faire quelque chose si elle n'écoutait pas.

« Vous savez que dans les relations humaines il y a toujours une personne qui occupe plus d'espace que l'autre ? Voilà mes parents. Genre, si maman est le soleil, papa est Mercure ou quelque chose... de petit et bien trop proche d'elle pour ne pas être dans une situation inconfortable. Sanjay et moi, on disait en blaguant que la seule raison pour laquelle ils étaient ensemble c'est qu'elle avait été enceinte de moi et puis de lui, mais aujourd'hui je crois qu'on a tourné la vérité en plaisanterie juste pour pouvoir la dire à haute voix. Mes parents n'avaient pas d'histoires à raconter sur leur première rencontre, ni sur la nature de leurs premiers rendez-vous, ni sur rien. Vous les questionnez et ils se bornent à répondre : « Oh, on s'est connus à l'Université chrétienne du Texas », comme si la suite était écrite, comme si un homme qui avait quitté tous ceux qu'il connaissait au Tamil Nadu pour aller étudier finissait bien sûr marié à Lubbock.

« Quoi qu'il en soit, je n'ai jamais plus évoqué la femme du rêve. Cela avait trop bouleversé ma mère, et la vérité, c'est que j'ai fait ça de mon propre chef, sans savoir pourquoi. Vous avez vu dans les publicités ces mères qui pleurent aux représentations de ballet classique et posent des sparadraps sur les genoux écorchés et ce genre de chose ? Ma mère a tenté tout ça avec moi, mais c'était comme si elle n'y arrivait tout simplement pas. Elle grinçait des dents en me serrant dans ses bras, ou clignait des yeux quand je riais, ou quittait la pièce si j'éclatais en larmes. Elle était différente avec Sanjay... Elle le couvait de ses yeux de génisse, le serrait contre elle sans aucune raison. Une fois, elle avait même confié à Mme Hewson, sans se douter que j'étais dans la pièce d'à côté, qu'elle savait qu'elle était censée ne pas avoir de préféré, mais que Sanjay était vraiment plus facile à élever, il n'avait pas autant besoin d'elle. Avec un rire, Mme Hewson avait répondu que c'était seulement qu'elle et moi étions trop semblables... Les gens disaient ça tout le temps, nous avec nos cheveux clairs et nos mentons en galoche, Sanjay et papa bruns et semblables à des oiseaux... Mais maman avait protesté : « Elle et moi n'avons rien en commun », et après ça Mme Hewson n'avait plus rien dit.

« Sanjay avait sept ans le jour de Pâques où maman a craqué. Moi j'avais douze ans. Nous en avons parlé à voix basse bien des années après, comme s'il s'agissait d'un film culte que nous n'étions pas censés avoir vu. C'était super dingue parce que maman montrait toujours sa facette la plus parfaite à la Première Église baptiste, toujours à ranger quelque chose, à caler les piles de programmes et traiter tout le monde comme si elle recevait dans son salon uniquement parce qu'elle faisait partie des hôtesses d'accueil. La veille au soir, elle avait étalé sur le lit deux robes jaunes et deux costumes bleu marine, de sorte qu'on avait l'air de former une horrible famille de poupées animées : clair-sombre-clair-sombre, assis tous les quatre à l'avant-dernier banc, d'où elle pouvait garder un œil sur la porte.

« Nous étions malheureux ce matin-là. Je me souviens aussi de cet épisode… Maman nous avait crié dessus pendant le trajet en voiture parce qu'on la mettait dans l'embarras devant tout le monde alors qu'on n'était même pas encore arrivés ; elle avait froncé les sourcils dans le rétroviseur intérieur et m'avait demandé à deux reprises si j'avais pensé à mettre du déodorant. Parfois, on aurait dit que la seule chose à faire était d'espérer qu'il se présente quelque chose de plus grand que soi pour attirer son regard. Alors quand le pasteur Mitchell a tonné : « Il est ressuscité, Il est ressuscité ! », le soulagement que j'ai ressenti était réel. Sa voix nous a emplis de la gorge à la taille. L'espace d'un instant, on aurait cru que le plafond entier pouvait se lézarder en l'une de ces fresques célestes dorées.

« C'est à ce moment précis que ma mère s'est levée. Brusquement, comme si peut-être, oui, comme si elle avait peut-être oublié quelque chose, les poings serrés de long de son corps. Puis elle s'est mise lentement en marche dans la mauvaise direction. Un pas et puis un autre, et puis encore un autre, dans l'allée centrale. Et personne ne savait quoi faire parce que c'était Kathleen Blair Varghese, celle qui commandait toujours tout le monde. Alors que faisait-elle à avancer petit à petit vers la tribune comme si elle y avait été appelée ? Même le pasteur Mitchell semblait perturbé, attendant qu'elle se soit arrêtée juste devant lui pour s'enquérir :

« — Ça va, Kathleen ?

« Elle a dit quelque chose qu'on n'a pas pu entendre, puis elle a répété :

« — Ma mère est morte.

« De légers murmures se sont élevés des bancs. Et puis mon père s'est levé à son tour, même s'il essayait habituellement de traverser l'église sans se faire remarquer. Ce n'était pas que les gens fassent exprès d'être méchants, juste ils lui disaient toujours de petites choses comme : « Bon, ici à Lubbock, nous célébrons Noël avec la Carol of Lights, la fête texane annuelle », comme s'il ne le savait pas au bout de quinze ans. De toute façon, il a couru rattraper maman par le bras, et quand elle s'est retournée pour lui faire face, tout le monde a eu le souffle coupé. Elle haletait comme une chienne, son visage était tout rouge et en nage.

« — Elle est partie, Arvin, a-t-elle dit. Elle est partie et elle ne reviendra plus.

« — Qui, grand-mère Cindy ? a chuchoté Sanjay, les yeux écarquillés parce qu'on passait tous les samedis après-midi avec grand-mère Cindy, à fumer des cigarettes en bonbon sur la pelouse pendant qu'elle en fumait des vraies.

« — Non, j'ai répondu, parce que maman et papa redescendaient la travée centrale, et que tous les yeux étant fixés sur eux, et puis sur moi, et puis sur Sanjay.

« Qu'étais-je censée dire, de toute façon ? Qu'est-ce que je savais alors ? Papa a ouvert la porte donnant sur le vestibule et nous a jeté un regard, nous sommes sortis pour les suivre. Et puis on s'est tous retrouvés dehors. Juste comme ça, nous quatre en plein soleil, avec le bruit des gicleurs et l'odeur de l'eau sur du ciment brûlant.

« — Grand-mère va bien ? a demandé Sanjay.

« J'ai regardé papa, papa a regardé maman. Puis la bouche de maman s'est étirée en une cavité obscure avant qu'elle plaque une main dessus.

« — Elle va… ? a répété Sanjay, sa voix grimpant dans les aigus.

« Papa a sorti son téléphone. Celui-ci a sonné plusieurs fois, puis grand-mère Cindy a crié à travers le déflecteur de vent de sa décapotable qu'elle rappellerait une fois qu'elle se serait garée. Papa a raccroché. On a tous regardé maman. Maman n'était plus que l'ombre d'elle-même.

« Dans la voiture, sur le trajet du retour, sauf quand il passait les vitesses, papa lui tenait la main, ce qui était la seconde chose la plus étrange que nous ayons vue de la journée. Elle est allée se coucher à peine arrivée et est restée dans son lit toute la nuit. Grand-mère Cindy est venue la voir. Ensuite elle et papa ont parlé dans l'allée du jardin le temps de fumer trois cigarettes, mais on ne pouvait pas les entendre sans ouvrir la fenêtre. J'ai pensé qu'ils parlaient peut-être de la faire hospitaliser à Sunrise Canyon parce que c'est ce qui était arrivé à la mère de Laura Gibson après la perte de son bébé. Mais, le lendemain matin, au petit-déjeuner, quand je me suis levée, maman était la même que d'habitude, passant des gaufres au grille-pain et vérifiant le dessous de nos ongles avant de nous accompagner à l'arrêt de bus cinq minutes à l'avance. Le dimanche suivant à l'église, elle a soutenu les regards inquiets avec tant de force que tous se sont sentis un peu désemparés, comme s'ils avaient imaginé toute la scène.

J'aurais sans doute pensé la même chose si Sanjay ne l'avait pas vue lui aussi, si ce n'était pas devenu le truc dont, enfants, on parlait à voix basse avant d'en rire une fois adultes parce que, sincèrement, qu'y avait-il de plus « Kathleen » que notre mère interrompant l'homélie pascale pour dire que grand-mère Cindy était morte, et tout le monde ayant trop peur d'elle pour en reparler ?

« Les obsèques de maman se sont déroulées l'an dernier, à la Première Église baptiste. Aucun d'entre nous n'y était allé depuis des années, à cause de la hanche de papa, de l'installation de Sanjay à Austin et de la mienne ici, mais ça n'avait pas d'importance. Les dames de son groupe de prière du mercredi qui s'étaient relayées pour l'accompagner à ses séances de chimio avaient tout prévu. Tout ce que nous avions à faire, c'était entrer dans l'église et recevoir les condoléances. La remplaçante du pasteur Mitchell a prononcé son éloge funèbre, oubliant au passage de mentionner que maman organisait le pique-nique du catéchisme dominical et incarnait la première bougie qu'on allumait dans l'arbre de Noël vivant, mais quand on a entonné « Reste avec nous, Seigneur » – son hymne préféré – j'ai senti son approbation tout autour de nous. Après, quelques personnes sont passées à la maison avec des plats surgelés, et puis c'était fini. Toute une vie soigneusement repliée comme une nappe, prête à être rangée dans l'armoire.

« Mais c'était impossible, d'accord ? C'était impossible. On vit toute sa vie avec quelqu'un d'aussi imposant, et peu importe si on est celui ou celle qu'elle a oublié d'aimer ou ne savait pas aimer ou aimait trop, on sent encore sa présence partout. Elle ne me manquait pas encore, pas comme elle me manque aujourd'hui, mais je savais qu'elle manquait à papa et à Sanjay, alors je nous ai servi un Jameson dans les beaux verres, et puis on est restés assis autour de la table de la cuisine, à nous remémorer toutes les conneries qu'elle avait faites. « Tu te rappelles la fois où elle a repassé nos pantalons de survêtement ? » « Et tu te rappelles le jour où elle a traité le chien du voisin de "transit intestinal ambulant" ? » « Et le jour où elle a obligé le gars à repeindre toute la galerie parce qu'un écureuil avait traversé le coin et que, selon elle, la peinture fraîche changerait de couleur en séchant ? » « Et celui où elle a annoncé à toute l'église que grand-mère Cindy était morte ? » On en riait comme on rit d'une chose en essayant de lui pardonner de vous avoir fait peur.

« — Au beau milieu de l'homélie pascale ! Et personne n'a protesté ! a abondé Sanjay.

« — Circulez, il n'y a rien à voir, les amis – je mimai le geste de main du bedeau – juste une personne adulte qui annonce la mort de sa mère qui n'est… pas morte !

« — Grand-mère Cindy…, a commencé papa, mais on riait trop fort pour l'entendre.

« Il a attendu que nous nous soyons calmés pour poursuivre :

« —… n'était pas sa mère.

« Il l'a dit comme ça, comme s'il nous révélait une nouvelle anecdote sur grand-mère Cindy. *Grand-mère Cindy aimait les jeunes gens, grand-mère Cindy et cette satanée loterie, grand-mère Cindy n'allait chez le grossiste Costco que le jour des échantillons…*

« — Comment ça ? me suis-je écriée.

« — Sa mère biologique vivait à Oklahoma City, expliqua papa.

« Sanjay et moi échangeâmes un regard.

« — Papa, tu te fous de nous, là ?

« Papa tendit le menton vers moi.

« — Tu l'as rencontrée une fois, quand tu n'avais que quelques mois. Barbara. Barb, elle nous a dit de l'appeler Barb. Elle a roulé jusqu'ici et a déjeuné avec nous à La Quinta, puis elle est rentrée chez elle le soir même.

« — À Oklahoma City ? me suis-je exclamée, comme si c'était là le plus bizarre.

« — Elle était mariée et avait d'autres enfants, à l'époque. Elle redoutait, à mon avis, qu'ils puissent découvrir la vérité, que le mari puisse tout découvrir. Elle nous a montré leurs photos. Les filles ressemblaient à votre mère. (Papa m'a regardée.) Elles te ressemblaient…

« Vous savez comment, parfois, on vous dit un truc, et tous ces petits leviers et cadrans commencent alors à cliqueter en vous parce que vous avez retrouvé une pièce dont vous ne saviez même pas qu'elle était manquante ? Mon père m'a dit « te ressemblaient » et tout mon corps s'est mis à vibrer. Sanjay avait l'air malade.

« — C'est la femme qui était morte ? balbutia-t-il.

« Mon père a incliné la tête.

« — Elle l'a eu aussi, un cancer des ovaires.

« — Mais comment maman a…

« — Je ne sais pas.

« — Était-elle restée en contact avec elle ?

« — Non.

« — Mais comment avez-vous su quel jour elle…

« — On ne l'a pas su tout de suite, on l'a lu plus tard dans la rubrique nécrologique.

« — Mais vous n'en avez jamais parlé ?

« — Qu'y avait-il à dire ?

« — Barb était-elle… était-elle… – je ne savais même pas ce que je voulais dire, vraiment –… gentille ?

« Qui aurait pensé qu'elle ferait mal, cette question ? Mais si, elle faisait mal. Mon père est resté longtemps silencieux avant de répondre :

« — Elle était jeune.

« Puis il s'est mis à débiter tous ces chiffres. Barb avait quinze ans quand elle a eu maman. Barb ne l'a vue que deux heures avant que grand-mère Cindy passe la prendre au foyer. Maman avait vingt-trois ans quand elle a commencé à la chercher. Cela lui a pris un an pour la retrouver, et trois mois de plus pour négocier où et comment elles se reverraient. Moi je gardais le silence, songeant que maman avait commencé à chercher sa propre mère quelques mois avant d'être enceinte de moi, et qu'elle avait eu de ses nouvelles à peu près au moment de ma naissance. Mais Sanjay a piqué sa crise. Il a commencé par crier à papa qu'il ne pouvait pas croire qu'on ne nous l'ait jamais dit, il ne pouvait pas croire que c'était comme ça qu'on l'apprenait, et puis mon père s'est mis lui aussi à hurler.

« — Ça n'avait aucune importance ! a dit papa. Cette femme vient déjeuner une fois à la maison, prend le bébé dans ses bras en pleurnichant sur tout le temps perdu et promet à votre mère de revenir bientôt, mais elle ne revient jamais ! Elle n'appelle jamais, n'écrit jamais et elle déménage sans jamais dire où à votre mère, alors qu'y a-t-il à ajouter ?

« Son visage affolé était en feu, plissé comme celui d'un enfant. C'est là que j'ai eu la certitude qu'il l'aimait vraiment.

« — Quel foyer ? j'ai demandé.

« Papa a eu l'air désorienté.

« — Grand-mère Cindy est allée la chercher dans un foyer. Quel foyer ?

« C'est là qu'il a commencé à me raconter la suite, mais je savais déjà, vous voyez ? Je savais avant même qu'il me réponde « Maison des Femmes Florence Crittenton, Little Rock, Arkansas ». Avant de googliser le nom et d'agrandir la petite photo sur mon portable jusqu'à ce que je plonge mon regard dans une fenêtre encadrée de blanc d'une maison sombre. Celle-ci était vide sur la photo, mais je savais.

À la fin de son récit, je ne voulais même pas regarder Amnesia, je me suis bornée à fixer mon verre. J'avais la chair de poule. Cette histoire me faisait penser à ma mère, que je haïssais depuis le jour où elle nous avait abandonnés. Mon souvenir le plus net n'est même pas un souvenir d'elle, c'est un souvenir de papa en train de m'annoncer, en sanglots, qu'elle était retournée en Roumanie. Ça a été la première et la dernière fois que je l'ai vu pleurer. Sauf en février, quand je lui ai rendu visite juste après l'avoir installé. Papa m'a prise pour sa mère et s'est mis à chialer en me suppliant de le ramener à la maison, disant que ce n'était pas une bonne école, que son étourneau apprivoisé Zbura lui manquait. Mais ça ne compte pas, c'est juste parce qu'il est atteint de démence sénile. Je ne pleure pas non plus, c'est de famille, de ne pas pleurer. Je n'ai pas pleuré depuis l'âge de dix ans, quand je me suis cassé le bras en descendant Poyer Street en rollers. Non qu'il y ait quoi que ce soit de mal à pleurer, si c'est votre truc. Ce n'est tout simplement pas pour moi. Dracula ne pleurait pas non plus.

— C'est une histoire de fantômes, a commenté Darrow.

Amnesia a secoué la tête.

— Non, c'est une histoire de connexion. Nous vivons dans l'illusion que nous sommes des entités séparées, mais dans le fond nous sommes métaphysiquement connectés.

— C'est trop profond pour moi, a protesté Vinaigre. Je n'ai pas envie d'être connectée avec plus de monde… Rien qu'avec mes enfants, Charlotte et Robbie, et seulement de temps en temps.

— C'est une histoire sur le stoïcisme des femmes, je pense, a déclaré la Dame aux Anneaux, se tournant vers Amnesia.

Mais Eurovision est intervenu :

— Je vous en prie, ne suranalysons pas les histoires des uns et des autres, on n'est pas en classe de littérature. Alors, à qui le tour ?

— Tant qu'on reste sur le stoïcisme et la mort, a dit Lala, nous balayant de ses immenses yeux noirs, j'ai une histoire.

Elle s'est penchée en avant, joignant les mains, puis les ouvrant, désireuse, impatiente même de la raconter. Elle a ajusté son siège, un tabouret haut sur lequel elle s'est juchée à la manière d'un oiseau nerveux, a posé les mains sur ses genoux et, d'une petite voix véhémente, a pris la parole en embrassant du regard la surface du toit, comme si elle s'adressait à elle-même plutôt qu'au groupe.

— Cela se passait il y a quelques années, avant que je m'installe à New York. J'étais encore en train de travailler ce vendredi soir-là, même si je m'apprêtais à fermer, étant donné qu'il était plus de trois heures du matin. Quand le téléphone a sonné, j'ai regardé l'identité de mon correspondant et ai vu apparaître le numéro de mon beau-père. Mon beau-père a quatre-vingts ans, ma belle-mère quatre-vingt-quatre, et tous deux ne sont pas en très bonne santé, en décrochant je me préparais donc déjà mentalement à sortir pour faire face à une urgence.

« Mais c'était mon beau-père en personne, Max, il disait que la sœur de ma belle-mère venait de l'appeler, parce qu'elle n'arrivait pas à me joindre – dans le stress du moment ils avaient dû faire un ancien numéro de téléphone – mon père était au Centre de traumatologie du Bon Samaritain, Max n'en savait pas plus.

« J'ai réveillé mon mari, l'arrachant en sursaut à un profond sommeil, et me suis habillée, pensant au passage à prendre un sweat-shirt chaud, parce que les salles d'attente d'hôpital sont toujours glacées et que j'ignorais combien de temps j'y resterais. J'ai promis d'appeler dès que je saurais quelque chose, promis aussi de ne pas rouler trop vite, repoussé les velléités du chien qui voulait venir avec moi – je ne savais pas combien de temps il pourrait rester seul dans la voiture – et je suis partie.

« Je conduisais prudemment, d'accord, mais dans cet état d'agitation qui accompagne toute personne arrachée à la solitude de la nuit pour affronter des angoisses inconnues. Je priais, bien sûr, de la manière informelle dont on prie face à ce type d'épreuves. Et puis, à une certaine distance sur l'autoroute, ça s'est arrêté.

« Les prières se sont arrêtées, l'agitation a cessé, l'angoisse a disparu. Il était trois heures trente-six à la pendule du tableau de bord, qui retarde toujours de deux minutes. Je n'ai jamais vu le certificat de décès, mais ce n'est pas nécessaire.

« Tout était simplement… immobile.

« Je roulais toujours, croisant un véhicule de temps à autre. Les lumières défilaient, je faisais attention aux panneaux de signalisation, mais mes battements de cœur et ma respiration avaient retrouvé l'état de calme solitude d'où j'avais été tirée. Je tentai de réciter une prière, mais les mots ne venaient pas. Ce n'est pas que je ne pouvais pas penser, mais le besoin s'était dissipé. Tout ce que j'aurais pu demander avait déjà sa réponse.

« Tout était juste… paisible.

« Il m'arrive de sentir la présence de ma mère, parfois parce que j'y pense, mais d'autres fois non. Si elle n'est pas toujours là quand je l'invoque, elle revient toujours à un moment ou à un autre. J'ai voulu l'atteindre au milieu du silence, et j'ai senti sa présence, mais ce n'est pas elle qui m'a répondu.

« J'ose dire que je n'avais pas pensé à ma grand-mère Inez une seule fois en dix ans, et encore. Très âgée à ma naissance, elle est morte quand j'avais onze ans, je m'en souviens seulement parce qu'elle est morte le jour de mon anniversaire. On la voyait une fois par an, pour la forme : une vieille dame toute petite qui avait une drôle d'odeur et ne parlait pas anglais. Nous avons appris quelques expressions espagnoles, que nous lui répétions comme les prières en latin à l'église, nous la comprenions mais il n'y avait pas vraiment de communication.

« Mais, à cet instant-là, elle m'est apparue en esprit. Des cheveux blancs autour d'un visage encore jeune… et ce qui avait l'air de vraies dents plutôt que des prothèses dentaires.

« — *Somos duras*, m'a-t-elle dit, avant de répéter : *Somos*.

« *Dura* est un mot qui veut dire « dur ». Selon l'usage qu'on en fait, sa signification va de « difficile » ou « pénible », comme « dans les temps sont durs », à « coriace » et « résilient », « fort ». *Somos* veut dire « nous sommes ».

« — OK, j'ai répondu.

« Je suis arrivée à l'hôpital et me suis garée sur le parking des visiteurs. Il n'y avait plus besoin de se dépêcher, et je n'avais pas envie d'occuper une place qui pourrait être nécessaire près de l'entrée des urgences. La nuit était douce, très parfumée. Je suis passée devant une femme qui fumait sur un banc, devant le service de chirurgie ambulatoire. Je lui ai souri et j'ai incliné la tête en passant.

« J'ai remonté la longue rampe menant au Centre de traumatologie, qui est au second étage. Deux des sœurs de ma belle-mère se tenaient devant l'entrée, penchées sur leurs téléphones portables comme des agents des services secrets. J'en ai touché une à l'épaule, elle s'est retournée, le visage fripé de chagrin, et m'a serrée dans ses bras en m'assénant des bourrades dans le dos.

« — C'est bon, ai-je dit au bout d'un certain temps. Je vais bien.

« — Moi non ! s'est-elle écriée, en s'accrochant à moi avec des sanglots, au moment où nous entrions.

« — *Somos duras*, répétait ma grand-mère.

J'ai vu ses pieds en premier. Ils ressemblent aux miens, courts et larges, remarquablement petits pour son corps. Je n'ai pas de poils noirs clairsemés sur les orteils, et lui souffrait d'une onychomycose qui jaunissait ses ongles et les déformait. Mais nous avons le même talon rond, une voûte plantaire courte et marquée. Des orteils courts, eux aussi, et larges qui remontent légèrement, quand le pied est au repos. De vilains pieds mais des pieds heureux.

« Plusieurs personnes l'entouraient ; il était étendu sur un brancard, à demi recouvert d'un drap en flanelle. Ma belle-mère était là, lui tenant la main. Je ne fis pas attention aux autres, j'avais besoin de voir sa figure.

« Il avait l'air qu'il avait toujours quand il dormait. Habituellement il s'assoupissait devant la télévision. Dans les années qui suivirent la mort de ma mère, avant qu'il se remarie, je me relevais toujours à minuit, quand j'étais là, pour le réveiller et lui dire d'aller se coucher. Il avait horreur de se coucher tout seul, je crois.

« Ses oreilles étaient légèrement violettes. Mon fils a ses oreilles, un coquillage lisse au lobe charnu. Chaque lobe présentait un profond sillon. J'avais lu quelque part que c'est signe d'une prédisposition aux maladies cardiaques.

« Moi qui avais pensé que je serais terrassée de chagrin à sa vue, j'ai été surprise d'éprouver un sentiment très particulier… d'accomplissement. C'était pour l'essentiel un homme heureux, mais il n'était aucunement paisible. Il avait des côtés tranchants qui barraient sa personnalité telles les fissures d'un glacier. Toujours impatient, toujours en mouvement. Une personne haineuse achevée et perverse, un porteur de rancunes implacables. Tout ça était fini maintenant. Pas parti, exactement, mais fini. Maintenant, il avait la paix qui lui avait toujours manqué, il était accompli.

« — *Somos*, disait ma grand-mère, très doucement, et je savais ce qu'elle voulait dire.

« Ma belle-mère m'embrassa, je l'embrassai à mon tour.

« — Comment c'est arrivé ? j'ai demandé.

« Elle m'a dit qu'elle était allée se coucher à minuit, papa l'avait suivie un peu plus tard. Elle s'était réveillée à trois heures moins le quart parce que sa respiration avait changé, il ronflait très fort. Elle l'avait poussé à se retourner, mais sa respiration avait encore changé pour se muer en d'horribles bruits. Elle avait rallumé, avait vu son visage et compris qu'il se passait quelque chose d'anormal. Elle avait couru à la chambre de devant pour alerter sa sœur et son beau-frère qui étaient venus de Californie leur rendre visite.

« Ils étaient accourus pour lui faire un massage cardiaque tandis que ma belle-mère appelait le 911. Ils habitent seulement à quelques blocs d'un grand hôpital, les ambulanciers étaient donc arrivés en deux minutes. Ils s'étaient escrimés sur lui sur place et, en route vers les urgences, avaient réussi, disait-elle, à faire redémarrer une partie de son muscle cardiaque sans pouvoir toutefois le ranimer.

« L'inconnu au chevet de mon père vint serrer la main de ma belle-mère, expliquant que mon père était « bien chaud » à son arrivée, tout allait bien. Le prêtre était là pour lui donner l'extrême-onction. Une croyance populaire veut que si le corps est au moins chaud, son âme est assez proche pour en bénéficier.

« Mon père était encore chaud, tout le monde avait une main posée sur son corps : sur sa main, ses épaules nues, ou son énorme bedaine – il était toujours en surcharge pondérale, mais portait bien son poids. Un instant, je posai à mon tour une main sur lui. Puis je levai les yeux et m'aperçus que je regardais mon oncle Albert, qui vit à Albuquerque, le dernier frère vivant de mon père, également mon parrain. Je ne l'avais pas remarqué au début, parce qu'il ressemble à papa – tous ses frères avaient un air de ressemblance prononcé. Il me semblait parfaitement banal de voir mon père à la fois couché et debout.

« Dans ces circonstances assez surréalistes, il était d'abord tout à fait naturel qu'Albert soit là. Nous sommes une très grande famille. Au cours de ma jeunesse, à chaque décès, l'ensemble des parents se réunissaient, d'Albuquerque à la Californie ou vice versa, ils séjournaient tous brièvement chez nous, étant donné que Flagstaff se trouve à mi-chemin. Soudain, je me dis que mon père était mort depuis moins d'une demi-heure. Je savais que le vol d'Albuquerque prenait au moins une heure.

« — Qu'est-ce que tu fais ici ? lâchai-je, espérant un tantinet trop tard que ma question ait des accents étonnés et non désobligeants.

« Il était grave, mais n'avait pas l'air bouleversé. Septuagénaire, il était le dernier des frères, il avait vu son content de morts.

« — J'étais sur place, dit-il avec un petit haussement d'épaules.

« Un hasard ou non, il était venu passer le Nouvel An à la maison. Lui et papa avaient veillé toute la soirée, à parler et à rire, puis étaient allés se coucher à minuit et demi.

« Les sœurs de ma belle-mère – elles étaient trois à l'époque – allaient et venaient, apportant des Kleenex ou des gobelets d'eau. L'infirmière de l'hôpital passait de temps en temps, une jeune femme discrète et compatissante, présentant des formulaires à signer, des questions en attente de réponses.

« — Quelle morgue ? Inhumation ou crémation ?

« Et – elle s'en excusait, disant que, selon la loi, elle devait nous poser la question – envisagerions-nous un don d'organes ?

« — Oui, répondis-je fermement, les mains sur l'abdomen de mon père.

« Ça me tenait à cœur, mais je sentais que ma belle-mère hésitait. C'est la plus douce et la plus aimable des créatures – aucune autre n'aurait pu rester mariée avec mon père ! – mais par conséquent on peut la brutaliser. Je l'aurais fait, s'il avait fallu, mais elle a dit oui.

« — Mais sont-ils utilisables ? ai-je demandé en baissant mes yeux vers lui. Il a soixante-sept ans.

« — Je ne sais pas, répondit la jeune femme, fronçant les sourcils d'un air mal assuré. Je vais vérifier.

« Ce qu'elle fit. Les cornées, déclara-t-elle ensuite, on pouvait utiliser ses yeux et leurs cornées.

« Ses sœurs le touchaient sans arrêt, s'exclamant de temps en temps : « Il est encore chaud là ! » en étreignant n'importe quelle partie de son corps.

« L'opinion de mon père, qu'il avait souvent exprimée devant ma belle-mère – souvent à portée d'oreille –, était la suivante : « Tes sœurs sont de belles personnes, mais… »

« Je me suis un peu écartée. Ils m'ont demandé si je voulais rester seule un moment avec lui, j'ai répondu non. Ce n'était pas nécessaire.

Ce n'était pas nécessaire de toucher encore son corps, je n'avais pas l'impression que c'était mon père. Je savais exactement où il était, il était avec moi, avec ses femmes, avec son frère, avec sa mère. *Somos*. Nous sommes.

« Je n'étais pas du tout bouleversée, même si je pleurais de temps en temps par pure réaction émotionnelle. Au bout d'un moment, il est devenu clair qu'il n'y avait rien d'autre à faire. Et pourtant il semblait impossible de partir. Albert a dit doucement qu'il allait rentrer à la maison se reposer. D'autres membres de la famille de ma belle-mère arrivaient. Elle aussi a une énorme famille, tous très fidèles et solidaires.

« Je regardais très attentivement. Lesquels de ses traits m'avaient été transmis ainsi qu'à mes enfants, ça je pouvais encore le voir. Mais qu'est-ce qui était unique, et que je devais mémoriser maintenant, parce que je ne le reverrais plus ? J'ai les mêmes mains et aussi les mêmes pieds. Ma sœur a ses yeux. Sa forte carrure d'épaules, je l'ai retrouvée chez mon fils dès la naissance. Et ma benjamine a la même forme de mollets.

« Enfin de retour, la jeune infirmière nous dit doucement mais fermement qu'il lui fallait l'emmener maintenant « pour finir de s'occuper de lui ». J'effleurai un de ses pieds en soufflant : « Adieu, papa ! », puis sortis sans me retourner.

« Dans la salle d'attente, nous sommes tombés sur le jeune homme du programme de don d'organes et l'avons suivi pour remplir les formulaires. Je connais peu d'expériences plus surréalistes que celle consistant à s'asseoir dans une salle de consultation à cinq heures du matin et répondre à des questions pour savoir si mon père avait échangé de l'argent ou des drogues contre des rapports sexuels. Ou s'il avait eu des relations sexuelles avec un autre homme.

« Les réponses (*non* – ou *en tout cas, pas que je sache*) s'étant toutes révélées satisfaisantes, nous sommes enfin repartis. J'ai empêché mes sœurs de venir chez moi, non sans peine, et repris la direction de la maison à travers les rues obscures. Il me semblait important de rentrer avant la fin de la nuit, sans doute parce que je pensais que les choses seraient peut-être plus réelles à la lumière du jour.

« Alors, maintenant, il y a des déchirements et des émotions à vif, des accès de chagrin qui saisissent à la gorge et au ventre. Toutes les difficultés et les égarements qu'il y a à être confronté à un décès brutal.

« Et pourtant je me souviens et parviens à accéder à ce grand silence, semblable à une pierre lisse dans ma poche.

« *Somos.*

« J'étais… étonnée.

Visiblement émue, la Fille du Merenguero observait la conteuse, hochant la tête, marmonnant quelque chose sur *la familia*. Je savais qu'aucun de ceux d'entre nous présents sur le toit ne voulait rompre le sort que Lala venait de jeter. Bien sûr, comme toujours, une lointaine sirène a brisé le silence de sa plainte douloureuse. Je songeais que, d'un bout à l'autre de la ville, en ce moment même, d'autres étaient arrachés à des êtres chers. Des pères, des oncles et des belles-sœurs mouraient tout autour de nous, sous leurs respirateurs artificiels, ou pire. La description de son père – de ses vilains pieds heureux –, Dieu que ça me faisait mal pour mon père.

— Quelle histoire ! s'est exclamée une voix féminine à l'autre bout du toit. Merci de l'avoir partagée avec nous. Ça nous rappelle ce qu'on perd en séparant les gens de leurs proches dans les ultimes moments ! Les derniers contacts, les mains sur le corps encore chaud. Ça brise le cœur !

Elle avait raison. De là où j'étais assise, je ne pouvais pas voir qui c'était, mais elle parlait pour nous tous. Ce satané coronavirus ne nous enlevait pas seulement notre faculté d'être ensemble dans la vie, mais aussi d'être ensemble à l'heure de la mort pour faire nos adieux. Une pensée abominable m'a traversé l'esprit avant que je puisse la chasser : le regret que mon père ne soit pas mort avant que cette pandémie ait frappé.

Non, je trouverais bien le moyen de le revoir.

Eurovision s'était tourné vers la nouvelle intervenante, son sourire d'animateur dynamique un peu figé à ce stade de la soirée.

— Bienvenue, a-t-il dit, un peu trop gaiement. Je ne sais pas si nous nous connaissons. Dans quel… euh… appartement êtes-vous ?

— Au 2C.

J'ai été un peu surprise. Ma bible répertoriait le 2C comme vide. Je n'avais pas enregistré son arrivée sur le toit ce soir-là, soit elle m'avait évitée, soit elle nous avait rejoints plus tard. Sa queue-de-cheval, son absence de maquillage, sa chemise à col boutonné et sa jupe tartan bon chic bon genre LL Bean avaient quelque chose de déplacé, surtout ici, dans le Lower East Side branchouille. En plus, elle portait un masque, un vrai masque chirurgical. Où diable avait-elle pu en dégoter un ?

— Je débarque, a-t-elle dit un peu nerveusement. Je viens du Maine.

— Du Maine ? a répété Eurovision, comme si son interlocutrice avait déclaré débarquer de Mongolie-Extérieure. Et vous avez emménagé à New York pendant une pandémie ? Vous êtes dingue ?

— Peut-être, a répondu Maine avec un petit rire. Je suis médecin urgentiste itinérant, juste au coin de la rue. Au Presbyterian Dowtown Hospital. J'ai été surprise de décrocher un appartement si près, en fait. Je fais du bénévolat dans le cadre d'un programme de personnel soignant venu en renfort à New York pour aider à gérer la crise du Covid-19.

— Oh ! s'est exclamé Eurovision, désolé, ce n'est pas ce que je voulais dire… Merci. Vraiment, merci !

Il a prononcé ces mots – en toute sincérité – tout en reculant peu à peu sa chaise d'un air pseudo-nonchalant. Je ne pouvais pas lui en vouloir. En regardant autour de moi, j'en voyais d'autres qui feignaient de caler leur siège en émettant de petits toussotements pour se donner une bonne excuse pour couvrir leurs bouches, sans cesser de s'écarter discrètement. De jauger la distance qui les séparait d'elle. Je ne pense pas que son masque ait permis à quiconque de se sentir mieux. Je me suis aperçue que, moi aussi, je me renversais davantage sur mon canapé rouge.

— Vous êtes une des soignants que nous applaudissons chaque soir ! s'est écriée la Dame aux Anneaux avec une note supplémentaire d'enthousiasme, comme pour couvrir la tension montante.

— Que nous applaudissons tous sauf Vinaigre, a souligné Florida avec ironie.

— Je m'appelle Jennifer, et bien sûr que si, je vous suis reconnaissante, a riposté Vinaigre. Très reconnaissante. C'est juste que je ne crois pas que taper sur des casseroles en braillant soit une manière convenable de remercier quiconque.

Elle a foudroyé Florida du regard, puis s'est tournée pour sourire à Maine.

Maine a incliné la tête, imperturbable malgré notre nervosité.

— Mon histoire parle aussi de la fin de vie. (Elle a marqué une pause.) Ce n'est peut-être pas opportun ? Étant donné que nous sommes cernés par la mort ces temps-ci…

— Ce n'est pas comme si on pouvait éviter de mourir en n'en parlant pas, a commenté Vinaigre, tapotant ses genoux d'un air déterminé. Pas plus qu'on ne peut s'enrichir en ne payant pas nos factures. Elles arrivent à échéance quand elles arrivent à échéance. (Elle a levé le menton et a balayé du regard le reste de l'assistance.) Alors allez-y, racontez votre histoire, parce que rien n'est interdit sur ce toit-terrasse !

Était-ce mon imagination, ou ces quelques derniers jours de prise de parole avaient un peu radouci Vinaigre elle-même ?

Maine s'est relevée, parlant plus fort que ses prédécesseurs, peut-être pour qu'on l'entende malgré son masque chirurgical.

— Cette histoire aussi est vraie. J'hésite à la partager, parce que je suis une scientifique, formée à ne croire que ce qui peut être observé et confirmé au moyen de procédures scientifiques rigoureuses, or cette histoire parle de ce qui ne peut pas être prouvé. Certains d'entre vous ne me croiront pas, et pourquoi le feriez-vous ? Je suis nouvelle dans votre immeuble, juste une locataire temporaire du 2C, et comme je ne quitte jamais mon appartement sans masque, vous n'avez jamais vu mon visage. Pendant que vous vous terrez en toute sécurité dans cet immeuble, je sors quotidiennement pour affronter l'ennemi. Et quand je reviens après ma garde à l'hôpital, vous redoutez que j'aie ramené l'ennemi en question sur mes vêtements ou sur mes mains, dans l'air que j'expire, j'en suis sûre. Je sais que c'est pour ça que vous m'évitez, c'est parce que vous avez peur, rien d'étonnant. La moindre ambulance qui passe sirènes hurlantes vous rappelle que la mort rôde dehors. On peut la flairer, la sentir qui tourne de plus en plus près.

« Exactement comme le pouvait jadis sœur Mary Francis.

« Elle était infirmière à l'hôpital catholique où j'ai travaillé il y a trente ans. Elle appartenait à l'ordre des franciscaines, que je considère comme des religieuses sympas. Et sympa, sœur Mary Francis l'était vraiment : une petite femme boulotte et souriante, aux joues rebondies et aux yeux sombres qui portait de grosses chaussures orthopédiques sous sa robe blanche de religieuse. À quarante ans et quelques, elle avait l'expression sereine d'une femme en paix avec les choix qu'elle a faits dans la vie. Elle était une des douze franciscaines qui travaillaient comme infirmières à l'hôpital. Au départ, je n'ai prêté aucune attention particulière à Mary Francis.

« Puis j'ai découvert son don secret.

« J'en ai fait l'expérience pour la première fois au cours des tournées du matin, quand nous, les internes, suivions le chef de clinique dans sa visite des patients du service. Alors que nous approchions d'une des chambres, j'ai vu sœur Mary Francis immobile devant la porte, la tête inclinée. En vitesse, presque furtivement, elle s'est signée avant de s'éloigner.

« — Oh oh ! chuchota un des autres internes. Mauvais signe !

« — Pourquoi mauvais signe ? ai-je demandé.

« — Parce que sœur Mary Francis le sait toujours…

« — Elle sait quoi ?

« — Quand quelqu'un va mourir.

« Ce n'est pas très difficile de vérifier que quelqu'un va mourir. Ça ne demande certainement pas un don surnaturel. N'importe quel médecin peut en reconnaître les signes, qu'il s'agisse d'un coma qui s'aggrave ou d'un rythme cardiaque erratique. J'ai pensé que sœur Mary Francis était tout simplement capable de reconnaître les mêmes symptômes qu'un médecin. Mais quand on est entrés dans cette chambre, ce n'est pas une patiente sur son lit de mort qu'on a vue. Au contraire, on a vu une femme qui avait l'air tout ce qu'il y a de plus vivant, et même heureuse de vivre. Elle devait subir un cathétérisme coronarien et prévoyait de rentrer chez elle dans l'après-midi.

« Mais la patiente n'est jamais rentrée chez elle. Quelques heures plus tard, pendant l'intervention, elle a eu un arrêt cardiaque et est décédée sur la table d'opération.

« Alors j'ai commencé à prêter attention à sœur Mary Francis et à ses petites bénédictions furtives. Il fallait être vigilant pour la prendre sur le fait parce qu'elle se montrait discrète. Elle s'arrêtait simplement, le temps de baisser la tête et de tracer une croix dans les airs, puis se remettait en route. Il pouvait s'écouler quelques jours, parfois même une semaine, mais chaque fois que j'ai vu sœur Mary Francis accomplir ce petit rituel devant une chambre de patient, inévitablement la mort s'invitait.

« Je sais que vous pensez exactement la même chose que moi à cette époque. Sœur Mary Francis faisait partie de ces infirmières meurtrières dont il est question dans les romans policiers. Un ange de la mort qui se glisse la nuit dans la chambre d'un patient et l'étouffe sous un oreiller ou lui injecte une dose d'insuline fatale. Il est naturel de supposer qu'il y a une explication logique, parce que l'alternative est… Bref, il n'y a pas d'alternative. Il n'y en a pas si on croit en la science.

« Du coup, j'ai surveillé cette bonne sœur de mon œil d'aigle. J'ai noté quels patients elle repérait pour sa bénédiction de mauvais augure. Comment et quand ces patients décédaient. Il devait y avoir un mode opératoire, pensais-je, quelque chose qui me révélerait comment elle se débrouillait pour causer leur mort.

« Sauf qu'il n'y avait pas de mode opératoire. Si certains de ces patients mouraient pendant ses gardes à l'hôpital, d'autres mouraient au bloc opératoire où elle ne travaillait pas, ou bien des jours où elle n'était même pas sur site. À moins qu'elle n'ait trouvé un moyen de commettre un meurtre par procuration, sœur Mary Francis ne pouvait pas les avoir tués.

« Le mystère commençait à me rendre dingue. Il fallait que je sache comment elle faisait.

« Un après-midi, alors que nous étions toutes les deux au poste des infirmières occupées à remplir nos grilles, j'ai finalement eu le cran de lui poser la question. Visiblement, on la lui avait déjà posée, parce qu'elle ne daigna même pas lever les yeux de sa paperasse pour répondre.

« — La mort a une odeur.

« — Quelle odeur ? j'ai demandé.

« — Je ne peux pas vraiment vous la décrire. (Elle garda le silence un instant pour réfléchir.) Ça sent comme la terre. Comme des feuilles mouillées…

« — Alors ce n'est pas une mauvaise odeur ?

« — Je ne dirais pas qu'elle sent mauvais, elle sent, c'est tout.

« — Et c'est comme ça que vous savez que quelqu'un va mourir ? Vous le sentez ?

« Elle a haussé les épaules, comme si ce don était complètement normal. Pour elle, ce devait être le cas, puisqu'elle était née avec. Chaque fois que la porte de l'au-delà s'entrouvrait, elle captait l'odeur de ce qui approchait. Elle pensait que c'était son devoir de préparer une âme sur le départ pour son voyage de ce monde dans l'autre, donc elle la bénissait.

« Je ne suis pas superstitieuse. Je le répète, je crois en la science, alors comment aurais-je pu accepter ce charabia ? Et pourtant mes collègues soignants de cet hôpital croyaient que sœur Mary Francis possédait réellement ce don, qu'elle pouvait vraiment percer le voile séparant la vie de la mort. Peut-être qu'ils bossaient depuis trop longtemps dans ce vieux bâtiment grinçant qui avait la réputation d'être hanté. Dans ce genre d'institution, où on considère que les fantômes font partie de l'ambiance, il n'était pas difficile de croire qu'une franciscaine pouvait sentir l'approche de la mort.

« S'il y avait une explication logique, celle-ci m'échappait. Je restais quand même sceptique. J'ai continué à attendre qu'elle se trahisse, commette une erreur.

« Un jour, j'ai cru que c'était le cas.

« J'ai vu sœur Mary Francis se figer devant la porte d'un patient nouvellement admis. Elle n'était pas l'infirmière de garde, elle n'avait aucune raison non plus de savoir qui était dans cette chambre, mais quelque chose l'a forcée à s'arrêter. Elle a baissé la tête, s'est signée et a continué son chemin.

« Une semaine s'est écoulée, le patient était toujours en vie. Non seulement il était en vie, mais il semblait en pleine forme. Il avait eu une crise cardiaque mineure, mais sa fonction et son rythme cardiaques demeuraient parfaitement normaux. Le jour où il a été autorisé à sortir, je l'avais vu dans le couloir, sourire aux lèvres, disant au revoir au personnel. « Finalement, sœur Mary Francis s'est trompée, me suis-je dit. Cet homme rentrera incontestablement chez lui vivant. »

« À ce moment-là, les haut-parleurs de l'hôpital ont beuglé « Code bleu, code bleu ! ». J'ai couru dans le couloir me joindre à la mêlée de médecins et d'infirmiers tentant de ranimer un homme qui venait de s'effondrer. Le même homme qui m'avait souri quelques instants plus tôt.

« Sœur Mary Francis avait raison, elle avait capté sur lui l'odeur de la mort.

« Ça fait trente ans que je ne travaille plus à Saint-Francis. L'endroit n'existe plus. Les immeubles, comme les gens, ont des durées de vie limitées, et ce vieil hôpital avec tous ses fantômes a été démoli pour laisser la place à des immeubles en copropriété. Je pense encore à sœur Mary Francis, surtout ces temps-ci. Quand je croise des gens dans la rue, je me demande lesquels arriveront dans mon service des urgences avec une toux et de la fièvre, lesquels je devrai intuber. Lesquels ne s'en sortiront pas quels que soient mes efforts pour les tirer d'affaire. Avec autant de cas désespérés qui affluent dans mon établissement, j'aurais bien besoin d'une Mary Francis à mes côtés. Quelqu'un pour me dire pour quelles vies je dois me battre et quelles autres sont déjà perdues.

« Si elle est encore en vie, elle doit avoir dans les soixante-dix ans aujourd'hui. J'aime me l'imaginer profitant de ses derniers jours dans une belle maison de retraite en compagnie de ses sœurs religieuses. Une résidence où on mange bien et dont le personnel est aimable, un jardin rempli de roses. Dans un tel endroit, la mort ne serait pas nécessairement une visiteuse inopportune. Et quand sa fin viendra, comme c'est inévitable, Mary Francis sentira forcément son odeur. Elle saura, cette fois, que la porte s'ouvre pour elle.

« Et elle sourira en la franchissant.

Il s'est écoulé un long silence d'argent. Pour une fois, la ville était tranquille, débarrassée de ses sirènes omniprésentes, y compris des plus éloignées.

— Oh là là ! s'est exclamé Eurovision.

Son affectation de maître de cérémonie l'avait temporairement quitté.

— Je n'arrive pas à imaginer comment ça se passe aux urgences en ce moment, a dit la Thérapeute.

— Vous n'avez pas idée, a répondu Maine. J'exerce la médecine depuis vingt-cinq ans, et je n'ai jamais vu pareilles souffrances. Les malheureux meurent étouffés. Le service des soins intensifs ressemble à une salle de torture pleine de victimes ayant subi le supplice de l'eau, sauf que tout ce qu'on entend c'est le chuintement des respirateurs. Mais on sent l'effroi silencieux de la fin de vie.

« Mon Dieu, je t'en supplie, épargne ça à mon père à New Rochelle ! » ai-je prié intérieurement.

— Quand ce cauchemar prendra-t-il fin ? ai-je demandé. Dans un mois ? Deux ?

Elle a posé sur moi un regard d'une lassitude infinie, puis s'est bornée à secouer longuement la tête. Sa queue-de-cheval se balançait dans les airs comme si son mouvement avait la capacité de faire dérailler l'avenir. La cathédrale Saint-Patrick s'est mise à sonner.

— Ah, les cloches ! est intervenu Eurovision. Que diriez-vous tous si on allait se coucher et qu'on se retrouve ici demain soir ?

Ça laissera le temps aux autres de préparer leurs futures histoires. Et des nouveaux se joindront peut-être à nous…

Moroses, les locataires ont commencé à rassembler leurs affaires pour rejoindre leurs appartements respectifs. Nonchalamment, j'ai ramassé mon téléphone et appuyé sur le bouton d'arrêt en le glissant dans ma poche. De retour chez Hadès, j'ai passé la moitié de la nuit à transcrire les histoires du soir, surprise de voir que je commençais presque à apprécier certains des résidents – en dépit de mes meilleures intentions. Puis j'ai eu une idée : peut-être pourrais-je demander à la médecin urgentiste de se renseigner sur ce qui se passait dans la maison de retraite de mon père. On ne pourrait pas lui mettre un vent comme à moi.

« Quand tout ça sera fini et que je pourrai revoir papa, ai-je pensé, je lui lirai mon compte rendu de nos réunions sur le toit. » Au moins, ça le décrocherait de la télévision qui, lors de ma dernière visite, résonnait dans les couloirs du Manoir Vert Pus tel le jacassement des damnés.

Jour Cinq

4 AVRIL

Ce soir, les applaudissements de dix-neuf heures étaient particulièrement enthousiastes sur le toit. On aurait dit que tout le Lower East Side avait explosé, pas seulement en ses habituels concerts de casseroles et sifflements, mais aussi en clameurs, pétards et mini-fusées qui zébraient la nuit comme lors des célébrations du 4 Juillet. La journée, bien sûr, n'avait pourtant rien eu de bien réjouissant : 113 704 habitants de l'État de New York avaient été testés positifs au Covid-19, le nombre de morts s'élevait à 3 565, avec 4 126 patients entre la vie et la mort dans les services de réanimation. Le gouverneur Andrew Cuomo avait prévenu que le pic du nombre de cas surviendrait d'ici quatre à huit jours. « C'est comme un incendie qui se propage », répétait-il. L'État de New York avait bien commandé et payé 17 000 respirateurs, selon lui, mais la commande était tombée à l'eau et l'État est baisé. Le maire a expliqué que la ville à elle seule aurait besoin de 15 000 respirateurs, de 45 000 soignants supplémentaires et de 85 000 nouveaux lits d'hôpital rien que pour tenir les deux prochains mois. Ces chiffres sont fous, dingues, insensés. Dieu merci, personne dans notre immeuble ne semblait aller nulle part ! Peut-être pourrons-nous garder le vieux Fersby Arms à l'abri jusqu'à ce que ce soit fini et que nous puissions tous sortir de notre petit cocon. Cuomo parle souvent d'« aplatir les courbes », mais c'est la ville elle-même qui est aplatie. On a du mal à s'imaginer ce qui se passerait sans le confinement. Ce serait comme un film dystopique dehors, tout le monde mourrait dans les rues ? Est-ce que ça changeait seulement quelque chose ? Le fait d'être confinés dans notre immeuble tout ce temps était-il d'une quelconque utilité ? Il n'y avait apparemment pas un chat dans les rues, à part la police et les soignants.

Pendant qu'on se rassemblait, j'ai fait signe à Maine et lui ai demandé si elle pouvait m'aider à joindre mon père. Elle a eu l'air si triste quand je lui ai parlé de sa maison de retraite et que je lui ai fait part de mes craintes sur ce qui pouvait s'y passer.

— Je suis en congé temporaire des urgences, a-t-elle répondu. Je vais tenter mon possible pour appeler et voir ce que je peux faire… Donnez-moi son nom, son numéro, ainsi que le nom de la maison de retraite.

J'ai arraché une page de mon carnet, noté tout par écrit et la lui ai lancée, mais j'ai manqué mon but et la feuille a voleté entre nous sur le toit. À la folle distance de 1,80 m. Maine l'a ramassée avec un sourire qui lui a plissé les yeux et m'a remplie d'espoir.

— Bon, bon, a dit Vinaigre, une fois que nous avons été tous réunis, avez-vous remarqué le nouvel ajout à la fresque ?

Quelqu'un avait peint un cornet de glace sous l'émoji de crotte. À côté, on avait tracé quelques lignes de calligraphie.

— Qu'est-ce que c'est ? Du japonais ? s'est enquise la Dame aux Anneaux.

Certains étaient curieux :

— Qu'est-ce que ça veut dire ?

Finalement, l'occupant du 4B, le Poète selon la bible de Wilbur, s'est éclairci la voix assez ostensiblement :

— C'est un poème funéraire japonais, écrit par Minamoto no Shitagō au xe siècle et traduit par mes soins.

— Qu'est-ce qu'il dit ?

— Je vais le lire en japonais, puis je le traduirai.

Après avoir marqué un silence, il a prononcé lentement en japonais :

Yononaka o
nani ni tatoemu
aki no to o
honoka ni terasu
yoi o inazuma

Et après une nouvelle pause, il a traduit :

« Ce monde-ci, à quoi puis-je le comparer ?
Aux champs d'automne qui s'obscurcissent au crépuscule,
Faiblement illuminés par des éclairs. »

Peut-être le Poète avait-il noté ces vers après avoir entendu toutes les histoires de mort de la veille. Les fantômes, le père à l'hôpital, la bonne sœur capable de flairer la mort. Moi-même j'avais eu du mal à m'endormir et, en regardant autour de moi, je dois dire que presque tous avaient des yeux creusés et hagards, comme si eux aussi avaient mariné dans la mort environnante.

Finalement, Darrow a changé l'ambiance.

— Pour être plus terre à terre, qui a transformé le tas de merde en glace Mister Softee ?

On a ri de soulagement.

— C'est moi, a annoncé fièrement Eurovision.

— Subtil, a commenté Vinaigre. Merci.

— Alors, on commence, oui ? (Eurovision a souri.) J'espère voir davantage d'art plastique et de belle littérature sur notre mur du Covid, il reste plein d'espace. Merci ! Bref, qui a une histoire ? Ne soyez pas timides.

— Une histoire d'amour et de beauté, a renchéri la Dame aux Anneaux. Il y a eu trop d'histoires sur la mort…

Vinaigre a jeté un regard à la Dame aux Anneaux, le visage plissé par la suspicion.

— D'amour et de beauté ?

— Quelque chose qui mette de bonne humeur.

— Les histoires d'amour, a interrompu Florida, mettent de bonne humeur seulement si elles sont bidon. Les vraies sont toujours déchirantes.

— Ce n'est pas vrai, a dit la Dame aux Anneaux. Le monde est plein d'histoires d'amour simples, qui ne finissent pas mal.

— Ce sont celles qu'on ne connaît pas, a dit Vinaigre, parce que les gens comme elle (elle fixa Florida) préfèrent entendre causer de désastre, de malheur et de cœurs brisés.

Florida a fait la moue sans rien dire. Eurovision allait reprendre la parole, quand la voix de Wurly l'a devancé.

— Je peux vous raconter une histoire d'amour qui met de bonne humeur et qui est vraie, a-t-il dit en se penchant en avant sur son tabouret de piano. J'ai grandi au milieu de nombreuses femmes noires de Caroline du Nord, fortes et fascinantes. L'une d'elles, une grande dame du nom de Bertha Sawyer, est décédée quand j'avais dix ans.

— Ah, j'espère qu'il y est question de musique ? a demandé Eurovision, s'illuminant.

— Il est toujours question de musique. (Wurly a émis un petit rire grave.) Comme beaucoup de musiciens, j'ai débuté à l'église, en bricolant l'orgue. On passait devant la maison de Bertha pour aller à l'église, c'est pour ça que je l'associe toujours à mon éveil musical. Parfois, quand je joue un riff lent avec des accords massifs de septième, neuvième, treizième augmentées, je pense à Bertha assise dans sa galerie. J'ignore pourquoi… Peut-être parce que, comme ces accords, elle était grosse, compliquée et dissonante. Elle est là, en arrière-plan de ma musique, avec tant d'autres personnes de mon passé.

— Moi, je pense à des trucs bizarres et à des êtres depuis longtemps disparus quand je chante parfois, a dit Eurovision, je m'y perds.

— Et quand ta voix transperce mon mur tard la nuit, a dit Vinaigre d'un ton glacial, moi aussi je me sens perdue. D'une autre manière…

— J'en suis vraiment désolé, a riposté Eurovision.

— Moi aussi.

Wurly a baissé la tête, passant une main géante sur son crâne avant de relever les yeux, puis il s'est lancé dans son récit.

— Bertha faisait déjà partie de ma famille longtemps avant ma naissance. C'était la petite amie de longue date de mon grand-oncle Leo. Ce n'est que de nombreuses années plus tard que j'ai compris qu'elle n'était pas sa femme. La présence de Bertha à la plupart de nos réunions familiales, ainsi que les photos, laissent penser qu'elle était plus que bien accueillie. On y perçoit une intimité entre elle et certains membres de ma famille qui montre qu'elle était respectée à l'instar d'une matriarche, ce qu'elle était dans les faits.

« J'ai trois souvenirs très précis de Bertha, dont chacun révèle une facette d'elle différente. Mais tous les trois me rappellent sa force, son amour des autres, et combien les gens l'aimaient.

« Ma mère était jadis membre du conseil des sacristains de l'Église baptiste missionnaire d'Antioche à South Mills. Comme moi, de nombreuses générations de ma famille ont été élevées dans cette église. Le conseil des sacristains tenait presque toujours sa réunion mensuelle le samedi en début d'après-midi, et j'y accompagnais souvent ma mère. J'y allais pour l'orgue. Les réunions du conseil des sacristains étaient les seuls moments où je pouvais m'exercer sur l'orgue de l'église sans avoir à le partager avec d'autres enfants ; eux voulaient jouer avec l'orgue comme avec un joujou.

« Moi, je voulais jouer *de* l'orgue.

« Un samedi, sur le chemin de l'église, Mam et moi vîmes Bertha assise sur la galerie de la maison où Bertha et ses frères et sœurs avaient grandi. Bertha y habitait, par intermittence, avec mon grand-oncle. Et chaque fois que le couple se disputait, elle se réfugiait dans son vieux bus, garé derrière la maison. Bertha passait beaucoup de temps assise sur cette galerie, saluant les passants de la main et distrayant les voisins qui venaient lui faire la conversation ou boire un verre.

« Mam et moi nous arrêtâmes pour causer avec Bertha ce jour-là, et quand ce fut l'heure de se diriger vers l'église, je demandai à Mam si je ne pouvais pas plutôt rester avec Bertha. Je n'arrive pas à me rappeler pourquoi je voulais sécher une heure à l'orgue, mais Bertha ne semblait pas dérangée par ma compagnie. (Si elle l'était, elle ne le montrait pas.) Alors Mam accepta si je promettais d'être sage. Bertha disait qu'elle me botterait les fesses si je ne l'étais pas, ce qui, à l'époque, et dans ma communauté, était tout à fait acceptable. En fait, c'était dans l'ordre des choses.

« Ce jour-là, le meilleur moment de ma visite à Bertha a été quand j'ai exploré son bus. Tous les sièges en avaient été retirés, remplacés par des lits jumeaux et un canapé. Il y avait des tapis par terre. Les fenêtres étaient obstruées par de lourdes couvertures, et un radiateur au kérosène trônait au milieu du bus. À l'emplacement du siège du conducteur se dressait une petite table recouverte d'une profusion de boîtes de conserve, cookies, crackers, etc. Parmi ces boîtes, des sardines, quelque chose que je n'avais jamais mangé. J'ai demandé à Bertha quel goût ça avait, elle m'a expliqué que les sardines étaient proches du thon.

« Bertha m'a préparé un sandwich à la sardine. Je l'ai observée étendre de la moutarde sur deux tranches de pain blanc. Dès la première bouchée, j'ai trouvé ça trop mauvais. Je n'avais pas envie de finir mon sandwich, mais on m'avait appris à ne pas gaspiller la nourriture. Surtout chez les autres.

« Bertha ne pouvait pas ne pas voir que je souffrais à chaque bouchée. Elle a éclaté de rire. Et de sa voix rauque – je ne crois pas que c'était une fumeuse – elle a dit quelque chose du genre : « Je me doutais que tu aimerais pas les sardines. Apporte-moi ça. » Et elle a fini mon sandwich sans se plaindre. Je me trompe peut-être, mais je crois que mon courage a plu à Bertha. Elle m'a sauvé des sardines et de la moutarde.

« Le deuxième souvenir précis que j'ai de Bertha date d'un ou deux ans après l'incident de la sardine à la moutarde. Bertha et mon grand-oncle Leo étaient tous deux sous l'emprise du spiritueux dont ils s'étaient imbibés toute la journée. Ils se battaient à moitié. Dès que sommes arrivés sur place, Mam a dû sauter de la voiture pour les séparer. Ils échangeaient coups et injures. Leo et Bertha étaient à peu près du même gabarit, tous les deux ivres morts. Je ne sais pas qui avait l'avantage sur qui.

« Malheureusement, les disputes entre hommes et femmes ne m'étaient pas totalement étrangères à mon âge, mais je n'avais pas l'habitude qu'elles se passent en public. Tant que je vivrai, je n'oublierai jamais que Bertha n'a pas versé une larme pendant la bagarre. Mais mon grand-oncle, oui. Mam lui a dit de rentrer dans la maison et de se ressaisir – ce qui voulait dire « rentre et va cuver » ! – tandis que Bertha recevait l'ordre de monter sur le siège arrière de la voiture de Mam. Aussi torchée fût-elle, Bertha faisait tout pour détourner mon attention. Elle entreprit de me poser des questions sur l'école, mes « devoirs », etc. Mais elle n'a pas pleuré. Ça, j'en suis sûr. On n'oublie pas ce type de force et de détermination.

« Malgré son tee-shirt distendu et déchiré, ses cheveux hérissés dans tous les sens sur le sommet de sa tête, Bertha voulait que la situation me semble normale. À moi, l'enfant.

« Le troisième souvenir frappant que j'ai de Bertha est incroyablement insolite. On était en juin 1989, peu après mon dixième anniversaire. Bertha était hospitalisée dans une unité de soins intensifs, où Mam et moi sommes allés lui rendre visite. Les enfants n'étaient pas autorisés à entrer, alors je suis resté assis un moment dans le hall pour feuilleter des magazines. Finalement, Mam est revenue et m'a traîné en hâte devant le poste des infirmières jusque dans la chambre de Bertha. Mon grand-oncle était là, ainsi que deux autres personnes de la communauté que je connaissais. Ils regardaient la télévision et parlaient entre eux.

« Bertha était réveillée, enfouie sous les draps et les couvertures. Seule sa tête dépassait. Ses cheveux avaient été ramassés en un chignon lâche au sommet de son crâne. Peut-être était-ce ma mère qui l'avait coiffée avant de m'introduire en douce dans la chambre.

« À cet âge, j'avais une meilleure compréhension de la mort. J'avais déjà accompagné ma mère quand elle rendait visite à d'autres personnes à l'hôpital, et peu de temps après je finissais soit par assister à leurs obsèques avec elle, soit par la regarder y aller toute seule. J'étais sensible et suffisamment pessimiste, même à cet âge-là, pour comprendre que je ne reverrais plus Bertha sur pied.

« Bertha sortit un de ses bras de sous les couvertures et me fit signe d'approcher. Mes réponses à toutes les questions qu'elle me posait se réduisaient à « Oui, madame » ou « Non, madame ». Elle m'a tenu la main quelques instants, avec maladresse. Bertha semblait une fois de plus s'assurer que tout son entourage allait bien, quand bien même c'était elle qui souffrait.

« Bertha est décédée deux ou trois jours plus tard.

« Ma mère, qui s'était rendue au salon funéraire pour voir Bertha, m'a dit qu'on l'avait bien maquillée. J'ai assisté à ses obsèques, qui succédaient à notre office dominical ordinaire. Bertha attira la foule. Il y avait plus de monde à ses obsèques qu'il n'y en avait eu à la messe de onze heures trente. En fait, il y avait tant de monde que Mam et les autres sacristains durent aller chercher des sièges pliants supplémentaires dans la réserve de l'église.

« Dans son cercueil, Bertha avait l'air d'une héroïne de *soap opera*. Même si son visage avait été transformé, elle était reconnaissable. Ses cheveux avaient été frisés serré. Et puis il y avait le maquillage. Je ne pouvais plus distinguer les dégâts causés à ses lèvres par des années d'alcoolisme.

« Ce n'était pas une institutrice, ni une grande lectrice, pas même une mère. Mais je crois qu'elle pouvait être les trois.

« Mam avait raison. Bertha avait l'air belle, Bertha était belle. Pour moi, ma famille et bien d'autres de South Mills, Caroline du Nord, Bertha Sawyer était une star.

La Fille du Merenguero a soupiré de satisfaction au moment où Wurly s'est tu.

— Je vous ai entendu jouer la nuit dernière, a-t-elle dit. Quel était le titre de cette chanson ? C'était si beau…

— Laissez-moi me souvenir, a répondu Wurly. Je bricolais sur un air de Jimmy Rowlcs, « The Peacocks ».

La Fille du Merenguero s'est tournée vers Eurovision.

« Hé, Music Man, tu as ça sur ton sound-system ?

— J'ai tout ! (Eurovision lui a souri, a tapoté sur son téléphone. Instantanément, des accords de piano oniriques se sont répandus sur le toit-terrasse, sous une ligne de sax plaintive.) Wayne Shorter et Herbie Hancock.

Le son du saxo flottait au-dessus de la ville.

— Voilà ces douloureux accords de treizième augmentée dont je vous parle ! a dit Wurly avec un signe de tête.

Le morceau s'est achevé. À cet instant, une puissante odeur de terre mouillée a envahi le toit ; la pluie arrivait.

— Jazzmeia Horn en a fait une reprise fantastique, a repris Wurly, qui fredonna et se mit à chanter : *Hold the memory forever… A mirage is all it's ever been.*

— Puisqu'on en est aux histoires d'amour et de peine de cœur, lança une voix du coin le plus obscur du toit, je vais vous en narrer une. Où il est question d'un enfant choyé, y compris par des gens imparfaits. Parce que les gens imparfaits sont les plus téméraires et les plus généreux dans leur amour. Il y a aussi de la musique dans mon histoire.

Elle s'est avancée dans la lumière. C'était Pardi, la mère, d'une grande beauté, avec des yeux farouches, qui habitait au 6E avec sa fille. Sa voix, exceptionnelle, était grave et puissante.

— Comment résister ? a dit Eurovision. Nous sommes tout ouïe.

Après s'être installée sur un siège vide, elle s'est lancée.

— J'étais le seul enfant adoré de mon père. Il en avait eu d'autres, des garçons, avec d'autres femmes que ma mère… Bien élevés, mais à distance. Il m'a élevée à ses côtés comme son « petit bébé brun orphelin aux yeux étincelants » et me surnommait Pardner. « Au début des années 1960, il ne se passait pas une semaine au Texas sans que papa clame que j'étais sa *crime pardner*, sa « pardenaire », sa complice, alors que nous étions attablés dans la salle à manger de notre maison qui dominait la baie de Galveston. Il était rare qu'un jour se passe sans que papa me déclare sa « meilleure pardenaire de danse » tandis qu'on travaillait notre shimmy dans le salon de devant en pantoufles, les miennes rose orangé vif et duveteuses d'une pointure de plus en plus grande, les siennes de taille 42 en cuir marocain sang de bœuf doux comme de la soie. Au moment où Leadbelly chantait « *man* », nous braillions « *pardner* ».

« La déformation paternelle de *partner* en *pardner* était héréditaire. Ce mot, un titre honorifique qu'on accorde à un enfant bien-aimé, avait été transmis du père de papa à papa, qui me l'a légué – avec tous les autres mots de l'unique poème que mon père ou son père connaissait par cœur, *Lil Brown Baby* de Paul Laurence Dunbar[1]. *Pappy's pa'dner,* un héritage des plus précieux.

« Mais quand il fut temps pour moi d'entrer à l'école, Bell Briton[2] cessa de m'appeler Pardner en public et commença à m'appeler Pardi parce qu'il pensait que c'était plus convenable pour une fille.

« Papa avait son idée à lui de ce qui était convenable pour une fille ou un garçon. Elle se résumait à sa conviction que les femmes devraient davantage s'exercer au tir, que les hommes devraient davantage faire la cuisine et que tout le monde avait besoin d'un peu des deux. Mais pas avec tout le monde.

« Il ne croyait pas, par exemple, aux mariages mixtes. Ce sujet revenait aussi souvent que le nom du champion poids lourds Jack Johnson, c'est-à-dire assez fréquemment, dans notre Galveston noir et masculin.

« Papa me prodiguait toutes sortes de superlatifs, tout comme son entourage. Ses vieux amis du sud et de l'ouest du Texas et ses potes de l'armée me couvraient de compliments colorés et extravagants qui en disaient plus long sur la poésie de leur âme et leur amour des bébés bruns que sur ma vertu.

« Les potes militaires de papa, normalement, lui rendaient visite durant au moins une semaine. Ils adoraient prendre leur temps pour arpenter le sable brun des plages autour de Galveston. Ces visites étaient tonifiantes pour papa.

1. Ce poète afro-américain était fils de deux esclaves (1872-1906).

2. Pardi appelle son père Bell Britton en hommage à un héros de guerre noir, le sergent Bernie Bell Britton, porté disparu pendant la guerre de Corée.

« Ils pouvaient débarquer à n'importe quel moment de l'année, mais le plus souvent c'était pour le Juneteenth ou fête de l'Émancipation[1], le 19 juin, jour où tout le Texas noir célébrait à la fois la fin de l'esclavage et le plaisir de recevoir enfin une bonne nouvelle.

« Le meilleur pote de l'armée de papa était un certain Lafayette, qui descendait le voir une semaine au moment de Juneteenth, puis revenait passer une autre semaine à Thanksgiving. J'adorais quand Lafayette venait en ville. Il nous apportait toujours à papa et à moi les meilleurs albums qui venaient de sortir, et pour moi seule un ravissant petit sac à main que personne d'autre n'avait à Galveston.

« Papa aimait me répéter ce qu'il m'avait déjà tellement répété, qu'une fois, il y avait longtemps, avant ma naissance, Lafayette lui avait sauvé la vie et la santé mentale dans une ville coréenne appelée Non Gun Ri.

« Juneteenth était une fête importante dans notre maison. Mettre les petits plats dans les grands pour l'occasion était le plus grand point commun entre mon père et les autres papas de Galveston.

« À presque tous les autres égards, mon père était une anomalie dans ma ville natale. Il était allé à l'université de Prairie View[2], où il avait rencontré ma mère, mais, à la sortie, il avait été mobilisé et envoyé en Corée avant qu'ils aient pu se dire oui. Rentré de Corée, papa s'est marié avec maman, mas il n'est pas devenu pasteur comme prévu, il n'a pas non plus fréquenté la Yale Divinity School, où il avait été accepté. Il a commencé à travailler dans des stations-service, et ma mère, elle, a commencé à pleurer.

« Quand Mam ne pleurait pas, elle le suppliait. Mais papa disait que la seule chose qu'il acceptait de faire à l'église après son retour de Corée, c'était chanter avec la chorale et s'occuper du barbecue aux kermesses de l'été.

« C'était la période où papa fuyait maman la pleureuse et engendrait mes demi-frères qui vivaient à Houston, et que je n'ai jamais vraiment appris à connaître parce que leurs mères ne voulaient plus rien avoir à faire avec papa. Ce n'était pas l'époque où il habitait

---

1. Le 19 juin 1865, les esclaves noirs du Texas furent libérés par la proclamation d'émancipation du président Abraham Lincoln.

2. La Prairie View A & M University est une université publique historiquement noire, située à Prairie View (Texas).

dans une maison à un étage donnant sur la baie, mais dans un vieux cabanon à bardeaux proche de la digue avec deux hauts palmiers dans le jardin.

« C'était la maison où papa est revenu avec moi nouveau-née dans les bras, mais sans maman pour lui tenir la main. Maman est morte à l'hôpital peu après ma naissance.

« Je subodore que papa y a vu une punition. Je le sais, papa ne m'en a pas voulu de la disparition de maman. Il lui avait promis sur son lit de mort qu'il serait à la fois mon père et ma mère, et il a fait tout ce qu'il est imaginable pour tenir sa promesse, en commençant par me garder auprès de lui, puis en ne prenant pas d'autre femme.

« Papa a compris la mort de maman comme une invitation à faire quelque chose de nouveau de sa vie. Quelque chose qui ne soit ni l'Église ni la station-service.

« Il espérait que ce soit quelque chose qui ait à voir avec la mer. Dans sa jeunesse, il avait monté à cheval, chassé, pêché, mais aussi nagé et navigué. C'est aussi comme ça que j'ai grandi.

« Papa préférait l'eau à la terre. Il était si fier de sa ville d'adoption, Galveston ! Pour lui, la fierté était un acte de libération. Ce n'était jamais égoïste, c'était toujours collectif. Il était plus fier de Galveston qu'il ne l'était de moi, ça en dit long.

« Il aimait dire, et y croyait ardemment, même si ce n'était pas un fait établi, que les premiers Africains à avoir posé le pied sur la terre qu'on appelle Galveston étaient des pirates. Il était fier des quatorze anciennes églises noires de Galveston, comme il était fier du fait que Galveston avait ouvert un lycée pour élèves noirs avant Birmingham, Alabama. Avant Houston, avant Dallas, avant Fort Worth. Et il y avait aussi une bibliothèque noire. Selon lui, Galveston était la patrie du champion poids lourd noir Jack Johnson. Et il parlait toujours du vrai Charlie Brown, qui était tellement mieux que le Charlie Brown des bandes dessinées, l'homme noir qui était arrivé à West Columbia, Texas, en 1865, si pauvre qu'il n'était même pas propriétaire de lui-même et avait débarqué comme esclave. Mais, avant la fin du siècle, il possédait une terre au bord de la rivière Brazos et avait fait fortune dans la vente du bois de cèdre en clamant avec audace : « Le bois sur pied est meilleur que le bœuf sur sabots. »

« Quand papa frappa ce qu'il appelait son « premier grand coup », il nous acheta une maison au bord de l'eau, se fit faire une table en cèdre et commanda des portraits de Charlie Brown et de sa femme Isabelle, qu'il accrocha dans notre salon. Il n'accrocha pas le portrait de maman parce que ça nous aurait fait pleurer.

« Il était fier de Norris Wright Cuney, premier Grand Maître afro-américain des francs-maçons Prince Hall au Texas, et c'est pour ça que papa a été initié en maçonnerie. Cuney avait fondé une société de manutentionnaires qui formait, équipait et employait cinq cents hommes noirs alors que les Lily-Whites ou « Lys blancs », les pouvoirs républicains en place, ne voulaient pas de dockers noirs qualifiés, ne voulaient même pas de Noirs tout court au Parti républicain.

« Papa était fier du fait que le père de sa mère ait eu un compte à la première banque appartenant à des Noirs au Texas – la Fraternal Bank and Trust – fondée par William Madison McDonald.

« Papa était fier de son papy, le père de sa mère, un homme dont il disait qu'il avait le même métier que le beau-père de Jésus, Joseph. Papy était charpentier et franc-maçon, et la mère de papa se revoyait marcher entre son père et sa mère dans les rues de Forth Worth menant à la Fraternal Bank and Trust pour ouvrir leur compte, l'année d'ouverture de la banque en 1906.

« La famille de mon père était fortement influencée par William Madison McDonald, premier millionnaire noir du Texas. Une bonne part de cette influence se manifestait par la discipline avec laquelle ses membres ont voté pour tous les candidats républicains. Parce que les Républicains étaient le parti de Lincoln et le parti de McDonald. Et celui de Norris W. Cuney.

« Cuney est mort en 1898, McDonald en 1950. La famille de papa avait rompu avec les Républicains avant leur disparition. En 1948, Hobart Taylor Senior, qui était parti à Atlanta pour gagner de l'argent en vendant des assurances, était revenu au Texas pour gagner encore plus d'argent en montant une société de taxis, tout en œuvrant pour les droits civiques et, de manière générale, en agitant le cocotier à Houston en faveur des Noirs. En 1948, Hobart poussa donc le père de papa à voter pour Lyndon B. Johnson au Sénat, et nous, les Britton, sommes démocrates depuis ce temps-là.

« C'était à cause de Hobart, Charlie Brown et Cuney, qui avaient tous tellement incarné l'esprit d'entreprise, et de papy qui donnait toujours leurs vies en exemple à mon père, que papa décida, à son retour de Corée, qu'il serait pompiste jusqu'à ce qu'il ait déniché un moyen de faire fortune.

« Bizarrement, il pensait que l'acte d'acquérir pourrait le guérir du mal qui le rongeait après son séjour en Asie du Sud-Est. Il voulait devenir riche pour lui et pour moi, mais surtout il voulait devenir riche pour pouvoir donner. Il avait constaté par lui-même dans trois pays différents – en Amérique, en Corée et au Mexique – que la pauvreté pouvait exploser une âme aussi bien qu'une bombe.

« Comme la conduite d'un taxi ne l'intéressait aucunement, pas plus que la possession de toute une flotte, l'ouverture d'un salon funéraire, ou le transport de marchandises comme Britt Johnson[1] ou Matey Stewart, il ne savait pas comment devenir riche sans travailler trop dur. Il pompa des quantités d'essence et de chagrin, nettoya des quantités de pare-brise, des quantités de poussière et d'insectes, avant que ce qu'il devait faire ne lui vienne à l'idée. Ou, plutôt, que ça ne vienne à l'idée d'un de ses amis, et que cette idée ne fasse son chemin jusqu'à ce que papa ait les oreilles qui sifflent.

« J'étais là dans ma poussette en train de grignoter une petite brioche quand c'est arrivé. J'ai vu le Polaroïd, alors je sais que c'est vrai. C'était un Juneteenth, le jour de la fête de l'Émancipation. Rassemblés sur la pelouse de ce cabanon aux deux palmiers, des hommes bronzés mangeaient des travers de porc, quand Lafayette a déclaré : « Vieux, tu devrais vraiment en faire des conserves, c'est meilleur que chez Scatter's. »

« Puis un autre de ses potes – un gars de Cleveland, Ohio, qui avait joué au football dans l'équipe des Alabama State Hornets et portait toujours un sweat-shirt Magic City Classic des Alabama State pour rappeler aux gens ses exploits héroïques sur le terrain – commença à dire que le barbecue texan était « très bien », « bon », « rudement bon », mais que le barbecue classique de Cleveland était « l'alpha et l'oméga ».

« Dans le monde de papa, qualifier quelque chose d'alpha et d'oméga revenait à lui accorder une onction indiscutable à la « Doux Jésus, le meilleur des meilleurs », sans causer de préjudice grave à celui qui avait accordé l'onction ni à celui qui la discutait. La seule manière d'avancer était d'accepter, de rejeter toute autorité de l'autre ou de se faire dépouiller de toute la sienne.

---

1. Dans *La Prisonnière du désert* de John Ford, John Wayne incarne Britt Johnson, un cow-boy qui affronta seul une tribu amérindienne pour libérer sa femme et leurs enfants. Sauf que ce cow-boy légendaire était noir (1840-1871).

« La foule était unanime. Tout le monde, y compris papa, était impatient d'accepter. Tous ceux présents ne tardèrent pas à être emportés par une vague de nostalgie pour le barbecue de l'Ohio.

« Mais qu'un homme soit réduit au silence ne veut pas dire qu'il soit convaincu. En grandissant, j'ai souvent entendu ça à la maison. Papa resta debout toute la nuit, à cuisiner, assaisonner, mijoter, entretenir le feu et retourner la viande à l'aide de sa sacro-sainte fourchette à longues dents à laquelle lui seul pouvait toucher. Le lendemain après-midi, on servait un nouveau barbecue de Galveston.

« M. Magic City Classic se préparait donc à déguster sa viande, puisque papa s'était correctement agenouillé devant le barbecue de l'Ohio. Il se préparait à déguster sa viande mais pas à ce qu'il allait déguster. Il secoua la tête comme si sa mâchoire lui pesait. Premières paroles sorties de sa bouche après une bouchée : « Tu me donnes les oreillons ! » Puis il rongea l'os entre ses doigts jusqu'à ce qu'il soit aussi propre qu'un objet de culte. Alors tous comprirent qu'il voulait dire que la viande était si exquise qu'il allait prendre des joues.

« Intrigué, Lafayette attrapa un travers sur le gril de papa. Il prit une grosse bouchée, puis pencha la tête vers papa pendant qu'il mastiquait et avalait, déclarant finalement : « Tu vas devenir très riche. Tu n'as pas besoin d'un investisseur ? »

« Papa aimait dire que notre argent venait d'un trésor perdu par des pirates noirs, trésor qu'il aurait retrouvé grâce à de minutieuses recherches en bibliothèque. Et certains s'obstinaient à croire que papa avait commis quelque crime abominable. Mais ses travers de porc étaient si tendres ! Je n'ai pas tardé à devenir la princesse de la sauce Sop.

« Papa, de son côté, n'a pas tardé à être fier à l'idée que sa fille pouvait avoir tout ce que l'argent pouvait acheter à Galveston. Cela ne le gênait pas qu'il y ait des choses dans le monde, au-delà de Galveston, qui soient au-dessus de nos moyens. On ne s'aventurait jamais loin du comté de Galveston.

« Nous avions une maison sur la baie, des amis et de quoi manger. À la fin, papa payait des retards de loyer de personnes qu'on ne connaissait même pas. Des factures d'eau, des dettes de jeu et, parfois même, un dealer occasionnel.

« Il achetait tant de riz, de haricots et de gruau de maïs qu'on n'avait jamais à débourser un sou pour le repassage de ses chemises ou de mes robes, ni pour l'entretien du jardin. Il y avait toujours quelqu'un qui ne demandait qu'à rendre service pour remercier papa. Et il les laissait toujours faire.

« Papa faisait la différence entre la charité et l'entraide. Tout Galveston m'appelait Pardi. Chaque année, il y avait de plus en plus de gens de Galveston qui appelaient papa Pardner parce que je l'appelais comme ça. Dans la manière dont la ville prononçait « Pardner », il y avait une inflexion que moi je n'y mettais pas. Cette différence sonnait assez fort aux oreilles de Lafayette pour qu'il la sorte à voix haute au dîner de Thanksgiving de 1967.

« J'avais huit ans, et huit ça porte bonheur, d'après papa et Lafayette. On faisait un tour de table pour dire de quoi on rendait grâce. Moi j'avais dit que je rendais grâce de mon quarante-cinq tours de Sam and Dave, *Soul Man*. Et en me regardant Lafayette a dit qu'il rendait grâce du fait que « tu as un pied dans cette belle tourte aux patates douces, Pardi ! ». Puis il a avalé une bonne rasade d'alcool brun dans un lourd verre de cristal à l'ancienne et, tendant un doigt acajou vers mon père, a déclaré que ce dont il rendait grâce presque autant que de la tourte, c'était ce dont « les citoyens bronzés de Galveston les moins vernis rendent grâce, à savoir que toi, le fils chéri, tu leur aies pardonné leurs péchés, comme tu devrais montrer ton pardon pour les miens ! ».

« Papa a riposté : « Je te le montrerai… jusqu'à ce que je ne te le montre plus. » J'en ai eu la chair de poule. Papa ne mentait pas, ou peut-être que si. Ce qui est sûr, c'est qu'il a changé de sujet.

« Quand ça a été son tour, il a dit qu'il rendait grâce de m'avoir. Moi, j'ai répliqué que je rendais grâce de la sauce barbecue, parce que je savais que ça ferait rire papa.

« Papa vendait toutes sortes de sauces. Surtout, il a vendu sa recette et des variantes de sa recette à un conglomérat en négociant des royalties. Papa s'y connaissait en royalties du pétrole et de l'essence et, à ses yeux, le pétrole et l'essence n'étaient fondamentalement guère différents d'une sauce. Peu après, il s'était retrouvé en position de ne même plus avoir à bouger le petit doigt.

« Sauf qu'il n'arrêtait pas de les bouger, ses doigts. Je l'ai assisté pendant qu'il continuait à fabriquer et à expédier sous une marque maison une variante gastronomique prohibitive de sa sauce Sop, tout en réalisant de grosses marges sur les bocaux ordinaires, sans cesser d'affirmer qu'il ne travaillait plus.

« Ça m'a rendue perplexe. Papa ne mentait pas. Je l'ai contesté comme il m'a appris à contester les mensonges. Je me suis dit que, peut-être, papa me testait pour voir si je le ferais. « Mais tu travailles toujours, Pardner. Je te vois expédier, vendre, louer, superviser… » Papa m'a tapoté le bout du nez. « Trouve un truc que tu aimes faire, Pardi, et tu ne travailleras pas un jour de ta vie. »

« L'année où Armstrong a marché sur la Lune, en 1969, on organisait le grand barbecue de la fête de l'Émancipation. Il y avait du vin rouge. Il y avait toutes sortes de viandes, pas seulement des travers de porc, mais des poulets, des émincés de porc braisé et de la poitrine de bœuf. Avec l'aide des dames du catéchisme de notre ancienne paroisse, j'avais préparé des petits gâteaux à la figue pour tous mes amis, ainsi que des tartelettes et des biscuits nids d'oiseaux. Les garçons du quartier raffolaient de mes tartelettes. Les filles, elles, semblaient préférer les biscuits nids.

« J'ai donné au jeune voisin pour qui j'avais le béguin la plus belle de mes tartelettes, la plus croustillante, parce qu'il avait les plus beaux yeux bruns, les plus doux, quand papa m'a dit : « Si, un jour, tu ramènes à la maison un garçon blanc, je te promets que je vous descends tous les deux. La seule question sera pour moi de savoir si c'est toi que j'abats en premier ou lui. »

« Étant donné que je ne connaissais pas de garçons blancs et n'étais guère intéressée par ceux que je voyais à la télévision, et étant donné que je venais d'offrir à Lamont Hill ma plus belle tartelette et que, plus tôt dans la journée, lui m'avait donné une fleur, étant donné, enfin, que papa souriait en me faisant cette étrange promesse, je n'ai pas eu peur. J'étais prévenue, je ne ramènerai jamais un Blanc à la maison. Ça tuerait papa de me tuer. Et moi je ne tuerais jamais papa, ça, je le savais.

« Entre la fête de l'Émancipation et mon dixième anniversaire, durant l'été 1969, *Apollo 11* s'est élancé dans l'espace, a tourné autour de la Lune et renvoyé sur Terre des images qui clignotaient souvent sur la télévision du salon. Du décollage à l'amerrissage, papa était par intermittence agité et scotché à l'écran. Moi ça ne m'intéressait pas. Le nez plongé dans mon livre, je voyageais avec Gandalf et les Hobbits à travers la Terre du Milieu. Mais papa a insisté pour que je lève les yeux de mon livre pour regarder Neil Armstrong gambader à la surface de la Lune. Peu après, je montais dans ma chambre, grimpais dans mon lit à baldaquin et m'endormais sur mon livre, pensant ne revoir papa que le lendemain matin.

« Aucun risque que ça arrive. Peu après minuit, une lueur s'allumait dans le réveil sombre posé sur ma table de nuit. Papa m'a réveillée en sursaut, il m'a tirée du lit, a empoigné son fusil et nous a entraînés sur les quais.

« Alors qu'on s'installait comme on en avait l'habitude, les fesses sur le quai et les pieds ballant dans le vide au-dessus de l'eau, le calme est revenu. Mon père a profité du moment où l'homme faisait ses premiers pas sur la Lune, non pour célébrer Armstrong, mais pour nous rappeler que c'était un Russe qui avait tourné le premier autour de la Terre.

« Cette remarque avait calmé Bell Britton. S'avisant qu'il ne m'avait pas encore tout dit sur Alexandre Pouchkine, il s'était lancé dans sa biographie, me racontant comment le grand-père de Pouchkine – ou son arrière-grand-père, papa ne savait plus très bien – avait été un esclave noir, propriété de Pierre le Grand. Que le premier Pouchkine était né esclave et avait fini membre de la noblesse russe, et comment Pouchkine, « un homme noir aussi génial que Cuney, Brown ou Taylor », selon mon père, « écrivait avec une plume qu'il trempait dans un encrier ressemblant aux balles de coton portées par des esclaves africains d'un noir bleuté, un Russe noir qui avait peut-être dépassé Cuney, Brown et Taylor ». Papa reconnaissait que ça l'embêtait de dire ça de ses héros de Galveston, mais il fallait que ce soit dit, « parce que Pouchkine avait ajouté plus de mots à la langue russe que Shakespeare n'en avait ajouté à l'anglais ».

« Il m'a déversé tout ça, ses mots jaillissant tel du pétrole d'un puits de forage. Des mots sous pression, précieux et rapides, et leur ruissellement m'a enrichie. Je me sentais bien sur le quai, souriant à papa de mes yeux et de ma bouche, pendant que lui me rendait mon sourire en parlant comme un geyser de pétrole. On était bien sur le quai. Papa nous a reconduits à la maison et j'ai bien dormi, sûre qu'il était redevenu gentil, finalement, comme avant le lancement d'*Apollo 11*.

« Mais le lendemain matin, tout d'un coup, pendant notre petit-déjeuner fait de tortillas, d'œufs brouillés et de bacon, j'ai compris que les quelques pas de Neil Armstrong sur la Lune avaient retiré quelque chose d'important à mon père.

« Cette année-là, mon anniversaire, le 29 juillet, tombait le jour de la pleine lune. On organisa un barbecue dans le jardin, où tous les enfants bruns, noirs et dorés de Galveston et La Marque furent invités, ainsi que toutes les filles brunes intelligentes de Houston et de Fort Worth. Elles venaient aussi parce que leurs mères voulaient danser avec mon père et que leurs pères voulaient goûter au barbecue de papa et boire un peu de son alcool gratuit. Une fois mes invités repartis, papa et moi longeâmes le quai en contemplant le ciel.

« Papa déclara que cette pleine lune éclatante était un cadeau que Dieu m'avait réservé. Puis papa poursuivit : « Les Blancs ont la Lune, les Blancs ont la Cour suprême, ils ont le Sénat, ils ont le Congrès. Tu es plus que la Lune, la Cour suprême, le Sénat et le Congrès. Ils ont tout ça, mais moi je t'ai, alors j'ai plus qu'eux. »

« Quand, plus grande, j'ai confié à Jericho l'histoire de mon anniversaire à deux chiffres, il m'a posé une question apparemment stupide : « Il avait emporté son revolver sur le quai quand il t'a dit ça ? – Bien sûr que non, il avait pris son fusil. » Mon père prenait toujours son fusil pour descendre sur le quai quand il y avait quelque chose à célébrer. Un anniversaire à deux chiffres, c'était quelque chose à célébrer. Jericho a gardé le silence. (Nous sommes passés à autre chose. J'étais très douée pour passer à autre chose, lui aussi. C'est un truc qu'on appréciait l'un chez l'autre mais qui manquait cruellement chez la majorité des gens.)

« Mon premier anniversaire à deux chiffres a été fêté pendant près d'un mois et incluait même un voyage à Mexico, puis la période d'anniversaire s'est terminée et l'école a commencé pour de bon. Et puis Jimi Hendrix est mort. Et un mois après, Janis Joplin. On pouvait penser que ça ne changerait rien dans notre maisonnette sur la baie, mais si.

« Immédiatement après la mort de Jimi Hendrix, mon père m'a dit que le mot « neige » pouvait désigner l'héroïne ou la cocaïne. Au moment de la mort de Janis Joplin, une perte qui fut pleurée à la maison parce que Janis Joplin et Stevie Nicks étaient les deux seules chanteuses blanches qu'appréciait mon père, j'ai fini par comprendre que Lafayette, le copain de papa, était un revendeur d'héroïne.

« Lafayette a débarqué pour Thanksgiving en rêvant d'un dîner de dinde fumée, de fanes de navet et de tourte aux patates douces. Pas du régal de vacheries de choix qui ne pouvait être préparé que par une enfant gâtée furibonde. Quand Lafayette est reparti le dimanche matin après Thanksgiving, je ne l'ai pas embrassé pour lui dire au revoir. Papa, si.

« Mon père éprouvait de la compassion pour Lafayette. Pendant que nous buvions notre café à la table de la cuisine ce dimanche matin-là, table sur laquelle reposaient encore l'assiette, la tasse et les couverts de Lafayette déjà parti, papa m'a expliqué que, pour comprendre l'affection qu'il éprouvait pour Lafayette, il aurait fallu connaître Lafayette comme lui l'avait connu pour la première fois à son arrivée en Corée. Savoir comment il était avant de découvrir les cadavres de civils massacrés pourrissant au soleil, les corps de tout-petits dévorés par la chaleur, les insectes et les bêtes sauvages. Et comment, avant d'être fait prisonnier, il avait tenté de sauver tous les enfants qu'il rencontrait, qu'ils soient nord ou sud-coréens. Comment, plus d'une fois, il avait refusé de tirer sur des civils malgré les ordres, et comment, à son retour de la guerre, tout ce que Lafayette pouvait dire c'était : « Un, deux, trois, sautez ! Un, deux, trois, sautez ! » Comme je ne comprenais pas ce qu'il disait, papa a opté pour un simple sermon : « Pardonne à ceux qui t'ont offensée comme toi aussi tu aimerais être pardonnée. » Ensuite, il m'a rappelé tous les doux après-midi qu'on avait passés ensemble, avec Lafayette et papa qui racontaient ce qu'à présent papa disait ne pas être des « histoires de guerre » mais des « histoires d'amour en pleine guerre », tandis que tous deux se relayaient pour danser avec moi dans le salon, sur la musique de T-Bone Walker, Billie Holiday et Big Mabel, celle de Big Mama Thornton et d'Aretha Franklin, ou celle de Sam and Dave et de Jackie Wilson.

« C'est Lafayette qui avait apporté le Billie Holiday et les deux Big Mabel, et aussi Aretha. Tout ça me manquerait, je m'y étais préparée. J'étais une petite fille dure quand il le fallait.

« Pour la fête de l'Émancipation suivante, Lafayette ne vint pas à Galveston, et il ne vint pas non plus à Thanksgiving. M. Magic City Classic et un cercle croissant d'autres personnes venaient toujours, mais pas Lafayette. Parfois, papa allait rendre visite à Lafayette à Detroit. Chaque fois que j'entendais Big Mabel ou Big Mama, il me manquait. Puis je voyais aux informations ou dans une émission de télévision une personne basanée, sale et squelettique « accro à l'héroïne », et je lui en voulais de nouveau.

« J'ai appris la mort de Lafayette dans le *Michigan Chronicle*. Papa était au courant depuis des jours, mais c'était la dernière chose qu'il souhaitait m'annoncer. Papa adorait Lafayette, et il ne voulait pas dire du mal des morts, mais il ne m'a jamais menti non plus. Alors quand, à l'âge de quinze ans, Pardi Britton demanda à Bell Britton comment il se faisait qu'un homme comme Lafayette se soit fait tuer en plein jour par une jeune femme « sans antécédents judiciaires », papa m'a raconté une histoire triste et banale.

« La jeune fille, elle, était âgée de seize ou dix-sept ans, trop jeune pour Lafayette selon papa, trop jeune pour s'amuser « quelle que soit la manière ». Elle avait un frère qui était dépendant au smack et devait une petite somme d'argent à Lafayette – d'après papa, c'était un drôle de montant, 67 dollars, le solde d'une plus grosse dette. La fille avait remboursé à Lafayette une partie de ce que son frère lui devait mais pas tout, et Lafayette lui mettait la pression pour qu'elle rembourse le reste, si ce n'était pas avec de l'argent, alors avec du sexe. La fille avait besoin de temps pour rassembler davantage d'argent ou trouver le courage de caresser Lafayette. Lafayette lui fixa un délai, parce qu'un de ses gars s'était fait tirer dessus et était hospitalisé, et qu'il avait d'autres questions connexes et urgentes à régler, vu qu'on avait l'air de vouloir menacer son trône. Cette dernière crainte était en partie la raison pour laquelle il essayait de se distraire avec cette fille à laquelle il n'aurait jamais dû toucher.

« Alors il a laissé une semaine à la jeune fille pour réunir l'argent ou renoncer à l'amour. Deux jours plus tard, il est allé à l'hôpital rendre visite à son camarade tombé au combat. Le blessé récupérait, l'autorité de Lafayette n'était plus défiée. Une trêve prudente fut instaurée. Lafayette descendit le perron de l'hôpital, flanqué d'hommes vaillants et loyaux, prêts à mourir pour lui, chacun avec un revolver dans la poche de son lourd pardessus. La journée s'annonçait belle pour Lafayette.

« Un revolver surgit dans la main de la jeune fille qui abattit Lafayette. Sur les marches du perron de l'hôpital, devant ses gardes du corps. Ces derniers s'imaginaient que cette fille n'était pas une menace ; Lafayette, lui, s'imaginait que cette fille représentait un plaisir sans danger. Ils l'avaient sous-estimée, et elle en a profité.

À ces mots, un cri de surprise a fait le tour du toit. Aucun de nous ne s'y attendait, je suppose, pas plus que Lafayette ne s'y était attendu.

Pardi a souri.

— Cette histoire a été le cadeau de papa pour mon quinzième anniversaire.

« Papa avait pardonné beaucoup de choses à Lafayette, mais il était père d'une adolescente, et il ne pouvait pas pardonner à un homme d'avoir forcé une enfant… ne serait-ce que de l'avoir désirée. Papa disait que cette fille n'avait même pas tué Lafayette. Pour faire ce qu'il avait fait, Lafayette devait être déjà mort.

Cette histoire nous avait envoûtés. Quand Pardi s'est tue, j'ai eu l'impression que tout le monde se secouait pour revenir au présent.

— Vous appelez ça une histoire d'amour ? a fini par dire Eurovision.

— Hé, mais il y a plein d'amour là-dedans ! s'est exclamée la Fille du Merenguero. Pour moi, c'est une histoire d'amour en pleine guerre, comme l'a dit Pardi. On pourrait dire aussi que c'est une histoire de haine, j'imagine. Et une histoire de tout ce qu'il y a entre les deux, la vraie vie est si mélangée !

— Vous avez parlé de musique, a observé Wurly.

— Ça va venir, a répondu Pardi, dans la suite de l'histoire.

— Eh bien, écoutons la suite ! a suggéré la Dame aux Anneaux.

— Non, je suis fatiguée ce soir. On trouvera bien un moment pour raconter une histoire sur la musique… et sur les mensonges, j'en suis sûre.

Elle a cligné des yeux.

— Vous voulez une histoire de mensonges ?

C'était la locataire du 4E, la Reina, qui n'avait pas encore dit grand-chose.

— Enfin, bien sûr, j'adore les mensonges, a déclaré Eurovision. Comme le disait Oscar Wilde, « le mensonge est le récit de belles choses fausses… le but même de l'art[1] ».

La Reina a éclaté de rire.

— Je dirais que c'est moins une histoire sur les belles choses fausses qu'une histoire sur les vilaines choses vraies.

— Ça a l'air sympa ! a conclu Eurovision.

— Mon ex-mari me forçait à le suivre durant ses ridicules vacances pseudo-fraternelles avec ses amis, toujours autour du 4 Juillet. Tous

---

1. Oscar Wilde, *Intentions*, « Le déclin du mensonge », 1986, 10/18.

les étés, on prenait une semaine pour explorer une ville, pas trop loin en voiture. Mais, la plupart du temps, ces excursions tournaient autour de lui et de ses potes qui picolaient et rabâchaient le moindre épisode de lycée, tandis que nous les femmes on picolait aussi en faisant semblant d'écouter. Un peu comme ce qu'on fait ici, mais avec plus d'arrière-plan entre nous et sans pandémie ravageuse. Je parie que ça ne sera pas le cas cet été, à moins que tout ne soit alors revenu à la normale, même si ça suppose que les gars prennent le Covid et cette quarantaine au sérieux – et pour quelques-uns d'entre eux, mon ex-mari compris, c'est vraiment une supposition ! – mais je n'en sais rien, étant donné que je suis débarrassée de cette obligation depuis trois ans déjà, Dieu merci. Depuis ce fameux été où nous sommes tous allés dans le Maine.

« Nous participions au deuxième Championnat du monde de sandwiches au homard, première étape du voyage de retrouvailles à Portland de cette année-là. Nous avions payé chacun 100 dollars pour faire partie du jury, ce qui impliquait de tester dix sandwiches par tête de pipe. Ça a l'air sympa si on ne réfléchit pas trop. Dans le parking, une fois déboursés 10 dollars de plus pour se garer, mon mari de l'époque se tourna vers moi après avoir coupé le moteur en me disant : « J'ai l'impression que Laura ne va pas venir », puis il bondit de son siège et claqua la portière avant que j'aie le temps de lui demander ce qu'il entendait par là.

« Laura était la femme de Marco, et, de nous tous, c'était le couple qui était resté marié le plus longtemps. Ils étaient ensemble en gros depuis leur première semaine d'université, en tout cas c'est ce qu'elle racontait. Elle était originaire de Nouvelle-Angleterre – du New Hampshire ou je ne sais quoi – alors que les garçons s'étaient connus au lycée à Miami. C'est à cause d'elle que je les appelle « les garçons ». Pendant les quatre années que je l'ai fréquentée, étant devenue moi-même une des épouses, chaque fois qu'on descendait à Miami pour les vacances ou qu'on était ensemble lors de ces voyages d'été, il arrivait toujours un moment où Laura se renversait sur son siège après avoir bu trop de scotch pour regarder fixement le groupe des hommes – qui jouaient aux dominos, tous fumant les cigares apportés par mon mari mais que j'avais payés – et où elle me disait, les yeux mi-clos pour que la scène apparaisse suffisamment floue : « Regarde nos garçons, Mari, tu n'aimes pas les voir ensemble comme ça ? » Habituellement, j'engloutissais le reste de mon verre et marmonnais « Mmm » en suçant un glaçon. Tous nos gars étaient cubains comme moi, tandis que Laura était une *Americana* blanche, du coup je voyais bien pourquoi, n'ayant pas grandi au milieu de garçons comme eux, elle pouvait avoir la nostalgie de quelque chose dont elle n'avait jamais eu à se protéger.

« Derrière le pare-brise – j'étais encore assise dans l'auto, me préparant à leurs diverses manières de s'exciter mutuellement – j'ai vu mon mari flanquer une bourrade dans le dos de Marco. Marco avait l'air plus hâlé que jamais, plus mince que je ne l'avais encore jamais vu, affichant le genre de fringues – comme s'il était invité à bord d'un yacht – que Laura avait toujours tenté en vain de faire porter à ce petit gars de Miami. Les autres garçons se regroupèrent, puis tous les cinq se soulevèrent de terre à tour de rôle, tandis que les autres femmes – qui, je dois dire, étaient elles aussi *Americanas* et que je ne connaissais pas si bien parce que, à leur différence, j'avais grandi dans la même ville que nos garçons, à Miami, alors qu'elles venaient toutes de lieux qui avaient l'air plus calmes, comme le centre de la Pennsylvanie ou du Connecticut, lieux où les garçons avaient fini par s'installer avec leurs épouses, laissant leurs mères loin derrière eux pour que moi je leur en donne des nouvelles, quand celles-ci m'appelleraient pour demander si j'en avais de leurs fils – restaient en retrait en échangeant des bises sur la joue. Je sortis les rejoindre après m'être aperçue qu'effectivement, Laura n'était pas là.

« À cet instant précis, une femme sauta du siège côté passager de la Land Rover de Marco pour se poster vaguement à ses côtés. Franchement, le détail qui m'a le plus frappée chez elle – encore une *Americana*, le genre de fille de Marco –, c'étaient ses jambes qui avaient l'air super longues, fuselées et complètement vierges de bleus dans son minuscule short aux bords effrangés, tenue qui trahissait le fait qu'elle était bien plus jeune que nous toutes. Il la présenta au groupe comme une collègue de son cabinet d'avocats sans rien ajouter d'autre, pas même son nom.

« Les autres femmes toisèrent la nouvelle sans broncher. Je les voyais calculer mentalement les conséquences de la situation et décider que la meilleure stratégie était de jouer le jeu, de croire Marco. Que c'était juste quelqu'un du bureau, et que ce serait idiot de gâcher nos billets, puisque leurs maris semblaient le croire. Quel choix avions-nous ? semblaient me signifier leurs visages mobiles, tandis qu'elles étreignaient un peu plus leurs maris. N'avions-nous pas toutes vu ça venir ? N'étions-nous pas toutes soulagées que ce soit arrivé à Laura et pas à nous ?

« La nouvelle tenait un billet à la main – lequel était à mon nom parce que tous l'étaient, tous les dix. Ç'avait été ma mission de prendre les billets, la plus facile des missions qu'on s'était partagées entre couples. Celle qui m'avait été assignée parce que j'avais montré au fil des ans qu'on ne pouvait pas me faire confiance pour trouver un hôtel ou une voiture de location ou tout autre chose pour laquelle il était possible de payer moins cher. Je ne peux pas m'empêcher d'être le fruit de mon éducation. En revanche, ce que je pouvais m'empêcher de faire, c'était de demander à Marco pourquoi cette femme – qui finalement, au moment d'entrer dans la salle, nous a dit d'elle-même s'appeler Ashley, nom qui a échappé à la moitié d'entre nous parce qu'une personne au tee-shirt de bénévole fixait des bracelets « membre du jury » à nos poignets gauches – tenait le billet que j'avais acheté pour Laura. J'avais appris à tenir ma langue depuis que j'étais devenue la femme de mon mari.

« Les dix concurrents du deuxième Championnat du monde des sandwiches au homard se tenaient le long des murs de l'entrepôt, des banderoles avaient été punaisées sur des panneaux rustiques en bois derrière eux. J'ignore comment ce chiffre avait été réduit à dix, étant donné que le moindre village à des kilomètres se flattait d'avoir son sandwich au homard. Seuls cinq concurrents étaient du coin, les cinq autres – qui venaient de lieux comme Atlanta, Venice Beach et Paris – semblaient au premier coup d'œil incongrus avec leur marque trop léchée, visiblement sous-traitée. Devant la salle, de manière inexplicable, un groupe de bluegrass.

« — Du coup, attends, le bluegrass est une invention du Maine ? demandai-je histoire de dire quelque chose.

« Personne n'avait prononcé un mot depuis qu'on avait reçu nos bracelets. Comme il n'y avait pas de réponse, j'ai ri en disant :

« — Je blaguais, je sais bien que non.

« Subtilement, je nous ai orientés vers le stand de l'équipe de Paris. Deux frères qui prétendaient avoir eu le béguin pour les sandwiches au homard dans leur jeunesse au cours d'un voyage familial dans le Maine. La rumeur voulait qu'ils présentent ici de loin le meilleur sandwich au homard, mais j'étais quasi certaine qu'ils ne gagneraient pas : en prenant les billets, j'avais lu que, l'année précédente, au premier Championnat du monde de sandwiches au homard, le gagnant avait été un sandwich de Boise, Idaho, une maison appelée Salty's, et même si le propriétaire du Salty's était né dans le Maine et y avait grandi, les gens qui habitaient l'État étaient impatients de ramener le titre à la maison. Je laissai croire à mon mari que c'était lui qui nous conduisait vers les Français.

« Mon espoir, c'était que le spectacle que les Parisiens semblaient organiser – ils avaient recruté une équipe pour tourner un documentaire et faisaient un usage généreux du zeste de citron vert, pour l'amour du ciel ! – suffise pour nous distraire de la présence inexpliquée d'Ashley, assez longtemps pour nous permettre de nous regrouper, même si pour une obscure raison j'étais la seule dont le visage exprimait une question brûlante sur son identité, et la raison de sa présence. Pourquoi aucun des garçons ne semblait-il aussi gêné ou aussi troublé par sa présence que moi ? Pourquoi aucun d'entre eux n'avait-il demandé carrément à quoi diable Marco pensait en nous imposant cette fille ? Où était passée Laura ?

« Je tentai de tirer mon mari suffisamment à l'écart pour lui poser au moins une ou deux questions. Mais, une fois à proximité du stand de Paris, on s'est retrouvés piégés par une foule toujours plus dense. Ashley s'est serrée contre moi, comme si quelqu'un lui avait dit que les autres femmes du groupe me suivaient. Mais c'était faux, ce sont les garçons qui le faisaient – jusqu'à un certain point seulement – parce que je leur rappelais leur mère. Parce qu'ils savaient que leurs mères me téléphoneraient à la fin de la semaine pour me demander : « Alors, comment s'est passé ce voyage dans le Maine ? » Les autres épouses ne m'ont jamais vue sous ce jour, en meneuse. Elles pensaient qu'en ayant poussé leur gars à quitter la ville qui nous avait faits, elles avaient déjà gagné. Elles n'avaient pas tort.

« — Alors, Marco me dit que tu es aussi de Miami ?

« Intérieurement, j'ai pensé : « Aussi ? Vraiment ? Quoi d'autre Marco a-t-il jugé essentiel que tu saches ? »

« Tout haut, j'ai juste répondu oui.

« Elle a incliné lourdement la tête à deux reprises, attendant visiblement autre chose de moi. Elle avait les yeux bleus, les cils laqués de mascara, les paupières noires et légèrement pailletées. Ses cheveux étaient blonds, avec des mèches encore plus blondes, cramées au point de la vieillir. J'ai alors remarqué que son haut était un chemisier à col américain – une chemise d'homme ou une chemise conçue pour ressembler à celle d'un homme – puis j'ai abaissé les yeux sur son short coupé, les doublures de poche semblables à des voiles à l'envers visibles sur ses cuisses minces. C'était une avocate ? Qu'est-ce que Marco espérait nous faire croire d'autre ? Lui avait-il seulement dit où il l'emmenait ?

« — Cool, cool, répétait-elle, inclinant la tête une fois, deux fois, trois fois.

« Et à cet instant, en la regardant incliner la tête, j'ai eu une sensation que je n'avais jamais connue avec les autres épouses, une sensation de pouvoir. De plus en plus, au fil des secondes où je déclinais la conversation polie qu'Ashley tentait d'engager. J'ai reporté mon regard sur les autres femmes et leurs gars. Se tenant mollement la main, les couples se détournaient les uns des autres, de moi et d'Ashley, le menton tendu vers les différents stands. Je pouvais presque entendre l'esprit d'Ashley se ruer vers la question suivante.

« Elle semblait ne jamais cligner des yeux. Elle s'était mis tellement d'autobronzant que je me suis demandé si elle cherchait à m'humilier ou à égaler ma couleur de peau.

« — Alors, comment as-tu découvert cet événement ? a-t-elle lâché finalement.

« Les garçons blaguaient sur leur participation à ce championnat depuis l'été précédent, après avoir appris quel désastre avait été le premier Championnat du monde de sandwiches au homard, qui se déroulait alors en plein air. Comment un orage de ouf s'était matérialisé tout à coup, avait détruit tous les stands au milieu d'éclairs dignes de Zeus, avant de disparaître au-dessus de l'océan tout aussi rapidement. Un des garçons avait fait circuler un lien vers une vidéo YouTube d'un vendeur de sandwiches au homard installé dans le Maine qui n'était même pas arrivé dans les dix finalistes et se plaignait de l'événement en général et, plus précisément, du fait qu'un sandwich au homard fait dans l'Idaho avait remporté la manifestation sous la pluie – le but de ce partage était de moquer la façon dont son émotion avait joué contre son épais accent du Maine. Et puis, comme à chaque fois avec les garçons, la vidéo était devenue un truc qu'ils citaient, samplaient et remixaient jusqu'à ce qu'elle fasse entièrement partie de leur répertoire pseudo-fraternel. Les mêmes expressions volaient à travers la table de dominos de ma belle-famille des mois plus tard, quand on était tous descendus à Miami pour les vacances. Le printemps était précoce, nous souffrions tous d'un hiver de Nouvelle-Angleterre à peine pire que notre hiver new-yorkais, et mon mari est tombé sur une page web faisant la publicité du second événement annuel. « Ces connards vont retenter leur chance ! » Mais avant qu'il puisse transformer l'info en nouvelle version de la blague vieille de quelques mois sur leur discussion de groupe, j'ai lancé : « Et si on y allait vraiment ? Et si nous y montions en voiture cet été et qu'on se retrouve tous là-haut ? »

« Je me suis bornée à regarder Ashley, attendant de la voir cligner des yeux, puis j'ai répondu :

« — Sur Internet !

« Elle a incliné la tête de plus belle, nous a gratifiés d'une nouvelle série de « Oh, c'est trop cool ! » Elle souriait de toutes ses dents faites pour gagner des concours de beauté. Jamais de ma vie je n'avais vu une autre femme chercher autant à me plaire. D'habitude, c'était le sentiment inverse, c'est comme ça que j'ai su de quoi il retournait.

« Ce qui signifiait, si je voulais bien jouer, que le moment était venu de tourner toute mon attention vers un homme.

« Mon mari, dressé sur la pointe des pieds, son téléphone à la main, essayait de prendre une photo parfaite de l'intégralité de la queue menant au stand des Parisiens. Je n'allais pas lui demander son attention à ce moment-là, aussi me suis-je tournée vers Willy – dans notre jeunesse on l'appelait Guille, un diminutif de Guillermo, mais, pour sa femme et donc pour nous aujourd'hui, il était Willy. J'ai essayé d'imaginer la question la plus intime dont je sois capable.

« — Ton frère a-t-il trouvé un nouvel emploi ? demandai-je, même si je connaissais déjà la réponse grâce à mon appel hebdomadaire à sa mère.

« Ashley me surprit en posant une main sur mon épaule et dit :

« — Ah, ouais, ton frère Lazaro… Laz, c'est ça ? Il s'est fait virer de Best Buy, quoi, il y a un mois maintenant ?

« Elle, frimant avec ses dents bien droites.

« Willy m'a regardée comme si d'une manière ou d'une autre c'était ma faute si elle était au courant pour Laz, si elle connaissait même son existence. Mon mari feignait toujours d'être très absorbé par sa prise de vue parfaite de la file d'attente. La colère m'est montée au nez si vite que j'ai eu du mal à me retenir d'attraper la visière de sa casquette pour la lui arracher de la tête, tant pis pour les problèmes que ça causerait. J'ai compris que l'air arrogant de Willy avait le même sens que quand on était gamins – il ne répondrait pas, et moi j'étais censée dire quelque chose de méchant. Du genre : « Hein, Marco t'a briefée sur nous tous, c'est ce que vous faites, les avocats ? » Ou peut-être : « Désolée, putain, mais comment connais-tu le nom de mon ami ? » Ou plus simplement : « Excuse-moi, mais on t'a sonnée ? »

« Willy a reculé d'un pas, prêt à entendre n'importe laquelle de ces réponses. Chacun de ces garçons était habitués à laisser les femmes faire le sale boulot, couvrir leurs conneries. Lui aussi avait senti le changement de pouvoir, pensant que c'était à moi – parce que j'étais la seule femme de Miami – de dire immédiatement quelque chose, pour signifier qui appartenait au groupe ou pas. Mais Willy a mal interprété la situation. Je me suis demandé s'il n'avait pas toujours su que Laura ne serait pas là, s'il ne savait pas déjà tout ce qui s'était passé entre elle et Marco, ce que ça signifiait.

« — Tu as les dents vraiment blanches, dis-je.

« Elle les exhiba encore plus et, se tapotant le côté de ses cheveux même si ce n'était pas nécessaire, répondit :

« — Ah, ouais ? Merci.

« Comme si ma remarque était un vrai compliment.

« Elle se détendit et me regarda en plissant les yeux. Elle possédait le type de beauté que les jeunes Cubains de Miami trouvent craquante, justement parce qu'elle était totalement étrangère à leur terre natale : peau claire, cheveux raides et membres d'une finesse physiologiquement impossible pour les femmes comme moi. Ils la trouvaient même sexy jusqu'au moment où l'attrait de la nouveauté se dissipait, quand ils se rendaient compte qu'ils avaient connu ce type de corps – l'absence de hanches et de seins – dans leur propre adolescence. Mais le fait qu'Ashley soit nouvelle, combiné à son minishort qui montrait ce que les magazines appellent « l'entre-cuisse », suffit à faire fondre Willy, persuadé à tort par ma réaction que j'avais l'esprit d'équipe. Ashley rôdait autour de mon mari dans la file, tenant le téléphone dans ses mains au-dessus de sa tête. Tout le monde était soudain interchangeable d'une manière qui me donnait envie de fuir. Elle baissa les bras et lui montra son écran, il rit à ce qu'elle lui dit.

« Moi, voilà comment je vois le pouvoir : personne n'a rien dit ce jour-là sur la soudaine arrivée d'Ashley, et même si je les ai observés, elle et Marco, de la première à la dernière bouchée de ces dix minisandwiches au homard, je ne les ai jamais surpris se tenant par la main. Au contraire, Marco ignorait Ashley, il ignorait tout le monde en quelque sorte. Ce qui la poussait à continuer son cirque. Elle passa l'après-midi à circuler d'épouse en épouse, comme si c'était elle l'hôtesse du Championnat du sandwich au homard, veillant à ce que nous ne manquions ni d'eau ni de serviettes en papier, tendant de petites barquettes en plastique de beurre fondu pour y tremper nos dernières bouchées de pain, nous imposant ces familiarités. Elle s'excusait du bruit que le groupe de bluegrass faisait en jouant, comme si c'était elle qui les avait engagés. Elle nous demandait pour qui on pensait voter après avoir goûté au sandwich de chaque stand, nous rappelant les diverses catégories du championnat – meilleure présentation, meilleur goût, avec mayonnaise ou sans mayonnaise… – comme si ce que pensaient les personnes qui avaient payé pour être juges comptait réellement, comme si l'ensemble de l'événement était autre chose qu'une manière hors de prix de passer l'après-midi. Ses efforts démesurés me firent oublier de demander à mon mari comment il avait su que Laura ne serait pas là. Quand il avait parlé à Marco de leur séparation. Pourquoi il avait décidé de me cacher cette conversation. Un tas de conversations, il s'avéra.

« Je me souviens avoir voulu lui poser toutes ces questions juste après qu'il s'était endormi, ou plutôt après qu'il avait feint de s'endormir. Ou quand on était avec les autres. Et je voyais bien que je n'étais plus réellement moi-même, que désormais j'avais instinctivement peur de le réveiller et d'insister pour qu'on parle, peur de parler d'une manière qui potentiellement pouvait l'embarrasser. Je commençais à me demander à quand remontait cette peur, combien de temps même il m'avait fallu pour interpréter cette hésitation autour de lui comme de la peur. Comment il s'était débrouillé aussi longtemps pour m'empêcher de le voir.

« J'ai fini par le quitter avant que revienne l'été – et le voyage qui allait avec – mais pas avant une nouvelle séquence de vacances à Miami, où Ashley se trouvait apparemment en ville avec Marco, sans toutefois se retrouver coincée autour de la table de dominos de mon ancienne belle-famille comme le reste d'entre nous. Mystérieusement, Marco n'avait pas l'air contrarié. Il disait à tous ceux qui lui demandaient où elle était de la fermer, que ce n'était pas leurs oignons. Et à la manière dont mon mari me fixait à travers le nuage de fumée de son cigare, je n'allais pas insister, même pas pour blaguer : nous avions eu une de nos plus grosses scènes de ménage avant que les autres s'amènent ce soir-là. J'avais donc passé l'heure précédant leur arrivée à en nettoyer les dégâts, à temps pour que tout ait l'air impeccable. Ce soir-là, de toute façon, je n'avais aucune envie de m'asseoir avec eux ; c'est l'un des premiers soirs où je l'ai laissé paraître. J'ai fumé mon propre cigare loin des autres femmes, saupoudrant de cendre tout le patio de mes beaux-parents, et j'ai réfléchi à la manière dont je pourrais inciter mon mari à rester là un moment avec eux, cherchant une excuse pour qu'il se sente nécessaire à la maison, afin que je puisse un peu profiter toute seule de notre location, à réfléchir aux prochaines étapes. Marco a lancé une vanne qu'il ressort chaque année. Moi je regardais une fumée lourde et épaisse s'échapper de la bouche ouverte de mon mari, un volcan prêt à se réveiller. Je me suis demandé comment Laura passait son Noël.

« Aux dernières nouvelles, mon ex-mari est encore là-bas, il vit à Miami avec ses parents. Vu le genre de Cubains qu'ils sont, je suis sûre qu'ils sont heureux de l'avoir pendant la pandémie. Il est costaud, et ça pourrait bien finir par leur être utile. Je le vois très bien virer quelqu'un pour fournir ses parents en papier-toilette, sans aucun problème. Il ne sait pas que maintenant j'habite ici, que j'ai déménagé dès que le divorce a été prononcé. Je veux qu'il croie que je vis toujours dans notre vieil appartement, c'est plus sûr pour tout le monde.

« Mais puis-je vous parler de ces sandwiches au homard ? Les Français avaient été dévalisés. Le zeste de citron vert était – enfin, merde ! – la surprise du chef, les gars. Bien en bouche, bonne présentation, apparemment nul besoin de mayonnaise, car qu'y avait-il à chercher à cacher, les produits locaux n'étaient absolument pas au niveau. Mais, finalement, j'ai eu raison. Un des produits du coin – j'oublie lequel sur les cinq, parce que soyons réalistes, ils étaient tous interchangeables – a remporté le titre et l'a rapporté dans le grand État du Maine comme je l'avais prévu. Demandez-moi si je me soucie seulement de ce que mon choix du sandwich de l'équipe française dit de moi. C'était le truc le plus délicieux que j'avais mangé depuis très longtemps.

Les cloches de la cathédrale Saint-Patrick, avec leur coup final assourdi, ont sonné juste au moment où la Reina achevait son récit.

Avec la saveur imaginaire de ces sandwiches au homard français toujours au bout de la langue, nous nous sommes souhaité bonne nuit.

Et je suis retournée à mon bureau écaillé et aux trottinements feutrés au-dessus de ma tête.

Jour Six

5 AVRIL

— « La mort est comme le son lointain du tonnerre lors d'un pique-nique », a cité Eurovision quand il a débarqué sur le toit-terrasse avec son thermos, un plaid sur le bras, avant de marquer une halte devant un nouveau graffiti sur le mur de la fresque. Pas mal !

Je l'ai observé prendre place dans son fauteuil de cinéma recouvert de plastique et disposer autour de lui son petit attirail de pique-nique : un shaker, le verre à cocktail avec deux olives sur une pique, un plat en argent rempli de fromages et de crackers, une vieille casserole cabossée et une cuillère pour taper dessus. Il a drapé le plaid sur l'accoudoir du fauteuil, paré contre la fraîcheur qui tombait après le coucher du soleil. Il a agité et versé doucement le martini dans le verre, jusqu'à le remplir à ras bord. Ensuite, avec un soin extrême, il a levé celui-ci et, les lèvres pincées, en a aspiré l'excès de liquide avant de le reposer sur sa table d'appoint. Je trouvais un certain réconfort dans l'assemblage précis et animé de ces petits objets autour de lui, créant un refuge dans son rayon de deux mètres.

— Je regrette tellement que nous ne puissions plus trinquer comme avant, a-t-il ajouté, mais considérez mon initiative comme un salut à tous nos conteurs et auditeurs !

Il a levé de nouveau son verre, et ceux d'entre nous qui étaient déjà là l'ont imité.

D'autres personnes sont arrivées. Ce soir, il y en avait pas mal que je n'avais pas reconnues lors de mon précédent appel, des gens dont je n'avais pas encore visité les appartements ou que je n'avais pas croisés non plus dans les couloirs. La rumeur de notre « petite heure du conte » se répandait, j'imagine. Les nouveaux venus ont disposé leurs sièges en petits demi-cercles, aussi éloignés que possible les uns des autres. Ils mouraient d'envie de sortir de leurs appartements mal aérés pour trouver un peu de compagnie humaine là où ils pouvaient… s'ils osaient. J'ai pris conscience que moi-même je n'avais pas quitté l'immeuble depuis plus de quinze jours. Je me suis demandé si quelqu'un l'avait fait.

Ce soir, mon thermos était rempli de Singapore Sling, confectionné à partir d'ingrédients grattés dans le placard arc-en-ciel. Je voulais quelque chose de doux et de tropical, une boisson qui aurait un goût de voyage sous de lointains horizons, de bagages en crocodile constellés d'autocollants de paquebots et de vieux hôtels avec vérandas, ventilateurs de plafond et garçons en gants blancs. Ah ah, mais pour qui me prenais-je ?

Vinaigre s'est assise près d'Eurovision avec son manchon à vin, son verre et sa petite table d'appoint. Hello Kitty dans son fauteuil œuf, la Dame aux Anneaux avec son foulard panthère, Whitney dans son fauteuil Bauhaus disgracieux, Wurly sur la banquette de piano qu'il transbahutait tous les soirs, Florida avec son châle doré, etc.

— Salutations à toutes et à tous, a lancé Eurovision, se levant et triturant son nœud papillon. (Il a consulté sa montre.) Dans trente secondes, c'est l'heure !

À dix-neuf heures, on a applaudi et crié le plus fort possible. Pour la première fois, j'ai entendu, poussé à fond quelque part plus bas, Sinatra brailler *New York, New York*. Les acclamations se sont éteintes comme chaque soir dans une sorte de triste reflux sonore, pareil à une vague qui se retire sur la plage.

Après mes tâches ménagères de gardienne, j'avais noté par écrit le résumé des statistiques du jour : 122 031 habitants de l'État de New York étaient désormais positifs au Covid-19, chiffre en hausse par rapport aux 113 704 de samedi dernier. Ce qui portait le nombre total de cas dans la zone des trois États[1] à 161 431, avec 4 159 décès, en hausse aussi par rapport aux 3 565 de samedi.

Comme d'habitude, j'ai posé mon carnet près de moi, puis l'ai recouvert négligemment avec mon plaid.

1. La zone entourant la ville de New York comprend des parties des États de New York, du New Jersey et du Connecticut.

— C'est une citation abâtardie de W. H. Auden[1], a fait observer à haute voix Ramboz, son attention rivée sur la fresque. Le poème dit exactement : « Des pensées de sa propre mort, comme un lointain roulement de tonnerre lors d'un pique-nique ».

— Lointain ? a relevé Maine. Plus tellement. L'orage est juste au-dessus de nos têtes.

— Oui, et il nous explose à la gueule, a dit Darrow.

— Oui, nous sommes des *riders in the storm*, des cavaliers dans la tempête, a dit Eurovision, sirotant ostensiblement son martini. Ou, plus précisément, des dégâts collatéraux dans une guerre…

— Au moins nous survivons, a ajouté la Dame aux Anneaux. Jusqu'ici.

— Il me semble que ce n'est qu'une question de temps pour que cette peste nous atteigne, a dit Florida. S'introduise dans l'immeuble, infecte l'air, et ensuite on sera tous transportés au Presbyterian Hospital de New York dans ces ambulances hurlantes. Je ne veux plus jamais retourner là-bas.

— Reconnaissons au moins, a dit Maine, que nous faisons du bon boulot dans cet immeuble en quarantaine… Personne n'entre ni ne sort. Pas même moi, en ce moment.

J'ai essayé de croiser ses yeux, me demandant si Maine avait eu l'occasion de passer les appels promis. Mais elle ne regardait pas de mon côté, alors je me suis dit que j'irais la trouver à la fin de la soirée. Je ne tenais pas à ce que les autres soient au courant de mes affaires.

— Ce sera bientôt fini, a affirmé Eurovision, poursuivant la conversation avec une fausse gaieté. Nous n'avons qu'à rester ici. Nous progressons contre le virus…

— Tu crois qu'on progresse ? s'est exclamé Ramboz. Tu appelles ça progresser ? C'est un mot détestable. Le progrès n'est, en réalité, que la fiction que chaque génération se raconte à elle-même pour justifier la mode actuelle d'ignorance, de peur et de préjugés.

— C'est même pire que ça, a dit Vinaigre. Nous reculons. Regardez les racistes du MAGA, *Make America Great Again*, qui grouillent comme des cafards dans le noir maintenant que le « clown orange » a lui-même éteint les lumières en Amérique.

---

1. W. H. Auden, *Thunder at a Picnic*, 1965, inédit en français.

— À chaque époque, a repris Ramboz, on compte plus d'idiots et d'ignorants que de personnes éclairées et instruites, dans la proportion de cent pour un. Et ils ont inventé un système économique parfait pour entretenir cet état de fait, ça s'appelle le capitalisme…

Je trouvais un peu ridicule et agaçant que cet homme soit communiste, il n'avait aucune idée de ce qu'était vraiment le communisme. Mon père détestait passionnément les communistes ; dans ma jeunesse, il m'a farci la tête avec le récit de leurs violences.

— Allez, ce n'est pas si terrible que ça, a dit Eurovision. Il y a des choses qui s'améliorent. Je détesterais revenir aux années 1950. Pensez à la manière dont on traitait alors les gens comme moi…

— Tu veux dire comme d'autres sont toujours traités aujourd'hui, a relevé Vinaigre.

— Je ne pense pas que nous ayons fait beaucoup de chemin, est intervenu Darrow, depuis l'époque où les sodomites étaient brûlés sur le bûcher et les Noirs réduits en esclavage.

Ramboz a secoué vigoureusement la tête, d'avant en arrière, ses cheveux blancs pareils à un halo flottant.

— Non, non, non. Nous sommes tout aussi ignorants aujourd'hui que quand nous étions des singes nus dans la forêt, nous nourrissant de serpents et de sauterelles. Et nous serons tout aussi brutaux et stupides quand nous vivrons dans une ville de tours de cristal sur Alpha du Centaure. Toujours la même vieille espèce cruelle et méprisable.

— Et oui, nous avons un vrai cynique parmi nous, a ironisé Eurovision, une pointe d'irritation dans la voix. Bon, on avance ?

La Dame aux Anneaux a protesté :

— Je regrette que certains soient si submergés par la peur qu'ils ne savent plus apprécier la beauté de l'humanité.

Ramboz continuait à secouer la tête. « Un homme nourri de ses regrets », voilà ce que la bible disait de Ramboz. Je commençais à comprendre pourquoi.

— Assez bavardé ! a dit brusquement Eurovision, énervé. Qui a une histoire ?

— C'est là que je voulais en venir… Je suis monté avec une histoire à vous raconter, a repris Ramboz, imperturbable. Une histoire sur le Vietnam. Sur mon éveil radical. Sur la raison pour laquelle je suis devenu journaliste.

— Votre éveil radical ? a relevé le Poète, de l'appréhension dans la voix.

J'en voyais quelques autres qui roulaient des yeux.
— Eh bien, allez-y, a dit Eurovision.

« J'avais onze ans quand ma mère a lu sur un prospectus que le *Wellesley News* recherchait des livreurs de journaux. Elle a commencé par dire qu'il était grand temps pour moi de devenir un membre utile à la société au lieu de courir les rues. Elle n'a pas cessé de me tanner, sans pitié, jusqu'à ce que je descende après la classe au siège du *Wellesley News*. C'était un bâtiment du style hangar derrière un atelier de carrosserie. J'ai frappé, puis entendu un son bourru – une voix forte au lourd accent de Boston –, apparemment une invitation à entrer. Un type obèse, carré dans un fauteuil pivotant, siégeait derrière un bureau métallique. Il portait un tee-shirt trop petit qui laissait voir un bas-ventre velu. Il sentait méchamment la transpiration.

« — Ouais ?

« — On m'a dit que vous recherchiez des livreurs de journaux, ai-je dit.

« — Où habites-tu ?

« D'un geste, il a indiqué un plan géant de Wellesley qui recouvrait tout le mur du fond du hangar, représentant la moindre rue ou maison.

« — 10, Vane Street.

« — Ne me le dis pas, pour l'amour de Dieu, montre-le-moi sur le plan.

« Je le lui ai montré.

« — Tu as un vélo ?

« — Oui, monsieur.

« — Remplis-moi ce formulaire. Tu commences lundi.

« — Euh, combien je serai payé ?

« — 50 cents par jour, six jours par semaine. Congé le dimanche. Rapporte tes bordereaux ici le samedi entre midi et deux heures pour toucher tes 3 dollars. On te dépose un paquet de journaux sur le seuil à cinq heures trente et tu dois avoir terminé à six heures trente. Tu les mets derrière la porte moustiquaire ou tu les laisses sur les marches, ne les lance jamais sur la pelouse. Pigé ? Pas de lancer.

« — Oui, monsieur. Pas de lancer.

« Il a parcouru un classeur graisseux à trois anneaux, puis a consulté le plan de Wellesley, tournant les pages et marmonnant dans sa barbe, pressant un doigt sale ici et là, notant une liste et vérifiant celle-ci sur le plan.

« — OK, tu vas livrer quinze *Globe* et un *New York Times*. Il y a un *Globe* pour chez toi. Voilà les adresses ! Demande à ta mère de te balader en bagnole pour calculer le meilleur trajet.

« — Oui, monsieur.

« — Et voilà comment on les plie.

« Le gros a ramassé un exemplaire de démonstration crasseux et m'a montré comment on devait plier le papier.

« — Comme ça.

« Puis, tendant une main sous son bureau, il a attrapé un sac de toile blanche avec *Boston Globe* imprimé dessus en lettres gothiques et l'a jeté sur la table devant lui.

« — Ton sac !

« Je l'ai pris, aux anges.

« Alors que je me tournais pour partir, il a menacé :

« — Je ne veux entendre personne se plaindre. Tu lances le journal sur la pelouse, les gens se plaignent. Il est mouillé, ils se plaignent. En retard, ils se plaignent. À chaque plainte, tu as un avis de licenciement. Trois avis roses, tu es viré. Pigé ?

« Je suis sorti du bureau avec le sac, l'ai suspendu à mon épaule et suis rentré à la maison. C'était classe. Il ne s'agissait pas d'un journal de plouc comme le *Wellesley Townsman*, il s'agissait du *Boston Globe*.

« Je suis passé voir mon ami Chip pour crâner, je me rappelle encore aujourd'hui l'effet cuisant de sa réaction.

« — Tu vas le regretter, il va te pleuvoir dessus, te neiger dessus, tu auras tous les clébards après toi. (Il secouait la tête devant ma niaiserie.) Tu sais, Doug, ça les démange de planter leurs crocs dans ton cul !

« Le lundi suivant, je me suis levé tôt, il faisait encore nuit. Oh, mon vieux, l'impression de cette première journée ! Les canards sont tombés à l'aube sur les marches de devant avec un bruit sourd, le livreur a redémarré sur les chapeaux de roues. J'ai éventré le paquet, tout chaud sorti des presses, avec les odeurs mêlées de papier et d'encre d'imprimerie qui montaient de l'intérieur. J'ai plié tous les journaux comme on me l'avait indiqué, puis les ai nichés soigneusement dans le sac. J'ai suspendu la bandoulière à mon épaule, me suis dirigé vers la grange, j'ai sorti mon vélo – la veille, j'avais passé la journée à le graisser, le régler et le regonfler – et me suis mis en route au moment où une pâle lueur perçait au-dessus des ormes.

« La matinée était fraîche, et j'ai terminé mon circuit en quarante minutes. Personne n'était encore levé à la maison. Par curiosité j'ai jeté un coup d'œil à mon propre exemplaire, où un gros titre attira mon attention :

LE SÉNATEUR MURPHY ÉCHAPPE
DE JUSTESSE À UNE BOMBE

« L'article commençait ainsi : « Il y avait du sang partout, du sang ruisselait sur les murs, dégoulinait jusque dans la rue… » Le reporter décrivait en termes crus un attentat à la bombe dans un pays qui s'appelait le Vietnam. Un sénateur américain venait d'en réchapper. Bien sûr, j'avais entendu parler du Vietnam, je savais qu'il y avait une guerre en cours, mais pour une cervelle de onze ans c'était vague et lointain. À Wellesley, à la fin 1967, la guerre était un bruit de fond, quelque chose qui se passait au loin, où combattaient d'autres gens. Naturellement, personne de notre entourage n'était allé là-bas. Mais ce sang qui ruisselait sur les murs n'avait rien de vague, ni de lointain. J'ai lu l'article avec une excitation morbide.

« Et puis je suis allé à la rubrique sportive. Les Red Sox étaient premiers au classement.

La voix de Ramboz tremblait d'émotion à l'évocation de ce lointain souvenir.

— C'était le début de la saison du « Rêve impossible[1] ». Les Red Sox semblaient bien partis pour décrocher le fanion de l'American League pour la première fois depuis 1946. On ne peut pas imaginer à quel point c'était important pour un gamin de onze ans.

« Maintenant que j'étais le petit livreur du respectable *Boston Globe* dans notre quartier, je commençais à avoir un regard de propriétaire sur le journal. Tous les matins, après avoir fini mon circuit, je parcourais ses feuilles pour m'informer sur la guerre du Vietnam et les Red Sox. Et tous les samedis, j'allais à vélo au *Wellesley News* et remettais au gros type mes six bordereaux. En échange, il me tendait 3 dollars que je rangeais dans le coffret métallique caché derrière un panneau secret de ma chambre. Je ne

1. Le Rêve impossible de la saison 67, c'est la naissance de la Red Sox Nation.

savais pas quoi faire de cet argent, étant donné que mes parents me payaient tout ce que je voulais. Je voulais juste avoir de l'argent. Beaucoup d'argent. J'ai été élevé pour être un bon petit capitaliste.

« Mais Chip avait raison. Les chiens m'ont attaqué, bien sûr. Tous les matins, environ à la moitié de ma tournée, un terrier hargneux déboulait d'une galerie pour s'en prendre à mon vélo. Plantée sur sa véranda, la propriétaire, une vieille dame, grondait son chien d'une voix frêle et me criait d'hypocrites excuses, tandis que le vicieux petit clébard me courait après, bondissant pour mordre le sac. Parfois, il réussissait à s'accrocher et restait suspendu par les crocs, se balançant comme un pendule pendant que je pédalais comme un fou en tentant de l'éjecter.

« Tous les jours, le journal chroniquait l'emballement qui accompagnait la glorieuse ascension des Red Sox, match après match, vers le Rêve impossible, et tous les jours aussi il rapportait l'étrange, violente et absurde guerre du Vietnam. Il y avait des listes d'Américains tués au combat, des papiers sur les bombardements intensifs, les offensives et contre-attaques, les collines prises, les collines perdues, les manifestants dans les capitales. Tout ça mélangé avec des nouvelles de Yaz marquant un nouveau *home run* et de Lonborg réalisant un match sans point ni coup sûr. Et puis il y avait les photos : largage de bombes, villages incendiés au napalm, des gars terrifiés sur des civières avec des bandages trempés de sang, des soldats tapis dans des trous de jungle de la boue jusqu'aux cuisses, des politiciens braillant et fouaillant l'air de leurs mains. Le *Globe*, comme d'autres journaux de l'époque – certains parmi vous doivent s'en souvenir, non ? – commençait à couvrir la guerre avec une précision crue et impitoyable.

« Jamais, pas une fois, dans aucun des papiers que j'ai lus, je n'ai pu trouver une explication du pourquoi de cette guerre. Même mes parents semblaient avoir du mal à me l'expliquer, parlant de dominos et autres folles absurdités. Avions-nous été attaqués ? Y avait-il une raison de combattre ? Qui étaient les Vietcongs et pourquoi voulions-nous les tuer ? Où était le Vietnam ? Jusqu'alors la guerre aurait pu se dérouler sur une autre planète, mais soudain voilà qu'elle était là tous les matins, dans mon salon, et que la mort surgissait des pages fraîchement encrées du *Globe* ! Les gros titres sur la guerre se succédaient, semaine après semaine, avec les articles sur le Rêve impossible. Depuis ce temps-là, les deux se sont confondus dans mon esprit. Les Red Sox étaient une histoire qui faisait sens, le parcours d'un héros américain. Elle avait un début, un milieu et une fin. Elle avait un arc moral bien clair et était née d'un univers ordonné. Petit, je comprenais ce type d'histoires. Mais le Vietnam était le contraire, différent de tout qu'on m'avait jamais raconté. Juste un mouvement de troupes vain et meurtrier à travers une sinistre géographie. L'histoire des Red Sox s'était assombrie à la fin, quand ils avaient perdu les World Series, mais au moins je comprenais ce type d'échec, autant que je l'avais en horreur. Au Vietnam, on perdait ou on gagnait ? Il n'y avait aucun moyen de le savoir.

« Fin octobre sortit le gros titre qui m'a carrément sidéré :

UN PRÊTRE AINSI QUE DEUX AUTRES PERSONNES
VERSENT LEUR SANG SUR DES DOSSIERS
DE CONSCRIPTION

« Ce titre est paru à la une, illustré d'une photo d'un prêtre catholique, le père Philip Berrigan, versant un flot de sang d'une bouteille en plastique dans un classeur métallique à tiroirs ouvert, l'air aussi concentré que Julia Child, à la télévision, versant du lait dans un saladier rempli de farine pour faire un gâteau. L'article expliquait : « Avant de verser le sang contenu dans de petites bouteilles en plastique et après leur geste, ces hommes ont distribué un tract disant qu'ils agissaient ainsi pour protester contre "les terribles saignées américaine et vietnamienne à quinze mille kilomètres de distance. Nous versons notre sang volontairement dans l'espoir d'accomplir un acte sacrificiel constructif." »

« J'avais peine à y croire. Son propre sang ! Comment l'avait-il fait couler de ses veines sans mourir ? Un prêtre, pas moins ! J'étais profondément ébranlé. Était-il possible que les adultes aux commandes ne sachent pas ce qu'ils faisaient ? Des adolescents à peine plus vieux que moi se faisaient exploser sans aucune raison avérée, dans une jungle inconnue à l'autre bout du monde.

« Au fil des mois, la guerre et le chaos ont empiré. Les manifestations s'amplifiaient et le pays se délitait. En janvier 1968 eut lieu l'offensive du Têt, en mars le massacre de My Lay, en avril l'assassinat du pasteur Martin Luther King, en mai deux mille jeunes Américains perdirent la vie pendant le mois le plus sanglant de la guerre, en juin assassinat de Bobby Kennedy, en août émeutes contre la police lors de la Convention nationale démocrate à Chicago. J'étais horrifié et troublé, mais mes amis semblaient tous inconscients et vaquaient à leurs affaires comme si de rien n'était. J'ai commencé à me sentir à part, voire étranger.

« L'année 1968 a été celle de ma majorité, celle qui a défini ma génération. Quand on est jeune, on a l'impression que la vie est le début d'un Rêve impossible, nouveau, magnifique, prometteur. Et puis on grandit et on comprend que c'est de la merde. Au sortir de l'enfance, on se retrouve sur un navire piloté par des fous et des canailles, ballotté sur des flots sombres, à la dérive et désorienté, sans carte.

S'interrompant, Ramoz a tiré un mouchoir d'une poche et s'est épongé le front et le visage, puis il s'est essuyé la bouche.

— Rien n'a changé. Regardez le monde aujourd'hui, regardez notre hégémonie ! Elle disparaît, a-t-il coassé en imitant la voix du président. Ce sera une grande victoire.

— Euh, merci de ton histoire, a dit Eurovision. Je suis un supporter des Yankees, navré de le dire. Mais quand même… merci pour ce rappel de l'absurdité et de la complexité du monde.

Eurovision, l'éternel optimiste, était ébranlé par son récit, je le voyais bien, et le dissimulait sous un commentaire du style club de lecture.

Ramboz a haussé ses sourcils broussailleux.

— Un supporter des Yankees ? Je suis vraiment désolé pour toi.

Eurovision a offert son plus beau sourire, mais leur conversation a été interrompue par une voix tonitruante que je ne connaissais pas.

— Ouais, j'entends ce que vous dites sur les horreurs de la guerre, mais vous, vous habitiez dans une jolie ville de banlieue quand vous livriez vos journaux. Certains d'entre nous les ont vraiment vécues…

— Qui est-ce ? s'est enquit Eurovision, plissant les yeux pour voir au-delà du halo des bougies. On ne vous voit pas…

Un gars balèze est apparu entre la Dame aux Anneaux et Darrow, agrippé à un fauteuil trop petit. Barbe noire, du 3E. Il a repoussé son siège en arrière, puis s'est rassis en équilibre précaire, tandis que les autres bougeaient légèrement pour maintenir la distance de sécurité.

— Et là ? Vous pouvez me voir et m'entendre maintenant ?

Oui on pouvait, presque trop bien. Son ton était sarcastique. Il n'était plus très jeune, la quarantaine peut-être, un court bouc noir, le crâne rasé, un visage si profondément émacié qu'on l'aurait dit ciselé dans le bois.

Barbe noire a poursuivi :

— J'ai une histoire de guerre et de sexe, les deux activités les plus stupides et les plus destructrices des êtres humains.

Il a marqué une pause et, comme personne ne formulait d'objection, il s'est jeté à l'eau.

— Ça pourrait être Trump et l'actrice porno Stormy Daniels ou Jeff Bezos et ses *dick pics*, ses photos de bites, mais je vais vous dire, le sexe est l'ennemi juré du bon sens, c'est comme ça. Mon père m'a dit un jour : « Certains hommes sauteront d'une falaise s'ils croient pouvoir tomber sur la bonne personne. » Je vais vous donner un exemple.

« J'ai été envoyé en Irak en 2004. Vingt ans et paré pour l'instruction, j'ai retenu quelques leçons, laissez-moi vous le dire. C'était encore le Far West là-bas. Ils nous haïssaient tous, les Irakiens, certains plus que d'autres, mais on ne savait pas qui était notre ennemi, si c'était un jeune étudiant barbu ou une mamie en burka.

« Dans ce genre d'endroit, il y avait beaucoup de choses dont on ne voulait pas parler, du genre : comment on n'avait pas vraiment d'amis, ou qui s'était fait arracher une main et un pied la veille. Ou comment personne à Washington ne savait même ce qu'était ce bordel. Du coup, quand on était ensemble, les mecs célibataires parlaient beaucoup de sexe, et comment ils en avaient salement envie, et comment faire, comme toujours avec les soldats. Tout le monde ne tenait pas à entendre ça. Les gars mariés et les gars religieux, beaucoup d'entre eux essayaient de les faire taire, et ils avaient de l'autorité, et puis une partie des gradés a fait savoir que nous devions garder ces conversations pour nous s'il y avait des troupes féminines dans les parages. Mais les célibataires, ils geignaient entre eux, complotaient et tiraient des plans sur la comète. Le genre de guerre que c'était, où on ne savait jamais où était le front et où un engin piégé pouvait péter au beau milieu d'un poste de commandement, semblait aiguiser les appétits sexuels de certains gars, étant donné que le simple fait d'aller se coucher le mauvais jour pouvait se révéler risqué.

« On avait un sous-lieutenant venu diriger notre section. Ce n'était pas un mauvais bougre, comparé à la galerie de connards qu'on trouve parfois dans l'armée, mais il était trop brillant pour être sympathique. Tout droit sorti de West Point, il ne connaissait que le règlement. Il circulait à vélo, pour qu'on puisse dire qu'il avait déjà mené des combats, avant qu'on l'envoie dans la Zone verte où il pourrait devenir le chef d'état-major d'un colonel pour le restant de la guerre.

« Au bout d'un mois qu'il était là, il a commencé à rôder dans les quartiers militaires. Il avait quelque chose en tête. Finalement, il nous a sorti : « Où un homme va-t-il ici pour satisfaire ses besoins ? » Je n'ai pas répondu, personne n'a répondu, mais à la seconde fois qu'il a posé sa question, un gars, Mallory, un garçon de ferme de l'Idaho qui était en fait assez marrant, Mallory donc lui a montré du doigt un élevage de chèvres juste à la périphérie de la base militaire. Le lieutenant a toisé Mallory comme s'il avait coulé une bielle, Mallory continuait à hocher la tête, et puis le lieutenant s'est contenté de s'éloigner, furieux.

« Une ou deux autres semaines se sont écoulées. Et un soir où on jouait aux cartes, je crois, le lieutenant est entré dans la tente, fou de rage, il cherchait Mallory. Le lieutenant avait une sorte de gros nœud hideux sur la tête avec un peu de sang qui gouttait. Mallory s'exclame : « Qu'est-ce qui vous est arrivé, mon lieutenant ? » et le lieutenant lui répond : « J'ai été chargé par une putain de chèvre, voilà ce qui m'est arrivé, j'ai du pot de ne pas être mort ! »

« Il n'y avait rien qu'on puisse faire, les gars de la chambrée, on a juste éclaté de rire, si fort que les gars en tombaient de leurs chaises. Finalement, un farceur claironne pendant qu'il a le dos tourné : « C'était avant de la baiser ou après, chef ? »

« Je veux dire, c'était la première fois qu'on riait de bon cœur depuis des semaines, même le lieutenant souriait. Mallory, lui, bégayait, et un caporal du nom de Jonas, qui voyait bien que ça risquait de mal finir, a mis son bras sur l'épaule du lieutenant en disant :

« — Pas le bétail, chef. Vous allez à la cabane du fermier pour voir si une de ses quatre filles n'a pas envie de se faire un peu d'argent de poche.

« — Enfin, bon Dieu, répondit le lieutenant, vous auriez pu vous expliquer, Mallory !

« — Oui, chef, dit Mallory.

« À peine quelques jours plus tard, en pleine nuit, on nous dit qu'un hélicoptère médical arrive, et quand l'hélico se pose, deux gars accourent avec une civière, à la lumière j'ai vu que c'était le foutu lieutenant. Il était allé frapper à la porte du fermier. Des paroles avaient été échangées, aucun des deux ne parlait la langue de l'autre, mais le fermier avait pigé, il est allé chercher une arme et a dit au lieutenant de dégager. Et le lieutenant, un jeune crétin, je ne sais pas avec qui il a parlé, mais le bruit a couru que le gars était assez excité pour croire n'importe quoi, et quelqu'un l'a persuadé qu'il n'avait juste pas eu de pot, d'habitude c'est une des filles qui vient ouvrir. Alors le lieutenant y est retourné et s'est fait plomber son petit cul de West Point. Quand l'hélico a redécollé, aucun de nous ne savait s'il allait s'en tirer.

« Bref, alors le commandant s'en est mêlé, parce qu'il ne pouvait pas tolérer qu'un fermier irakien tire sur un officier américain. Un des sous officiers a jugé que c'était allé assez loin et est monté raconter toute l'histoire au commandant. Il s'avère que l'oncle du lieutenant est un trois-étoiles au Pentagone, personne n'allait faire remonter à la hiérarchie l'histoire d'un jeune lieutenant qui s'était fait tuer en cherchant l'amour là où il ne fallait pas.

« Alors on a raconté qu'Al-Qaida en Irak avait tendu un leurre dans notre périmètre et que le lieutenant avait été allumé par ces putains de terroristes en commandant une patrouille. Le malheureux fermier a été assez futé pour se sauver avant que le renseignement militaire lui mette la main dessus, mais Dieu seul sait quand il a pu revoir sa ferme ou sa famille, ou même ses chèvres ! Jonas est redevenu deuxième classe, et nul ne savait où diable ils avaient envoyé Mallory.

« Le lieutenant, qui avait stationné deux mois à Ramstaad, s'en est sorti avec un Purple Heart, un sac de colostomie et quelque autre médaille. Il a été renvoyé aux États-Unis, où on l'a traité en putain de grand héros. Il est sans doute général à l'heure qu'il est, je n'en sais rien. C'était un an avant que les militaires du rang ébruitent cette histoire, seulement quand il n'y avait aucun officier à la ronde, et la morale de l'histoire c'était que les gens sont les mêmes partout. Dis-moi où c'est, Bagdad ou Paris, l'Arkansas ou Beverly-freaking-Hills, qu'on peut se pointer chez un gars et lui proposer 20 dollars pour baiser sa fille en pensant qu'on ne va pas se faire exploser le cul…

— Ce n'est pas une histoire, a protesté Eurovision en pleurant de rire, c'est une légende urbaine ! Chargé par une chèvre ! Oh, mon Dieu, j'adore !

— L'Irak m'a plutôt bousillé, a confié Barbe noire, et je n'ai même pas été blessé. Le simple fait d'être là-bas, sans savoir où était l'ennemi, sans savoir dans quel tas d'ordures était dissimulée une bombe, haï de tout le monde. Tu franchis les barbelés dans ces monstrueux blindés, et tous les petits gosses du village alignés au bord de la route te caillassent. Des gosses traumatisés par la guerre qui était censée les sauver. *Nous* sommes censés les sauver. Quand vous voyez ça, ça vous dérange la cervelle.

— La guerre, c'est la rencontre de la brutalité et de la farce, a déclaré Vinaigre d'un ton sec. Ça fout en l'air aussi tout le monde à la maison, les gosses, les femmes, les grands-parents, les amis. Tout le monde.

J'ai eu comme l'impression qu'elle avait des raisons personnelles de détester la guerre.

— Sans savoir où est l'ennemi mortel… Cette situation semble assez familière en ce moment, a fait observer à haute voix la Thérapeute. Cette incertitude, le tourbillon d'un danger permanent nous entoure, même si le virus ne porte pas d'armes. Ça va entraîner tant de traumatismes durables !

— C'est bon pour les affaires, j'imagine, hein ? a ironisé Eurovision avec un rire gêné.

La Thérapeute lui a décoché un regard mauvais. Il a toussoté gauchement en guise d'excuse.

— Mais, sérieux, ça me rappelle une histoire de traumatisme, a-t-il repris. Ça remonte à longtemps, mais je n'ai jamais pu me la sortir de la tête. Elle semble même tout à fait pertinente aujourd'hui. Je peux ?

— On n'en a pas marre des traumatismes et de la guerre ? a lancé Florida. Et pourquoi pas une belle histoire pour changer, une histoire édifiante ?

— Oh, s'il te plaît ! a protesté Vinaigre, s'en prenant à elle. Une belle histoire ? Ça n'existe pas. Au diable les belles histoires ! La vraie vie consiste surtout en traumatismes et émotions. Alors, ouais, maintenant, écoutons une histoire vraiment moche !

Le silence est tombé, tout le monde s'attendait à ce que Florida explose. C'était comme si on avait allumé la mèche d'une bombe, et qu'on la regardait tous se consumer dans son emballage.

Florida s'est tournée lentement vers Vinaigre, le visage contracté, le corps figé par la colère.

— Alors tu n'aimes pas les belles histoires ? Tu penses qu'il nous faut davantage de violence, de haine, de racisme ? (Elle se mit à rassembler ses affaires avec soin.) Très bien. Les amis, je vous laisse ajouter du malheur au monde avec vos récits. J'ai ma dose. Merci à toutes et à tous, mais j'en ai fini avec ce pseudo-colloque sur le toit !

Après un instant de stupéfaction, Eurovision a pris la parole :

— Attends, ne t'en va pas. Tu ne peux pas nous laisser.

— Pourquoi pas ?

— Deux ou trois histoires sont peut-être allées un peu trop loin, a-t-il répondu. Mais c'est juste… On peut s'améliorer. Ce qu'il faut, c'est montrer plus de respect les uns envers les autres.

Il a regardé autour de lui, l'air affolé. Malgré tout son cinéma de maître de cérémonie, il était clair qu'il se souciait de la petite communauté que nous avions constituée sur le toit. Il s'est tourné vers Vinaigre.

— Jennifer, c'était un peu dur ce que tu as dit tout à l'heure, tu ne trouves pas ? Ne gâchons pas une affaire qui roule.

Voilà le chef scout de retour ! D'abord, Vinaigre n'a rien dit, les mains étroitement jointes. Mais, au bout d'un moment, elle a balbutié à la va-vite :

— Ne le prends pas mal, Florida !

— Bien, a dit Eurovision. Là, tu les as, tes excuses.

Florida a continué à ranger ses affaires.

— Nous sommes des naufragés, a déclaré la Dame aux Anneaux. Une bande d'inconnus échoués, venus d'un monde détruit. Et maintenant nous sommes coincés les uns avec les autres sur une île déserte, que ça nous plaise ou non. « Pardonne tout à tout le monde », comme disait maman. Reste avec nous, s'il te plaît.

Mais Florida était de marbre. Un instant plus tard, serrant contre elle son paquetage, elle disparaissait par la porte déglinguée.

Après un petit silence gêné, Eurovision a commencé une histoire, d'une voix forte et tendue.

— Quand j'ai entamé mon troisième cycle universitaire, je me suis lié d'amitié avec un jeune couple hétéro qui venait d'adopter un lapin de compagnie. Quand je dis jeune, je veux dire que tous les deux étaient fraîchement diplômés. De Harvard, pour être exact. L'histoire dit qu'elle était rédactrice au *Harvard Crimson* et avait été chargée de recenser une production de premier cycle d'une pièce de Shakespeare où lui jouait. Elle vit la pièce et prit des notes, mais au bout du compte elle la détestait. Dans son article, elle éreinta sa prestation, la qualifiant de « tarabiscotée » et « à l'eau de rose ». Ce qui le blessa. Un après-midi, il fit irruption dans les bureaux du *Crimsom*, où il la trouva en train de boire une tasse de thé, et défendit son interprétation du rôle. Elle demeura impassible, lui conseillant de passer à autre chose, ce n'était qu'une critique d'une petite pièce nunuche, il y avait d'autres sujets d'inquiétude plus importants. Il l'invita à dîner, elle déclina. Il était tenace, ce qu'elle trouva agaçant, j'imagine, mais elle finit par accepter son invitation, ne serait-ce que pour avoir la paix. Trois ans plus tard, ils se retrouvaient devant un bâtiment officiel d'Iowa City, tentant de trouver deux inconnus qui accepteraient d'être leurs témoins de mariage. Cette démarche semble assez simple, mais, apparemment, les habitants de l'Iowa prennent cette affaire de témoins de mariage très au sérieux. Impossible de trouver deux volontaires, alors ils roulèrent trois heures vers l'Illinois, un État qui, pour une raison ou une autre, n'exige pas de témoins.

« Mais le fin mot de cette histoire ne tient pas aux témoins, ni à la ténacité, ni au mariage, ni aux amours de jeunesse. Il tient au traumatisme, on n'en est pas encore là. Rappelez-vous le lapin de compagnie que j'ai mentionné plus haut. Mon amie et son nouveau mari adoraient les animaux. Ils avaient déjà un chat. Le chat et le lapin cohabitaient harmonieusement, ils décidèrent donc de prendre un autre lapin. Où est le mal ? pensèrent-ils. Ou peut-être que cette pensée ne leur est même pas venue à l'esprit…

« Et c'est là que l'histoire déraille. Quand elle rentra à la maison avec le nouveau lapin et le mit dans la cage qu'il devait partager avec l'autre, elle disposa un bol de carottes et de laitue fraîches. Mais au lieu de manger, les lapins se battaient. Ils couinèrent tout l'après-midi, puis toute la nuit, en échangeant des coups de griffes. Sortie prendre un verre quelques jours plus tard, après un séminaire en soirée, mon amie nous a confié qu'elle était à bout de nerfs. Elle et son mari ne dormaient plus parce qu'ils craignaient que les lapins ne s'entretuent. Ils ne savaient plus quoi faire.

« Personne ne voyait quoi lui conseiller. L'un d'entre nous lui recommanda d'arrêter les frais et de donner le nouveau lapin à adopter. Un autre préconisa de les garder tous les deux mais dans des cages séparées. Peut-être, suggéra un troisième, leur fallait-il des gamelles individuelles pour l'eau et la nourriture ? Non, dit quelqu'un, ce qu'il faut, c'est les amener dans un champ et les libérer. Ce sont des lapins, après tout. On tentait tous notre chance, comme vous pouvez le voir.

« Une semaine s'est écoulée. Quand on a bu un pot à la fin du séminaire, comme c'était devenu notre rituel, elle nous a raconté qu'en cherchant sur Internet, elle avait trouvé une thérapeute comportementaliste du lapin, qui prenait 200 dollars, payables d'avance, et son site web, d'après mon amie, présentait plusieurs témoignages de clients. Peut-être est-ce le New-Yorkais en moi qui m'a appris à me méfier de quiconque promet des remèdes miracles, mais j'ai été choqué que deux étudiants en littérature anglaise sortis de Harvard – des personnes qui à coup sûr avaient lu Chaucer – soient prêts à se faire arnaquer par une pseudo-chuchoteuse à l'oreille des lapins. J'étais furieux contre elle, même si je n'ai rien dit parce que je crois en général que, s'agissant de la manière dont un ou une adulte choisit de dépenser son argent, il vaut mieux garder son opinion pour soi. Si mon amie et son mari avaient envie de dépenser 200 dollars pour une thérapeute de lapins, de quel droit le leur interdirais-je ?

« La semaine d'après, nous attendîmes impatiemment la mise à jour de la saga des lapins. Je vais vous répéter ce que la chuchoteuse à l'oreille des lapins a recommandé à mon amie : premièrement, achetez une boîte en carton et percez de petits trous sur les côtés, assez grands pour que les lapins puissent respirer mais trop petits pour qu'ils puissent s'échapper ; deuxièmement, placez un torchon à l'intérieur, au cas où les lapins se pisseraient dessus ; troisièmement, mettez les lapins dans le carton, fermez celui-ci, retournez-le doucement deux ou trois fois, puis posez le carton sur la banquette arrière de votre voiture, et enfin vous tournerez en rond dans le quartier pendant une heure approximativement ou jusqu'à ce que vous en ayez marre, en vous arrêtant de temps à autre pour retourner délicatement le carton sur un autre côté. Une fois rentrée à la maison, ouvrez le carton. Vous trouverez vos lapins calmes, pris d'une affection renouvelée l'un pour l'autre.

« Selon cette théorie, nous a expliqué mon amie, les lapins se rapprochaient autour de cette expérience partagée du trauma et vivaient en paix le reste de leur vie.

« — Ça a marché ? avons-nous demandé.

« — Oui, a répondu mon amie.

« Ils étaient officiellement liés.

« Les nuances de la création de liens entre lapins à partir d'une expérience traumatique partagée sont quelque chose à quoi je croyais ne plus jamais repenser. En fait, si je suis tout à fait honnête, j'ai quasiment oublié cet incident jusqu'à l'année suivante, quand un ami complètement différent m'a appelé de Chicago, où il vit avec son mari et leur lapin de compagnie.

« — Nous avons accueilli un autre lapin, m'a-t-il dit. Et Liam n'en veut pas.

« Leur premier lapin s'appelle Liam, parce que mon ami est le genre de personne à donner des prénoms humains à des animaux de compagnie.

« — Oh, non ! m'écriai-je. Laisse-moi deviner : ils s'entretuent.

« Mon ami était exaspéré, il voulait savoir comment je le savais.

« — Liam n'a jamais été comme ça, c'est incroyable, pesta-t-il. Ce n'est pas comme ça qu'on imaginait les choses.

« — Écoute, dis-je.

« Et je lui expliquai que je savais exactement ce qu'il lui fallait. Ça peut paraître dingue, mais tout ce qu'il lui fallait, c'était un carton, un torchon (ce qui semblait facultatif dans le grand ordre des choses) et une voiture.

« — Nous n'avons pas de voiture, objecta-t-il. Nous habitons Chicago, nous nous déplaçons toujours à vélo.

« Je lui ai expliqué que la voiture était nécessaire pour le succès du plan, il devrait donc faire appel à un ami ou en louer une pour la journée.

« J'entendis de la réticence dans son soupir.

« — Fais-moi confiance, plaidai-je. C'est un exercice pour tisser des liens. Tu vas traumatiser tes lapins.

« — Les traumatiser ?

« — Tu as juste à me faire confiance, insistai-je.

« Là-dessus, je lui ai fourni tous les détails, comme si j'étais un thérapeute comportementaliste du lapin agréé extraordinaire.

« Quelques jours plus tard, je recevai un texto : MERCI !!! Mon ami et son mari avaient appliqué le plan avec la précision d'un laser au diamant. Et ça marchait, parce que bien sûr ça marchait. Ils étaient ravis. Les lapins, d'après eux, étaient des anges désormais, ne faisant du grabuge qu'à l'occasion lorsqu'ils rongeaient les plantes vertes de la maison, dont ils avaient désormais besoin pour se déplacer sur les plans de travail. Mais ce sont les risques du métier, m'ont-ils rappelé.

« — J'ai réfléchi au traumatisme, m'a dit mon ami au téléphone.

« — Traumatisme humain ou traumatisme animal ? j'ai demandé.

« — Non, a-t-il répondu, juste le traumatisme ordinaire, celui qu'on partage…

« — Du lourd, j'ai dit.

« — Tu savais que les gens qui ont partagé un traumatisme, par exemple survivre à un incendie ou à un accident d'avion, voire quelque chose de plus modeste comme le fait d'être coincé dans un ascenseur en chute libre, tu savais que ces gens se retrouvent de temps à autre, disons par exemple tous les ans, pour des réunions genre commémoratives ?

« Je ne le savais pas.

« — Eh bien, c'est vrai, affirma-t-il.

« Je l'ai cru. Et voilà le rebondissement final qui fait que cette histoire se tient. Vous voyez, afin de comprendre mon ami et son intérêt pour le traumatisme, il vous faut connaître l'histoire de notre rencontre et les raisons de son départ.

« On s'était rencontrés à Barcelone six ans plus tôt. Nous étions tous deux des expatriés américains qui avions enseigné l'anglais après l'université. Ces années ont été oisives et libératrices : fêtes sur la plage, fêtes sur les toits-terrasses, fêtes à la maison, j'en passe. Il était plutôt un homme à femmes, je crois qu'il avait couché avec toutes ou presque toutes les Américaines de notre groupe de professeurs d'anglais. Nous étions amis depuis six mois quand il m'annonça qu'il remettait en question sa sexualité et me demanda si je voulais bien l'accompagner dans un bar gay. Bien sûr, j'ai dit oui et l'ai emmené dans une des plus grandes *discotecas* gay, où il s'est envoyé un peu d'ecstasy dans les toilettes, mais c'est là une tout autre histoire, à réserver pour un autre jour. Quelques mois plus tard, j'ai appris via un tiers que mon ami avait quitté Barcelone sans dire adieu. Il avait également fermé ses comptes sur les réseaux sociaux. J'étais triste d'avoir perdu un ami et me demandais si j'entendrais un jour reparler de lui.

« Deux ans plus tard, quand je suis rentré aux États-Unis pour entamer un troisième cycle universitaire, il m'a contacté pour m'informer qu'il habitait désormais Chicago et vivait avec l'homme qui est aujourd'hui son mari. J'étais très heureux pour lui mais, bien sûr, curieux de savoir pourquoi il avait quitté Barcelone sans prévenir. C'était une triste histoire, m'avait-il dit. Mais, après quelques tentatives, je finis par le convaincre de me raconter ce qui s'était passé pendant ces derniers mois à Barcelone.

« Il avait emménagé dans un nouvel appartement qu'il partageait avec son propriétaire, lequel possédait aussi une petite boutique au rez-de-chaussée. Le proprio avait une jeune maîtresse qui n'était pas sa femme. Selon lui, sa femme, toujours absente, avait sombré dans une vie de prostitution et de drogues dures, et il n'avait aucune envie de partager ce genre de vie.

« Un soir, mon ami avait une question à poser au propriétaire. Il s'approcha de la porte de sa chambre, légèrement entrebâillée, et frappa. Au moment où la porte s'ouvrait, mon ami le vit avec sa maîtresse dans la pièce, dans une position compromettante. Elle pleurait, mon ami eut la certitude qu'il la brutalisait. Bouleversé parce que ça se passait dans l'appartement où lui-même vivait, il me dit qu'il sentait – non, il savait – qu'il lui fallait intervenir mais se demandait comment. À court de solution, il envoya un courriel à son ancienne professeure de psychologie qui avait consacré sa vie à des recherches sur les effets du traumatisme sur la psyché humaine.

« L'enseignante lui répondit avec empathie et compassion, le prévenant qu'en réalité la situation se résumait à un choix entre deux très mauvaises options. Selon elle, il ne pouvait y avoir que deux éventualités : ou la jeune femme continuait à vivre avec le propriétaire, ou bien elle s'en allait seule, sans abri ni sécurité. Si elle partait toute seule sans ressources pour subvenir à ses besoins, il était probable qu'elle serait victime de trafic, subirait des abus encore plus graves et finirait par sombrer dans la drogue et devenir travailleuse du sexe. Si elle continuait à vivre avec le propriétaire abusif, elle pourrait peut-être, au fil du temps, mettre de côté assez d'argent pour trouver le chemin de la sortie.

« — Il n'y avait rien que je puisse faire, me dit mon ami.

« Il était persuadé que sa professeure avait raison. La maîtresse aurait probablement plus de chances de s'échapper si elle continuait de vivre chez son bourreau.

« Je peux vous dire que cette perspective le dévastait. Je n'avais aucune idée de l'horreur à laquelle mon ami était confronté à l'époque.

« Mais, alors même qu'elle le forçait à ouvrir les yeux sur cette désagréable vérité, la professeure de psychologie lui avait lancé une bouée, l'invitant à revenir à Chicago pour travailler avec elle comme maître assistant. Elle avait besoin de faire du travail de terrain, en interrogeant des femmes du quartier de Mount Greenwood sur leur expérience des abus domestiques sous le vernis de la richesse. Il quitta rapidement Barcelone, sans se retourner. Et pendant qu'il était à Mount Greenwood, il rencontra celui qui devint plus tard son mari.

« Peut-être qu'il faut tirer de cette histoire une drôle de lueur d'espoir : d'un traumatisme peut potentiellement naître une relation. Peut-être les choses venaient-elles de s'aligner pour lui, il était capable de déménager à Chicago pour rencontrer l'homme de ses rêves. Parfois, je me demande s'il pense encore à cette jeune personne de Barcelone. Moi je sais que j'y pense, je me demande si elle va bien. Je n'ai pas partagé leur situation traumatique, pas plus que je n'en ai été témoin, mais quand mon ami m'a conté son histoire, j'ai eu l'impression que nous en partagions le poids. Pour nous, il n'y a pas d'événements annuels pour commémorer notre tristesse, la façon dont le monde, malgré ses beautés et ses menues merveilles, nous révèle les diverses manières dont des gens peuvent en brutaliser d'autres. C'est une triste leçon à retenir, de celles qu'on trimbale partout avec soi. Nous ne sommes pas des lapins, à tourner en rond, enfermés dans une caisse recouverte d'une couverture, et pourtant il y a certaines choses inexprimables qui nous lient en ce monde.

« Ma question est la suivante : si les lapins peuvent créer des liens autour de l'expérience partagée d'un carton, pourquoi pas nous ?

Tandis que la question d'Eurovision restait en suspens, des sirènes ont déchiré les airs dans Bowery Street, un trio d'ambulances en route vers le Presbyterian Hospital. Elles étaient exceptionnellement sonores, assourdissantes même, ponctuées de coups d'avertisseur. Nous avons marqué une pause, en attendant que le vacarme, qui résonnait, déformé, dans les cañons urbains, diminue et cède la place aux cloches de la cathédrale de Saint-Patrick.

Sans un mot de plus, nous nous sommes séparés pour la soirée.

J'ai passé plusieurs heures à transcrire tout ce qui s'était passé ce soir-là, puis j'ai éteint la lumière et me suis allongée sur mon lit.

Le silence régnait dans l'appartement du dessus. Ça me perturbait autant que les bruits de pas, attendre leur venue me rendait encore plus insomniaque. Couchée là, j'ai été envahie par la crainte paranoïaque que, quel que soit celui qui avait déambulé là-haut, il était peut-être mort.

Au bout d'un moment, comme ma parano s'aggravait, je n'ai plus pu le supporter. Je me suis relevée en nage, j'ai grimpé à l'étage et me suis introduite dans l'appartement juste pour m'assurer qu'il n'y avait pas de corps en putréfaction dans un coin. Mais les lieux étaient vides et tranquilles : même carreau cassé, mêmes meubles bon marché, même sol poussiéreux. Je suis redescendue me coucher, plus que jamais convaincue qu'il y avait des fantômes qui allaient et venaient là-haut, vaquant avec diligence à leurs affaires surnaturelles. Retournant notre cage à lapins.

Jour 7

6 AVRIL

Une nouvelle ligne de graffitis était apparue sur le mur de la fresque, tracée d'une petite écriture précise.

À Rome, les morts vêtus de leur linceul, désertant leurs tombeaux, répandirent leurs chuchotements dans les rues.

Shakespeare. Je savais que ce devait être lui, mais de quelle pièce, je n'en avais aucune idée. J'avais adoré le cours sur Shakespeare que je suivais au lycée, même si j'ai failli échouer au contrôle à cause de toutes les merdes personnelles qui m'étaient arrivées au second semestre, avant mon décrochage.

Je me suis postée à ma place habituelle en essayant de fuir le regard d'Eurovision. J'étais sûre qu'il brûlait de me demander de prendre la parole et s'impatientait sans doute de ma réserve, mais je n'avais aucunement l'intention de me lever devant tout le monde. J'avais pourtant caché la lettre chiffonnée dans ma bible, prête à la ressortir au cas où je serais coincée. Surtout, j'espérais qu'ils continueraient à m'ignorer. Les Singapore Slings m'avaient fichu la gueule de bois la veille, je me suis donc calmée et j'ai préparé une sangria avec une bouteille de vin ordinaire. J'avais remarqué qu'on se torchait grave sur le toit. Si ce truc durait plus longtemps, on allait tous finir alcooliques.

Ce jour-là, la nouvelle est tombée que tous les camions frigorifiques stationnés dans le Queens débordaient de cadavres, et qu'un hôpital de campagne avait même été installé dans Central

Park. Plus nous évitions tous de parler de la pandémie, plus, sous la surface, la peur devenait palpable. Les gens venaient toujours. Tout le monde respectait religieusement la distanciation sociale de deux mètres et l'interdiction absolue de tout contact, mais quand même, j'espérais qu'on ne se condamnait pas les uns les autres à une mort invisible là-haut, en nous racontant des histoires tous les soirs.

Pour ajouter à la tension, j'étais désormais à court d'ampoules électriques. Je n'allais certainement pas sortir faire des courses, et je ne pouvais pas non plus joindre au téléphone le propriétaire ou ses laquais de gestionnaires. Peut-être qu'ils étaient tous au Manoir Vert Caca avec papa. Les lumières de l'immeuble n'avaient plus qu'à griller les unes après les autres, j'imagine. Ça semblait approprié, en un sens. Le sentiment d'hostilité que je percevais chez les locataires avait sûrement quelque chose à voir avec l'état du bâtiment, et j'aurais voulu leur taper sur la tête en criant que ce n'était pas ma faute. Même si, et c'était tout à leur honneur, personne ne s'était exprimé ouvertement. Dans des circonstances normales, une bande de New-Yorkais cloîtrés ensemble dans un immeuble comme celui-là se serait déjà révoltés.

Pendant que le reste des résidents se rassemblait, je me suis absorbée dans ma thérapie arithmétique habituelle. Aujourd'hui, le nombre de cas dans l'État s'élevait à 130 689, avec 4 758 décès. Le gouverneur Cuomo affirme que la pandémie atteint un pic. Tout le monde est en pâmoison devant Cuomo et, ouais, peut-être qu'il est meilleur que le gars de la Maison-Blanche, mais moi je pense que c'est juste un beau parleur qui boit du petit-lait quand il passe à la télévision. C'est un imposteur, comme son frère. Le nombre total des décès aux États-Unis a dépassé 10 000 sur 347 000 cas. Les chiffres deviennent inconcevables. Le *Times* a révélé qu'une tigresse malaise appelée Nadia du zoo du Bronx avait attrapé le Covid. Pendant ce temps, la Chine, pour la première fois depuis le début de la pandémie, signale qu'elle n'a aucun nouveau décès… Du moins, c'est ce qu'elle prétend.

Les mensonges s'épaississent.

Je pensais que les infos finiraient par chasser les gens du toit, mais il y avait plus de monde que jamais ce soir.

Eurovision, lui, a débarqué avec son habituelle fanfare, gratifiant chacun d'un *ciao ciao*, s'affairant, saluant de la main de-ci de-là, une vraie boule d'énergie, avant de s'installer sur son trône. Il se la pète un peu, mais je commence à les apprécier, lui et son attitude à la Pollyanna[1]. Avec Vinaigre à côté dans son fauteuil de cinéma, on dirait un peu un roi et une reine d'antan, siégeant au bout d'une salle de banquet médiévale. Mais, grosse surprise, Florida était de retour, tirée à quatre épingles et digne, assise aussi loin que possible de Vinaigre. Son visage était si crispé qu'on aurait dit une grenade prête à exploser – ce qui n'était pas pour me déranger. Tout, pourvu que ça ajoute un peu d'excitation à la Vie en temps de Covid.

On est passés par les applaudissements rituels de dix-neuf heures, puis Eurovision a lancé la soirée en montrant du doigt le graffiti.

— Je vois que nous avons parmi nous quelqu'un de littéraire. C'est un vers de *Jules César*, si je me souviens bien de mon cours d'anglais du lycée, exact ?

— Euh, non, a objecté le locataire du 2E, le professeur de la NYU, Prospero. Il est tiré de *Hamlet*[2]. Je l'ai trouvé pertinent dans les circonstances présentes.

— Mais les rues de Rome ? a insisté Eurovision. Hamlet se déroule au Danemark.

Sans pouvoir en être certaine, j'estimais qu'une pointe de fierté s'était glissée dans sa voix, le plaisir de voler la vedette à un universitaire.

— Certes, a entonné le professeur, mais le vers est dit par Horatio, qui rappelle ce qui s'est passé juste avant l'assassinat de Jules César. Il compare ce moment à l'observation récente de fantômes et de mauvais présages au Danemark. Il insinue qu'il va se produire quelque chose d'horrible.

Il a ajouté :

— Tout à fait l'opposé de notre situation actuelle.

— Ah ! a dit Eurovision. Merci, monsieur le professeur.

J'ai souri toute seule.

— Ça nous rappelle, est intervenu Ramboz, que Shakespeare a écrit *Le Roi Lear* pendant la grande peste de Londres. Je suis persuadé

---

1. *Pollyanna* est un roman d'Eleanor H. Porter (1913), où une fillette de ce nom joue à un « jeu de la gaieté » qui lui apprend à voir quelque chose de positif en toute situation.

2. La citation *supra* est tirée de l'acte I, scène 1, dans la traduction d'André Gide. Paris, Gallimard, « Bibliothèque de la Pléiade », 1959.

que les horreurs de la peste noire sont responsables de la cruauté et de la malveillance incroyables de cette pièce.

Il a frissonné.

Là-dessus, Prospero s'est tourné et a fixé un regard exaspéré sur Ramboz.

— Pas encore ce bobard ! Il traîne partout. Mais c'est une *fake news*, une « infox » comme on dit. Il ne peut pas y avoir plus faux ! Shakespeare a écrit *Le Roi Lear* durant l'été et l'automne sans peste de 1605. À l'époque, dix-huit mois parfaitement calmes s'étaient écoulés depuis la fin de la terrible pandémie de 1603, qui, à propos, avait emporté un septième de la population londonienne.

Sous cet assaut d'érudition, Ramboz est resté figé avec une sorte de sourire idiot aux lèvres, puis il a incliné doctement la tête comme si son opinion venait de faire l'unanimité.

— Le message pas très subtil, a repris Prospero, c'est que si le Barde est parvenu à écrire un chef-d'œuvre pendant une pandémie, on ferait mieux d'avoir chacun quelque chose à son actif avant la fin de cette quarantaine… Et il y a intérêt à ce que ce soit plus bluffant que faire son propre pain au levain ! (Il a émis un gloussement de salle de conférences.) Mais il existe une histoire vraie sur Shakespeare et la peste, bien plus intéressante. Et qui peut nous servir de leçon aujourd'hui.

— On vous écoute, a dit Ramboz, cherchant soigneusement à regagner les bonnes grâces de l'imposant professeur.

— Mon histoire remonte au début de l'été 1592, alors que Shakespeare, presque trentenaire, était un artiste indépendant en difficulté. Il vivait à Londres et travaillait comme comédien et metteur en scène depuis quelques années, après avoir laissé sa femme Anne et leurs trois jeunes enfants à Stratford-upon-Avon.

« Si nous ne savons pas grand-chose de la vie de Shakespeare à cette époque – où il logeait, avec qui il couchait… – en revanche nous avons un aperçu de l'évolution de sa carrière. En 1592, l'acerbe Robert Greene mit en garde ses collègues dramaturges contre un « corbeau parvenu, paré de nos plumes, qui, avec “son cœur de tigre enrobé d'une peau de joueur” s'imagine être autant capable de déclamer un vers libre que les meilleurs d'entre vous, et… est dans sa suffisance le seul Branle-scène du pays ». Avec aigreur, Greene fait un portrait saisissant d'un Shakespeare plein d'avenir, un comédien devenu dramaturge qui devait son récent succès à ce qu'il apprenait des principaux auteurs dramatiques de l'époque – ou, selon Greene, à ce qu'il leur dérobait.

« L'existence d'un acteur indépendant – c'est ainsi que Shakespeare a débuté au théâtre – n'était pas facile. La demi-douzaine d'associés qui composaient toutes les troupes de théâtre élisabéthaines en mutualisant dépenses et recettes employaient jusqu'à une douzaine de « saisonniers » pour étoffer leurs rangs, doublant surtout les petits rôles, en fonction des exigences de distribution de la pièce qu'ils donnaient. Des adolescents, habituellement des apprentis, les stagiaires non rémunérés de l'époque, jouaient les rôles féminins. La paie journalière pour un comédien indépendant ne se montait pas à grand-chose, à peine 1 shilling. Mais, une bonne année, un saisonnier fiable pouvait empocher de 12 à 14 livres. Plus qu'un journalier, moins qu'un maître d'école.

« Étant donné que chaque jour on donnait une pièce différente, sur une base d'une vingtaine de nouvelles pièces par an au répertoire et autant de reprises, les comédiens assez chanceux pour être engagés à la journée étaient censés se retrouver le matin pour répéter la pièce du jour, puis, après une pause repas, la jouer en matinée. C'était une vie précaire, aggravée par des fermetures périodiques dues à la peste ou à des mesures de répression gouvernementales lorsqu'une pièce faisait scandale et suscitait l'indignation. Une des plus tristes missives qui nous soient parvenues de cette époque vient du comédien accompli Richard Jones, qui mendie un prêt afin de pouvoir rejoindre une troupe itinérante en route pour le continent, « car ici je ne gagne rien, tantôt j'ai 1 shilling par jour et tantôt rien, si bien que je vis dans une grande pauvreté ».

« Douze livres annuelles suffisaient à couvrir le gîte et le couvert de Shakespeare. Mais il avait de nombreuses autres bouches à nourrir, et pas seulement sa femme et ses trois enfants restés à Stratford-upon-Avon. Son père vieillissant croulait tellement sous les dettes qu'il ne sortait plus du domicile familial de Henley Street par peur d'être arrêté. L'aîné des Shakespeare devait donc très probablement entretenir son père et sa mère ainsi que ses trois jeunes frères et sœurs. Pour cela, il avait besoin de gagner davantage d'argent. Ce qui impliquait d'exercer une seconde carrière indépendante, non moins précaire, en tant qu'auteur dramatique. Quand ses compagnons de tréteaux se détendaient après une longue journée à jouer la comédie, Shakespeare s'isolait pour écrire des pièces.

« Les troupes de théâtre étaient prêtes à payer aux auteurs 6 modestes livres pour une pièce, dont ils acquéraient alors tous les droits, y compris les recettes provenant de sa publication. Il existait de nombreuses guildes dans l'Angleterre élisabéthaine, mais aucune qui se consacre à la défense des droits d'auteur. Il était quasi impossible aux dramaturges indépendants de vivre de l'écriture de quelques pièces par an, et presque aucun écrivain de l'époque n'y parvenait, ou guère longtemps. Il s'avérait plus économique d'écrire en collaboration, même si ces 6 livres réparties entre deux auteurs ou plus ne représentaient pas grand-chose.

« En moins de quatre ans, en gros de 1589 à 1592, Shakespeare réussit à écrire seul ou à cosigner – s'il n'y contribuait pas par quelques scènes – *Arden de Faversham*, *Première partie de la Querelle des deux fameuses maisons de York et de Lancastre*, *La Vraie Tragédie de Richard duc de York*, *La Mégère apprivoisée*, *La Comédie des erreurs*, *Henri VI*, *Édouard III*, *Les Deux Gentilshommes de Vérone* et *Titus Andronicus*. Nous ignorons l'ordre dans lequel ces textes ont été écrits, peut-être un ou deux l'ont-ils été un peu plus tôt ou un peu plus tard. Ses revenus d'auteur dépassaient de peu ce qu'il gagnait comme comédien, peut-être 15 livres par an.

« Mais la journée ne comptait pas assez d'heures pour que Shakespeare puisse augmenter ses revenus. Le seul moyen, c'était de devenir associé, en partageant les recettes du théâtre avec son propriétaire et en ralliant les rangs de ceux qui exploitaient les acteurs et auteurs dramatiques indépendants. Mais, d'abord, il fallait qu'il soit invité à rejoindre une troupe, et on n'a aucune preuve que, en 1592, une troupe lui ait lancé une telle invitation. Et même si c'était le cas, devenir associé de ce qui était une société par actions exigeait un investissement en capital de 30 livres ou plus, somme dont Shakespeare ne disposait probablement pas. Et, aussi bon écrivain qu'il soit devenu, son chemin était encore barré par des auteurs plus célèbres qui avaient produit des succès au box-office et dont les nouvelles pièces étaient très recherchées : Robert Greene, Christopher Marlowe, George Peele, Thomas Lodge, Thomas Kyd, John Lyly et Thomas Watson.

« Toutefois, il se débrouillait plutôt bien, à peu près aussi bien que le pouvait un auteur indépendant surmené par deux activités professionnelles menées à plein temps. Mais cela prit brutalement fin à l'été 1592, quand la peste se déclara soudain dans un Londres qui n'avait pas connu de flambée aussi virulente depuis la peste noire de 1348. Les autorités fermèrent les théâtres, d'abord jusqu'à septembre, puis jusqu'à décembre, quand la baisse des températures mettait habituellement fin à la peste. Mais l'épidémie persistait. Même si les théâtres rouvrirent brièvement quand le nombre de décès hebdomadaires dus à la peste chuta au-dessous de trente, ils furent de nouveau fermés en février 1593, alors que des dizaines, puis des centaines de Londoniens mouraient par semaine. En août de la même année, les habitants de Londres tentaient tant bien que mal d'enterrer 1 800 victimes hebdomadaires de la peste.

« Ce mois-là, Philip Henslowe, le propriétaire du Rose Theater, qui était fermé, écrivit à son gendre, le tragédien vedette Edward Alleyn : « L'épouse du comédien Robert Browne, tous ses enfants et toute sa domesticité sont morts à Shoreditch, et sa porte close ». En tournée sur le continent, Browne était lui-même absent quand sa famille fut anéantie. Leur maison aurait été mise sous scellés durant un mois, avec tous ceux, mis en quarantaine, qui avaient survécu ; les mots « Seigneur, aie pitié ! » auraient été peints en rouge sur la porte d'entrée. En apprenant les nouvelles, Shakespeare a peut-être été soulagé de ne pas avoir emmené sa famille avec lui à Londres, en pleine épidémie. L'été 1593 a dû sembler signer la fin du monde. Et, à coup sûr, la fin du monde du théâtre.

« Les défis auxquels faisait face le jeune Shakespeare à cette période étaient redoutables. Il ne pouvait plus écrire de pièces payables à la livraison dans une époque aussi instable, comme il en avait écrit de tête pour certaines troupes de théâtre et, parfois, pour des acteurs vedettes. Qui voudrait les payer ? Les troupes qui avaient quitté Londres pour tourner dans les provinces plus sûres n'avaient guère besoin de nouveautés, se contentant de monter les mêmes vieux succès dans toutes les villes qui les autorisaient à jouer. Et il ne pouvait pas non plus tirer un penny de son métier d'acteur, à moins de partir en tournée lui-même – or les tarifs pour les saisonniers qui partaient sur les routes étaient notoirement bas. Si Shakespeare était parti en tournée, il se serait privé d'éventuelles opportunités de collaboration comme des ouvrages où il puisait le matériau de ses pièces. Rester dans un Londres infesté, cependant, mettait sa vie en péril. Alors que le nombre de victimes ne cessait de fluctuer, et que ces racoleuses réouvertures des théâtres se transformaient en nouvelles fermetures, une pensée avait dû lui traverser l'esprit : il était temps de partir, de laisser la cité contaminée, pour faire un meilleur usage de ses talents.

« Il aurait pu renoncer à sa vie d'auteur et rentrer à Warwickshire, trouver une place de maître d'école ou peut-être un emploi de gantier comme son père. Au lieu de quoi, il décida de tenir le coup à Londres, écrivant deux longs poèmes très populaires – *Vénus et Adonis* et *Le Viol de Lucrèce* – qu'il dédia au comte de Southampton, lequel, selon l'usage, l'aurait récompensé par un don de quelques livres pour chacun des deux sonnets, qui se vendirent exceptionnellement bien, donnant lieu à de multiples publications, mais c'était à ses éditeurs et non à Shakespeare que revenaient les bénéfices. Alors que les sonnets lui valaient force compliments et attentions, leur édition ne lui rapporta guère plus qu'une bouchée de pain. Si la peste qui avait débuté en 1592 et avait duré près de deux ans s'était prolongée, on a peine à imaginer comment Shakespeare aurait eu un avenir, que ce soit sur les planches ou en tant qu'auteur financièrement indépendant.

« Le mois où Shakespeare atteignit ses trente ans – en avril 1594 – le nombre de décès hebdomadaires dus à la peste finit par redescendre au-dessous de 30. Les salles de spectacle londoniennes rouvrirent. À ce moment-là, plus de 12 000 Londoniens – sur environ 150 000 en vie au début de l'épidémie – avaient succombé à la maladie. Les principales troupes londoniennes avec lesquelles Shakespeare jouait sans doute en tant que saisonnier ou pour lesquelles il avait écrit – les Queen's Men, les Sussex's Men et les Pembroke's Men – avaient été dispersées par cette interminable fermeture. Lorsque le théâtre reprit, Marlowe était mort, ainsi que Greene. Watson avait été un des premiers à succomber, très vraisemblablement à la peste, un sur près des 200 Londoniens qui sont tombés malades et sont morts de l'épidémie la dernière semaine de septembre 1592. Peele avait renoncé à écrire des pièces, comme Lodge et Lyly. Kyd se mourait. La plupart d'entre eux n'avaient pas quarante ans.

« Ce qui ne laissait que Shakespeare comme seul auteur dramatique notable. Les comédiens survivants se regroupèrent. L'une des nouvelles troupes, les Chamberlain's Men [Les Hommes de Chamberlain], comptait dans ses rangs le meilleur tragédien et le plus drôle des comédiens du pays (Richard Burbage et Will Kemp). À l'été 1594, ils avaient intégré un autre associé : le comédien et auteur dramatique William Shakespeare, qui, avec Burbage et Kemp, figure sur les registres comme destinataire d'un paiement pour une représentation au tribunal plus tard la même année. On a peine à imaginer comment Shakespeare a pu trouver l'apport initial nécessaire pour rejoindre la troupe. Peut-être les frais avaient-ils été supprimés, à moins qu'il n'ait proposé des textes en guise de paiement. Les Chamberlain's Men ont bien fait de s'assurer les services du meilleur dramaturge vivant, qui de plus savait jouer la comédie.

« Shakespeare n'aurait jamais plus à démarcher pour vendre une pièce. Inviter un auteur indépendant à devenir un partenaire à part entière était sans précédent en 1594 – et c'est tout aussi rare depuis – mais se révéla être une opération juteuse pour la troupe des Chamberlain's Men. La sécurité de l'emploi se révéla être aussi une très bonne chose pour le jeune et prometteur dramaturge. Moins d'un an après être devenu associé, Shakespeare avait achevé deux de ses pièces les plus populaires, *Roméo et Juliette* et *Songe d'une nuit d'été*. Dans la décennie exempte de peste qui suivit, il continua à écrire deux ou trois pièces par an, toutes bien meilleures que sa production antérieure d'acteur indépendant.

« Si, en 1592, un rat affolé, infesté de puces et porteur de la *Yersinia pestis* avait trottiné dans une ruelle boueuse de Southwark plutôt qu'ailleurs, le nom de Shakespeare aurait peut-être été relégué en note en bas de page, et à sa place nous célébrerions peut-être Thomas Watson comme le plus grand auteur dramatique d'Angleterre. Ou peut-être vénérerions-nous un autre arriviste, aujourd'hui anonyme. Certains voient leur santé, leur source de revenus et leur famille détruites par une pandémie, tandis que d'autres ont plus de chance. Pourquoi cette histoire alternative de Shakespeare et de la peste n'est pas devenue un mème du Covid-19, je laisserai à d'autres le soin de l'expliquer.

— Dans quelle proportion l'histoire humaine, s'est enquise la Dame aux Anneaux, a-t-elle été déterminée par des rats affolés et infestés de puces ?

— Et combien de jeunes écrivains meurent du Covid actuellement, a renchéri le Poète, avant de pouvoir faire cadeau de leur génie au monde ? C'est notre moment *Élégie écrite dans un cimetière de campagne*.

Je ne savais pas de quoi il causait.

— Le Covid tue principalement des personnes âgées, a dit Maine.

Puis, embrassant du regard les visages bouleversés des « personnes âgées » présentes sur le toit, elle a ajouté en hâte :

— Bien sûr, la mort d'une vieille personne n'est pas moins préoccupante que celle d'une plus jeune.

— Bien sûr qu'elle ne l'est pas moins, a renchéri la Dame aux Anneaux. J'ai soixante-cinq ans. Si je meurs, c'est triste. Si (elle a tendu le pouce vers Hello Kitty) elle meurt, c'est une tragédie. Surtout si elle s'entête avec ses cartouches cancérigènes…

Hello Kitty a tiré une longue bouffée de sa vapoteuse, puis a exhalé un jet de fumée en direction de la Dame aux Anneaux.

— On ne sait pas où va le Covid, a poursuivi Maine. Les virus mutent. C'est pour ça que tout le monde devrait porter un masque sur le toit.

Elle a jeté un regard à la ronde, il y en avait encore quelques-uns qui ne s'étaient pas protégés.

— Les masques nous empêchent de manger, de boire, de parler, a protesté Eurovision, sur la défensive. Sans parler de respirer…

Il faisait partie des réfractaires, comme moi. Où étais-je censée dénicher un masque ? Sortir et attraper le Covid en se battant dans un drugstore Duane Reade pour acheter le dernier ? Ce serait rigolo. D'ailleurs, vous imaginez essayer d'avoir une conversation le visage masqué ?

À cette question, une femme assise dans un fauteuil en rotin près de la fresque a abaissé le bras et tendu un chiffon en boule. Elle n'avait pas encore pris la parole, je me demandais qui c'était. Je pensais que ce devait être Tango, au 6B. Elle s'est levée, puis a secoué son chiffon. J'ai alors vu que c'était un tablier de chef, fait main et mal cousu, dans un tissu imprimé représentant des têtes de poule à l'air comateux.

— Mais qu'est-ce que c'est que ça ? s'est enquis Prospero.

— C'est un tablier… et peut-être une idée pour notre groupe.

Tango a souri.

— Plaise au ciel ! s'est exclamé Eurovision. Ce truc gagnerait haut la main le concours du tablier le plus moche.

— Merci, je l'ai confectionné en cours d'économie domestique, il y a un demi-siècle. Il n'avait aucune chance. Dès l'instant où je me suis assise pour le coudre, dès la minute où mes mains ont touché ce tissu moche en mélange de polyester, à la première minute des dix-huit heures que j'allais passer à enfiler cette putain d'aiguille, tout était déjà perdu. Je n'ai pas arrêté de sucer l'extrémité du fil afin de vraiment, vraiment l'affiner, mais je ne sais comment, à chaque fois, le chas de l'aiguille devenait mystérieusement encore plus étroit. Et il m'est vite apparu que cette expérience combinant étroitesse et mocheté ne pouvait que finir dans les larmes. Et que la véritable victime en serait ce triste petit tablier !

Elle l'a levé en l'air pour que tout le monde puisse bien voir. Derrière les têtes de poules volantes surréalistes, on devinait un minuscule poulailler, dessiné sans perspective.

— C'étaient les années 1970, dans une ville de Long Island dont vous n'avez jamais entendu parler. Les garçons et les filles avaient chacun leurs propres centres d'intérêt, de garçons ou de filles, c'est tout. Je ne partageais ni ceux des filles ni ceux des garçons. Ce « tablier en cours de réalisation » n'avait aucun sens pour moi.

« Mais l'expérience n'était pas si horrible que ça. Il y avait une fille assise en face de moi en cours d'économie domestique –, appelons-la Jennifer Esposito, elle était très cool. Tous les jours elle entrait dans la salle en embaumant comme si un nuage de marijuana s'était abattu sur notre ville, à la manière de retombées nucléaires. Un jour, alors qu'on était censées coudre notre tablier, Jennifer m'a dit : « Hé, tu connais cette nouvelle chanson, "*American pie*" ? »

« En fait, je la connaissais parce que j'avais une sœur plus âgée qui avait acheté le disque. Ensemble, à notre table de cours d'économie, Jennifer Esposito et moi avons décrypté les paroles d'"*American Pie*" de Don McLean comme si nous étions des spécialistes en poésie révisant le *canto* XI de *La Divine Comédie.*

— *And a voice that came from you and me,* « Et une voix qui venait de toi et moi… », ai-je cité tout haut, recourant à mes plus beaux accents poétiques. Puis nous sommes restées toutes deux assises en silence, méditant les paroles. « Je crois que ça parle de l'inclusivité de l'art, lui ai-je dit. Qui tient à nous tous. »

« Les garçons, pendant ce temps, suivaient le cours de mécanique, de l'autre côté du hall d'entrée. La mécanique ne m'inspirait absolument pas. Les bruits provenant de l'atelier étaient si assourdissants qu'on aurait dit la course de stock-cars du Daytona 500. Encore aujourd'hui, je me sens inexplicablement fière de moi quand j'utilise même le vocabulaire des outils le plus basique. J'ai dit récemment à mon mari : « La poignée de ce tiroir branle légèrement. On a besoin d'un tournevis Phillips cruciforme, je crois. »

« J'adore cette expression, « cruciforme ». Qui est ce Phillips ? Et comment a-t-il fini par désigner la tête cruciforme d'un tournevis ? C'est comme quand on donne son nom à une étoile ou à une comète, mais en beaucoup plus terre à terre. Je vais vous dire une chose : il n'y aura jamais de chas d'aiguille à mon nom. Ni de fil non plus. Cet unique tablier est tout ce que j'ai à mon actif pour mon année d'économie domestique, dans une autre vie. Je ne suis pas de ces femmes qui adorent coudre ou tricoter, et qui le font pour se consoler ou se distraire, ou par défi artistique.

« La seule idée d'entrer dans un magasin de bricolage me rend malade. Si on devait me dire maintenant : « Voilà 20 dollars, j'ai besoin que tu ailles me chercher un rouleau de tissu… (comme pour les tournevis cruciformes qui s'appellent Phillips, pourquoi le tissu doit-il se présenter en rouleau ?)… semé de petits épis de maïs, alors cours dans un magasin de tissus et rapporte-moi ça », j'obtempérerais docilement. Mais au moment d'y entrer, je suis toujours submergée par l'odeur de laine, de colle et de tissus. L'odeur de la couture, l'odeur des produits faits main. Et tout ça me rend mystérieusement triste.

« Mon tablier avait déjà une odeur alors qu'il n'était encore qu'un rouleau. Quand il n'était encore qu'un coupon de tissu, pas encore transformé en autre chose. Tout comme, à treize ans, en cours d'économie domestique, assise en face de Jennifer Esposito, je ne m'étais pas non plus encore transformée en quoi que ce soit. Je n'étais ni économie domestique ni mécanique, je n'étais ni bonne ni mauvaise. Je ne savais pas qui j'étais. On débute tous dans la vie comme un rouleau de tissu vierge, et c'est notre boulot de nous transformer en quelque chose de significatif. Ou d'utile, ou de beau, ou d'original. Ça m'a pris une éternité pour y parvenir. Je n'ai jamais aimé ce tablier, mais je m'y suis cramponnée durant toutes ces décennies. Je l'ai gardé parce que, étrangement, j'aime avoir un souvenir de l'époque où je n'étais pas encore formée.

« Et parfois je me revois dans cette salle de cours, toute en carrelage, avec ses murs en parpaings et son éclairage fluo qui illuminait le sommet du crâne de cette fille pleine d'espoir qui ne sait pas encore quelle est sa place dans le monde. Parce que comment pourrait-elle déjà savoir ? Comment peut-on le savoir ? Mon tablier est étendu devant moi un peu comme un patient anesthésié sur sa table d'opération. Et il est couvert de têtes de poule et de poulaillers. Je l'ai gardé tout ce temps, sans jamais le porter. Ni quand j'ai « cuisiné » des pizzas au pain français Stouffer pour ma bande d'amies de lycée ni plus tard, alors que je n'étais plus une adolescente mais une jeune femme. Une mère qui préparait des repas entiers, sortant les plats du four en criant « Chaud, chaud devant ! », tandis que mes enfants grouillaient autour de moi. Je ne mettais pas de tablier à l'époque, pas plus qu'aujourd'hui. Je prends des risques.

Elle a levé de nouveau son chiffon.

— J'ai repensé à tout ça et à ce tablier la nuit dernière, et je l'ai retrouvé au fond d'un tiroir. Je vais prendre des risques en n'utilisant pas de tablier, laisser la vie suivre son cours. Mais c'est différent, ce truc du Covid. On vous ouvre à plus de possibilités, sauf que cette maladie va juste nous anéantir tous. Alors voilà…

Sans cérémonie, elle a tiré une paire de grands ciseaux d'un panier à ses pieds et s'est mise à couper le tissu, tranchant des têtes de poule au passage, et a proposé :

— Pour ceux ou celles d'entre vous qui savent coudre, emportez des échantillons chez vous et revenez demain avec des masques pour tout le monde.

En parlant, elle continuait de mettre en pièces le tablier et d'empiler des coupons sur l'accoudoir de son fauteuil.

Maine scrutait nos visages, évaluant qui avait encore besoin d'être convaincu.

— C'est un inconvénient mineur, a-t-elle dit. On devrait tous porter des masques. Faites-moi confiance en tant que personne sachante.

— Ouais… et regardez si vous pouvez centrer la tête de poule pile sur votre bouche pour un maximum de couverture, a dit Hello Kitty avec un petit sourire.

— Pour un maximum de ridicule, a ironisé la Dame aux Anneaux. Non merci. Je préfère mon Hermès.

Elle a tapoté son foulard panthère.

— Si tu sacrifies ton carré Hermès au Covid, a dit Eurovision, fais-moi un masque aussi. Je ne porterai jamais d'image de poule !

— Découper un Hermès ? Jamais de la vie.

Le bruit des ciseaux s'affairant sur le tissu a empli l'air.

— Qui à part moi déteste cette chanson sur ce toit-terrasse ? a lancé soudain Wurly.

— "*American Pie*" ? Je croyais que tout le monde l'aimait, a dit la Reina.

— Quatre accords éculés, a poursuivi Wurly, un jeu de guitare niveau lycée, des paroles ineptes mal rimées. Je veux dire, c'est quoi ce bordel ? Cette chanson est censée être profonde ? Écoutez de la vraie musique ! Écoutez Satchmo, Billie Holiday ou Coltrane. Ou Mahler, pour l'amour de Dieu !

— C'est une sorte de musique folklorique, a protesté Eurovision, censée être simple.

Wurly s'est mordu les lèvres.

— Non, une bonne musique folklorique n'est jamais simple, elle vient de l'âme des gens, de leur vie et de leurs combats. "*American Pie*", c'était de la mouzak pour hippies blancs protégés.

— Aïe ! s'est moqué Eurovision.

Je ne connaissais pas la chanson et n'avais jamais entendu le nom du chanteur, et franchement je m'en foutais.

— Très bien, a continué Eurovision, réfléchissant. Au lieu de dézinguer Don McLean, qui a une autre histoire ?

Nous nous sommes réfugiés dans un silence gêné, tandis que les yeux d'Eurovision balayaient le toit d'un air menaçant. Je m'efforçais d'éviter tout contact visuel, feignant de tripoter mon carnet.

— Hum, a-t-il repris, et j'ai senti son regard sur moi, même si je baissais les yeux. Et l'histoire que vous nous avez promise ?

J'ai levé les yeux.

— Moi ?

— Oui, vous. Racontez-nous une histoire. N'importe quoi. Les Aventures du robinet qui fuit, peut-être !

Sa vanne idiote l'a fait rire.

L'espace d'un instant, j'aurais voulu l'étrangler. Mais tout allait bien, je m'étais préparée.

— En fait, je n'ai pas d'histoire personnelle à raconter, ai-je répondu. Mais je peux vous lire une lettre que j'ai trouvée.

C'était une lettre fantaisiste et drôle, un bon moyen de me distraire tout en faisant mine de me prêter au jeu.

— Trouvée ? Où ?

— Dans les ordures.

— Vous fouillez dans nos ordures ?

— Je nettoyais un appartement de l'immeuble, ai-je rétorqué, m'enflammant. Le locataire est parti pour les Hamptons, je crois. Elle était roulée en boule par terre.

— Ah, un de ceux-là ! a dit la Dame aux Anneaux, la voix dégoulinant de désapprobation. (Un moment, j'ai cru qu'elle parlait de moi, jusqu'à ce que je comprenne qu'elle parlait des New-Yorkais qui avaient fui la ville aux premiers problèmes.) Quel appartement ?

J'ai haussé les épaules.

— Je préfère ne pas répondre.

Eurovision a soupiré, plus théâtralement que nécessaire.

— Eh bien, j'espérais quelque chose d'authentique… de plus personnel. Mais OK, lisez votre lettre.

Il semblait obnubilé par l'idée qu'il y avait quelque chose de suspect chez moi, quelque cachotterie. Je n'allais pas lui donner le temps de creuser davantage. J'ai exhibé mes feuilles froissées, les ai lissées sur ma cuisse et ai commencé ma lecture.

Chers Cheryl et Steve,

Joyeux jour de noces !

J'espère que vous faites quand même la fête le jour qui aurait dû être celui de vos noces, s'il n'y avait pas eu cette horrible pandémie. Quelle déception ! J'espère qu'aujourd'hui est toujours un jour spécial pour vous, même si vous avez été forcés de renoncer à votre somptueux événement dans cette magnifique propriété au bord de l'océan, dont je sais tout grâce à Facebook et Instagram, bien que je n'aie pas été invitée.

Voici un vase. Mon cadeau pour vous qui commencez votre nouvelle vie commune, plus cette lettre pour laquelle j'ai payé un supplément parce que vous le valez bien ! Peut-être que Steve t'apportera des fleurs à mettre dans le vase, Cheryl. Ce serait si romantique ! Une fois, il m'a acheté une pastèque. Ce n'est pas aussi fortuit que ça en a l'air, c'est une sorte de blague d'initiés – le genre de truc où il fallait être là. C'était mignon et plutôt drôle, comme le sont des blagues d'initiés quand on est depuis longtemps ensemble. C'était le jour de la Saint-Valentin et, bref, une pastèque. J'aurais pu quand même réagir avec plus d'élégance. On était tous tellement plus jeunes alors ! Je suis sûre qu'on a tous tellement grandi pendant les derniers dix-huit mois !

S'il me donnait une pastèque aujourd'hui, j'en rirais sans doute au lieu de pleurer et d'en faire tout un plat.

Surtout, je demanderais : Steve, pourquoi m'offres-tu une pastèque le jour de ton mariage avec mon ex-meilleure amie ? Espèce d'abruti.

Je le traitais parfois d'abruti, et lui me traitait de cacahuète. Heureusement, Cheryl, le surnom qu'il te donne est plus sympathique ! Bien sûr, j'ai un million de surnoms pour toi, dont certains remontent au CE1 (Starbust !) en passant par le collège (étais-tu Snick et moi Snack ou bien l'inverse ?) et plus tard aussi, et jusqu'à ces derniers mois où... Là, tu n'as peut-être pas envie de connaître tes nouveaux surnoms ! Ou peut-être certains d'entre eux te sont-ils revenus aux oreilles par nos « amis » communs. Sept d'entre eux ont été invités au mariage, j'imagine donc que tu n'as pas coupé les ponts avec tout le monde ! Ce qui est malin. Il n'est pas facile de commencer une nouvelle vie de zéro.

Bien que toutes ces photos de fiançailles avec toi et Steve montrent un bel effort de ta part. Je veux dire, des cheveux blonds ! C'est nouveau ! Et puis je sais combien tu te moquais de ces filles qui postaient des selfies d'elles en maillot de bain, du coup le courage dont tu fais preuve pour surmonter le sentiment d'être hypocrite en posant tant de fois en bikini avec Steve sur la plage ne pouvait m'échapper.

Ni à ta mère, j'en suis sûre. Est-ce qu'elle va bien ? Et « tante » Jeanie et « oncle » Paul ! Ils doivent être dévastés devant cette ultime calamité, devoir tout annuler après avoir organisé le mariage si vite après vos soudaines fiançailles a dû être un choc pour tous.

Pour tous, sauf pour le photographe que Steve avait engagé afin d'immortaliser la demande en mariage dans ses moindres détails. Qu'est-ce qui, mieux que trois douzaines de photos posées sous une multiplicité d'angles, exprime l'intimité et la spontanéité du moment précis où Steve a mis un genou à terre avec son uniforme militaire et sa chemise blanche assortie à ta robe blanche et à tes nouveaux escarpins beiges à talons chaton qui ne te font absolument pas paraître plus grande que lui – vous avez la même taille, pratiquement. Ne vous inquiétez ni l'un ni l'autre, c'est trognon !

J'espère seulement que vous tenez le coup, malgré les nombreuses déconvenues que vous endurez. Évidemment, il y a pire en ce moment que l'annulation d'un beau mariage. Une fracture de la jambe (comme celle que tu as eue en CM2... tu te rappelles que j'ai trimbalé tes livres de classe en classe tout un mois ? Le bon temps !) ou même un gros orteil écrasé (ouah ! tu te rappelles quand je me suis cogné le mien contre la drôle de chaise dans ta cuisine et puis, genre, dix minutes plus tard, on riait tellement qu'on a failli s'étouffer avec la glace qu'on léchait à même le pot en carton que tu appliquais sur mon gros orteil ?), ce n'est pas aussi moche que, disons, un cancer en phase terminale. Mais la vérité, c'est que, sur le moment, le fait que d'autres aient un cancer en phase terminale n'abolit pas la douleur d'un orteil meurtri. (Comme, avec le recul, nous essayions impitoyablement de l'expliquer à ta grand-mère, puisse-t-elle reposer en paix. Seigneur, nous étions infernales parfois !)

Le fait que votre mariage soit gâché n'est pourtant pas une mince affaire pour vous les tourtereaux, malgré toutes les morts, la maladie et l'effondrement de l'économie qui s'ensuit. J'espère que vous parviendrez à oublier les problèmes des autres et passer un moment romantique ce soir. Ce n'est pas de chance de laisser un vase vide, bien sûr. Si les fleuristes ont tous été fermés par cette peste non métaphorique et que vous ne pouvez pas remplir votre vase – qui, je m'en aperçois, ne figurait pas sur votre liste de mariage mais, sincèrement, je ne pouvais pas vous offrir un article de ce hideux bric-à-brac qu'une vendeuse, j'en suis sûre, a dû vous imposer – peut-être devriez-vous vous contenter de le remplir de gin et faire la fête ! J'ai laissé une bouteille de Hendrick's, le préféré de Steve, au congélateur. Ce devait être son cadeau avant que je trouve ces photos de toi dans son tiroir à sous-vêtements, Cheryl.

S'il est toujours là, le gin je veux dire, considère-le maintenant comme un cadeau de mariage supplémentaire de ma part, destiné à vous deux ! Pour aller avec le vase.

Même si j'ai appris que tu essaies de ne plus boire aujourd'hui, Cheryl. Une sage décision, à propos. Un jour après l'autre. Bien sûr, de toute façon, toi et moi ne buvons plus de gin depuis cette fameuse nuit où, à vingt et un ans, nous avions eu plus que notre dose. Tu t'en souviens, Cheryl ? À peine ? Enfin, ça va de soi, certains détails de cette nuit ne seront jamais partagés avec toi, Steve !

Vous n'êtes même pas obligés, ni l'un ni l'autre, de m'envoyer un mot de remerciement. Je sais que vous détestez écrire tous les deux ! Je vous connais si bien.

Soyez prudents. Qui sait quels peuvent être les effets de cette pandémie sur un embryon au premier trimestre (ou est-ce déjà le deuxième ?).

Avec toute mon affection,
Cacahuète – Snick et/ou Snack

Des gloussements gênés se sont propagés sur le toit. J'ai entendu un éclat de rire derrière mon épaule, on aurait dit Barbe noire. J'appréciais vraiment cette femme drôle et en colère, qui qu'elle soit, mais j'ai remarqué qu'Eurovision cherchait mon regard. Il m'observait d'un air soupçonneux.

— C'est authentique ?

— Je suppose que oui, je ne sais pas, ai-je répondu. Comme-je vous l'ai dit, j'ai trouvé cette lettre roulée en boule par terre. J'imagine que son autrice l'a écrite, puis a décidé de ne pas l'envoyer.

— Exactement, a dit la Dame aux Anneaux avec un reniflement. On n'envoie pas une lettre pareille. Elle l'a écrite pour ôter un poids de sa poitrine, puis l'a jetée. Une décision sage de sa part, selon moi.

J'ai acquiescé d'un signe de tête et j'ai lancé un coup d'œil à Hello Kitty. De tous les gens présents sur le toit, c'était elle qui avait le plus de chances d'avoir été amie avec l'autrice de la lettre, mais elle ne donnait aucun signe de la connaître.

Les sinistres cloches fêlées de la cathédrale Saint-Patrick se sont mises à sonner, m'épargnant un interrogatoire plus poussé par notre indiscret maître de cérémonie.

Après avoir transcrit les histoires du soir, j'ai éteint la lumière et suis restée étendue dans le noir, anticipant avec un sourd sentiment d'anxiété les lents bruits de pas. Allaient-ils revenir ou non ? Ils étaient de retour ce soir-là, une procession de damnés traînant les pieds, avec ces mystérieux bruits de rame remuant l'eau. Mais, pire encore, j'entendais maintenant ce qui ressemblait à des voix étouffées – effrayées, indistinctes et bredouillantes. Combien y avait-il de locataires dans cet immeuble, en fait ? J'ai enfoui la tête sous mon oreiller, ne voulant plus rien entendre. J'ai mis longtemps à m'endormir.

Jour Huit

7 AVRIL

Quand j'ai débarqué sur le toit ce soir-là, les masques aux poules ridicules de Tango reposaient dans une corbeille à côté de la porte. La Dame aux Anneaux, en revanche, resplendissait sous un masque de soie imprimé de panthères dorées, elle avait sacrifié son carré Hermès, finalement. Elle en avait laissé un second sur le trône d'Eurovision, qui l'a ramassé, les yeux brillants.

— En des jours meilleurs, je vous aurais serrée dans mes bras, chérie, a-t-il dit, mettant le masque sur son visage, le tirant et l'ajustant pour qu'il soit bien en place.

Il a tourné la tête.

— Comment le trouvez-vous ?

— Fabuleux, bien sûr.

Plutôt mourir que porter un masque avec des poules ! À la place, j'avais noué un bandana autour de mon visage comme un desperado. C'était plus conforme à la vision que j'ai de moi. Il y avait d'autres masques aussi : Hello Kitty avec un masque Hello Kitty évidemment, la Fille du Merenguero avec un masque à paillettes, Maine avec son masque chirurgical un peu défraîchi, et Darrow avec un masque taillé dans une cravate rose vif. Vinaigre s'était confectionné un masque de velours noir orné d'une tête de fantôme.

Le mur de la fresque arborait une nouvelle peinture : un diable grotesque à tête de chauve-souris et queue de paon se tortillant dans les flammes et, planant au-dessus, un ange aux ailes bleu et rose qui regardait vers le bas avec une expression de jouissance sur son visage éthéré. Une image incroyablement frappante, visiblement réalisée par un véritable artiste.

— Ouah ! a fait Eurovision. (Difficile de savoir si c'était de l'admiration ou du dédain. Il a levé le menton en direction de la fresque.) Qui a peint ça ?

— Moi, a répondu fièrement Amnesia.

— C'est intense !

— Dans le temps, j'ai écrit et illustré des bandes dessinées pour gagner ma vie, et des images bizarres germent parfois dans ma tête. Celle-là m'est venue la nuit dernière, un ange qui kiffe la torture d'un diable.

— Quelle image vraiment cruelle ! s'est exclamée la Dame aux Anneaux. Cruelle… mais peut-être justifiée.

— Mais vous ne vous demandez pas, a dit Amnesia, sirotant son verre, ce que pensent aujourd'hui les anges là-haut ? En voyant la pandémie, nous tous terrés en train d'agoniser. Tous les gens hospitalisés. Est-ce que les anges pleurent ou est-ce qu'ils rient ? N'est-ce qu'un cycle de plus pour eux ?

— Dieu seul le sait, a répondu la Dame aux Anneaux.

— Dieu le sait, oui, a affirmé sèchement Florida.

— L'image a surgi dans mon esprit quand j'ai appris ce qui s'était passé dans un dortoir de l'université Columbia du centre-ville, a expliqué Amnesia.

— Que s'est-il passé ? s'est enquise Hello Kitty, surprise qu'une information ait pu lui échapper.

— Après avoir évacué Columbia, on a fouillé un des dortoirs et retrouvé des morts dans la moitié des chambres.

— Ce n'est pas vrai, a protesté Whitney. J'ai des amis là-bas, je l'aurais su.

— Vous êtes en contact avec eux ? a demandé Amnesia.

— Pas récemment.

— Alors vous l'auriez su comment ?

— Ça serait paru dans le *Times*.

Cette dernière affirmation a arraché un rire effronté à la Dame aux Anneaux.

— Mon trésor, il y a beaucoup de choses qui ne font pas la une du *New York Times*.

— Pour créer des jeux informatiques et des bandes dessinées, a repris Amnesia, je concevais des scénarios de dingue tous les jours, mais ce qui se passe aujourd'hui dépasse tout. Il y a quelqu'un là-haut qui s'en délecte, je vous jure ! De cette merde de ouf qu'il nous regarde faire, nous les terriens.

— En parlant d'anges…, a lancé sur le toit une femme qui ne s'était encore jamais exprimée, la locataire du 6C – la Cocinera.

Elle restait dans le fond depuis quasiment le début, mais s'absorbait dans son téléphone après la fin des applaudissements, ignorant tout le monde.

— … J'ai vu un ange, une fois.

— Quel genre d'ange ?

— Pas du tout comme celui-là, a-t-elle répondu, montrant la fresque du doigt.

— Un ange magique, réel, authentique ? s'est enquis Eurovision, la voix teintée d'ironie.

— Premièrement, a répondu la Cocinera, rien à voir avec le réalisme magique. On en a marre du réalisme magique ! (Un léger accent mexicain perçait sous sa voix de contralto.) Cela dit, les *campesinos* de mon pays connaissent la vérité : nous sommes entourés de magie. Je viens de San Miguel de Allende, mais mon père me paie des études de cuisine ici, à New York, parce qu'il pense que ça fera de moi une citoyenne du monde. Je suis, ou plutôt j'étais en formation pour devenir chef au Xochitl, à Brooklyn. J'étais censée rentrer chez moi le mois dernier, et puis le Covid a frappé. (Elle a fait la grimace.) Parmi vous, il y en a qui sont déjà allés à San Miguel ?

Florida a levé la main, suivie de Whitney.

— Les autres, vous devriez y aller, a dit la Cocinera.

— Avant que la peste sévisse, les rues étaient animées toute la journée et toute la nuit. On pouvait déambuler partout à n'importe quelle heure. San Miguel, un royaume magique cerné par le XVe siècle. On dirait une œuvre d'art, mon *pueblo*. Une peinture. Dans sa majeure partie. Mais vous savez, hors de la bulle, en dehors des murs brillants, des galeries et des cathédrales, c'est l'ancienne terre. La terre *chichimeca*[1]. Et là, les gens souffrent comme ils l'ont

---

1. Le terme péjoratif *chichimeca* (« de la lignée du chien ») a été adopté par les Espagnols, puis par les historiens, pour désigner les peuples chasseurs-cueilleurs du nord du Mexique.

toujours fait. Alors vous devez comprendre, pour les besoins de l'histoire je dis que ces gens viennent dans le *centro* pour vendre leurs marchandises, montrer leurs tissages et leurs sculptures. Et aller à la messe…

« Au centre de la ville, nous avons une place. Un mini-Central Park, si vous voulez. Modeste. On l'appelle le Jardin, *El Jardín*. Il est plein d'arbres. Du côté ouest de la *plaza*, la cathédrale. Tout autour de la place, d'anciens édifices coloniaux abritent aujourd'hui des commerces, des magasins de bonbons et mon marchand de glace préféré. J'avais l'habitude d'aller là tous les jours, juste pour regarder les familles, les amoureux et les *Indios* se promener. D'autant plus que la date de mon départ pour New York approchait…

« Et ce jour-là, il faisait beau. Il me restait une semaine avant de partir. J'étais sentimentale, comme tout le monde. Je me suis assise au soleil pour lire des poèmes de García Lorca. Si cosmopolite avec mes lunettes noires, j'observais deux jeunes hommes célébrant leurs fiançailles, avec un photographe, dans les rues pavées pittoresques. Leurs mères étaient présentes, je leur ai envoyé des baisers. Et les fillettes indiennes autour d'eux vendaient des *burros* en bois que leurs familles avaient sculptés et peints dans les villages otomi de la vallée. Les cloches de l'église se sont mises à sonner, j'ai jeté un coup d'œil dans cette direction. Et c'est là que j'ai vu l'ange.

« Au début, je n'ai pas compris ce que je voyais. San Miguel n'est pas inconnu pour les artistes de rue. Nous avons un Pancho Villa en tenue officielle qui pose avec les touristes contre une somme modique. Si on le lui demande, il brandit même sa machette. Il n'est pas rare de voir des gens portant des costumes en papier mâché de trois mètres de haut, des géantes flânant dans les ruelles. Tout est possible. Et quand je l'ai vue, ç'aurait pu être une mime ou une contorsionniste.

« Comment la décrire ? Imaginez une vieille femme. Non, plus vieille encore. Plus petite. Oui ? Courbée. Courbée en deux, à quatre-vingt-dix degrés. Et enveloppée de guenilles. Des cheveux blancs qui dépassent de son fichu. Vous la voyez ? Vous vous la représentez ?

« Bien, je suis contente. Parce que personne d'autre ne paraissait la voir. Elle trébuchait dans la rue. Vous l'ai-je dit ? Je ne crois pas. Elle se tenait en équilibre sur deux cannes. Des petites cannes, vous voyez. D'un bois rustique, comme si elle avait trouvé deux courtes branches cassées par l'orage. On aurait dit une créature à quatre pattes qui se démenait pour gravir ces pavés tout juste bons à se tordre les chevilles. Les touristes manquaient la renverser, des chiens la harcelaient, des enfants la dépassaient en courant. Une auto, puis un car, semblèrent la heurter. Et une fois, rien qu'une fois, elle leva la tête et tourna le visage vers l'église. Puis elle regarda les pavés et reprit sa route.

« Je ne l'avais jamais vue. Pire encore, et je vous l'avoue, j'aurais pu tout simplement ne pas la remarquer. Quel rapport avait-elle avec les bons petits plats, les objets d'art ou les vêtements d'importation des boutiques ? Quel rapport avec les rires de mes amis ou la niaiserie de mes histoires de cœur ?

« Alors qu'elle approchait de mon poste d'observation, il s'est passé une chose terrible.

« Parvenu au coin du *Jardín*, l'ange s'est tourné pour attaquer la dernière côte, la plus terrible, montant à l'église. J'ai tout vu à cet instant. Comment elle avait dû gravir péniblement la pente tous les jours pour assister à la messe. Ça devait lui prendre des heures. Et personne ne voyait rien, personne ne lui proposait d'aide. Que demandait-elle à Dieu ? me suis-je demandé, moi. Pour qui priait-elle ? Certainement pas pour elle. Et puis c'cst arrivé. Sa canne gauche s'est coincée entre deux pavés, a sauté de sa main, et l'ange a chu.

« Elle est tombée à plat ventre. Un filet à provisions était pendu à son épaule, j'ai vu, et une orange a roulé dans la rue. Les gens ont levé les yeux. Un homme s'est arrêté, le regard fixe. Mais personne ne s'est précipité vers elle.

« Elle gisait comme morte, à seulement deux ou trois mètres de deux charrettes qui vendaient des fruits frais, des jus de fruits et de l'eau. Jetant ma glace, j'ai couru vers elle. J'ai réalisé plus tard que j'avais honte de ce que je faisais. J'ai rougi parce que je m'imaginais que tout le monde me regardait. Se moquait de moi, peut-être.

« Je me suis agenouillée à ses côtés et lui ai pris le bras. J'ai entendu sa petite voix en la relevant. Sa chair pendait sur ses os. Elle empestait l'urine et l'oignon. Elle a levé la tête vers moi, ses yeux étaient troubles. « Ma fille, a-t-elle murmuré, que Dieu te bénisse ! »

« Je lui ai dit de prendre son temps, de faire attention, et je l'ai aidée à se redresser autant que son dos voûté le permettait. Moi-même courbée en deux pour la soutenir, je l'ai accompagnée jusqu'au trottoir, où je l'ai assise. « Te bénisse, te bénisse », ne cessait-elle de répéter. Je lui ai dit de se reposer et j'ai bondi ramasser ses cannes et l'orange.

« — Vous avez faim ? je lui ai demandé.

« — De l'eau, a-t-elle répondu.

« J'ai couru aux charrettes pour leur demander si quelqu'un avait vu ce qui s'était passé. « Très triste », a répondu un homme. En colère, j'ai acheté deux bouteilles d'eau et deux grandes coupes en plastique de salade de fruits. Après avoir pris mon argent, il m'a tourné le dos. J'avais envie de le frapper, j'avais envie de battre tous ceux présents dans le *Jardín* pour ne pas avoir vu l'ange choir.

« Quand je lui ai rapporté de l'eau, elle a avalé une bonne partie de la première bouteille. « Que Dieu et les esprits te bénissent, ma fille ! a-t-elle encore dit, posant ses mains sur ma figure. Je t'aime pour ton amour des pauvres, je t'aime pour ton amour de ceux qui ont faim. »

« Elle a fait des signes au-dessus de ma tête pendant que j'étais penchée vers elle, puis a tracé une croix sur mon front avec son pouce. « Je t'aimerai toujours pour ta miséricorde. » Tout le monde semblait nous observer désormais. J'étais bouleversée. J'ai mis tout l'argent qui me restait dans ses mains.

« Je me suis mise à pleurer, moi qui ne pleure jamais en public. J'ai dû me réfugier devant une des boutiques d'en face et faire comme si je regardais les vêtements de la vitrine jusqu'à ce que j'aie repris mes esprits.

« Quand je me suis enfin retournée, elle gravissait de nouveau tant bien que mal la côte, tentait de parvenir à l'église.

La Cocinera a marqué une pause, on attendait tous la suite.

— Alors, comment avez-vous su que la vieille dame était un ange ? a demandé Florida.

— J'y viens, a répondu la Cocinera. J'aimerais vous montrer quelque chose.

Elle a sorti son téléphone, a tapoté plusieurs fois sur l'écran, puis l'a retourné face à nous.

— C'est le *Jardín* à cet instant précis, on voit la Parroquia en arrière-plan. Un de mes cuisiniers à Xochitl est d'une paroisse voisine, Celaya. Il m'a rappelé l'existence de la webcam de San Miguel branchée vingt-quatre heures sur vingt-quatre et sept jours sur sept. La voilà, en direct.

Elle a tendu le téléphone à Vinaigre, laquelle a reculé pour éviter tout contact. S'excusant, comme si elle se souvenait brusquement du cauchemar de la pandémie, la Cocinera a levé son appareil pour que Vinaigre puisse voir de loin. Puis elle l'a orienté vers la personne suivante, et ainsi de suite. Tour à tour nous avons tous fixé une image pixellisée de ce lieu magique, à quatre mille huit cents kilomètres de distance, tel qu'il était à cet instant précis. J'ai vu le jardin public désert avec ses fleurs printanières et, derrière, une invraisemblable église gothique de pierre rose avec des tours en forme de pièce montée.

— Mon ami cuisinier m'a dit que sa mère allait là-bas tous les mercredis à quinze heures pour lui faire coucou. Je ne pouvais pas y croire, je l'avais oublié dans toute l'excitation new-yorkaise. C'était comme une drogue pour une jeune fille ayant le mal du pays. Dès mon travail fini, je me suis dépêchée de rentrer et j'ai allumé mon ordinateur portable. Il était minuit passé, bien sûr. Et San Miguel se situe dans un autre fuseau horaire, mais il faisait nuit aussi là-bas. Je m'en moquais, je voulais juste voir.

« L'image s'ouvre, voilà San Miguel. Tout éclairé avec ses lumières colorées, les devantures des commerces de l'autre côté tout aussi éclairées. Des amoureux se promenaient. Je voyais même qu'ils mangeaient une glace. J'ai crié de joie comme une enfant.

« Encore plus quand les mariachis se sont mis à jouer.

« Un petit instant. Une fois qu'on voit ça, on veut y aller. C'est devenu un truc, savez-vous ? Dès que je me réveille, j'allume mon portable. J'observe les pigeons, si curieusement différents de nos pigeons d'ici. Les chiens. Et les écoliers en uniforme qui traînent les pieds vers l'école. C'était mon rituel quotidien. Même les rues désertes étaient magiques. Et puis un jour…

« Mais vous le savez tous déjà.

« Je contemplais l'écran. Elle est sortie de dessous un des arbres. Toujours aussi laborieusement lente. Atrocement lente. Surgissant de l'ombre, elle est apparue en plein soleil. Et voici mon histoire. Elle a levé les yeux, elle les a levés jusqu'à la caméra accrochée à son mât loin au-dessus de sa tête. Elle a levé les yeux et a cherché mon regard. M'a regardée droit dans les yeux. Et puis elle a souri. Ce n'est pas tout. Je vous jure, j'ai vu sa bouche former le mot « Fille ».

La Cocinera s'est tue. Personne n'a dit un mot. Cet instant est resté en suspens. Finalement, elle a repris son récit.

— Et puis cette peste a frappé. Et les rues étaient vides, hormis des hommes en combinaison blanche de science-fiction avec des capuches et des visières. Ils pulvérisaient des produits chimiques avec leurs baguettes magiques. Les rues étaient désertes, je ne l'ai plus jamais revue. Mais j'ai continué à la chercher. Je la cherchais tous les jours. J'étais sûre qu'elle était morte. J'ai essayé de m'y résigner, elle était juste humaine. Absolument pas un ange. Elle n'en existe pas moins, je sais.

« Certains jours, je restais devant mon écran pendant des heures. Maintenant que nous sommes confinés, je suis ici à l'attendre. À invoquer mon ange.

La Cocinera avait achevé sa ronde parmi nous sur le toit.

— Et maintenant (elle a regardé autour d'elle) quelle heure est-il ?

— Presque dix-neuf heures trente, a répondu Eurovision.

— Peut-être, peut-être… qu'elle viendra cette fois.

Elle a levé de nouveau son portable pour que tous puissent voir. Les gens se sont penchés en avant, fixant le minuscule écran qui chatoyait comme une pierre précieuse dans la pénombre. Il régnait un profond silence.

Nous regardions la webcam de San Miguel, dans l'espoir partagé d'un miracle. Mes yeux commençaient à larmoyer sous l'effort, mais je jure que j'ai vu quelque chose : un infime mouvement, l'apparition d'une ombre courbée en deux sortant de derrière les arbres pour pénétrer dans le minuscule cadre du téléphone… Et puis le téléphone a clignoté et s'est éteint.

Un concert de cris de consternation s'est élevé du groupe. La Cocinera a baissé le bras et regardé son portable en fronçant les sourcils.

— Mince (elle a agité la main), c'est ma batterie !

J'étais suprêmement déçue. J'avais vraiment cru que je pourrais voir l'ange, je ne sais pas pourquoi.

— Tu l'as fait exprès, a pesté Amnesia.

La Cocinera a secoué la tête avec véhémence.

— Le mien était un bon ange, même si elle est vieille et laide. Ce n'est pas comme ta belle sadique !

Amnesia a ri.

— Dans mes *comic books*, on ne sait jamais qui sont les anges et qui sont les démons. Je tire beaucoup de mes idées des tableaux de Hieronymus Bosch. Et des contes de fées. Si on y réfléchit, les jeux vidéo sont un peu les nouveaux contes de fées.

— Les jeux vidéo sont pires que les contes de fées, a tranché Vinaigre. Et plus violents…

— C'est là que vous vous trompez, a objecté Amnesia. Les anciens contes de fées étaient tout aussi noirs. Sorcières cannibales, loups dévoreurs de fillettes, belles-mères cruelles, pommes empoisonnées, femmes mutilées. J'ignore pourquoi, mais les gosses adorent ces histoires sinistres et toxiques, pourvu que le bien triomphe à la fin. J'invente sans arrêt des contes étranges, que, pour la plupart, je ne peux pas transformer en jeu vidéo ou en bande dessinée parce qu'ils finissent mal.

— Pourquoi ne nous en racontez-vous pas un ? a imploré Eurovision. Un de ceux qui finissent mal.

— Bien sûr. Voyons, il y en un que j'ai écrit il y a quelques années, mais il a été refusé par mon éditeur… (Amnesia a inspiré à fond derrière son masque.) Il était une fois deux sœurs, Frannie et Tara, qui avaient rendu service à la déesse de la Vérité.

— Quel type de service ? a voulu savoir Eurovision.

— Je l'ignore. Elles ramassaient son linge sale, ou elles ont retrouvé l'orbe qu'elle avait perdu ou encore elles l'ont sauvée de quelque obscur monstre. Peu importe. Le fait est que la déesse de la Vérité avait une dette envers elles.

« Alors Frannie demanda la chose évidente, celle qu'on demande toujours à la déesse de la Vérité. Elle ne voulait plus qu'on lui mente. Ou les gens lui diraient la stricte vérité, ou bien ils garderaient le silence. Elle ne voulait pas qu'on soit obligé de lui dire toute la vérité, elle ne voulait seulement plus de mensonges. On s'en lasse, savez-vous ?

« Mais Tara ? Elle souhaitait quelque chose d'un peu plus compliqué. Elle voulait un sort qui fasse que chaque fois qu'on lui mentait, cela devenait automatiquement vrai. Ainsi, si vous disiez à Tara : « Je te donnerai l'argent demain », cela devenait la vérité absolue, inéluctable. Mais elle prit soin d'ajouter que cette mesure ne s'appliquait pas si on faisait exprès d'exagérer pour créer un effet dramatique ou par plaisanterie. Seulement si les gens cherchaient vraiment à la tromper.

« Quelques années s'écoulèrent. Frannie et Tara finirent par vivre ensemble, parce que chacune était pour l'autre la seule à qui elle pouvait parler.

« Frannie s'était lassée d'entendre tout le temps la vérité, voyez-vous. Si elle avait pris le temps de réfléchir avant de demander cette faveur particulière, elle l'aurait su. D'accord ? Les autres étaient en permanence un peu trop brutalement sincères avec Frannie. Sur son apparence, ses performances professionnelles, le son de sa voix, etc. Le pire, c'était de ne pas pouvoir leur reprocher de dire ces vérités.

« Pendant ce temps, Tara découvrait à ses dépens que tous les mensonges débités par les gens n'étaient pas édulcorés. « Je ne t'ai jamais aimé » est tout aussi mensonger que « Je n'aime que toi ». Ou encore : « Tu n'as pas ce qu'il faut pour réussir. » Un jour, Tara pouvait être la plus belle femme du monde, parce que quelqu'un l'avait dit, et le jour d'après, elle pouvait être hideuse et imbaisable.

« Parfois, les membres de sa famille sont les seules personnes avec qui on peut avoir une conversation sincère. Ces jeunes filles avaient perdu leurs parents quand Frannie avait dix-sept ans et Tara quinze, et elles n'étaient pas assez proches de leurs autres parents pour cette forme d'honnêteté radicale. Tara ne voyait aucun inconvénient à être forcée de ne dire que la vérité à Frannie, tandis que Frannie prenait soin de ne pas dire de mensonges excessivement cruels à Tara.

« Je pourrais vous conter comment Frannie a tenté de trouver un métier où ses dons seraient précieux – avocat, gestionnaire de portefeuille, officier de police... – pour s'apercevoir à la fin que toutes ces activités exigeaient quelqu'un à qui il était possible de mentir. Ou comment Tara est devenue prodigieusement riche, en rencontrant une bande d'escrocs qui avaient promis de lui faire gagner de fantastiques sommes d'argent en échange d'un modeste dépôt, puis a tout perdu après qu'un seul homme lui a dit qu'elle n'était pas douée pour garder de l'argent.

« Je pourrais même vous parler de la fois où elles ont créé une religion. D'accord, une secte. Elles ont créé une secte, ça a été génial pendant trois jours. Jusqu'à ce que ça ne le soit plus. Elles ont dû changer leurs numéros de téléphone, brûler de la sauge et faire appel à un exterminateur de nuisibles, ça a été tout un truc.

« Mais c'est l'histoire des chaussures qui se suivent, on sait tous comment ça se passe. Si on entend une chaussure, l'autre tombera inévitablement aussi : *boum, boum*. Mais elles protègent aussi vos pieds, non ?

« Frannie et Tara achetèrent une cocotte d'occasion, dans un vide-grenier ou quelque chose comme ça. L'ancienne propriétaire jura qu'elle fonctionnait à la perfection. Par bonheur, elle s'était adressée à Tara, c'était donc le rêve. Toutes les deux se sont un peu polarisées sur les plats mitonnés. Du bœuf raffiné emballé *sous vide** à la soupe de taco, en passant par d'étranges mixtures de chou frisé. Leur petite maison embaumait toujours les féculents et la levure, le repas du lendemain en préparation. Je le jure devant Dieu, elles étaient capables disserter pendant une heure sur ladite cocotte, comme sur tous les ingrédients qu'elles pouvaient y mettre. C'était le bonheur pour elles.

« Cette maisonnette les préoccupait aussi beaucoup. Elles en avaient hérité de leurs parents, et leur bien était libre de toute dette, si bien que leur seul souci était son entretien et la taxe foncière. Tara se chargeait de contacter les plombiers et les entrepreneurs. Frannie, elle, était l'interlocutrice de la ville. La maison oscillait toujours entre ruine et perfection, selon qu'on regarde les poutres ou les fondations. Pour être honnête, aucune des deux sœurs ne s'y connaissait vraiment en matière de propriété privée. Cette maison leur causait un souci permanent. Elles avaient le sentiment que leurs parents les jugeaient pour la piètre façon dont elles entretenaient leur bien. N'importe comment, les morts peuvent vous raconter tout ce qu'ils veulent.

« Un jour, les sœurs étaient assises dans un café. C'était la première fois depuis une éternité qu'elles sortaient. C'était bien avant qu'il soit normal de ne plus sortir de chez soi.

« — Je suis vachement vieille, lança Tara, aussi vieille que cette maudite poussière !

« — Je suis encore plus vieille, aussi vieille que la grand-mère de la poussière ! renchérit sa sœur aînée, Frannie.

« — Excusez-moi, dit un inconnu à la table voisine, s'adressant à elles avec la liberté que s'arrogent les hommes cisgenres dans les cafés pour parler à des femmes inconnues. Mais vous êtes toutes les deux si jeunes !

« Elles le toisèrent jusqu'à ce qu'il la boucle et retourne à son ordinateur.

« Mais… il leur avait parlé à toutes les deux à la fois, il était donc impossible qu'il leur ait menti. Et Tara comme Frannie étaient aussi tout à fait conscientes qu'elles avaient la vingtaine, respectivement vingt-cinq et vingt-sept ans.

---

* En français dans le texte.

« — Rentrons à la maison nous mitonner quelque chose, suggéra Frannie à Tara.

« — Moi, je veux rester et finir mon café. (D'un geste, Tara montra sa tasse, encore tiède et à moitié pleine.) J'ai payé mon café, je tiens à le boire.

« Frannie réfléchissait, sans répondre. Elle savait qu'il valait mieux ne pas dire à sa sœur que c'était bien quand ce n'était pas le cas. Quelques minutes plus tard, elle se leva.

« — Je ne peux pas rester là plus longtemps, les gens vont vouloir nous parler, et chaque fois qu'on veut nous parler de nous, je suis de plus en plus fatiguée.

« — Et moi je suis fatiguée d'être seule avec toi dans cette maison au milieu de nulle part, protesta Tara. Fatiguée de cuisiner des petits plats. C'est bien, mais ça ne me suffit pas.

« — On pourrait prendre un chien.

« Frannie ne pensait pas ce qu'elle disait jusqu'à ce qu'elle l'ait dit, puis elle le pensa vraiment.

« Un autre homme s'approcha, il portait trop de jean denim et souriait la bouche fermée.

« — Je vous demande pardon, dit-il, je n'ai pas pu m'empêcher de remarquer…

« — Non, le coupa Tara.

« — Non, c'est non, renchérit Frannie.

« — Je n'allais pas…, protesta-t-il.

« Mais elles le congédièrent d'un geste de la main, et il s'en alla.

« — On pourrait se procurer un poêlon, dit Frannie à Tara. Ou même un wok. On pourrait faire frire des trucs.

« — Puis-je simplement rester ici pour finir mon café ? implora Tara.

« Les sœurs n'avaient qu'une voiture pour deux. J'aurais dû mentionner ce détail plus tôt. Le trajet de retour vers leur cabane était long et monotone, la plupart du temps il fallait marcher sur le bas-côté. Quant à la voiture, c'était une Hyundai vieille de dix ans, couleur champagne, dont la banquette arrière était jonchée de CD même si le lecteur refusait de rendre l'album de Johnny Cash que Tara y avait inséré quelques années plus tôt. Sur ce disque, il n'y avait aucune de ses chansons qui parlent de meurtre, ce n'étaient que balades et amour courtois, déclarations chantées d'une voix de stentor.

« Frannie savait que Tara se préparait à la quitter. Peut-être pourrait-elle servir à sa cadette le bon mensonge, afin que Tara reste dans les parages.

« Du genre : « Tu n'auras jamais le cran de partir toute seule. »

« Ou bien : « Tu ne seras jamais heureuse de vivre avec quelqu'un d'autre que moi. »

« Mais il serait stupide de faire l'une ou l'autre de ces projections à son unique proche parente. Et qui aurait envie de rester vivre avec quelqu'un à qui on parle ainsi ? En plus, Frannie savait que Tara avait peur de partir, parce que, dans le monde extérieur, n'importe qui pouvait lui dire n'importe quoi. Il ne faudrait vraiment pas grand-chose pour inciter Tara à rester.

« Pour la première fois, Frannie regrettait que leurs dons ne soient pas inversés. Genre, si Tara avait le don de Frannie, alors Frannie pourrait dire à sa sœur : « J'en aurai le cœur brisé. Je comprends pourquoi tu veux tracer ta route toute seule, mais je serai complètement brisée sans toi. » Et Tara saurait que c'était la pure vérité.

« Les deux sœurs se rendirent sur la tombe de leurs parents, dans un petit cimetière herbeux entouré de murs autant faits d'orties que de pierres. Elles déposèrent des pâquerettes et des crocus frais sur les stèles de granit nu, puis s'installèrent sur l'herbe sans parler.

« Alors qu'elles regagnaient la voiture, Tara lança :

« — Et si j'emménageais en ville pendant quelque temps ?

« — On y trouve moins de maladies de Lyme, riposta Frannie, mais plus d'inepties.

« — J'entendrais tant de contrevérités, je pourrais surfer dessus, garder mon équilibre. Peut-être que les mensonges d'un millier de personnes s'annuleraient les uns les autres. Ou alors j'apprendrais comment on trouve le bon type de menteurs, je ne sais pas.

« Frannie ne pouvait pas courir le risque de lui dire la moitié des trucs qu'elle avait à l'esprit.

« — Peut-être, se borna-t-elle donc à répondre.

« — Je reviendrais ici régulièrement, reprit Tara. Je te rendrais tout le temps visite. Et toi aussi tu pourrais venir me voir, si tu voulais. J'ai envie d'essayer de vivre entourée de voix et de voir ce que ça me fait.

« — Et si les changements que ça t'apporte ne te plaisent pas ? s'enquit Frannie.

« — Alors je reviendrai ici, et tu pourras me rappeler qui je suis vraiment.

« En souriant, Tara laissa sa sœur prendre le volant, puis se mit à tripoter l'autoradio.

« — Et si je n'ai pas envie de faire ce travail ?

« Frannie prenait bien soin de tout formuler sous forme de questions et d'hypothèses plutôt que de demi-vérités et de bobards.

« — Mais ce n'est pas un travail !

« Tara se mit en tête d'essayer d'éjecter le CD de Johnny Cash, peut-être pour pouvoir laisser à sa sœur un plus large choix musical après son départ.

« —… Ça fait partie de la sororité, c'est un truc qu'on est plutôt qu'un truc qu'on fait.

« — Ouais, mais si tu vas à la ville et que tu écoutes tant de contre-vérités qui deviennent vraies, et puis qu'un jour tu reviennes à la maison en espérant que je t'aide à recoller les morceaux et que je ne puisse pas ?

« Submergée de vagues de chagrin, de nausées et de solitude, Frannie ne pouvait s'empêcher de penser à la manière dont Tara avait parlé de surfer. Frannie pouvait à peine ramer avec ses mains, encore moins tenir debout.

« — Tout ira bien. (Tara attaqua le lecteur de CD avec une paire de pinces.) Vraiment, je suis capable de me débrouiller et je fais toujours la différence entre la vérité et un mensonge qui est devenu vrai. Tu sais que je suis capable de gérer ça.

« — Arrête de jouer avec le lecteur de CD ! dit Frannie avec brusquerie. J'essaie de…

« Les deux sœurs se concentrèrent sur l'autoradio et sur les tentatives maladroites de Tara pour sauver Johnny Cash, comme si le seul problème entre elles se limitait à ce disque coincé dans le lecteur. Et puis Frannie regarda à nouveau la route, trop tard pour voir un cerf grand et musclé surgir des bois et leur barrer la route. Le véhicule heurta l'animal avec un craquement sonore, comme un bruit d'applaudissements indistincts saluant un but surprise contre son propre camp. Soudain, les ceintures de sécurité des sœurs se tendirent, des formes blanches et duveteuses se gonflèrent devant elles.

« Peu après, les sœurs virent le cerf, qui boitait légèrement, sortir d'un bond des vestiges froissés de leur carter de moteur et de leur pare-chocs avant.

« Les deux sœurs plantées devant leur voiture attendaient la remorqueuse. Frannie dénicha un paquet de biscuits pour le thé parmi les détritus de la banquette arrière et en proposa à Tara. Toutes les deux mastiquaient en regardant la fumée se dissiper.

« — Tout va s'arranger, dit Tara en pleurant sans bruit.

« — Je sais bien. (Frannie avait assez pleuré, mais elle pleurait quand même encore un peu.) C'est ce qui me fait peur.

— Voilà l'histoire de deux sœurs qui se sont mises dans le pétrin en tentant de bannir le mensonge de leur monde, a conclu Amnesia avec un rire.

— Je ne pensais pas que cette histoire allait finir comme ça, a fait observer Eurovision, autant pour lui-même que pour les autres.

Amnesia a haussé amicalement les épaules.

— Peu importe, il était impossible qu'elle finisse bien.

— Les mensonges sont le lubrifiant de la vie, a déclaré la Dame aux Anneaux. Moi, par exemple, je n'aimerais pas vivre dans un monde transparent. (Elle jeta un regard à la ronde.) Je mens quotidiennement. Comme nous tous, j'en suis sûre. En fait, j'ai vécu trente ans dans le mensonge… je nageais dans le bonheur. Et quand tout s'est écroulé… j'étais encore heureuse.

— Racontez-nous, a dit Eurovision, se penchant en avant avec impatience.

— Pas encore.

— Moi, j'adore un bon mensonge ! s'est écriée Hello Kitty.

Florida a secoué la tête en ricanant.

— Rien ne vaut un bon mensonge, a-t-elle dit.

— J'ai de bons mensonges en magasin, a lancé une voix dans mon dos.

Pardi était de retour, adossée au mur à côté de la porte, les yeux brillants.

— Je vous ai promis la seconde partie de mon histoire, non ? C'est un tissu de mensonges.

Eurovision a souri.

— Oui, madame, vous nous l'avez promise. Asseyez-vous pour nous la raconter.

Avec son sourire énigmatique, Pardi s'est réinstallée dans un fauteuil inoccupé à la périphérie du cercle. Nous nous sommes tous déplacés pour mieux l'entendre. Sa dernière histoire était si dingue que j'avais peine à imaginer la suite.

— Où en étais-je ? Je vous ai déjà parlé de mon père et de son histoire sur Lafayette l'année de mes quinze ans. Le discours que mon père m'a tenu sur Lafayette n'était pas mon seul cadeau d'anniversaire, il m'a aussi offert une chaîne de cou en or avec une breloque en forme de lune en or massif. Et il a souscrit pour moi un abonnement à un magazine appelé *Paris Match*, un hebdomadaire de la presse à sensation avec des photos, parce qu'il pensait que c'était probablement la meilleure façon pour moi d'apprendre un peu de français. Jusqu'à ce qu'il ait une meilleure idée et engage une vieille Haïtienne pour venir nous faire la cuisine et un peu de ménage. Selon lui, il était important d'apprendre le français, au cas où il nous faudrait quitter le pays.

« Il était de plus en plus clair qu'une des motivations de papa derrière ce plan insensé de me faire apprendre le français était que je grandissais, et qu'il n'avait aucune envie de me descendre. Il pensait que nous devions déménager dans un endroit chaud, où les gens parleraient français, où la population noire serait majoritaire, avec de nombreux hommes noirs, bien éduqués et sains d'esprit. Du coup, il me serait facile de trouver un mari noir, et papa n'aurait pas à me tuer, ni en premier ni en second, avant ou après le jeune Blanc.

« Je trouvais plus facile de ne pas choisir un Blanc.

« Finalement, j'ai atterri à l'université du Texas, à Austin, à l'automne 1977. Finalement, je suis tombée amoureuse d'un garçon blanc. Et finalement je l'ai dit à mon père. Il a fait volte-face.

« — Je ne peux pas m'empêcher d'aimer celui que tu aimes, m'a-t-il dit.

« Mais ça avait un prix. Papa se sentait diminué. L'expression qu'il avait la nuit où Neil Armstrong a marché sur la lune est revenue et s'est installée de manière quasi permanente sur son visage. Ça a suffi pour ôter tout intérêt à mon premier amour. Ça a aidé, que le garçon ait été un garçon, et le type de garçon qui ne supportait pas que sa petite amie joue de la musique dans les bars. Que je ne doive pas jouer de musique dans les bars avait été en fait la seule chose sur laquelle papa et ce garçon s'étaient entendus avant que lui et moi on se sépare. Mais j'ai continué à jouer de la musique dans les bars.

« Ce ne serait pas mon dernier Blanc. Pendant un temps, comme je traînais au Driskill Hotel, je vivais au milieu d'un type particulier de jeunes Blancs et de musique blanche, tout en fréquentant des internes en médecine bronzés jusqu'à ce que leurs mères trouvent bizarre que mon père gagne sa vie en préparant de la sauce barbecue, encore plus bizarre que j'aie des demi-frères à Houston, et tout à fait bizarre que je n'aie pas de mère du tout, ce qui signifiait pour elles que je n'avais pas de mère qui soit un lien, ou une copine, ou une habituée des cercles, une bourge noire tout ce qu'il y avait de respectable. Ces jeunes Blancs voulaient que j'aie honte de mon jeu de guitare, de ma façon de monter à cheval, de faire de la voile. Honte des manières noir-c'est-noir de Galveston. Ce n'était pas possible.

« Je suivais les traces de T-Bone, j'en étais fière. Et peut-être, à ma façon, celles de Jack Hody Johnson. À l'époque, à Austin, on écoutait Jerry Jeff Walker et Townes Van Zandt. Il y avait aussi Guy Clark et Steve Earle, Robert Earle Keen et Lyle Lovett, Rodney Crowell et Larry Willoughby. Et ce qu'on écoutait encore, c'était Uncle Walt's Band. Il y avait tout ça sur ma playlist, plus Charley Pride, Ray Charles, Lil Hardin et Big Mama Thornton, mon premier T-Bone Walker et cet imposant et brillant homme nouveau, T-Bone Burnett. Et je m'écoutais, moi. Je savais que le monde avait besoin d'une musique de « cow-girl-pirate » noire, c'est moi qui allais l'écrire.

« Un soir, à Austin, c'était peut-être mon troisième ou quatrième concert, je jouais dans un club pas si petit que ça. Mais seulement trois personnes se sont pointées.

« Jericho était l'une d'elles. Il avait des pommettes si saillantes que les femmes avaient peur que son baiser ne leur coupe le visage. Des jambes longues. Une allure dégingandée. On distinguait ses muscles abdominaux aussi clairement que les tatouages de ses bras blancs. Il était fier d'avoir les yeux de sa mère, pas des yeux bleu-gris-vert pétillants mais des yeux qui savaient discerner le bien du mal. On parlait de son addiction aux drogues, mais il ne touchait à la cocaïne que pour avoir plus d'énergie pour boire, et il ne buvait toute la nuit que pour pouvoir veiller et écrire. Il était complètement amoureux de l'alcool brun, le bourbon, fou amoureux. À trente-sept ans, son œuvre était déjà derrière lui. Sept albums et des centaines et des centaines, des milliers de concerts dans des clubs à travers le monde, sur des bateaux de croisière, dans des stations de radio, des magasins de disques, et qui résonnaient dans ma cuisine tôt le matin. Il déversait les mots comme papa, m'éclaboussant tout entière.

« À ce concert sans public mis à part un beau couple de Noirs et ce canon blanc de Jericho, j'ai joué ce que j'appelais mes chansons Mother Dixie sur le Sud comme une mère abusive de la culture noire mais qui n'en est pas moins sa mère. Quand je suis arrivée à la dernière, il a applaudi si longtemps que j'ai fait mine de secouer la tête. Il m'a invitée à partir en quête d'un bar encore ouvert. Mais j'avais remarqué qu'il avait du mal à articuler et frôlait mes hanches avec sa main.

— Il nous faut sans doute trouver du café, j'ai dit. Tu es tellement torché et tu ne me connais pas assez, tu es capable d'avoir un geste inapproprié et je serais forcée de te tuer.

« Quand il a rigolé, je lui ai montré mon pistolet. Alors il a ri de plus belle en disant qu'il connaissait un petit restaurant ouvert toute la nuit qui faisait un très bon café et qu'il n'oublierait pas ses bonnes manières. Nous avons échoué dans le box d'un resto qui servait des pancakes au maïs, du café hawaïen et un supplément bourbon pour les habitués. Jericho était un habitué.

« Il s'était fait un nom dans la musique en incarnant une sorte de croisement entre Chris Kristofferson et Glen Campbell, avec beaucoup plus de peps. Quand je lui ai dit qu'il n'était rien d'autre que le nouveau Merle Haggard de la country, il m'a embrassée sur la bouche. Ensuite, il m'a fait la meilleure proposition que j'aie jamais reçue, et dans les années qui suivraient je devais en recevoir de poètes-lauréats de tous pays et de gagnants de Grammy Awards dans de multiples disciplines. Parce qu'une grande âme, je crois, est capable de flairer d'autres grandes âmes dans le parfum de ses boucles, Jericho a dit : « Faisons un poète, ce soir même. » Si mon père n'avait pas été mon père, j'aurais accepté la proposition de Jericho dès le premier soir, mais mon père était mon père, alors ça a pris des semaines.

« Il m'a dit que j'étais une poétesse cow-girl du Texas, puis il a entrepris de tout m'apprendre sur les cow-girls et les cow-boys comme si je n'avais pas grandi au Texas. On a discuté du fait que l'Ouest était noir, brun et amérindien, pas seulement blanc, et que les gens d'Alamo possédaient des esclaves et que personne ne voulait en parler. Et que la Rose jaune du Texas était probablement une femme de couleur qui avait aidé les Texans à gagner la guerre, et on s'est demandé pourquoi elle avait fait ça, et j'ai répété à Jericho ce que mon père m'avait dit, et Jericho s'est alors demandé si le Texas n'appartiendrait pas encore aujourd'hui au Mexique si la Rose jaune du Texas de papa avait dit la même chose que mon père.

« Je ne tardai pas à m'installer à Nashville moi aussi, même si j'étais inscrite à l'université du Texas. J'étais son petit secret. À l'époque, dans ce pays, tout comme on ne pouvait pas être gay, on ne pouvait pas non plus avoir de petite amie noire. Ne pas pouvoir ne signifiait pas ne pas avoir, ça signifiait ne pas pouvoir le dire. Aussi, j'étais juste la choriste qui voyageait avec le groupe.

« Jericho décréta que « garder la façade » était le troisième des talents qui comptaient sur la scène de Nashville, la composition de chansons venant en premier et le jeu de guitare en second. Le chant, d'après Jericho, arrivait loin derrière, en quatrième. Lorsque j'ai été diplômée de l'université d'Austin et ai atterri à Nashville pour décrocher deux contrats, un d'édition et un autre pour un enregistrement, je me préparais à enregistrer les chansons Mother Dixie et commençais moi aussi à développer le troisième talent de Music City : avoir l'air de ce que je n'étais pas. Mon contrat l'exigeait. J'étais volontaire. J'avais un projet pour lequel j'avais le béguin, et quand on a le béguin, on ferait n'importe quoi.

« À ce moment-là, mon père est mort de causes naturelles. Mourir en Noir dans son lit, de semi-vieillesse et de ses vices préférés, avec une fille aimante à ses côtés, Bell Britton disait que c'était déjà un triomphe en soi, et j'ai été obligée d'éclater de rire même si je n'étais pas obligée d'être d'accord. Après la belle mort de papa, j'ai eu le sentiment que je pouvais épouser Jericho.

« Nous vivions dans une petite ville. Jericho est entré chez un prêteur sur gages et en est ressorti avec une grosse bague en diamant qu'il a glissée à mon doigt en disant :

« — Tu ne voyages plus en bus avec l'orchestre et les filles, tu appelles ton label pour leur dire la vérité et puis tu roules en Cadillac avec moi, ou tu jettes ma bague dans le fleuve.

« Je n'ai pas jeté son diamant dans le fleuve. J'ai sauté dans son coupé Cadillac vert à Birmingham et il a tourné le volant vers Jackson, Mississippi. De là, on a pris la direction de Shreveport, puis on est montés à Dallas. Le trajet était facile. Il faut moins de quatre heures pour aller de Birmingham à Jackson, sauf si ton auto tombe en panne à une station-service de Meridian, Mississippi.

« J'adorais les stations-service, j'avais été élevée dans l'une d'elles. Si on grandit au Texas, l'essence a l'odeur des chaussures neuves. Mais pas si tu voyages avec un jeune Blanc et que tu es noire comme un pruneau. De vieux gars avinés dans un pick-up rouge – ils n'étaient que trois si je me souviens bien, appelons-les Eenie, Meanie et Minie Moe. Tout ce qu'ils voyaient, c'était un Blanc et une Noire et ils ont commencé à me harceler.

« Nous étions dans le coupé avec la capote baissée, garés devant la pompe, quand ils se sont amenés dans leur pick-up. Nous étions serrés l'un contre l'autre sur la banquette avant, le pistolet à carburant planté dans notre réservoir. Eanie, le plus gros des trois, a dit : « Pourquoi tu veux faire ça ? » Dans le civil et sans chapeau, Jericho n'était pas Jericho. Et surtout, on ne le reconnaissait pas avec, à ses côtés, une Noire en salopette au lieu d'une Noire à paillettes.

« Jericho gratifia les motards country – il les connaissait si bien – de son grand sourire à la Jericho, le sourire dont il avait gratifié sur scène tant de bikers, de fils de paysans, de policiers et de commis d'épicerie semblables à eux. C'était un sourire qui lui en valait habituellement un autre en retour. Puis il a dit un truc qui était un riff dans une des lignes d'ouverture d'une de ses plus grandes chansons. *Howdy, boys, let's turn this thing around*, « Salut les copains, retournons la situation ». Il savait que s'il décochait son sourire et qu'il disait ces mots, ils le reconnaîtraient, ils verraient qu'il était Jericho. Alors il a décoché son sourire et a prononcé son riff. Séance tenante, tout est devenu étrange.

« Brusquement, ce n'était plus un Blanc avec une Noire, c'était leur Jericho, l'ami dont la voix avait été présente dans tous les moments intimes de leur existence, du jour où ils avaient enterré mémé à la nuit où ils avaient couché avec leur première copine, en passant par l'après-midi où ils avaient tabassé leur meilleur pote sans raison, le jour où ils avaient empoché leur premier salaire et la première fois où ils s'étaient fait porter pâles un lundi matin. Jericho, la voix qui résonnait dans leur tête à toutes ces occasions, était assis avec une meuf de couleur torchée à ses côtés. Eanie, Meanie et Minie Moe clignèrent des yeux : Jericho se trouvait dans leur station-service locale et Jericho ne se contentait pas de baiser, il *aimait* une hippie noire.

« Mon homme avait explosé leurs petits esprits carbonisés. Ils n'aimaient pas ça du tout. J'aimerais croire que c'était son côté hippy qui avait touché les fans de Jericho.

« Le plus grand a déclaré :

« — Je vais rentrer à la maison et casser tous tes disques.

« Le plus gros, lui, a dit :

« — Tu dépenses le blé que tu as gagné grâce à moi, grâce à nous, trois Blancs honnêtes qui risquons nos vies à extraire du pétrole de l'océan, avec une pétasse noire en salopette ?

« — Ta gueule ! a rétorqué Jericho très fort et très fermement, toujours souriant.

« C'était un artiste fascinant. Personne n'a bronché tandis que Jericho descendait de l'auto et retirait le pistolet à carburant de notre réservoir. Il a sorti son portefeuille. Tout le monde l'a regardé glisser 100 balles dans un interstice de la pompe. On l'a tous regardé encore jeter un à un trois billets de 100 dollars en direction du pick-up.

« Alors Eenie, Meanie et Minie Moe se sont sentis insultés. Minie Moe m'a dit une horreur. Pourquoi il a fait ça ?

« — Monte dans l'auto ! ai-je hurlé à Jericho.

« Mais Jericho était déjà bien imbibé, par conséquent recevoir un ordre ou se démonter n'était pas une option pour lui. Il faut le comprendre, il avait atteint 1,87 mètre et avait forci en un été ! Lui qui avait été petit et potelé pendant tout le collège, le type de gamin dont les gens disent : « Ce qui compte, ce n'est pas tant la taille du chien qui vous mord que son envie de vous faire mal. » Jericho en avait très envie, et maintenant il mesurait 1,87 mètre et était baraqué. Il a cogné un des gars, Eenie, en pleine gueule, et puis Minie Moe lui a sauté dessus. On aurait dit qu'ils voulaient combattre à la loyale parce que les autres ne s'en sont pas mêlés. Mais ce salaud de Meanie m'a matée. Alors je me suis mise à pleurer. Jericho l'a vu immédiatement et a reculé d'un pas vers moi. Personne ne faisait attention à moi à part ce salaud sadique de Meanie.

« Je savais qu'il était sadique parce que mes larmes ont fait briller ses yeux. Je me suis mordu la lèvre, je le lui ai laissé voir. Mes doigts se contractaient comme si j'essayais de me raccrocher au siège de l'auto pour en tirer de la force. Meanie a crié à Jericho : « Ta pétasse veut que je la saute ! » À cet instant, Sadique Meanie a détourné les yeux pour voir la réaction de Jericho, j'en ai profité pour empoigner les deux fusils que je gardais chargés sous le siège. Les fusils que je tapotais avec mes doigts en me demandant comment ça allait finir. En un éclair, j'avais éclaté une partie de l'oreille de Meanie aux yeux bleus.

« Ils n'étaient pas préparés à ça. Jericho l'était, il me connaissait. Dès l'instant où mes yeux s'étaient gonflés de larmes, il avait commencé à reculer vers la voiture. Lorsque je me suis mordu la lèvre, sa main cherchait déjà la portière du coupé. Il savait comment je fonctionnais. Mon père m'avait appris à tirer droit, vite, et la première. On s'est barrés avec moi qui arrosais les pneus de ce camion de ploucs en utilisant les deux fusils. On est arrivés à Jackson en rigolant et en chantant du Johnny Cash.

« On a joué à Jackson, on a joué à Shreveport, on a joué à Dallas. On n'a pas roulé en Cadillac, mais on a donné nos concerts et voyagé en car jusqu'à Dallas, puis on a pris un vol de retour pour Nashville en première classe. On ne s'est pas démontés, on n'a pas eu peur. Je n'avais pas oublié mon cadeau pour mon quinzième anniversaire. Je portais ma lune porte-bonheur autour du cou et le diam de Jericho au doigt.

« Mais quand on est revenus dans notre maison de Nashville, tous les beaux objets que possédait Jericho lui rappelaient des êtres brutaux et sadiques. Il ne voyait rien de plaisant dans cette maison ou me voyait à peine, tout ce qu'il voyait c'étaient les gens qui avaient payé tout ce qu'il possédait. Et il ne les aimait plus. J'étais la seule chose dans la maison qu'il aimait encore.

« Il a décidé d'arrêter d'écrire et de composer des chansons pour se mettre à l'écriture de romans et avoir ainsi de nouveaux fans qui nous aimeraient tous les deux. Il s'est envolé pour New York sans moi et a loué un appartement quelconque sous un faux nom. Il a cessé de se produire dans les stades et les grandes salles pour ne plus jouer que dans des lieux style le Bottom Line, le Cellar Door ou le Birchmere. Et seulement quand j'y jouais aussi.

« Mon album Mother Dixie était devenu un petit phénomène culte, mais il m'a assuré que c'était un chef-d'œuvre méconnu et a rangé tous ses Grammy Awards de mon côté de la bibliothèque.

« Puis il a cessé de jouer et on est devenus, un moment, des piliers des clubs en tant qu'artistes performeurs à plein temps. Avant qu'il parte pour New York, la seule musique qu'il connaissait c'était la country, le bluegrass et un peu de jazz. Quand on y a emménagé, on a goûté au saumon fumé de chez Russ & Daughters en écoutant du punk, du jazz et du glam rock. On a sauté du Club 57, du CBGB et du Bitter End au Gerde's Folk City et au Bottom Line. On était accueillis derrière les cordons de velours et les regards glacés. Il avait l'argent des studios et moi j'avais l'argent de la sauce Sop, et si les habitués des salons VIP pensaient que ses disques étaient de la merde, ils jugeaient ce que je faisais assez étrange pour être intéressant. Ils ne connaissaient rien aux cow-boys noirs et aux putains noires de l'Ouest, alors tout ce qu'on pouvait leur raconter était une révélation. Et nous étions beaux tous les deux, comme une sculpture, c'est Jean-Michel Basquiat qui a dit ça. Le soir où on l'a rencontré, il s'est extasié devant le couple que nous formions avec cette haute stature et ces courbes dangereuses, l'affolante envergure des bras de Jericho capables d'abriter l'énorme masse de mes cheveux crépus et de mes nichons authentiquement et incroyablement haut placés. Il nous a prédit que nous serions accueillis partout et rarement à la maison avant l'aube. Il avait raison.

« Nous n'avions pas de club attitré, nous écumions tout l'East Village, comme papa et moi avons écumé Galveston, mais il y avait un lieu où on n'allait jamais, c'était Harlem. Nous n'avions ni l'un ni l'autre la moindre envie de prendre le risque que ce qui nous était arrivé avec ses congénères dans le Mississippi nous arrive à New York avec les miens.

« Un jour, je me suis réveillée à midi et mon diamant avait disparu. Je l'ai cherché tout l'après-midi. J'ai questionné Jericho à ce sujet. Puis j'ai dû sortir. J'auditionnais des guitaristes, j'étais prête à enregistrer un autre album. À mon retour en milieu de soirée, il était mort dans un fauteuil. C'était un peu comme dans la chanson « *Whisky Lullaby* » : *He put that bottle to his head and pulled the trigger*, « Il a porté cette bouteille à sa bouche et a appuyé sur la détente ». Il a eu l'amabilité de ne pas se servir d'un de mes fusils. J'ai vite compris qu'il avait mis ma bague en gage pour s'acheter une arme. Il avait laissé un message. Son écriture était belle jusqu'à la fin. Il disait : « J'ai mis le bail à ton nom quand j'ai loué cet appart. J'ai dit que c'était parce que ta caution était meilleure. Ce n'était pas ça. Je suis fatigué du monde et des Blancs. Toi, tu es prête pour le monde et pour tout ton peuple. Ceci est mon dernier testament. Je te laisse ma guitare avec plein de chansons à l'intérieur et la clé d'une pièce avec plein d'histoires à l'intérieur. »

« Il ne savait pas que nous allions avoir une fille, Jericho. Je l'appelle Pardner. Je lui ai donné la guitare pour son dixième anniversaire et la clé de l'appartement pour ses vingt-cinq ans. Jericho s'est trompé sur beaucoup de choses. Mais il y a des chansons dans sa guitare et des livres dans la pièce. Là-dessus, il avait raison.

Pardi a marqué une pause.

— Voilà mon histoire d'amour, mon histoire de haine et mon histoire d'« entre les deux ». (Elle s'est tournée vers Wurly.) Il y a assez de musique là-dedans pour vous ?

— Oh oui !

— Comme toutes les histoires d'amour en général, a dit Eurovision, celle-là finit mal aussi.

— Non, elle finit plutôt bien, a protesté Pardi. Plutôt bien, c'est mieux que rien. Et il en est sorti une belle jeune fille, ma fille.

Jour Neuf

8 AVRIL

J'ai expédié le ménage, vu que l'état de l'immeuble était pratiquement devenu un cas désespéré et que personne ne semblait remarquer ni mesurer les efforts que je déployais pour maintenir la propreté des parties communes. J'ai passé l'heure de service qui me restait à farfouiller dans le placard à alcools de mon prédécesseur et à classer ce qu'il contenait. Il possédait une étonnante collection de liqueurs, apéritifs, digestifs et bitters dans des drôles de bouteilles. Ayant déjà testé pas mal de classiques, j'ai décidé, par curiosité, de goûter ce que je ne connaissais pas. Il y avait des trucs vraiment atroces, des concoctions amères qui sentaient les herbes médicinales, sûrement distillées par des moines dans je ne sais quels monastères. J'ai fini par me préparer un thermos d'un mélange de *ginger ale* et d'une liqueur appelée Malört. Le résultat était tellement décapant qu'il vous donnait l'impression de recevoir un traitement par électrochocs.

Quand je suis arrivée sur le toit, j'étais déjà anesthésiée. J'étais en retard, j'avais raté les applaudissements de dix-neuf heures. J'ai rejoint mon divan sur la pointe des pieds et pris place le plus discrètement possible avant de déclencher l'enregistreur de mon téléphone. Eurovision lançait la soirée, comme d'habitude, croisant et décroisant les mains d'un air grandiloquent tout en balayant l'assistance du regard, afin d'encourager le premier conteur du jour à prendre la parole.

C'est alors que j'ai remarqué une nouvelle venue sur le toit, une jeune femme apparemment nerveuse, qui évitait les regards, langage corporel raide. Je n'en revenais pas. Comment était-elle entrée ? Je m'assurais tous les jours que la porte était bien verrouillée. Elle ne figurait pas dans la bible, j'en aurais mis ma main à couper. Je me suis demandé si elle payait un loyer, avant de me souvenir que nous ne devions absolument rien à notre propriétaire fantôme. J'ai avalé une gorgée de mon mélange.

Eurovision l'a remarquée lui aussi.

— Salut à vous, a-t-il déclamé alors qu'elle prenait un siège inoccupé, et croisait les mains sur ses genoux. Comment allez-vous ?

— Bien, a-t-elle répondu de manière hésitante. Et vous ?

— Je ne crois pas vous avoir déjà vue ici auparavant.

— Je ne connais pas très bien la ville, a-t-elle dit.

Elle avait un fort accent – l'anglais n'était clairement pas sa langue maternelle. J'aurais dit qu'elle était chinoise.

Eurovision l'a regardée avec un sourire flamboyant, sans tenir compte de la réponse à côté de la plaque.

— Eh bien, bienvenue sur le toit. Nous profitons d'être enfermés dans l'immeuble pour nous amuser un peu ensemble. Vous avez une histoire à nous raconter ?

— Pas vraiment, a-t-elle bredouillé. Mais vous pouvez peut-être m'aider ? Je suis à la recherche d'un ami. Enfin, j'ai sans doute tort de m'accrocher…

Le visage d'Eurovision, dérouté, s'est assombri, mais il n'a pas eu le temps de dire quoi que ce soit qu'elle s'était déjà lancée.

— Je suis arrivée à New York il y a huit mois, à la rentrée, pour mon premier semestre à l'université. Je n'avais jamais vu qu'en photos la statue de la Liberté, l'Empire State Building et les boutiques de la Cinquième Avenue. Je ne me rendais pas compte à quel point Central Park était grand, là au beau milieu de Manhattan, et tout rectangulaire, qu'il y avait dedans des lacs, un vrai bois, et qu'on pouvait même apercevoir des rapaces de temps en temps. Je m'imaginais dans un appartement avec vue sur le parc ou bien sur un gratte-ciel comme on en trouve ici, ou l'une de ces boutiques qui vend des tee-shirts « *I Love New York* » et des bagels aux graines de sésame. Je voyais deux grandes fenêtres – mon studio n'en a qu'une. Qui donne sur une échelle de secours, pas sur un parc ou sur des gratte-ciel. J'avais lu sur un site de voyage que tout était accessible en vingt minutes. Mais c'était sûrement en voiture, parce que, même si la pointe sud de Manhattan, Battery Park, a l'air proche sur Google Maps, il m'a fallu trois quarts d'heure de marche pour y arriver. Je voulais dire bonjour à la statue de la Liberté – qui possède une île pour elle toute seule ! – et faire un coucou au taureau de Wall Street.

Elle n'avait pas quitté ses mains du regard, mais a fini par relever la tête vers Eurovision en haussant les épaules.

— C'est donc ça, l'Amérique. Une dame verte qui trône sur une île. Un taureau géant en bronze.

« Comme la plupart des bénéficiaires d'un programme d'échange de mon pays, je suis arrivée pour deux ans avec un visa étudiant, pour un cursus en *data science*. Je comptais ensuite demander un visa de travail et continuer dans la finance ou devenir *business analyst*, trouver un métier de l'ombre, quoi.

« À l'aéroport, dans le hall des départs, nous ne savions pas quand nous nous reverrions, mes parents et moi, alors nous avons passé la question sous silence.

« Ma mère m'a dit « Ne mange pas trop » en me serrant fermement le bras. « Ne va pas devenir une grosse qu'on ne reconnaîtra pas », « Ne parle pas aux hommes que tu ne connais pas, et ne t'inquiète pas pour nous ».

« Mon père a rajouté en serrant plus fermement encore mon autre bras : « Concentre-toi sur tes études », « Écoute tes instituteurs et ta mère. Et, oui, ne parle pas aux hommes que tu ne connais pas ».

« Sauf qu'il ne s'agit plus d'instituteurs en master, mais de professeurs qu'on peut appeler par leur prénom et avec qui on sort boire des coups, et que beaucoup d'entre eux étaient des hommes que je ne connaissais pas. La décontraction à l'américaine – j'ai eu du mal à m'y faire. La bienveillance à l'américaine. « Hey, comment va ? » Question à laquelle il n'y a qu'une bonne réponse : « Bien, et vous ? »

J'ai jeté un coup d'œil à Eurovision, dont le sourire s'était figé à cette dernière remarque. J'ai réprimé un rire pendant que la conteuse continuait :

— Pourquoi parle-t-on de fils prodigue et non de fille ? Parce qu'une fille n'est jamais censée partir. Il y a une expression dans mon pays qui dit qu'une fille est la couverture de secours des parents, une fille est une couette chaude pour l'hiver.

« Le premier jour, je ne connaissais personne. Le lendemain, un autre étudiant du programme d'échange s'est approché de moi pour me poser une question sur un devoir que notre professeur avait oublié d'expliquer, parti dans une longue digression sur la Seconde Guerre mondiale. Nous venions de la même région, l'étudiant perdu et moi, mais pas de la même province ni de la même ville. Si nous n'avions pas tous les deux quitté notre terre natale pour venir étudier ici, nous ne nous serions jamais rencontrés. Il avait quelque chose de familier que je trouvais rassurant, et une coupe de cheveux bien nette. Il portait un pull moche en tricot, toujours le même noir avec un motif en V violet. Pendant tout le temps où je l'ai fréquenté, je ne l'ai jamais vu en changer ni venir en cours dans une autre tenue. Nous avons travaillé ensemble sur le devoir. Nous avons tous les deux obtenu des notes médiocres. Le professeur aimait bien griffonner dans la marge. Des zigouigouis illisibles, ou parfois juste des points d'exclamation ou des « Non, non, non ».

« Il y avait beaucoup de restaurants dans le quartier qui cuisinaient des plats de notre région. Le week-end, nous en choisissions un pour aller manger. Mais comparés aux plats avec lesquels j'avais grandi, ceux d'ici contenaient trop de sel, trop d'huile, et les portions étaient tellement incroyables qu'elles frôlaient l'indécence. Mon ami et moi mangions souvent en silence, en prélevant les meilleurs morceaux de viande pour les déposer dans le bol de l'autre. Je pensais à ma mère, à mon père, mais nous ne parlions jamais de nos familles, puisque leur histoire était sûrement la même. Il m'a demandé quels étaient mes passe-temps, au cas où nous en aurions en commun. Malheureusement, je n'étais pas une adepte des jeux de rôle en ligne, et je ne faisais pas non plus mon footing le long de l'Hudson après la tombée de la nuit.

« Je lui ai demandé « Pourquoi tu fais ça ? » en lui rappelant que New York n'était quand même pas sûre à cent pour cent.

« Il a demandé ce qu'il y avait de dangereux à sortir courir. C'était un joggeur rapide. Au pire, il pouvait sprinter.

« J'ai dit : « Mais imagine qu'il t'arrive un truc.

« — Genre, quoi ? » a-t-il répliqué. Il n'y avait que les filles pour avoir une réaction pareille, selon lui. Les filles ont plus de raisons d'avoir peur que les garçons. Les filles doivent avoir peur, d'une, des garçons, et de deux, de leur propre utérus tous les mois.

« Il m'a proposé de venir courir avec lui, mais n'étant pas sportive, je me voyais déjà rester en plan derrière, comme un appât, s'il devait partir en sprint.

« J'appelais mes parents le dimanche, pendant une heure, assise devant leurs deux têtes floues qui se relayaient sur l'écran de l'ordinateur chaque fois qu'ils braquaient la caméra sur eux pour parler. Ils m'ont appris que notre chat était mort, et j'ai dû me retenir de crier, parce que j'avais ce chat depuis quatorze ans. Ma mère m'a expliqué que, depuis mon départ, il attendait chaque soir sur mon lit.

« Elle m'a dit : « J'ai essayé de le raisonner. Mais tu sais, je ne parle pas chat. »

« Alors, une nuit, le chat a décidé qu'il en avait assez d'attendre. On l'a retrouvé sur le balcon, le lendemain matin, recroquevillé en boule, mort.

« Mon père a précisé : « De vieillesse. Quatorze ans pour un chat, c'est soixante-douze ans pour un humain. »

« Quand les fêtes sont arrivées, mon premier Thanksgiving et mon premier Noël aux États-Unis, j'ai plutôt bien aimé l'ambiance, la décoration qui avait envahi les bâtiments, les chants, les préparatifs, les arbres qui croulaient sous les guirlandes, bref, tout ce qui correspondait à ce que les gens qualifient de « joyeux ». Le jour des fêtes elles-mêmes, notre petit groupe d'étudiants restés sur place s'est rassemblé chez l'un d'entre nous autour d'une table pliante empruntée et d'un gros fait-tout qui sentait bon. J'accompagnais en général mon ami, qui s'était fait d'autres amis pendant le semestre et commençait à se lâcher un peu en société. Chaque fois qu'on arrivait ensemble, on nous charriait en disant qu'on formait un couple, qu'on allait finir par se marier. Il passait alors son bras autour de moi, mais sans jamais me toucher, sans jamais vraiment le poser sur mon épaule ou autour de ma taille. Je n'avais pas besoin de ça, et il ne m'attirait pas, pas de cette façon en tout cas, mais s'il l'avait fait ça ne m'aurait pas dérangée, puisque chacun de nous était le premier ami de l'autre ici.

« Les vacances d'hiver duraient un mois et pendant cette période je me suis régulièrement retrouvée prise d'une envie irrésistible de chocolat chaud, mais sans lait ni cacao… Du coup, je m'emmitouflais dans mon manteau, un manteau tellement long qu'il traînait par terre, et je m'enveloppais la tête entière dans une écharpe. En me voyant dans le miroir, je me disais que j'étais devenue comme ma mère l'avait craint : grosse et méconnaissable. Évidemment, le chocolat chaud n'aidait pas. C'est pendant l'une de ces excursions au supermarché que j'ai aperçu un jour mon ami de l'autre côté de la rue. La nuit, son pull violet paraissait presque fluo, phosphorescent. On aurait dit que les motifs en V étaient des flèches qui m'indiquaient sa présence. Il se trouvait avec quelqu'un, ils se tenaient très près l'un de l'autre dans l'ombre d'un bâtiment, en train de fumer – j'ignorais que mon ami fumait. Il s'était laissé pousser les cheveux qu'il avait attachés en un petit chignon brun, comme un guerrier des temps anciens. L'autre ne me disait rien. Ce n'était pas un étudiant du programme d'échange de mon pays, ni un visage que j'avais pu voir dans notre promo. Je me suis dirigée vers eux, mais j'ai changé d'avis en cours de route. J'ai remonté mon écharpe et accéléré le pas. Puis je les ai dépassés en regardant droit devant moi.

« Quand le deuxième semestre a commencé, nous avons continué à étudier ensemble et à décrocher des notes médiocres. Il m'a demandé de relire son CV. Je lui ai demandé des conseils pour mes entretiens d'embauche.

« Il m'a dit « Il faut que tu apprennes à regarder les gens dans les yeux », en pointant deux de ses doigts vers ses yeux avant de les tourner vers les miens.

« J'ai répondu que je le regardais.

« Il a prétendu que non, que je fixais un point de fuite. Un point derrière lui au croisement de l'infini et de la convergence des rayons parallèles.

« Ce qui nous a menés à une discussion sur la convergence des rayons parallèles et les points de fuite, puis à une dispute sur les immigrés et l'assimilation.

« Il disait que nous cherchions trop à nous fondre dans la masse, que c'était ça le problème.

« J'ai répliqué que nous n'avions pas de problème, selon moi, à quoi il m'a opposé que ne jamais reconnaître que nous avions des problèmes ou ne jamais en parler faisait justement partie de nos problèmes.

« — Si ça se trouve, il n'y a réellement pas de problème, ai-je avancé. Pourquoi les immigrés devraient systématiquement avoir des problèmes ? Et par conséquent, pourquoi discuter de choses qui n'existent pas ?

« — Tu veux dire que c'est mieux de ne jamais parler de rien ?

« — Je veux dire, qu'est-ce qu'on gagne à parler de tout ? Ne peut-on pas garder certaines choses pour nous ?

« Au lieu de répondre, il m'a scrutée attentivement depuis l'autre côté de ma petite table de petit-déjeuner. Je craignais qu'il ne révèle quelque chose sur lui qui nécessiterait que je révèle quelque chose sur moi en retour. Mais avant que j'en arrive à concéder une défaite totale à ce test, son téléphone a vibré et, sans même lire le message, mon ami s'est levé et a décrété qu'il devait s'en aller. « S'en aller ? Mais tu viens d'arriver. »

« Ce n'était pas tout à fait vrai, car nous avions discuté un moment. Ce n'est pas facile de parler de l'assimilation, de ce processus inévitable qui vous oblige à effacer des pans entiers de vous-même. Je n'aurais pas su dire si des choses en moi s'étaient effacées depuis mon arrivée, ou bien même avant, dans mon pays, à l'époque où j'avais commencé à envisager de venir ici.

« Il ne m'a jamais rappelée pour terminer notre devoir, et la semaine qui a précédé les vacances de printemps, il a cessé de me retrouver devant l'entrée de l'université avant les cours. Je l'ai cherché dans l'amphi. Je lui gardais une place, comme à mon chat. Quand je me suis rendu compte que je n'arrivais plus du tout à le joindre, j'ai tout de suite pensé qu'il lui était arrivé un malheur pendant son jogging nocturne. Qu'il était tombé dans l'Hudson, s'était fait kidnapper. S'était fait du mal à lui-même, avait été forcé de disparaître. J'ignore pourquoi je refusais de voir la vérité en face. Que, pendant que je faisais tout mon possible pour remettre la main sur lui, il faisait tout son possible pour m'éviter.

La conteuse a replié les mains, signifiant qu'elle avait terminé. Je lisais sur son visage la même solitude que dans son histoire. J'ai frissonné. Même en ayant grandi dans le Queens, j'avais tout de suite compris ce qu'elle voulait dire en parlant de l'assimilation et du fait d'y résister, de refuser de se modeler sur les autres. J'avais moi-même éprouvé ce sentiment une grande partie de ma vie.

Dans le silence, une énorme araignée a brusquement surgi d'une fissure dans le parapet et filé à travers le toit pour disparaître sous un morceau décollé de toile bitumée.

— Beurk, a lâché Eurovision en agitant les doigts avec dégoût.

— Quand pourras-tu rentrer chez toi ? a demandé Hello Kitty à la conteuse.

— Je dois d'abord finir mes études, mais tous les cours se déroulent à distance, maintenant. Je ne sais pas. Je ne peux pas retourner en Chine tant que la pandémie n'est pas terminée.

— Ça risque de prendre un moment, a fait remarquer la Cocinera.

La conteuse a acquiescé.

— Moi, je suis accro aux voyages depuis toujours, a déclaré Eurovision. Je déteste être piégé comme ça. Je donnerais n'importe quoi pour être à l'hôtel Grace de Santorin à l'heure qu'il est.

— Arrêtez votre cirque, l'a rabroué Florida. Il nous suffit de tenir encore quelques semaines. Ce sera fini en juin.

— J'espère bien, a repris la Cocinera. Je suis dans le même bateau, je meurs d'envie de voir ma famille à San Miguel.

— Quand cette pandémie sera finie, je vais partir faire le tour du monde, je veux voir tout ça, a lancé Hello Kitty.

Whitney a éclaté de rire.

— Même quand la pandémie sera derrière nous, personne ne pourra voyager comme je voyageais quand j'avais ton âge.

— Comment ça ?

Whitney a souri.

— Je te parle d'une époque où tu pouvais encore rencontrer des gens qui n'avaient jamais vu un Occidental de leur vie, où tu pouvais disparaître sans que personne chez toi puisse retrouver ta trace.

— Vraiment ? Où ? Et quand ça ?

Cette fois, je n'aurais su dire si le ton de Hello Kitty était empreint de ses sarcasmes habituels.

— OK. Chaque mot de l'histoire que je vais vous raconter est vrai. Ça s'est passé sous le règne du dernier roi d'Afghanistan.

— D'Afghanistan ?

— Oui. J'étais là-bas l'été 1972. C'était un matin, j'étais assise près d'un feu de camp au milieu d'un plateau désertique bordé par une chaîne de montagnes, avec six ou sept jeunes, Européens et Américains. Nous n'étions pas des bénévoles du Corps de la paix, ni des diplomates en excursion, des naturalistes, des scientifiques, des archéologues, des randonneurs chevronnés, ni même de simples marcheurs. Non, juste un groupe hétéroclite de jeunes dans la vingtaine qui avaient gagné un peu de sous avant de partir, sans rien faire d'extraordinaire. Nous nous étions tous rencontrés pour la première fois à Kaboul et avions décidé d'aller voir ensemble cette zone reculée du centre de l'Afghanistan.

« Ce matin-là, nous étions donc assis autour de notre petit feu de camp avec nos bols de flocons d'avoine, quand un mirage est apparu : de l'autre côté de la plaine désertique, une cavalière s'approchait au galop, ses longs cheveux bruns lisses volant au vent, sa grande robe rouge bouffant sur le côté.

« Avant de continuer, laissez-moi préciser que, personnellement, je ne me serais jamais rendue seule en Afghanistan sans un mâle dominant pour me protéger, en l'occurrence un Espagnol dont j'avais fait la connaissance plusieurs mois auparavant alors que je campais dans une grotte dans le sud de la Crète. Je l'avais remarqué le jour de son arrivée dans le petit village côtier en contrebas de ma grotte, à bord d'un vieux van blanc cabossé. Il portait un pantalon en daim à franges et des bottes en cuir noir. Ce qui avait attiré mon regard, c'était sa démarche joyeuse et enthousiaste. Nous ne nous connaissions que depuis quelques jours quand il m'a demandé avec son fort accent : « Tu voudrais partir explorer l'Orient avec moi ? » Me considérant comme calée en religions orientales parce que j'avais étudié Hermann Hesse et Alan Watts, j'ai dit oui.

« Nous avons mis notre argent en commun – le total s'élevait à 700 dollars environ, ce qui valait bien plus à l'époque qu'aujourd'hui –, puis j'ai transféré mon sac à dos de la grotte à son van cabossé. Le van ne démarrait que si quelqu'un poussait pendant que le conducteur débrayait pour lancer le moteur. Comme je ne savais pas me servir d'une boîte manuelle, c'était toujours lui qui conduisait. J'ai passé un temps considérable à alpaguer des inconnus pour m'aider à pousser.

« D'Héraklion, nous avons pris un ferry pour Athènes. À Athènes, l'Espagnol a engagé un menuisier pour nous construire une grande caisse en bois. Le menuisier et son équipe nous ont ensuite aidés à attacher la caisse sur le toit du van. Puis nous avons acheté tout un lot de gros sacs de flocons d'avoine que nous avons stockés dans la caisse, car d'après l'Espagnol, nous ne courions aucun risque de mourir de faim tant que nous pourrions trouver de l'eau et nous faire cuire des flocons sur le réchaud du van.

« Et ainsi donc, nous avons mis le cap sur l'Orient.

« Pendant les dix mois suivants, j'ai poussé le van aux côtés de Grecs, de Turcs, de Libanais, de Syriens, d'Irakiens, d'Iraniens, d'Afghans – et plus tard de Pakistanais, de Cachemiris (onze crevaisons là-bas !), d'Indiens, de Népalais. Je garde un mauvais souvenir de ces derniers pays : un jour, un vieux monsieur qui m'aidait à pousser a glissé, et quand ses amis ont ri de lui, il s'est mis à me frapper. Mais ce n'est arrivé qu'une fois.

« Tout au long de notre périple, bringuebalés de villes en villages, de bourgades en contrées totalement désertiques, sans âme qui vive, à la recherche d'endroits où camper, nous écoutions des cassettes sur l'autoradio du van. L'Espagnol possédait une belle collection, mais je ne me souviens que d'un album, *After the Gold Rush* de Neil Young. Encore aujourd'hui, je ressens l'appel du large chaque fois que j'entends « *Till the Morning Comes* », « *Tell Me Why* », ou « *Cripple Creek Ferry* ».

« Il faudrait ajouter que le romantisme de ce périple en Orient avec un Espagnol compensait le fait que nous ne parlions pas la même langue. Comme je ne parlais pas un mot d'espagnol et qu'il baragouinait à peine l'anglais, j'ai passé presque dix mois sans avoir aucune idée de ce qu'il me racontait. Il m'a semblé comprendre une chose, cependant : qu'il avait été médecin et avait abandonné son travail pour voyager, mais il m'avait expressément demandé de ne jamais lui poser de questions à ce sujet, car abandonner la médecine avait été très douloureux pour lui. Il n'avait que vingt-trois ans, ce qui aurait dû me faire tiquer. Mais peut-être pouvait-on devenir médecin plus tôt en Espagne qu'aux États-Unis, avais-je pensé.

« Notre aventure, bien sûr, a eu son lot de dangers et de frayeurs. Nous avons survécu à une extorsion de fonds par des gardes-frontières turcs, à un interrogatoire en pleine nuit, par la police turque aussi, à une traversée chaotique du désert entre la Syrie et l'Iraq – sur des traces dans le sable, même pas sur une piste. Peu après notre arrivée en Afghanistan, alors que nous campions au bord d'une rivière, au pied d'une montagne, j'ai aussi attrapé mon premier poisson à mains nues et vécu mon premier tremblement de terre.

« Nous venions de terminer notre poisson quand le sol a commencé à trembler. Je me suis recroquevillée en position fœtale. Je ne pensais qu'à une chose : si je mourais ici, au bord de cette rivière, écrasée par les rochers, personne ne saurait ce qui m'était arrivé. Ma famille ne recevrait plus jamais de mes nouvelles. J'étais horrifiée à l'idée de faire un coup pareil à mes parents. Je n'étais pas brouillée avec eux. Je leur avais envoyé plusieurs cartes postales enjouées, mais communiquer avec l'étranger était tellement compliqué qu'à mon avis, ils ne savaient jamais vraiment où j'étais.

« Toutefois, l'Espagnol et moi avons survécu, puis nous sommes partis vers Kaboul, une destination populaire chez les jeunes Occidentaux en quête d'aventures en 1972. Nous avons garé le van dans un camping en ville et sommes partis à pied nous ravitailler en nourriture et en eau. J'ai fait faire une paire de bottes en cuir sur mesure pour 5 dollars et acheté une robe noir et rouge vif brodée, aujourd'hui encore suspendue dans mon placard.

« Notre séjour de deux mois à Kaboul a pris fin de manière assez dramatique, quand une altercation entre l'Espagnol et un conducteur afghan a dégénéré en mini-émeute. Des marchands locaux ont assailli notre van, arraché notre autoradio, et volé toutes nos cassettes ! D'autres se sont jetés dans la mêlée pour nous défendre et, profitant du chaos, l'Espagnol s'est enfui. Je me suis retrouvée à chercher de l'aide pour pousser le van et retourner au camping, où il m'attendait.

« Craignant d'être arrêtés, nous avons décampé le soir même pour partir vers le nord en caravane, avec une poignée d'autres occupants du camping, tout ça pour en revenir au début de cette histoire – notre bande, donc, assise dans cette plaine désertique à manger des flocons d'avoine, et la mystérieuse cavalière approchant dans sa robe rouge qui bouffait sous le vent…

« Comme je l'ai dit plus tôt, elle arrivait au galop ; ses longs cheveux bruns lisses volaient au rythme des pas du cheval. Les autres étaient aussi hypnotisés que moi. Je ne me souviens pas exactement de ce qu'ils ont dit, mais sûrement quelque chose comme : « Hé, mate. » « Dingue. » « C'est qui la nana ? »

« Quand son visage a fini par se dessiner clairement, je me souviens en revanche très exactement de ce que j'ai dit, moi : « Meredith ! »

« La cavalière du mirage était l'une de mes colocataires de l'université. Je la croyais toujours à Chapel Hill, en Caroline du Nord. Jamais je ne me serais doutée qu'elle aussi était partie pour un périple oriental. Et elle a été tout aussi abasourdie de me trouver là.

« Meredith est descendue de son cheval et nous a rejoints pour partager un bol de flocons d'avoine.

« Des mois plus tard, mes parents ont reçu un appel du bureau du député de Caroline du Nord, leur apprenant que l'ambassade américaine au Népal avait envoyé un message disant que leur fille se trouvait à l'hôpital à Katmandou, traitée pour empoisonnement du sang et malnutrition. Le nécessaire a été fait pour me rapatrier chez moi.

« Les années qui suivirent, le seul commentaire de ma mère dont je me souvienne à propos de mon grand périple est le récit d'un rêve déchirant qu'elle avait fait pendant mon absence : je gambadais dans un champ en lançant des fleurs. Et le seul reproche dont je me souvienne venait de mon père, Sudiste, colonel dans l'armée : « Ma chérie, il est temps de redescendre sur terre. »

— Véridique ?

Hello Kitty, malgré elle, semblait impressionnée.

Whitney a acquiescé.

— Et qu'est-il arrivé à Meredith ? Elle est restée avec vous ?

— Non. Après notre brève rencontre, elle a continué vers l'Inde. Et elle est photographe à Paris depuis vingt-cinq ans.

— Incroyable. Et l'Espagnol ?

— J'ai remué ciel et terre pour le faire venir aux États-Unis. Je l'ai épousé. Et puis il a pété les plombs et a tenté de me tuer. Mais ça, c'est une autre histoire.

— Oh ! Racontez ! s'est écriée Hello Kitty, pleine d'un enthousiasme sincère, cette fois. J'adore les histoires de meurtre.

— Ce n'est pas une histoire de meurtre, a protesté Vinaigre. Il ne l'a pas tuée, je te signale.

— De tentative de meurtre, alors.

— Puis-je suggérer que nous passions à autre chose ? a demandé la Dame aux Anneaux. Pour ma part, je ne trouve aucun intérêt à entendre cette histoire d'Espagnol qui pète les plombs et tente de commettre un meurtre. Personne n'aurait quelque chose d'ordinaire à raconter, pour changer ?

Hello Kitty intervint :

— Moi, j'ai une histoire de dog-sitting.

— De dog-sitting ? a reniflé Eurovision.

— C'est ça. J'étais dog-sitter il y a encore quelques semaines, avant le début du confinement, a continué Hello Kitty. Ça m'aidait à payer mes études à NYU.

— Fascinant, a répliqué Eurovision. Je brûle d'impatience d'entendre la suite.

— Imaginez le tableau. » (Hello Kitty a laissé sa vapoteuse et, sautant de son fauteuil œuf, a pris une pose de comédienne.) Je suis dans cet appartement de l'Upper East Side, dans la cuisine. Tout en noir et blanc, surfaces mates, vous voyez le délire. (De ses bras, elle a balayé les alentours.) Avec, bien sûr, frigo américain Sub-Zero, façade en titane. Je me tiens devant.

Elle a mimé l'ouverture de la porte du réfrigérateur et a fait mine de regarder à l'intérieur.

— Au début, ce n'est pas grand-chose : une poignée d'amandes fraîches par-ci, une pomme Granny Smith par-là, un yaourt zéro pour cent sur l'étagère qui en est pleine à craquer. Des trucs qui, normalement, passent inaperçus.

« Buster levait les yeux, la tête penchée sur le côté, en me regardant comme un chat.

« Buster sent pareil que sa propriétaire, une quadra, avocate, qui se tartine de lotion au thé vert. Je tapais là-dedans aussi. Lotion, crème, beurre pour le corps. Mes mains ont besoin de gras – encore plus depuis qu'on doit se les laver dix fois par jour.

« À mon avis, la propriétaire doit aussi sentir un peu comme Buster. C'est un vieux chien de berger anglais blanc grisâtre.

Curieusement, son haleine ne me gêne pas. S'adapter à un nouveau client, c'est toujours le plus délicat. Tout dépend de ce qu'ils donnent à manger.

« La nourriture de Buster se présente aussi sous forme de portions individuelles, plus grandes que les yaourts zéro pour cent, empilées juste en dessous sur une autre étagère. Il doit avoir un problème de poids, parce que ces portions ne contiennent que des morceaux de carottes cuites et du blanc de poulet sans peau. Elle doit les préparer elle-même, parce qu'il n'y a pas d'étiquettes. Elle pourrait carrément manger comme lui si elle le voulait. Tu ajoutes un peu de céleri, de persil haché, une ou deux tasses de bouillon, et hop ! Soupe de poulet. J'ai même déjà pensé à en piquer un peu pour m'en préparer une chez moi, mais pour le coup, ça elle l'aurait remarqué.

« Je ne l'ai pas revue une fois depuis notre entretien, début janvier. Elle m'envoie des mails et, depuis peu, me laisse des petits mots sur le plan de travail :

S'il neige cet après-midi, les bottes de Buster sont dans le placard de l'entrée, dans un tote bag, où vous trouverez également sa veste matelassée.

« Le plus récent :

À partir de maintenant, NE PLUS laisser Buster interagir avec des inconnus et d'autres chiens. J'ai appelé le vétérinaire pour savoir si un masque est conseillé. Mon amie de Hong Kong dit que son chien en porte un. Pour la sécurité de Buster, merci de vous procurer un masque chirurgical de qualité et de le porter systématiquement quand vous vous trouvez avec lui, à l'extérieur comme à l'intérieur de l'appartement.

Sauf quand vous mangez, bien sûr.

« Inutile de préciser qu'une caméra de vidéosurveillance pour baby-sitter est installée dans la cuisine. Enfin, pour dog-sitter, dans mon cas.

« Il y a un truc que mes années de bons et loyaux services auprès des riches et de leurs canidés m'ont appris : ils aiment vous observer, être témoins du travail que les autres fournissent pour eux et les leurs. Nous surveiller leur donne un sentiment d'utilité.

« Moi, ça ne me dérange pas. Je tape quand même dans le frigo. J'ai gobé les amandes comme des caramels au beurre salé. Je me suis léché les lèvres après la pomme acidulée. J'ai levé les yeux au ciel, battu des cils à chaque cuillerée de yaourt plein de flotte.

« Ce n'est pas du chapardage, puisque je le fais au grand jour.

« Ce n'est pas du vol, puisque je ne ressens aucune culpabilité.

« Buster a bien droit à des petites récompenses, alors pourquoi pas moi ?

« Devinez qui pourrait avoir ce genre de pensées : une dog-sitter qui doit trouver une nouvelle façon de gagner sa vie.

« Buster était du même avis, même si ce n'est pas lui qui a fini par cafter, évidemment.

« Ça a commencé par une tartelette, un vrai chef-d'œuvre, avec une simple framboise qui trônait au sommet. C'était en février, juste avant la Saint-Valentin.

« On revenait de notre promenade quotidienne au Guggenheim, Buster et moi, et elle nous attendait, posée sur le plan de travail de la cuisine. Une ruche rouge miniature sur une assiette bleu coquille d'œuf. Elle n'était pas là quand on était sortis. Je l'aurais remarquée, croyez-moi.

« Je regarde autour de moi, m'attendant à moitié à voir la propriétaire. Ou bien un invité, peut-être l'amie de Hong Kong.

« Puis je regarde la tartelette.

« Buster m'observe. Il a su avant moi.

« Je l'ai mangée. La framboise était de première fraîcheur, comme la crème pâtissière en dessous. La pâte sablée fondait sur ma langue. J'ai dû m'accrocher au comptoir en marbre pour ne pas tomber à la renverse.

« J'ai ouvert le frigo, espérant en trouver une autre. Mais rien, à part les produits protéinés qu'elle et son mec consommaient, comme d'hab.

« Pendant l'entretien, j'avais demandé si des enfants pourraient se trouver à la maison en même temps que Buster et moi, l'après-midi. La maîtresse m'avait asséné un « non » lapidaire. Puis elle avait bien précisé qu'elle ne vivait pas par choix avec ce vieux chien de berger anglais. Elle avait baissé la voix en arrivant à la fin de sa phrase : Buster appartenait à un ex, qui était parti à Oslo pour un voyage d'affaires d'un mois et n'était jamais rentré.

« On peut jeter les fringues, mais pas le chien.

« Elle avait dit ça pour me montrer qu'elle avait du cœur. Parce que les riches craignent toujours de passer pour des gens froids. C'est pour ça qu'ils achètent des chiens – et qu'ils font des gamins – avant de laisser les autres s'en occuper à leur place.

« Le pauvre Buster est donc pris en otage, prisonnier de ce deux-pièces de l'Upper East Side avec terrasse filante et vue sur Central Park, dans l'espoir qu'un jour Mister Oslo refasse surface et, séduit par l'odeur du lait pour le corps au thé vert, change d'avis et reste.

« Buster est une extrémité à lui seul : l'appendice vestigial de l'homme, le bout du bout d'un amour, la queue qu'agitait le fidèle compagnon témoin d'une histoire sur le déclin.

« Voilà ce que la maîtresse voulait vraiment dire.

« Dès le début, j'ai testé plusieurs variantes de son nom pour voir à laquelle il répondrait, celle qui le ferait aboyer et révélerait peut-être quelque chose de son véritable propriétaire : « Buster Keaton ! Buster Keaton, au pied ! » « Hep, Ab Buster, tu veux une friandise ? » « C'est qui le bon toutou ? Gentil, Filibuster, gentil ! » « Buster Poindexter ? Buster Scruggs ? Buster Douglas[1] ? »

« Mais à ma grande déception – qui persiste à ce jour – Buster est resté Buster.

« J'imaginais davantage un gosse choisir ce nom qu'un homme adulte. Mais pas besoin de le faire remarquer à sa maîtresse, j'en suis sûre.

« J'espère juste qu'elle ne le surnomme pas Busted[2] quand ils ne sont que tous les deux.

---

1. Pour ce nom et ceux qui précèdent : Buster Keaton est un acteur et réalisateur américain de films muets connu pour son visage impassible et ses cascades physiques comiques ; Ab Buster fait référence aux appareils de fitness conçus pour travailler les abdominaux ; le terme *filibuster* désigne en anglais une technique législative utilisée pour prolonger les débats afin de retarder ou empêcher une décision, souvent par de longs discours ; Buster Poindexter est le nom de scène de David Johansen, chanteur et acteur américain ; Buster Scruggs fait référence au personnage principal du film *The Ballad of Buster Scruggs* des frères Coen, un cow-boy chantant dans un western ; et Buster Douglas est un boxeur américain célèbre pour avoir battu Mike Tyson contre toute attente.

2. En français : « cassé », « pété ».

« Pendant les deux semaines suivantes, ces tartelettes ont continué d'apparaître, en se multipliant à chaque fois. Je les mangeais, toutes. Au départ, je me retenais, je laissais passer une minute ou deux avant d'entamer celle d'après. Mais, assez vite, j'ai commencé à les engloutir, une dans chaque main. Et quand le nombre s'est mis à excéder une demi-douzaine, j'ai arrêté d'utiliser mes mains pour manger presque à même le plan de travail, le visage collé au marbre, en lapant avec la langue, à la Buster.

Nous attendions tous la suite, mais Hello Kitty s'est contentée de nous adresser une petite révérence avant de remonter dans son fauteuil avec sa cigarette électronique.

— Et donc ? a fini par lâcher Eurovision.

Hello Kitty lui a lancé un clin d'œil en tirant sur sa vapoteuse.

— Oh non, ça recommence, a-t-il dit.

Quand il est devenu clair qu'elle n'ajouterait plus rien, Vinaigre est intervenue.

— C'est évident, la propriétaire te testait. Elle laissait ces tartelettes pour te mettre au défi de les voler. Et te regarder le faire grâce à sa caméra pour baby-sitter. C'était son petit plaisir pervers.

Hello Kitty n'a pas répondu. Je me demandais si cette histoire, comme la dernière, était un mensonge. Mais, aussi bizarre que cela puisse paraître, elle avait l'air vraie.

— On imagine bien ce qui s'est passé à Oslo, a lâché la Dame aux Anneaux avec un vilain gloussement. Toutes ces belles blondes. Elles n'ont pas besoin de lait pour le corps au thé vert. Alors que la propriétaire, elle, se retrouve avec un vieux cabot sur les bras. Pas étonnant qu'elle l'ait eue mauvaise.

— Qui a dit qu'elle l'avait mauvaise ? a demandé Hello Kitty. Au contraire, elle était aussi *fresh* qu'une granita.

La Dame aux Anneaux a agité la main.

— Croyez-moi, il y avait de la lave sous la granita. Comme pour certains d'entre nous, ici sur le toit – nous prenons tous sur nous pour nous entendre, parce que autrement…

Elle a balayé avec ostentation l'assistance du regard, s'attardant, m'a-t-il semblé, sur Vinaigre et Florida, qu'on n'avait pas beaucoup entendues ces derniers soirs, après leur altercation.

— La vérité, c'est qu'en temps normal, nous ne nous donnerions même pas l'heure. Nous n'avons presque rien en commun, n'est-ce pas ? Rien, a renchéri la Dame aux Anneaux en jetant un coup d'œil circulaire et en faisant tinter ses bracelets pour souligner son propos.

Une fois de plus, les cloches de la cathédrale Saint-Patrick nous ont sauvés, sonnant la fin de la soirée.

Jour Dix

9 AVRIL

You ain't gonna learn what you don't wanna know[1], Jerry Garcia

Ainsi se présentait le nouveau graffiti qui nous a accueillis ce soir-là sur le toit, négligemment gribouillé sur la partie supérieure de la fresque. Quand Vinaigre a demandé qui en était l'auteur, personne n'en a revendiqué la paternité. Pendant que nous prenions place, Eurovision a dit :

— Saviez-vous que Jerry Garcia a perdu son majeur dans un accident de hache quand il avait cinq ans ? Il ne lui restait qu'un moignon. Mais même avec quatre doigts, c'était l'un des meilleurs guitaristes de sa génération.

— Oh que oui, a renchéri Darrow. J'ai vu les Grateful Dead en concert une fois, et Jerry Garcia a fait un doigt d'honneur avec son moignon. Toute la salle était pliée en quatre.

— Ça me rappelle Big John Wrencher, a dit Wurly, le grand harmoniciste de blues. Il avait perdu un bras dans un accident de voiture et avait complètement dû réapprendre à se servir de son instrument. Il a trouvé comment jouer d'une main – c'était teeellement beau !

Ramboz a renchéri :

— Ou Paul Wittgenstein, le pianiste qui a perdu un bras pendant la Première Guerre mondiale. Il s'est fait écrire des pièces par de grands compositeurs pour pouvoir jouer de la main gauche.

1. « On n'apprend pas ce qu'on ne veut pas savoir. »

— Comment en sommes-nous arrivés aux musiciens manchots ? est intervenue Hello Kitty.

— Vous avez déjà entendu parler du bluesman Elijah Vick ?

C'était Maine.

— Bien sûr, s'est exclamé Wurly. Mec bizarre, mais authentique. Vous l'avez connu ?

— Oh oui. Il y a des années, a répondu Maine.

— C'est l'un des cas les plus étranges que j'aie jamais traités. Le type a failli perdre son bras – et sa carrière de guitariste. Pendant mon internat à la faculté de médecine, j'avais été affecté à l'unité de soins intensifs de l'hôpital Saint-Joseph à Memphis – une institution et, tristement, le lieu où Martin Luther King a été déclaré mort, en 1968. J'en ai vu, de la douleur, j'en ai vu, du pathos au fil des décennies – tous les degrés possibles de tragicomédie. Mais je n'oublierai jamais Elijah Vick.

« Elijah avait quarante-cinq ans quand je l'ai rencontré, c'était un organisateur de concerts très demandé. Petite bedaine, légère toux chronique à cause de ses années passées à fumer trop d'herbe, mais en bonne santé sinon. Cheveux gris avant l'âge, un début de calvitie et un petit bouc bien taillé qui devait faire office de garde-manger. Une Gibson demi-caisse tatouée sur le bras gauche.

« Comme il me l'a raconté, il était né et avait grandi à Memphis, une ville qu'il ne pouvait s'imaginer quitter. Je crois que ce qu'il aimait le plus là-bas, à part la musique, c'était le Mississippi, ses méandres, le clapotement de l'eau le long des rives. Il habitait un loft à flanc de falaise, d'où il pouvait rester des heures à fixer, subjugué, hypnotisé, le grand fleuve tentaculaire. À un mile des berges se trouvaient les marais de l'Arkansas, royaume des aoûtats, des canards et des mocassins d'eau qui aimaient nicher dans ces lacs vaseux en forme de fer à cheval. Sur les longs bancs de sable, les cochons sauvages couraient au milieu d'un cimetière de bois flotté et de souches de cyprès pourries. Dans les clairières, par-delà ces étendues sauvages, se déployaient des centaines et des centaines de kilomètres carrés de champs de coton, du coton à perte de vue – l'or blanc, qui poussait grâce à la richesse exceptionnelle des alluvions.

« Toute sa vie, Elijah s'était entendu dire de ne jamais au grand jamais s'aventurer dans les flots fétides de Maître Mississippi. C'était le côlon de la région, comme disaient les gens là-bas, un immonde égout géant semé de dangers divers et variés : embâcles, tourbillons, rejets industriels, produits chimiques enflammés, lignes de pêche emmêlées, bactéries coliformes, sans parler de l'impitoyable courant, capable de tout emporter.

« Tout se passait comme si les lois de l'hydraulique ne s'appliquaient pas à ce torrent de sauce forestière. Elijah avait entendu dire que, comme ça, d'un coup, cette eau traîtresse pouvait vous aspirer, vous engloutir, vous étouffer dans son étreinte miasmatique. Grosso modo, c'était une autoroute de sables mouvants.

« Et puis il y avait le naufrage du *Sultana*, la pire catastrophe nautique de l'histoire américaine. Le vapeur au triste sort avait passé Memphis tôt le matin du 27 avril 1865, avec à bord près de deux mille cinq cents passagers, dont beaucoup appartenaient aux troupes de l'Union tout juste libérées de divers camps de prisonniers de guerre confédérés. Quelques kilomètres en amont, vers deux heures du matin, les chaudières du *Sultana* ont explosé. Plusieurs centaines d'hommes sont instantanément morts, ébouillantés. Des passagers ont sauté dans le Mississippi glacé, mais beaucoup de soldats étaient trop faibles et décharnés pour nager – ou bien ne savaient pas nager, tout simplement. Au bout du compte, mille sept cents personnes ont péri brûlées ou noyées cette nuit-là, soit davantage que sur le *Titanic*.

« Des monstres vivaient aussi dans les tréfonds du Mississippi. Elijah, passionné de sports en plein air et pêcheur depuis son adolescence, était fasciné par un poisson gargantuesque bien particulier, pouvant peser jusqu'à plusieurs centaines de kilos, qui vivait dans les hauts-fonds : le brochet-crocodile, *Atractosteus spatula*, une créature primitive au long nez effilé, pourvue de dents menaçantes et d'écailles tranchantes si dures que les pêcheurs devaient utiliser des pinces coupantes pour arriver à la chair. Les guerriers chickasaw se servaient autrefois des écailles du brochet-crocodile pour fabriquer des plastrons et des boucliers. Ce curieux poisson, sinueux, pareil à un dragon, était un carnivore capable d'atteindre des tailles monstrueuses et une longévité ridiculement grande – plus d'un siècle, dans certains cas. Il n'était pas connu pour nuire aux humains, mais pouvait se montrer salement redoutable comme prédateur, car il s'embusque et empale sa proie avec ses longues dents pointues. Autre curiosité et source de fascination pour Elijah : le brochet-crocodile était non seulement doté de branchies, mais aussi d'une sorte de poumon qui lui permettait de respirer à la fois dans l'air et sous l'eau.

« Un jour, Elijah m'a montré une photographie célèbre de l'un de ces mastodontes, prise en 1910. Le brochet avait été capturé au sud de Memphis, dans un petit bras du Mississippi, près de Tunica ; sur cette photo, on voit un homme tout éberlué, assis, minuscule à côté du léviathan écailleux. Il se disait que la créature mesurait trois mètres de long et pesait près de cinq cents kilos. Quelque chose dans cette forme de vie étrange, à mi-chemin entre le reptile et le poisson, intriguait Elijah au plus haut point. C'était comme si un dinosaure vivant nageait juste là, tout près de sa ville natale.

« Mais au fil des siècles, les gens avaient diabolisé les brochets-crocodiles, les qualifiant de nuisibles, de poissons-poubelles. Les rednecks les chassaient la nuit au projecteur, les tuaient jusque dans leur cachette. Ou bien ils capturaient les plus gros spécimens afin de les vendre pour plusieurs milliers de dollars au marché noir – les riches hommes d'affaires tokyoïtes les appréciaient apparemment comme curiosités dans leurs aquariums. Elijah avait le sentiment que le monde moderne avait causé grand tort au malheureux brochet-crocodile, simplement parce qu'il était laid, monstrueux, étrange, drôle de rescapé du monde préhistorique.

« Depuis son divorce, Elijah était obsédé par l'idée de traverser le Mississippi à la nage. Il pensait avoir besoin d'un projet, d'une aventure à laquelle se raccrocher pour se rappeler qu'il était encore en vie et capable de prendre des risques de temps en temps. Il avait abandonné sa carrière musicale pour gérer et promouvoir celles des autres. La bonne musique semblait suinter par tous les pores de la ville, mais pour Elijah, lui qui avait pourtant été un guitariste de studio renommé, bien connu dans les bars locaux, la musique se réduisait désormais à une activité qu'il n'exerçait plus que par procuration, et qu'il avait fini par détester. Il s'éteignait à petit feu.

« Il était resté en bons termes avec Florence, son ex-femme, même après qu'ils avaient fini par comprendre qu'ils ne pouvaient plus être heureux ensemble. Florence trouvait son obsession pour le Mississippi bizarre, dérangeante. Elijah veillait jusque tard dans la nuit à lire Twain. Il était devenu un nageur émérite. Il étudiait les cartes du Corps des ingénieurs de l'armée. Il s'était lié d'amitié avec les vieux ratons du fleuve qui connaissaient chaque courbe, chaque méandre, chaque histoire et légende de ce segment du Big Muddy.

À ses yeux, le Mississippi était devenu un mythe, comme Charybde et Scylla, une entité malveillante, mais dans le même temps infiniment séduisante.

« Qu'éprouverait-il, se demandait-il, en plongeant dans ce chaos bouillonnant ? En s'éclaboussant de cette eau, en dérivant dedans, en sentant la vase poisseuse sur sa peau ? Et, surtout, qu'éprouverait-il à vaincre la violence du courant pour traverser, d'une rive à l'autre ?

« Il imaginait cet acte comme cathartique, comme une épreuve qui ferait de lui un homme nouveau. C'était une phase, un palier à franchir. On appelait les habitants de Memphis les Memphiens, ce qui leur seyait parfaitement. Ils étaient des dérivés d'amphibiens, des êtres caoutchouteux, produits de l'eau et de la vase, des formes de vie mutantes. Elijah n'était pas sûr de comprendre pourquoi il se sentait si puissamment attiré par le fleuve, mais il savait que cette traversée devait être accomplie. Affronter ses peurs d'enfance faisait partie des raisons qui le motivaient, mais peut-être y avait-il à l'œuvre quelque chose de plus grand, de plus métaphorique. Tout se passait comme si l'acte même de traverser le transporterait ailleurs, dans une vie meilleure.

« La veille de sa traversée, Elijah a campé dans sa vieille International Harvester, sur la rive côté Arkansas, à quinze kilomètres en amont de Memphis. On appelait ce segment le Champ de courses du diable (ainsi nommé sur les vieilles cartes, et même dans *La Vie sur le Mississippi* de Twain), tristement célèbre à cause de ses épaves de bateaux à vapeur.

« Il s'est endormi au son des coyotes qui hurlaient dans les fourrés. Un croissant de lune s'immisçait dans le ciel, et les gros avions FedEx – un premier, puis un autre, et encore un autre – rugissaient au-dessus de sa tête en cadence tandis qu'ils descendaient vers le centre de tri de Memphis, portant les colis du monde entier.

« À l'aube, Elijah a bu à petites gorgées une tasse de café soluble, puis s'en est allé sur la berge afin d'étudier le courant, tester la température de l'eau, observer la rive opposée avec ses jumelles. Il a enfilé sa combinaison, l'a bouclée, puis a fermé le sac à dos étanche qui contenait ses chaussures et des vêtements de rechange.

« Il a marmonné « Qui ne tente rien… », puis s'est enfoncé dans l'eau, étonnamment froide. Il sentait son cœur battre, sa peau frissonner, ses nerfs s'affoler. Il regardait de l'autre côté du canal, vers la rive du Tennessee enveloppée dans une brume végétale.

« Pendant les trente premiers mètres environ, Elijah a dérivé dans des eaux calmes, tranquilles. Puis est arrivée une ligne de démarcation, bien distincte, après laquelle coulait le courant principal, si bien que, soudain, il s'est vu propulsé en aval comme s'il avait été tiré d'un canon. Jamais il n'aurait pu lutter contre un courant pareil, pas même une seconde. Se retrouver emporté par une force aussi puissante avait quelque chose de déconcertant, mais après s'y être abandonné, Elijah a ressenti un sentiment d'euphorie exquis.

« La surface de l'eau était maintenant ridée, agitée, claquait sous les courants contraires, gonflée par le bouillon. Il sentait le fleuve le ballotter de tous les côtés, lui signifier l'impertinence de sa présence. Là, au cœur du courant, il perdait toute notion de la vitesse des flots. Parfois, il avait l'impression de ne même pas avancer du tout, puis il regardait derrière lui, vers la rive, et voyait qu'au contraire, il *traçait à fond* – glissant malgré lui dans le gosier de la nation.

« Le Mississippi avait le goût de n'importe quel grand fleuve : légèrement ferreux, gorgé de nutriments, avec à l'arrière des notes pas désagréables d'algues et de poisson. Bien qu'incapables de dire si la dioxine avait une saveur, ses papilles ne détectaient rien de chimique – aucun tanin qu'il aurait pu relier à Monsanto, ni de voile satiné qu'il aurait attribué à Dow Chemical Company.

« La surprise, toutefois, vint du sédiment. Elijah n'avait jamais nagé dans une eau aussi chargée en sédiment, toute cette terre du nord qui s'écoulait vers le sud. Ce n'était rien de plus, évidemment – seulement de la bonne terre propre –, mais elle s'infiltrait dans ses yeux, lui tapissait la langue et les narines, crissait entre ses molaires serrées. Il avait lu que, dans le temps, les capitaines des bateaux se vantaient d'avoir pour habitude de boire un grand verre de cette substance granuleuse chaque matin, pour la santé. Le Metamucil de la nature !

« Sous l'eau, on aurait cru entendre mille bols de Rice Krispies crépiter en même temps. Voilà à quoi correspondait le bruit de ces innombrables tonnes de sédiment précipitées vers le fond du fleuve, de ce nuage qui tourbillonnait en dessous de lui.

« Il progressait bien à présent. L'effort était comparable à celui d'une énergique séance de sport. S'il y avait un exploit à voir dans la traversée du Mississippi à la nage, c'était un exploit psychique plus que physique, conceptuel plus qu'aérobique. Il restait à la portée de n'importe quel nageur un tant soit peu entraîné.

« Et, ce faisant, Elijah s'entendit glousser de rire. Lui-même n'arrivait pas à croire qu'il se trouvait là, qu'il avait osé se lancer dans ce défi si atypique, mais qui, en même temps, compte tenu de son passé, semblait en être la suite logique. Comme si un homme à Pampelune décidait, quoique sur le tard, d'aller jouer les toreros auprès de bêtes enragées. Il nageait… dans… le Mississippi… Et se sentait curieusement chez lui, à sa place, comme si le fleuve et lui ne faisaient qu'un.

« Il rampa vers la berge broussailleuse, où des vignes sauvages de muscadine étranglaient saules et cyprès. Sa main gauche se posa sur la terre du grand État du Tennessee. La traversée avait pris près d'une heure, et l'avait emporté sur plusieurs kilomètres en aval. Il regarda derrière lui, vers l'Arkansas, et savoura sa victoire. Il recracha un peu d'eau. Il était vidé de ses forces, mais aux anges.

« Quelques minutes plus tard, alors qu'il pataugeait dans les bas-fonds en commençant à retirer sa combinaison, quelque chose, à la périphérie de sa vision, attira son attention : un éclat, une gerbe d'eau, un brusque mouvement sur le côté. Avant même qu'il ne comprenne ce qui lui arrivait, une créature lui saisit le bras. Déséquilibré, il tomba dans l'eau. L'espace d'un instant, il sentit la présence d'une masse gigantesque.

« Puis la chose, quelle qu'elle fût, le lâcha. Elijah n'aperçut qu'une queue et une nageoire dorsale alors qu'elle disparaissait dans un flou d'épines verdâtres et d'écailles luisantes. Jamais il ne pourrait l'affirmer avec certitude, mais, tout au fond de lui, Elijah en était sûr : il avait marché sur un brochet-crocodile endormi et le dinosaure, effrayé, s'était jeté sur lui.

« Quand il retira sa combinaison, il ne découvrit que des perforations profondes, dessinant un motif régulier. La créature avait laissé sur lui son empreinte sous la forme d'une blessure parfaite – une longue rangée bien nette de marques de dents. Étrangement, il n'y avait pas une goutte de sang, et Elijah ne ressentait absolument aucune douleur.

« Il passa le reste de la journée à marcher pour rejoindre la ville la plus proche, puis à faire de l'auto-stop pour retourner à Memphis, puis à rouler avec Florence jusqu'à l'endroit où il avait laissé sa camionnette et son équipement de camping, en Arkansas, de l'autre côté du pont. De retour chez lui, la blessure commençait à suinter et à piquer. Les longues rangées de marques de dents étaient devenues irrégulières, enflammées, à vif. Cela partirait tout seul, pensa-t-il. Mais, le lendemain, il se réveilla avec des élancements et des stries rouges inquiétantes tout le long du bras. La morsure du poisson avait créé de parfaits petits portails qui, à leur tour, avaient laissé entrer une infection vraiment pas belle à voir.

« Quelques heures plus tard, son avant-bras avait atrocement enflé, sa peau était dure et brûlante au toucher. Il respirait difficilement. Il se sentait si étourdi et fiévreux qu'il finit par s'écrouler sur le sol.

« Il réussit à appeler Florence, qui arriva aussitôt et l'emmena à l'hôpital Saint-Joseph, où nous avons découvert qu'il se trouvait en état de choc septique. « Je t'avais dit de ne pas nager dans cette saloperie », lui asséna Florence, hors d'elle.

« Après une batterie d'examens, nous avons appris qu'Elijah souffrait d'une infection rare, due à un streptocoque mangeur de chair. Techniquement connue sous le nom de « fasciite nécrosante », l'infection était digne d'un roman de Stephen King : une armée de microbes dévoreurs grignotait la chair de son bras, remplissant ses tissus sous-cutanés d'exotoxines.

« J'ai pris un marqueur noir et tracé une ligne sur son bras. Je lui ai dit que si la rougeur dépassait cette limite, il courrait un grave danger. Au cours de l'heure suivante, le streptocoque franchit la ligne. L'infection progressait rapidement vers la main. La moitié de son bras était déjà gangrenée. On se serait cru aux premiers jours de la guerre de Sécession, quand les gens installaient leurs nappes pour pique-niquer et regardaient à l'horizon, heure après heure, la bataille progresser. Sauf qu'en l'occurrence, la bataille se déroulait à l'intérieur du bras d'Elijah.

« Il était désormais pris de vomissements, de convulsions, sa peau luisait sous les poussées de fièvre. J'ai annoncé à Florence qu'ils devaient se préparer : j'allais peut-être devoir lui couper le bras. L'amputation serait sûrement le seul moyen de le sauver.

« Dans son délire, en entendant le lointain grattement d'une scie à os du Moyen Âge, Elijah se mit à débiter des questions : Était-ce donc ainsi que tout ça se terminerait ? Avait-il vécu une vie à peu près décente ? S'il s'en sortait, allait-il vivre différemment ?

« À plusieurs reprises, j'ai incisé son bras pour drainer et libérer les tissus, et laissez-moi vous dire que ce qui en sortait n'avait même pas de nom – des grumeaux de magma noir infâmes, des jets malodorants, des flaques de pus. Nous lui avons administré plusieurs antibiotiques par intraveineuse, sans succès. Je commençais à perdre espoir. Entre deux évanouissements, Elijah imaginait ces invités indésirables lui dévorer les corpuscules et les tendons. Il semblait à la fois révulsé et fasciné par l'idée que ces souches de superbactéries se trouvaient juste là, seulement séparées de lui par une couche de peau, présentes par millions à la surface du globe, attendant la coupure, la petite plaie, la porte d'entrée qui leur permettrait d'accéder au banquet qu'était notre chair.

« J'ai dit à Elijah qu'il ne nous restait plus qu'une cartouche, désormais : un antibiotique encore à l'essai, au prix astronomique. « Voyons ça comme un cadeau de Dieu », lui ai-je dit.

« L'antibiotique a fonctionné. Dès le lendemain, l'armée rouge commençait à battre en retraite. Quelques semaines plus tard, le bras d'Elijah avait plus ou moins retrouvé son aspect initial. Mais il garderait cette cicatrice pour le restant de ses jours, sceau indélébile laissé par les dents acérées de cette espèce de poisson millénaire incomprise. Elijah m'a confié que, rétrospectivement, il considérait sa mésaventure fluviale comme une leçon de la vie, et voyait désormais celle qui lui restait comme un cadeau de Dieu – ou, pour être précis, un cadeau que Dieu avait sorti de son placard à antibiotiques.

« Elijah Vick a rapidement repris sa guitare, animé par une ardeur nouvelle. Il est devenu l'un des musiciens de studio légendaires de Memphis. Et n'a plus jamais trempé un orteil dans le Mississippi.

— Eh bien, en voilà une histoire à faire froid dans le dos ! s'est exclamé Wurly. Nous aurions perdu un grand musicien si on l'avait amputé. Imaginez-le un peu sur scène : « Désolé, les gars, je me suis fait bouffer le bras par un dino. »

— Mon père, a dit la Fille du Merenguero, s'est cassé le poignet un jour, mais il a continué à jouer même si ça lui faisait un mal de chien. Il disait : « *Toco o muero*. Je joue ou je meurs. »

— Une belle leçon de vie, a soupiré Vinaigre. « Jouer ou mourir. » Eux, au moins, n'ont pas passé le reste de leur vie à mettre tous leurs malheurs sur le dos de Dieu ou du destin.

Elle a lancé un regard appuyé à Florida.

J'ai terminé mon Cynar-Coca-glaçons et m'en suis servi un autre du thermos. Comment diable en étions-nous arrivés à parler de types amputés ? On aurait dit que Dieu se foutait de moi, me punissait.

— Ceux qui se plaignent de ceux qui se plaignent, a rétorqué Florida, c'est parce qu'ils ne veulent pas de concurrence.

Vinaigre s'est retournée pour la fusiller du regard.

— En parlant de ça, dis-moi plutôt quand ton idiot de fils va arrêter de te pomper ta pension pour que tu puisses me rembourser les 57 dollars et 17 cents que tu me dois.

Eurovision a frappé dans ses mains.

— Passons à autre chose ! Qui veut raconter la prochaine ?

La Dame aux Anneaux a dit :

— Ce dont nous aurions besoin à ce stade, c'est d'une histoire de réconciliation. Qui nous calme et nous transporte dans un autre monde.

— Je suis parfaitement calme, merci, a répliqué Vinaigre. Ce n'est pas moi l'agitée du bocal.

— Qui a une histoire pour nous emmener loin d'ici ? a répété Eurovision d'une voix sonore.

— Moi, j'en ai une sur l'imagination, a répondu Tango. Je sors les gens de leur vie de tous les jours.

Toutes les têtes se sont tournées vers elle.

— Depuis toute petite, j'ai une imagination débordante, a-t-elle commencé. J'aime regarder les gens et inventer leur vie – extérieure comme intérieure, me raconter ce qu'ils pensent, ce qu'ils ressentent... et, surtout, ce qu'ils désirent. Ensuite, je condense tout ça de manière à pouvoir faire entrer d'autres personnages dans ces vies. Comme disait feu mon mari, ça paie au moins les factures.

— Et puis-je vous demander quel est votre métier ? s'est enquis Eurovision.

— Écrivaine, spécialisée dans les romans d'amour.

— Ça alors. Comme c'est intéressant ! Je n'avais jamais rencontré d'autrice de romans d'amour.

— Les auteurs de fiction doivent aller bien au-delà de ce que l'on voit à l'extérieur, a répondu Tango. Il s'agit de révéler les pensées les plus intimes. Dans mon cas, tout a commencé avec la Dame en blanc.

— Eh bien, nous serions *ra-vis* de faire la connaissance de cette Dame en blanc, s'est enthousiasmé Eurovision.

— Comme de juste, j'ai fini par atterrir à New York, mais je n'ai pas toujours vécu ici. Tout a commencé de l'autre côté du pays, à Los Angeles. Je suis née et j'ai vécu un temps à Inglewood, un lieu dont ma mère parle encore avec tendresse lorsqu'elle décrit ses maisons de style espagnol aux toits en tuiles rouges. Je n'ai aucun souvenir de la ville elle-même. Mes premiers remontent à notre arrivée à Redondo Beach, dans une rue que la municipalité avait curieusement décidé de qualifier de « chemin ».

« L'appartement dans lequel nous avons emménagé se situait donc sur Carnegie Lane, entre Rockefeller et Vanderbilt. Notre rue comptait un grand nombre d'ensembles résidentiels, tous avec des toits plats et des façades peintes dans des tons café – de l'*espresso* au *latte*, avec un engouement particulier pour le *cappuccino* et le *moka*. Les voitures garées le long des trottoirs étaient souvent jaune moutarde, couleur noix ou vert avocat, à l'image des appareils électroménagers de l'époque.

« Je vivais avec ma mère dans un appartement en rez-de-chaussée. Deux de mes amies – des sœurs – habitaient dans la résidence voisine, un bâtiment de style *shotgun* avec des garages au rez-de-chaussée et les appartements au-dessus. Nous jouions souvent dans l'allée, au ballon ou à cache-cache entre les voitures.

« C'était un après-midi où nous ne faisions ni l'un ni l'autre. Nous attendions simplement le camion de glaces couvert d'autocollants délavés par le soleil, annoncé par sa petite mélodie entêtante. Nous étions assises en tailleur sur le trottoir, à compter les bâtonnets restants dans nos paquets de cigarettes en bonbons. J'avais choisi la version chewing-gum ; elles, celle en sucre d'orge, avec l'extrémité colorée en rouge. Les bruits du quartier flottaient autour de nous : les aboiements des chiens, le bourdonnement des conversations, le son mélangé des postes de télévision et de radio.

« La Corvette blanc givré qui a débarqué au coin de la rue paraissait encore plus éblouissante sous ce ciel bleu sans nuage et les vagues de chaleur ondulant sur l'asphalte.

« Longue et mince, les roues entourées d'une carrosserie aux courbes exagérées, un capot incliné : c'était la plus belle voiture que j'avais jamais vue. Étincelante, éclatante, la décapotable mettait parfaitement en valeur la femme époustouflante qui se tenait au volant, ses cheveux noirs coiffés en un épais chignon.

« Elle était aussi tout de blanc vêtue, ce qui contrastait superbement avec la belle couleur caramel de sa peau. D'immenses lunettes noires protégeaient ses yeux des rayons impitoyables du soleil. Ses lèvres larges et pleines étaient teintées d'un rouge bordeaux profond, et le tracé élégant de sa mâchoire était mis en valeur par ses épaules minces et son cou de cygne. À l'instar de la voiture, c'était la première fois de ma vie que je voyais quelqu'un d'aussi saisissant.

« La Corvette s'est glissée sur la place de stationnement réservée aux futurs locataires. Mes deux amies et moi, médusées, avons regardé la femme s'extraire du siège du conducteur et se déplier, révélant une silhouette aussi voluptueuse que le véhicule qu'elle conduisait. Moulée dans une robe blanche nouée derrière la nuque par des lacets, elle s'est approchée du bureau du gérant sur ses talons aiguilles d'un pas nonchalant.

« Mon amie Tara, les yeux écarquillés, a soufflé : « Monsieur Hogan. »

« Nous avons éclaté de rire en imaginant M. Hogan, le gérant et concierge de la résidence, lever la tête et voir entrer cette déesse. C'était un type bien, heureux en ménage, et pas trop sévère avec nous quand nous jouions autour des voitures garées. Mais impossible de l'imaginer autrement que totalement dérouté face à une créature pareille.

« Il faut dire que ce n'était pas souvent qu'il se passait quelque chose d'extraordinaire dans notre rue. Même jamais, en fait.

« Tara, Torrie et moi nous sommes levées pour aller voir la Corvette de plus près. Il y flottait encore quelques effluves de parfum suave, floral, musqué, l'odeur de la richesse, de la beauté, du mystère. L'intérieur était immaculé : pas un objet, à part les accessoires faisant partie intégrante de l'habitacle.

« Nous avons traîné là pendant les vingt minutes que l'inconnue a passées à l'intérieur, puis nous nous sommes redressées quand elle est réapparue. Il s'est écoulé une seconde avant qu'elle ne remette ses lunettes de soleil sur l'arête de son nez, pendant laquelle nous avons pu voir l'ensemble de son visage. De grands yeux noirs bordés de longs cils, soulignés d'eye-liner. Quand je décrivais cette créature des années après, les gens me répondaient systématiquement par une référence à Sophia Loren ou Raquel Welch. Mais moi j'évoquais toujours Néfertiti, une femme qu'on imagine royale, sublime.

« — Vous emménagez ici ? lui ai-je demandé, osant à peine y croire.

« Personne de son pedigree n'habitait dans le périmètre de ces rues qui portaient le nom des hommes ayant bâti l'Amérique.

« — Pour quelque temps, m'a-t-elle répondu avec un sourire discret, à voix basse.

« Peu après, la Corvette s'éloignait tranquillement sur Carnegie Lane, pour revenir quelques jours plus tard, guidant un camion de déménagement jusqu'au parking.

« Mes copines et moi nous sommes installées pour assister au spectacle, observant avec fascination les déménageurs musclés transporter des meubles bas blancs aux lignes courbes jusqu'à l'escalier étroit et les monter dans son appartement. Chaque pièce était très différente des bois sombres et des gros motifs floraux jaune orangé qui prévalaient dans toutes les maisons où j'étais déjà entrée. La dame était toujours vêtue de blanc, mais d'une façon décontractée, avec un pantalon large et un haut à manches raglan assez ample pour découvrir une épaule. Ses cheveux étaient relevés et retenus par un bandeau tressé. Ma mère possédait quelques tenues similaires dans son placard, des basiques confortables, mais qu'elle n'avait jamais réussi à rendre élégants.

« J'ai passé la semaine suivante à guetter la Dame en blanc et sa Corvette. La plupart du temps, sa voiture était soigneusement garée sur son emplacement, à côté des berlines poussiéreuses et des fourgonnettes. Mais impossible de l'apercevoir. Puis, un jour, j'ai vu à travers sa moustiquaire que sa porte d'entrée était ouverte.

« — Venez, on va lui parler, j'ai dit.

« Tara a secoué la tête.

« — Pas question.

« Torrie, toujours prête pour l'aventure, a redressé les épaules.

« — Et pourquoi pas ? Maman lui a parlé plusieurs fois. Elle dit qu'elle est sympa.

« J'ai essayé d'imaginer Mme Bracken, une femme au grand cœur qui fumait beaucoup et buvait des litres de thé glacé sucré au Sweet'N Low, discuter avec la Dame en blanc. Puis j'ai décidé de tenter ma chance, et me suis dirigée vers l'escalier.

« Il m'a fallu plus de courage que je ne l'aurais cru pour frapper, mais cela en valait la peine. Elle est apparue dans le couloir, les cheveux enturbannés dans une serviette blanche, un kimono en soie blanc négligemment noué autour de sa taille. Sans maquillage, elle paraissait plus jeune, mais non moins impressionnante.

« — Euh, ça vous dirait de traîner avec nous ? ai-je demandé.

« Ses sourcils, au-dessus de ses yeux écarquillés, ont fait un bond. Elle a pris quelques longues secondes avant de répondre :

« — C'est vraiment gentil de ta part, mais je me prépare pour un rendez-vous.

« — Un rendez-vous galant ?

« Je ne pouvais imaginer aucun homme à sa hauteur. Je ne connaissais personne possédant son calme imposant, le raffinement nonchalant de ses mouvements, cette impression que rien ne pouvait l'ébranler, la surprendre, la prendre au dépourvu.

« Son sourire s'est agrandi.

« — Oui. Et justement, je suis un peu en retard, il faut que je file. Une autre fois, peut-être ?

« — D'accord, ai-je concédé, à présent plus que curieuse de savoir qui pouvait posséder assez d'assurance pour inviter une femme comme elle à sortir.

« Torrie, Tara et moi nous sommes installées sur le petit muret au bord de la rue, impatientes de voir à quoi ressemblait l'homme mystérieux et comment la Dame en blanc serait habillée. Nous avons toutes les trois froncé le nez en secouant la tête quand il est arrivé. Il était tout juste correct. Moyen. Cheveux bruns, pantalon de ville, blazer marron. Je me souviens avoir pensé qu'il ne se rendait pas compte à qui il avait affaire, à se présenter ainsi. Et sa voiture n'arrivait pas à la cheville de la Corvette.

« Déçue, je lui ai lancé : « Elle est vraiment jolie. »

« L'homme, surpris, s'est arrêté, sourcils froncés.

« On aurait dit une déesse quand elle est partie avec lui, sa chevelure enfin lâchée en un épais rideau de boucles noires souples qui lui tombaient jusqu'à la taille.

« Je ne l'ai jamais revue. Une semaine plus tard, j'ai appris qu'elle avait déménagé la veille, après un séjour de deux semaines en tout. Mais je ne l'ai jamais oubliée.

« Elle m'a souvent servi de source d'inspiration quand j'ai commencé à écrire. Les mystères non résolus, surtout ceux qui durent depuis l'enfance, sont des histoires que l'on garde en soi. Au début, elle était la femme fatale, l'autre femme, ou l'ex. Plus tard, elle est passée d'antagoniste à héroïne, mais je la campais toujours en maîtresse d'un chef de la pègre qui croisait le chemin du flic beau gosse, ou en femme-trophée qui connaissait une seconde naissance après avoir été larguée pour une plus jeune qu'elle.

« Mais, avec le temps, j'ai réévalué la manière dont je la percevais. Je me suis demandé : ai-je envie d'être de celles qui perpétuent l'histoire des femmes qui n'ont jamais la main sur leur vie, qui dérivent, impuissantes, traitées comme des objets, au gré des caprices des hommes ? Non. Pourquoi la réduire au rôle de la belle plante ? Pourquoi faire de sa beauté extraordinaire son principal argument de vente ou un obstacle à surmonter ? Et, plus d'une fois, l'homme mystère est devenu le héros dans mes livres. Voilà notre travail à nous, les écrivains : transformer ce que nous voyons et ressentons en une matière fraîche et nouvelle.

« Ainsi donc, la Dame en blanc est devenue une romancière à succès qui travaille de chez elle, une agente de la CIA en mission spéciale à New York, une cheffe d'entreprise prospère qui a su bâtir une équipe n'exigeant plus de supervision constante. Elle est parfois accompagnée par son agent, son gestionnaire ou bien son frère. Parfois, elle dort à droite à gauche, en attendant la finalisation de son prêt immobilier, et d'autres fois, elle est une survivante qui surmonte pas à pas son traumatisme avant de pouvoir entamer le prochain chapitre de sa vie.

« Je ne connaîtrai jamais sa véritable histoire, mais aujourd'hui, les récits que j'invente en la prenant pour modèle sont toujours façonnés dans la bienveillance et le respect que nous méritons tous. C'est tout le pouvoir de l'imagination.

Son récit terminé, Tango s'est réinstallée dans son siège, remontant son masque sur la bouche. J'ai regardé autour de moi. La plupart d'entre nous étaient à moitié bourrés à ce stade de la soirée, et personne ne semblait savoir comment donner suite à cette histoire. Dès que les cloches de Saint-Patrick ont commencé à sonner vingt heures, tout le monde s'est affairé pour partir.

Personne, cependant, n'avait encore franchi la porte quand nous avons remarqué une jeune femme, soudain apparue parmi nous. Je ne l'avais jamais vue, ni dans l'immeuble ni sur le toit. J'étais sûre à cent pour cent que si elle avait figuré dans la bible de Wilbur, je m'en serais souvenue. Elle avait l'air bizarre, même pour New York. À en juger par la façon dont tout le monde la dévisageait, je n'étais pas la seule à ignorer qui elle était. Je ne l'avais pas vue arriver – elle devait être restée cachée dans l'ombre depuis tout ce temps. Et elle ne portait *pas* de masque.

Elle avait les cheveux courts, hérissés, teints en vert, décorés de clips en strass noir. Des bras nus, longs et fins, avec des doigts filiformes, et des yeux ronds et brillants, si noirs que l'iris se confondait avec la pupille. Une peau très blanche, presque verdâtre ; sa robe, également de couleur vert pâle, était en forme de bulbe ; le tissu paraissait rugueux, comme de la fourrure pelée. L'effet général était assez glaçant, mais beau, en un sens.

— Bonsoir, a-t-elle dit d'une voix légère et sèche. Je voulais vous remercier pour vos histoires. Elles m'ont énormément appris ! Le pianiste manchot, la vengeance, les fantômes, l'odeur de la mort – je ne savais rien de toutes ces choses.

Nous nous sommes tous regardés. Cette fille se trouvait ici depuis le début ? Avec nous ? Vraiment ?

— Oui, oui, j'habite l'immeuble, a-t-elle ajouté, comme si elle lisait dans nos pensées. Mais passer inaperçue, c'est ma spécialité.

Son corps s'est plié pour prendre place sur l'une des chaises libres et, ramenant ses genoux sous le bas de sa robe, elle nous a attentivement observés de ses grands yeux noirs.

— J'ai entendu beaucoup d'histoires peu communes, mais je crois bien que la mienne pourrait être la moins commune de toutes.

Eurovision la fixait, comme hypnotisé.

— Nous allions fermer boutique, mais…, a-t-il commencé à dire.

Puis il a balayé notre groupe du regard, comme pour nous demander la permission.

— Nous aimerions entendre votre histoire, bien sûr.

— Merci, a-t-elle répondu.

Après avoir poussé un soupir qui était presque un murmure, elle s'est lancée.

— Le jour, je travaille pour une entreprise spécialisée dans l'extermination de punaises de lit. Tout le monde devrait faire le métier qui lui plaît et lui correspond, pas vrai ? Eh bien moi, j'ai un don dans ce domaine. Je suis capable de repérer et de capturer ces indésirables qui envahissent nos maisons avec une vitesse et une précision qui laissent mes collègues exterminateurs bouche bée. Ils plaisantent en disant que j'ai des yeux derrière la tête. Mais ce que je ne leur réponds pas, c'est que c'est plus ou moins vrai : trois de chaque côté, en plus des deux à l'avant, ce qui fait huit au total.

« N'ayez pas peur, je ne suis pas une extraterrestre. Vous allez comprendre dans un instant.

« Je travaille sans pesticides, ce que beaucoup de mes clients écoresponsables considèrent comme un plus. Les punaises de lit sont un véritable fléau dans cette ville. Il paraît qu'elles peuvent détruire la vie des gens ; c'est une forme de stigmatisation, dont les victimes ne peuvent s'ouvrir à personne, sauf à moi. Je suis contente d'aider – c'est ce que je leur réponds. Et puis, je ne suis pas contre un petit extra dans mon régime avec une collation pleine de vitamines, à l'occasion.

« En parallèle de mon travail officiel, je suis des cours à NYU – du moins je suivais, avant la pandémie. Je suis naturellement immunisée contre ce virus-là. Cela dit, la plupart de mes cours ont été reportés. J'étais inscrite en sciences humaines, parce que la signification du mot « humain » m'intrigue. Donc, philosophie et mythologie, surtout.

« Dans l'un de mes cours, j'ai appris que, dans l'Antiquité, les Grecs racontaient l'histoire d'une fille appelée Arachné, une excellente tisseuse. Sauf qu'elle a foutu en rogne je ne sais quel Dieu, qui l'a transformée en araignée. Tout ça est présenté comme un terrible châtiment, ce qui m'a fait rire, puisque j'ai moi-même été araignée, avant. Si on pouvait choisir entre être une femme ou une araignée, qui ne choisirait pas l'araignée ? Araignée femelle, cela va sans dire. Les femmes ont toujours été des proies pour les hommes, mais chez les araignées, c'est l'inverse. Nous ne mangeons pas tous les mâles, c'est une exagération stéréotypée. Nous mangeons seulement les plus petits, et ceux qui ne sont pas assez dégourdis.

« Faire planer une petite menace incite l'autre à se tenir à carreau, vous ne croyez pas ? C'est ce que je suggère sur mon profil Tinder : j'y fais planer une petite menace. Vous seriez surpris de voir les réponses que je reçois.

« Je sais que mon histoire vous paraît dingue, que vous devez penser que je suis folle, mais je ne vous dis que la vérité. Je ne suis pas sûre de la manière, ni de la raison pour laquelle j'ai été transformée. C'est sûrement l'œuvre d'un dieu, comme dans la mythologie grecque – parce que les dieux aiment bien jouer des tours. À moins que je ne sois le fruit d'une expérience de génétique qui a mal tourné. Étais-je une humaine à qui l'on a ajouté des propriétés d'araignée, ou bien l'inverse ? Enfin, nous passons trop de temps à nous questionner sur nos origines, pas vrai ? En philo, j'ai appris que les humains s'interrogent beaucoup sur ce qu'ils ne pourront jamais connaître, comme le but ultime de la vie. Perso, je pense que le but ultime de la vie, c'est de pondre, mais c'est peut-être super à l'ancienne.

« Mais revenons à nos moutons. Un jour, j'ai brusquement arrêté de trottiner dans les broussailles. À la place, j'étais assise dans un train en partance de Cambridge, Massachusetts, qui roulait vers New York. Heureusement, on m'avait fourni des sous-vêtements, une valise pour les ranger, ainsi qu'une carte de crédit : les dieux aiment peut-être jouer des tours, mais ils ont le souci du détail.

« On m'avait donné un nom, aussi, qui était inscrit sur la carte de crédit. Gabriella Cambridge. « Cambridge » en référence au séquençage génétique réalisé au MIT. « Gabriella », sans doute une allusion à l'ange Gabriel, le messager qui, en sonnant de sa trompe, annoncera la fin du monde. Est-ce là le secret de ma matérialisation sous cette forme hybride ? Suis-je envoyée comme messagère ? Si oui, pour délivrer quel message ? Cela peut-il signifier que le monde tel que vous l'avez connu touche à sa fin ? Aucune idée, mais je pense recevoir la réponse tôt ou tard – par l'intermédiaire de dieux ou d'un scientifique, cela reste à voir.

« En attendant, je passe le confinement – quand je ne travaille pas sur un cas de punaises de lit – à faire des recherches sur l'histoire et la préhistoire de mon héritage arachnéen. Nous, les araignées, sommes une espèce très ancienne ; nous apparaissons dans de nombreuses traditions. Dans certaines, une araignée a tissé le monde ; dans d'autres, nous sommes des farceuses, astucieuses, mais parfois trop téméraires et pas très futées – c'est dans cette version que nous avons tissé les êtres humains. Nous vous protégeons des mauvais rêves, nous faisons pleuvoir. Mais une chose revient toujours – et je tiens à le souligner : malheur à qui écrase une araignée.

« Sur un plan pratique, certaines d'entre nous régulent les nuisibles dans les maisons, et d'autres sont spécialisées dans les jardins. Certes, il est vrai que quelques-unes d'entre nous peuvent être particulièrement toxiques, en Australie surtout, mais il ne faut pas confondre la partie avec le tout. Tous les êtres humains sont-ils des Caligula ou des comtesses Báthory ? Bien sûr que non !

« Aux conteurs que vous êtes, permettez-moi de préciser en toute humilité que nombre de vos expressions – filer un récit, tisser une intrigue, suivre une trame – sont empruntées à notre culture arachnide. Et « texte », bien sûr, vient de « textile ». Nous, les araignées, nous opposons à ces célèbres vers désobligeants : « Oh ! Quelle inextricable toile nous tissons / Lorsque nous commençons à nous exercer au mensonge[1]. » Vous parlez aussi de « tissu de mensonges ». Les araignées ne mentent pas, ne trompent pas et quand nous tissons des toiles, notre seul objectif est de nous nourrir. La viande sous emballage au supermarché : voilà une chose trompeuse ! Dire que les enfants grandissent en croyant que leur steak haché apparaît sous cellophane et pas qu'on le découpe sur une vache morte… Les araignées n'ont jamais fait preuve d'hypocrisie au sujet de leurs pratiques d'ingestion. Nous n'avons que faire de camoufler les cadavres des mouches que nous desséchons.

« Ah, cette discussion m'a mis l'eau à la bouche. J'ai justement un rendez-vous dans un appartement juste en bas de la rue – encore une invasion de ces satanées punaises de lit. Je vous prie de m'excuser, mais j'espère revenir avant la fin de la soirée : comme je vous l'ai dit, je suis particulièrement rapide. L'un d'entre vous aimerait-il m'accompagner pour voir le travail ? Mes méthodes méritent d'être étudiées. Vous, monsieur ? Non ? Vous ?

Elle a fait un geste vers Darrow, qui a secoué la tête en riant nerveusement.

— Vous n'avez rien à craindre de moi, monsieur, a-t-elle ajouté avec un sourire qui se voulait rassurant, révélant aux coins de ses lèvres la pointe de deux dents courbes et noires. Vous êtes bien trop gros pour que je jette mon dévolu sur vous.

— Je parie que vous dites ça à tous les hommes, a répliqué Darrow en regardant autour de lui.

Plusieurs personnes ont gloussé, comme pour le soutenir.

La fille a étiré ses jambes grêles qu'elle cachait sous sa robe bulbeuse.

— Pardon, mais je ne dis pas ça à tous les hommes, non, puisque certains sont bien plus petits que vous. Vous m'accusez encore de mentir, c'est ça ? Je ne mens jamais.

Elle a étendu les bras, fléchi les doigts. L'avait-il énervée ?

Darrow a tenté de désamorcer la situation.

— Hé, ne le prenez pas mal. C'était juste de l'humour.

---

1. Tiré du poème *Marmion : A Tale of Flodden Field*, de Sir Walter Scott (1808).

— Oh. Nous, les araignées et affiliées, avons du mal avec le grand concept humain d'« humour ». Mais j'essaie de le démêler. Il faut que je file, bye-bye !

La jeune femme verdâtre était bien là, devant nous, en chair et en os, et un instant plus tard, sa chaise était vide. Les recoins du toit étaient plongés dans l'obscurité, et il y avait un peu de brume – elle s'était peut-être fondue dans les ombres. Nous nous sommes tous regardés : que venait-il de se passer ? Était-elle réelle ? Ou se pouvait-il qu'il s'agisse d'une intruse déguisée avec un vieux costume de Halloween, qui avait profité de ce que nous avions trop bu pour nous duper, juste pour rire ?

Ou… mais non, quand même pas.

Elle n'est jamais revenue, cependant. C'est quand même un indice. Du moins, je crois.

Jour Onze

10 AVRIL

Farce ou hallucination due à notre alcoolémie, quelle que fût l'explication, j'ai repensé toute la journée à cette drôle de fille-araignée. Je me demandais si certains de nos conteurs auraient peur de remonter, mais quand je suis arrivée sur le toit, la plupart des habitués semblaient de retour. Je m'en suis réjouie, malgré moi.

Bien que personne ne parût disposé à remettre sur la table le cas de la fille-araignée, quelqu'un avait peint sur la fresque deux lapins terrifiés, aux yeux écarquillés, dans une boîte avec des trous, tenue par un vieux barbu assis sur un nuage.

— Je vois que Dieu a carrément décidé de se joindre à nous, ce soir, a fait remarquer Eurovision, enfoncé dans son fauteuil, tout en se versant son martini jusqu'à ce qu'il déborde.

— Quoi, un vieux babtou qui tire les ficelles depuis son nuage ? a reniflé Vinaigre. Pas mon Dieu à moi, merci bien.

— J'ai créé une BD où Dieu était représenté en mec violet, avec un gros nez, une moustache et une barbe de trois jours, est intervenue Amnesia. Oh, et des tentacules !

Hello Kitty a ajouté :

— Dieu, c'est un gosse décérébré qui nous prend comme cobayes de sciences nat'.

— Ce qui lui vaudrait un 2 sur 20, a renchéri Darrow.

Il s'est tourné vers Amnesia :

— Je serais curieux d'en savoir plus sur vous. Vous avez écrit des bandes dessinées ?

— Oui, jusqu'à ce qu'on m'embauche comme scénariste de jeu vidéo. J'avais été repérée après avoir remporté le prix Ringo pour ma série de BD *Polypore*. Mon petit quart d'heure de gloire.

— *Polypore* ? a répété Eurovision. Quel était le sujet ?

— C'était une série qui mêlait horreur et science-fiction, sur un champignon qui colonise le pénis humain. Il y a eu un gros engouement des éditeurs aux enchères, des Comic Cons, des rassemblements de cosplay, puis j'ai été embauchée en freelance par Frictional Games pour un salaire astronomique. Je n'ai pas inventé *Amnesia*, mais j'ai participé à l'écriture des versions postérieures. Tout s'est passé si vite, j'ai été millionnaire pendant un an, et puis j'ai attrapé le sida, et comme l'imbécile que je suis n'avait pas souscrit d'assurance maladie, j'ai dépensé tout mon fric juste à deux pas d'ici – au Presbyterian Hospital. Toute ma vie s'est effondrée, puis est arrivé le Covid et c'est ainsi qu'à ma sortie de l'hôpital, j'ai atterri dans ce clapier. Pendant mon âge d'or, j'ai même tenté ma chance sur les planches, figurez-vous.

— J'avais décroché un rôle dans *Les Monologues du vagin* au Westside Theater. Je n'ai jamais voulu être actrice, mais le producteur et la dramaturge m'ont convaincue de me joindre au projet. Et l'expérience s'est avérée extrêmement enrichissante. Les auteurs vivent seuls. Mais les acteurs, eux, sont toujours en interaction les uns avec les autres. La journée d'un acteur est totalement différente de celle d'un écrivain : vous vous levez tard, vous prenez le petit-déjeuner à pas d'heure, vous vous promettez d'écrire un peu ou de passer un coup de fil, mais – sachant que vous devez partir pour le théâtre à dix-sept heures – aucune de ces missions n'est accomplie. À dix-sept heures, si vous avez de la chance, vous montez dans une voiture envoyée par la production, vous vous rendez au théâtre. Là, vous vous maquillez, vous enfilez votre tenue de scène et papotez avec les autres comédiens. C'est le meilleur moment de la journée. Celui où vous planifiez les castings, où vous glanez les potins. On aimerait que ça ne s'arrête jamais. Franchement, il y a quelque chose d'un peu magique, là dans les loges, au maquillage, pendant les bavardages. Et puis c'est l'heure. On frappe à la porte : « Lever de rideau dans… »

« Alors vous faites vos dernières retouches maquillage, et vous passez en coulisse, prête à entrer en scène, le cœur battant. À cet instant précis, vous êtes certaine que vous allez oublier votre texte, mais à la seconde où vous arrivez sur scène, tout revient. La drôlerie, la voix, l'ivresse de se retrouver devant ces gens plongés dans le noir, aux visages invisibles. C'est comme vivre une vie parallèle, séparée de celle de tous les jours. Encore plus vive. Vous ne pouvez rien avaler avant le spectacle, mais cette faim vous stimule. À la fin, quand les lumières se rallument et que vous découvrez, là devant vous, les têtes de celles et ceux qui vous ont écoutée, une fringale atroce s'empare de vous, et vous n'avez plus qu'une envie : sortir dîner. Je n'aime pas manger avant de parler en public – la nourriture me pèse sur l'estomac – mais après, en revanche, je me sens libre et je n'ai pas de plus grand plaisir que de boire un verre de vin et savourer un plat.

« Peu importe le restaurant, rien n'est meilleur que ce que vous mangez dans ces moments-là, et la présence des autres est un délice car les comédiens avec qui vous avez joué sont totalement ouverts. Jamais plus ils ne vous parleront comme ils vous parlent après le premier verre de vin.

« Même si je n'ai jamais désiré devenir comédienne, j'aime beaucoup le rythme de la journée d'un acteur – rentrer chez soi et s'effondrer, vidé, pour dormir jusqu'à onze heures le lendemain, porté tout du long par cette extase magique. L'écrivain doit toujours lutter avec le doute, alors que dans le cas de l'acteur, les mots ne vous appartiennent pas, ce qui vous permet d'habiter le personnage avec une sorte d'impertinence et de joie. Quand j'ai joué *Les Monologues du vagin*, certains de mes amis acteurs et metteurs en scène qui sont venus me voir m'ont dit que je n'étais « pas mauvaise ». Pourtant, pour rien au monde je ne troquerais ma vie laborieuse d'autrice contre celle, plus mondaine, d'actrice. Je suis contente de connaître leur rythme de vie. Un jour, j'écrirai une pièce.

« L'anecdote la plus incroyable sur cette époque est qu'un jour, alors que je délivrais mon message sur le vagin, quelqu'un dans le public, un homme, est mort subitement ! Bien sûr, je ne l'ai su qu'après la représentation. Je ne me sens pas du tout responsable de son décès, mais peut-être que le sujet était trop puissant pour lui.

Amnesia a marqué une pause.

— Excellent ! s'est exclamée Hello Kitty, hilare. Un homme tué par *Les Monologues du vagin* !

Elle était pliée en quatre.

— J'adore, a-t-elle ajouté. Vous dites que vous n'étiez « pas mauvaise » ? Moi, je parie que vous étiez géniale ! Une écrivaine millionnaire doublée d'une comédienne ! Combien d'acteurs peuvent se vanter d'avoir littéralement *tué* quelqu'un dans la salle par leur talent ?

Personne ne semblait trouver ça drôle à part elle.

— Vous avez fini par savoir de quoi l'homme était mort ? a demandé Darrow à Amnesia, ignorant ostensiblement l'intervention de Hello Kitty.

— D'une crise cardiaque, apparemment.

Elle paraissait embarrassée par la tournure qu'avait prise la conversation.

La mort de l'homme m'intriguait moins que la manière dont Amnesia avait attrapé le sida – bien sûr, je me suis bien gardée de poser la question, ça aurait attiré l'attention sur moi. N'empêche, quelle sale maladie. Elle avait vraiment dû tomber bien bas pour atterrir au Fernsby Arms.

Hello Kitty riait toujours, quoique avec moins d'enthousiasme maintenant qu'elle réalisait que les autres ne suivaient pas.

— Pardon, mais je ne trouve pas ça très amusant, a dit Maine. À l'occasion, va donc faire un tour aux urgences pour voir à quoi ressemble quelqu'un qui fait une crise cardiaque.

Hello Kitty s'est contentée de tirer un grand coup sur sa vapoteuse sans rien répondre, puis de replier les jambes dans son fauteuil œuf d'un air défiant.

La Dame aux Anneaux a pris la parole.

— J'aime bien ce que vous dites sur la journée d'un acteur. Et je ne me suis jamais vraiment retrouvée sous les feux de la rampe, mais… Ah, peut-être est-il temps de vous livrer mon histoire.

Je commençais à apprécier la manière dont la Dame aux Anneaux savait ménager la tension sur le toit.

— Oui ! s'est exclamé Eurovision. Vous disiez avoir vécu dans le mensonge ? Je meurs d'envie de savoir ce que cela recouvre.

— Eh bien, laissez-moi d'abord vous dire que j'ai été artiste, moi aussi. Une artiste de talent. Enfin…

La Dame aux Anneaux a marqué une pause, puis hoché la tête en direction de Vinaigre.

— Toutes proportions gardées. Mais j'avais quand même été acceptée à Pratt. Et à l'époque, ce n'était pas rien. Je pensais vraiment… eh bien…

De manière presque imperceptible, la Dame aux Anneaux a secoué la tête.

— Mon frère, mon cher frère, Glenn, se prenait pour un auteur dramatique et un metteur en scène, voyez-vous. (Elle eut un petit rire.) Comprenez qu'il n'écrivait que des navets. Qu'il devait donc produire. C'était son rêve d'enfant, sauf qu'un beau jour, l'un de ses acteurs, décrétant qu'il lui fallait un travail, un vrai, l'a planté le soir de la première, si bien que Glenn a réussi à me convaincre de le remplacer. Juste un soir. Au pied levé. Glenn était tellement… désespéré. Il disait qu'il y aurait dans la salle « des mécènes potentiels, des types pleins aux as, *par pitié…* ».

« Je jouais le "Butler", le majordome, figurez-vous : juste quelques répliques, donc, juste un soir.

La Dame aux Anneaux a ri doucement, effleurant de ses longs doigts la courbe de son menton tandis qu'elle se remémorait.

— Imaginez un peu : une vieille moumoute, une moustache qui gratte et un smoking usé jusqu'à la corde que Glenn avait dégoté au Goodwill de Red Hook. Et ma poitrine que j'ai dû bander pour cacher mes… atouts, a-t-elle continué en souriant.

« À un moment donné pendant le deuxième acte, je me suis soudain rendu compte que je n'avais jamais envisagé que des gens puissent venir voir, et encore moins financer, la pièce de Glenn. Il m'avait juré que ces mécènes viendraient, mais, engoncée comme je l'étais, je ne parvenais pas à dépasser la sensation de vertige qui m'habitait et mon agacement d'avoir accepté de l'aider. L'éclairagiste m'éblouissait tellement que je voyais à peine la salle. Mais je voyais en revanche… je sentais, du moins… le costume de seconde main de Glenn et ses accessoires, encore humides du sous-sol inondé où il les avait dénichés. La médiocrité dégagée par les comédiens qui se dandinaient autour de moi en costumes d'époque était presque comique. Ou peut-être étais-je juste étourdie de m'être trop écrasé la poitrine. De surcroît, la colle à moustache bon marché avait séché et me démangeait comme pas possible. Et au milieu de tout cela, je voyais dans la salle mon cher et tendre Glenn m'adresser un pouce en l'air depuis le troisième rang, en souriant comme s'il venait de décrocher le gros lot. J'ai alors compris que les fameux mécènes étaient là. Ainsi donc, je me suis gratté un bon coup le dessous du nez en ajoutant au scénario un entortillage de moustache sophistiqué, puis j'ai lancé : « Madame, je crois que le connétable est arrivé. »

« L'acte III était une calamité. Au moment où mon personnage se retrouvait disculpé et la coupable révélée – une nourrice nommée Agnes... tenez-vous bien... Butler –, la grande majorité de la salle avait profité de l'obscurité pour s'éclipser. Je commençais à voir des auréoles autour de chaque projecteur, et je ne pensais plus qu'à une chose, me débarrasser de ce bandage avant de tomber dans les pommes.

« Mais il y avait encore les saluts. Avec en plus un rappel, grâce à Glenn, qui menait lui-même les applaudissements. Où donc était-il allé chercher du public pour assister à cette farce truffée de mauvais jeux de mots ? Le théâtre, la RH Playhouse, était un ancien entrepôt de marchandises récemment fermé à cause d'un ouragan. La seule et unique raison qui avait amené mon cher frère à pouvoir louer ces locaux était qu'il avait consenti à repeindre les murs couverts de taches d'humidité et à faire répéter ses comédiens en hurlant par-dessus le vrombissement de ventilateurs géants. Les murs et les sols ont mis une semaine à sécher.

« Depuis l'obtention de son diplôme deux ans auparavant, Glenn montait ses pièces dans des petites facs de la région, principalement avec des étudiants et un groupe hétéroclite d'amis comédiens. Il qualifiait ses pièces d'« expérimentales ». Aucune n'avait de sens. Aucune ne générait de bénéfices. Pourtant, ses amis semblaient déterminés à jouer. Et donc ils recyclaient les costumes, montaient des décors sans tenir compte de l'époque, ni du lieu où les histoires de Glenn étaient censées se dérouler. Je ne pense pas que ses pièces aient jamais été jouées plus de deux ou trois fois.

« Une chose était sûre, en revanche : chacune de ses productions absorbait absolument tout ce que Glenn gagnait en travaillant la semaine comme barman et en repeignant des appartements. Pendant toute notre enfance, il m'avait réquisitionnée comme premier rôle dans chacune de ses pièces, de *Wonder Woman, le Préquel*, montée en CM1, jusqu'à sa parodie des *Contes de Canterbury* intitulée *Les Contes de Cadbury*, que nous avions jouée dans la salle commune de notre immeuble de Park Slope lorsqu'il était en seconde. Nous étions même parvenus à initier une levée de fonds pour celle-ci.

« Je soupçonne cependant que la majorité du public était venue pour la distribution gratuite de friandises à l'entracte.

« J'avais été sa complice consentante. Mais ça, c'était avant. Une fois entrée à Pratt, chaque semestre, il me fallait cumuler au moins deux petits boulots. Les bourses que je réussissais à décrocher couvraient à peine mes dépenses en fournitures d'art. J'avais peu d'argent et encore moins de temps. Et j'avais bien fait comprendre à Glenn que je n'étais pas actrice… L'art était la seule chose qui comptait à mes yeux. Alors, oui…

D'un haussement d'épaules, la Dame aux Anneaux a semblé chasser une pensée.

« Quand l'acteur principal de Glenn s'est désisté à la dernière minute, l'a laissé tomber, qu'aurais-je pu faire ? Ce type avait préféré un « vrai » boulot aux lumières du Red Hook. Et puis ce n'était que pour une seule représentation.

« Une fois les applaudissements terminés, je me suis ruée vers le local de rangement que Glenn avait spécialement aménagé pour moi, sa star. Je ne voyais pas d'inconvénient à jouer un homme – il y avait peu de choses que je n'aurais pas faites pour mon frère –, mais j'avais besoin d'intimité le temps de me débarrasser de ce costume de majordome. Je m'étais même coupé les cheveux court pour que la perruque tienne, j'avais accepté de porter cette moustache répugnante, utilisé des copeaux de pastel comme maquillage… mes précieux pastels Caran d'Ache qui m'avaient valu de me priver de déjeuner pendant une semaine ! Je les avais mélangés avec de la vaseline pour m'enduire le menton et le cou, et, tada ! barbe de trois jours et pomme d'Adam. Mais m'aplatir la poitrine ? Cela m'avait épuisée. Il fallait que je respire.

« J'arrivais devant le local de rangement quand Glenn m'a arrêtée en criant : « Attends ! » Il était tout sourire, frétillant, flanqué des deux types que j'avais aperçus à côté de lui dans le public. Je ne croyais pas une seconde à son histoire de mécènes. Nous étions au Red Hook, quand même. Et mon cher, mon tendre, mon entêté de Glenn, ce frère que j'adorais, que j'encourageais coûte que coûte, avait vraiment écrit le pire des navets. Mais je préférais me barder de bandages, me coller une moustache et jouer le jeu comme quand nous étions gamins que de le lui faire savoir. Et force était de reconnaître que, d'une manière ou d'une autre, il avait convaincu des comédiens – *non* apparentés par des liens du sang – de jouer dans sa pièce. Mais attirer des gens susceptibles de dépenser de l'argent, sonnant et trébuchant, pour ça ? Impossible.

« — Jeremy, Chaz, je vous présente ma star, a-t-il fièrement annoncé.

« Puis il m'a lancé un drôle de clin d'œil.

« Se sont ensuivis des hochements de tête, serrages de mains, compliments. Mon phrasé, mon jeu, ma prestance… magistral, s'est enthousiasmé Jeremy. Sérieusement ? Son ami Chaz, lui, n'a pas dit un mot. Il me dévisageait, simplement. Tout à coup, l'odeur de moisissure du couloir et la proximité oppressante des murs me sont revenues en pleine figure. Il fallait que je me débarrasse de ce costume, ou le peu d'air qui me restait dans les poumons risquait de sortir dans un hurlement.

« Glenn ne me connaissait que trop bien ; il savait que j'étais à deux doigts de prendre mes jambes à mon cou.

« — On se retrouve dehors dans dix minutes, ça vous va ? a-t-il demandé à ses nouveaux amis, ignorant, délibérément ou non, le regard en coin que je lui lançais.

« — Il faut que je retire ce truc, Glenn, ai-je insisté sitôt les deux acolytes partis.

« — Arrête. Allez, Alex, il faut que tu viennes avec nous. S'il te plaît ! Ce type, Chaz, il est pété de thunes. Genre vieille bourgeoisie, tu vois ? Il peut nous mener illico dans le off-Broadway !

« J'étais contente pour lui. Heureuse de voir tant d'allant. Je le lui ai dit.

« — Mais tu me raconteras une fois que je me serai changée, OK ? ai-je ajouté.

« Parler était déjà une épreuve en soi.

« Glenn s'était penché tout près de moi, même si la porte de sortie s'était fermée derrière ses nouveaux amis.

« — Écoute, sœurette. Chaz, le richard – j'ai l'impression qu'il te prend pour un mec. Vraiment. Hé, franchement, bravo, chapeau bas, qu'est-ce que t'as assuré !

« — Super, et donc ? Je décroche le premier rôle le jour où il t'amène à Broadway ? Sérieusement, sans vouloir te vexer, frangin, qu'est-ce que tu veux que ça me foute ? Je ne suis pas actrice, tu te souviens ? Et je n'ai pas envie de le devenir.

« Glenn a levé les yeux au ciel.

« — Mais non. Bien sûr que non. Il a du boulot à te proposer. Très bien payé, à mon avis. Hé, tu sais que c'est une bonne nouvelle.

Allez, arrête ton cirque et ramène-toi, il y a une fiesta dans l'East Village.

« J'ai bien regardé mon frère. Certes, j'avais besoin de sous. Il me restait un semestre à Pratt, et je n'avais aucune perspective d'embauche après. J'avais 138 dollars sur mon compte d'épargne et pas assez sur mon compte courant pour effectuer un retrait. Et puis il y avait le loyer. Plein de choses, en somme. Cela faisait deux semaines que j'attendais de toucher mon indemnité de stage chez WE Press Books, alors j'avais cessé d'y aller. Ce qui rendait hautement improbable qu'ils finissent par me payer. Conclusion, je n'aurais pas craché sur quelques sous.

« Néanmoins, j'ai collé ma bouche à son oreille pour me faire bien comprendre sur un point.

« — Je. Ne. Peux. Pas. Respirer. Putain.

« — Non mais quelle diva !

« Voilà tout ce que mon frère a répliqué.

« Nous avons pris un taxi, suivant la voiture avec chauffeur de ses nouveaux amis, ce qui donna à Glenn le temps de me briefer sur la manière dont Chaz envisageait de financer sa pièce, afin de la rendre « réelle ». Je me souviens avoir pensé à tous ces mensonges que nous racontions aux autres sous couvert de bonnes intentions. La proposition de son nouvel ami avait déclenché une alarme dans mon cerveau. Je regardais Glenn. Je voulais le mettre en garde. Mais mon honnêteté m'aurait semblé cruelle. Mon frère était trop enthousiaste pour accepter de regarder la vérité en face. Alors que nous traversions le pont de Manhattan, les lumières tombaient par intermittence sur son visage. Allumé, éteint. Allumé, éteint. Il croyait son tour arrivé. Et je ne lui souhaitais que ça. Je le souhaitais autant que lui, bon sang. Mais quand les autres me disaient que j'avais du talent, j'avais assez de bon sens pour ne pas les croire sur parole. Car je savais que je n'étais pas la seule à mentir sous couvert de bonnes intentions.

« Je n'étais pourtant pas une partisane du relativisme moral. Mais là, c'était différent. C'était Glenn. Et le relativisme moral semblait mieux valoir que le mensonge.

« Chaque bosse que nous avons prise sur le pont, chaque nid-de-poule qu'a franchi le taxi alors que nous remontions Bowery Street a eu sur moi un effet lénifiant, détendant la bande que j'avais enroulée autour de ma poitrine. Je tentais de me concentrer sur ma respiration. Tout ça avait intérêt à valoir le coup.

« La fête se tenait sur le toit d'un immeuble sans prétention d'East Third Street.

La Dame aux Anneaux nous a regardés tour à tour, tous pendus à ses lèvres, cherchant à deviner où cette histoire nous mènerait.

« Des guirlandes lumineuses avaient été accrochées tout autour du toit pour indiquer le bord ; la plupart des gens étaient attroupés dans l'ombre. On voyait leurs silhouettes se séparer et se fondre de nouveau, découpées par les lumières de la ville en arrière-plan. Il y avait un bar improvisé, des couvertures, des coussins et des chaises ici et là, et de la musique, un mélange étrange de rap et de sitar, je crois.

« Glenn s'est excusé le temps d'aller chercher deux gobelets de très mauvais vin. Puis il est reparti à la recherche de ses amis. Je me suis trouvé un coin sur le rebord qui jouxtait le bâtiment voisin, du côté qui m'épargnerait une éventuelle chute de six étages sur le trottoir. Une fois installée, j'ai siroté mon vin.

« — Glenn t'a dit que j'avais du boulot pour toi ?

« Chaz était soudain apparu au-dessus de moi, une coupe de champagne à moitié pleine à la main. Manifestement, Glenn avait raté le bar avec les trucs bien.

« — Plus ou moins, ouais, ai-je répondu en essayant de prendre une voix rauque, malgré la surprise.

« Avec la distance et le maquillage, j'avais réussi à passer pour un homme sur scène et dans le couloir mal éclairé du théâtre. Mais à présent, j'avais peur d'être trahie par le halo du réverbère de la rue en contrebas. Que voyait-on sous cette lumière ?

« — Eh bien, ce n'est pas une proposition… euh… ce n'est pas un travail d'acteur conventionnel à proprement parler.

« Chaz a laissé échapper un rire forcé, *hé-hé*, complètement faux. Ses yeux se sont plissés. Il m'a regardée comme s'il hésitait à continuer.

« Je fixais mon gobelet en plastique en faisant lentement tourner mon restant de vin, le visage à l'écart de la lumière. Nom de Dieu. Que voulait-il me faire faire ? Clown dans les anniversaires ? Arrière-train d'un costume de cheval ? Un truc sexuel bizarre ? Glenn était-il au courant ? Et si oui, s'était-il tu exprès ? Cela avait-il la moindre importance ? Le loyer devait être payé dans deux jours.

« De quoi s'agit-il ? ai-je demandé.

« — Eh bien, a répondu Chaz en s'asseyant à côté de moi sur le parapet, commence déjà par retirer cette moustache, *Alexandra*.

Nous étions tous penchés vers elle, tenus en haleine, quand soudain un énorme fracas a retenti à l'autre bout du toit. Puis des cris, ceux d'un homme, débraillé, sans masque, couvert de sueur, les yeux hagards, se ruant au centre de notre petit groupe.

— Hé, je ne m'attendais pas à voir du monde ici. Hou là, je pensais qu'il n'y avait que moi.

— Vous êtes *qui*, d'abord ? a demandé Florida en se levant à moitié de son siège.

J'ai vu Vinaigre et Eurovision échanger un regard alarmé. Nous étions tous à moitié glacés.

— Vous ne m'avez jamais vu, hein ? Vous ne me connaissez pas. Eh non. Qui me connaît ? Personne. C'est pour ça que je suis monté là, vous voyez. Vous me regardez comme une bête curieuse, alors je vais vous dire la vérité. Je suis venu pour sauter. Ouaip Saut de l'ange. Du toit. Ha ha. Je rigole. Vos têtes ! Horrifiées. Comme dans un nanar. Allez, remontez vos mâchoires. Je crois que c'était de l'humour. Enfin, *c'était* de l'humour. Je suis humoriste. Vous ne m'avez jamais vu, hein ? Morty Gund. Le comique. Personne ne connaît les soirées stand-up chez Stewie's, sur la Deuxième Avenue ? Non, bien sûr. Et le Comedy Shack sur la 96e ?

Personne n'osait l'arrêter dans son élan. J'ai jeté un coup d'œil à la Dame aux Anneaux, si grossièrement interrompue dans son histoire. Elle était aussi stupéfaite que le reste d'entre nous. Qui était cet intrus ?

— Morty Gund. Ça ne vous dit rien. Normal, c'est un pseudo. Martin Grunwald. Mais qui viendrait voir sur scène un dénommé Martin Grunwald ? Martin Grunwald, c'est le directeur des pompes funèbres qui présente ses condoléances à tout le monde. Voilà pourquoi on m'appelle Morty Gund – je vous devance, puisque personne ne le demande. « Morty Gund, le comique le plus rapide de l'ouest. » Ha ha.

« Mon ex-femme ne trouvait pas ça drôle. Elle ne me trouvait pas drôle. Mon ex-femme est la raison principale de ma présence ici, à plaisanter en disant que je vais sauter du toit.

« Je ne devrais pas m'épancher comme ça. Mais son nom est Annie. Je l'appelle Annie l'Enclume, personnellement. Parce qu'elle était comme une enclume, un poids qui m'a tiré vers le fond toute ma carrière.

« Hé, beaucoup de gens trouvent que je suis drôle. J'ai cartonné au Ray-Jay à Hackensack. Un dénicheur de talents pour le *Tonight Show* devait venir, mais il a dû avoir un souci de voiture. J'ai joué là-bas trois fois et j'ai provoqué des hurlements de rire.

« Pas de la part de mon ex-femme, évidemment. Elle hurlait, oui, mais pas de rire. Elle hurlait sur moi jour et nuit en me reprochant de ne pas gagner ma vie. Elle me hurlait aussi en continu qu'elle ne me trouvait pas drôle.

« Elle m'a blessé dans mon amour-propre, mais je sais que je suis drôle. Vous ne me connaissez pas, mais peut-être connaissez-vous ma phrase signature. Chaque humoriste doit avoir sa phrase signature. Comme « *I don't get no respect* » de Rodney Dangerfield, « Vous n'avez aucun respect pour moi ». Vous devez au moins la connaître, celle-là.

« Eh bien, ma petite phrase à moi, c'est « Vraiment pour de vrai, les amis ». C'est de l'ironie. Ça vient après la chute d'une blague. Par exemple, je raconte un truc dingo sur mon ex-femme, et puis je finis par « Vraiment pour de vrai, les amis ». Ça fait rire les gens.

« Vous savez, c'est une période difficile pour l'humour. Je ne suis pas le seul à échouer. Les gens n'ont plus envie de rire à notre époque. Ils s'offusquent constamment.

« Tout le monde est tout le temps offusqué. Les gens s'offusquent pour tout et pour rien, à chaque blague qu'ils entendent.

« J'avais un sketch sur mon dentiste gay qui faisait un tabac. Je veux dire, vraiment pour de vrai, les amis.

« Mais essayez de faire une blague sur les gays aujourd'hui. On vous regarde comme si vous aviez commis un crime.

« Tout le monde est tellement à cran.

« J'en avais un autre super sur mon ex-femme. Je disais : « Elle est tellement grosse que, quand elle se tient au coin d'une rue, les gens lui jettent des enveloppes dans la bouche. » Ha ha. C'est tordant, non ?

« Mon truc préféré, c'était quand une femme ronde entrait dans le club. Je la chargeais à fond, tout le monde était scandalisé. Et puis je disais : « C'est bon, c'est bon. Je plaisante. Ou pas. » Et les rires résonnaient jusqu'au plafond.

« On ne peut plus faire ça maintenant. Plus personne n'a le sens de l'humour.

« C'est vrai, quoi, dans quel monde vit-on pour ne plus pouvoir faire de blagues sur les gros ?

« Les temps sont durs, croyez-moi. J'en suis la preuve vivante. Et je suis drôle depuis toujours.

« Quand j'étais en CE1, j'ai joué dans une pièce de théâtre à la con. J'étais sur scène devant tous les parents. Et mon costume est tombé. Quand je me suis baissé pour le ramasser, un tonnerre de rires a retenti dans l'auditorium.

« Je me souviens encore de ces rires. Et je me souviens avoir pensé : « C'est chouette. C'est chouette de faire rire les gens. » C'était il y a si longtemps. Et donc, j'ai essayé d'être drôle, depuis. Et les gens riaient. Vraiment, pour de vrai. Tout le monde sauf l'Enclume, mon ex-femme.

« Je suis monté à New York pour faire du stand-up. Mon ex-femme a fait tout ce qui était en son pouvoir pour me décourager et me faire douter de moi. Je savais que je travaillerais d'arrache-pied. Qu'il me faudrait faire deux cents soirées scène ouverte et écumer des dizaines de clubs miteux dans des petits bleds paumés. Mais j'étais prêt à le faire, parce que je savais que j'étais drôle. Je savais que j'avais l'étoffe d'une grande vedette.

« Eh oui, au début, j'avais un mentor. Quelqu'un qui m'a aidé à définir mon jeu et à peaufiner mon texte jusqu'à ce que tout fonctionne.

« Buzzy Gaines.

« Vous voyez Buzzy Gaines, pas vrai ? Forcément. Buzzy est un poids lourd. L'année dernière, il a même eu sa demi-heure rien que pour lui sur Netflix.

« Eh bien, j'ai rencontré Buzzy à San Jose, dans un club appelé The Jokery. Nous nous sommes rapidement liés d'amitié. J'étais flatté quand il a proposé de me donner des conseils, de m'aider à travailler mon jeu. Je veux dire, c'était un pro. Un fin connaisseur du monde du spectacle, du public, et il avait un flair incroyable pour détecter ce qui fonctionnait.

« Ce n'est pas anodin quand un pro avec autant de bouteille s'intéresse à vous et veut vous mettre le pied à l'étrier. Buzzy et moi sommes restés proches pendant plus d'un an. Et puis est arrivée cette soirée à Hoboken.

« Il était tête d'affiche au Sammy's Joint. J'avais décidé de lui faire une surprise. Je me suis faufilé dans le club et me suis assis à la table tout au fond. Il faisait vraiment sombre là-bas près du bar, et je savais que Buzzy ne pouvait pas me voir.

« J'avais dans l'idée de le chahuter. Vous savez, lui donner un peu de fil à retordre. Je savais que ça le ferait marrer. Mais quand il est monté sur scène, je me suis ravisé. J'étais trop stupéfait.

« En fait, Buzzy jouait mon spectacle.

« Il m'avait tout piqué. Chaque mot.

« Je ne lui ai plus jamais reparlé.

« C'est sans doute après cette trahison que je suis devenu aigri. J'ai réécrit mon spectacle. Il portait désormais intégralement sur mon ex-femme. Mais je ne pouvais plus faire de blagues sur les gros. Alors j'ai fait des blagues sur les maigres : « Mon ex-femme est tellement maigre que si je la retourne, elle fait balai. Mon ex-femme n'a pas du tout de seins. Quand elle se met de profil, elle disparaît ! »

« Des trucs super. Mais le public ne veut plus rire. Les femmes se mettaient à siffler à chaque blague, puis les hommes suivaient en huant. Ensuite, Stewie m'a demandé de ne plus venir aux soirées scène ouverte.

« Annie l'Enclume m'a dit : « Je t'avais prévenu. » C'est là que j'ai décidé qu'elle allait devenir mon ex-femme. C'est là que j'ai décidé de la tuer.

« J'ai échafaudé toutes sortes de plans, mais j'ai fini par décréter qu'ils ne fonctionneraient pas. Je ne pensais pas avoir la force de l'étrangler, tout simplement.

« Annie avait sapé toute ma confiance en moi. Je n'avais plus la foi.

« Mais je me suis étonné moi-même. J'avais la force, en fait.

« Et c'est ainsi qu'elle est donc devenue mon ex-femme.

« Non. Ne vous levez pas. C'est moi qui m'en vais. Et sans sauter du toit.

« Juste un dernier mot, si vous le voulez bien : Merci à tous d'avoir été un si bon public. Bonne soirée, prudence sur la route, et Dieu vous garde.

« Et ne vous inquiétez pas pour moi. Je prépare un tout nouveau spectacle. Je suis sûr qu'il va faire un tabac. »

Et aussi vite qu'il était apparu, le type a disparu. Nous étions entourés de terrains vagues, si bien qu'il n'aurait pas pu sauter sur un toit voisin. Il était forcément sorti par la porte, mais aucun de nous ne l'avait entendue racler. Les gens respiraient fort derrière leurs masques, flippés à mort.

— C'était quoi, ce délire ? a finalement explosé Eurovision. C'était qui, ce gars ? Un locataire ?

Il a tourné un regard presque accusateur vers moi.

— Inconnu au bataillon, ai-je dit, sur la défensive. Les portes sont fermées à clé. Je ne sais pas comment il s'est introduit ici.

— Et il est passé où ? s'est écrié Eurovision en se levant d'un bond. Il a sauté ?

— Il a dit qu'il n'allait pas le faire, est intervenu Wurly.

— Il a forcément dû ! S'il n'est pas ici et qu'il n'est pas sorti par la porte ! Il se trouvait par là-bas quand il a disparu. Nom de Dieu, que quelqu'un aille vérifier.

Son regard s'est planté sur Darrow, le plus proche.

— Jamais de la vie, a dit Darrow. Pas question que je regarde en bas. Je n'ai pas envie de finir à la barre des témoins. Que quelqu'un d'autre aille voir.

— On aurait entendu l'impact, a fait remarquer la Dame aux Anneaux.

— Qu'est-ce que vous en savez ? a demandé Vinaigre. Ne me dites pas que vous avez poussé Chaz du toit ?

— Ce n'est pas drôle, a rétorqué la Dame aux Anneaux.

Pour finir, avec un soupir irrité, Hello Kitty est sortie de son fauteuil pour s'approcher du parapet et regarder en bas, tandis que nous autres l'observions, pétris d'angoisse.

— Il fait trop sombre pour voir, a-t-elle conclu en retournant dans son fauteuil œuf.

— On fait quoi ? a demandé Wurly.

— Rien, a répondu Hello Kitty avec un haussement d'épaules. Un fou dangereux s'est introduit sous notre toit et s'est volatilisé. Ça. Ne. Nous. Regarde. Pas.

— Oh que si, s'il est en train de crever sur le trottoir juste en bas ! a répondu Vinaigre.

— Si tu t'inquiètes autant pour lui, pourquoi ne pas descendre lui faire du bouche-à-bouche ? a dit Florida.

— Mais comment est-il entré ? a demandé Whitney en se tournant de nouveau vers moi. La porte du hall est verrouillée, n'est-ce pas ?

— Bien sûr qu'elle est verrouillée ! Quelqu'un a dû lui ouvrir avec l'interphone. C'est comme ça que la plupart des intrus entrent d'habitude.

J'ai regardé autour de moi pour tenter de débusquer le coupable.

— Si ça se trouve, il est *encore* dans l'immeuble, a soufflé Wurly. Il faut que quelqu'un aille voir.

J'ai senti leurs regards se poser sur moi et mon ressentiment monter d'un coup.

— Je suis gardienne, pas vérificateur de portes, putain.

Barbe noire, le grand vétéran d'Iraq toujours muet, s'est levé.

— Je vais jeter un coup d'œil.

Il est parti. Pendant un moment, personne n'a plus rien dit, puis Amnesia a osé un :

— Autant écouter la fin de l'histoire sur Chaz en attendant, non ?

Les murmures semblaient s'élever en faveur de la fin de l'histoire. Tout le monde était trop chamboulé pour attendre là, à s'angoisser sans rien dire, les bras croisés.

— Où en étais-je ? a dit la Dame aux Anneaux.

— Chaz avait un boulot à vous proposer.

Elle a ramassé les extrémités de son écharpe et s'est emmitouflée contre le froid qui s'installait.

— Oui. Quand Chaz Cavanaugh m'a appelée Alexandra et m'a demandé d'ôter ma moustache, je me suis exécutée, déjà un peu rassurée… Et quand il m'a montré les photos, j'ai enfin compris ce qu'il voulait que je fasse… que je *devienne*.

Elle a tapoté sa chevelure d'une main baguée. Nous attendions.

— Bien, tableau : trente ans plus tard. Une autre soirée, dans un autre monde ; j'organisais une fête. Le traiteur, que l'on m'avait chaudement recommandé, était en retard, tout comme Glenn. Il avait promis de venir directement du théâtre avec une ou deux stars. Le spectacle s'était normalement fini quarante minutes plus tôt. Je m'étais coiffée, habillée, j'avais hésité entre cinq paires de chaussures, changé de bijoux, puis remis les premiers, et j'avais même eu le temps de donner à Hervé des consignes pour disposer les sofas sur la terrasse autour du brasero : assez proches pour converser, mais pas trop près de flammes pour ne pas avoir trop chaud. Je me souviens que c'était une nuit fraîche, comme celle-ci.

« Je m'étais aventurée sur le balcon pour guetter les arrivées. Une ribambelle de taxis défilait sur Park Avenue, loin en dessous. Le bruit de la circulation n'arrivait jamais vraiment jusque là-haut. Depuis mon perchoir, penchée sur la balustrade, je pouvais admirer pleinement la beauté du long terre-plein fleuri qui décorait le centre de l'avenue. Quelqu'un devait avoir pour travail de coordonner les floraisons et les arbustes, de décider quelles essences intégrer et où les placer. Quelqu'un devait aussi être chargé de sélectionner les sculptures qui changeaient à chaque saison. J'aurais été douée pour ça. Choisir les couleurs, les thématiques. C'est ce qu'on m'avait toujours dit : j'avais un sens inné de la couleur. Je ne regardais jamais par-dessus cette balustrade sans repenser à ce toit sur East Third Street, à cette soirée, tant d'années auparavant.

« Depuis la porte de la terrasse, Hervé a annoncé : « Le traiteur est arrivé, madame Cavanaugh. » Irremplaçable Hervé. Le tour que m'avait joué le sort en me donnant un majordome ne m'avait pas échappé. Derrière lui, ma gouvernante faisait entrer un petit défilé de serveurs avec plateaux et chariots, les orientant vers la cuisine.

« Voyez-vous, aussi complexe, aussi improbable et obscur que toute cette histoire avait pu paraître, c'est à cet instant que j'ai réalisé à quel point notre stratagème avait bien fonctionné. Chaz Cavanaugh n'avait pas cillé quand j'avais enlevé cette moustache. Il m'avait simplement fixée. C'était un regard long, dur, déstabilisant, pour être honnête. Mais quand il m'a montré les photos de sa sœur, j'ai compris aussitôt. Jessa Cavanaugh aurait pu être ma jumelle. C'était comme si je regardais des photos de moi, mais habillée différemment et dans des lieux que je ne me rappelais pas avoir visités. Tout s'est passé très vite après mon accord. Pendant les jours qui ont suivi, Chaz m'a raconté chaque détail de leur enfance qu'il jugeait pertinent de me livrer. Il m'a remis des documents pour que je les étudie ; j'ai lu et relu des lettres qu'elle avait écrites. Installée derrière le bureau de l'appartement de sa sœur, une antiquité qui aurait pu payer ma dernière année à Pratt, j'ai appris à imiter son écriture. Nous avions répété le scénario : pourquoi Jessa était partie, puis revenue, et s'était alors tenue à l'écart du monde. Ce n'étaient pas des mensonges, me disais-je. Simplement des *possibilités*.

« De temps à autre, bien sûr, cette histoire me taraudait – surtout l'aplomb avec lequel Chaz affirmait que sa sœur était partie pour de bon. En même temps, nous ne faisions de mal à personne. Les avocats étaient payés. Chaz obtenait son héritage. J'avais quant à moi négocié pour que Glenn se voie ouvrir les portes de Broadway. Et je vivais la luxueuse vie de Jessa.

« Chaz n'est plus, aujourd'hui. Comme il ne s'est jamais marié et n'a pas eu d'enfants, j'ai hérité de lui également.

La Dame aux Anneaux a lancé un long regard à ses voisins.

— Bien sûr, je repense souvent à lui et à cette soirée où tout a basculé. Ce dont je me souviens le plus, ce sont ses yeux. Et le soulagement qui m'a envahie en les sondant : ce soulagement de pouvoir enfin arrêter – du moins le croyais-je – de faire semblant... et de m'être assise du côté du toit où je ne pouvais pas m'écraser six étages plus bas.

— Mais que s'est-il passé, alors ? Vous avez remplacé la sœur de Chaz pendant trente ans ? a demandé Darrow. Vous avez fini par savoir où elle était allée ?

À nouveau, la Dame aux Anneaux a souri.

— À l'époque, on ne trouvait pas de photos de tout le monde partout sur Internet. Glenn était le seul membre de ma famille que je fréquentais, et il était au courant de tout. Par conséquent, il n'y avait personne pour me démasquer ni se demander où j'étais passée. Nous n'étions pas proches de nos parents. Mon changement d'adresse, même mon changement de nom, a été mis sur le compte de notre style de vie « bohème ». Mais l'argent m'a permis de poursuivre mes études à la School of Visual Arts, section beaux-arts. Puis j'ai ouvert une petite galerie à Manhattan, embauché du personnel et exposé principalement des artistes conceptuels noirs... David Hammons, Senga Nengudi, et même Elizabeth Catlett. Et une fois par an, mes œuvres à moi. Ah ! Quel délice de circuler parmi la foule et d'écouter les commentaires sur la mystérieuse plasticienne « Alex Chimère », qui n'assistait jamais à ses propres vernissages ! Alex est même un peu devenue la coqueluche du monde de l'art à un moment. Chaz s'en donnait à cœur joie. Un maquillage de théâtre, quelques perruques... et abracadabra ! À chaque exposition, je pouvais mettre au catalogue le portrait d'Alex Chimère, l'artiste mystère qui ne donnait jamais d'interviews.

« L'imposture s'est poursuivie sans accroc. Nous n'étions que trois à savoir, et il était dans notre intérêt que la mascarade perdure. Il y a eu des moments… mais j'avais décidé de jouer le jeu, voyez-vous. Je me suis accrochée, même quand Chaz est décédé et que j'ai craint qu'un vieil ami ou un parent perdu de vue me démasque aux funérailles. Pour répondre à votre question, non. Je n'ai jamais su ce qu'il était advenu de Jessa. J'aurais pu insister. Il y aurait certainement eu des moyens de le découvrir. Mais…

La Dame aux Anneaux s'est tue. Son dos s'est raidi, puis elle a détourné les yeux.

— Je n'ai jamais essayé.

Nous avons tous sursauté quand la porte du toit a claqué bruyamment. Barbe noire est apparu.

« Le bâtiment est sécurisé, a-t-il dit. La porte d'entrée est verrouillée, tout a l'air en ordre. À moins qu'il ne se soit enfermé dans un appartement, le type n'est plus ici.

— Vous avez regardé sur le trottoir ? a demandé Vinaigre.

— Ça va pas ou quoi ? Pas question de sortir dans la rue.

Cette fois, il semblait clair que tout le monde était prêt à regagner ses appartements, la porte soigneusement fermée à clé derrière soi. Cependant, avant de quitter le toit, je me suis dirigée vers la Dame aux Anneaux qui ramassait son verre à vin, car un soupçon avait grandi dans mon esprit. J'ai fini par le formuler.

— Chaz a tué sa sœur, c'est ça ? C'est pour ça qu'elle n'est jamais réapparue.

La Dame aux Anneaux a hésité, puis une expression proche de la douleur a traversé son visage.

— Chaz disait que les gens se volatilisent parfois, oui. Qu'ils s'en vont en voyage pour des destinations lointaines avec une personne en qui ils ont confiance… alors qu'ils *ne devraient pas*… et puis connaissent une fin tragique dont on n'entendra jamais parler. Il pouvait être étrangement précis quand il s'agissait de ce qui avait pu arriver à Jessa. Mais de manière toujours tellement sibylline. Cet homme a changé ma vie. (Lentement, la Dame aux Anneaux a secoué la tête.) Non, je ne pourrais pas dire qu'il a tué sa sœur.

Mais le doute teintait encore sa voix. Elle avait l'air d'une femme satisfaite de ce que le destin lui avait donné, mais je me demandais à quel point elle se sentait vraiment en paix, ayant peut-être construit sa vie sur un assassinat. Non que je sois bien placée pour juger.

— Mais alors, avec tout cet argent, a fait remarquer Eurovision par-dessus mon épaule, comment diable avez-vous fini ici, au Fernsby ?

— Ça, a-t-elle répondu d'un ton plus sombre, c'est une histoire que je garde pour la prochaine pandémie.

Nous nous sommes séparés pour la soirée. Je suis redescendue dans mon appartement, mais au lieu de transcrire les histoires incroyables de ce jour, que je n'avais pas tout à fait terminé de digérer, j'ai décidé de reporter la tâche au lendemain matin, j'étais trop épuisée. Je me suis allongée sur mon lit, mais le sommeil ne venait pas. Dieu que je détestais ces récentes plages d'insomnie. Je n'arrêtais pas de penser à la Dame aux Anneaux. Si elle possédait tout cet argent, que fabriquait-elle dans ce taudis ? Avait-elle réellement été la femme qu'elle venait de décrire, ou toute cette histoire n'était-elle qu'un tissu de mensonges ? Mais je l'aimais bien. Vraiment. Je me demandais combien d'entre nous sur le toit avaient quelque chose à cacher.

Les craquements et les grincements du vieux bâtiment ont commencé à remplir le silence, puis sont arrivés des pas, juste au même moment. Un bruit feutré, comme des chaussettes épaisses glissant sur le plancher. Une pensée m'a soudain glacée : *Et si le fou, Morty Gund, s'était caché au-dessus de chez moi ?*

Au terme d'un rapide débat avec ma conscience, je suis sortie de mon lit, j'ai attrapé le trousseau principal et la vieille batte de base-ball que mon prédécesseur laissait près de la porte, et je me suis faufilée discrètement dans le couloir. Le sous-sol était sombre et froid, la moitié des ampoules au plafond étaient grillées, mais la torche de mon téléphone portable suffisait à m'éclairer. Quelques cafards ont déguerpi, ce qui m'a rappelé un autre produit dont j'étais à court : des pièges. J'ai emprunté l'escalier qui menait au rez-de-chaussée. Le long couloir était silencieux.

J'ai avancé jusqu'à la porte et collé l'oreille contre le battant. Pas un bruit à l'intérieur.

J'ai inséré ma clé dans la serrure, l'ai tournée, puis j'ai poussé la porte avec mon pied, brandissant la batte et actionnant l'interrupteur en même temps.

Pas de lumière. Évidemment, sans locataire, l'électricité était coupée. J'ai reculé, abaissant la batte, puis ressorti mon téléphone pour activer la torche, dont la lueur bleuâtre s'est projetée dans la pièce. Vide, hormis du mobilier délabré. La poussière sur le sol était intacte, seulement marquée par les empreintes de pas que j'avais moi-même faites lorsque j'étais venue vérifier qu'il n'y avait pas de fuite. J'ai traversé le salon, ma batte à la main, mon téléphone dans l'autre, passant par la cuisine américaine avant d'entrer dans la chambre, puis dans la salle de bains, balayant l'espace avec la lumière de mon téléphone. Une odeur étrange flottait à cet endroit, comme des feuilles humides. La fenêtre de la chambre, fermée et verrouillée, donnait sur le terrain vague d'à côté, jonché de débris et de briques cassées, et par-delà sur un grillage et un tronçon de Bowery Street. Je me suis arrêtée, l'oreille tendue, mais il n'y avait rien que les murmures du vieux bâtiment qui jamais, semblait-il, ne s'apaisaient.

De toute évidence, l'appartement était vide. J'ai baissé ma batte ; je me sentais ridicule.

De retour dans mon propre appartement, je me suis écroulée sur le lit sans prendre la peine de me changer. J'aurais juré entendre encore ces pieds glisser.

Je suis restée éveillée dans le noir jusqu'aux premières lueurs, avant de finir par sombrer.

Jour Douze

11 AVRIL

Les journées s'allongeaient ; le tintamarre de dix-neuf heures retentissait désormais juste avant le coucher du soleil plutôt qu'au crépuscule. C'était le plus beau soir que j'avais vu depuis des années, des nuages orange sanguine se déployaient sur la ville, projetant dans les rues une lueur incandescente pendant que nous tapions sur nos casseroles et poussions nos acclamations. On avait l'impression de se trouver sous un immense feu.

Une fois le calme revenu, alors que le spectacle de lumières atteignait son apogée, des cris ont commencé à nous parvenir depuis le bas de la rue. Sur Bowery, un homme hurlait dans son téléphone portable. Mon premier réflexe a été de penser qu'il avait découvert le corps de Gund. Mais à en juger par les bribes décousues qui montaient jusqu'à nous, il semblait que la personne avec qui l'homme habitait, dans un appartement tout proche, était morte du Covid ou mourante et qu'il était sorti pour appeler le 911. Sur le toit, tandis que la voix lointaine et désespérée continuait de flotter jusqu'à nous, tous les visages se sont figés d'horreur à mesure que nous comprenions ce qui se passait. Assez vite, nous avons entendu une sirène d'ambulance remonter Bowery Street et s'arrêter à proximité, puis le crépitement des radios et les ordres des ambulanciers. Personne ne s'est approché du parapet pour regarder. Dix minutes plus tard, la sirène repartait en hurlant et le silence revenait.

La Reina a soufflé doucement :

— Dieu a encore secoué la boîte à lapins.

Monsieur Ramboz a fini par se racler la gorge.

— Je pense que ce que nous faisons ici, en nous racontant des histoires face à cette foutue maladie, est un acte remarquable.

Il a ajouté :

— Peut-être devrions-nous commencer à les enregistrer pour la postérité.

— Nous enregistrer ? s'est insurgée Vinaigre. Hors de question.

— Je comprends votre réaction, a répondu Prospero. Mais ce qui se passe sur ce toit est une manière d'affirmer notre humanité face à la terreur et la trivialité d'un virus. Cela ne devrait pas tomber dans l'oubli.

— Oh, assez, a lâché la Dame aux Anneaux. En ce qui me concerne, je boycotte ces soirées si quelqu'un commence à enregistrer.

Comment lui en vouloir, après l'histoire qu'elle venait de raconter ?

— Si Boccace ou Chaucer n'avaient pas écrit les histoires qu'ils ont recueillies durant leur vie, a insisté Ramboz, nous aurions perdu plusieurs des grandes œuvres du patrimoine culturel occidental.

L'évocation du « patrimoine culturel occidental » a déclenché plusieurs regards levés au ciel. Personne d'autre n'est intervenu pour approuver la proposition de Ramboz. Bien entendu, j'ai quant à moi gardé les lèvres closes – et mon téléphone allumé.

— Hé, on s'en bat de votre patrimoine culturel occidental et de votre Chaucer ! s'est écriée Vinaigre. Si vous voulez laisser une trace, allez plutôt écrire un message ou peindre quelque chose sur la fresque. Foutez-leur la paix, à nos histoires.

— Le *Décaméron*, a alors déclaré le Poète en s'affalant sur sa chaise. (Toutes les têtes se sont tournées vers lui.) Nous sommes en train de le vivre ici même, a-t-il continué d'un air un peu suffisant, avec un sourire. Tandis que je vous écoute, chacun votre tour, vous cachant de la peste en déroulant vos récits. Comment ne pourrait-on pas penser au *Décaméron* ?

— D'accord, mais c'est quoi le *Décaméron* ? a demandé la Cocinera.

— Un des classiques du patrimoine des hommes blancs morts, a répondu Amnesia.

À ces mots, le Poète a laissé échapper un long rire bas, presque comme un sifflement, qui a fait taire tout l'auditoire.

— C'est ça.

Il a regardé autour de lui.

— Laissez-moi vous raconter une histoire sur le *Décaméron*. Ça s'est passé plus tôt cette année, à l'époque où personne ne s'attendait à ce que la pandémie frappe l'Amérique de cette façon. Nous commencions tout juste à entendre parler de Wuhan, et la perspective d'une catastrophe mondiale relevait plus de la science-fiction que de la menace réelle qui nous a conduits à la pathétique réalité dans laquelle nous végétons. Quoi qu'il en soit, c'est à ce moment-là que le *Décaméron* s'est présenté à moi.

« Le semestre avait commencé dans la petite fac de Manhattan où j'enseigne, mon cours de poésie avait trouvé son rythme de croisière : environ un cinquième des étudiants avaient décroché, la moitié de ceux qui restaient ne rendaient pas leurs devoirs à temps. Deux ou trois seraient publiés. Tous les cinq semestres environ, l'un de mes étudiants arrivait à se faire un nom. Certains de mes diplômés sont devenus des auteurs de bestsellers, tandis que moi, à cinquante ans, je reste un poète expérimental, sorte d'exception intellectuelle bohème d'une famille de bourreaux de travail où tout le mérite revient à qui fera le plus d'heures supplémentaires. Il n'y a que dans le domaine des arts que l'on peut se dire « expérimental » sans obtenir de résultats. Si j'avais été scientifique, il y a bien longtemps que j'aurais perdu mes financements.

« Mes frères ont réussi, sont des pointures dans leur domaine. Leurs femmes aussi. Leurs enfants ont des QI élevés. Ils possèdent des résidences secondaires dans les montagnes autour de New York. Ils ont de bons réseaux, car ils font partie de l'Église anglicane. L'un d'eux est même diacre. Ils sont propriétaires de logements à Harlem. L'un de mes frères, Jack Caldwell, extrêmement riche, se moque de ma profession. Il a souvent été photographié par Bill Cunningham à des bals de charité ou des inaugurations de musée, la seule raison pour laquelle il met les pieds dans un musée. Son idée de la poésie peut se résumer à « Les roses sont rouges / Les violettes sont bleues ». Ma mère, qui avait acheté une propriété dans le Queens à l'époque où ceux qui ne peuvent plus se loger à New York n'y étaient pas encore relégués, me demande constamment quand je vais trouver un vrai travail. Quand je vais me marier. Si je veux qu'elle m'envoie son visagiste pour me couper les cheveux. Quand je vais quitter mon appartement, dont la surface est considérée par mes frères comme équivalant à celle d'un placard. Ma mère et mes frères ont fait interner mon père. Il n'était pas atteint de démence, non. Il n'arrivait simplement pas à tenir le rythme. Mais pour eux, il avait un problème. Alors ils ont consulté un ami psychiatre et, ensemble, ont concocté un plan à partir du *Manuel diagnostique et statistique des troubles mentaux*, dans lequel chaque comportement peut être classifié comme l'expression d'une maladie mentale, puis l'ont placé dans l'un de ces instituts à mi-chemin entre le country club et la maison de santé. J'ai l'impression qu'il s'y plaît.

« Avec mon salaire de prof qui n'enseigne qu'un semestre sur deux, je peine à garder la tête hors de l'eau dans ce bastion qu'est devenu Manhattan, où les prix n'ont jamais cessé de flamber depuis les années 1980. Et je fais partie de ces auteurs dits « cultes », ce qui signifie que mes livres ne se vendent pas.

« D'après mon agent, la tendance actuelle est aux romans à l'eau de rose signés par des autrices noires. Devant un verre dans un bar chic, il m'a expliqué, cynique, que les éditrices et critiques féministes blanches cherchaient à mettre ces livres en avant comme une forme de réparation littéraire pour se donner bonne conscience et apaiser la culpabilité qu'elles traînent à cause de la façon dont les domestiques noires étaient autrefois traitées chez elles. À l'époque où ces futures critiques, éditrices et libraires étaient petites, ces domestiques noires s'occupaient plus d'elles que leurs propres parents, comme s'est efforcé de le montrer Woody Allen dans ses films. Des parents qui passent plus de temps chez leur psy qu'avec leurs enfants. L'une de ces femmes blanches, qui avait écrit avoir « vécu une expérience formatrice » grâce à sa domestique, avait été prise à partie par l'une de ces impétueuses féministes noires qui lui avait demandé : « Donc, cela veut dire que vous avez grandi dans une maison qui employait une domestique noire ? » Cette incartade a conduit la féministe noire à se voir condamnée par son propre mouvement, dont les dirigeantes, blanches, prônaient la solidarité entre féministes de toutes les couleurs, latinas, noires et blanches. Il lui a fallu attendre qu'un poste se libère pour qu'elle parvienne à retrouver un nouvel emploi – un poste de maître de conférences mal payé dans une petite fac communautaire de Down Creek, en Alabama. Dès lors, la situation s'est tellement dégradée que les représentants commerciaux des grandes maisons d'édition se sont mis à dicter les tendances de la littérature noire et qu'une excellente poétesse comme Rita Dove, lauréate de plusieurs prix aux

États-Unis, a dégringolé à la quatre-vingt-dix-neuvième place du classement des cent meilleures ventes de poésie noire. Quatre-vingt-dix-neuvième ! Comme une orchidée privée d'eau et de nutriments à cause des mauvaises herbes.

« Mon agent est un hypocrite. C'est grâce aux autrices noires à succès dont il s'occupe qu'il a financé sa grande baraque dans le nord de l'État de New York. Et son discours sur l'engouement pour les écrivaines noires était à côté de la plaque. La plupart des autrices noires que je connais sont soit fauchées, soit contraintes de travailler à côté comme prof, comme moi, pour subvenir à leurs besoins. Sauf que, contrairement à elles, je bénéficie d'un peu de soutien financier.

« Deux de mes anciens étudiants, un couple de commissaires d'exposition, mariés, m'ont suggéré de déposer une demande de bourse auprès d'une fondation afin de pouvoir prendre une année sabbatique et mettre entre parenthèses l'enseignement. L'occasion d'écrire un bouquin qui interroge sur comment les Blancs peuvent s'entendre avec les Noirs. Du développement personnel. Le genre de littérature noire – en dehors des romans à l'eau de rose – qui se vend. Une sorte de variante de la vieille arnaque instaurée par l'Église catholique avec les indulgences, aux XIe et XIIe siècles, pour remplir ses coffres. « Achetez ma camelote, et vous ne passerez qu'un an au Purgatoire. » L'accroche version XXIe siècle serait : « Achetez mon bouquin, et je vous absoudrai de votre racisme », argument de vente brillamment inventé par feu James Baldwin. De nos jours, les pseudo-Baldwin sont devenus moins rares que les pseudo-Elvis. La différence, c'est qu'ils n'ont pas sa rage veloutée ni son œil de peintre pour capturer le détail. L'ayant enseigné, je peux vous dire que la plupart des admirateurs de Baldwin connaissent le personnage qu'il incarnait plutôt que ses ouvrages. Il était passé par l'Actors Studio, et le livre qui lui a valu de perdre le soutien de l'establishment littéraire new-yorkais a pour personnage principal un acteur. C'est son meilleur roman. *L'Homme qui meurt*.

« J'entrais m'acheter mon habituel *grande* avec shot d'espresso au Starbucks de Delancey Street quand je suis tombé sur ce couple d'étudiants. C'était en janvier dernier, un ou deux mois avant que le gouvernement ne déclare l'état d'urgence – ce même gouvernement qui nous avait assuré que le Covid-19 n'avait rien d'inquiétant.

Qu'il disparaîtrait tout seul. Bien sûr, comme nous le savons tous, les premiers symptômes de l'infection étaient apparus en décembre, mais nos dirigeants nous avaient assuré que la menace n'existait pas, qu'elle ne toucherait que les États démocrates. Le genre de logique qui émerge quand vous confiez des responsabilités à votre gendre.

« Le dossier de bourse, que mes étudiants avaient déposé en mon nom, était un chef-d'œuvre. Ils déjouaient toutes les questions alambiquées visant à déterminer l'éligibilité des candidats, ce labyrinthe sur papier, volontairement conçu pour décourager les petits centres d'art de postuler. Je n'avais plus qu'à décrire mon projet. Si les salles de sport fermaient à cause de l'état d'urgence, lire des bouquins sur comment s'entendre avec les Noirs remplacerait l'aérobic. J'ai soumis au couple une proposition de montant et de plan. Par exemple, 1. Lors d'une première rencontre, ne pas parler des athlètes noirs ; 2. Ne pas demander à une femme noire combien elle facture pour faire la lessive ; 3. Ne pas demander à un homme noir s'il a déjà utilisé de la Konkaline[1] ; 4. Ne pas évoquer Elvis Presley, ni Oprah ; 5. Ne pas raconter la première fois où vous avez vu un Noir ; 6. Apprendre à votre enfant à ne pas dire « marron caca » pour décrire une personne noire ; 7. Ne pas choisir une femme noire comme psychothérapeute. Sinon, la payer 200 dollars l'heure.

« À une autre époque, les jeunes structures pouvaient bénéficier de bourses pour se développer, mais de nos jours il faut déjà disposer d'un gros budget pour être éligible à ces subventions. Ce qui a favorisé des domaines artistiques déjà bien établis comme l'opéra ou le ballet. Grâce à l'aide de mes anciens étudiants, néanmoins, je n'ai eu qu'à signer et apposer quelques paraphes.

« Ils portaient plusieurs énormes gobelets de café.

« — Où est-ce que vous allez comme ça ? leur ai-je demandé.

« — On organise une lecture de classiques sur la peste maintenant que l'état d'urgence nationale a été déclaré.

« Idée du mari, ai-je présumé. En cours, chaque fois que j'essayais d'aborder des poètes latino-américains, noirs, asiatiques américains, amérindiens ou féministes, il intervenait et m'accusait de nivellement par le bas ou d'être politiquement correct. Je pense qu'il visait un poste de critique au *City Journal*. C'était un petit péteux qui savait

---

1. Produit à base de soude utilisé dans les années 1960 comme défrisant pour les cheveux crépus, à l'origine de plusieurs accidents.

tout sur tout, comme on en trouve à Manhattan. Un champion de l'enfumage intellectuel qui interrompait sans cesse ses camarades. Un *name-dropper* insupportable, aussi. Jamais on ne se serait douté que ses deux arrière-grands-pères avaient été des dissidents politiques débarqués aux États-Unis au début des années 1850. Pendant la guerre de Sécession, ils avaient fait partie d'un groupe d'immigrants qui avait combattu l'armée confédérée à Gettysburg.

« Il soumettait des poèmes tellement denses et abscons qu'ils étaient illisibles. Quand vous lui demandiez de traduire, il répondait d'un air prétentieux : « Moi je sais, mais c'est à vous de le découvrir. » Ses textes ressemblaient plus à des énigmes qu'à des poèmes, mais contrairement aux énigmes, si un lecteur exaspéré finissait par dire « Bon, je jette l'éponge », alors il passait pour un philistin. Son épouse, quant à elle, se servait de la poésie comme d'un support pour régler ses comptes avec son père, dirigeant d'une entreprise de médias sociaux. Dans l'un de ses poèmes, elle lui reprochait d'avoir oublié d'envoyer la berline pour l'emmener dans son école d'élite. L'école se situait à trois pâtés de maisons de leur appartement de Park Avenue.

« — Pourquoi ne pas vous joindre à nous, professeur Caldwell ? Nous offrons le déjeuner.

« Pourquoi pas, ai-je pensé. J'étais censé déjeuner avec mon agent, mais il avait annulé. Une réunion avec un « gros » client. Je doute que mon agent ait seulement lu les livres qui lui avaient permis de vivre très confortablement. Il s'était retrouvé là par accident. Il avait commencé comme serveur dans la maison new-yorkaise où déjeunaient les pontes des maisons d'édition, à l'époque où les « romans d'émeutes » avaient le vent en poupe, genre inventé par un commercial cynique d'une des maisons. Ils cherchaient des éditeurs noirs, et alors qu'il versait de l'eau à l'un de ces pontes, un célèbre éditeur qui avait trop bu, il s'était entendu dire en se voyant pointer du doigt : « Et pourquoi pas Jake ? » Ainsi, ces gens l'avaient sorti de sa salle de restaurant pour faire de lui un éditeur. Il avait quitté le milieu après un certain temps pour devenir agent littéraire. Il doit avoir la soixantaine à présent.

« J'ai demandé à mon ancien étudiant à quel endroit les lectures avaient lieu.

« — À la Kenkeleba House, m'a-t-il répondu – une galerie d'art sur East Second Street.

« L'immeuble qui abrite la galerie possède une fabuleuse histoire. « À l'origine connu sous le nom de Henington Hall, situé au 214 East Second Street, le bâtiment, construit en 1907, était désigné sur le permis de construire comme construction de "cinq plus un étages". Conçu par l'architecte Herman Horenburger pour Solomon Henig, l'espace commun avait probablement été créé pour les résidents juifs du quartier. Depuis 1974, il abrite la galerie Kenkeleba. » La conservatrice de la Kenkeleba House avait donné la permission au couple d'utiliser une salle de la galerie pour organiser leurs événements. Ils avaient apparemment joué un rôle déterminant dans l'obtention de subventions de la galerie.

« La lecture, qui avait lieu après le repas, se voulait calquée sur le modèle des conteurs qui avaient fui Florence ravagée par la peste pour s'exiler à la campagne, d'où ils avaient commencé à livrer leurs récits, après un déjeuner.

« Le déjeuner en question était généreux. Pizzas végétariennes, avocat, sandwiches au concombre, brocoli, carottes, céleri, fromage, thé vert et café Starbucks. *Pound cake* et fraises pour le dessert. J'ai accepté l'invitation. Autour d'une longue table étaient assis des participants à l'image de la diversité raciale et de genre de notre Lower East Side, que je rebaptiserais volontiers « Nerd City ». Le couple distribuait les textes pour la lecture, qui comprenaient des notes en bas de page, parfois plus longues que les histoires elles-mêmes.

« L'épouse prit la parole en premier.

« — C'est une idée que nous avons eue avec mon chéri. Ayant appris les nouvelles venant de Wuhan, nous avons pensé qu'il serait intéressant de lire de la littérature classique sur les épidémies passées – le *Décaméron* de Boccace, mais aussi Chaucer, Shakespeare et Defoe – et d'apprendre à nous connaître par la même occasion.

« Se tournant vers son partenaire, elle demanda :

« — Tu veux ajouter un mot, bébé ?

« L'histoire de New York comportait évidemment nombre d'épidémies, mais l'éducation eurocentrée de ces deux énergumènes leur laissait croire que seuls les Européens avaient produit des classiques.

« — Nous commencerons par des lectures du *Décaméron*, déclara le mari, avant d'enchaîner avec un exposé sur Boccace, son époque et l'histoire de la peste à Florence. Il divaguait, lançant des regards concupiscents aux femmes présentes. Après avoir reçu des instructions, certains participants restèrent pour discuter. J'ai profité de ce moment pour observer quelques-uns des tableaux de la galerie.

« Ensuite, les participants ont lu les passages du *Décaméron* que le couple leur avait assignés. Le mari demanda :

« — Y a-t-il des commentaires sur ce que nous venons de lire ?

« Un dramaturge gay noir prit la parole.

« — C'est homophobe. L'amour gay est qualifié de « contre-nature ».

« — Où avez-vous trouvé ça ?

« — Deuxième histoire, première journée. Et quand il envoie Abraham, le Juif, à Rome, Abraham découvre une cour papale où « tous péchaient généralement par une luxure déshonnête, non seulement d'une manière naturelle, mais encore à la mode de Sodome, sans aucun frein de remords ou de vergogne[1] ». Ce texte dit qu'être gay est une chose dont nous devrions avoir honte ?

« — Dans la troisième histoire, deuxième journée, intervint une conservatrice transgenre blanche d'un grand musée, l'abbé se prépare à faire l'amour à Alessandro, pensant qu'Alessandro est un homme, puis il découvre que c'est une femme. Chez Boccace, certains personnages travestis dissimulent leur identité. Nous nous sommes battus très dur pour le droit à notre véritable identité, et vous nous sortez une histoire où les personnages ont peur de révéler la leur ?

« Le mari tenta de prendre la parole.

« — Madame, nous ne pouvions pas nous douter que…

« — Je suis non binaire. Vous êtes aussi arriéré que Boccace, espèce d'imbécile.

« Voyant le petit péteux se tortiller alors qu'on le mitraillait de questions, je me suis dit tout bas : « Ça risque d'être drôle, finalement. »

« Un danseur en fauteuil roulant fit son entrée dans la galerie. C'était l'un des protégés de David Toole, qui militait pour une plus grande visibilité pour les acteurs et danseurs handicapés. Il était cramoisi, avait du mal à parler, il fulminait.

« — J'ai été révulsé par l'emploi du mot « paralytique ».

« — Où ça ? demanda l'épouse.

« Le danseur cita : « Première histoire, deuxième journée » : « Je ferai comme si j'étais paralytique ; toi, d'un côté, et Stecchi de l'autre, vous me soutiendrez comme si je ne pouvais marcher seul, et vous ferez semblant de vouloir me mener là, afin que le saint me

1. Traduction de Francisque Reynard, G. Charpentier et Cie Éditeurs, 1884.

guérisse[1]. » Dans cette histoire – dans *cet extrait* – les handicapés sont ridiculisés. Le choix de ce passage est-il une manière de signifier que les handicapés sont comiques et qu'il est normal que les gens fassent semblant d'être handicapés pour berner les autres ? Je vous fais rire, moi ?

« Mais le couple de commissaires n'eut pas le temps de répondre qu'un directeur de théâtre alternatif de Manhattan éleva la voix à son tour.

« — Ces histoires ne concernent que des riches. Des rois et des reines, des gens avec de l'argent. Aujourd'hui, de la même manière, si ce coronavirus atteint nos côtes, les riches fuiront vers les Hamptons ou rejoindront leurs yachts et laisseront les pauvres subir la peste. Les riches auront accès à des traitements expérimentaux, hors de portée du grand public. Pendant que ces privilégiés racontaient leurs histoires dans leur villa de Florence, les rues se remplissaient peu à peu de charrettes de cadavres, et au sein des familles on ne pouvait plus s'approcher les uns des autres. Boccace ne parle qu'au nom des riches. Pourquoi avoir choisi cet adulateur de la bourgeoisie ? Sans doute parce que ses personnages reflètent les valeurs libertariennes de votre génération. Qui dispose du luxe de nous faire perdre notre temps à lire ces histoires à la con.

« Il s'assit.

« Le rédacteur d'une revue d'art hebdomadaire de Brooklyn prit la parole.

« — Je suis seulement passé pour dire que je n'assisterai plus à ces lectures.

« Il s'approcha du couple et se campa devant eux. Le « roi » et la « reine » autoproclamés de ces rassemblements – titres donnés à celles et ceux qui modéraient les récits dans le *Décaméron*, justement – avaient déclenché la révolution. Le rédacteur tremblait.

« — Boccace, Dante, Chaucer et son *Conte de la Prieure*, où des Juifs assassinent un jeune écolier pour avoir chanté les louanges de la Vierge Marie – tous ces auteurs misérables étaient antisémites. Prenez la Deuxième histoire, première journée : « L'âme d'un homme si bon, si sage et d'une telle valeur, fût en voie de perdition par manque de Foi. C'est pourquoi il entreprit amicalement de lui faire abandonner les erreurs de la croyance judaïque,

1. *Op. cit.*

et le supplia de se convertir à la religion chrétienne qu'il pouvait voir, étant sainte et bonne, prospérer et augmenter sans cesse, tandis qu'au contraire la sienne diminuait et se mourait, ainsi que cela était manifeste[1]. »

« — Les « erreurs de la croyance judaïque » ? La « sainte et bonne religion chrétienne » ? En choisissant ce texte, vous accréditez cette vision antisémite du judaïsme.

« — Nous parlons quand même ici de l'une des plus grandes œuvres au monde, se défendit le mari alors que le metteur en scène sortait en trombe.

« Une vague de murmures s'ensuivit. Je me délectais. Prenant une tasse de café, je me suis enfoncé dans un fauteuil. Le spectacle promettait.

« La rédactrice de la revue féministe *Représailles* prit la parole. Elle était une excellente écrivaine, mais redoutable lors de ses lectures publiques devant des parterres de femmes, où la gent masculine était passée à la moulinette et le public en appelait au sang, à grand renfort de coups de pied et de sifflets, tandis que l'on dardait des regards hostiles sur les hommes présents. Ceux qui ne s'étaient pas éclipsés vers la sortie, s'entend. D'une voix vibrante de colère, elle dit :

« — Je trouve Boccace profondément misogyne. Il qualifie les femmes de « mobiles, contredisantes, soupçonneuses, pusillanimes et peureuses[2] », et « les hommes sont les chefs des femmes, et sans leur autorité, rarement il arrive qu'une œuvre de nous parvienne à une fin louable. Mais comment pourrions-nous avoir ces hommes[3] ? » Comment osez-vous nous demander de lire un tel ramassis de haine envers les femmes ? Son *Corbaccio* est encore pire en termes de misogynie. Et vous prévoyez ensuite Chaucer ? Un autre écrivain qui s'acharne contre les femmes. C'est lui qui a traduit *Le Roman de la Rose*, dans lequel, comme l'a si bien rappelé un chercheur en littérature, les femmes sont qualifiées de « clivantes, orgueilleuses, exigeantes, geignardes et folles ; elles sont incontrôlables, instables et insatiables ». Il a traduit ces diatribes contre les femmes et, sous la contrainte, a dû présenter

1. *Op. cit.*
2. *Op. cit.*
3. *Ibid.*

ses excuses, ce qu'il a fait *via* son poème *La légende des femmes vertueuses*.

« Se tournant vers l'épouse, elle demanda :

« — Comment pouvez-vous vivre avec cet individu qui nous demande de lire de tels concentrés de misogynie ?

« Une femme noire, créatrice de costumes dont on pouvait voir les œuvres sur les scènes de Broadway, intervint.

« — Pourquoi ne pas avoir choisi un texte américain ? Comme du William Wells Brown, un dramaturge noir qui a écrit une pièce intitulée *The Escape ; or, a Leap for Freedom*, sur des médecins tirant profit d'une épidémie de fièvre jaune. N'est-ce pas ce que nous vivons en ce moment avec Moderna, Pfizer, Kodak et Johnson & Johnson ? Qui rivalisent pour trouver un vaccin. Vaccin dont les investisseurs tireront à leur tour profit. Mais non, au lieu de choisir Wells, vous choisissez ce *Décaméron*, raciste.

« Le mari prit de nouveau la parole.

« — Comment cela peut-il être… il n'y a pas de Noirs dans l'histoire !

« — C'est bien le problème. Il y avait des femmes noires à Florence à l'époque, mais on ne les voit jamais. Boccace a totalement occulté les femmes noires.

« Elle se rassit.

« D'autres encore protestèrent contre la manière dont Boccace traitait leur communauté. L'heure du déjeuner devint l'heure du dîner. Il était dix-sept heures quand un artiste muraliste nuyoricain prit le couple à partie. Il se plaignait du manque de représentations visuelles des épidémies.

« — Quid des représentations indigènes des conséquences des épidémies que les Européens ont apportées sur notre continent ? On trouvait pourtant déjà des malades et des mourants dans les dessins aztèques.

« Le couple se ratatinait sous ces assauts. La femme semblait défaite. Son arrogant de mari continuait de défendre son projet. Il qualifiait les critiques de ses choix de lecture de « symptôme d'un coup d'État culturel littéraire dont l'objectif visait à annuler et détruire le patrimoine intellectuel occidental ». Mais les uns après les autres, les protestataires continuaient d'expliquer que leurs cultures étaient justement celles qui avaient été annihilées.

« Un écrivain noir prit la parole.

« — Prenez la brochure de, mettons, Princeton et Harvard : le nombre d'enseignants dont le travail se concentre sur la culture occidentale est égal à celui des salariés de General Motors. Vous prétendez mener une croisade pour préserver la civilisation occidentale, alors qu'elle n'existerait pas sans les érudits musulmans qui ont sauvé des œuvres considérées comme païennes par les vandales chrétiens.

« Finalement, je commençais à avoir pitié du « roi » et de la « reine ».

« Je repensais à ce dossier de demande de bourse qu'ils m'avaient gracieusement préparé pour me permettre de prendre une année sabbatique et écrire mon bouquin. De développement personnel. Comment faire pour que les Blancs s'entendent avec les Noirs. Je fais partie de ceux qui prônent la philosophie du « si tu me grattes le dos, je te gratte le dos ». C'est ainsi que les gens pensent dans le Tennessee, là d'où viennent mes parents. Alors je me suis levé.

« — Je vous trouve injustes envers ces jeunes gens. Pourquoi les accabler ? Depuis toujours, ils entendent qu'aucune civilisation n'existe en dehors de ce que les professeurs américains nomment la civilisation occidentale, le seul domaine digne d'étude et de réflexion. Depuis la prise de conscience de la nouvelle génération, il s'est produit ce qu'on pourrait appeler un « rappel » de la civilisation occidentale. Comme un fabricant automobile qui rappellerait ses voitures à cause d'un défaut sur les freins. Allons-nous mettre la voiture à la casse sous prétexte de freins déféctueux ?

« M'adressant ensuite au « roi » et à la « reine », j'ai tenté de me poser en médiateur.

« — Vos détracteurs disent que la position intolérante que leur analyse met en lumière chez vos auteurs envers les Juifs, les Noirs, les handicapés et les queers ne devrait pas les exempter des critiques qu'ils recevraient s'ils étaient encore parmi nous aujourd'hui.

« Il y eut des hochements de tête dans l'assemblée.

« — Mais n'est-ce pas de la censure ? s'insurgea le mari.

« Je lui lançais une bouée de sauvetage. Était-il donc incapable de la fermer ?

« — Eh bien, si ces réactions sont pour vous de la censure, rappelons quand même que le *Décaméron* est truffé de dogmes. Et de prosélytisme chrétien.

« — Il a raison, fit une voix.

« L'intervenant se présenta comme un poète russe, à New York dans le cadre d'un programme d'échange d'artistes. Il parlait avec un accent.

« Après s'être levé, il déclara :

« — Le professeur a raison. Ce *Décaméron* est rempli de dogmes. Le couple qui a organisé cette lecture sait reconnaître le dogmatisme partout, sauf dans les œuvres adoptées par votre patrimoine culturel occidental. Tous les deux sont immunisés contre de telles accusations, et c'est pourquoi ne sont pas incluses dans leurs propositions de lecture les œuvres de l'une des plus grandes écrivaines de la peste, Marina Tsvetaïeva. (Il brandit son recueil de poèmes, *Moscou en l'année de la peste*.) Dans votre vision occidentale, l'art russe se limite aux affiches de propagande pour les plans quinquennaux. Mais contrairement à Boccace et son éducation raffinée, son milieu privilégié ou à Chaucer, qui trouvait toujours un bon gagne-pain, ou bien Dante, qui officiait comme prévôt de Florence, Marina Tsvetaïeva a non seulement écrit sur la peste de Moscou, mais a aussi vécu une vie aussi dure que la peste, une vie que les Américains privilégiés ne comprendront jamais. Notre peuple endurait des épreuves tandis que le vôtre était toujours plus mou et plus flasque. Même si ce coronavirus s'installe ici, en Amérique, voyons les choses en face : vous n'aurez jamais à faire de sacrifices. Même au milieu d'une pandémie mondiale, vous continuerez à profiter de vos restaurants et de vos bars, de vous agglutiner sur la plage tout en vous envoyant aux nez vos haleines chargées de fluides de chauve-souris. Auriez-vous supporté les lourdes pertes que nous avons subies pendant la Seconde Guerre mondiale, nos villes entourées par les troupes ennemies durant un hiver glacial à Leningrad, où nous avons tenu bon plus de huit cents jours durant ? Non, pour vous Américains, rien ne peut entraver votre droit à vous amuser. Rien ne doit gâcher vos saintes fêtes capitalistes comme le Black Friday, parfaite illustration de votre société où celui ou celle qui n'est pas assez rapide ou cupide est piétiné. Vous, les Américains, ne connaissez pas la difficulté. Vous êtes devenus obèses. Les compagnies aériennes ont eu beau installer des sièges plus larges pour accueillir vos grosses fesses, vous continuez à raconter aux instituts de sondage que votre pays se dirige droit dans le mur. Bande de flemmards gâtés pourris ! La vie n'a jamais été un long fleuve tranquille pour nous, les Russes. La vie n'était pas un cocktail mondain pour Marina, ce qui ne l'a pas empêchée de produire des poèmes courts, quatre à six vers, beaux comme des petits bijoux. Son poème *Dimanche des Rameaux, 1920*, par exemple.

« Récitant le poème, il ferma les yeux comme le faisait Andreï Voznessenski. Il avait le visage tendu, plein d'intensité, de Voznessenski.

« *Je suis très pauvre, vous êtes dans la misère, / Moi solitaire et vous si seule ! / Tous deux vendus pour un centime. / Si beau, si belle... / Mais je n'ai pas de sceptre... / J'ai pris cette note pour allumer le poêle.*[1] Contrairement aux bourgeois que vous avez choisis, des hommes portés par des mécènes comme Pétrarque, Marina était si pauvre que, en 1919, un homme sur le point de la voler, voyant les conditions misérables dans lesquelles elle vivait, lui proposa de l'argent. Alors que vos héros Dante, Boccace et Chaucer frayaient avec les aristocrates, Marina écrivait au sujet de la seule et unique robe qu'elle possédait pendant la peste de Moscou. Elle en plaisantait.

« Il se remit à réciter :

« — *Ma journée : je me lève – la fenêtre du haut blanchit à peine – froid – flaques d'eau – poussière de sciure – seaux – cruches – chiffons – robes et chemisettes d'enfants partout. Je scie du bois. Rallume le feu. Lave à l'eau glaciale les pommes de terre que je mets à cuire dans l'eau du samovar. J'alimente le samovar avec des braises brûlantes que je retire à même le poêle. (Je porte jour et nuit la même robe de basin marron qu'Assia m'avait fait faire au printemps 17, à Alexandrov, et qui, un beau jour, avait épouvantablement rétréci. Elle est toute brûlée par les braises et les cigarettes qui lui tombent dessus. Les manches – autrefois retenues par un élastique – sont retroussées en trompette et fixées par une épingle de sûreté.)*[2] Marina ne pouvait pas garder ses enfants. Elle a envoyé ses filles à l'orphelinat. L'une a contracté la malaria. L'autre est morte de faim. La prochaine fois que vous choisirez un auteur qui a écrit sur une épidémie, choisissez-en un qui en a été victime, mais qui a

1. *Poèmes de Russie II (1912-1920)*, Édition bilingue. Traduit du russe par Véronique Lossky, Éditions des Syrtes Poche, 2023.

2. « Moscou, le 10 novembre 1919 », *Les Carnets 1919-1939*, publiés sous la direction de Luba Jurgenson. Traduits du russe par Evelyne Amoursky et Nadine Dubourvieux, Éditions des Syrtes, 2008.

su y puiser de l'humour et de la joie. Pas un de ces nobles de cour. Et les droits des femmes ? Parlons-en !

« Il regarda la féministe qui avait dénoncé la misogynie de Boccace et de Chaucer.

« — Nous étions bien en avance sur vous. Quoi de mieux pour l'émancipation des femmes que de les armer ? Huit cent mille ont combattu aux côtés des hommes pendant la guerre contre l'invasion nazie. Des femmes russes, côte à côte, pour repousser l'ennemi à Stalingrad. Les Allemands, qui plaçaient leurs femmes sur un piédestal et jouaient les preux chevaliers alors qu'ils en assassinaient des millions, considérées comme « non aryennes », les Allemands n'en revenaient pas de voir ces hommes et ces femmes se battre ensemble. L'une d'elles, Lidya Vladimirovna Litvyak, la « Rose blanche de Stalingrad », a abattu des virtuoses de l'aviation allemands et combattu jusqu'à son dernier souffle, même alors qu'elle plongeait vers le crash qui lui serait fatal. Mais certains racontent qu'elle aurait survécu et été aperçue pour la dernière fois échappant aux avions nazis qui la pourchassaient. Elle était l'une des deux seules as de l'aviation féminines au monde. Vous les Américains, qui avez sacrifié tant d'âmes pendant la Seconde Guerre mondiale, avez oublié la souffrance. Et la faim.

« Il s'est rassis. Le silence s'est abattu. Je pensais à Lydia Litvyak. Les habitants de notre nation égoïste se serreraient-ils les coudes contre le virus, comme ces hommes et ces femmes unis à Stalingrad ? Je suis sûr que certains repensaient à cette unique robe que possédait Marina. Qu'ils la percevaient comme une sorte de corrélat objectif. Voilà peut-être pourquoi la féministe qui avait donné tant de fil à retordre au mari regardait ses chaussures, qu'elle avait sans doute achetées à moins soixante-dix pour cent chez Saks Fifth Avenue. Dans la garde-robe des hommes, il y avait du Calvin Klein, du Ralph Lauren, du Nike. Des vêtements probablement fabriqués par des enfants. À l'évocation du dénuement de Marina, la créatrice de costumes noire s'était peut-être réjouie tout bas de l'excellente assurance maladie que lui offrait son statut de membre d'un syndicat. Ses enfants ne contracteraient jamais la malaria, ni ne mourraient de faim. Le danseur handicapé devait savoir qu'il était demandé dans les salles du monde entier en partie grâce au mouvement de promotion des droits des personnes en situation de handicap, qui contribuait en outre à attirer l'attention sur d'excellents poètes tels que Jillian Weise. Tous les bâtiments universitaires sont équipés de rampes et d'ascenseurs. À l'instar du reste de l'assistance, il vivait à son aise.

« La puissance des mots de Marina avait tiré les larmes à certains membres de l'auditoire, qui pleuraient en silence. Le mari, serrant la main de sa femme, montrait quelques signes d'empathie. Le soleil couleur mélasse plongeait dans l'Hudson, et, comme de juste, quelques participants ont remarqué qu'il était temps d'aller dîner. J'avais appelé Grubhub un peu plus tôt ; le livreur arrivait enfin. Il a posé trois grands sacs sur la table, puis s'en est allé. Il semblait y avoir à l'intérieur des tartes genre plateau télé, mais ces tartes, en réalité, contenaient un ingrédient spécial. Du *poi*. Le *poi* est un plat hawaïen à base de tubercule de taro. À mesure que les participants se servaient et goûtaient, des pouces se levaient.

« — Pourquoi avoir commandé ça ? m'a demandé quelqu'un.

« — Eh bien, c'est dans le prolongement de notre discussion.

« — C'est-à-dire ?

« — Le *poi* d'une personne est le poison d'une autre, ai-je dit. (Grognements.) Très bien, la métaphore est peut-être un peu plate, mais elle s'applique à l'art, vous ne le voyez pas ? La censure pour une personne est le didactisme d'une autre.

« Le péteux intervint :

« — Mais l'art ne devrait-il pas être universel ?

« Citant T. S. Eliot, j'ai répondu :

« — « Tous les écrivains issus de la diversité ne sont peut-être pas grands, mais tous les grands artistes portent en eux la diversité. »

« Ma réplique le fit se rasseoir, mais l'épouse s'est alors exprimée.

« — Nous ne pouvons pas projeter les valeurs de notre époque éclairée sur Boccace, Chaucer et Dante.

« Cette remarque a provoqué des rires. Quelqu'un a dit :

« — Notre « époque éclairée » ? Alors que des millions de gens ont élu un homme qui pense que l'eau des océans s'écoule vers les montagnes et que la meilleure façon de prévenir les feux de forêt est de balayer les feuilles mortes ?

« Quelqu'un d'autre :

« — Un quart des Américains croient que le soleil tourne autour de la terre.

« Un autre participant a amorcé une réponse, mais a été interrompu par les douces vibrations d'une guitare. Un musicien de blues en résidence avait entonné un air après avoir rappelé à l'assemblée que les lectures quotidiennes du *Décaméron* se terminaient toujours par *una canzone*. Il avait choisi du Blind Willie Johnson. Sa voix ressemblait au Taj Mahal. Rauque et robuste.

Well, we done told you, our God's
done warned you, Jesus comin'
soon
We done told you, our God's done
warned you, Jesus comin'soon
In the year of 19 and 18, God sent a
mighty disease
It killed many a-thousand,
on land
and on the seas
We done told you, our God's done
warned you, Jesus comin'soon
We done told you, our God's done
warned you, Jesus comin'soon
Great disease was mighty and the
people were sick everywhere
It was an epidemic, it floated
through the air We done told you, our God's done
warned you, Jesus comin'soon
We done told you, our God's done
warned you, Jesus comin'soon
The doctors they got troubled and
they didn't know what to do
They gathered themselves
together, they called it the Spanish'in flu
Well, the nobles said to the
people, 'You better close your
public schools
Until the events of death has
ending, you better close your churches too'
We done told you, our God's done warned you, Jesus comin'
soon
We done told you, our God's done warned you, Jesus comin'
soon

Read the book of Zacharias, Bible plainly says
Said the people in the cities dyin', account of they wicked ways[1]

« Il conclut d'une voix de basse qui n'était pas sans rappeler Paul Robeson.

« Tout le monde continua de manger son *poi* pendant que le musicien entonnait une autre chanson sur la peste. Le *poi* était un franc succès. Les gens commençaient à plonger la main dans le sac Grubhub pour se resservir une première, puis une deuxième fois. Un nuage sombre passa devant la lune qui brillait au-dessus de Union Square. Une pluie fine s'était mise à tomber. Je me suis levé et me suis étiré. D'autres en ont profité pour passer aux toilettes. Mon regard s'est posé sur le bureau installé dans la salle. Corrine Jennings, la conservatrice de la Kenkeleba House, se trouvait derrière l'ordinateur, entourée de piles de dossiers. Elle s'était donné pour mission de perpétuer le travail de transmission entamé avec son partenaire, Joe Overstreet, le grand peintre.

« Elle exposait des toiles d'artistes haïtiens. Certains des peintres étaient autodidactes ; d'autres, comme Jean Dominique Volcy, Michèle Voltaire Marcelin et Emmanuel Merisier, avaient reçu une formation. Un tableau attira mon attention. Il représentait le tremblement de terre de magnitude sept qui avait frappé l'île le 12 janvier 2010, à seize heures cinquante-trois. Les visages exprimaient l'horreur, les bras maigres étaient tendus vers le ciel. Une figure maternelle sombre se tenait au centre, entourée de deux enfants, sur un fond jaune.

« Les Américains surmonteront le Covid. Nous avons la science et l'argent. Tandis que Haïti continuera de souffrir comme Job.

Alors que le Poète terminait son histoire, Prospero a acquiescé.

— Le *Décaméron* des temps modernes, a-t-il dit. Les princes et les princesses ont fui la ville pour rejoindre leur villa dans les collines et

1. « Eh bien, on vous l'a dit, notre Dieu vous a avertis, Jésus arrive bientôt [*bis*] / En l'an 1918, Dieu envoya une terrible maladie / Sur terre et sur mer, des milliers ont péri / [Refrain] Les médecins, troublés, désemparés, se sont rassemblés / L'ont appelée grippe espagnole / Et aux gens les nobles ont dit « Fermez donc vos écoles / Jusqu'à ce que la mort cesse / Fermez donc vos églises » / [Refrain] / Lisez le livre de Zacharie, car la Bible le dit / Elle dit que dans les villes les gens meurent de leurs vices ».

se raconter des histoires pendant que la moitié de Florence mourait de bubons suppurants.

Florida a ajouté :

— Au début, je ne voyais pas bien ce que vous vouliez nous dire – ces commissaires d'exposition ont vraiment l'air d'être un couple de petits cons, et à mon avis, les détracteurs avaient carrément raison. Mais au final, Dieu a averti les *pauvres*, a-t-elle dit. Et les riches se sont barrés dans les Hamptons. Voilà ce qu'a donné cette pandémie : les riches se sont tirés en laissant les autres crever ici. Malgré nos différences, nous, les New-Yorkais coincés ici, nous sommes dans le même bateau.

— C'est le jour des règlements de comptes, a approuvé Vinaigre d'un ton amer. Ce virus a fait tomber le voile, hein ? Rien de tel qu'une bonne épidémie pour révéler au grand jour la manière dont les pauvres sont traités dans ce pays. Je parie que la moitié de l'Upper East Side est vide. Désertée. Toutes les baraques, les appartements de luxe bourrés de meubles anciens et de tableaux, vides, morts. Pendant que leurs propriétaires ont posé leurs gros culs sur des pelouses de deux hectares à Southampton et s'enfilent des Vesper en causant de Damien Hirst.

Personne n'a demandé qui était Damien Hirst. Finalement, Whitney a pris la parole.

— Je les connais, moi, ces maisons, a-t-elle dit. Quand j'avais vingt ans, je travaillais pour une maison d'enchères sur Madison Avenue. Nous vendions des œuvres d'art, mais il nous arrivait aussi de réaliser des estimations, tantôt pour une vente, tantôt pour des questions d'assurance ou de succession. Il fallait donc nous rendre sur place, où l'on tombait parfois sur d'immenses collections, certaines soigneusement élaborées par de vrais amateurs, d'autres simplement constituées par un commissaire d'exposition embauché par le propriétaire, qui se contentait de payer. Et quand le collectionneur mourait, tous ses biens se retrouvaient vendus par notre intermédiaire. Les œuvres finissaient dispersées chez d'autres collectionneurs, des marchands d'art ou des musées.

— Il y a une leçon à tirer de tout ça, a fait remarquer la Dame aux Anneaux. Amasser tous ces biens… à quoi bon ?

— Je pense que l'art est une chose importante, a répondu Whitney. Qu'il enrichit notre vie. Aimer l'art est important. Collectionner ce qu'on aime est important. Même si ça ne fait pas tout.

— Mais, à la fin, Dieu reprend, a dit Florida. « À vous maintenant, riches ! Pleurez et gémissez, à cause des malheurs qui viendront sur vous. Votre richesse est pourrie, et vos vêtements sont rongés par les teignes. Votre or et votre argent sont rouillés ; et leur rouille s'élèvera en témoignage contre vous, et dévorera vos chairs comme un feu. Vous avez amassé des trésors dans les derniers jours ! Voici, le salaire des ouvriers qui ont moissonné vos champs, et dont vous les avez frustrés, crie, et les cris des moissonneurs sont parvenus jusqu'aux oreilles du Seigneur des armées. Vous avez vécu sur la terre dans les voluptés et dans les délices, vous avez rassasié vos cœurs au jour du carnage. »

Cette citation de la Bible, à brûle-pourpoint, scandée par Florida de la voix énergique d'un prophète nous a tous coupé le sifflet – même à Vinaigre. Mais Whitney a souri.

— Je n'aurais pas trouvé mieux pour introduire mon histoire, qui est une histoire d'horreur sur la richesse corrompue, tout à fait dans cette veine, a-t-elle dit.

— Les bureaux de la maison d'enchères se situaient dans un imposant bâtiment qui occupait tout un pâté de maisons.

« Il y avait une entrée majestueuse, surplombée par un bas-relief Art déco : une muse planant au-dessus d'un artiste pétri de désir, censée montrer que l'art, et non le commerce, était notre dieu. À cette époque, nous venions juste d'être rachetés par une maison anglaise, ce qui nous donnait un certain cachet international, même si nous étions déjà une institution ancienne, très réputée, d'une envergure considérable. Pratiquement toutes les plus grosses ventes aux enchères d'art passaient par nous. Nous nous occupions d'œuvres de Rembrandt, d'œufs de Fabergé, de meubles Louis XV, de bibles Gutenberg, de tapis d'Aubusson. Ces ventes-là se déroulaient le soir, en tenue de soirée et uniquement sur invitation. Nous vendions des objets d'une grande beauté et d'une grande rareté à des connaisseurs pointus et très fortunés ; c'était le summum de la culture et de l'opulence. Sur un mur de nos locaux s'alignaient quatre horloges étiquetées Tokyo, Los Angeles, New York et Londres. Nous avions une position de choix dans le monde, et une haute opinion de nous-mêmes.

« Je travaillais au service qui s'occupait des peintures américaines. Chaque service fournissait des estimations à ses propres clients, mais il y en avait aussi un à part, uniquement dédié aux estimations, pour les clients institutionnels – banques, cabinets d'avocats, musées. Le personnel des Estimations était amené à se rendre sur place pour réaliser le chiffrage lors des successions ou des ventes de collection.

« Le chef de service s'appelait Grant Tyson. C'était un Britannique grand et beau, la quarantaine, robuste, teint couleur rosbif, distingué, compétent, d'une courtoisie irréprochable, doté d'un sens de l'humour diabolique. Son assistante, Priscilla Watson, ancienne étudiante de Smith College, venait d'une vieille famille de Philadelphie. Elle portait un carré impeccable, maintenu par un bandeau en velours, et ses chaussures étaient toujours assorties à son sac à main. C'était une fille pointilleuse, méticuleuse, très intelligente, à la langue acérée. Elle avait la petite trentaine : notre institution avait beau être ancienne, les salariés étaient étonnamment jeunes. Beaucoup de chefs de service n'avaient pas plus de la quarantaine, et beaucoup de juniors, comme moi, moins de trente ans.

« Grant avait reçu une nouvelle demande d'estimation : une grande collection dans une propriété du New Jersey, des bronzes européens du XIXe siècle, principalement. Il y avait aussi quelques bronzes américains, ainsi que des tableaux – ce qui avait motivé mon envoi sur le terrain. Il fallait tout estimer, même si nous ne nous attentions à rien de très bon, mis à part les bronzes. Les collectionneurs possédaient en général soit de l'art de qualité, soit du mobilier, mais rarement les deux.

« Grant était spécialisé dans les maîtres anciens, et Priscilla dans la porcelaine, mais leur excellente culture générale leur permettait de couvrir des domaines bien plus larges. Rex Miller, de notre maison sœur, était également de la partie.

Rex Miller était du genre aristo pète-sec, mais avec un vrai sens de l'humour, pince-sans-rire. Un jour, alors que Grant donnait une conférence sur les maîtres anciens, Rex avait glissé une image porno dans le projecteur. La salle sombre, remplie d'intellectuels et de collectionneurs, s'était brusquement retrouvée éclairée par des flashs de chair rose. Grant, imperturbable, avait dit : « Diapo suivante, s'il vous plaît. »

« La maison sœur nous servait à vendre les biens mineurs, décoratifs plutôt qu'artistiques. Les successions comportaient toujours des curiosités inattendues : un œuf d'autruche du XVIIIe siècle avec le *Pater Noster* estampé en néerlandais sur la coquille ; un petit plat en bois grossier ayant appartenu à un ancêtre pendant la Révolution.

Et chaque succession comportait aussi son lot d'objets trop mineurs pour être vendus. Il arrivait qu'on les garde, tout simplement : nous les appelions les *haggies*, du mot écossais *haggis*, qui désigne les abats qu'un chef donnait aux hommes de son clan lorsqu'un animal avait été tué et qu'il avait au préalable récupéré les meilleurs morceaux pour lui. Pour nous, un *haggie* pouvait être un vêtement, un ustensile de cuisine, un embauchoir, ou bien un objet particulièrement fragile, irréparable. Lors d'une succession, nous étions tombés sur un trésor : des boxers en soie sur mesure, rose poudré et vert citron. J'en avais récupéré un, rose poudré. Il y avait là-dedans quelque chose d'à la fois très glauque et très élégant : c'était une pièce magnifique, mais qui restait le caleçon d'un homme mort. J'avais pensé le porter pour faire une plaisanterie, mais l'occasion ne s'est jamais présentée. Il est resté pendant longtemps dans le tiroir de ma commode, jusqu'au jour où je ne l'ai plus retrouvé.

« Ce matin-là, nous attendions près des portes en verre de l'entrée. Les avocats devaient venir nous chercher. Ils sont arrivés à bord d'une longue berline noire, puis nous sommes tous partis pour le New Jersey. La propriétaire de la collection, qui résidait dans la zone la plus riche de la région, était une veuve, nous avait expliqué Grant. Elle était la seule héritière d'une grande fortune américaine et avait épousé l'unique héritier d'une autre. Vous pouvez deviner facilement leurs noms. Ils étaient incroyablement riches. Ils possédaient un hôtel particulier à l'angle de la Cinquième Avenue et de la 61e Rue. Il n'existe plus aujourd'hui, mais c'était un immense bâtiment de style fédéral de cinq étages, austère, intimidant, aux fenêtres cachées par des volets métalliques sombres. Madame l'Héritière vivait dans la propriété du New Jersey. Ils n'avaient pas eu d'enfants.

« Nous avons passé le trajet en silence à cause des avocats. Des types aux cheveux courts, costumes rayés, cravates fines. Nous les trouvions ternes, prisonniers qu'ils étaient des méandres labyrinthiques du juridique. Tout le contraire de nous, si bouillonnants, si intéressants, nous qui nagions dans le courant scintillant de l'art et du luxe. Nous ne voulions pas leur parler. Nous les regardions de haut – comme nous le faisions avec tout le monde, en fait : notre érudition nous plaçait au-dessus des riches, et notre statut social au-dessus des érudits.

« Nous sommes arrivés dans ce coin du New Jersey rempli de vieilles demeures en pierre, d'immenses pâturages où broutaient les chevaux. À l'entrée de la propriété se dressaient de grands piliers de pierre, et au-delà s'étendait un paysage pastoral. Alors que nous roulions à travers les prairies vallonnées, l'un des avocats a montré du doigt un groupe de plusieurs petits bâtiments.

« — Ce sont les chenils, a-t-il expliqué. Chaque fois que je viens ici pour un déjeuner, je me renseigne toujours sur le menu au préalable. S'il n'est pas à mon goût, il me suffit d'aller manger là-bas. Ils servent toujours du steak.

« Nous avons répondu par de simples sourires polis, sans nous esclaffer ; jamais nous ne nous serions permis une telle familiarité.

« Les héritiers élevaient des chiens de concours, comme le faisaient les gens glamour de la haute société dans les années 1930 et 1940. J'aimais beaucoup les chiens, et j'aurais été curieuse de savoir quelle race les héritiers avaient choisie, mais je n'avais aucune envie d'entamer de conversation avec les avocats. De toute façon, nous avions déjà dépassé les chenils, où les chiens avaient été rentrés pour la distribution des steaks.

« Puis la maison est apparue au loin : massive, digne d'un baron, avec des tourelles et des cheminées. L'allée serpentait au milieu de vastes pelouses, puis se terminait par un immense rond-point devant la porte d'entrée. Les avocats nous ont conduits jusqu'au hall. C'était une salle immense et sombre, aux murs lambrissés de bois foncé, avec de hauts plafonds et un escalier en courbe. Un homme en costume est venu à notre rencontre pour nous accueillir et prendre nos manteaux.

« Les avocats nous ont expliqué que la collection était répartie dans toute la maison. Il nous faudrait inspecter chaque pièce, à l'étage ainsi qu'au rez-de-chaussée, chaque couloir et chaque placard. Ils nous rejoindraient pour le déjeuner, à treize heures, dans la salle à manger. Nous avons acquiescé et nous sommes mis en route, munis de nos planchettes et de nos mètres rubans.

« La maison était aussi grande que grandiose. Lambris dans les salles de réception du rez-de-chaussée, moulures ornées, énormes cheminées en pierre sculptée, grands tableaux encadrés d'or aux murs. La plupart des œuvres provenaient d'Europe, à l'exception de quelques paysages impressionnistes mineurs et de bronzes américains.

« J'ai commencé par le salon. Les tableaux n'étaient pas remarquables. Souvent facilement identifiables – les berges oniriques de George Inness, le cubisme fracturé de John Marin –, même si mon œil n'était pas infaillible. Il est surprenant de voir combien il est difficile d'identifier une œuvre non signée, de déterminer s'il s'agit d'une production précoce ou tardive d'un artiste connu, d'un très mauvais travail ou bien d'une contrefaçon. Il pouvait arriver qu'un dessin européen se retrouve dans une collection américaine, ou celui d'un Américain travaillant en France. Parfois, une toile longtemps attribuée à un artiste renommé s'avérait ne pas être « bonne », autrement dit pas de lui du tout, ce qui était à l'origine d'une profonde consternation.

« Parfois encore, ces estimations révélaient des trésors inattendus : un immense paysage d'Albert Bierstadt avait été découvert au fin fond d'un couloir dans une école en Angleterre. D'ordinaire, les découvertes étaient plus modestes : lors d'une de ces missions, je m'étais retrouvée dans une cave à fouiller dans un carton de petits tableaux sous cadre, où j'avais déniché une eau-forte de Whistler, avec sa signature en forme de papillon. Quand j'en ai informé les clients, ils n'ont pas paru intéressés ; je crois qu'ils ne savaient pas qui était Whistler. Mais j'étais heureuse. Avoir affaire à des chefs-d'œuvre est toujours très excitant – palpitant, vraiment –, mais cette collection-là n'en renfermait aucun, du moins aucun dans ma catégorie, et je ne m'attendais pas à ce que la suite de l'inspection me réserve de surprise.

« Le mobilier du salon était français : canapés rembourrés rigides, chaises aux pieds fuselés, tables à plateau de marbre. Grant se tenait derrière moi, Priscilla était montée à l'étage. Rex, qui passait par là, s'est arrêté près de moi en prenant un vase cerclé d'or. Il l'a retourné pour voir la marque.

« — Nicolas II, a-t-il déclaré. Sympa d'avoir la porcelaine d'un homme assassiné dans son salon.

« Il y avait toujours quelque chose de tendu dans son ton. Rex était un grand adepte de la provocation.

« — Tu crois qu'il appartenait vraiment au tsar ? ai-je demandé. Ou qu'il a simplement été fabriqué pendant son règne ?

« — Il y a la marque. Personnellement, je n'aimerais pas avoir sur ma table les bibelots d'un type massacré, a-t-il insisté.

« Il m'a tendu le vase, mais je n'ai même pas regardé. Je ne m'occupais pas de porcelaine. Tout en secouant la tête, Rex a reposé le vase avant de passer à autre chose.

« Je repensais au boxer en soie que j'avais dans ma commode, à ces objets que nous avions emportés chez nous et qui avaient appartenu à des personnes décédées. Mais pas assassinées. La provenance avait son importance dans un monde comme le nôtre ; un objet possédé pendant longtemps avait plus de valeur. Pourquoi considérait-on distingué de posséder un objet vieux de plusieurs siècles passé entre les mains de propriétaires à présent tous décédés, mais dérangeant de se retrouver avec un bien ayant appartenu à une personne décédée récemment ?

« Valait-il la peine de s'interroger là-dessus ?

« Madame l'Héritière avait des bronzes partout, sur chaque table, nichés dans chaque bibliothèque, en paires sur chaque cheminée. Des formes lourdes et sombres, des animaux imbriqués dans des prises à mort, des humains torturés en contrapposto – ennuyeuses, déprimantes ou mièvres, au choix. Du Rosa Bonheur et du Louis Barye. Je les vérifiais un par un pour déterminer s'ils étaient américains, mais la plupart venant d'Europe, je les laissais à Grant.

« Les salles de réception du rez-de-chaussée terminées, je suis montée à l'étage. Grant se tenait près d'une console dans le couloir.

« — Te voilà, m'a-t-il dit en soulevant une statuette. Tiens, si tu veux savoir à quoi ressemble un bœuf qui se repose.

« — C'est le *Bœuf couché* ?

« — Le *Bœuf couché*, a-t-il acquiescé. Il paraît qu'elle est allée dans un abattoir exprès.

« — Je doute que les bêtes aient la possibilité de se reposer dans un abattoir, ai-je dit. Elle aurait plutôt dû l'appeler le *Bœuf mourant*.

« — En tout cas, Rosa Bonheur a voulu le voir en vrai, a répondu Grant. Je le disais pour l'anecdote.

« Je me suis rendue jusqu'au bout du couloir, où se trouvait un autre bronze. C'était une femme nue, nymphéenne, face contre terre. Les mains posées à plat, elle soulevait son buste du sol, et ses orteils touchaient l'arrière de sa tête. Sa pose était ouvertement romantique, subtilement érotique. Le style me rappelait celui d'une sculptrice américaine, mais lorsque j'ai soulevé le bronze pour regarder en dessous, il n'y avait pas de marques. Grant, lui, avait avancé dans le couloir, mais dans la direction opposée. Nous nous trouvions maintenant presque aux deux extrémités, de sorte qu'il m'a fallu élever la voix. Les avocats étaient en bas, mais la maison était vide. Nous ne risquions pas de déranger.

« — Tu as vu cette femme nue ? On dirait du Harriet Frishmuth, mais je ne vois pas de marque.

« Grant a pivoté sur lui-même, mais au lieu de répondre, il s'est empressé de me rejoindre dans le couloir. Arrivé à ma hauteur, il m'a pris la statuette.

« — Européenne, a-t-il déclaré. Je l'ai déjà noté.

« Puis, reposant la statuette, il s'est rapproché et s'est penché vers moi avant de me glisser d'une voix basse et pressante :

« — Elle est ici.

« Il me fixait intensément.

« — Qui ? ai-je demandé, mais j'avais compris à son ton de quoi il parlait.

« Ce fut un choc.

« — Ici ? (Je pointais le sol.) Quoi, dans la maison ?

« Je chuchotais, désormais.

« — Dans la chambre, a articulé Grant.

« — Dans la chambre, ai-je répété, sidérée.

« — Sous oxygène. Pratiquement sous assistance vitale artificielle.

« Depuis le début, je croyais Madame l'Héritière absente, partie je ne sais où. Moi qui nous croyais libres de parcourir à notre guise ce mausolée géant regorgeant des butins de la richesse familiale, libres de juger sa collection, ses goûts, sa maison. J'ai senti ma poitrine se serrer.

« — Elle est…

« Je ne savais pas comment finir.

« — Non, a répondu Grant. Dans le coma.

« Elle était là, couchée dans son lit, dans sa chambre, silencieuse mais présente dans cette maison où elle avait vécu pendant des décennies, régnant sur tout, les chenils et leurs menus, les collines ondulantes, le grand virage de gravier devant le perron, le salon et sa massive cheminée en pierre, la préparation du concours canin de Westminster – toutes ces choses avaient fait partie de sa vie. Et toutes ces choses lui appartenaient encore, alors qu'elle reposait là, les paupières closes, l'esprit embrumé, les poumons sifflants, une aiguille profondément plantée dans sa chair flasque, son corps inerte soulevant à peine plus les draps de son lit sculpté. Depuis combien de temps était-elle allongée ainsi ? À quel moment les avocats avaient-ils décidé qu'il était temps de nous faire venir ? Cette estimation concernait la succession d'une femme entre la vie et la mort. Il y avait là-dedans quelque chose de macabre.

« — Où ? ai-je soufflé.

« Grant a pointé une porte à mi-chemin du couloir.

« — Il y a des œuvres ? Il faut que j'y aille ?

« Grant a acquiescé.

« — Quelques aquarelles. Ça ne prendra pas longtemps. Il y a une infirmière.

« Grant a soutenu mon regard jusqu'à ce que je finisse par hocher la tête. Puis il a reposé la nymphe de bronze et s'est éloigné dans le couloir. J'appréhendais d'entrer dans la chambre.

« J'ai d'abord terminé le couloir. Je me suis occupée des tableaux – des gravures françaises, principalement –, j'ai retourné encore quelques bronzes posés sur une table. Puis je me suis résolue à attaquer les chambres. Il n'y avait que trois portes. La première s'ouvrait sur une chambre d'amis. Des lits jumeaux avec des têtes de lit en cannage français, des lampes sophistiquées aux abat-jour plissés. Un grand bureau à la française, une chaise longue. Les tableaux étaient européens, des paysages à l'aquarelle, deux français, un espagnol. Mon pouls s'est accéléré quand j'ai ouvert la porte suivante. C'était une autre chambre d'amis : un lit double, avec une tête de lit française sculptée, un bureau en acajou, et une petite écritoire française elle aussi, simple et élégante. Sur les murs, des aquarelles. Toutes françaises, du XIXe siècle, à l'exception d'une gravure de l'Américain Joseph Pennell. Je l'ai décrochée, mesurée, j'ai noté les informations. J'en avais fini avec cette pièce, mais je traînais. Sur le bureau, plusieurs photographies. Je me suis penchée pour les examiner. Je regardais toujours les photos de famille.

« Sur la première, on voyait un petit garçon sur un poney aux oreilles pointées vers l'arrière. Le petit garçon plissait les yeux, ébloui par le soleil, ses jambes potelées à peine assez longues pour être pliées au-dessus des étriers. La photo suivante aurait pu être celle du même garçon, plus âgé, en tenue de tennis blanche et pull à col en V, une raquette en bois à la main. Puis une photo de remise de diplôme, cérémoniale, toge noire et toque. Je me suis approchée un peu plus encore pour voir d'où il avait été diplômé. Sous l'image, une légende imprimée disait : Université de Princeton. *Dei Sub Numine Viget.*

« À côté du bureau, une étagère. Curieuse, j'ai parcouru les titres. *La Croisière du cachalot. À la dure. Moby-Dick.* Hemingway, Fitzgerald. Beaucoup de titres dont je n'avais jamais entendu parler, avec de vieilles couvertures aux tons sombres des années 1930 et 1940.

Quelques livres d'ingénierie. Je suis passée à l'écritoire : d'autres photos. Une équipe d'aviron en short et tee-shirt, chacun des membres tenant une grande rame, debout pieds nus sur un quai. Une autre, officielle, d'une équipe d'aviron, plus âgée, assise, cette fois en blazer blanc et canotier. C'était à Oxford, d'après la légende, et leur bateau, aussi incroyable que cela puisse paraître, s'appelait le *Torpide*. Il devait s'agir de Monsieur l'Héritier, enfant. La chambre semblait figée, inutilisée, mais il est vrai que l'Héritière était une dame très âgée, sa chambre d'amis n'avait pas dû être utilisée depuis des dizaines d'années. J'ai pensé à elle, immobile sous les draps, au murmure de l'oxygène. J'ai frissonné.

« Il ne restait plus qu'une porte. J'ai tourné la poignée avec précaution. Elle s'est ouverte sans bruit, et je suis entrée. Il y avait un grand lit contre un mur, près d'une baie vitrée donnant sur le jardin. Une coiffeuse était placée sous la fenêtre, au milieu ; à côté, un fauteuil. Une infirmière en blouse y était assise. Elle a levé les yeux en me voyant entrer, et nous nous sommes saluées d'un signe de tête. Elle tenait un magazine sur ses genoux. Évitant soigneusement de regarder le lit, j'ai commencé à examiner les tableaux. Un grand bureau occupait le mur opposé au lit, avec une petite bibliothèque, et une chaise longue recouverte de toile de Jouy bleue. Je progressais lentement le long des murs, vérifiant chaque tableau. Il y en avait un qui ressemblait à du Childe Hassam, mais en regardant au dos, j'ai vu que c'était un artiste français dont je n'avais jamais entendu parler. J'ai dû passer derrière l'infirmière pour le voir ; à voix basse, je me suis excusée. Après un hochement de tête sec, elle a baissé les yeux : elle faisait des mots croisés. D'en haut, je me suis rendu compte que ses cheveux noirs étaient couverts d'un fin filet. Je distinguais le maillage entrecroisé.

« Il y avait une aquarelle au-dessus du lit, un grand paysage signé Harpignies. Un Français, je n'avais donc pas à le décrocher. Mais alors que je l'observais, je n'ai pu m'empêcher de voir ce qui se trouvait en dessous. J'essayais de ne pas regarder, mais j'ai fini par jeter un coup d'œil vers le bas, apercevant une tête sur un oreiller, des cheveux argentés et des yeux fermés, un visage jaunâtre. Il était partiellement occulté par un grand pied métallique d'où pendaient une poche de liquide et un tuyau opaque qui serpentait vers le bas, jusqu'au corps. Elle était également branchée à une sorte de machine émettant par intermittence des bruits sifflants de respiration. On aurait dit un croisement morbide entre un hôpital et un laboratoire. Mon cœur battait la chamade. Effrayée, je me suis de nouveau tournée vers l'infirmière. Elle m'a regardée en hochant la tête, et je me suis détournée du lit. Ce faisant, j'ai aperçu la main, ridée et jaune, terrible, immobile sur le drap tout propre.

« J'ai terminé de passer en revue les tableaux sur le dernier mur et pressé mon bloc-notes jaune contre ma poitrine. Il n'y avait pas un bruit dans la chambre, hormis cette respiration laborieuse. La pièce n'était plus habitée que par ce qui s'y passait. Les tableaux, les meubles, les tapis, toutes les raisons qui avaient appelé ma présence ne signifiaient plus rien. Ce qui comptait réellement, c'était cette marche noire, lente, que rien ni personne n'arrêterait.

« Je me suis faufilée en silence vers la porte et j'ai posé ma main sur la poignée. Puis j'ai regardé l'infirmière et, comme quelques instants plus tôt, nous nous sommes saluées d'un signe de tête, telles deux complices muettes d'une nébuleuse entreprise. J'ai ouvert la porte, je suis sortie. Je l'ai refermée discrètement et me suis éloignée. Mon cœur battait comme si j'avais échappé de justesse à un danger.

« Il était treize heures passées. Je n'avais pas osé consulter ma montre pendant que je me trouvais à l'intérieur, mais je savais que j'étais en retard pour le déjeuner. J'ai descendu l'escalier incurvé quatre à quatre, sur la pointe des pieds, comme si cela pouvait changer quoi que ce soit. J'entendais les autres dans la salle à manger. Quand je suis arrivée, ils étaient tous là, Grant, Priscilla et Rex. Les avocats aussi, ce qui m'a indiqué que le menu proposait mieux que du steak.

« Je me suis installée sur la chaise libre à côté de Priscilla. Les quatre hommes étaient assis en rang d'oignons : Grant et Rex côte à côte, flanqués des avocats. Les avocats voulaient évidemment s'asseoir avec les importants, donc avec les hommes. Un jour, j'avais rendu visite à une cliente qui voulait une estimation pour un tableau. Quand elle m'avait vue, son visage s'était décomposé, puis elle avait demandé s'il n'était pas possible d'avoir un homme.

« Grant la jouait professionnel.

« — C'est une collection très importante, disait-il à l'avocat n° 1. Il y a de très bonnes pièces. Et les reproductions sont impeccables.

« Bien sûr, ce n'étaient que des avocats, pas de véritables amateurs. Ils n'auraient pas su faire la différence entre une réplique et un original.

« — C'est ce que j'ai entendu dire, en effet, a répondu n° 1. Plusieurs musées ont manifesté leur intérêt.

« Grant a acquiescé.

« — À juste raison.

« Nous n'aurions pas été là, cependant, si un accord n'avait pas été signé au préalable. Mais peut-être s'agissait-il seulement d'une estimation pour la succession, et non pour la vente.

« — Bien sûr, a ajouté Grant, un musée ne prendrait pas toute la succession, seulement les bronzes.

« — Probable, oui, a renchéri n° 2.

« — Comme il est probable que nous n'aurions pas été intéressés par la succession sans les bronzes.

« L'avocat a acquiescé.

« — Que dis-tu des meubles ? ai-je demandé à Priscilla. La porcelaine est belle ?

« J'avais besoin d'un peu de cancans. Je voulais chasser de mon esprit la forme allongée sur le lit à l'étage. Je n'osais pas aborder le sujet devant les avocats.

« — Quelques très bons meubles français, de l'excellente porcelaine allemande, et quelques horreurs absolues.

« Priscilla a pincé les lèvres et secoué la tête par petits mouvements rapides. Nous aimions mépriser les gens fortunés et de goût capables d'acheter des choses exquises, mais qui préféraient choisir des monstruosités absolues.

« — Un magnifique ensemble de Meissen, un superbe service de table de Sèvres, cent soixante-dix-huit pièces, d'après mon décompte. Et puis quelques imitations Louis XVI tout droit sorties de chez Sloan, a-t-elle ajouté.

« J'ai acquiescé d'un hochement de tête.

« Le repas était délicieux. Nous avons commencé par un velouté de concombre, puis un poulet rôti aux herbes. Je n'arrivais pas à me sortir de la tête la forme de la vieille dame, mais avoir retrouvé ce monde léger de l'art et ses potins me procurait un certain soulagement. Les cousins de Priscilla habitaient près d'ici ; elle se mit à parler de la réglementation de la chasse locale, du processus d'adhésion au club tellement compliqué que c'était un scandale.

« — Ces nouveaux arrivants ne savent même pas monter à cheval, tu sais, m'a-t-elle glissé sur le ton de la confidence. Ils se présentent pour devenir membres alors qu'ils ne tiendraient même pas sur un vélo.

« — Quelle race de chiens élevaient-ils ? ai-je demandé. Ceux du chenil. Qui mangent du steak à midi.

« — Des schnauzers, a répondu Priscilla. Ces chiens sauteurs affreux qui te mordent si tu les regardes. Je ne peux pas les sacquer. Et des rottweilers et des dobermans aussi. Elle aimait les races allemandes.

« — Des schnauzers, ai-je répété.

« — Un retriever, je veux bien, a continué Priscilla. (Elle avait un débit rapide, teinté d'une certitude absolue.) Ou bien un chien de berger. Mais un truc nerveux qui aboie non-stop… et qui mord quand il n'aboie pas…

« Je n'aimais pas non plus les schnauzers, ce qui me donnait un prétexte de plus pour mettre de la distance entre la chambre à l'étage à moi.

« — J'aime bien les border collies, ai-je dit. Ou sinon les caniches classiques.

« — Eh bien, si ça ne te dérange pas de faire passer tout ton salaire chez le toiletteur, a aussitôt répliqué Priscilla.

« Elle avait un avis sur tout, je n'avais pas envie de polémiquer avec elle.

« — Non, ils étaient réputés pour leurs schnauzers. Ils ont remporté des tonnes de prix grâce à eux, mais ils avaient leurs chiens de tous les jours aussi. Quelques bâtards, et puis des… peut-être des corgis ? Je ne sais plus. Quand nous sommes venus il y a quelques années, il y avait des chiens dans la maison. Une race que le fils aimait bien.

« — Le fils ? Je croyais qu'ils n'avaient pas eu d'enfants.

« — Oh, si, il y avait un fils. (Priscilla a adressé un merci sec à la bonne qui débarrassait les assiettes à dessert.) Ils avaient un fils, oui. Il est mort.

« Voilà donc qui était le garçon sur le poney, le diplômé. Cette pièce avait été la chambre du fils.

« — Que lui est-il arrivé ?

« — Il est mort, répéta Priscilla. Il est mort, et ils ne s'en sont jamais remis. Il voulait devenir pilote et entrer dans l'armée de l'air. Mais ils n'ont pas voulu, *elle* n'a pas voulu. Elle trouvait que c'était trop dangereux, alors à la place, ils l'ont envoyé en France faire des études d'ingénierie. Ils aimaient la France – tu as dû t'en rendre compte.

« — Que lui est-il arrivé ? Il est mort pendant la guerre ?

« Priscilla a secoué la tête.

« — Même pas. Accident de voiture. Il a percuté un arbre. Il a été tué sur le coup. Ça a pratiquement anéanti sa mère. Elle a reçu la nouvelle en français, par télégramme. On dit qu'elle l'a lu et relu, qu'elle essayait de lui donner un autre sens. Elle ne s'en est jamais remise. C'est là qu'ils ont fermé l'hôtel particulier de New York.

« Priscilla a regardé autour d'elle.

« — Tu penses qu'on peut demander un peu plus d'eau ? a-t-elle dit. Je ne veux pas de vin, c'est interdit de boire pendant une estimation.

« Elle avait à peine fini de parler qu'un homme est apparu derrière elle avec une carafe d'eau glacée. Il s'est penché par-dessus son épaule et a rempli son verre.

« — Merci ! s'est exclamée Priscilla en lui adressant un sourire éclair. Parfait. (Elle s'est tournée vers moi.) Ça les a totalement dévastés, et comme ils étaient très connus, l'histoire a fait le tour du pays. À cette époque, tu sais, les riches avaient la cote auprès du grand public. Tous ces films avec des hommes en chapeau haut de forme et des femmes en colliers d'émeraudes… Fred Astaire et ses manteaux de zibeline. C'était une famille que tout le monde connaissait, même s'ils vivaient discrètement et détestaient se trouver sous le feu des projecteurs. Sauf quand leurs chiens gagnaient à Westminster. Là, ils étaient fiers. Mais quand le fils est mort, ils voulaient que personne ne le sache. Alors que tout le pays le savait. Si bien qu'ils se sont retirés du monde.

« Je suis demeurée glacée, choquée par cette nouvelle terrible.

« Je voyais la mère lisant et relisant le télégramme, cette bande de mots français dactylographiés qui s'obstinaient à ne pas vouloir se transformer en un autre message. Le garçon avec son aviron, debout sur le quai. Ses livres dans la bibliothèque : j'avais l'impression d'avoir fait sa connaissance.

« — Et tu sais, a ajouté Priscilla en baissant la voix, le dessus du cercueil est ici.

« — Comment ?

« — Ici-même, dans cette pièce.

« Elle a tapoté la table de son ongle manucuré. Nous avions fini la crème brûlée, il était temps de retourner au travail, de passer en revue les pièces, d'évaluer les objets.

« — Comment ça, ici ?

« — Je vais te le montrer.

« Puis, souriant obligeamment au serveur qui apportait le café, elle lui a dit :

« — Non, merci beaucoup.

« Personne ne voulait de café, personne ne voulait s'attarder, de sorte que tout le monde se leva. Tandis que les autres quittaient la salle à manger, Priscilla m'a entraînée à la hâte vers une porte qui menait à une sorte de véranda. Nous sommes entrées à l'intérieur, puis elle a refermé la porte derrière nous. Au dos était accrochée une grande plaque de bois verni. La forme était reconnaissable entre toutes : étroite en haut, s'élargissant pour les épaules, puis se resserrant doucement vers le bas. Les pieds. Sur le bois était fixée une plaque métallique, avec le nom et les dates. Il avait vingt-deux ans.

« Ce couvercle avait été accroché à la porte. À chaque repas, il était là, caché, présent. C'était le seul objet dans la maison qui leur appartenait vraiment, irremplaçable, inestimable.

« Je crois que je suis restée là, à le regarder, pendant un long moment. Le brillant atroce du bois – du chêne –, la patine tranquille du laiton. Cet objet représentait toute sa vie, littéralement. Signifiait tout pour elle. Tous ces animaux de bronze, tous ces meubles français, tous nos commentaires inspirés, insultants : tout ça s'est évanoui, comme de l'écume sur le courant. Je ne pouvais plus parler, et je ne voulais pas regarder Priscilla parce que j'avais les larmes aux yeux.

« Et puis j'ai ramassé mes affaires et suis retournée terminer mon estimation. Il n'y avait plus grand-chose à voir à part les cuisines, les garde-manger, les placards à vaisselle. Je n'y ai trouvé que des reproductions encadrées aux murs. Mais ma perception avait changé. Qu'y avait-il de mal à accrocher une image que l'on aimait ? À qui cela importait qu'il s'agisse ou non d'une reproduction ? Pendant tout l'après-midi, tandis que je passais de pièce en pièce, que j'ouvrais les portes, examinais des tableaux, ce morceau de chêne verni ne m'a pas quittée un instant. L'implacabilité glaciale de sa forme. Les dates. Je pensais à la maison de la Cinquième Avenue, à ses volets métalliques.

« Pendant des années ensuite, chaque fois que j'ai réalisé une estimation, j'ai repensé à la dame allongée à l'étage dans son lit, au bruit de respiration sifflante de la machine. À sa main jaune, et au morceau de bois verni qui pendait à la porte de sa salle à manger.

La voix de Whitney est restée suspendue dans le crépuscule naissant.

— Mon Dieu, a soufflé Eurovision. Le couvercle du cercueil.

— Mais, à votre avis, ils l'ont enterré sans ? C'est deg, non ? a lancé Hello Kitty avec désinvolture.

— S'il te plaît, l'a rabrouée Eurovision en se retournant vers elle. C'est vraiment obligé, les sarcasmes en permanence ? C'était une histoire tragique. Comprends-tu seulement ce que cela signifie de ne pas tout *juger* tout le temps ?

Je pensais à toutes les affaires que l'ancien gardien avait laissées derrière lui, quand brusquement, brutalement, il m'est venu à l'esprit – j'ignore pourquoi je n'y avais pas pensé avant – qu'il n'avait peut-être pas du tout quitté l'immeuble : peut-être qu'il était mort. Sinon, n'aurait-il pas au moins emporté les cendres de son animal de compagnie ? J'ai regardé autour de moi. Allais-je oser poser la question ? La plupart devaient connaître la réponse. Mais avant que je puisse me décider, Prospero a éclaté de rire.

— Ah, le déni. À la lecture du télégramme, dont elle voulait changer le sens. Le déni de la mort du fils, de son enterrement. Le déni de la mort elle-même. Et c'est pareil aujourd'hui. Les morgues sont pleines et les corps s'empilent sur Randall's Island dans des conteneurs réfrigérés sur des terrains de football. Pas de veillées funéraires, pas d'enterrements, pas d'obsèques. Le déni est au centre de tout.

— Le Covid efface nos rituels mortuaires, a dit la Dame aux Anneaux avec un hochement de tête à l'adresse de la Reina, pensant manifestement à l'histoire de la lointaine mort de son père, aux *Somos* que murmurait la grand-mère.

— N'empêche, cette vieille dame là-haut dans le coma, quelle vision ! s'est ému Darrow. Entourée de ses biens, de sa fortune, de son art, de toutes les choses qui capitonnaient, qui protégeaient sa vie. Et pourtant, ce qu'elle possédait de plus cher avait disparu : les souvenirs de son fils. Évaporés de son cerveau malade. Où étaient-ils passés ?

— Les physiciens disent qu'aucune information dans l'univers ne se crée ni ne se détruit, a répondu le Poète, les yeux plissés. Ils sont toujours là, quelque part. Son fils, ses souvenirs de son fils, ses souvenirs d'elle-même – ils sont là, quelque part dans les étoiles.

Florida a secoué la tête.

— *Santo cielo*, quelle discussion absurde ! Vous compliquez tout ! Allez à l'église si vous voulez des réponses. C'est aussi simple que ça.

— Quelque part dans les étoiles, a soupiré une jeune femme dans la pénombre, en marge du groupe.

Puis elle a redit à voix haute :

— Quelque part dans les étoiles.

Eurovision a lancé un regard accusateur dans ma direction, comme si j'étais responsable de l'arrivée de tous ces inconnus. Puis il se recomposa un visage affable et se tourna vers la nouvelle venue.

— Oui, bienvenue. Euh, dans quel appartement êtes-vous ?

— 6E. Pardner. Je pense que vous connaissez tous ma mère.

Sa voix était basse, calme et rêveuse.

— Vous êtes la fille ? s'est exclamé Eurovision. La fille des histoires de Pardi ?

La jeune femme a acquiescé.

— Les histoires de maman sont des histoires à tiroirs. Et l'appartement dans lequel nous vivons a lui aussi ses propres histoires. Jericho, mon père, planquait des carnets dans les murs. J'en ai trouvé au moins trois. J'ai aussi trouvé un mot qu'il avait écrit à maman, mais pas pour qu'elle tombe dessus. Il disait : « J'ai honte de ce qui m'a construit. Aimer une femme noire n'y change rien. Chanter le blues n'y change rien. S'il te plaît, ne garde pas de rancune contre tout mon peuple à cause de moi. » Il raconte ensuite une histoire de tuyaux d'arrosage et de son grand-père. Puis il finit par : « Quand je t'ai demandé s'il avait pris son revolver ou son fusil, c'est parce que je savais quelque chose que tu ignorais, toi – ce que ton père avait derrière la tête ce soir-là, sur le quai. Mais finalement, il s'est reposé sur toi, et a fini par mourir paisiblement, dans son lit. Je ne te ferai pas ça. Je n'arrive pas à te dissocier de mon désir d'être noir. C'est tellement dur d'être un chanteur de blues texan, et de ne pas être noir. Et tellement plus facile d'être blanc, même pour un chanteur de blues texan. Je suis foutu. » Je suis contente qu'elle ne soit jamais tombée sur ce mot. Si maman était là, je ne vous parlerais pas de tout ça.

« Je ne vous parlerais pas des fantômes.

« En fait, il y a deux fantômes dans notre appartement. Le premier, je l'ai emmené avec moi depuis le Mississippi. L'autre était déjà là. Il y a Rosie, qui parle en vers ; elle ne supporte pas les Blancs. Elle ne les supportait déjà pas à sa naissance, sur les bords du Mississippi, il y a peut-être quatre-vingt-dix ans. Et puis il y a Ghost Cracker – c'est comme ça que je l'appelle. C'est une sorte de prophète. Blanc, un gros cul-terreux, mais qui lui aussi, à sa manière, ne supporte pas les Blancs. Je crois qu'il est en fait peut-être le plus Noir de nous tous. Rosie ne peut pas le blairer.

« Ghost Cracker trouve ça dur de vivre dans un monde où dominaient naturellement les gens nés avec une bite et la peau blanche, puis de se réveiller un beau matin en se rendant compte tout à coup que les gens nés avec une chatte ont pris le dessus. Et les gens avec la peau mate. Alors des gens à la peau mate avec une chatte… Bref, ne nous lançons pas là-dedans. S'engager dans une réflexion sur ceux qui partent derrière et finissent devant nous filerait des migraines. En l'occurrence, Ghost Cracker, ça l'a même tué.

« Rosie dit que Ghost Cracker n'est qu'un simple fantôme qui voudrait bien devenir ange et qui croit que son ticket de sortie, c'est moi. J'aime trop ma Rosie. Elle dit toujours les trucs comme elle les pense.

« L'autre soir, alors que j'avais renversé un verre de vin rouge par terre – Ghost Cracker était de nouveau parti dans une de ses litanies enflammées –, Rosie a sombré dans une sorte de douce folie. Elle lançait des questions.

Le son allume-t-il la lumière ? *Ha !*
La lumière

épouse-t-elle *son corps sur un temps* *assez long*
pour prendre la mesure de ce qu'elle est *ici ?*
Oh, *le bois conserve-t-il*

un goût ?

« Ghost Cracker adore Rosie. Pour lui, c'est l'église du blues. Le chœur qui chante et l'assemblée qui lui répond.

« Il dit :

« — Parle-moi encore du goût du bois, la belle.

« Sa dent en or brille. Il se croit du genre charmeur-rentre-dedans.

« Moi, je continue à frotter le sol en dressant l'oreille.

« Rosie baisse la voix et part à l'assaut.

Que reste-t-il, dans le bois du sud, du goût
de la sueur des   cuisses de la jeune Noire ?   Quel bois
n'en voudrait pas ?

« Je sens maintenant la goutte de sueur qui glisse le long de ma cuisse pendant que je nettoie le vin – je m'acharne sur la tache rouge, je songe à tout ce chemin que nous avons parcouru, ou pas, Rosie et moi, depuis le Mississippi jusqu'à cet homme blanc à New York, son regard. Vais-je laisser mon sel sur ce sol ? La sueur de la survie est-elle un héritage de ma mère ? A-t-elle un goût différent à présent que je ne vis plus dans le Sud ? Le bois a-t-il un autre goût dans le Nord ? J'imagine que Ghost Cracker me le dirait si je le laissais passer le plat de sa langue sur le grain de ma peau, à l'intérieur de ma cuisse, si…

« — *Ooh terre et chair*, dit Rosie.

« — *Ooh bois et eau* – elle est partie, ça y est.

« Ses yeux se ferment. Fleur dans les cheveux. Robe qui tombe on ne peut mieux sur ses hanches, elle balance son sermon. Ghost Cracker baisse la tête. Il baisse toujours la tête quand il sait qu'elle va prêcher à en dépasser sa propre voix, à en atteindre le Delta – le nom de ce lieu veut dire changement.

Et parfois je flanche luisante sous son genou plié
et parfois je me remplis sous la pression de son pied chaussé   et
vacille   parfois
ses mains rouges douloureuses   restent   chantent le sang
dans mes eaux – parfois je

Miss Rosie   j'en ai   besoin,
C'est ça.
Elle. ma. victuaille.   C'est ça.

Son doux vague à l'âme/est mon sel/vital. Me nourrit. Un lieu peut-il
avoir une préférence ? Seigneur
Tu sais que ce lieu n'a rien de Dieu –

équitable –
Et pourtant oui je la mange
Encore et toujours, son labeur me fait mal.

« Quand elle s'arrête, Ghost Cracker et moi sommes appuyés l'un contre l'autre, sur le canapé. Nous avons versé une larme, je crois. Nous aimerions avoir les mots, je crois.

« Rosie laisse échapper de sa bouche un petit « Ha ! ».

« Ghost Cracker frissonne et étire ses jambes. Il soupire :

« — Trempé dans la merde je sois.

« Rosie est toujours appuyée contre la porte de ma chambre, quintessence de ce qu'une femme peut donner de mieux dans une robe rouge. Elle fume, à présent.

« — Tu ne nous mérites pas, petit Blanc.

« — Oh que si, la belle. Parce que c'est ma guitare parce que c'est ma guitare de blanco qui fait sonner tes chansons de little miss yankee-rime-avec-pourri. Le son allume-t-il la lumière, tu dis ?

« Voilà que mes fantômes me font tourner en bourrique, moi. En temps normal, ça ne me dérangerait pas, sauf que comme tous mes mots viennent d'eux, je ne veux pas être effrayée ou blessée par ma propre voix.

« Je lui dis :

« — Rosie. Puis-je être la terre, à présent ? Puis-je parler un peu en son nom ?

« — Tu en sais quoi de la terre, toi, la grande métèque ?

« Ghost Cracker a l'impression que comme c'est un cul-terreux, il en sait plus que les autres sur les corps noirs. Plus que moi, en tout cas. Comme il se fourre le doigt dans l'œil…

« — Elle en sait quoi la citadine ?

« — Elle en sait suffisamment.

« Puis Rosie me balance :

« — Alors vas-y, petite. Dis-nous ce que tu as apporté avec toi.

« C'est venu du dehors, ou alors de quelque chose dans ma moelle ou dans mon sang, défini bien avant ma naissance. Peut-être à Meridian, comme le raconte maman. C'est venu de derrière le rythme, comme Ghost Cracker me l'a appris. Comme lui-même l'avait appris de Rosie quand il était encore en vie – parce qu'elle était son roc pendant tout le temps où il était sur la corde raide – et je pense qu'elle le hantait sans s'en rendre compte. La plupart du temps, je suis leur intermédiaire. Une psychopompe en pantoufles. Mais ce soir, je ne fais pas office de témoin.

Appelez-moi
le nid
ou bien le berceau –

« — C'est un début, c'est un début.

« Ghost Cracker croit avoir son mot à dire.

« — La ferme, petit.

« Rosie sait qu'il n'a pas son mot à dire et moi aussi. Alors je poursuis.

Appelez-moi Mississippi

« — Nom de nom, murmure-t-il.

« — Mmm. Chut.

« Elle le connaît.

Je suis
l'Éden
quand il dérape
je suis leur espoir *d'avant*
d'après –

la chute,
ils disent,
Nourris-moi, Mississippi

disent,
Apaise-moi, Mississippi. Tu le vois,
ce poing ? Cette rage qui monte ?

« Ghost Cracker secoue la tête. Il allume une cigarette.

Disent
De l'aube à la nuit,
regarde – Mississippi
grâce à moi
poussent ces cosses
tu ne vois pas. Haricots blancs

porc salé
doux sur le palais   *presque sucré*
et puis poivré.
Glisse sur ta langue

tu ne vois pas

« Je sens mon pied qui commence à battre la cadence, mes mains taper sur mon sternum, sur le côté de ma jambe.

pour arrêter que la panse
ne cogne contre la colonne

                    tu ne vois pas
un sort ?   *Ils disent*
Oh Dieu, donne à manger
pour survivre
Disent
Oh Seigneur, laisse cette cuillère me sustenter
je tends la lippe
qui abrite
le petit pacte – je mangerai
aujourd'hui.
Oui je les mange tous
je les ai tous bouffés.   *J'ai laissé*
grandir le kudzu
grandir et grandir
et grandir et
cette plante

    m'adore
    m'enchante

et je la laisse   *vivre,*
vivre et bouffer tout ce que
les gens cherchent à
protéger.
Cette maison – ha !

Ses fondations – rien.
Je la laisse bouffer
ces corps noirs – oui

regarde-moi, j'élève
un moustique – oui
qui bouffera et bouffera et bouffera
un homme vivant
qui pourtant
vivra
vivra
vivra.

« Ghost Cracker s'était laissé glisser du canapé comme une serpillière pendant que je parlais.

« — Vous les filles à peau à moitié brune, lance-t-il depuis le sol. Votre heure a sonné.

« Il se couche aux pieds de Rosie.

« — De quoi parle-t-il, mon enfant ?

« La fumée de sa cigarette s'échappe de sa bouche et descend sur les yeux fermés de Ghost Cracker – un coup de fusil fantôme.

« — Vous, les filles caramel. Pas les café au lait, les caramel (il a ouvert les yeux et secoué le verre qu'il tendait vers nous deux), votre heure a sonné. Le monde est prêt. Le moment est venu de lui montrer ce qu'il ne voit pas. Dis-le avec moi, petite. Tu sens que ça vient, je le sais.

« Il ne se trompe pas. Lui aussi, il sait me faire partir, quand il le veut. Alors nous trouvons les mots ensemble…

Donne-moi du sel frais, Rosie –
J'ai dit, essore-toi, Rosie –
La sueur de ta lèvre supérieure, d'entre tes seins, de ton genou fléchi –
Gorge-moi du sel de ton labeur, de tes lamentations, Rosie
Gorge-moi du sang de ta main, lavé par mon fleuve –

« Ghost Cracker se dresse à genoux. S'accroche à la robe de Rosie. La regarde dans les yeux et me laisse le dernier mot.

Je te connais, ma fille. Je suis toi, femme. Viens et vois.

« Rosie pose la main sur sa joue, puis s'écarte du cercle de ses bras.

« — Ne deviens pas comme moi, poupée, dit-il. À ne pas tenir en place, incapable de rester un tant soit peu là où c'est agréable.

« Rosie ne dit rien, mais je sais qu'elle l'entend. Elle se verse un verre et le remue en prenant tout son temps.

« — Nan. Ce n'est jamais durablement agréable, nulle part. Pas même dans ma tête à moi, dans mon cœur à moi. Regarde, d'abord tu vas te réfugier chez toi, et puis ici, et puis là, pour fuir la place, fuir ces faces. Et finalement, ton coin de paradis, c'est dans ton propre esprit.

« — Que du vice, aucun kif, dis-je en souriant. Et tu finis par en crever, à courir après la mort comme ça, à vivre comme un rat.

« Pour une fois, Ghost Cracker n'a rien à répondre, ni à elle ni à moi. Il se redresse pour empoigner sa guitare.

« C'est quelque chose de le voir jouer, la manière dont sa main se meut sur le manche. Il a raison – quand il dit qu'il ne tient pas en place. Même ses doigts ne peuvent pas rester immobiles assez longtemps pour jouer un accord convenablement. Il y a toujours un *bend*, une note bleue et j'ai l'impression qu'en fait, parfois, Rosie sait qu'il connaît le blues.

« Ce soir, c'est elle qui chante, qui lui scande sa bénédiction :

Fais comme je dis, petite fille, pas comme je fais,
Fais ce que je te dis, ma chérie, pas juste ce que je fais,
C'est le pardon qu'il te faut dans cette vie,
Va et prends celui-ci

« Ghost Cracker achève le *lick*, mais reste accroché à la caisse avec tendresse, Rosie s'humecte les lèvres avec son verre, et je les aime tous les deux. Vivre hantée veut dire que tu n'auras jamais peur des fantômes, ou que le premier que tu rencontreras ne sera jamais toi-même.

*

Elle avait fini. Alors que sa voix s'éteignait, une phrase continuait de résonner en moi : *Vivre hantée veut dire que le premier fantôme que tu rencontreras ne sera jamais toi-même*. Je vivais hantée. Comme nous tous, peut-être, qui partagions nos souvenirs, ici.

— Ça, pour une histoire de fantômes…, a fait remarquer Vinaigre, profitant d'un moment de silence.

Peut-être que Rosie et Ghost Cracker squattaient la nuit au 2A. Cela m'a presque fait sourire d'y penser.

— Cette Rosie, a soudain lâché Wurly, c'est la Miss Rosie de la chanson *Midnight Special* de Leadbelly, dont parlait ta mère ?

— Elle-même, a répondu Pardner.

— Et ton Ghost Cracker, ce type blanc, il connaît le blues, d'après toi ? Ce n'est pas un compliment qu'on donne à la légère.

— Ah ça, non.

— *Midnight Special…*, a soupiré Wurly. Je ne connais aucune autre chanson qui ait voyagé aussi loin dans le monde et dans le cœur des gens. Paul Evans. Johnny Rivers. Creedence et Little Richard. Même ABBA.

— C'est parce qu'elle est humaine, a répondu Parner. Nous sommes tous en prison, à attendre que cette lumière nous éclaire. Leadbelly a appris cette chanson alors qu'il purgeait une peine au Texas, au pénitencier de Sugar Land, près duquel passait une voie ferrée. Quand un détenu, par la fenêtre de sa cellule, était touché par le faisceau lumineux du train, cela voulait dire que Miss Rosie viendrait le gracier et l'emmènerait vers la liberté.

Elle a marqué une pause et pris sa respiration avant d'entonner, de sa voix suave :

'Yonder comes Miss Rosie, how in the world do you know ?
Well, I know her by the apron and the dress she wore.
Umbrella on her shoulder, piece of paper in her hand,
Well, I'm callin'that Captain, "Turn a-loose my man."

Let the Midnight Special, shine the light on me,
Let the Midnight Special, shine the ever-lovin'light on me[1].

---

1. « Voilà Miss Rosie, comment diable peux-tu le savoir ? / Eh bien, je la reconnais à son tablier et à la robe qu'elle porte. / Un parapluie sur l'épaule, des feuilles de journal à la main / Eh bien, j'appelle le capitaine, « Laissez partir cet homme ». / Laissez le *Midnight Special* illuminer ma vie / Laissez le *Midnight Special* faire briller sur moi cette lumière éternellement aimante. »

— Je crois que j'ai eu ma dose de fantômes, a dit Eurovision d'un ton irrité, en commençant à remballer son enceinte et sa boisson pendant que les cloches de la cathédrale Saint-Patrick commençaient à sonner. Demain, essayons de nous raconter des histoires sans morts ni fantômes, vous voulez bien ?

— Comme si vous étiez bien placé pour dire ça, avec toutes vos conneries sur l'« importance du trauma ».

Hello Kitty a levé les yeux au ciel. Eurovision l'a ignorée.

Alors que nous rangions, j'ai entendu Pardner dire comme ça, sans s'adresser à personne en particulier : « Je dois retrouver ma maman. » Puis elle a paru se fondre dans les ombres. J'ai fourré mon thermos et mon carnet dans mon sac, éteint mon téléphone, l'ai glissé dans ma poche, et me suis dépêchée de partir avec les autres. J'étais aussi impatiente qu'Eurovision de quitter le toit ce soir-là. Je crois que nous nous sentions tous un peu hantés. Nous avons descendu l'escalier étroit en gardant la distance recommandée, de retour dans l'immeuble délabré, pour retourner faire ce que chacun faisait pendant ces longues nuits de Covid.

Pour retourner à nos fantômes, peut-être.

Jour Treize

12 AVRIL

Fatiguée et écœurée de mon tombeau au sous-sol, j'étais la première sur le toit ce soir-là, munie d'un thermos de daiquiri à la banane, bien dosé. Le printemps aurait dû être en fleurs, mais au lieu de ça, une journée sombre et pluvieuse avait cédé la place à une soirée encore plus sombre, marquée par des coups de vent qui balayaient le toit couvert de flaques et embaumait la terre et le goudron humide. Il y avait quelque part un morceau de métal branlant que chaque rafale faisait vibrer.

Je me sentais désarçonnée. Le vent avait soufflé toute la journée, déclenchant chaque fois son lot de grincements et craquements. J'avais oublié que c'était le dimanche de Pâques, jusqu'à ce que je m'aperçoive qu'on avait peint à côté de Dieu et de Sa boîte à lapins un autre lapin, avec deux grands yeux cette fois, assis sur un œuf en chocolat. Mon père avait toujours accordé beaucoup d'importance à Pâques. Nous ne le passions en général que tous les deux, mais il y avait au menu de l'agneau rôti, suivi d'un concours de toquage d'œufs. C'est une tradition roumaine : il faut décorer des œufs durs, puis les cogner les uns contre les autres, et celui qui ne se casse pas gagne. Papa disait que frapper les œufs avec des proches à Pâques vous assurait de les revoir après la mort. Ça a l'air idiot, j'aurais aimé lui demander à quoi rimait cette tradition. Il m'était pénible de penser à Pâques sans mon père. Mais après les histoires d'hier sur la mort et les fantômes, et une longue nuit d'insomnie, j'avais décidé d'adopter un nouveau mantra aujourd'hui : *Papa est mort.*

Je suppose que le moment est venu de vous dire que j'avais enfin cessé d'essayer d'appeler le Manoir Vert Vomi. Je ne pouvais plus supporter le bip interminable de la sonnerie, puis la voix de robot : « La personne que vous essayez de joindre n'est pas disponible… » Les chiffres stupéfiants des décès dans les maisons de retraite continuaient de tomber aux informations. Maine essayait également d'appeler pour moi depuis tout ce temps ; elle était aussi bouleversée que moi de ne pas avoir réussi non plus à avoir quelqu'un. Nous étions tous coupés, perdus, à la dérive, atomisés et séparés.

Ainsi, puisque papa était soit mort, soit vivant, mais que je ne pouvais pas savoir quel choix était le bon, il m'a fallu trancher. Ce matin, j'avais arrêté ma décision : il était mort. S'il était mort, il était en sécurité. J'espérais que cette décision mettrait un terme à ces heures passées à fixer le plafond et à lutter contre les images horribles qui m'envahissaient la tête. *Papa est mort.* Simple et infiniment terrible, mais factuel, au moins, un élément auquel je pouvais me raccrocher. J'essayais de l'imaginer, flânant dans ce ridicule paradis orthodoxe roumain dont le patriarche nous rebattait les oreilles autrefois, avec des nuages et des anges qui chantent et tout le monde qui contemple Dieu avec une infinie adoration – ce monde auquel mon père croyait avec tant de ferveur. Je n'arrivais pas tout à fait à le suivre sur ce terrain. L'autre problème résidait dans le fait qu'il ne me semblait pas mort – sa présence était encore tellement vive dans ma tête. Il fallait bien que je fasse quelque chose avant de devenir dingue à force de me ronger les sangs, piégée ici sans aucun moyen de le joindre. Quelque chose d'efficace. Jetez-moi la pierre, si vous voulez.

Eurovision se tenait à côté du nouveau lapin sur le toit. Recevant les compliments des autres, il hochait la tête et souriait comme le prêtre à la porte de l'église à la messe du dimanche. J'ignorais qu'Eurovision fêtait Pâques. Ou peut-être aimait-il simplement les lapins. Dans une boîte ou ailleurs. Florida lui a adressé un salut particulièrement chaleureux et s'est même signée devant la fresque.

La Dame aux Anneaux portait un nouveau foulard, pas un carré Hermès comme celui qu'elle avait sacrifié pour s'en faire un masque, mais un bandana qui venait d'une boutique de souvenirs bon marché « *I [heart] New York* ». Au lieu de s'asseoir, elle s'est dirigée vers le parapet pour regarder dehors. Elle a désigné les terrains vagues jonchés de débris qui entouraient le toit, sur lesquels de nouveaux gratte-ciel seraient construits.

— Regardez ça, a-t-elle dit. Ils démolissent tout. Il promet, le nouveau monde.

J'ai pris une gorgée de daiquiri à la banane, puis une deuxième, sentant bientôt l'alcool me monter à la tête. C'était encore un jour de morts et de sirènes : avec 188 694 cas, l'État de New York comptait maintenant plus de cas de Covid que n'importe quel pays dans le monde. Plus encore que l'Italie ou la Chine. Cuomo avait ordonné la mise en berne de tous les drapeaux. Sans préciser à quel moment ils les remonteraient. Lui, comme tous les autres, affirmait que l'épidémie commençait à se stabiliser, qu'elle avait atteint son pic, qu'elle allait maintenant régresser. Je me demandais combien de temps nous continuerions à taper sur nos poêles et nos casseroles. J'en avais assez. De tout.

J'ai regardé autour de moi, mais la jeune femme, Pardner, qui avait raconté l'histoire de fantômes la nuit dernière, ne se trouvait pas parmi nous. Pardi non plus. Je m'inquiétais pour elle, à vrai dire. Et puis, j'avais envie de l'interroger au sujet des bruits de pas feutrés au 2A. Ses fantômes se promenaient-ils en chaussettes ?

— Salutations à tous – bienvenue sur le toit, a entonné Eurovision, quand les compliments sur son lapin se sont estompés.

— Qui d'autre pense que l'immeuble est hanté ? a soudain demandé Darrow.

Toutes les têtes se sont tournées vers lui.

Darrow a enfoncé les mains dans les poches de son beau costume, curieusement mal à l'aise tout à coup.

— C'est que j'ai fini par sortir mes jumelles et j'ai bien observé le chantier là-bas, là où je pense que le type, Gund, aurait pu tomber. Mais rien. Pourtant, il n'est ni arrivé ni reparti par les escaliers, n'est-ce pas ? Ce qui me laisse penser que nous avons peut-être vu… un fantôme.

— Je croyais qu'on avait dit : plus de fantômes, a répondu Eurovision.

— J'entends parfois des pas et de l'eau couler dans l'appartement en dessous de chez moi, qui est censé être vide, est intervenu Wurly.

Wurly occupait le 3A. Il m'a vue redresser la tête brusquement, de surprise.

— Tiens, mais maintenant que j'y pense, l'appartement du gardien est au 1A, non ? Vous entendez des choses au-dessus, la nuit ?

J'ai bredouillé :

— Oui… Mais je suis déjà allée voir. Il est inoccupé, c'est sûr et certain.

— Et si c'était le fantôme de ce vieil homme qui est mort au 4C ? a lancé Hello Kitty.

— Je ressens parfois une présence glacée qui passe dans les couloirs, a renchéri Florida.

— C'est parce qu'ils sont pleins de courants d'air, a dit Vinaigre.

Eurovision a ricané.

— Allons. Il n'y a pas de fantômes dans l'immeuble.

Son regard était rivé sur moi. J'ai senti la panique monter. Quelle idée d'avoir répondu ! Pourquoi n'avais-je pas pu la fermer ?

— C'est vrai que la gardienne ne nous a encore rien raconté, a ajouté Eurovision.

— Non ! Vous m'avez entendue une fois.

— Vous avez lu une lettre que vous aviez trouvée. C'est d'une *histoire* que je parle.

— Je vous l'ai déjà dit, je ne connais pas d'histoires.

— Comment ! Vous en avez une malle pleine, j'en suis sûr.

J'ai sorti un document que j'avais trouvé dans le dossier à soufflets de l'ancien gardien.

— Je n'ai pas d'histoire, mais j'ai ça.

— Qu'est-ce que c'est ?

— Un rapport scientifique sur un animal rare. Un truc hyper bizarre…

— Non, non, *non*, a martelé Eurovision. Une histoire. Sur vous. C'est vrai quoi, vous êtes là chaque soir à nous écouter, mais vous n'avez pas dit un mot. Vous pouvez entrer dans nos appartements quand ça vous chante, vous savez tout sur nous. Mais personne ne sait rien sur vous ! Vous vous êtes juste pointée là un beau jour.

— Je n'ai rien à cacher, me suis-je défendue.

— Tout ce que je dis, c'est que vous êtes la seule sur ce toit à ne pas avoir raconté de vraie histoire.

Il a croisé les bras et a reculé, l'air d'attendre. J'ai balayé le groupe du regard, accueillie par des visages soupçonneux. Je savais que je ne leur faisais pas bonne impression. Peut-être à cause de l'état lamentable de l'immeuble, ou du fait que des intrus semblaient pouvoir s'y immiscer, ou parce que je restais dans mon coin. L'idée m'a un instant effleurée d'aller leur dire à tous d'aller se faire voir, mais je me suis tout de suite refrénée, étant donné que nous allions rester enfermés dans ce wagon à bestiaux qu'était le Covid pour encore Dieu sait combien de temps. J'étais soudain furieuse contre moi-même de m'être entichée de ces abrutis, d'avoir guetté avec impatience le moment de les retrouver. C'était peut-être parce que j'étais à moitié bourrée ou parce que je leur en voulais de me prendre de haut comme l'avait été mon père toute sa vie, mais un élan de sauvagerie m'a brusquement animée. Je voulais les choquer. Voir leur horreur, et raconter cette histoire, enfin. Parce que, oui, j'en avais une, d'histoire.

— Très bien. Voilà une histoire, ai-je dit. Pas sur moi, cependant. Mais une histoire que j'ai entendue. En fait, c'est l'histoire d'un conteur. Je veux dire, le conteur raconte l'histoire, que j'ai entendue, donc c'est en fait une histoire sur un conteur qui raconte une histoire.

— Allez-y, nous vous écoutons, a dit Eurovision.

J'ai pris une grande inspiration.

— Vous voyez, dans les bars, ces soirées où les gens montent sur une scène pour raconter des histoires ?

— Bien sûr, a dit Vinaigre. Chaque candidat a dix minutes, n'a pas le droit de s'appuyer sur des notes, et l'histoire doit être vraie. C'est ça ?

— Exactement. Eh bien, je n'y étais encore jamais allée, et puis il y a un an environ, une amie... Une amie m'a proposé de la retrouver là-bas. Je crois même que ce n'était pas loin d'ici. Vous vous souvenez, l'époque où les barmans du Burp Castle mettaient une robe de bure et jouaient les moines silencieux ? Eh bien, au même moment, un pop-up s'était installé au numéro d'à côté, et c'est là que se déroulaient ces soirées – l'antithèse du bar dédié au silence. Il fallait apporter ses propres boissons. Je suis arrivée avec un thermos de Moscow Mule. Le même que celui-ci. (J'ai levé mon thermos et l'ai agité comme une idiote. Ressaisis-toi, Yessie.) Mais au moment où la soirée allait commencer, j'ai réalisé que mon amie m'avait posé un lapin. J'allais repartir pour le Queens quand cette femme est montée sur scène, et comme chaque histoire ne devait durer que dix minutes, je me suis dit allez.

— Attendez. Décrivez-la un peu. Grande, petite, jeune, vieille ? a demandé Eurovision.

— Très grande, je dirais plus de 1,80 mètre. Elle avait les cheveux assez longs, mais plutôt façon mulet négligé que crinière. Une coupe à la Jésus, vraiment. Tee-shirt simple à manches longues, avec juste marqué « *Beach Vibes* » dessus, et jean. Je me souviens avoir pensé qu'on l'aurait parfaitement imaginée avec une guitare sèche ou bien un lasso entre les mains. Elle dégageait une aura de hippie-cow-girl, quelque chose de super attachant. Elle a dit s'appeler Priya.

— Ah bon ? Une cow-girl nommée Priya ? a fait Eurovision.

— Chut ! l'a rabroué Vinaigre. Pas d'interruption.

— Et il y avait même une présentatrice, ai-je continué.

— La présentatrice dégageait un truc fort elle aussi. Elle s'appelait Senga. Elle portait une robe bleu vif à motifs pas du tout dans le style du Lower East Side. Elle était chargée de surveiller le chrono et, d'une manière plus générale, de s'assurer que la soirée ne dégénère pas.

« J'avais déjà entendu parler de conteurs bourrés, venus dans l'intention de dire du mal des autres, ou bien qui parlaient trop longtemps. Senga guettait donc là, depuis les coulisses, pour maintenir le train sur les rails.

« Avec un regard très chaleureux, elle a présenté Priya comme une nouvelle venue, et Priya s'est timidement avancée sous les projecteurs. Elle a pris une seconde, le temps de monter le micro à sa hauteur. Le public en a bien sûr profité pour l'observer. Elle ne cochait pas les cases de la nana de Manhattan.

« Finalement, elle a dit « Bonjour » en prenant une voix un peu grave, comme si elle se moquait d'elle-même, de l'idée même de dire bonjour. Puis elle a levé les yeux vers le halo du projecteur, révélant un visage qui justifiait totalement le regard enjoué de l'animatrice.

« C'était une femme étonnamment belle, aux cheveux clairs, quelque part entre blond et châtain, aux yeux noirs, et tout en angles : une mâchoire ciselée, des pommettes saillantes, un long cou, des épaules larges et bien dessinées.

« Puis elle a souri. Encore plus que le reste, ce sourire a déclenché une vague de murmures dans la salle. C'était un sourire de cow-girl, désarmant et qui, d'une certaine manière, rendait son énergie plus forte encore.

« — Merci de m'accueillir et de m'écouter. Merci d'avance, a-t-elle dit, puis elle s'est éclairci la voix d'une manière qui frôlait l'ingénuité. Comme je vous l'ai dit, je m'appelle Priya, et je vais vous raconter une histoire.

« Elle s'est à nouveau raclé la gorge ; cette fois, on aurait dit de la comédie.

« — Je tiens déjà à vous prévenir que ça commence assez mal, mais que ça finit bien. Donc, accrochez-vous. Je sais que tout le monde est ici pour passer un bon moment, je ne veux pas vous plomber le moral. Donc, sachez que ça se finit bien.

« La manière dont elle avait prononcé ces phrases a fait sourire une grande partie de l'auditoire. Je me souviens avoir pensé : « Ils vont boire ses paroles. »

« — Bon, a repris Priya. Il y a longtemps, j'ai fréquenté une jeune femme. J'étais moi-même une jeune femme, ce qui était donc parfaitement, euh, dans les codes.

« Rires prudents dans la salle.

« — Appelons-la Lynn. Environ six mois après le début de notre histoire, nous nous promenions dans le bois près de chez nous quand Lynn m'a annoncé qu'elle avait quelque chose à me dire. C'était l'automne, tout était brun et orangé, et Lynn semblait bouleversée rien qu'à l'idée de me parler. J'ai supposé, comme n'importe qui d'autre, qu'elle allait m'annoncer qu'elle me quittait. Ça ne m'aurait pas étonnée. Elle était très belle et bien plus talentueuse que moi. Mais au lieu de ça, elle m'a parlé d'un homme qu'elle avait connu, qu'elle avait eu comme enseignant à la fac. Un prof, pourrait-on dire, même s'il n'avait pas ce statut et n'y accéderait jamais. Il était venu en tant que conférencier invité, Lynn suivait l'un de ses séminaires. Un soir, à la fin du premier semestre, il avait invité tous ses étudiants chez lui. Elle y était allée, il y avait de l'alcool et des pétards, tout le monde était très content d'avoir terminé le semestre, et d'être dans les petits papiers du conférencier invité.

« "Alors que la soirée touchait à sa fin et que tout le monde partait, le conférencier a demandé à ma copine de rester. Et elle a accepté, parce qu'elle l'aimait bien. N'importe quelle étudiante de dix-neuf ans, disait-elle, serait restée, flattée d'avoir l'attention de cet homme.

« "Ils ont repris un verre de vin, puis l'homme s'est jeté sur elle. Quand elle a protesté, il a ri, l'a maintenue de force, et lui a dit qu'il fallait qu'elle "s'adapte au programme". C'étaient ses mots – "s'adapter au programme". Lynn s'est débattue, mais il avait de la force et lui a plaqué les deux mains au dessus de la tête d'un seul bras. Elle a pleuré tout du long, pleuré, comme elle le disait elle-même, d'avoir été si conne.

« Il y avait des hochements de tête compatissants dans l'auditoire, et des soupirs étouffés, même si la plupart dans la salle s'étaient arrêté de respirer.

« — Après cette soirée, quand Lynn et le conférencier se sont recroisés sur le campus, il la saluait d'un bonjour cordial. Il ne semblait pas du tout avoir honte de ce qu'il avait fait, mais en même temps, il ne cherchait plus à l'approcher. Pour lui, cette histoire se résumait à du donnant-donnant : il l'avait invitée, avait pris ce qu'il estimait mériter, puis l'avait laissée se débrouiller.

« "Sauf que Lynn n'a pas du tout su gérer l'après. À l'approche de l'été, elle se sentait si mal qu'elle n'est pas allée passer ses examens et a finalement abandonné l'université. Elle savait pourtant que le conférencier ne reviendrait pas, mais impossible pour elle de remettre les pieds sur le campus. Elle a passé une année cloîtrée chez elle, dans la plus noire des dépressions, et ce n'est que grâce à l'aide formidable de ses parents qu'elle a pu sortir la tête de l'eau et reprendre ses études, dans une autre fac, très loin, presque deux ans après l'agression du conférencier.

« "Lynn m'a raconté tout ça pendant que nous marchions dans les bois. À ce moment de l'histoire, nous étions assises sur un tronc d'arbre tombé, et elle pleurait à chaudes larmes. Je tenais sa tête contre ma poitrine, je lui disais que j'étais désolée, que je me serais chargée de cet homme, moi, que je l'aurais étripé en plein jour, devant toute sa famille. Je pensais que ces mots la consoleraient, mais elle s'est mise à pleurer de plus belle. Je lui ai demandé pourquoi, et elle m'a dit qu'elle avait peur, maintenant qu'elle m'avait confié cette histoire, peur que je la quitte. Qu'elle me paraisse abîmée, souillée, impossible à désirer.

« "Je lui ai dit que pas du tout. Jamais de la vie. Nous sommes rentrées à la maison, et j'ai tout fait pour la serrer contre moi, tout le temps, pendant les vingt-quatre heures qui ont suivi. Elle ne devait pas se sentir fragile ou seule, et je voulais qu'elle sache qu'en dépit de ce qu'elle avait subi, moi, je l'aimais encore plus qu'avant, parce que quand quelqu'un s'ouvre à vous d'une histoire comme celle-ci, c'est un geste d'amour, un geste qui ne peut que rendre votre propre amour encore plus profond.

« Priya a regardé ses pieds. Je pensais qu'elle avait fini. Ce n'était pas du tout une histoire que je me serais attendue à entendre dans ce genre de soirée. D'habitude, les gens racontent des anecdotes personnelles un peu gênantes, pour rigoler. Quelques applaudissements ont retenti, mais Priya a levé les yeux et élevé la main avec une douceur infinie, pour indiquer qu'elle n'avait pas terminé.

« — Mais pendant que je la tenais, a-t-elle continué, je pensais à cet homme, à lui faire du mal, et comment.

« Il y a eu des rires épars. Mais Priya ne souriait pas.

« — Comme l'agression datait de cinq ans, il m'a fallu bien des efforts pour le retrouver. J'ai commencé mes recherches dès le lendemain. Les outils internet n'étaient pas aussi perfectionnés qu'aujourd'hui, ce qui m'a obligée à avancer pas à pas, et bien sûr à l'insu de Lynn. Quand j'ai fini par lui mettre la main dessus, j'ai appris qu'il vivait à New York, où il continuait de faire un peu ce qu'il faisait à l'époque où elle l'avait rencontré, autrement dit, proposer ses services comme conférencier invité dans les différentes facs de la ville.

« "À l'époque, Lynn et moi vivions à plusieurs centaines de kilomètres au nord de New York, dans les bois du Vermont dont je vous parlais plus tôt. Pendant quelques jours, j'ai tout gardé pour moi et tâché de me convaincre que ce n'était pas non plus comme s'il habitait à deux pas. La distance me permettait de brider ma rage.

« "Ça a marché, mais juste au départ. Puis, le simple fait de me dire qu'il existait encore, qu'il bossait sur un campus, au contact de jeunes femmes semblables à ma copine, a ravivé ma haine.

« "Alors… (Là, Priya a esquissé un sourire. On aurait dit une cow-girl parlant d'un veau incontrôlable, très difficile à capturer.) Alors, sans même m'en rendre compte, je me suis retrouvée dans ma voiture, à mi-chemin de New York, après des heures ininterrompues de conduite. Lynn était en déplacement professionnel en Australie pendant dix jours. C'était le moment ou jamais pour… eh bien, je ne savais pas pour quoi, en fait. J'avais quelques idées, mais rien de concret.

« "Je me souviens d'avoir traversé le pont Tappan Zee un peu avant d'arriver, et pensé : "Mais qu'est-ce que je vais faire, en fait, quand je l'aurai en face de moi ?" C'est vrai : je m'étais déjà retrouvée dans une ou deux bagarres dans ma vie, mais à l'époque du collège, et je m'étais fait flanquer une raclée. J'avais grandi d'un coup, plus tard, au lycée, je m'étais étoffée, mais je ne suis pas de nature violente. Et de toute façon, allais-je vraiment suivre cet homme dans la rue ?

« Là, le public a semblé se détendre. Tout le monde s'attendait à ce que l'histoire de Priya s'achève sur une sorte de marche arrière, de réconciliation avec elle-même, de reconnaissance du fait qu'il est parfois impossible de changer les choses.

« — Et puis, je l'ai vu, a continué Priya. Je l'ai repéré du premier coup. C'était trop facile. J'avais cherché son nom en ligne, trouvé où il enseignait, son emploi du temps. Il m'a suffi de me rendre sur place, de l'attendre dehors, et, en effet, il est sorti dix minutes après la fin du cours. Je savais grâce à mes petites recherches qu'il vivait à seulement une vingtaine de blocks de là, dans un immeuble sans prétention pas loin de l'East River. J'ai donc supposé qu'il partirait par là. (Priya a haussé les épaules.) J'ai commencé à le suivre. Je vous rappelle, au passage, que c'était la première fois de ma vie que je suivais quelqu'un.

« "Il y avait quelque chose d'excitant là-dedans, je dois dire. Au moins au départ. Agir à l'insu de quelqu'un. Marcher l'un derrière l'autre, comme si vous viviez sur deux niveaux à la fois. Avoir un but que l'autre n'a pas. Le type rentre juste chez lui, alors que vous, vous êtes un missile. Vous marchez tous les deux, mais, à cet instant, votre vie est bien plus intéressante que la sienne. Lui va simplement regarder la moitié d'un film et se coucher. Alors que vous, vous avez un but. Un plan de grande ampleur. Et donc, je le suivais. J'étais une pile électrique. J'ai continué sur quelques blocks encore, avant de voir qu'il rentrait effectivement chez lui. Comme je l'espérais.

« "Je rappelle là encore au passage que j'avais conduit sur des centaines de kilomètres pour trouver ce type. Mais je n'avais aucune idée de ce que j'allais faire après lui avoir mis la main dessus. Je crois qu'au fond, je pensais qu'une fois que je l'aurais trouvé, mon instinct me dirait quoi faire. Ou alors que je me dégonflerais. Pourtant, ça devait faire douze rues que je marchais derrière lui, mais mon instinct ne m'avait encore rien soufflé.

« "Et c'est là que ce truc s'est passé. Vous allez sûrement croire que j'exagère, mais je vous jure que c'est vrai. L'homme s'est arrêté pour parler à quelqu'un sur le trottoir, moi aussi je me suis arrêtée. C'était une jeune femme. Elle portait un sac à dos, avec les deux bretelles sur les épaules. Une étudiante, me suis-je dit. J'étais cachée derrière une camionnette. Je les ai écoutés et épiés pendant quelques minutes. Et quand leur conversation s'est achevée et que le type est reparti, il avait en s'éloignant ce sourire aux lèvres. Même de l'autre côté de la rue, je voyais ce sourire, retenu, confidentiel, terrible – un sourire de manigance, de prédation. Il marchait en se souriant à lui-même à cause de cette jeune femme à qui il venait de parler, et c'est à cet instant précis que les réponses que j'espérais sont arrivées. Que mon instinct m'a guidée.

« "La seconde d'après, je me retrouve à traverser la rue, il me voit venir vers lui. Je me déplace très vite et, voyant mon approche, il s'arrête. J'ai vu qu'il s'est demandé s'il me connaissait, puisqu'il n'y avait personne d'autre dans la rue et que je fonçais sur lui, en le regardant droit dans les yeux. Je n'avais aucune raison de traverser, sinon. Et il était en train de se dire : "Tiens, qui est-ce ? Je la connais ?"

« "Et puis, alors que je me trouvais à peut-être trois mètres de lui, quelque chose dans son regard a changé, comme s'il comprenait. Je ne saurais pas vous dire comment je l'ai perçu, mais je le savais. Je l'ai vu. J'ai vu qu'il comprenait que le retour de bâton était arrivé. Que j'étais ce retour de bâton. En un éclair, j'ai vu dans ses yeux tous les sales trucs qu'il renfermait, vu qu'il comprenait que je venais lui demander des comptes. Je ne l'oublierai jamais. Sa réaction confirmait que nous étions tous des êtres d'une grande intelligence, guidés par notre instinct, capables de dire tant de choses dans un regard. Nous qui prétendons souvent qu'il faut expliquer, verbaliser, clarifier, nous savons en fait presque toujours exactement ce qui se passe dans la tête de l'autre.

« "Rappelez-vous : je vous disais que j'ignorais ce que j'allais faire si je finissais vraiment par le trouver. Mais là, sans même avoir réfléchi, sans qu'un plan se soit formé dans ma tête, mes deux mains se sont jointes, comme un grand marteau, celui qu'on utiliserait pour frapper sur une enclume.

« Priya avait entrelacé ses doigts pour former un poing massif, ses avant-bras plaqués l'un contre l'autre.

« — J'ai brandi les bras bien haut, et comme il se recroquevillait dans l'ombre de mon marteau, je les ai abattus, les mains serrées, juste sur sa nuque.

« Sur scène, Priya a mimé le geste, puis fixé le sol comme si elle regardait une victime imaginaire à ses pieds.

« — J'avais beaucoup plus de force que je ne le pensais. Dès le premier coup, le conférencier s'est effondré comme un manteau qui glisse d'un cintre.

« Priya a marqué une longue pause, puis elle a levé les yeux et souri de son sourire de cow-girl.

« — Rappelez-vous aussi que cet homme mesurait environ 1,75 mètre. Je suis plus grande que ça. Il devait peser soixante-huit kilos. Je pèse plus que ça. C'était un homme qui passait ses journées devant un ordinateur. Moi… je fais d'autres trucs. Par conséquent, ce n'était pas un combat équitable. Et il était déjà au tapis. Mais je ne pouvais pas m'arrêter. Quelque chose dans sa lâcheté me faisait enrager de plus belle. Alors, dans un mouvement répétitif que je pourrais comparer à celui de l'ouvrier qui tape sur des traverses de chemin de fer, j'ai frappé six ou sept fois pendant qu'il se recroquevillait pour de bon, là sur le trottoir.

« Priya a jeté un nouveau coup d'œil à l'horloge. Il ne lui restait que quatre minutes, mais l'histoire semblait toucher à sa fin. Nous supposions tous qu'elle allait à présent décrire comment elle s'était éloignée, ou ce qu'elle avait dit en partant. Ou ce que le conférencier avait brandi pour s'excuser.

« — Assez vite, j'ai compris qu'il était inconscient, a poursuivi Priya. Il respirait, mais il était complètement sonné. C'est là que l'idée m'est venue. Les coups de marteau n'étaient pas prémédités – ce n'était que ma haine qui parlait, je n'avais pas eu le temps de réfléchir. Mais à cet instant, un plan prenait forme. Je l'ai laissé là et suis allée récupérer ma voiture. J'espérais que personne ne le trouverait entre-temps. Personne ne l'a trouvé. À mon retour, il était toujours là, à moitié conscient, alors je l'ai traîné jusqu'à la banquette arrière, et puis je suis partie. Nous sommes sortis de New York, direction le New Jersey. Je cherchais sur la route un

Walmart ou un magasin de bricolage ouvert tard. Il devait être vingt et une heures quand j'ai fini par tomber sur un Target près de l'autoroute, à Middletown. Là encore, j'ai croisé les doigts pour qu'il ne se réveille pas et ne s'échappe pas de la bagnole pendant que je faisais mes courses.

« "J'ai été rapide, je suis revenue environ dix minutes plus tard avec du ruban adhésif, dix mètres de corde en nylon, un morceau de tuyau en caoutchouc, une lampe de poche, une petite glacière, un sac de glace et une scie à main, comme celles qu'on utilise pour couper des branches. Quand je suis arrivée à la voiture, il était bien là, il commençait tout juste à se réveiller. Sur le parking presque vide, je l'ai bâillonné avec le ruban adhésif et j'ai utilisé la corde pour le ligoter. À présent qu'il était hors d'état de nuire, j'ai repris l'autoroute, à la recherche d'un endroit tranquille pour mettre mon plan à exécution.

« "J'ai dû rouler quarante minutes avant d'arriver dans une zone rurale où j'ai suivi une petite route de campagne sur cinq kilomètres environ. Attendez, j'en suis où avec le chrono ?

« Priya s'est tournée vers la présentatrice, Senga, dont le visage imperturbable avait blêmi. Elle semblait presque sur le point de mettre fin à l'histoire de Priya avant qu'elle ne prenne un tour encore plus troublant.

« Priya a vérifié l'heure.

« — Oh mince, seulement quarante-cinq secondes. Je continue ? Il va me falloir quelques minutes de plus pour terminer.

« La foule l'a encouragée. Quelqu'un a même crié à Senga : « Je vous conseille de la laisser ! »

« — OK, OK, a dit Priya en levant les mains comme si le public l'avait plébiscitée pour un rappel dans un concert. Alors, j'ai trouvé un endroit adéquat, je me suis garée, j'ai éteint les phares. J'ai posé la lampe de poche dans un arbre de manière qu'elle nous éclaire un minimum. Puis je l'ai traîné sous la lumière, et je lui ai dit que j'allais lui scier le bras droit. Je lui ai dit que c'était le bras qu'il avait utilisé pour plaquer ma copine pendant qu'il la violait. Je lui ai dit que j'allais lui scier le bras en dessous du coude, et que, s'il se tenait sage, je le mettrais dans la glace, dans la glacière, et que je lui poserais un garrot qui avec un peu de chance lui permettrait de survivre à la blessure. Ensuite, je lui donnerais la lampe de poche, et l'autoriserais à rejoindre l'hôpital à pied avec la glacière. Peut-être qu'ils pourraient le rattacher à temps. C'était de bonne guerre, non ?

« Personne n'a pipé mot dans le public.

« — Je n'avais jamais scié de bras avant, a-t-elle ajouté.

« Des rires nerveux parcouraient la salle à présent, comme si une partie de l'auditoire comprenait soudain que cette histoire était inventée de toutes pièces et que la conteuse les avait magistralement menés en bateau.

« — Mais je dirais deux choses là-dessus, a-t-elle continué. Primo, il y a énormément de sang.

« Priya a gloussé de rire, et le public, du moins une partie, aussi. C'était sûrement une plaisanterie.

« — En fait, on a l'impression de scier un ballon d'eau ! a-t-elle ajouté en gloussant de plus belle. J'en avais sur la figure, dans les yeux, partout sur mes vêtements. Je n'avais pas du tout prévu ça. Je me doutais qu'il y aurait du sang, mais pas autant. Deuxio, l'os n'est pas si résistant. L'os est dur, certes, mais après quelques va-et-vient, assez sportifs, je me suis dit que j'allais tenter de le briser. En fait, je me suis levée et je suis juste tombée dessus avec mon talon, ça a fait l'affaire. Ça s'est brisé près de l'endroit que j'avais entamé, si bien qu'il m'a suffi de retirer un peu les éclats, puis de finir de couper le reste de la chair et du cartilage.

« “Évidemment, vous devez vous dire qu'il hurlait. Ah, il hurlait, oui ! Mais grâce à tout le ruban adhésif dont je l'avais bardé, c'était plutôt étouffé. Et rappelez-vous que j'avais l'autoradio allumé dans la voiture, juste au cas où. Si des gens étaient passés par là, ils auraient seulement entendu des vieux hits, qui couvraient les cris étouffés – ils auraient conclu qu'un couple s'envoyait en l'air sur la banquette arrière.

« “J'ai posé le garrot, le sang s'est arrêté. Ensuite, j'ai mis son bras et sa main coupés dans la glacière, ce qui était drôle, car il s'est avéré que le modèle que j'avais acheté n'était pas assez grand. J'aurais dû prendre une trente litres au lieu d'une quinze. J'ai donc dû redisposer la glace, puis incliner la main et le bras de manière à les enfoncer en diagonale.

« Là, illustrant son propos avec son avant-bras droit, Priya a montré la position du bras coupé.

« — Je me suis quand même assurée qu'il était en état de tenir debout et de marcher. Il était toujours bâillonné, mais quand je lui ai demandé s'il pouvait marcher, il a indiqué que oui. Je lui ai rappelé que tout ça était arrivé en représailles de ce qu'il avait fait à quelqu'un que je connaissais, il a semblé le comprendre. Je lui ai dit qu'il commettrait une imprudence s'il cherchait à me dénoncer, ou à raconter cet incident, car cela aurait probablement pour conséquence de déclencher un dépôt de plainte de ma copine, et sans doute par la suite de nombreuses autres étudiantes qu'il avait agressées. La lueur qui a brillé dans ses yeux à ce moment-là m'a prouvé que j'avais raison – que ma copine faisait partie des nombreuses jeunes femmes que ce type avait violées. Toutes avaient eu peur de l'accuser, de crainte de faire basculer leur vie, et refusaient de lui donner plus qu'elles ne l'avaient déjà fait.

« "J'espérais que les médecins parviendraient à lui rattacher le bras, simplement pour que chaque fois qu'il le regarde, chaque fois qu'il constate son angle anormal, son handicap, cet homme se rappelle pourquoi tout ça était arrivé. Pour que chaque fois qu'il se retrouve seul avec son bras mutilé, il sache que je me trouvais, là, avec lui – tout comme il se trouvait là, avec nous, chaque fois que nous étions seules, ma petite amie et moi.

« Le public était coi.

« — Merci à tous ! s'est exclamée Priya avec entrain, avant de sortir de scène.

« Des applaudissements épars ont retenti, suivis de regards furtifs entre les gens dans la salle, comme si tout le monde se demandait s'il fallait ou non applaudir, si nous venions d'entendre l'aveu d'un crime grave ou juste un conte macabre, inventé de toutes pièces.

« Et puis, comme si Priya avait lu dans nos pensées, elle est remontée sur scène, a repris le micro et a dit :

« — Véridique !

« Puis elle est sortie par la porte de derrière.

Je me suis tue le temps d'avaler une autre gorgée de mon verre, puis j'ai levé la tête. Devant moi, un mur de visages figés. Tous les yeux étaient rivés sur moi. Darrow, en particulier, avait l'air malade. En même temps, ils l'avaient bien cherché.

— Quelqu'un a pensé à appeler la police ? a demandé Whitney.

— Non ! Pourquoi ? C'était juste une histoire.

J'ai réalisé, trop tard, que ma réponse était sortie comme un cri.

— *Pourquoi ?* s'est offusqué Whitney. Un violeur en série, une agression sexuelle, et peut-être même un meurtre ? Il aurait fallu appeler la police. Vous auriez dû le signaler.

— Mais je n'ai rien à voir là-dedans. Ni avec qui que ce soit d'autre dans ce bar. Ça ne me regardait pas, ai-je dit.

— Appeler la police, a soupiré Hello Kitty. Mais bien sûr. Appeler la police, comme d'hab.

Elle a soufflé un rond de fumée paresseux avec sa vapoteuse.

Darrow a soudain émis un bruit, une sorte de raclement de gorge comme pour attirer l'attention, mais étranglé.

— Appeler la police, c'est précisément ce qu'il ne fallait pas faire.

— Comment ça ? a demandé Whitney.

— Notre gardienne ici présente a entendu une histoire décrivant plusieurs crimes graves, de la bouche d'une personne qu'elle ne connaît pas, sans l'ombre d'une preuve à l'appui. Ce ne sont que des ouï-dire. Cela n'a aucune valeur légale. Ce pourrait être – et *c'est*, probablement… une invention. Si elle l'avait signalé, et que les faits s'étaient révélés faux et diffamatoires, ou susceptibles de causer du tort à quiconque, elle serait allée à l'encontre de démêlés juridiques sérieux. Mon conseil, très sérieusement, serait donc de ne rien signaler.

J'ai remercié Darrow. Je regrettais déjà amèrement d'avoir livré ce récit.

— Si vous voulez mon avis, a dit Florida, c'est juste une histoire à dormir debout. Si c'était vrai, elle ne l'aurait jamais avoué devant tout ce monde.

— Par curiosité, a-t-il atteint l'hôpital, ou est-il mort dans les bois ? a demandé Darrow.

Son regard s'est attardé sur moi un peu trop longtemps.

— Comment voulez-vous que je le sache ? ai-je répondu. Elle ne l'a pas précisé.

Haussant les épaules, il s'est tourné vers Maine.

— Votre pronostic, doc ? Vous pensez que ce salaud aurait pu survivre avec un bras coupé comme ça ? Simple hypothèse, bien sûr.

J'avais le tournis à présent, les grands bâtiments sombres autour de nous vacillaient au ralenti, horriblement. J'ai hésité à me précipiter vers le parapet pour vomir un bon coup.

— Si le bras avait été coupé juste en dessous de l'épaule, cela aurait été très grave, a répondu Maine d'un air pensif. Mais étant donné que c'était en dessous du coude, il aurait pu survivre avec un bon garrot. Et Priya semble assez débrouillarde. Tout dépend aussi de la distance que l'homme a dû parcourir, de la quantité de sang perdue avant que le garrot soit posé, de la gravité du choc subi. Il aurait aussi bien pu s'effondrer au bout de quelques centaines de mètres que marcher un kilomètre ou plus. Je dirais que c'est du soixante-quarante.

Un silence s'est installé sur le toit. J'ai pris une autre gorgée de daiquiri.

— Passons à l'histoire suivante, ai-je suggéré à voix basse.

Mais Eurovision, qui me regardait d'un drôle d'air, a dit assez lentement :

— Je me souviens du Burp Castle.

— Ouais.

J'évitais son regard.

— Il n'y a jamais eu de pop-up à côté.

— Ah ? Ce devait être ailleurs alors, ai-je dit. J'ai oublié.

— Et puis… (Sa voix s'est abaissée d'un ton.) Je n'arrive tout simplement pas à imaginer quelqu'un – Priya ou n'importe qui d'autre – raconter une histoire pareille devant une salle remplie d'inconnus.

— C'est ce qu'elle a dit : c'était inventé de toutes pièces, est intervenue Florida. Elle a voulu choquer, c'est tout.

— Je… en fait… je ne pense pas, a articulé Eurovision.

Ses yeux gris étaient fixés sur moi.

— Foutez-lui la paix, a soufflé la Dame aux Anneaux.

Eurovision ne détachait pas son regard de moi.

— Quelle femme êtes-vous dans cette histoire ?

J'ai répliqué :

— Aucune ! Allez vous faire foutre !

La Dame aux Anneaux a sèchement rembarré Eurovision.

— Vous, la ferme.

Puis elle s'est tournée vers moi. Je tremblais de partout.

— Ma belle, vous n'êtes pas obligée de répondre à ses questions.

J'avais la poitrine tellement serrée en les regardant tous que je me suis vue sur le point de crever. Je pensais : « C'est quoi ce bordel ? » J'avais envie qu'ils sachent, brusquement – qu'ils sachent enfin à qui ils avaient affaire.

— Je lui ai coupé le bras.

Puis, dans le silence abasourdi qui a accueilli ces mots, j'ai ajouté :

— Il n'est pas mort, OK ? Je m'en suis bien assurée. Mais il n'a jamais parlé. Et ils n'ont pas pu lui rattacher le bras.

À cet instant, une crampe atroce m'a brusquement vrillé le ventre. Je me suis levée, j'ai chancelé vers le parapet. Eurovision, qui se tenait déjà debout, s'est élancé comme pour me rattraper – il devait penser que j'allais sauter – mais s'est arrêté maladroitement à environ un mètre de moi avant de faire plusieurs pas en arrière, gêné, ajustant son masque. J'ai vomi juste avant d'atteindre le bord du toit. Je suis restée pliée en deux, horriblement honteuse, haletante.

— Ne… sautez pas, m'a suppliée Eurovision, la voix rauque.

— Va te faire foutre, ai-je lâché en me redressant enfin, crachant et m'essuyant la bouche du revers de sa manche. Pourquoi est-ce que je sauterais ?

Je suis restée appuyée un instant contre le parapet, le temps de reprendre mes esprits, avant de retourner à mon canapé et de m'y écrouler. Tous les regards étaient braqués sur moi. C'était donc ça : un vertueux justicier allait me dénoncer à la police, tout comme ils avaient dénoncé mon père quand son esprit avait commencé à dérailler. Nous, les gardiens d'immeuble, toujours ramenés à notre misérable condition, au bout du compte. Qu'est-ce que je venais de faire, bon sang ?

Mais quand j'ai finalement levé les yeux, j'ai découvert, derrière le voile de la tourmente, de la honte, de la gêne, que la plupart des visages étaient emplis d'inquiétude et d'empathie. Quelques-uns semblaient encore sous le choc, suspicieux, mais la majorité du groupe avait l'air de penser qu'il ne s'agissait pas d'un crime aussi grave que je l'avais toujours cru.

De son côté, Eurovision s'était composé un air coupable assez convaincant.

— Mon Dieu, je suis sincèrement désolé, a-t-il bredouillé en me regardant. Je ne sais pas ce qui m'a pris… Je suis un imbécile…

— Ça, je vous le confirme, lui a asséné la Dame aux Anneaux, puis elle s'est tournée vers moi. Plus de peur que de mal, pas vrai ? Le type a survécu. Je suis certaine que nous sommes nombreux ici à penser qu'il a eu ce qu'il méritait. Et vous ? Vous nous avez raconté cette histoire parce qu'il le fallait. Parce que vous en aviez besoin.

— Quel fardeau pendant toutes ces années ! s'est exclamée Vinaigre.

Je n'avais tout simplement pas de mots. Je suis restée avachie contre le dossier du canapé, à tenter de contrôler ce tourbillon, incapable de répondre.

— Écoutez, votre secret..., a dit Eurovision, votre secret restera bien gardé en ce qui nous concerne. Je vous le promets.

— Absolument, a confirmé Darrow.

Dans une vague de murmures, tous les locataires ont renchéri.

Eurovision a continué :

— Ce salaud n'a eu que ce qu'il méritait. Vous n'avez fait qu'épargner à de nouvelles femmes d'être violées. Il ne recommencera pas, pas avec un bras en moins et ce souvenir terrible.

Quelques instants plus tard, malgré mon état de choc profond, j'ai trouvé la force de continuer à parler.

— Je ne l'ai jamais dit à Lynn. Quand elle est revenue d'Australie, je ne lui ai pas dit un mot de ce que j'avais fait. Mais c'était toujours là, dans ma tête. Ça me rongeait, et ça a fini par détruire notre relation. C'était entièrement ma faute. Mon amour pour elle n'a pas pu résister à... ce dont je me savais capable. Je l'ai quittée... et nous nous sommes perdues de vue.

Personne n'avait grand-chose à ajouter. La Thérapeute a fini par conclure :

— Merci de vous être confiée à nous.

Puis :

— Nous sommes là pour vous, à tout moment.

Des mots banals, mais il y avait derrière une si grande sincérité que j'ai senti le mur de mes défenses se fissurer. Je lui ai dit, à elle, aux autres, à personne en particulier :

— Pouvons-nous... pouvons-nous passer à autre chose, s'il vous plaît ?

Devançant Eurovision, Darrow a de nouveau émis son drôle de raclement de gorge. Il était pâle, la sueur perlait sur son front malgré la fraîcheur de la soirée.

— Tant que nous en sommes aux confessions, a-t-il commencé. J'en ai une à vous livrer. Similaire, mais pire. Bien pire.

Ses paroles étaient lentes, mesurées.

Tout le monde attendait. Quelle histoire allait donc pouvoir surpasser celle que je venais de raconter ?

— Avant de m'installer à New York, je vivais dans la région de Stockton, en Californie, avec ma famille. Ça s'est passé là-bas.

« Tout le monde connaissait ma passion pour la course à pied. Enfin... Peut-on encore parler de passion quand on court plus de dix bornes par jour ? C'était une obsession. Un besoin. Une addiction, peut-être. J'ai tendance à penser que l'addiction est une chose néfaste alors que, hormis le risque de souffrir un jour d'arthrite, la course ne m'a toujours apporté que des bénéfices, physiquement, psychologiquement, voire spirituellement parlant. Sauf une fois.

« Vivre à la montagne me donnait le privilège de disposer pratiquement d'un terrain privé – je dis « pratiquement », car il y avait quand même dans le coin une poignée d'habitants qui savaient que je courais presque tous les jours et que je croisais de temps en temps, ce qui les obligeait à me saluer et à lever le pied à contrecœur sur cette petite route, la seule, d'habitude déserte. La plupart du temps, je sortais avec notre chien, Seidon, qui pouvait encore parcourir de telles distances contrairement à son aîné qui avait dû prendre sa retraite de joggeur à cause d'une arthrose apparemment courante chez les boxers âgés. Qu'est-ce qu'on l'aimait, putain. Et c'est toujours le cas, même s'il n'est plus parmi nous. On l'avait adopté au refuge de Stockton. J'avais fini par m'enticher de Stockton, car plus je connaissais Stockton, plus ça me rappelait Oakland, où j'avais rencontré ma femme qui, elle, s'était entichée d'Oakland parce que Oakland lui rappelait Stockton.

« Il s'appelait Poséidon quand on l'avait adopté, Poséidon le dieu de la Mer, mais on n'a jamais utilisé ce nom. On l'appelait juste Seidon. Parfois Sides. Parfois Bardy. Parfois Papa Seides. Parfois Sapa Peides. C'est souvent comme ça avec les chiens, comme avec tout d'ailleurs, plus on aime, plus il y a de surnoms. C'était pareil avec notre fils ; je ne pourrais même pas compter le nombre de surnoms qu'on lui a donnés entre le moment où il était bébé et celui où il a commencé à avoir honte qu'on l'appelle autrement que par le prénom écrit sur sa carte d'identité.

« Vivre à la montagne, c'était un bonheur pour plein de raisons, la course à pied, l'air pur, tous ces inconvénients de la ville qui

n'existent pas, la foule et tout ce que la foule implique, autrement dit, les gens. C'était surtout ça, le truc bien : vivre à l'écart des gens. Mais il y avait quand même un problème à ce niveau : les camés, des barbus, genre ermites des montagnes, qui habitaient dans leurs bagnoles. Je ne suis pas tout à fait sûr de ce qu'ils prenaient, sûrement de la méta, enfin, ce qu'ils arrivaient à trouver de plus fort. Ils chouraient des trucs que les gens laissaient sans surveillance le long de notre petite route de montagne. Un jour, je courais quand j'ai aperçu au loin le camé qu'on croisait tout le temps dans sa Ford Escort immatriculée dans l'État de Washington. Il rechargeait des batteries de voiture volées sur un panneau solaire volé, au milieu d'une petite route de montagne encore plus petite que notre petite route de montagne, appelée « Esmerelda » sur la carte du GPS de mon téléphone, même si ce nom n'apparaissait nulle part ailleurs, puisqu'il n'y avait aucun panneau, ni en amont ni en aval de la colline, où la route se transformait en chemin de terre rouge où les seules traces de vie humaine se résumaient à des boîtes aux lettres et des portails. Le camé avait la langue qui pointait tellement il était concentré sur sa tâche, voler l'énergie solaire avec son panneau et sa batterie volés. On aurait dit Charles Bukowski avec sa salopette dégueulasse, sauf qu'il ne carburait pas à la picole, mais aux amphètes. Il ne nous a pas remarqués quand on est passés à côté de lui, Seidon et moi, la première fois. La fois d'après, il nous a dépassés en pétaradant dans son Escort, sans ralentir, en nous frôlant, le chien et moi. Mon doigt s'est dressé quasi automatiquement. J'ai vu qu'il m'avait vu dans le rétro. Et j'ai vu que mon doigt avait comme qui dirait appuyé sur un bouton.

« Quelques jours après le doigt d'honneur, j'étais de nouveau sorti avec Seidon, mes écouteurs à réduction de bruit dans les oreilles, musique à fond, sur une colline escarpée – c'était l'époque où j'avais besoin de me motiver avec des morceaux pêchus dans les montées, alors que je courais plutôt avec des podcasts ou des livres audio dans les descentes ou sur le plat, mais comme le relief était hyper vallonné dans la région, je passais mon temps à changer le volume et les supports audio. Perdre un chien qu'on aime, c'est une chose atroce, point barre. Alors perdre un chien à cause d'un camé qui passe dans sa caisse en pétaradant sans faire gaffe… Mais perdre un chien qu'on aime à cause d'un camé qui le fait exprès, et le perdre alors que vous le tenez au bout de sa laisse ? C'est de lui que je parle, bien

sûr, le camé dans la Ford Escort avec ses plaques de Washington. Je me demande encore pourquoi il s'est arrêté, pourquoi il est sorti. C'est le seul truc qui restera à jamais un mystère pour moi. Il pensait peut-être que le fait de ne pas prendre la fuite le disculperait, lui éviterait d'éventuelles poursuites en justice. Je ne le saurai jamais. Car voilà que le mec s'amène en agitant les mains, genre, *Oh putain, désolé, ça va, ça va ?* Je devais avoir l'air horrifié pour qu'il me sorte ça, je devais faire pitié, avoir l'air du type qui a besoin d'une épaule sur laquelle pleurer, je ne sais pas, mais le camé était complètement à côté de la plaque. Parce que en voyant mon Seidon là, sur la route, mort, clairement, les yeux encore ouverts, la rage que j'ai ressentie était si forte qu'on aurait presque dit de l'amour. J'ai tout donné quand je me suis jeté sur le gars. Il faut savoir que les meilleures laisses sont non seulement très résistantes, mais sont aussi très dures. Elles ne cassent pas. J'ai donné le premier coup avec la partie en plastique, autrement dit la partie de la laisse qui n'est pas la laisse, celle qui la rembobine, vous savez, l'espèce de boitier – ce premier coup l'a juste un peu sonné. Puis ses yeux écarquillés se sont braqués sur moi avec un air qui m'a tout de suite fait comprendre qu'il fallait que j'agisse dans la seconde, alors j'ai bondi sur sa jambe en réalisant ce coup, cette prise de karaté que m'avait apprise mon fils, qu'il m'avait montrée une fois. C'était très mal exécuté, la technique était nulle, mais ça a fonctionné. Je me suis retrouvé sur le type, la laisse encore à la main. Et puis, sans aucune hésitation, j'ai continué à le frapper, avec la laisse, encore et encore et encore et encore, et la laisse, en plastique, n'a pas cassé, ne s'est même pas rétractée alors que mon chien bien-aimé, qui n'était plus qu'une masse inerte, était toujours accrochée à l'autre bout. Voir que le camé ne bougeait plus ne m'a pas plus alarmé que ça, au début.

« J'ai moi-même été surpris quand j'ai pris conscience que je pleurais et que j'étais en train d'appeler ma femme, qui ne décrochait pas. J'ai rappelé, sans succès, mais entre-temps l'avenir immédiat et la marche à suivre m'étaient apparus comme une évidence. Comme si le fait de penser qu'il me faudrait porter le corps de Seidon jusqu'au pied de la colline, afin de pouvoir ensuite l'enterrer et le pleurer dignement, m'avait tout à coup rendu flagrante la réalité du corps du camé. Ces mots, « corps du camé » résonnaient d'ailleurs bizarrement. Si vous aviez vu la rapidité avec laquelle j'ai agi, vous auriez pensé que j'avais déjà fait ça avant.

« Personne n'est jamais venu poser la moindre question sur la disparition du camé ou de sa voiture immatriculée à Washington. Ma femme et mon fils sont rentrés suffisamment tard ce jour-là pour me laisser le temps de tout cacher. Nous vivions sur presque trois hectares, sur un terrain boisé, plein de buissons, parfait pour quelqu'un qui a quelque chose à planquer. J'ai abandonné la voiture au milieu du bois. De toute façon, nous n'allions jamais jusque-là. Enfin, j'ai commencé par creuser un trou, j'ai enterré le camé, puis j'ai garé la voiture sur le trou. Ma femme ou mon fils trouveraient peut-être la voiture un jour, et alors quoi ? On l'aurait remorquée. C'est tout. Quand ils sont rentrés à la maison, ils ont fondu en larmes en découvrant le corps de Seidon. Nous l'avons enterré, nous l'avons pleuré, nous avons énuméré toutes les raisons pour lesquelles nous l'adorions. Ma femme me caressait le dos, pensant que je n'arrivais pas à encaisser le choc.

« J'ai arrêté de courir dans les collines autour de chez nous et trouvé un nouveau parcours à quelques kilomètres de là. C'était plus long, et totalement désert, cette fois. Sauf un jour, peut-être un an après avoir tué le camé avec la laisse du chien, où je suis tombé sur un homme avec une fourgonnette, qui déplaçait un gros sac-poubelle qui aurait pu contenir un corps vers un tas de bois mort et de détritus qu'il a ensuite incendiés. J'ai pratiquement tout vu de loin, mais en retournant à ma voiture, j'ai dû passer devant lui. Au moment où je l'ai dépassé, l'homme, de retour à sa fourgonnette, fumait une cigarette en regardant le feu, comme pour s'assurer que tout serait bien brûlé. Nos regards se sont croisés. Et vraiment, j'ai eu l'impression qu'il me sondait. Je ne voulais pas, mais ces choses-là, ça ne se contrôle pas. C'était comme s'il cherchait quelque chose en moi, un point commun que je ne voulais pas qu'il découvre, le fait que nous cachions tous les deux ce secret bien particulier qui parfois oblige les gens à brûler ou bien à enterrer, et une fois que l'homme a trouvé ce qu'il cherchait, il nous a lancé un clin d'œil, à moi et à notre point commun, comme si nous étions liés par ce secret de montagnards, par ce privilège de pouvoir agir à l'insu de tout le monde et faire disparaître des choses, si nécessaire, un clin d'œil qui disait aussi qu'il valait mieux pour moi que je fasse comme si je n'avais pas vu son feu, que je termine mon jogging, que je retourne à ma petite vie au milieu de nulle part avec ma femme et mon fils et nos deux autres chiens, à l'abri des camés imprudents, comme si de rien n'était, le meurtre, l'enterrement, mieux valait que je laisse son

feu se consumer jusqu'au bout, jusqu'à l'extinction des dernières braises, jusqu'à ce que le vent emporte les cendres au loin, là-haut à la lisière des cimes enneigées de la Sierra Nevada, là où les risques de feu de forêt commençaient sérieusement à me préoccuper, parce que réchauffement climatique, raison pour laquelle ma femme me demandait justement de débroussailler notre terrain, par sécurité, pour minimiser le risque d'incendie, ce qui augmentait la probabilité que l'on découvre la voiture du camé : et amènerait finalement ma femme à me demander à nouveau, comme elle l'avait fait le jour où nous avions perdu Seidon à cause du camé : « Tu as dit que le chauffard était comment, déjà ? Et sa voiture, c'était quoi ? » Je savais qu'elle me testait, qu'elle soupçonnait depuis le début que je ne lui avais pas décrit la véritable voiture qui avait renversé Seidon, et que là, j'oublierais quel modèle j'avais inventé. Il y avait tout ça dans le regard de cet homme quand je suis passé devant lui et son feu, sur cette petite route de montagne. Ce regard avait levé le voile, avait déterré le camé que j'avais tué dans un élan de rage si pure qu'on aurait dit de l'amour.

Il avait terminé, et tandis que l'horreur à l'état pur gagnait notre assemblée, une reconnaissance infinie m'a envahie. Darrow avait raconté cette histoire pour moi. Je me sentais exorcisée.

— Ça fait combien de temps ? a demandé Hello Kitty.

— Dix ans.

— Votre femme a débroussaillé le terrain ?

— Elle a débroussaillé le terrain.

— Elle a posé des questions ?

— Oui.

— Elle a compris ce que vous redoutiez qu'elle comprenne ?

— Oui.

— Et vous n'êtes pas mort de trouille… genre, tous les jours ? a demandé Hello Kitty. Vous n'avez pas peur que le propriétaire actuel de la maison creuse pour des travaux ou en aménageant le jardin, je ne sais pas ?

— Je n'ai jamais vendu la propriété. La voiture est toujours à sa place, la maison tombe en ruine. Si j'ai peur ? J'ai eu peur, oui. Mais plus je vieillis, moins j'ai peur. Quant à ce que j'ai fait au camé… aucun regret.

En voyant le regard que me lançait Darrow en prononçant ces mots, « aucun regret », j'ai senti un frisson me parcourir. Frisson de quoi, je n'aurais pas su le dire.

— Eh bien, a soupiré Eurovision. Sacré nom de nom.

Je n'étais pas sûre de l'heure qu'il était, j'ignorais dans combien de temps les cloches de Saint-Patrick allaient sonner, mais je n'aurais pas pu supporter de nouvelles histoires, de nouveaux secrets. Je n'ai pensé qu'une chose : « Dieu merci, mon père ne sortira jamais du Manoir Vert Vomi, il n'aura jamais l'occasion d'apprendre ce que j'ai fait. » Je me suis levée d'un coup, en marmonnant que j'étais fatiguée, et je me suis sauvée. Je vacillais au moment où j'ai regagné mon sous-sol. Vidangée jusqu'à la moelle, je me suis glissée dans mon lit.

Jour Quatorze

13 AVRIL

Nous nous sommes installés. J'avais failli ne pas monter après la soirée de la veille, mais je ne voulais pas avoir de trou dans mes enregistrements, et je ne voulais pas non plus passer pour une déserteuse. J'ai déclenché mon téléphone et me suis affalée sur le canapé. Je pensais pouvoir redevenir invisible, celle qu'on ignorait. Mais les salutations excessivement joyeuses qui m'ont accueillie, les petits regards en coin que tout le monde s'échangeait en s'asseyant, les sourires compatissants, toutes ces choses m'ont interpellée. Étaient-ils réellement inquiets pour moi ? Avaient-ils pleuré pour moi cette nuit ? Ah ah, bien sûr que non. Comme si quelqu'un en avait déjà eu quelque chose à carrer d'un gardien.

Mon verre contenait du pastis sorti d'une bouteille couverte de chiures de mouches qui semblait avoir un demi-siècle. Je n'ai jamais été fan de réglisse, mais ça faisait l'affaire. J'avais tiré un trait sur mon report quotidien de chiffres dans ma bible pour la même raison que j'avais tiré un trait sur les coups de fil à mon père. Nous montions sur ce toit depuis quatorze jours, autrement dit le délai nécessaire à une quarantaine, d'après le gouvernement, pour ne plus être contagieux, mais pas de bout du tunnel en vue. Nous commencions à croire que nous allions rester prisonniers de ce toit pour toujours, à taper sur des casseroles et des poêles jusqu'à ce que les poules aient des dents. Et en même temps, curieusement, la journée, je me surprenais à attendre avec impatience ce rassemblement et les histoires extraordinaires de ces New-Yorkais ordinaires.

Ce soir-là, il y avait du nouveau sur la fresque : une citation griffonnée sous Dieu et sa boîte à lapins.

S'Il le peut mais ne le veut pas, alors Il est malveillant. Épicure.

Hello Kitty l'a lue à haute voix avant d'éclater de rire.

— Qui nous a déniché cette pépite ?

Le Poète a levé la main avec un sourire timide.

— Je valide. (Elle s'est enroulée dans son fauteuil, en promenant le bout de sa vapoteuse sur ses lèvres.) Tous ces idiots de croyants devraient être obligés de nous expliquer pourquoi Dieu ne nous aide pas à éliminer ce virus… pourquoi Il peut, mais ne veut pas.

— Les voies du Seigneur sont impénétrables, a dit Florida. « Car j'estime que les souffrances du temps présent ne sont pas dignes d'être comparées avec la gloire à venir qui doit nous être révélée. »

— Seigneur, préserve-nous de ceux qui citent la Bible, s'est moquée Vinaigre, acerbe.

La pluie, encore tombée en abondance cet après-midi, avait donné une soirée où le ciel couvert passait simplement du gris au noir. J'avais changé la bougie de ma lanterne, qui projetait un petit halo autour de mon canapé rouge. Les autres bougies et lampes à huile brillaient comme des flaques de lumière jaune dans la pénombre. Nous avons fait notre vacarme habituel à dix-neuf heures, sans grand enthousiasme, puis le silence est retombé. Personne n'avait envie de parler. Les gens semblaient mal à l'aise. Ils étaient sans doute encore ébranlés par nos histoires, à Darrow et à moi. Est-ce que chacun se regardait en se demandant quel crime avait bien pu commettre son voisin, désormais ?

— Et comment va notre gardienne, ce soir ? a osé Eurovision, doucement, me tirant de ma rêverie cynique.

— Euh, un peu la gueule de bois, ai-je marmonné en levant mon pastis. Tchin.

— J'imagine que vous n'êtes pas la seule à avoir la gueule de bois, ces derniers temps.

La Dame aux Anneaux a agité les mains pour attirer l'attention.

— Je trouve bien dommage que parmi nous ne se trouve aucun prêtre pour nous donner le nombre de *Je vous salue Marie* qu'il nous faudrait pour expier nos péchés. C'est un peu ce qu'est devenu notre petit toit, n'est-ce pas : un confessionnal. Qui nous a offert une chance à tous d'avouer nos péchés. Y compris à moi. (Elle s'est tournée vers moi, englobant aussi Darrow dans son regard.) J'espère qu'avoir partagé cette histoire avec nous vous a soulagée.

— Je ne saurais pas du tout dire ce que je ressens, ai-je rétorqué, brusquement et d'un ton qui, je l'espérais, mettrait fin à toute compassion.

Puis je me suis sentie bête, parce que j'avais fini par apprécier la Dame aux Anneaux, sincèrement.

— Ce que je veux dire, c'est que je n'ai pas très envie d'attirer l'attention sur moi, ai-je repris.

— Ça se comprend, a dit Eurovision. Alors, qui a une histoire à nous raconter ? Ou à nous confesser ?

Personne n'a dit mot.

— Allez, quoi ! a insisté Eurovision. Personne ?

— Peut-être qu'il vaudrait mieux faire une pause avec les histoires, a proposé Maine.

— Balivernes ! s'est exclamé Eurovision en scrutant le groupe, les mains jointes, pour mieux masquer son désarroi.

— L'ancien gardien en avait de bonnes, a fait remarquer Darrow. Toujours des potins croustillants à vous raconter quand il venait réparer quelque chose chez vous.

— À qui le dites-vous ! s'est esclaffée Florida. C'était un vrai moulin à paroles. Impossible de l'arrêter. (Elle s'est retournée vers moi.) Je préfère notre nouvelle gardienne. Quelqu'un de tranquille, qui ne fourre pas son nez dans les affaires des autres.

Ce compliment m'a touchée, même si j'ai prié tout bas pour qu'elle ne remarque jamais mon téléphone enregistreur. Et c'est alors que s'est présentée l'occasion que j'attendais depuis longtemps. Celle de poser la question.

— Et qu'est-il arrivé à l'ancien gardien ?

Silence gêné.

— C'est étrange, a dit Eurovision. Il est parti juste au début du Covid, du jour au lendemain. Il a dû fuir la ville, comme tout le monde.

— À quoi ressemblait-il ?

— Eh bien, a continué Eurovision. Petit, gros, joyeux, et grec. Il parlait vite, posait beaucoup de questions indiscrètes et n'arrêtait pas de nous mitrailler de conseils. Ma main à couper que s'il n'avait pas été gardien, il aurait fait un excellent psy. Il était toujours partout à la fois, à s'affairer dans l'immeuble. Impossible de l'arrêter, comme l'a dit Florida.

— Et c'était un chapardeur, a ajouté cette dernière.

J'étais intriguée.

— Vraiment ? Comment vous le savez ?

— Un jour, il est venu faire des travaux dans mon appartement, et je me suis aperçue plus tard qu'il me manquait une statuette de mains en prière. Après ça, je ne l'ai plus lâché d'une semelle.

Les mains en verre ! Mais le dire maintenant m'aurait privée d'explications supplémentaires.

— Comment s'appelait-il ?

— Zynodeia, a dit Florida. Virgilios Zynodeia.

Au temps pour l'image que je m'étais forgée de Wilbur P. Worthington III, pourtant si vive dans mon esprit.

— Marrant que vous parliez de chapardage, a dit Whitney. Je me suis toujours demandé ce qui était arrivé à mon papillon, un *Morpho didius*. Disparu du jour au lendemain.

— Et j'étais très attachée à ces mains, a renchéri Florida.

— Et ma collection de jeunesse de quarante-cinq tours d'Elvis, a ajouté la Dame aux Anneaux. Je me demande si c'est lui. C'était pourtant un homme si gentil. Il avait peut-être des troubles mentaux.

Je regrettais sincèrement de ne pas avoir abordé le sujet. J'allais prendre sa défense – ou plutôt, j'allais me demander si c'était à moi de prendre sa défense – quand nous avons été interrompus par l'arrivée tardive de la Cocinera. Elle tenait son téléphone avec un sourire béat.

— C'est bon, il est bien chargé. Je suis sûre que ce soir, vous pourrez voir mon ange.

— L'ange deuxième, *clac* ! a fait Hello Kitty.

— J'ai attendu ça toute la semaine, a dit Florida.

J'étais certaine que la Cocinera allait encore se prendre un bide, mais son enthousiasme était communicatif.

Elle a brandi le petit téléphone sous nos yeux. Tout le monde s'est penché pour mieux voir. L'image de vidéosurveillance montrait le jardin de San Miguel et, derrière, l'église rose aux tours en forme de pièce montée. C'était le coucher du soleil là-bas, et tout le paysage, à des milliers de kilomètres, était baigné d'une lumière dorée, complètement différente du ciel gris d'ici.

— Approchez, a dit la Cocinera. Vous verrez mieux. (Elle a regardé sa montre.) Dix-neuf heures vingt-neuf. Une minute.

Certains ont déplacé leurs chaises pour mieux voir. Puis il y a eu un mouvement dans le rectangle lumineux. Une silhouette noire est apparue derrière les arbres – petite, voûtée, vieille, en haillons, maladroitement appuyée sur deux cannes, chancelante, portant un filet avec une orange dedans. La Cocinera a poussé un cri de joie, et tout le monde s'est penché plus près encore. La vieillarde avançait avec une lenteur exaspérante sur les pavés irréguliers, en direction de la caméra fixée en haut d'un bâtiment. Arrivée juste en dessous, elle s'est arrêtée et a levé la tête tout doucement. Ses yeux enfoncés se sont plantés dans les nôtres, comme si elle nous voyait à travers l'écran. Et tandis qu'elle nous regardait de son visage incroyablement ridé, avec ses cheveux blancs qui dépassaient de son fichu, elle a souri. J'ai ensuite vu ses lèvres remuer alors qu'elle prononçait unc phrase. Puis elle a baissé la tête et repris sa marche laborieuse, vers l'église, disparaissant du cadre.

La Cocinera a rangé son téléphone dans sa poche.

— Qu'est-ce qu'elle a dit ? a demandé Eurovision.

— *Mis hijos*. Mes enfants. (Elle jubilait.) Je vous avais promis que vous alliez voir l'ange !

— Euh…, a fait Eurovision. Avec tout le respect que je vous dois, c'était juste une vieille dame.

— Vous, vous imaginez que tous les anges sont de belles et jeunes créatures ailées, a ricané la Cocinera.

— Pas du tout, je…

Mais Eurovision s'est arrêté net.

— Vous l'avez tous vue, n'est-ce pas ?

Tout le monde a acquiescé.

— Alors je suis heureuse.

Tout à coup, la porte cassée du toit s'est ouverte à la volée, laissant apparaître un couple. D'inconnus. Encore. Au-dessus de leurs masques rouges artisanaux, deux paires d'yeux fatigués scrutaient la scène sur la terrasse. Ils traînaient des valises.

— C'est quoi ça ? a demandé Eurovision en se levant de son siège, alarmé. Vous êtes qui, vous ?

La femme a fait un pas en avant.

— Nous venons de l'immeuble en bas de la rue, a rétorqué l'homme d'un air furieux.

— Mon mari, ma belle-mère, nos enfants et moi…, a continué la femme. Bon sang, nous ne pouvons pas rentrer chez nous !

— Comment êtes-vous arrivés ici ? a demandé Eurovision.

Le couple s'est regardé.

— La porte était ouverte, a dit l'homme. Il pleuvait. Alors… on est entrés.

La femme s'est appuyée sur sa valise à roulettes.

— Nous n'avons nulle part où aller.

Je me préparais à une avalanche d'accusations. Mais je savais – j'étais sûre et certaine – que j'avais bien fermé la porte à clé. Quelqu'un l'avait encore laissée grande ouverte, mais comment était-ce possible ? Je commençais à me demander s'il ne s'agissait pas d'un acte délibéré – s'il n'y avait pas un saboteur parmi nous.

— Mais… vous ne pouvez pas rester ici ! s'est exclamé Eurovision avec une pointe de désespoir. Nous sommes en pleine *pandémie* !

— Et nous alors ? lui a hurlé la femme en retour.

Son mari a posé une main sur son épaule. La femme s'est tue, puis s'est assise sur sa valise. Elle donnait l'impression de ne pas pouvoir faire un pas de plus.

Il se passait quelque chose de fou dans cet immeuble.

La Thérapeute a pris la parole.

— Reposez-vous donc ici le temps que nous arrangions cela. Nous sommes désolés de ne pas avoir de chaises supplémentaires à vous proposer. En revanche, pourriez-vous avoir l'amabilité de garder vos distances, s'il vous plaît ? Dans l'intérêt de tous.

— Le nôtre y compris, a rétorqué l'homme. (Puis il a posé doucement sa main sur l'épaule de sa femme.) Reste ici, lui a-t-il dit, je descends chercher ma mère et les enfants.

Je sentais que la question de la porte « ouverte » et de cette nouvelle intrusion allait revenir sur le tapis, mais Eurovision m'a tirée d'affaire.

— Comment ça, vous ne pouvez pas rentrer chez vous ? a-t-il repris.

— Nos voisins se sont retournés contre nous. (La femme a soupiré.) Nous sommes coincés dehors.

— Coincés dehors ? a répété Vinaigre. En pleine pandémie, sous la pluie ? Comment est-ce possible ?

La femme a pris une grande inspiration, puis expiré comme si elle se libérait de sa propre tempête intérieure.

— Le soir où nous nous sommes retrouvés dehors était un soir plus sombre et plus orageux encore que celui-ci. Nous étions là, dans le hall de notre immeuble, à grelotter et à éternuer, nos valises trempées, après trois heures de vol depuis la République dominicaine, des files d'attente interminables à la douane, le long trajet en taxi pour enfin arriver chez nous.

« Le code de la porte principale ne fonctionnait plus. Nous nous sommes tout de suite dit que le gardien avait changé la combinaison. Qu'il avait enfin décidé de réagir aux vols de colis dans l'immeuble au lieu de hausser les épaules en rabâchant : « Hé, je suis le *super*[1], *man*, pas un flic. »

« À moins qu'il ne soit lui-même le voleur. Et si derrière El Superman se cachait ce vendeur sur eBay dont la marchandise correspondait toujours aux articles en rupture sur Amazon que les locataires recherchaient ? Peut-être que notre voisin disait vrai, peut-être qu'El Superman était celui qui subtilisait les repas que se faisaient livrer les gens de l'immeuble.

« À cette heure, l'heure des sorcières, El Superman était la seule personne que nous pouvions déranger. Il y avait notre voisine, bien sûr, mais nous étions certains que les antidépresseurs qu'elle prenait à cause de son fils à problèmes avaient dû l'envoyer sur Mars. En plus, El Superman nous devait une faveur. Et Superman ou pas, c'était quand même pour ça qu'on le payait.

« Alors nous avons sonné, sonné, sonné à son interphone.

« Nous avons attendu en regardant l'affiche scotchée près du panneau de l'interphone. La police de caractères était la même que sur toutes les affiches qu'El Superman collait dans les ascenseurs et les couloirs. Mais ses dessins étaient pires que jamais.

« Quelques semaines plus tôt, nous avions risqué nos vies pour l'aider à monter une table à dessin jusqu'à son appartement, ainsi que d'autres meubles qui appartenaient à ce caricaturiste politique du 4C, celui qui a été expulsé du Salvador, puis renvoyé dans son pays par les services américains de l'Immigration, que Dieu le garde, lui et tous les autres aussi, les pauvres. Comme il n'avait pas de famille aux États-Unis pour récupérer ses affaires, El Superman nous a suppliés de l'aider à transporter le matériel du caricaturiste jusqu'à « Krypton »,

1. Jeu de mots avec « *super* », abréviation de « *superintendent* » en anglais, qui désigne le gardien de l'immeuble.

comme il surnomme ce grand appartement que le syndic lui a attribué pour compenser son « salaire de merde ». El Superman a le don de vous faire tout un cirque quand il vous demande quelque chose, en plus de formuler sa demande juste après vous avoir soigneusement rappelé que vous êtes encore en retard pour le loyer. Bien sûr, nous nous sommes tout de suite défendus en répondant que nous étions une famille nombreuse, de cinq personnes, dont une personne âgée et deux enfants bien élevés, propres, intelligents, parlant anglais, citoyens américains. El Superman s'était alors excusé, ajoutant en renâclant que, de tous les locataires de l'immeuble, il n'y avait que sur des gens avec un Nom de Famille[1] comme le nôtre qu'il pouvait compter. Bons Samaritains que nous sommes, nous avons cédé, doublé nos masques artisanaux d'une couche de serviettes en papier, et accepté de lui rendre ce service.

« Krypton ressemblait à un entrepôt ; il fallait se faufiler partout entre des vieux lustres, des carreaux de céramique, des paquets de papier-toilette double épaisseur et des cartons de gel hydroalcoolique bio. « Pandemonium emporium endémique de la pandémie », récitait El Superman entre deux bouffées de joint. Au lieu de nous offrir des rafraîchissements en guise de remerciement, il nous a donné un croquis dédicacé de sa dernière affiche en cours de réalisation. « Avec cette pandémie ma poésie et mon art vont devenir viraux », a ajouté notre antihéros en dégoupillant une canette de Corona Hard Seltzer à la mangue.

« Et nous voilà donc dans le hall, à reculer de deux mètres, par réflexe, devant l'affiche terminée : un Oncle Sam masqué brandissant un doigt d'honneur au-dessus des mots « *Fuck YOU, Covid* ».

« — Eh bien, *fuck* El Superman !, a dit notre grande.

« Et de la pointe d'un parapluie, notre plus jeune a sonné et sonné et sonné à l'interphone à la lettre S.

« C'est à cet instant que le coup de massue est arrivé : nous avons remarqué que notre Nom de Famille avait été barré de l'étiquette d'interphone du 3A. Même du Tipp-Ex aurait été moins violent. Le trait noir, épais, avait sûrement été tracé avec l'un de ces maudits Sharpie que nous avions sauvés du 4C.

« En plein sur ce que nous chérissions le plus au monde.

---

1. Référence aux noms de famille, souvent à consonance espagnole, attribués aux anciens esclaves de République Dominicaine suite à l'abolition de l'esclavage, afin de les intégrer dans le système administratif et les registres civils.

« En plein sur la raison qui nous avait poussés à rompre la quarantaine pour retourner vers notre terre natale, répondant à l'injonction messianique du Conteur.

« En plein sur l'Histoire, pavée d'or et bien plus ancienne que ce pays maudit.

« Notre plus jeune a levé la jambe et, du bout de sa chaussure, a sonné, sonné, sonné à l'interphone du gardien.

« À travers la porte vitrée, nous avons fini par voir sortir El Superman. Il est apparu au bout du couloir, illuminé par les néons. Un mirage en caleçon long, masque chirurgical, et Crocs jaune douteux. Nous avons attendu qu'il se rapproche de la porte du hall, puis nous avons souri, agité la main, levé le sac de rhum acheté au duty-free pour la famille de Brooklyn.

« Sa cape rouge flamboyante nous a redonné espoir.

« Dans un univers parallèle, El Superman aurait ouvert grand les bras et lancé : « Bienvenue ! Comment s'est passé le voyage ? Et la *familia*, trouvée ? Un jour, je viendrai voir votre pays, et je me dénicherai une Loïs de première pour faire tout le sale boulot. Oubliez le loyer impayé – Black Lives Matter, *man* ! Ah, et j'ai changé le code de la porte pour tenir à l'écart le Prézident-des-Zétas-Zunis et sa bande de voleurs. Le nouveau code est 440. Hé, hé, hé. Sésame, ouvre-toi !

« Sauf que dans notre univers, le vrai, El Superman n'a pas dit un mot ni daigné nous regarder. D'une main gantée de caoutchouc, il a glissé une enveloppe sous la porte.

« Pétrifiés, nous l'avons regardé retourner à son appartement.

« Nous avons frappé, frappé à la porte vitrée.

« Une fois El Superman disparu, nous nous sommes relayés pour sonner, sonner à chaque interphone, y compris le nôtre.

« Peu après, des réponses crépitantes résonnaient dans le hall : « Qui est là… *quién es*… qui… *ma chi*… mais qui… putain… ? »

« Encore et encore, nous avons crié notre Nom de Famille.

« En vain.

« Sur l'enveloppe était écrit en Times New Roman, caractères gras, notre Nom de Famille.

« La lettre nous informait que, conformément à l'accord que nous avions signé avec le syndic du Rivington il y a plus de dix ans, nous étions désormais interdits d'accès à l'immeuble tant que nous ne remplirions pas trois conditions. La lettre nous priait de bien vouloir prendre acte du fait que ces conditions seraient impossibles à remplir : 1. Rester en quarantaine un mois complet – oui, un mois complet ; 2. Fournir un test négatif pour les souches alpha, bêta, gamma, delta et toutes les autres souches alphabétiques possibles du nouveau coronavirus SARS-CoV-2 ; et 3. Payer l'intégralité des loyers passés, présents et futurs. Le non-respect de ces conditions entraînerait la perte de notre statut de locataire VIP à loyer plafonné et l'engagement d'une procédure accélérée en vertu de la loi, afin de permettre la récupération de l'appartement 3A.

« En bas de page figuraient les signatures de gens qui avaient fait appel à nous pour murmurer à l'oreille de leurs chiens autistes, dont nous avions plié et déplié le linge, qui avaient sangloté dans notre cuisine après la mort de leurs orchidées.

« Puis, en Helvetica, italique, en dessous de ces signatures : *Bien à vous, vos voisins.*

« Ainsi, nous étions là, par un soir plus sombre et plus orageux encore que celui-ci, devant faire face à une expulsion en pleine pandémie dans un quartier déjà désireux de nous éliminer.

« Trois semaines. Nous n'étions partis que trois semaines. Pour raisons familiales. Nous étions restés prudents. Nous n'avions embrassé, câliné personne, même nos proches perdus de vue, ceux que nous étions allés consulter. Nous avions respecté la distanciation sociale quand nous avions enregistré nos interviews, utilisé du gel hydroalcoolique après avoir manipulé les actes de naissance. Du gel américain. Nous avions fabriqué des masques supplémentaires, nous nous étions lavé les mains, avions récité nos prières. Masques rouges, savon blanc, prières bleues.

« Nous avons donc commandé un autre Uber, cette fois pour Brooklyn, de l'autre côté du pont, pour nous rendre chez un parent à Williamsburg. Dix minutes plus tard, un chauffeur avec un masque à gaz chargeait nos valises dans le coffre de son SUV. Notre plus jeune le regardait, terrorisé. Nous avons dû nous battre pour le faire monter, en pleurs, dans le véhicule.

« L'intérieur sentait la lavande artificielle.

« Nous avons éternué et nous sommes engueulés tout le long de Delancey.

« À coups de « Nom de famille ou pas, on ne se pointe pas à la porte d'une cousine comme ça, sans un coup de fil, à l'improviste ». Et de « Voilà ce qu'on récolte à écouter le Conteur, à dilapider l'argent du loyer pour courir après des illusions ». À coups de « Qu'est-ce que j'ai faim ». Et de « Pas devant les enfants ». Et de « Comment ça, les enfants, des sans-abri ? ». Et de « Allez, il faut garder la foi ». Et de « J'ai envie de faire pipi »…

« Notre grande, en claquant des dents, a empoigné le téléphone.

« La cousine a décroché à la deuxième sonnerie et a dit :

« — Venez.

« — Vous voyez, a dit notre grande après avoir raccroché, je vous avais bien dit que les propriétaires de bars ne dorment jamais.

« Le chauffeur s'est brusquement arrêté au feu rouge avant le pont. Lorsqu'il s'est retourné, on entendait sa respiration à travers le masque à gaz.

« Il était une fois un propriétaire de bar qui possédait moult serviteurs, bétail et acres de bonne terre, a dit sa voix étouffée.

« — Mais conduisez, bordel ! avons-nous tous crié.

« Le feu venait de passer au vert, le chauffeur ne bougeait pas.

« — Un après-midi, en voulant atteindre l'étagère du haut au bar, le propriétaire laissa tomber toutes les bouteilles de Johnnie Walker Gold Label Reserve qu'il tenait sous son bras, a-t-il dit.

« Nous avons fini par rouler et traverser le pont.

« Plus tard, nous lui avons attribué cinq étoiles, pas pour la qualité du service, mais pour nous avoir révélé des choses que le Conteur nous avait tues.

« Notre Nom de Famille ne vaut peut-être pas grand-chose dans ce quartier ou dans ce pays, mais il en est tout autrement sur l'île.

« Nous ne pouvons pas dire que le Conteur ne nous avait pas prévenus.

« Peut-être avait-il raison de proclamer :

« — Même parmi vos voisins, il y aura des ennemis pour s'opposer à ceux portant votre Nom de Famille.

« Bien avant cette pandémie, le Conteur avait parlé d'un gigantesque héritage qui nous était dû.

« — De l'or à l'infini, avait-il dit, d'abord dans des salons, puis lors de conférences de presse. De l'or colonial si jaune qu'il en devient vert.

« Le Conteur est un avocat. Certes, il ne porte pas le Nom de Famille, mais il est né avec une dent en or.

« Sa mère a raconté son histoire sur Orovisión TV :

« Lorsqu'il avait quatorze ans, la foudre a frappé sa canine gauche, juste après qu'il eut souri sous la pluie. Dès lors, ses oreilles n'avaient cessé de bourdonner. Derrière le bruit du café qu'on moud, des klaxons des voitures ou des chiens qui aboient, ses oreilles bourdonnaient encore et toujours sous mille et une histoires. Chaque fois qu'il en racontait une, le bourdonnement cessait.

« À l'âge de quinze ans, le Conteur a raconté cette histoire à la fête d'anniversaire de son père :

« — Il était une fois, un perroquet sourd qui aimait manger de la canne à sucre sur les voies ferrées. « Ouste ! » lui criaient les gens, mais le perroquet sourd continuait de picorer sa canne. « Nous t'aurons prévenu », disaient-ils en poursuivant allègrement leur chemin. Un jour, un train passa, laissant derrière lui une traînée de plumes colorées et de jus de canne.

« À l'âge de seize ans, le Conteur a raconté cette histoire à la fête d'anniversaire de sa mère :

« — Il était une fois une femme qui n'avait pas de visage. Mais ses mains connaissaient le langage de la terre. Quand ses mains disaient « Deviens argile », la terre devenait argile. Quand ses mains disaient « Deviens moi », l'argile se changeait en petites femmes sans visage. Bientôt, des gens vinrent de loin pour acheter ses poupées de glaise. « Combien ? » demandaient-ils. « Trop », répondait-elle, et elle leur donnait ses doubles. Un jour, un homme plaça un toit, un panneau et un prix au-dessus de sa tête. « Je serai un homme riche », pensait-il. Mais quand il lui passa la bague au doigt, les mains de la femme oublièrent le langage de la terre, et l'homme perdit la moitié de son visage.

« À l'âge de dix-sept ans, le Conteur a raconté cette histoire à la fête d'anniversaire de son frère :

« — Il était une fois, un village où les filles devenaient garçons à leur treizième anniversaire. Chaque mois, un train venait au village collecter du sel et du gypse. Un jour, un garçon de douze ans sauta en cachette dans le train alors qu'il quittait le village. Il voulait se rendre à la capitale et devenir riche. Il prévoyait de revenir avec une bague en or pour la fille qu'il voulait épouser. Pendant le trajet de trois heures vers la capitale, il suça du sel et de la canne à sucre. À l'arrivée du train, le garçon était devenu une femme. Elle revint au village des années plus tard, plus pauvre que la terre. Mais elle épousa la fille, qui entre-temps avait perdu une main et était devenue un homme riche.

« Lorsqu'il avait dix-huit ans, le Conteur a raconté cette histoire à la fête d'anniversaire de sa sœur :

« — Il était une fois, un champ de canne infesté de perroquets. Pendant que les coupeurs de canne coupaient, les perroquets se perchaient sur les tiges et chantaient cette histoire chaque fois qu'un train sifflait : « Il était une fois, un champ de canne infesté de perroquets. Pendant que les coupeurs de canne coupaient, les perroquets se perchaient sur les tiges et chantaient cette histoire chaque fois qu'un train sifflait... »

« C'est à cette fête que le Conteur a été interrompu par un musicien édenté, qui lui a donné ce conseil : « Ne joue pas la musique que tu entends, mon garçon. Tu dois jouer pour les danseurs. »

« La chanson « *A la mar* » de Vicente García passait dans le bar-restaurant quand nous sommes arrivés. Sur sa devanture était inscrit notre Nom de Famille, que notre parente avait pris par son mariage et qu'elle abandonnerait bientôt, étant en plein divorce.

« Sous les trombes de pluie, nous sentions que le soleil se levait.

« Dans notre univers, les gens vous accueillent avec de la musique. Ils s'enquièrent de votre santé après le baiser et l'accolade. Ils vous descendent des serviettes propres de leur appartement à l'étage et vous offrent du café avec une pointe de muscade. Ils redisposent les tables et les chaises pour que la distanciation physique soit respectée sur la piste de danse. Ils tapent les oreillers sur les quatre lits d'appoint qu'ils possédaient justement en réserve dans leur établissement. Ils écrivent le code Wi-Fi sur des cartes de visite pour que les enfants ne manquent pas leurs cours. Ils vont chercher à la bodega des bidons supplémentaires de lait ainsi qu'une brique de lait d'amande pour le seul végan du groupe. Ils sont capables de réaliser de tête des séries de divisions jusqu'à obtenir des nombres entiers.

« Nous avons mangé et dormi comme des rois. Chaque jour après le dîner, à dix-neuf heures précises, nous sortions devant l'établissement et tapions sur des poêles et des casseroles. À la grande gêne de nos enfants, nous sifflions et applaudissions en l'honneur des travailleurs, qui souriaient, fatigués, en allant ou en revenant du travail. Nous remplissions les heures creuses en rattrapant notre retard sur les potins familiaux autour du rhum du duty-free.

« — Vous êtes un cadeau, nous a-t-elle dit après trois jours. Pas des réfugiés de la pandémie.

« Craignant de commencer à trop nous imposer, nous avons demandé des produits de ménage afin de mériter notre statut d'invités. Nous avons dépoussiéré le bar, bouteille par bouteille, et réparé des chaises depuis longtemps brisées par des danseurs jaloux. Nous avons lavé chaque recoin des sols, réparé des charnières, réajusté l'éclairage. Nous avons pris le contrôle du juke-box, passant le reste des albums de Vicente García en boucle. Chaque soir, nous endossions le rôle du videur, refusant l'accès aux habitués qui ignoraient le panneau « Désolés, nous sommes fermés », et nous suppliaient de les laisser entrer. En prévision de la grande réouverture, nous avons acheté du bois et de la peinture aux couleurs tropicales et construit un paradis dans le petit hall, avec des guirlandes de Noël et des palmiers en plastique.

« — Vous êtes un cadeau, nous disait-elle à présent. Les nouveaux génies de la lampe.

« Il est vrai que sa vie semblait plutôt terne avant notre arrivée. Elle était fatiguée. Cela faisait des décennies qu'elle trimait dans ce pays pour que ses enfants réussissent et puissent un jour reprendre le flambeau. Puis vinrent les disputes conjugales, l'arthrite et l'insomnie, les trois enfants à l'université. L'un étudiait l'infodémiologie, un autre la thanatologie, le troisième la numismatique. Inutile, disait-elle. Elle les formait pour reprendre l'entreprise familiale grâce au programme de master concocté par ses soins. *Ay*, le quartier, ses enfants, le monde – tout changeait trop vite ! Et elle, pour l'amour de Dieu, vieille divorcée sous CBD macrodosé, à présent. Pour ses inflammations, insistait-elle, pour ses insomnies.

« Nous avons décliné le CBD. Nous l'avons écoutée. Avons compati. Nous lui avons parlé du Conteur.

« Le Conteur nous rassurait via des messages WhatsApp que nous transférions quotidiennement à notre cousine : « Le Jour du Versement approche ! »

« Ah oui, elle avait entendu parler de cette arnaque.

« Pas du tout, insistions-nous en lui montrant les codes de carte bancaire que nous avait assignées le Conteur, la clé de notre liberté financière.

« — Merci, mais j'ai Dieu, nous a répondu d'emblée notre parente, malgré tous ses problèmes.

« — Arrête de thésauriser, lui avons-nous dit. Laisse donc un peu de Dieu aux autres.

« Elle a refusé, elle nous a écoutés, elle a compati.

« Car les églises avaient fermé en ces jours de « Je vous salue Marie » auxquels le Ciel ne répondait jamais. De plus en plus de chapelets pendaient aux rétroviseurs. Nous avons aussi vu des chapelets dans les poubelles. Ceux-là, nous les avons sauvés et avons gravé les lettres de notre Nom de Famille sur les perles, car le confinement avait insufflé, même aux plus sceptiques d'entre nous, une foi nouvelle pour le Conteur. Nous avons bientôt transformé le bar en autel, où nous nous rassemblions avant chaque repas pour prier. Les chapelets nous aidaient à suivre le fil des journées, chacun étant divisé selon les histoires du Conteur, que nous avions classées en cinq catégories : les joyeuses, les lumineuses, les douloureuses, les glorieuses, les ressuscitées. Perle après perle, nous récitions notre saint Nom de Famille afin que remonte le souvenir de notre histoire volée.

« Car faute de méthode, il y a la folie.

« Et quand bien même, il y a la folie.

« Suivant le conseil du musicien édenté, le Conteur a commencé à écouter ses auditeurs. Il a cessé de raconter ses histoires, et les bourdonnements dans ses oreilles sont revenus. Il les a laissé bourdonner, déterminé à trouver son histoire maîtresse. Et moins le Conteur racontait, plus nous, ses auditeurs, parlions.

« En peu de temps, il a appris les cinq choses auxquelles nous accordions le plus de valeur : les noms, l'or, la terre, les rêves et Dieu. En peu de temps, il a appris les cinq choses que nous craignions le plus : la paperasse, la terre, la loi, le silence et Dieu.

« Une fois suffisamment instruit, le Conteur est parti décrocher un diplôme de droit. Il a passé ses journées à la Bibliothèque nationale Pedro Henríquez Ureña, souvent déserte. Outre les questions juridiques et l'éthique, il étudiait l'histoire de la Bible, de la Torah, du Coran et de chaque Livre saint dont la traduction était disponible. Le personnel, qu'il soudoyait avec de la nourriture, le laissait parfois installer sa tente dans les rayons, où il lisait jusqu'à en perdre toute notion de l'espace et du temps.

« Une fois suffisamment formé, le Conteur a rejoint un cabinet immobilier. Il s'est acheté un costume beige et une montre en or. Il a mémorisé les cartes du nord, de l'est, du sud et de l'ouest. Durant ses rares jours de congé, il faisait de courtes siestes et de longues promenades. Il se liait d'amitié avec des gérantes de laverie et des cireurs de chaussures. Il mémorisait leurs noms, visitait leurs lieux de culte. Il portait une mallette pleine de coupures de journaux, de sucettes et de cravates de rechange. Il assistait à des cérémonies de remise de prix, à des mariages et des enterrements. Il faisait des dons aux orphelinats, tendait le bras lors des collectes de sang. Il s'est lié d'amitié avec le maire et les amis du maire, et même l'évêque.

« Mais il ne racontait plus d'histoire.

« Une fois suffisamment entouré, le Conteur s'est rendu chez le dentiste pour un détartrage. Certains disaient que l'or de sa dent s'était transformé en plomb, une malédiction du musicien. Mais beaucoup d'entre nous avaient foi en l'idée que les histoires du Conteur reviendraient. Nous étions prêts à danser sur n'importe quoi.

« *Nous sommes un peuple affamé, car nous ne sommes pas maîtres de notre histoire. Nous sommes un peuple à qui son histoire a été enlevée.* – Haile Gerima

« Deux semaines après le début du confinement, notre cousine a répondu à l'un de nos messages WhatsApp par cette citation. Comme le message initial concernait le Jour du Versement, sa réponse nous a déroutés.

« Plus tard, elle est descendue alors que nous terminions nos prières quotidiennes et s'est appuyée, les bras croisés, contre le juke-box. Une fois achevée la récitation de notre Nom de Famille, elle a décroisé les bras. Elle a soulevé son masque, a incliné la tête en arrière et appliqué plusieurs gouttes d'une teinture sous sa langue. Quelques respirations profondes ont suivi.

« Son ex-mari allait-il bien ? avons-nous demandé. L'un de ses employés était-il décédé ? Le nombre de morts dans la ville augmentait régulièrement.

« Elle a demandé à lire notre avis d'expulsion.

« La brusquerie de sa requête a coïncidé avec le moment où la lumière du juke-box est passée au bleu.

« Notre grande a tapé sur notre petit avec une baguette en lui disant :

« — Allez, le papier ! Elle nous demande le papier.

« En un rien de temps, il a présenté l'enveloppe gondolée à notre parente avec la solennité d'un page impérial.

« — Ramassis de conneries, a-t-elle conclu après avoir parcouru la lettre.

« Nous avons été offensés, oui, offensés de la voir insinuer que nous étions des mendiants de la pandémie.

« Elle a ajouté :

« — L'auteur de cette lettre est un sac à merde. Ça pue l'arnaque à plein nez.

« Nous avons été offensés, oui, offensés de la voir insinuer que nous avions perdu l'odorat.

« Elle a demandé pourquoi nous n'avions pas pensé à retourner à l'immeuble ou à contacter le syndic du Rivington. Au minimum, nous aurions dû vérifier nos droits en tant que locataires. Ce n'était pas pour dire, a-t-elle continué, mais notre grande et notre petit avaient besoin de stabilité.

« Nous avons été offensés, oui, offensés de la voir insinuer que nous étions aussi instables que le président.

« La vérité, c'est que nous avions apprécié cette parenthèse dans le cocon de notre Nom de Famille. C'était plus qu'une façon de prolonger notre voyage de retour, où nous avions passé trois semaines à nous débattre avec la paperasse et les rendez-vous et l'administration. Là, au bar-restaurant, nous avions appris à connaître la cousine et ses enfants, comme nous n'avions jamais connu personne depuis que nous avions immigré ici, il y a des lustres de ça. Nous nous réjouissions de clore nos sessions de contes nocturnes par des chansons du juke-box et de regarder les vidéos de nos téléphones sur grand écran. Nous nous amusions à inventer des recettes à partir des restes, que nous transformions en festins dans la spacieuse cuisine du restaurant. Et des graines de notre labeur, nous faisions pousser sur les rebords des fenêtres des plantes dont nous mesurions la croissance heure par heure. Pour la première fois depuis longtemps, nous nous sentions utiles, essentiels, vivants.

« Si nous avions brièvement oublié le Rivington, c'est parce que nous commencions à nous souvenir de nous-mêmes.

« La cousine était touchée par notre sentimentalisme, bien sûr. Et oui, elle nous aimait aussi. Notre présence l'avait aidée à recoller les morceaux de sa vie. Mais toutes les bonnes choses ont une fin. Elle avait une entreprise à gérer, des avocats pour le divorce à consulter, des enfants à élever. Des rendez-vous galants à planifier. Ainsi donc, permettez-nous de revenir à cette affaire d'avis d'expulsion.

« Elle a envoyé un SMS à l'un de ses enfants étudiants en ...-ologie.

« Son fils est apparu au pied de l'escalier comme s'il attendait déjà en coulisse. C'était celui que nous entendions souvent se faire gronder pour avoir échoué à ses examens à distance et parce qu'il sentait le cannabis.

« — C'est l'heure du TD de maman, a-t-elle lancé d'une voix de sergent instructeur.

« Le fils s'est mis au garde-à-vous. Elle lui a tendu l'avis en disant :

« — Relève-moi les problèmes dans ce document.

« Le fils l'a survolé, puis nous a regardés en souriant.

« — Bah, il n'y a pas d'en-tête.

« — Le Conteur disait : « Il n'y a pas de il était une fois parce que je ne raconte pas une histoire. »

« Il avait d'abord organisé ces réunions dans nos salons, puis chez l'épicier, dans des églises, lors des rassemblements du syndic, de manifestations antigouvernementales, de conférences de presse, et finalement dans nos rêves.

« Le Conteur : « Ce que je vous raconte, c'est l'Histoire. L'histoire de deux grands ancêtres qui possédaient une mine d'or dans ce pays. Ils expédièrent une partie de l'or par-delà la vaste mer bleue, au roi et à la reine. Le reste, ils le cachèrent dans des banques à travers l'Europe pendant la guerre. De l'or gravé du même Nom de Famille que celui qui coule dans vos veines. À la santé de Dieu, de la nation, de la liberté ! »

« Ainsi donc, nous ne sommes pas des bâtards, avons-nous pensé. Nous avons des ascendants.

« Pour le prouver, nous avons entrepris de déterrer des actes de naissance et des titres fonciers dans un pays dont le climat et les fonctionnaires dévorent le papier. Ceux d'entre nous qui vivaient à l'étranger s'étaient mis à genoux dans l'espoir qu'on leur prête suffisamment d'argent pour réserver des vols depuis un peu partout afin de rallier l'aéroport international Las Americas où, des siècles plus tôt, nos ancêtres indigènes avaient reçu la visite d'une autre espèce de chercheurs d'or, dont certains portaient eux aussi le Nom de Famille.

« Les ennemis du Nom de Famille raillaient : « Ha, les colonisés qui revendiquent le nom de leurs colonisateurs ! » Ils se moquaient de nous ouvertement, dans la presse, à la télé et en ligne.

« Mais nous sommes restés patients et civilisés tout au long de notre quête. La pandémie nous offrait du temps pour revendiquer notre ADN avant que Dieu sait quel virus s'en empare. Des centaines de nos compatriotes ont interrogé des anciens, fouillé les archives des églises, écumé la Bibliothèque nationale du pays à la recherche des origines de notre Nom de Famille. Les moins chanceux pleuraient après avoir entendu l'histoire, jusqu'ici tue, du grand-père qui en fait était orphelin, le Nom de Famille simplement écrit sur une étiquette, comme pour un âne, par un propriétaire terrien bienveillant. Les plus chanceux se réjouissaient en trouvant la signature d'une grand-mère dans les registres de navires coloniaux espagnols aux Archives nationales, peu importe si lesdits navires transportaient de sombres marchandises.

« Pour payer les frais de dossier, de nombreux habitants de l'île porteurs du Nom de Famille avaient économisé ou vendu des vaches ou conduit des taxis. Puis nous avions attendu au soleil pendant des heures afin de présenter nos enveloppes en papier kraft humides au Conteur, dont l'armada de personnel nous avait entre-temps gracieusement fourni nos codes de carte bancaire.

« Sur les réseaux sociaux, il déclamait « Pour le Jour du Versement », en faisant le signe de croix.

« Plus tard, alors que nous téléchargions les images floues de ces numéros magiques, accompagnées d'émojis de mains en prière, « Pour le Jour du Versement », avons-nous répété aux autres en nous rengorgeant.

« De retour à New York, une fois le Jour du Versement venu et passé, nous avons gardé la foi. Le Conteur rassemblait les fidèles dans ses bureaux de la Capitale ou sur Zoom, et annonçait :

« — Ayez foi !

« Alors nous priions.

« — Vous hériterez de la terre !

« Et nous soufflions :

« — Amen !

« Tôt ce matin, nous avons appelé un Uber, cette fois pour retourner sur Bowery Street.

« Dix minutes plus tard, nous nous retrouvions nez à nez avec une conductrice qui portait un masque avec un selfie imprimé dessus. Pendant qu'elle chargeait nos valises et nos plantes dans le coffre de son SUV, notre petit montait seul dans la voiture, hilare.

« L'intérieur sentait l'adoucissant. Nous avons éternué tout le long du pont de Williamsburg.

« À mi-chemin, notre petit s'est penché pour demander à la conductrice pourquoi elle portait son visage sur son visage.

« Les yeux rivés sur la route, elle lui a dit :

« — Et comment tu sais que c'est mon visage si tu n'as pas vu mon visage ?

« — Tellement marre de toute cette merde ! a râlé la grande en enlevant ses gouttières dentaires.

« Elle a abaissé la vitre et jeté son chapelet vers l'East River tout en criant notre Nom de Famille et une série de malédictions : son code de carte bancaire, son numéro de Sécurité sociale, les numéros qu'elle avait joués au Loto et la future date de décès du Conteur.

« Personne n'a plus rien dit pendant tout le reste du trajet.

« Dans le hall de l'immeuble, nous sommes tombés sur notre voisine. Penchée en avant, elle trifouillait les boutons du code de la porte intérieure, le dos vers nous. Le courant d'air froid l'a fait se retourner. Elle a failli crier avant de réaliser que c'était nous.

« Son soupir de soulagement nous a rassurés.

« Il faut l'excuser. Il y avait eu des agressions dans l'immeuble. N'empêche, un accueil digne de ce nom, ça l'aurait vraiment tuée ? Comment s'était passé notre voyage ? Avions-nous bien remis ses lettres et les masques à ses sœurs ? *Ay*, comme elles lui manquaient ! Son fils lui avait promis d'acheter un billet d'avion une fois cette pandémie terminée. Mais vous savez, il s'était passé tant de choses en notre absence. Il fallait qu'on passe prendre un café – non, mieux, qu'on s'appelle. Et le raciste du 3A ? Eh bien, il sortait avec un type de Black Lives Matter, maintenant, elle les entendait à travers les tuyaux du radiateur. Oh, le nouveau code ? Impossible de nous le dire, désolée.

« — Merci pour la BA, a craché notre grande.

« Et, pendant que nous continuions à discuter dans le hall, elle s'est assise sur sa valise en jurant comme un charretier devant les enfants.

« Si nous avons choisi de demander l'asile ici, au Fernsby Arms, c'est uniquement parce que nos enfants voient dans le mot Arms[1], accolé à ce Nom de Famille, la connotation chaleureuse d'une étreinte et pas celle, guerrière, des armes à feu. C'est grâce à eux que nous avons encore foi en l'humanité. Il y en a même un qui a donné cinq étoiles à la conductrice Uber « parce qu'elle s'est concentrée sur la route au lieu de nous fixer dans le rétroviseur ».

Je crois que personne n'a trop su comment réagir à cette histoire aussi déroutante que déchirante.

— Eh bien…, a soupiré Vinaigre.

— Il faut traîner le proprio en justice ! s'est exclamée Florida, soudain outrée. Et ce Conteur aussi.

La femme a répondu par un sourire dépité.

— Merci. Mais nous ne voulions pas interrompre votre petite réunion, a-t-elle dit. Nous avons juste besoin de dormir un peu. (Son histoire racontée, la femme a fermé les yeux.) Nous avons juste besoin de nous reposer, à présent.

— Bien sûr, a dit la Thérapeute. Restez avec nous aussi longtemps que vous voulez.

Elle ne semblait pas complètement convaincue, mais il y avait quelque chose d'apaisant, de professionnel dans son ton. Je me demandais ce qui allait arriver à ces gens j'avais envie de les aider brusquement. Mais je n'ai pas eu le temps de réfléchir davantage car Eurovision a parlé.

— Eh bien, a-t-il dit. Afin de laisser ces gens reprendre leurs esprits (là, il a marqué une pause qu'il voulait respectueuse, même s'il venait de jeter un coup d'œil à sa montre), nous allons prolonger la soirée. Quelqu'un a-t-il une nouvelle histoire ?

— Ou une nouvelle confession ? a suggéré la Dame aux Anneaux.

— Eh bien, j'ai une confession à vous faire, a dit Ramboz. Ou plutôt, une révélation à vous conter. Une découverte que j'ai faite dans mon enfance qui m'a ouvert les yeux sur la réalité dans laquelle nous vivons. Il y a tant de choses que nous ne comprendrons jamais sur ceux qui nous entourent. Permettez ?

— Je vous en prie, a dit Eurovision.

1. *Arms* peut signifier « bras » ou « armes » en anglais.

— J'ai grandi à Wellesley, dans le Massachusetts. C'était l'une des villes les plus riches des États-Unis à l'époque, dans les années 1960. C'est sans doute encore le cas aujourd'hui. Et juste en haut de la colline où j'habitais, en face du terrain de golf, se trouvait un hôpital privé appelé le Sanatorium de Wiswall. Il n'existe plus, mais en 1965, c'était un endroit assez huppé, très cher, une demeure sur plusieurs hectares de pelouse entourée de bois. C'est à Wiswall que Sylvia Plath a reçu ses premiers traitements par électrochocs. Elle l'appelle « Walton » dans *La Cloche de détresse*. Elle avait grandi à Wellesley, et sa mère vivait encore au 26, Elmwood Road quand j'étais petit. C'était une dame gentille, calme, triste. En tout cas, Sylvia avait été envoyée à Wiswall en 1953 dans l'espoir que les médecins la guérissent de sa dépression par des électrochocs. Ça n'a pas fonctionné, évidemment, et à dire vrai, Wiswall était un endroit plutôt sinistre. Qui a fait l'objet de plusieurs enquêtes du Département de la santé mentale de l'État du Massachusetts avant de finir par fermer ses portes en 1975.

« En 1965, tout le monde dans ma classe de CE2 à l'école élémentaire Hunnewell savait que Wiswall était une « usine à secousses ». Pour nous, les gens là-bas recevaient des éclairs dans la cervelle avant de se transformer en zombies qui bavent. Nous n'étions que des gosses parfaitement ignorants en matière de maladie mentale, évidemment, mais nous avions une sacrée imagination. Avec mes amis Petey, Chip, J. C., j'allais souvent à vélo jusqu'au portail de Wiswall pour tenter d'apercevoir quelque chose au bout de l'allée sinueuse, à l'affût des cris délirants des fous et du crépitement de l'électricité qui leur grillait le cerveau. À l'école, quand parfois les ampoules vacillaient, les enfants disaient qu'on travaillait à plein régime à Wiswall. Mais nous avons eu beau rester plantés pendant des heures devant le portail du sanatorium, nous n'avions jamais rien entendu que le vent dans les arbres.

« C'est Chip qui a proposé d'entrer en douce, un jour. Nous avons poussé nos vélos jusqu'aux buissons et escaladé le mur de pierre qui entourait le terrain. Il fallait ensuite traverser le bois, dense, et contourner le bâtiment par l'arrière. Nous sommes rapidement arrivés à la grande maison où les fous habitaient. Cachés derrière des rhododendrons, nous observions la pelouse verte au pied d'un porche grillagé. Il ne se passait rien. Tout était silencieux. Il n'y avait ni cris, ni pleurs, ni crépitements électriques lointains. Mais à l'intérieur, dans l'ombre, on distinguait des silhouettes, apparemment normales. Des gens qui semblaient lire calmement, tandis que d'autres étaient simplement assis ou regardaient la télévision. Tout était calme. Et c'est ainsi que cet après-midi prometteur, très excitant au départ, s'est transformé en un moment de déception et d'ennui. Nous avons décidé de rentrer chez nous.

« C'est là que la véritable aventure a commencé. En repassant par le bois, nous avons aperçu un bâtiment abandonné caché dans les arbres. Il était carré, d'un seul étage. La partie inférieure était en pierre, et l'étage recouvert de bardeaux de bois. Tous les carreaux étaient cassés, et le lierre avait envahi les tuyaux des gouttières. Extraordinaire. Petey se demandait si c'était là-bas que les patients étaient torturés et enchaînés. Chip a suggéré que si quelqu'un s'échappait de l'asile, c'était probablement là qu'il se cacherait, armé d'un scalpel.

« En nous approchant, nous avons découvert deux fenêtres horizontales, celles du sous-sol, au niveau de nos pieds. Et quand nous avons regardé à l'intérieur, une merveille nous attendait : deux calèches, ainsi qu'un véritable traîneau fait pour être tiré par des chevaux. C'était un ancien garage à calèches.

« Chip a fracturé le cadre de la fenêtre pour nous permettre de nous faufiler. Le traîneau avait deux bancs, un à l'avant, l'autre à l'arrière. Une peinture rouge avec des arabesques dorées. Sur le mur, un porte-selle en bois supportait des harnais en cuir et des colliers ornés de clochettes. Nous les avons secouées en riant, soulevant une tempête de tintements. J. C. a trouvé un os qui, d'après lui, provenait à coup sûr d'un patient à qui on avait mal réglé l'électricité, et dont le corps avait été jeté là. Il est même allé le signaler au commissariat plus tard en dénonçant un meurtre, ce qui nous a tous mis dans l'embarras, mais ça, c'est une autre histoire.

« Puis notre attention a fini par se porter sur un escalier effrayant, tout tordu. Nous l'avons grimpé pour nous retrouver dans un grenier, rempli du sol au plafond de cartons empilés, de vieux caissons à dossiers en chêne, de tas de revues médicales. La lumière filtrait par les vitres cassées et le toit avait fui partout. Une grande partie des cartons étaient pourris et éventrés, leur contenu éparpillé sur le sol : des tonnes de chemises, de dossiers à soufflets. Les rats et les souris s'en étaient donné à cœur joie, réduisant les dossiers en peluches. Ça sentait l'urine et le papier moisi.

« Certains de ces cartons contenaient des disques bleus, chacun rangé dans une pochette. On aurait dit des quarante-cinq tours, avec le trou au centre et les sillons circulaires. Je me demandais quel genre de musique pouvaient être enregistrés sur ces disques. Pendant ce temps, Petey, J. C. et Chip fouillaient dans les dossiers, lisant à haute voix. C'étaient de vieux historiques de patients, écrits dans un jargon de psychiatre d'un autre temps. Certaines phrases nous ont fait hurler de rire. Je me souviens même de quelques unes : *Déficient de haut niveau. Individu faible d'esprit au-dessus du grade débile. Déviance psychosexuelle. Torticolis spastique. Paralysie bulbaire.*

« Nous avons passé la demi-heure suivante à lire des comptes rendus de la folie et de la misère des gens, riant à gorge déployée, jusqu'à en tomber d'épuisement contre les tas de papiers. Je me suis demandé à voix haute comment toutes ces boîtes avaient fini dans ce grenier abandonné. Nous avons médité sur cette question jusqu'à ce que Chip lâche : « Parce que tous ces gens sont morts. »

« Un silence soudain s'est abattu. C'était évidemment pour cette raison que ces dossiers avaient été jetés et oubliés. Cette prise de conscience a mis un terme à notre bonne humeur. Il était temps de partir, avons-nous décidé. En sortant, j'ai pioché dans un tas de disques bleus.

« De retour chez moi, nous avons décidé d'en passer un sur la chaîne hi-fi de mon père. Sur la pochette était écrit une date, un numéro, ainsi qu'un prénom avec une initiale : Charlotte P. J'ai sorti le disque et l'ai fixé sur la platine avec du ruban adhésif, car le trou était trop grand pour l'axe. Puis nous avons allumé l'ampli, posé l'aiguille, et écouté.

« Une voix d'homme calme, factuelle, s'est élevée. Il parlait d'un ton monotone, presque teinté d'ennui – un médecin, relatant l'admission d'une nouvelle patiente. Il décrivait ses symptômes et son histoire, tout sauf ennuyeuse. Voici l'histoire en question.

« Charlotte P. était une femme mariée qui avait été conduite à l'hôpital par son mari. Elle avait autrefois été une ménagère normale avec trois enfants. Son mari était cadre dans une société à Boston. Au cours de l'année précédente, Charlotte P. s'était repliée sur elle-même. Elle avait cessé de prendre soin d'elle, ne se lavait plus, ne s'habillait plus le matin. Et puis elle avait arrêté de manger. Quand son mari lui demandait pourquoi, elle disait que c'était parce qu'elle avait fait une découverte. Après moult réflexions et observations, elle était arrivée à la conclusion qu'elle était morte. Pas seulement elle, mais sa famille aussi, elle en était pratiquement certaine, mais ils ne s'en rendaient pas compte.

« Le docteur a terminé de relater ces détails de cette même voix neutre, posé son diagnostic quant au trouble de cette femme, puis le disque bleu s'est achevé avec un petit claquement.

« Nous sommes restés muets. Mes copains avaient peur. Et j'étais quant à moi horrifié. Car pendant que nous écoutions cette description de la folie m'étaient brusquement revenues en mémoire des conversations étouffées dans ma famille au fil des ans, à propos d'une certaine grand-tante Charlotte, la sœur de mon grand-père, qui vivait à Wellesley et était mariée à un banquier dont le nom de famille commençait par P. Quelque chose de honteux et d'incompréhensible lui était arrivé. Ils appelaient cela une « crise de nerfs », mais tout restait très vague et personne n'expliquait jamais vraiment ce que cela recouvrait, et les adultes arrêtaient toujours de parler d'elle dès que des enfants approchaient.

« Je n'oublierai jamais la sensation d'écœurement qui m'a vrillé l'estomac. S'agissait-il de ma famille ? De ma grand-tante ? Avaient-ils construit un asile de fous ici, au milieu de ma petite banlieue blanche bien propre, parce que c'était *là* que se trouvait la maladie ?

« Je ne l'ai jamais dit à mes amis, je n'en ai jamais parlé à mes parents. Je ne voulais surtout pas savoir. Je me répétais qu'elle ne devait pas être la seule Charlotte P. au monde. Quand mes amis sont partis, j'ai caché les disques bleus dans un interstice entre le mur et l'une des baffles de la chaîne hi-fi. Ces récits de la folie humaine sont restés cachés là jusqu'à ce que notre maison soit vendue vingt ans plus tard. Ils y sont peut-être encore aujourd'hui.

L'obscurité avait envahi la ville pendant que Ramboz racontait son histoire. Les sirènes s'étaient tues. Je dois l'avouer, ce récit m'avait réellement glacée.

— Ça s'est passé il y a cinquante-cinq ans, a-t-il conclu. Ce grenier plein à craquer d'histoires de ces gens oubliés, dont on avait entassé les vies dans des boîtes en carton pour les abandonner là, aux rats. (L'émotion éraillait sa voix.) Vous savez ce qui est encore plus effrayant que la mort ? (Il a fait une pause.) L'oubli.

— Moi, j'ai hâte qu'on m'oublie, a déclaré Hello Kitty.

— Tu dis ça maintenant, a répliqué la Dame aux Anneaux. Mais attends d'avoir soixante-dix ans et la tête pleine d'histoires et d'êtres chers et d'amours – tous ces précieux souvenirs qu'on ne veut pas perdre, surtout quand on voit la mort approcher pour nous les prendre.

— Nous avons tous besoin du Conteur, est intervenue la femme au Nom de Famille, qui finalement ne s'était pas endormie.

— J'ai souvent pensé au processus d'oubli, a dit Ramboz. D'abord, on meurt. Puis, à leur tour, les gens qui vous connaissaient et pouvaient transmettre vos histoires meurent. Ensuite, ces gens à qui ils racontaient vos histoires meurent. Et puis vos histoires finissent par mourir avec eux – et c'est là qu'on disparaît vraiment, pour de bon.

Ramboz a raison. Je n'ai pas prévu d'avoir d'enfants – cela fait des lustres que je n'ai même pas eu de petite amie. Quand je mourrai, mon père mourra avec moi. Et ces quelques souvenirs de ma mère, où qu'elle soit… tout ça disparaîtra.

Tout le monde était plongé dans ses pensées quand la porte du toit s'est de nouveau ouverte à la volée. Le mari de la femme a refait irruption, portant sur une épaule un sac de sport et sur l'autre un enfant endormi qui semblait peser son poids. Suivaient une vieille dame et une adolescente détrempée munie d'un sac à dos mouillé et tirant deux autres grosses valises à roulettes. L'adolescente s'est écroulée à côté de sa mère, qui s'est retournée pour prendre l'enfant endormi des bras du mari, lequel, à son tour, a aidé la vieille dame à s'asseoir sur le sac de sport.

Depuis nos fauteuils et nos chaises confortables et familières, bien en sécurité dans nos petits cocons, chacun les observait avec empathie, gagné par la pitié. Ils avaient tous l'air si débraillés, le mari comme la femme, la vieille dame, l'adolescente stupéfaite, aux cheveux encore mouillés. Pourtant, personne n'a levé le petit doigt pour les aider, évidemment – qu'aurions-nous pu faire, en même temps ? Nous ne pouvions même pas les toucher, le risque était trop grand. La prudence était le maître mot dans ce foutu confinement.

Et puis la Dame aux Anneaux a fini par se racler la gorge.

— Je suis certaine que tout le monde ici sera d'accord pour dire que vous êtes les bienvenus à Fernsby jusqu'à ce que votre situation rentre dans l'ordre, a-t-elle dit.

J'ai regardé autour de moi afin de m'assurer que personne ne protestait, sans constater, à ma grande surprise, la moindre opposition. Même Vinaigre acquiesçait. Avant que quiconque puisse m'arrêter – avant que je puisse moi-même m'arrêter – je me suis retrouvée debout, à un mètre cinquante d'eux, brandissant les clés du 2A que je gardais dans la poche de ma veste depuis quelques jours.

J'ai dit :

— Tenez. L'appartement est vide – en principe. Je suis la gardienne. Restez jusqu'à ce que les choses s'arrangent au Rivington. Pour l'instant, le Fernsby accepte de vous ouvrir ses portes.

— C'est vous le *super* ? s'est exclamée l'adolescente.

Le couple a cligné des yeux en regardant mon bras et le trousseau tremblant. L'inquiétude qui fugacement a traversé leur visage m'a confirmé ce que je soupçonnais – tout loyer était hors de leur portée. Mais qu'importe. Ce n'est pas comme si ce foutu propriétaire allait venir vérifier.

— Nous verrons les modalités plus tard, ai-je ajouté, prenant soudain la mesure du silence qui s'était installé sur le toit. Le même qu'après mon histoire sur Priya et celle de Maine sur Elijah, un silence comme une douleur fantôme.

Mais après toutes les confessions, toutes les souffrances et l'espoir que nous avions partagés ces deux dernières semaines, je doutais que quiconque s'oppose à ma proposition.

Il y eut bientôt des murmures d'approbation, et même un « Amen ».

— Il y a quelques meubles abandonnés, ai-je précisé, assez fort pour que les éventuels réfractaires m'entendent. Bons à jeter, mais vous aurez au moins quelques chaises et un lit. Suivez-moi. (Je suis partie en direction de la porte du toit.) Je vous y conduis.

La famille s'est levée péniblement pour m'emboîter le pas, traînant leurs valises bourrées dans les quatre étages de la cage d'escalier. Mes bras me démangeaient tant j'avais envie de les aider mais, espérant revoir mon père un jour, je ne pouvais pas prendre le risque de m'exposer à leurs germes. Arrivée au 2A, j'ai déverrouillé la porte et poussé le battant. J'allais allumer la lumière quand je me suis souvenue que l'électricité était coupée.

Le père est entré, traînant les valises, suivi par la mère. Il a posé le tout tandis que la vieille dame, tenant l'enfant par la main, entrait à son tour. Ils se sont arrêtés au milieu du salon. Un peu de lumière filtrait par les stores cassés qui donnaient sur Bowery Street.

— Désolée pour l'électricité, ai-je dit. Il va falloir faire avec des bougies pour l'instant. J'en ai quelques-unes chez moi, je vous les monterai.

C'est alors que me sont venus à l'esprit tous les vieux objets qu'avait entassés Wilbur, dont certains pourraient leur être utiles, du moins ceux qu'il n'avait pas volés à mes camarades du toit.

— J'aurai quelques babioles aussi. Je vous laisse les clés sur la porte.

Là-dessus, je suis retournée chez moi remplir un carton de bougies, de quelques ustensiles de cuisine, de verres, de couverts, de quelques assiettes et tasses en porcelaine. Ce faisant, alors que j'entendais au-dessus de moi leurs pas, un sentiment de soulagement m'a brusquement envahie à l'idée qu'il ne pouvait plus s'agir de fantômes. Enfin, pensais-je, espérais-je, enfin, j'allais pouvoir dormir.

J'ai monté le carton et l'ai déposé par terre, juste dans l'entrée de l'appartement. La femme m'a remerciée. J'apercevais le mari derrière elle, tenant le bras de sa mère, balayant la pièce du regard. Je leur ai adressé le plus grand sourire possible derrière mon masque, puis me suis dépêchée de remonter l'escalier. Alors que la porte se refermait, il m'a semblé entendre la vieille dame murmurer :

— Ce n'est pas par là que nous sommes entrés ?

J'étais moi-même surprise de réaliser à quel point j'avais hâte de retrouver mon vieux canapé rouge sur le toit, notre communauté improvisée, cabossée, si spéciale. Je ne voulais manquer aucune histoire.

Mais quand la porte grinçante du toit s'est ouverte, mon canapé n'était pas vide. Un homme était assis là, à ma place, le dos tourné, déjà en train de raconter aux autres une histoire. Je n'arrivais pas à croire qu'ils m'aient déjà remplacée. Ma colère commençait à monter quand le son de la voix de l'homme m'a arrêtée. Je me suis figée. Impossible.

— Ma femme était malade à l'époque. Elle avait passé presque toute sa vie à lutter contre la dépression – une enfance terrible en

Roumanie, ses parents exécutés par la Securitate de Ceauşescu. Mais ici, aux États-Unis, je me retrouvais totalement impuissant. Le système médical ne pouvait tout bonnement rien pour elle. Je l'emmenais aux urgences, nous attendions pendant des heures pour qu'elle finisse par recevoir un somnifère et qu'on nous renvoie chez nous. Encore et toujours.

« Mon soulagement fut tellement grand quand ma fille est rentrée à la maison avec ce bébé oiseau dans le creux de sa main. Il allait lui faire oublier sa mère qui n'arrivait pas à sortir de son lit. L'oiseau avait été rejeté du nid parce qu'il avait une patte estropiée. Ses griffes étaient recroquevillées comme un poing. C'était un petit machin rose, sans plumes, aux yeux écarquillés. J'avais eu un étourneau comme animal de compagnie quand j'étais gosse, alors j'étais particulièrement heureux de la voir vivre la même expérience.

« Elle l'a mis dans une boîte à chaussures tapissée d'une serviette. Elle courait dans tous les sens, dans notre petit appartement du Queens, pour taper sur les mouches et écrabouiller les cafards, et puis elle s'en servait pour lui donner la becquée. Il avait tout le temps faim et se mettait à pépier comme un fou dès qu'il la voyait. Une fois l'appartement débarrassé de tous les insectes, elle s'est attaquée au frigo où elle piochait de la viande hachée pour hamburger, crue, qu'elle roulait en boulettes avant de les lui donner. Ma fille nourrissait cet oiseau jour et nuit. Je l'entendais qui gazouillait et elle qui se levait de son lit, qui s'affairait, lui donnait à manger, et les *cui-cui* s'arrêtaient pendant une heure ou deux avant de recommencer.

« Elle l'a appelé Skyling, parce qu'elle disait qu'il appartenait au ciel, même s'il ne pouvait pas voler. Elle était Earthling, lui Skyling – c'est ce qu'elle me racontait. Il a grandi très vite. En peu de temps lui ont poussé des plumes noires où le soleil faisait briller des reflets bleutés. Il avait des yeux jaunes perçants qui vous scrutaient pendant qu'il penchait la tête. Elle est allée à la bibliothèque, a emprunté un livre sur les oiseaux et découvert qu'il s'agissait d'un quiscale bronzé. D'après le livre, les quiscales mangeaient de tout, y compris des déchets. Elle lui donnait des graines de tournesol, des œufs durs, des Pop Tarts, des Ding Dongs. Mais ce que Skyling aimait par-dessus tout, c'étaient les Fig Newtons.

« Ce n'était pas un oiseau chanteur. Il ne produisait pas de jolies vocalises. Il croassait, poussait des cris pareils à un bruit d'ongles sur un tableau noir. Quand elle lui caressait la tête, il fermait les yeux et demandait des grattouilles en tendant le cou comme un chien.

« Ma fille a compris qu'il ne volerait jamais à moins que sa patte estropiée parvienne à saisir une branche, alors chaque jour elle lui écartait les griffes et les enroulait autour de son doigt. Une fois, alors qu'il se trouvait sur son doigt, ma fille a voulu le lancer, mais il s'est écrasé par terre avec un bruit sourd et s'est mis à piailler, furieux. Oh, ça ne lui a pas plu d'être jeté comme ça ! Ah ! Mais elle a recommencé, encore et encore, et l'oiseau, finissant par comprendre qu'elle l'entraînait, a appris à voler. Quelque temps plus tard, il volait partout dans l'appartement. Alors j'ai acheté une cage que j'ai suspendue à un crochet dans sa chambre. Nous mettions sa nourriture dedans, et il y rentrait pour passer la nuit.

« L'été arrivé, ma fille m'a supplié de sortir Skyling. J'avais peur qu'il s'envole, mais elle insistait, disant qu'il ne la quitterait jamais. C'était à l'époque où la dépression de ma femme empirait. Elle était entrée dans la dernière spirale. Bien sûr, je ne le savais pas à l'époque, mais je voulais coûte que coûte tenir notre fille autant que possible à l'écart de la maison et de sa mère. Elle savait que sa mère était malade et devait rester au lit, mais pas ce qui se passait exactement. Elle s'est mise à emmener son oiseau dans sa cage dans un petit square de Whitney Avenue appelé Veterans Grove. Puis elle ouvrait la porte et l'oiseau s'envolait pour se percher dans un arbre. Il suffisait à ma fille de taper sur la cage et de mettre un Fig Newton à l'intérieur pour qu'il revienne. Elle se rendait dans ce square aussi souvent que possible. Elle ouvrait la porte de la cage, l'oiseau volait autour des cimes des arbres, parfois pendant des heures, mais dès qu'elle tapait, il rentrait illico et se mettait à croasser et à s'agiter pour recevoir son sablé à la figue.

« Ma femme s'est suicidée à l'automne. Des cachets. Dieu merci, Yessie se trouvait à l'école. Je lui ai dit que sa mère était retournée en Roumanie. Comment aurais-je pu lui dire la vérité ? J'ai peut-être commis une erreur. Ma fille était tellement en colère que sa mère nous ait quittés. La vérité, c'est que ma femme, dans sa folie, croyait devoir mettre fin à ses jours parce qu'elle aimait Yessie. L'idée que sa maladie mentale détruise la vie de notre fille la terrifiait plus que tout.

« En parlant de Skyling, Yessie persistait à dire : « Il ne me quittera jamais. »

« Elle était si sûre d'elle. Mais une semaine plus tard, lorsqu'elle l'a emmené à Veterans Grove, un groupe de quiscales était perché dans les arbres. Quand elle a ouvert la porte de la cage, Skyling s'est envolé et les a rejoints. Elle a eu beau siffler, taper sur sa cage, l'appâter avec des Fig Newtons, il n'y a rien eu à faire. Elle est restée là, à l'appeler, la tête levée vers l'arbre jusqu'au coucher du soleil, jusqu'à ce que la nuée s'envole et disparaisse vers le sud par-dessus les toits.

« Pendant des semaines ensuite, elle est retournée à Veterans Grove avec son paquet de Fig Newtons et sa cage, pour taper dessus en l'appelant. Mais il n'est jamais revenu.

« Alors, comme je vous le disais au début : c'est à ce moment-là que j'ai décidé que, quoi qu'il arrive, je resterais toujours à ses côtés. Aussi longtemps qu'elle aurait besoin de moi.

Il s'est arrêté ; son histoire était terminée. J'avais peur de bouger, de parler, peur que le moindre de mes gestes rompe l'enchantement. Mais je n'ai pas pu le retenir. À mi-chemin entre le soupir et le sanglot, un bruit s'est échappé de ma gorge et a résonné sur le toit. Tous les regards se sont tournés vers moi.

Skyling. Je m'en souvenais comme si c'était hier. Pendant des années, j'avais tendu l'oreille dans tous les parcs de New York. Je crois d'ailleurs, pour être honnête, que mon départ pour les bois du Vermont, à la fin de mes études supérieures, n'avait pas été seulement motivé par Lynn, mais aussi par cette idée farfelue que Skyling, je ne sais trop comment, aurait pu me retrouver plus facilement là-bas.

— Papa ? ai-je réussi à articuler alors que mon corps était encore pétrifié par le choc. Mais… qu'est-ce que tu fais là ?

Je regardais son visage large, ses cheveux blancs épais rejetés en arrière, ses yeux verts pétillants de surprise et de joie.

— Yessie ! Ma fille ! Qu'est-ce que *tu* fais là ?

— Je… Je suis… la gardienne.

— Vraiment ? Mais c'est formidable ! Tu as toujours été si adroite de tes mains. Oh, j'étais tellement inquiet pour toi après cette crise d'asthme, a-t-il continué. Et puis comme ça, d'un coup, tu as disparu ! Pourquoi tu ne m'as pas appelé ?

— J'ai… (Je n'arrivais toujours pas à comprendre ce qui se passait.) Tu vas bien, papa ?

— Mieux que jamais !

— Comment as-tu atterri ici ?

— C'est un peu flou, a-t-il dit en se frottant le front.

Les rouages de mon esprit tournaient à toute vitesse. Était-ce Maine qui l'avait amené ? Impossible. Et pourtant, mon père était là, mais pas du tout dans l'état où que je l'avais vu la dernière fois, alité à New Rochelle dans son manoir, une épave qui n'avait plus que la peau sur les os, aux yeux couleur poussière, sa main squelettique agrippée à la couverture. J'étais étourdie par un mélange de terreur et de joie.

— Je me souviens…, a-t-il continué lentement, le front plissé par l'effort. Je me souviens m'être endormi dans mon lit, chez nous, sur Poyer Street. Et puis j'ai rêvé. J'ai rêvé que je me réveillais dans un endroit complètement étrange. Une femme en blanc entrait dans la chambre, et quand elle parlait, je ne comprenais pas la langue. J'essayais de me rappeler comment j'étais arrivé là, mais impossible de me souvenir de ma vie, de qui j'étais, de ce qui s'était passé, rien. Mais alors que je me creusais la cervelle, au désespoir, pour essayer de me souvenir, quelque chose m'est revenu : j'avais une fille. *Toi*. Mais voilà le pire : j'arrivais à me souvenir de ton visage, mais pas de ton nom. Et au-delà, ma vie n'était qu'un blanc.

Tandis que j'écoutais ces mots, un curieux frisson glacial est descendu le long de ma nuque.

— Dans ce terrible cauchemar, j'avais peur de perdre ce seul souvenir que je possédais, alors je dessinais ton visage sur un morceau de papier. Puis je le cachais.

À nouveau, il a pris une grande respiration.

— Et puis… je ne me souviens pas de tous les détails, mais… me voici.

— Mais papa, et la maison de retraite ? La pandémie ? Le confinement !

Mon père a balayé la question d'un geste de la main, comme s'il écartait l'ensemble de la situation, indifférent.

— Yessie, ma fille. Comme tu as l'air en forme ! Et ton asthme, ça va ?

Il s'est levé du canapé, sans aucun problème pour se redresser alors qu'il n'arrivait même pas à s'asseoir dans son lit un mois plus tôt. Ce faisant, une feuille de papier a glissé de ses genoux pour atterrir sur le bitume du toit, près du pied de Vinaigre.

Tous les regards se sont fixés sur le papier. Il y avait dessus l'esquisse délicate d'une jeune femme.

Mon père a eu un rire gêné.

— Ma petite Earthling. Je ne voulais pas t'oublier.

C'est à ce moment-là que j'ai craqué. Ce dessin avait brisé le sort. « Tant pis pour le Covid », ai-je pensé en me précipitant vers lui pour enfouir mon visage contre son torse, sentant ses bras m'envelopper. Je me moquais royalement que cette étreinte puisse nous condamner tous les deux. C'était mon premier contact humain depuis des semaines – on aurait dit des années, des vies entières. Ce confinement nous avait volé tant de temps. Je sentais mes larmes mouiller sa chemise.

La Dame aux Anneaux s'est éclairci la voix, une fois, puis deux.

— La distanciation physique, ma chérie, m'a-t-elle rappelé. Il ne s'agirait pas de transmettre à votre père, enfin… vous savez.

Il y eut un silence, puis la Thérapeute, qui depuis tout à l'heure n'avait pas levé les yeux du vieux dessin, a dit d'une voix douce :

— Je ne crois pas que cela ait encore de l'importance à présent.

— Quoi ? (Eurovision semblait agacé.) Bien sûr que si. Il faut rétablir cette foutue courbe.

— Je ne pense pas.

— Oh, pour l'amour du ciel ! s'est exclamé Darrow, mais il s'est interrompu.

Personne ne bougeait.

— Quoi ? s'est énervé Eurovision. De quoi parlez-vous ?

— De nous, a dit Amnesia. De nous tous. C'est vrai, comme l'a dit monsieur, tout est flou. Je me demande moi-même… comment je suis arrivée ici ?

— Mais nous vivons ici ! s'est exclamé Eurovision. Nous sommes prisonniers de ce dépotoir à cause d'une pandémie mortelle !

Ramboz a demandé :

— Je suis le seul à avoir du mal à suivre ?

— Moi, a dit Darrow, avant le Covid, j'avais un très bel appartement à Chelsea.

Presque malicieuse, la Dame aux Anneaux a levé la main et tiré sur son masque, faisant tinter ses bracelets. Puis elle a pris une grande inspiration et souri.

— Enfin, que faites-vous ? s'est insurgé Eurovision.

— Je pense…, a-t-elle lentement articulé, je pense que les masques et la distanciation sociale ne sont plus d'actualité pour nous. Que nous avons dépassé tout ça.

— Dépassé quoi ? a lâché Hello Kitty. Qu'est-ce que vous racontez ?

Mon père m'a lancé un regard appuyé. Repensant à ma terrible crise d'asthme de mars, j'ai alors compris. J'ai dit :

— Ce qu'elle raconte, c'est qu'elle ne peut plus attraper le Covid. Comme plus personne ici.

Eurovision, les mains serrées sur les accoudoirs de son trône, exsangues, comme s'il s'accrochait au monde lui-même, s'est écrié :

— Mais pourquoi tout le monde se regarde comme ça ? Que se passe-t-il ?

Il a bondi de sa chaise, renversant sa lampe à pétrole.

— *Dios mío !* a crié Florida en s'écartant du tas de feuilles qui s'enflammait à ses pieds.

— Doux Jésus ! Un incendie, voilà ce qui se passe ! a hurlé Vinaigre alors que le pétrole enflammé se répandait sur la toile bitumée.

Poussant un cri, Eurovision a tenté d'éteindre les flammes avec le martini qu'il venait de se verser. Mauvaise idée. Les flammes ont redoublé en rugissant, et Eurovision a reculé en trébuchant.

Vinaigre a attrapé sa bouteille de vin, puis, s'approchant du feu, l'a secouée au-dessus des flammes. J'ai renversé mon thermos de pastis dessus tandis que, tour à tour, les autres sacrifiaient leurs boissons, avec des degrés de succès variables, jusqu'à ce que Hello Kitty jette un seau entier de glace et qu'en un instant les flammes s'éteignent, laissant un magma fumant de bitume fondu, puant, bouillonnant, chargé de vapeurs d'alcool.

Nous sommes restés là, en cercle, choqués, pantelants, abasourdis, sauvés, à nous regarder les uns les autres… et, sans trop savoir pourquoi, je me suis mise à rire. Je serrais la main de mon père. Je le *sentais*. Preuve que nous étions faits du même bois. Si mon père était mort – et j'en étais certaine – alors mon père était un fantôme, mais nous ? Des esprits, aussi ? Ce souvenir confus de l'hôpital, mon incertitude sur la manière dont j'avais obtenu ce poste de gardienne, les bruits mystérieux et les pas au-dessus de chez moi, cette sensation d'habiter un immeuble hanté, tout ça prenait brusquement sens. C'était nous qui le hantions. Le Covid nous avait tous emportés. La légèreté et même le soulagement qui m'ont envahie à cette pensée se sont aussitôt transmis au groupe. Nous n'avions plus besoin d'avoir peur les uns des autres, du danger du contact humain, plus besoin d'avoir peur de respirer, de toucher, de partager.

Eurovision, le dernier à comprendre, s'est lentement rassis dans son fauteuil et a enfoui son visage entre ses mains. Vinaigre, s'approchant de lui, a passé son bras autour de ses épaules. Nous sommes restés silencieux pendant un long moment, retirant nos masques, les uns après les autres, tandis que les nuages se dispersaient et que les étoiles apparaissaient sur la grande voûte noire au-dessus de nos têtes. Je serrais la main de mon père. J'avais hâte de tout savoir sur ma mère.

Finalement, Eurovision a levé la tête.

— Eh bien, a-t-il dit en nous regardant. Nous y revoilà, je suppose. Et je reste le maître de cérémonie de notre rassemblement sur le toit.

Nous lui avons souri en retour, sans trop savoir ce qu'il convenait de faire à présent.

Eurovision s'est levé, a regardé autour de lui, croisant et décroisant les mains.

— Il me semble qu'il reste des histoires à raconter. À qui le tour ?

Appuyée contre le torse de mon père, sentant ses bras forts et familiers autour de moi, je contemplais la ville par-delà notre toit. J'imaginais les fantômes du Covid tout autour de nous, partout, et je savais : il restait tant, tant d'histoires à raconter.

SAPEURS-POMPIERS DE NEW YORK –
RAPPORT D'INCIDENT
Système de répartition assisté par ordinateur Starfire

Heure incident : 13 avril 2020 23 h 59
Adresse : 2 Rivington St, NY, NY 10002
Intervention : Cie motorisée FDNY 145, Échelle Cie 117

Remarques : Signalement d'un possible incendie sur toit d'un bâtiment abandonné au 2 Rivington St. Observé à l'enquête : nombre important de bougies brûlées et traces d'un départ de feu. Présence récente de squatteurs relevée : chaises, graffitis, couvertures, autres biens divers abandonnés. Aucune identification retrouvée à l'exception d'un (1) manuscrit volumineux, relié et rédigé à la main. Nom et adresse figurant sur le rabat intérieur : Yessenia Grigorescu, 48 – 27 Poyer Street, Queens, NY 11373. Révélé par une enquête complémentaire : Yessenia Grigorescu est décédée du Covid-19 le 20-03-20, au Presbyterian Hospital de New York ; aucun proche retrouvé. Manuscrit archivé au greffe du secteur, NYPD, Front St. ; en attente de réclamation ; aucune autre action entreprise ; incident clos.

CONTRIBUTEURS

Charlie Jane Anders (Jour 8 : Amnesia, « Une douce épaule ») est l'autrice d'un roman à paraître ayant pour titre *The Prodigal Mother*, ainsi que des romans *Tous les oiseaux du ciel* (J'ai Lu, 2018) et *The City in the Middle of the Night* (2019, inédit en français). Elle a aussi écrit un livre sur le salut personnel au moyen de l'écriture créative intitulé *Never Say You Can't Survive* (2021), ainsi qu'un recueil de nouvelles, *Even Greater Mistakes* (2021). Elle coanime le podcast de science-fiction *Our Opinions Are Correct*.

Margaret Atwood (Jour 10 : l'Araignée, « L'Exterminateur ») est l'autrice de plus de cinquante livres de fiction, poésie, essais critiques et romans graphiques. Son dernier roman, sorti en 2021 aux éditions Robert Laffont, est *Les Testaments*, suite de *La Servante écarlate* et lauréat du Booker Prize 2019. Elle a également publié un recueil d'essais, *Questions brûlantes* (Robert Laffont, 2022), et un recueil de nouvelles, *Promenons-nous dans les bois* (Robert Laffont, 2023).

Jennine Capó Crucet (Jour 5 : la Reina, « Langosta ») est romancière, essayiste et scénariste. Elle est l'autrice de trois livres inédits en français, dont *Make Your Home Among Strangers*, qui a remporté l'International Latino Book Award et été nommé Sélection de l'Éditeur du *New York Times Book Review*. Il a aussi été cité comme un des meilleurs livres de l'année par NBC Latino, le *Guardian* et le *Miami Herald*, entre autres.

Joseph Cassara (Jour 6 : Eurovision, « Le trauma du lapin ») est l'auteur du roman acclamé par la critique *The House of Impossible Beauties*, lauréat de l'Edmund White Award for Debut Fiction, de deux International Latino Book Awards et du National Arts & Entertainment Journalism Award for Best Fiction Book, ainsi que finaliste du Lambda Literary Award for Gay Fiction. Ses nouvelles, essais et critiques ont été publiés dans le *New York Times Style Magazine*, le *Boston Review*, *Asymptote* et la *Queer Bible*. Il est actuellement professeur dans le programme MFA de l'université d'État de San Francisco.

Angie Cruz (Jour 3 : Florida, « Appartement 3C ») est romancière et éditrice. Son roman le plus récent est *Comment ne pas se noyer dans un verre d'eau* paru en 2022 (J'ai lu). Choix inaugural du GMA Book Club, son précédent livre *Dominicana* (2019, inédit en français) figurait dans la dernière sélection de The Women's Prize, ainsi que sur une première liste de sélection pour l'Andrew Carnegie Medals for Excellence in Fiction et l'Aspen Words Literary Prize. Il a été un RUSA Notable Book et lauréat de l'ALY/YALSA Alex Award pour la fiction.

Pat Cummings (Jour 11 : la Dame aux Anneaux, « Playhouse ») est autrice et illustratrice de plus de quarante livres pour enfants. Elle a obtenu le Coretta Scott King Illustration Award pour *My Mama Needs Me*, écrit par Mildred Pitts Walter. Ses livres, à la fois fiction et non-fiction, comprennent *Trace*, *C.L.O.U.D.S.*, *Talking with Artists,* tous inédits en français. Elle enseigne l'illustration des livres pour enfants à Parsons School, à The New School for Design et au Pratt Institute.

Sylvia Day (Jour 10 : Tango, « Carnegie Lane ») est l'autrice de *La Trilogie Crossfire* (J'ai Lu, 2022) et de plus de vingt autres romans primés, dont dix bestsellers par le *New York Times* et treize par *USA Today*. Son œuvre a été traduite en quarante et une langues et adaptée au cinéma. Elle est l'autrice à succès numéro un dans vingt-neuf pays avec plus de vingt millions d'exemplaires de ses livres imprimés.

Emma Donoghue (Jour 4 : Eurovision, « La fête ») est une autrice, scénariste et dramaturge reconnue. Elle a écrit le scénario du film sorti en 2015 et adapté de son bestseller international *Room* (Livre de Poche, 2013) et coécrit l'adaptation Netflix 2022 de son roman de 2016, *The Wonder*. Son roman le plus récent, *Learned by Heart*, est sorti en 2023. (Tous deux sont inédits en français.)

DAVE EGGERS (Jour 12 : la gardienne, « Conteuse ») est l'auteur de *The Every* (inédit en français, 2021). Il a aussi publié *Le Grand Quoi. Autobiographie de Valentino Achak Deng* (prix Médicis étranger 2009), *Le Cercle* (2013), *Un hologramme pour le roi* (2014), *Le Moine de Moka* (2019), tous aux éditions Gallimard, ainsi que de nombreux autres livres. Il est le fondateur de McSweeney's, une maison d'édition indépendante de San Francisco qui publie des livres, un blog satirique et une revue de la nouvelle écriture.

DIANA GABALDON (Jour 2 : Whitney, « Le fantôme d'Alamo » / Jour 4 : Lala, « Une immobilité au cœur ») est l'autrice de la série romanesque *Le Chardon et le Tartan*, dont le tome le plus récent est paru en 2021 : *L'Adieu aux abeilles* (J'ai lu, 2022), bestseller du *New York Times*. Elle a également créé et dirigé un journal savant, le *Science Sotfware Quarterly*.

TESS GERRITSEN (Jour 4 : Maine, « Le médecin ») est une autrice au succès international. Ses livres incluent *The Spy Coast* et *Listen to me*. Sa série romanesque mettant en scène l'inspectrice de la criminelle Jane Rizzoli et le médecin légiste Maura Isles a inspiré la série télévisuelle TNT *Rizzoli & Isles*. Elle est aussi réalisatrice.

JOHN GRISHAM (Jour 4 : Darrow, « Un autre frère pour Noël ») est l'auteur de quarante-sept bestsellers numéro un consécutifs. Ses livres les plus récents comprennent *Son nom sur la liste* (série Lacy Stoltz, Jean-Claude Lattès, 2023), *La Chance d'une vie* (Éditions du Masque, 2022) et *Le Droit au pardon* (série Jake Brigance, Jean-Claude Lattès, 2023).

MARIA HINOJOSA (Jour 1 : la Fille du Merenguero, « La double tragédie selon les ragots du 3B ») est présentatrice et productrice exécutive de Latino USA sur NPR, ainsi que fondatrice, présidente et P-DG de Futuro Media Group. Elle est l'autrice de quatre livres inédits en français, dont *The Latino List* et *Raising Paul : Adventures Raising*

Myself and My Son. Elle a remporté le prix Pulitzer du reportage audio pour sa série de podcasts en sept parties, *Suave*.

Mira Jacob (Jour 4 : Amnesia, « La femme à la fenêtre ») est une romancière, mémorialiste, illustratrice et critique culturelle. Ses Mémoires graphiques ont figuré sur la liste restreinte du National Book Critics Cercle Award et sur la première liste de sélection du Pen Open Book Award. Ils ont été nommés pour trois Eisner Awards, élus *New York Times* Notable Book ainsi que meilleur livre de l'année par *Time*, *Esquire*, *Publishers Weekly* et *Library Journal*. Une série télévisuelle est actuellement en cours de préparation. Elle est maître assistante du programme d'écriture créative de Master of Fine Arts à la New School et enseignante fondatrice du programme de MFA à Randolph College.

Erica Jong (Jour 11 : Amnesia, « Les monologues du vagin ») est autrice de plus de vingt-cinq livres traduits en quarante-cinq langues, dont *Le Complexe d'Icare* (Robert Laffont, 1976), *De mémoire de filles* (Grasset, 1998), *What Do Women Want ? : Bread, Roses, Sex and Power* (1998), *Seducing the Demon : writing for my life* (2006) et *A Letter to the President* (2012), tous trois inédits en français. Elle a obtenu de nombreuses récompenses pour sa poésie et sa fiction dans le monde entier, y compris les prix Fernanda Pivao et Sigmund Freud en Italie, le prix de Deauville en France et celui des Nations unies pour son œuvre en littérature.

CJ Lyons (Jour 3 : Hello Kitty, « Poumon d'acier ») est une autrice à succès de plus de quarante romans pour le *New York Times* et *USA Today* et une ancienne médecin urgentiste pédiatrique. Ses romans ont remporté deux fois l'International Thriller Writers' Thriller Award, ainsi que le prix du choix des critiques de Russia Today, le prix du choix des Lecteurs, le label d'excellence RT et le prix Daphne du Maurier pour l'excellence du Mystère et du Suspense.

Celeste Ng (Jour 1 : la Thérapeute, « Les malédictions ») est l'autrice de trois romans, dont tout récemment *Nos cœurs disparus* (Sonatine, 2023). Trois fois bestseller pour le *New York Times* et le *Guardian*, les essais et les nouvelles de Celeste ont paru dans le *NYT* et le *Guardian* entre autres publications. Elle a reçu le Pushwart Prize, une bourse du National Endowment for the Arts, ainsi qu'une bourse Guggenheim.

TOMMY ORANGE (Jour 13 : Darrow, « Le camé ») est l'auteur de *Ici n'est plus ici* (2018), finaliste du prix Pulitzer 2019 et lauréat de l'American Book Award 2019. Il enseigne aujourd'hui à l'Institut des Arts indiens américains.

MARY POPE OSBORNE (Jour 9 : Whitney, « Le voyage en Orient, 1972 ») est l'autrice primée de plus de cent livres pour enfants et jeunes adultes. Elle est principalement connue pour sa série *La Cabane magique*. Son programme Gift of Books, dans lequel elle est engagée à titre personnel, a permis la distribution de plus de 1,5 million de livres aux enfants défavorisés.

DOUGLAS PRESTON (Narration, jours 1-14 : Yessie / Jour 6 : Ramboz, « Le Rêve impossible des Red Sox » / Jour 14 : Le père de Yessie, « L'Oiseau de Yessie » / Jour 14 : Ramboz, « L'enregistrement de Charlotte P. ») est l'auteur de trente-neuf livres de non-fiction et de fiction, dont trente-deux classés parmi les bestsellers du *New York Times*. Coauteur, avec Lincoln Child, de la série de thrillers « Aloysius Pendergast ». Il a travaillé comme éditeur au Musée américain d'Histoire naturelle de New York et a enseigné l'écriture de non-fiction à l'université de Princeton.

ALICE RANDALL (Jour 5 : Pardi, « Lafayette » / Jour 8 : Pardi, « Jericho ») est une romancière, compositrice de chansons primée, éducatrice et activiste alimentaire, autrice de bestsellers classés au *New York Times*. Lauréate du NAACP Image Award, du Pat Conroy Cookbook Prize et du Phillis Wheatley Book Award, entre autres. Elle détient un doctorat honorifique de l'université de Fisk et a enseigné à l'université Vanderbilt.

ISHMAEL REED (Jour 12 : le Poète, « Le Poète Expérimental ») est l'auteur de plus de trente ouvrages de poésie, prose, essais et pièces de théâtre. Parmi ses recueils de poèmes figure *Conjure* (1972), finaliste du prix Pulitzer et nommé au National Book Award. Son recueil le plus récent s'intitule *Why the Black Hole Sings the Blues. Poems 2007-2020*. Il est également l'auteur de nombreux romans salués par la critique, dont *Mumbo Jumbo* (1972), *Juice !* (2011), et *The Terrible Fours* (2021).

ROXANA ROBINSON (Jour 12 : Whitney, « Les estimations ») est l'autrice de onze livres – sept romans, trois recueils de nouvelles, et une biographie de Georgia O'Keeffe. Quatre d'entre eux ont figuré sur la liste des livres remarqués par le *New York Times*. Deux fois récipiendaire du Maine Writers and Publishers Fiction Award ainsi que du James Webb Award, son roman *Cost* a également été présélectionné pour le Dublin Impac Award. Elle a par ailleurs reçu des bourses du National Endowment for the Arts, de la Fondation Guggenheim, ainsi que le Writers for Writers Award de Barnes and Noble, et le Preston Award for Distinguished Service to Literay Community de la Guilde des Auteurs. Elle enseigne au sein du Programme de Master of Fine Arts du Hunter College.

NELLY ROSARIO (Jour 14 : famille d'étrangers, « Les Chapelets du Rivington ») est l'autrice de *Song of the Water Saints : A Novel*, lauréate du PEN Open Book Award. Diplômée d'un Master of Fine Arts de l'université Columbia, ses œuvres de fiction et de non-fiction figurent dans diverses anthologies et revues. Elle est lauréate du Sherwood Anderson Award, catégorie Fiction, et du Creative Capital Artist Award, catégorie Littérature. Rosario est rédactrice en chef adjointe du MIT Black History Project et professeure associée au sein du Programme d'études latina/o au Williams College.

JAMES SHAPIRO (Jour 7 : Prospero, « Shakespeare au temps de la peste ») est l'auteur de *1599 : A Year in the Life of William Shakespeare*, lauréat du prix de non-fiction Baillie Gifford « Winner of Winners », et *The Year of Lear : Shakespeare in 1606*, lauréat du James Tait Black Prize. Son dernier livre, *Shakespeare in a Divided America*, a figuré parmi les dix meilleurs livres de 2020 du *New York Times*. James Shapiro enseigne à l'université Columbia et officie comme référent sur Shakespeare au Public Theater de New York.

HAMPTON SIDES (Jour 10 : Maine, « Elijah Vick ») est l'auteur des histoires à succès *Ghost Soldiers*, *Blood and Thunder*, *Hellhound on His Trail*, *In the Kingdom of Ice*, et *On Desperate Ground*. Rédacteur pour le magazine *Outside*, il est également l'un des contributeurs réguliers de *National Geographic* et d'autres revues. Son travail journalistique a été nommé à deux reprises pour les National Magazine Awards.

R. L. Stine (Jour 11 : l'Humoriste, « L'Intrus ») est l'auteur de *Fear Street*, la série d'horreur pour adolescents la plus vendue de tous les temps, et de la série d'horreur pour enfants *Chair de poule*. Le *Guinness World Records* le cite comme l'auteur le plus prolifique de romans d'horreur pour enfants.

Nafissa Thompson-Spires (Jour 2 : Vinaigre, « Mon nom est Jennifer ») est l'autrice de *Heads of the Colored People : Stories*, lauréat du PEN Open Book Award et du LA Times Art Seidenbaum Award, catégorie premier roman. Elle a, entre autres, également été présélectionnée pour le National Book Award 2018. Son travail est paru dans diverses publications, parmi lesquelles la *White Review*, la *Los Angeles Review of Books Quarterly*, *StoryQuarterly*, *Lunch Ticket* et le *Feminist Wire*.

Monique Truong (Jour 9 : Hello Kitty, « Façon Buster ») est une romancière, essayiste et librettiste. On trouve parmi ses romans *Le Livre du sel* (2003), *Bitter in the Mouth* (2010), et *The Sweetest Fruits* (2019). Monique Truong est lauréate de la bourse Guggenheim, du New York Public Library Young Lions Fiction Award, du Bard Fiction Prize, du Rosenthal Family Foundation Award de l'American Academy of Arts and Letters, du John Gardner Fiction Book Award, et du John Dos Passos Prize for Literature, entre autres.

Scott Turow (Jour 6 : Barbe noire, « l'Irak ») est l'auteur de nombreux ouvrages de fiction à succès, parmi lesquels *The Last Trial*, *Testimony*, *Identical*, et *Innocent*. Vendus à plus de trente millions d'exemplaires dans le monde, ses livres ont été adaptés au cinéma et à la télévision. Il fait partie des contributeurs réguliers du *New York Times*, du *Washington Post*, de *Vanity Fair*, du *New Yorker* et de l'*Atlantic*.

Luis Alberto Urrea (Jour 8 : la Cocinera, « Alicia et l'Ange de la Faim ») est l'auteur, salué par la critique, de dix-sept livres. Finaliste du prix Pulitzer, catégorie non-fiction, en 2005, il est une figure de proue de la littérature latina. On trouve parmi ses derniers livres *Good Night, Irene* et *The House of Broken Angels*.

Rachel Vail (Jour 7 : la gardienne, « Un cadeau pour votre mariage auquel je n'étais pas invitée ») est l'autrice primée de plus de quarante livres. On trouve, parmi ses dernières publications pour enfants : *Sometimes I Grumblesquinch* et *Sometimes I Kaploom* ; les romans pour collégiens *Well, That Was Awkward* et *Bad Best Friend* ; et la pièce *Anna Karenina* adaptée du roman de Léon Tolstoï.

Weike Wang (Jour 9 : NYU, « L'Étudiante chinoise en échange ») est l'autrice de *Chemistry* (2017) et de *Joan Is Okay* (2022). Elle a remporté le PEN Hemingway 2018 ainsi qu'un Whiting Award, et a été nommée au classement du National Book Foundation des « 5 under 35 ». Elle enseigne à l'université de Pennsylvanie, à l'université Columbia, ainsi qu'au Barnard College.

Caroline Randall Williams (Jour 12 : Pardner, « Ghost Cracker et Rosie ») est une poétesse primée, romancière pour jeunes adultes, et autrice de livres de cuisine. Elle a rejoint la faculté de l'université Vanderbilt à l'automne 2019 en tant qu'écrivaine en résidence en médecine, santé et société. Parmi ses œuvres figurent les titres *Lucy Negro Redux* et *Soul Food Love*.

De'Shawn Charles Winslow (Jour 5 : Wurly, « Se souvenir de Bertha ») est l'auteur de *In West Mills*, lauréat du Center for Fiction First Novel Prize, de l'American Book Award, ainsi que du Willie Morris Award for Southern Fiction, et finaliste du Los Angeles Times Book Award, du Lambda Literary Award, et du Publishing Triangle Award. Il est également l'auteur de *Decent People* (2023).

Meg Wolitzer (Jour 7 : Tango, « Le Tablier ») est l'autrice bestseller du *New York Times* des *Intéressants*, *La Persuasion des femmes*, *La Position* et *La Doublure*, entre autres romans. Elle est également l'animatrice de l'émission de radio littéraire et podcast *Selected Shorts*.

Table des matières

Ce livre existe grâce au travail de toute une équipe.

Communication : Caroline Babulle, Solveig de Plunkett, Victoire Brulon, Inès Paulin, Adélaïde Yvert.

Coordination administrative : Martine Rivierre.

Studio : Pascaline Bressan, Barbara Cassouto-Lhenry, Joël Renaudat.

Fabrication : Muriel Le Ménez, Céline Ducournau, Bernadette Cristini, Sophia Paroussoglou, Isabelle Goulhot.

Commercial, relation libraires et marketing : Catherine Lauprêtre, Naïma Ruan, Anne-Laure Heugel, Élise Iwasinta, Armand Jamme, Solenn le Meur, Joséphine Saint-Paul, Aurélie Scart.

Cessions de droits : Elisabeth Stempak, Benita Edzard, Lucile Besse, Sonia Guerreiro, Costanza Corri.

Gestion : Sophie Veisseyre.

Services auteurs : Viviane Ouadenni, Jean-François Rechtman, Catherine Reimbold, Anita Sevenant.

Ainsi qu'à toutes les équipes d'Interforum et d'Editis qui participent à la création, la diffusion et la distribution de ce livre.

Canoros Vehit Canentes

Composition et mise en pages
Nord Compo à Villeneuve-d'Ascq

Achevé d'imprimer en mars 2025
par Normandie Roto Impression s.a.s.
61250 Lonrai (Orne)
N° d'édition : 68301/01 - N° d'impression : 2501114

Imprimé en France